姜亮夫　著

楚辭通故
（一）

荆楚文庫編纂出版委員會

長江文藝出版社

楚辭通故

CHUCI TONGGU

圖書在版編目（CIP）數據

楚辭通故：全四册 / 姜亮夫著．--

武漢：長江文藝出版社，2024.10

ISBN 978-7-5702-3179-9

Ⅰ．①楚…

Ⅱ．①姜…

Ⅲ．①楚辭研究

Ⅳ．① I207.223

中國國家版本館 CIP 數據核字（2023）第 115093 號

策劃編輯：張遠林

責任編輯：張　貝　毛勁羽

特約編輯：楊　猛　梁　風

整體設計：范漢成　曾顯惠　思　蒙

美術編輯：胡冰倩

責任校對：毛季慧

責任印製：邱　莉　丁　濤

出版發行：長江文藝出版社（中國·武漢）

地址：武漢市雄楚大道 268 號 B 座

電話：（027）87679320　郵政編碼：430070

印刷：湖北新華印務有限公司

開本：720mm×1000mm　1/16

印張：163.5　插頁：8

字數：2288 千字

版次：2024 年 10 月第 1 版　2024 年 10 月第 1 次印刷

定價：880.00 元（全四册）

ISBN 978-7-5702-3179-9

9 787570 231799 >

出版説明

　　湖北乃九省通衢，北學南學交會融通之地，文明昌盛，歷代文獻豐厚。守望傳統，編纂荆楚文獻，湖北淵源有自。清同治年間設立官書局，以整理鄉邦文獻爲旨趣。光緒年間張之洞督鄂後，以崇文書局推進典籍集成，湖北鄉賢身體力行之，編纂《湖北文徵》，集元明清三代湖北先哲遺作，收兩千七百餘作者文八千餘篇，洋洋六百萬言。盧氏兄弟輯録湖北先賢之作而成《湖北先正遺書》。至當代，武漢多所大學、圖書館在鄉邦典籍整理方面亦多所用力。爲傳承和弘揚優秀傳統文化，湖北省委、省政府決定編纂大型歷史文獻叢書《荆楚文庫》。

　　《荆楚文庫》以“搶救、保護、整理、出版”湖北文獻爲宗旨，分三編集藏。

　　甲、文獻編。收録歷代鄂籍人士著述，長期寓居湖北人士著述，省外人士探究湖北著述。包括傳世文獻、出土文獻和民間文獻。

　　乙、方志編。收録歷代省志、府縣志等。

　　丙、研究編。收録今人研究評述荆楚人物、史地、風物的學術著作和工具書及圖册。

　　文獻編、方志編録籍以 1949 年爲下限。

　　研究編簡體橫排，文獻編繁體橫排，方志編影印或點校出版。

《荆楚文庫》編纂出版委員會

2015 年 11 月

自 叙

　　戊辰、己巳間，余旅食通州錫山，心喪兩師，王、梁。端憂不樂，日以屈原賦爲解慰。因校二十五篇，庚午《屈原賦校注》成。自此時時引雜書以調適正業，自録所好，以舒寂漠。先君知其侘傺，申戒莊肅，以爲讀書不耐寂寞，終無所成。自兹漸受絷縛，然爲學日益而爲道則日損。俛張不自安者且十年。辛未，侍餘杭先生於閶闔小王山。先生知其不受馨控，以讀史勗勉之，而亦有以折其角。至是乃一志於語言、歷史，然積屈賦楚故仍不衰。歲乙巳，居秦望，中華書局求纂《楚辭辭典》，應之。發歷年所擴録，得數千葉，通理全書，定注三千六百餘目。然辭書拘攣不能自暢，乃更張以肆其意，據楚史、楚故、楚言、楚習及楚文化之全部具像，以探賾屈宋作品之真義，作爲中土古民族文化之一典範。自内證以得之，以遮撥數千年誣枉不實之舊説。班固、朱熹、劉獻廷、王夫之借屈子説教，賈誼、揚雄、劉向、嚴夫子、黄文焕借屈子爲牢愁，固在遮撥之列。至於近世，國人動以中土舊史比附西説，以漢語挹注歐羅巴語法，指墨翟爲印度人，以突厥語證楚言，必求其隨時尚而不根于往史。於是屈子爲賢姹之巫，爲懷王弄臣，廿五篇一一指爲後人僞託，終之且謂無屈原其人，又或以屈子爲唯物論大德，言愈出而益奇，將使中土無可傳之人、可傳之學。余謭陋魯頓，不敢肆爲浩蕩之論，裝框子，搭架子，以譁世取寵，則差自信也。于兢兢業業之際，頗自樂得其寰中，知我罪我，皆不敢辭。

　　要之以語言及歷史爲中心，此余數十年根株所在。此一技藝，果能善用，則全書似當以辯證唯物主義爲歸趣。然予於馬列新説不鍊達，無真知，若徒衣被華采，而運不中程，則對學術爲僞妄，爲不忠實，以媚世冒不誠之罪辜。余鈍根人也，性躁而疏，亦頗知其率直淺露，勿事於俫張，其有未達，願學焉而已。

所謂以語言、歷史爲根株者，自語言言有二義：（一）謂解釋文詞以馳驁語言學規律，務使形、聲、義三者無缺誤。（二）謂凡歷史事象所借以表達之語言，必使與史實之發展相胐調，不可有差失矛盾。以歷史言之，則歷史發展與語言規律之出入，繁變紛繞，往往與語言之變，有如親之與子。伏羲、女媧之爲夫婦，爲兄妹，與日神、日御，生日、生月之説，與“羲”、“媧”兩音有至繁賾相涉之律，總統繹之，而支幹悉治矣（參羲、媧各條）。

然欲證史、語兩者之關涉，自本體本質，有不能説明，於是而必需借助於其他科學，乃能透達者，故往往一詞一義之標舉推闡，大體綜合各社會諸科，乃覺昭晰。舉凡：一、歷史統計學，二、古史學，三、古社會學，四、民族學，五、民俗學，六、語言學，七、地理學，八、古器物學，九、古文字學，十、考古學，十一、漢語語音學，十二、哲學、邏輯學，乃至于淺近之自然科學，爲余常識之所能及者，咸在徵採之列。稍有發正，往往揉礲諸學於語言、歷史中得結論，而求其當意。所得結論，未必即銖兩悉稱確切深透，然爲新方法（綜合）、新課題而努力，是余之願也。

姑就其義蘊，以例證明之：

一、窮源盡委，以明其所以然之故。如有關居室各端，自穴居之制，至構木湖居，以説明中土木架結構之歷史發展。又如自原始之光明崇拜，日光傳説，十日衍論，帝王之以日爲名等，以求其源，而明其變，推《天問》中之傳説，爲中國民族文化歷史定其特點、定其異同，如“伏羲”、“十日”、“陰陽”、“天德”諸條皆是。又如《離騷》言庚寅日降生，在歷史統計學中，久知有對干支禎祥之義，自千餘件金文中得“庚寅”爲楚民俗吉宜之日，使篇首八句得一正解，而屈子一生事蹟之推論亦自此而能顯白。此在歷史大流中，可能爲春秋戰國時代之風習，而源自上古，流至秦漢而衰。融通四會，非個人之妄説，可斷言矣。

二、自整體推斷，不爲割裂分解。如屈子對四方之概念，其情思意向之所寄，因定西方爲屈子神游憶往，追思先德之地，南方爲屈子現實寄情之所，故於“西”、“南”二字之解釋，雖無本變之端，而義至精確。又如定高陽起自西土，以古今地名與歷史相結合，據顓頊、若水、西蜀之關係以求之，則崑崙、玄圃之神秘可解，而屈子忠誠之由、爲國之思亦有其根柢之所在矣。

三、從比較以得真象。如比較《詩經》所用詞組（如聯綿字等），與楚辭異同確有其差殊。“侘傺”、“些”、“只”皆南楚之習語，詩不一用。顓頊、燭龍、陸終、鬻熊等稱名之間，必有其語言之規律存在，條分縷析，而知顓頊爲南土地方神。又如比較屈賦全部作品，不見有“五行”説，因而解析金、木、水、火、土等詞，決不糅合參雜，然南土仍侈言陰陽，而其説較原始樸實。則南北各有其因襲，南楚較爲原始，與易卦、周書，大異其趣。因謂陰陽説或本南方之故，而流入於北土者歟？

四、自矛盾或正反之端，綜合以求其實。如鯀、禹傳説，北土以鯀爲元惡，禹爲至聖，而《離騷》言鯀不過“婞直”，《天問》且傳其有成。禹亦非純德。其説更合於歷史進化之端，屈原無塗附之説矣。又如《九歌》之靈保，即詩中之神保。然北土用神保指皇尸，而南土不重祀祖而禨祥鬼神。靈保遂爲飾神之巫矣。此從實質之風習，以定其矛盾之所由也。

五、以實證定結論，無證不斷。所謂證者，有書證、物證。然書證往往因學派、家數之異而不必確切，甚至有虛妄不可信者，則應待物證而後定。余書於文字訓詁，凡屈賦中，必需原始要終者，則自甲骨、金文，以溯其源。如人稱代詞之用，往往與史實發展相關。遂徵之甲、金，上溯初民社會，定注爲發之自家族初興之時，而以爲與紡織相涉，雖稍涉附會，於事理固無傷，以此爲實證，雖有近牽強，亦不能不認爲一種方法。至諸物器，則凡千年來學人所已考定（如顧亭林、程瑤田之于鐘鼓，阮元之于車轚），大體皆能合於科學律令者咸採之，而諸家之説，又往往證之以近數十年考古發掘所得實物。又如“機臂”、“弋繳”，取證長沙、信陽實物，與銅器紋樣。“小腰”、“秀頸”，取證長沙畫帛。《天問》諸端，取證馬王堆帛畫。“六博”、“羽觴”、“銅鐘”、“魚鈎”、“明堂”、“臺榭”、

“翠翹”、“朱塵”、“冠履”、“襟衽”、“玉珮”、“蕙纕”、“吳戈”、“鉛刀”、“黃鐘”、“大吕”，凡今時地下所獻之寶，可爲吾文作顯證者，莫不一一徵録，非爲榮觀，實以明事物之本變，文化之傳播者也。其事與文字訓詁殊科，然其爲證驗，則益堅固，爲不可壞矣。

依上五例論之，似頗合科學律令，與辯證唯物主義相表裡者。余以魯鈍，不敢自謂得驪龍之珠，特數十年，結習所在，不無鼓吹之效。辯證唯物主義非强學不可知。余學之不專，敢以真誠爲言，雖愚暗莫能通達，浪費精力時間，乃至紙筆、物質，不能不深自檢束者矣！又此書先後垂四十年，故其文不僅詳略不一，近年所補，以目力耗盡，不能自暢，則略者較多。又其中約百篇本不爲楚辭作，而又特詳，此亦著書一難事也。

尚有不能已於言者，此書缺略簡陋至多且巨，在在足以啟人疑，用是遂不能無所申述。

余所操術，爲解詞、析史兩端，其事似至簡，雖有綜合之功，而非以爲經緯穴穿全部社會科學。自此細檢，有自視缺然者十餘事。

一、全書以詞組考釋爲主，其歷史文物制度及諸自然學科所涉至多。然其事純屬文字訓詁者乃得千五百餘則，幾及全書三之一，而其成篇乃在“文革”後期，是時亂靡有定。一手一足之勞，僅能依余寒齋殘書，坐床沿於八寸許桌角急書之。惶惶鬱塞，明知其缺略，而無以自救。初欲每詞皆盡其始終之變，而躊躇不能決者有之，索之莫得涯涘者有之，欲破往説而無力者有之，思立新義而不可得者有之，其壅遏非恒情所能勝，故遂多自視缺然者焉。故全書於此，最多塞縮差忒。求其愜意而不可得，惟有俟之他日。

二、訓詁之道，當明本變。然牝牡驪黃別有攸歸，文字語言規律所不能繩。如“想”、“見”、“觀”、“覽”諸字，“内美”、“正則”、“好修”等目，各有其特定内含，非訓詁所能顯徵闡幽。且訓詁必依形以端始，依聲以見委，而聲韵馳驟猶爲大理，此三百年來已見之效。桂馥《義證》不得擬諸段氏，郝氏《義疏》不得比於念孫，則聲韵限之也。且自顧野王而後，顔籀師古、李賢、李善諸儒，皆妙解音理，故其説在諸唐人正義之上。爲正義之學者，僅在平列資料，當句得解足矣。此章實齋所謂“注記”之學者也，不足以執其環中，條達終始。使高郵王氏不諳音理，則《讀書雜志》何能爲乾嘉之學之冠冕？故余書時時以聲韵理其俞脈，言訓詁而不通音理，終無以達玄旨、暢源流，終之爲注記之學而已。

何謂訓詁必依形以端始？端始者，謂鈎稽其本也。本義得，則萬變皆有所準。余書往往不避繁瑣，以考文字，如“余”、“我”、“吾”、“台”諸字。以古社會、古器物證其本義，“正”爲征往初文，“機”爲織機模型，“曾”則甑之初文，“墨”者烟突之本，皆俞然理順。“兩”爲古稱量之器，兩義既明，則“兩東門”之語始有動字成句。“平”爲水準，則“正則”一名得解，而屈子應以平爲名，足徵史公之允。“聽”、“聖”形倒，足以解兩字含義之真。凡所糾正許説之誤者，不啻百數十事。然其事至繁賾，非解屈所必備，故亦得二三而已。其餘多平列無奇説，余舊有《文字樸識》一書，已略備具，無事重録，故省節反多矣。

訓詁與釋義，似亦不全一致。定義以形爲本，自變以上探本而下盡委，其術不盡在訓詁之疇。如“加”字，古之用者，非僅增益一義。足以盡其藴，往往有反唇相加之象。又如“平”爲“秤”本字，爲考工利器，與稱量有大小之殊。其器以砝碼取兩端持平，而非以輕重分毫列之槓杆，其事至巧會，非巧説不足以明之。又如“滑稽”有二義，“胥靡”得四説，“踟蹰”略可百變，“猶豫”聲衍數十，皆已別見余《詩騷聯綿字考》，本書皆不詳録矣。又一詞數義，有本質與現象之別者，或且上取甲骨、金文，然楚辭本自最古，故亦不需每詞皆遡其質，是則自本質與現象分析詞義，余實未盡其奧，仍多現象之言爾。又凡文字通轉，必求形、聲、義三者相融合而調遂。余書是否皆已詳盡，非所敢言，余有志於此，而虧生過巨，容當留於後人。

三、凡地理、歷史、人物、文物、制度皆史也，此中多五十年來所成篇章，甚有一再刊行之作。其量約百數十篇，如“殷周三巨臣”、“胥靡通説”、“滑稽”、“幼艾”等篇，但引就本書，而多删節，以歸一律。故長篇巨製，往往而見，此亦爲例之不純一者矣。

四、意識之部，僅論屈子之作，自宋玉至諸漢儒之作，皆一鱗一爪，非其全豹，不成家數，無術以論之。

五、書篇之部，應列歷代注釋與紹騷之作，非其全豹，此則已見余《楚辭書目五種》，故不更録。惟《書目》記其人至簡略，故於此稍詳之，以補其缺。

六、余舊作《屈原賦校注》，成書在四十年前，雖雛形已具，而亦不能全當於今懷。故遂時時有不相腀調之説，亦姑聽之而已。惟近年别有《重訂天問校注》，視舊作爲深邃安雅，則與此書相協合爲多云。

七、數十年來，余於古代史、古代社會，有所從事，時有不與先儒合轍之言，往往納入本書，遂時時有喧賓奪主之象。然此書除屈子各賦外，其餘皆雜湊之集，不足以爲一家言，則喧奪似亦無妨。

八、多年集累，偶或有抄撮散葉，未具作者。丙午之變，筆札多遺佚，無從核對，或有掠美之嫌，至爲愧悚。

九、凡宜有總攝概括之事物，别成《楚辭學論文》，凡得文廿餘篇，願讀者合參。

十、全書共分十部。各部間自有界劃，不相雜厠，然詞部獨得千八百餘目，於量爲最多，遂使卷軸過巨，故於詞中分出含義切近各部者，屬之各部。切近人事者，歸之人部；切近天地者，歸之天部、地部。此例多俏張不中律者，余不得已也。

十一、插圖本以證驗爲主，然爲讀者興會作計，偶選歷代名家作品，或可爲準則之圖，雖有參差，而未爲大傷。

十二、徵引載籍，至爲繁博，而余記憶與目力兩者胥至劣，此次多由友人協助，細爲核對，亦時不免疏失。古人以校書如掃落葉，諒哉是言！

十三、楚文化與中土歷世之因依流變，已於叙中略言之，其義尚有未盡者。

十四、余稿行文用淺近文言，曾試譯爲通俗語體，然爲量將增四至五分之一，則使百廿萬言躍增爲百六十萬言，甚無謂也。因復自思，讀此書者，“文言”不必有隔越之感。且余習於文言，用筆較自然，故不事更張矣。

　　余一生無他業，日與故紙堆爲侶。自出就外傅，至謀食四方，未嘗一日忘書。生平治學方法，亦多所變革。游歐歸後乃欲以語言、歷史相關合，求所以爲國宣教，爲青年作導游。五十年中，蹇産艱屯，紛不可究。此書之成即在此暴流瞬變之中，雖堅持之，而不能不以時而有齟差。迨丙午後，不能不結束此一業蹟。而丙午之難，清本已擲諸階下。翌晨，余掃除庭前，乃于亂草中得之，而散葉紛飛，失其三四，此後亦無能爲力一一補綴之矣，故可謂餘燼者也。情思鬱悒，有不能自已者。而寒齋存書及平昔所作筆録散頁多已壞爛，雖欲肆意而失所因依。病體支離，視力茫茫，所以限制於其生者，至深且切。今得聿觀厥成，亦不敢多所誅求。生平喜博涉，其未竟之業積存篋笥，整理之役當俟之來者。校文既盡，不能無所感焉。余一生業蹟能草草結束者，此爲最巨。然而從頭認取，則全乖始願。志趣所在，主於古史與近代史。古史植基於語言文字，而以爲璣衡者，大抵不出莫爾干、穆勒利爾、恩格斯、馬林確斯特、羅維諸家之説。近代史則以學術藝術爲主。全部樞軸：（一）以《尚書》、《詩經》兩注及三代異同綜古史，（二）以《文字樸識》綜古語，（三）以《四先生學譜》綜三百年來學術。三者各有成業，中經抗戰至於解放，喪亂宏多，所餘無幾。今所成者，則皆三者之枝葉扶疏，非大本大根矣。今留此於人間，恐徒供人揶揄。其事未必爲得，然不敢浪其生涯而至於荒廢其所學，則亦差自幸也。

　　余廿餘年來，病雜而深，學校課程不可尮誤。秋君乃自請離教授之職，爲余料理藥裹、治家務，以三餘助余討論撰述，犧牲個人全部時間、名位，使余得盡心力於學，此書之成，其功有不可不記者。余之不自檢束，如酗酒簿塞，不知樂其生，苦諫而不知悔，是余之過也。

　　　　　　　　　　　　　　　　　　一九七六年丙辰秋亮夫自序
　　　　　　　　　　　　　　　　　　己未臘尾秋英呵凍書

全書總叙目

長江流域古文化，自漢以後爲中土歷史總匯中之一大支柱，此非僅從高祖楚歌楚舞、長安之新豐市容、河内之三姓喬民立言也。舉其宏綱，則凡政治之建置與秦異者皆楚之舊也，黃老雜霸之治亦楚故言。語其條目，則職官、令儀、考工、古器，翠翹朱塵之技，歌詩樂舞之妙，下至機祥導引之端，簙弈流杯之戲，菱花照面之術，纖腰曲眉之飾，凡後世所艷稱者，無一非楚化。此非通人博雅，固不易知。然而楚文化之韞匵而藏者，除《左傳》、《國語》外，其第一手材料，疑莫若屈宋詞賦之具象而有活力。凡楚制、楚故、楚習、楚文，如靈龍萬點，光昭九宇，撢援丁褉，莫有涯涘，蓋屈子以憫世憂國之思、大聲鏜鎝之氣，含咀楚民之英華，熱戀國家民族之歷史，故其言真切而不飾，質直而不誣，足供吾人探賾南土文化者，雖半言隻字，莫不如響斯應，光芒萬丈。

即以文學而論，漢人以詞賦爲一代學術中心（漢以後無子家，亦以此）。高祖《大風》，唐山《房中》，乃至武帝《秋風》、《瓠子》之歌，戚李人彘悼感之賦，無一而非楚也。更就楚辭論之：嚴助、小山、劉向皆楚人且不論；洛陽少年，貶爲長沙太傅，有《惜誓》、《鵩鳥》；東方滑稽之雄，而有《七諫》之篇，則謂漢世文章盡在楚，未爲過也。是則自政理道術，乃至學術文章，無一而非楚矣，尚有何説！屈宋之作，足爲南土文化可信之資源，自不待言。

自漢武罷黜百家，表彰六經，經生文士，多利祿之徒，遂使昭、宣以後，唯被公聊落于九江矣。此雖在朝一扼，而在野肄習如故，中秘之寶藏亦如故。向、歆父子校讎典籍，輯而理之，又附以文作（王延壽之附《九思》亦同此義），楚辭幸以未墜。遭世亂離，大劫不没，以至洪、朱，而得殘存。此中土史籍之一大幸，亦吾人之一大幸也。然歷代學人知此者鮮，故治此者亦鮮。清人博通六籍，而獨遺此南金，實爲憾事。余以樗昧，頗思以探賾古代史實，闡揚祖國文化。老殘衰病，志大量小，且作擁彗之趨，冀有昭蘇之倰。

王逸章句本楚辭，爲漢世肄習之籍，附叔師自撰之《九思》，乃延壽等所爲，雖有續貂之誚，而過不在叔師。且前十六篇，畢竟爲楚辭不祧之祖。散亂楚辭者起朱熹，以後代有增損，皆爲熹所蔽，至多不過爲朱氏一家之説，不足爲正，故本書以章句爲斷。

歷代注楚辭者多家，今多不傳。騫公音自近時發之，且殘斷太甚，僅存《離騷》一篇五之一（別有專文，收入《楚辭論文》一書中），只可作零散補苴之用。洪興祖補注一本叔師舊説而申之。王氏章句通雅有諒，洪補十得八九，且存唐以前遺説較多，故即以王本、洪補兩書爲依據。朱熹集注，實多采洪説，亦時有發明，故以爲輔車。洪補本今所存者，以明黃省曾刊本爲最早，商務《四部叢刊》影印亦最易得，故以此本爲據。

自史公以來，唐世談騷者衆。唐以後，類書大出，其所摘引，與今時有出入，凡可證今本是非得失者，一一徵録。惟余別有《楚辭考文》一書，點滴采入。此書不在考文，僅取其足以説明而止。洪、朱兩家所列校文，多唐以來舊本，其所引《楚辭釋文》，不僅文字異同，即訓詁考迹，亦多可采，故亦納入（余別有專文論之）。

文字訓詁多依《説文》、《爾雅》、《方言》爲斷，爰及甲骨、金文。非好立異，特以漢語發展與文字攸關最切，字義不明，則語義亦荒矣。惟自屈、宋至叔師，時歷千載，言有時變，作者又非一人，是以一字而有數義，非分疏不足以明文旨。故往往數義駢列，則其中必有本變。本變彰明者，以本建首；不顯白者，則于訓釋時擇當申言之。

史實記載、文物、制度、地理、博物，皆當一一考索，求其發展之迹，與文字訓詁有本變者略近。然推索原始，往往遂成異説，如伏羲、女媧之與扶桑、十日，蘭椒之與子蘭、子椒，鯀非大惡與儒言不協，王恒、王亥爲殷之先公先王與甲文相同。蓋楚有三墳、五典、八索、九丘之籍，非北土所傳，其保存古史乃至先史之遺説至多，非世所常習，遂爾奇詭，此亦當申明者也。

本書非一時所作，歷時凡三十年，且非作者專業所在，故一文之成，往往經歷時日，再三修潤，遂致時有矛盾，一時不能全部統一，當陸續正之。又有若干條目，論撰之時非以楚故爲的，遂爾敷與旁達，蜂午四出，與全書體例不甚劃一，如伊尹、傅説、呂望，本爲作者《殷周三臣考》之稿本；少艾、滑稽，爲當日一時興到之作，其文皆繁衍，今亦不加删削。

歷代説楚辭、漢賦者，至夥頤。余腹笥至陋，略得百四十家，三千餘條，皆曾録附。即其論撰，可采至少，大抵宋以前存之者多，元、明可取者少。清人獨到者，亦數家。至近世議論雖多，而并未至于蓋棺，故時人所論，缺略遂多矣。

左圖右史，自古爲肄業所必具，甚且有以圖譜爲主，解説次之者。至近世而其術益精。余舊爲《古人民生活圖史》十二卷，即師此義。楚辭所涉文物制度，考古風習，至爲繁賾，曾采清代學人顧亭林、程瑶田、江慎修、戴東原、阮芸台諸家之所考訂及吉金圖録之所載；自建國後考古之業日宏，而楚舊壤所出亦最多，遂加徵録。凡有關者莫不攝製模繪，遂至有數百幅之多，可謂盛矣。而諸老先生之所考，用力至勤，矩矱至嚴，雖實物之證驗爲得，而有不可廢者，亦多于文中附之，而以近世出土者爲主。

夫以實物證屈、宋文理思致，俞脈皆得叙然。即以長沙、信陽、江陵而論，吾得而斷制者，有怡然理順之樂。噫，可貴矣！天象、地輿之圖，可助讀騷通旨之資，故亦博采入書。惟余未習天文，于地志所知亦甚少，未必能自信矣。

博物諸圖，多取歷代名畫，增益讀書雅興不少。然寒齋素羞澀，又不能入秘府任所取用，遂使徵采未必皆精。

制度一端，所涉至博，淺陋如余，豈敢多言！亦如宮室輿服之類，多徵之清人定説。插圖列表，以佐觀省，而免翻檢之勞。

《天問》篇所涉至廣博。天象、天體、天式、星辰等，無齊、魯、三晋所傳之深厚，似爲南土民間原始傳説成分，較多浪漫之色彩，與《莊子》略同。然論天德、天道諸端，則頗與儒説相契。又文中所傳古史，則與《山海經》、汲冢書合者爲多，可能爲三、五、八、九之傳而後世失其籍者。自漢以還，百家被黜，于是取證遂少，不能不曲爲之説。而奇詭不經之論，非短章鯀句所能明，且往往非四句或一小組全具不能申説，本書選詞遂多扞格。余別有《重訂天問校注》已詳之矣，不能一文兩用，故繁賾過甚者，多從省略。

《遠遊》一文，在屈子爲別調。蓋窮極而反之義，此屈子文學之浪漫面也（其文法用韵皆與《騷》、《章》同）。戰國諸子，多有此情，莊子、荀子、管子爲最，世人遂以爲非屈子之作，蓋未明此固古作家常規也。其言頗近神仙導引之術，王而農遂以道士言解之，似屈子兼爲道士之學者，則與實情未必調遂。故本書于諸食氣、飲露、呼吸、養心之説，但于詞面淺言之，不敢深求。其所取證，不除莊生、淮南，以其爲南楚達士，自有其歷史根源也。

用韵本楚辭常規，歷代皆有説，而清代學者言之最悉。此事至紛雜，非統籌全書不爲功，不易以單詞片語個別明之，余別有《韵例》一文，本書遂亦不具。

文字異同，余《屈原賦校注》已徵録略備，惟漢人諸文，未曾輯録，余已別有《楚辭校文》一書，亦擬賡續印行，故本書于此亦多省略。

凡所詮釋考定：詳于屈、宋，尊其始也。略于漢人，任其橫奔野走，不必深求耳。且漢人旁雜，非一家之言，理絲無端，而益紛之爾。

全書總爲十類：一、天事；二、輿地；三、人事；四、歷史；五、意識；六、制度；七、文物；八、博物；九、書篇；十、詞。其大齊固至昭明，而俛張不易定者亦時時遇之，如顓頊、軒轅，人也，而天事星名中有之；伏羲，人也，而實與扶桑、昧爽相切，遂入天事。凡遇此等，皆斟酌重點，列之最允之部。當分別于諸部中一一明之。

天事之部，略分九類。一曰太空、氣色，二曰天體，三曰日月星辰，四曰歲時，五曰天象（道），六曰天庭，七曰天神，八曰迷信，九曰顏色。此爲一方便法門，非科學分類，即愚暗如余，亦自知之。且各類界限，亦殊雜沓難明。而天神、迷信兩類，更多勉强附入。土木玉石銅鐵敗瓷雜糅一爐，固不易爲力也。

輿地之部，略分山水、城郭（名）、原藪及形態。形態者，謂山水形狀之詞，及原野、丘林分別之要，此義易明。他如"東南傾"、"江界"、"長州"、"四荒"之屬，似可出入于山水原藪之中。凡此等詞，當以類比而成義；無比，則義不顯，故立形態一類者，義在于此。

人物之部，略析爲形態、姿容、行能、稱謂、親屬、雜類六事。此以人之體質行能及人與人相關之事爲主，其義亦至昭明。惟行能一類，多與詞部相涉，其圻界固不能劃然不紊。又姿容一類，與修飾相涉，則與文物通流。

歷史之部，略析爲姓名、史事、方國、作家，此其例至顯，無庸申言者也。

意識之部，略析爲宇宙、認識、人生、政治、道德、人等，共六類。不全不盡，而其所涉範圍，以屈子各文爲主，漢人所言，概不闌入，此于全書爲稍異。本有刑法一類，以其條目太少，遂爾省略。

制度之部，可析爲國都、職官、宗族、宮室、民社、量衡等六類。制度一類本至繁夥，一切人事之具備紀律方式，皆成制度，故兵甲、輿服、飲食、稱謂、姿容，莫不具一定之方式。本書所涉，舉其大者、全者而言，略以建置爲度，故列方國都邑、職官等類，而以較小或部分制度各別爲類矣。

文物之部，略可析爲旌旗、車船、兵器、飲食、衣履、玉飾、樂舞、雜器用八事，此中如九穀、雞鴿，不入博物，視其輕重而定也。

博物之部，凡分草木、蟲魚、鳥獸及礦物四部，義蘊最爲顯白，無庸分辯。惟馬類有與車相繫而入文物者，博物功能，亦時與他類相涉云。

書篇之部，略析爲通論、篇目兩類。其中應納入歷代楚辭著作及書畫等類，以余別有《楚辭書目五種》詳之，故省略不錄云。

詞部凡分七類：一、單詞，字成詞者皆屬之，異于兩字以上之詞。然有若干複詞，詞性不穩定者，亦多分別爲條目，如苗裔可合爲一詞組，然詞性不穩定，遂亦分兩條釋之。二、虛助詞，此中有一種詞調形式之虛助詞，如"以……而"、"于……乎"、"何以……之"、"寧……時"、"而不可此……也"等，決不能析爲二三詞，其中不少爲屈賦特有調法，故特爲詮釋，明其作用。三、疊詞，即疊兩字成一詞組也。四、聯綿字，此兩字成詞，不可分釋者也，如陸離、嬋媛之類。然漢語發展史中有一特殊現象，即文字追隨語言之現象，以近似之兩訓詁字易純記音之聯綿詞，遂成一種組合詞與聯綿詞之過渡體，如容與、猶豫、容濡、優游，實一詞之變，于是而聯綿詞與複合詞實不易分，凡此等詞，皆一二斟酌，有定稿時仍不能肯定者（其詳已具余《詩騷聯綿字考》一書）。又聯綿字既以音爲主，音之馳驟繁變萬端，其衍益至夥，余五十年前已成《詩騷聯綿字考》八卷，詳其通轉變化之迹，今則一概從略云。五、組合詞，以兩訓詁字合爲一詞，習慣上已合用成風，古今一致，或爲同義，或爲反義，或爲近義，其事亦至紛雜，有時已成熟語。六、成語，習慣上用成語一詞，多指四字組合之詞，如守株待兔、愛屋及烏等。此則以兩言爲主，當命曰成詞。其詞性較組合詞爲固定，含義亦自有其特殊之色彩，如謇修、光景、撥正等皆是。其與組合詞差殊亦至難析理，有時在屈賦中已作成詞用，而漢以後賦，不過爲一組合詞者，亦往往而在，此事較難掌握。七、章句，屈賦中時有非全句解析，不能與上下文貫連者，則亦不避作全句全章之析理。如《九章·悲回風》"物有微而隕性"及《招魂》"帝告巫陽"一段，古今訓詁多難明其旨義，訓詁之道有時而窮，非作全句解析，與上下文鈎玄通理，不能明其義蘊，則亦時時選入書中。惟《天問》一篇，此事最艱鉅，不勝其繁，余已于《重訂天問校注》中詳之，此書遂不復見矣。

本書行文，初擬以語體爲之，而舊作拘牽，譯寄爲難，遂以淺近文言爲之。

校書如掃落葉，余深有體會此言。而于此書則多有思理所不能辯，巧術所不能達者。著漆黏固，不能盡除。在清寫前已由及門四子交錯校讎，清寫正本時，余躬自任之，而女兒爲之補標點之遺誤、字形之吊詭、句讀之差池、章句之奪佚，凡失誤在十處以上者，必一一以別策重録之。至楷則定本時，又作最後一校。定本不可重寫，則挖補刮礦、雌黃退粉，再三拂飾，終不能净。計其中以標點符號略爲百分之九十，不能易以他牘。此于文理詞句大義所關，原不甚重。而核對未周，字體惡俗，章句小乖，志在通曉，必使其通讀，無損于義理，然校讎方術亦有時而窮矣。白璧微瑕，亦此書之玷也，豈大爲可憾耶！

　　本書多考文，不利于簡體字，故作計求影印。然一經清正楷則後，即不得更改。待抄竟，余躬爲索隱條目。條目既張，則凡短缺重沓一一顯見。缺者不能不補，重者不可不删。本書以事類相屬爲卷，則删補某類某條，其篇幅字數多少不得有出入。寫新補各條，文理少者則增益一二例範以足之；文義多者，篇節不能自制，于是處理長文發爲二例，一則將次要證驗之詞作夾注，雙行縮之以省行數，如“芰荷”一條；或省標點以容正文，如“坐堂伏檻”一條；又或緊縈行數以納之，如“故居”一條。余與於校讎之事數十年，其方術巧信，至優爲之，而於此書則斟酌損益，有時而故技不能施，此亦校讎難任之一端也。

總目録

本册目録

天部第一

天

《楚辭》天字六十餘見，除專門術語如天津、天式、昊天、天閶、天門、天狼、天極等詞及其他複合詞，如天下、皇天等皆分別列專條通解，此處不再詳考。此條但就屈宋賦中所用"天"義爲之分析説明如下。考天字甲文作 <!-- glyph -->、<!-- glyph -->、<!-- glyph --> 等，金文則多作 <!-- glyph -->。就結構言，乃繪一人形（即大字），特大其首以明其義，此與企字作 <!-- glyph --> 特大其足趾以見義者正復相同。乃指人之頭部言，當即後世之所謂天靈蓋。于是鑿頂之刑，亦得曰天。《易》所謂"其人天且劓"者是也，別詳余《文字樸識》。其用指蒼蒼者，蓋引申之義。謂其無上至高之處，人立雖在極高而天總在人頂上，故引申以命蒼蒼者。自殷周以來其用益繁。于是原始宗教上之至上至高不爲人所知，而巫祝史氏之流，依人世生活方式社集組織，以窺測此渺不可知之天，于是付與品德而人格化，探其結構而具象化。自殷至周已漸成體系。至戰代而説之益周詳。天有高人之知能，于是天道、天命、天體諸端，遂成爲戰代大酉利用、學人討論之一事物，以建邦立國，使愚者俯從之浩瀚巨浪。屈子世掌天官，兩使于齊，故其文中言天體、天命、天道之處極多，分詳天命、天道、天式諸條。而文中言天之處，亦不外此三五事。原始造字之本義久已渺不可追，漢賦諸家亦無一用本義者矣。屈宋言天莫詳于《天問》。而《離騷》、《九歌》、《九章》、《遠遊》、《九辯》諸篇亦莫不言之。兹分詳于下。

（一）天體論。《離騷》"周流乎天余乃下"，《九歌·湘夫人》"高駝兮冲天"，《少司命》"登九天兮撫彗星"，《山鬼》"余處幽篁兮終不見天"，《九章·悲回風》"遂儵忽而捫天"，《惜誦》"昔余夢登天兮"，又“欲釋階而登天兮”，《哀郢》“瞭杳杳而薄天”，《天問》“何感天抑墜”，《遠遊》“上寥廓而無天”，《大招》“天白顥顥”，《九辯》“瞭冥冥而薄天”，與《大司命》之“廣開兮天門”，《遠遊》“命天閣其開關兮”，皆指蒼蒼者言，亦即指天體而言。此中之天可以登而游戲（《惜誦》兩登天借以喻入仕于朝之義）。上而捫之，薄而近之，天有門戶，其色顥顥諸事。而《天問》言之尤詳，自篇首“遂古之初”以下若干句，組成一具象之天體。“冥昭瞢闇”，“馮翼惟象”，九重之圜，繫之以幹維，八柱以支之，有天極不動處，其面有九，其體亦有九，而日月列星附焉。其具體描寫較《淮南·天文訓》具體而微。此中所言天體之形態、性相有與今日天文學相合者，而大半出于想象之成分爲最多。大體言之，即以人世帝王宅京之制擴大而爲之。以人世色相擬天體具形，其所反映者以其謂爲當時對天之設想，無寧謂爲當時人世組織之反映爲更切貼。其詳參《重校天問校注》可也。

又《九章》、《九歌》各篇中有天地一詞，天與地對舉，此天字亦指天體。如《九章·涉江》之“與天兮同壽”，《招魂》之“天地四方，多賊姦些”，《遠遊》“維天地之無窮兮”，又“凌天地以徑度”，《九辯》“生天地之若過兮”，又《天問》之“上下未形”之上下，則天地二字之代語也。

吾人試就上列諸句，不難窺知屈宋對天之推測，蓋以人世社會組織中政治體制之帝王、宮廷、疆域等結構之擴大與神秘化而已。

（二）天德論。天德一詞，正式出現于《大招》篇之“雄雄赫赫，天德明只”。王逸注此句以爲“楚王有雄雄之威，赫赫之勇，德配天地，體性高明”云云。則指爲天生之德，而非言天之德。然屈宋文中，固多申說天德之義，而《大招》又明言“德譽配天，萬民理只”。則天之有德昭然明白。而《橘頌》亦言“秉德無私，參天地兮”，皆王注之所本。試更徵之他文，則《離騷》之“皇天無私阿兮”，天之德也（“皇天無私阿兮，覽民德焉錯輔”，即《尚書》“天視自我民視，天聽自我民聽”之義，此言皇天無私阿之德也）；“指九天以爲正”，天德也；《遠遊》“恐

天時之代序兮", 天德也; 又"惟天地之無窮兮", 天德也;《九辯》之
"皇天平分四時兮", 皆言天固有之德。《九辯》有云"賴皇天之厚德
兮", 固然言天德之厚矣。試分析上列諸句, 則天地長存而無窮, 四時
代序而不紊, 其對人世則無絲毫不公之私, 故可爲民作正。此類思想其
實皆自殷周之際發之, 至戰國而成其友紀, 屈宋所言, 不過戰國以來諸
子中之一說而已, 并非屈宋自創之説。此固深習史事, 精熟故習, 而又
有宗教性之神秘思想, 與文學創作中之浪漫意識相調胹而得者也。

　　(三) 天道論。《楚辭》使用天道一詞。只一見于《七諫·自悲》
"見韓衆而宿之兮, 問天道之所在"。王逸注"天道, 長生之道也"。依
上下文義斷之, 王注是也, 與吾人所欲言之天道非一事。然屈宋諸文,
無一用此一詞者, 而天道一詞確爲春秋以來諸家之所樂言。《易·謙·
彖》曰"天道下濟而光明", 又言"天道虧盈而益謙", 其在《書》則
《湯誥》言"天道福善禍淫",《左傳》昭十八年"子産曰: 天道遠, 人
道邇",《周語》曰"天道賞善而罰惡", 又曰"吾非瞽史, 焉知天道"。
其在孔門, 則《論語·公冶長》"夫子之言性與天道, 不可得而聞也"。
細體《易》、《書》、子産諸言, 則屈宋所陳與此合者固不難得。《離騷》
"皇天無私阿兮, 覽民德焉錯輔……夫孰非義而可用兮, 孰非善而可
服", 此與《易》之"下濟而光明",《周語》之"賞善罰惡"并同義而
無殊。且謂屈子固楚史世家也, 古史官必深知天象, 因以推論人事, 而
歸其禍福盈虧之象于天, 則屈子之有自春秋以來相同之天道觀, 固其宜
也, 無用疑焉。不煩多徵, 即以《天問》一篇論之, 如后益與禹皆鞠躬
盡瘁, 而益祚被革, 禹則後嗣隆盛, 鯀亦能咸播秬黍, 何由并投; 舜弟
肆犬豕之心, 而終不危敗, 梅伯、箕子皆聖人, 何以一則受醢, 一則佯
狂以避世; 周武伐殷, 切激如是, 何以後嗣逢長等事, 無一不以天道之
不可知爲説。此豈有異于孔子之不言性與天道同一用意, 與子産之天道
遠説亦復相通。

　　次復《騷》、《章》、《天問》中一再言天命一詞, 天命亦古政治上及
宇宙觀上之常用成語, 見于《尚書》、《詩經》者多至數十百條, 其含義

亦即天道之一部分。《哀郢》以爲"皇天之不純命兮",至楚人東西竄亡。《天問》以"皇天集命"、"天命反側",則屈子之言天命人事者多且深矣。別詳天命條。

皇天

此詞《楚辭》五見義皆相同。《九章·哀郢》"皇天之不純命兮",王注"德美大稱皇天",此自其德言之也。《離騷》言"皇天無私阿",《九章》"皇天之不純命",《天問》"皇天集命,惟何戒之",《九辯》亦云"賴皇天之厚德兮",皆就德言之。《七諫》言"皇天保其高兮",就其象言之。《九辯》又云"皇天平分四時兮",就其業言之,戰國秦漢之言皇天者,其全質如是。

按《離騷》"皇天無私阿兮,覽民德焉錯輔"兩語,爲屈子天道觀之基本質素,此即《尚書》"天視自我民視,天聽自我民聽"之義。此言皇天無私,而以觀察民之所得于身心者,而後賜王者以賢人爲之輔,即申上文"湯禹儼而祗敬兮,周論道而莫差。舉賢而授能兮,循繩墨而不頗"之四句,言湯禹能祗敬論道舉賢授能故皇天乃爲之置輔也。故下文即承以"聖哲"、"茂行","用此下土",聖指聖君,哲指賢臣,至爲明白。《九章·哀郢》篇亦曰"皇天之不純命兮,何百姓之震愆"。朱熹云"皇天之不純其命,不能福善禍淫,相協民居,使之當此和樂之時,而遭離散之苦也",云云。大體得其旨意,而義未盡,此言何以百姓震動,豈皇天不純其命,意謂非皇天不純,特在上者之不以百姓之心爲心,遂使百姓有此震動遷徙之事也。與無私兩語完全相同而可相成者也。由"皇天之不純命"之言,思及《天問》"皇天集命,惟何戒之;受禮天下,又使至代之",一則其義自與《哀郢》爲一類,言皇天既集命于殷,爲何又不使之常日慎戒,殷紂已得天下,又使之至于爲周家所代。此天道之不可信歟?非也!此言受不自慎戒,則其命之爲周所代,乃天命之自然。大體《天問》之涉及人事者,亦多以天道推論之,不爲肯定之斷語，而爲虛擬之詢詞。此所謂反言若正者矣。特詳天命一條。天命實即天道之詞，有時則外延較天命爲大。

然屈子言天實有三種方式，一爲理智上之天道，即上文所舉兩例足以明之。以《橘頌》"秉德無私，參天地兮"，説出德字，亦最明白。二則浪漫面之天，則諸遊天庭，入帝宫，倏忽捫天，見《悲回風》及《遠遊》之"載營魄而登霞兮，掩浮雲而上征"，以下直至篇末"與太初而爲鄰"，皆是此一義中事。此一大段所陳之義，與《離騷》自"駟玉虬以乘鷖兮，溘埃風余上征"，以下至篇末大義實相同。皆屈子文中浪漫寫天人之際之交往，此則一面爲情感中之求解脱《遠遊》之所爲作即此意，一面則固古巫史能上達下情之一種設想。屈子之左徒、莫敖、三閭大夫諸職，莫不與史職有關，故託詞乃言天人之際之義，非必後世神遊詩之比也，別詳天字條。三則指論天體，以今語譯之，即銀河系統之構成、運行、變化諸端。即《天問》一篇自篇首至"烏焉解羽"一大段之所陳也。散見于上下、陰陽、九重、斡維、天極、九天、十二諸則。

天地

屈宋賦言天地六見，大體分兩義。一指天地之本體。如《遠遊》"凌天地以徑度"，《招魂》"天地四方，多賊姦些"，《九辯》"生天地之若過兮"，諸天地是也。此明指在上之天、在下之地（依漢師説）言。此天地有上下之義，如天地四方，即上下四方之義也。《荀子·儒效》"至高謂之天，至下謂之地"，義即此。《莊子》言天地最悉，詳《天地篇》及《逍遥遊》，《易·序卦傳》亦言之。此皆就天地本義爲一複合詞，即就本義解之可也。一指天地之德言。如《九章》"與天地兮同壽"，此言天地有久長之德也。《遠遊》"惟天地之無窮"義亦同。又《橘頌》"秉德無私，參天地兮"，則正"皇天無私阿"之義，即"天何所載，百物生焉，四時行焉"之義。此與《莊子》、《易·序卦傳》、《禮記》、《吕氏春秋》諸書所陳略同。《莊子·天地》"天地雖大，其化均也"，又《逍遥遊》云"若夫乘天地之正"，皆言天地化成萬物。《莊子·達生篇》"天地者，萬物之父母也"，《易·序卦傳》之"有天地然後萬物生焉"，此言天地有好生之德也。《禮記·禮運》亦云"禮必本于太一，分而爲天地，轉而爲陰陽"，亦言天地之德也。其例至繁，無庸多舉而可知之。屈宋承用古義，不離當時所趨向，舉《莊子》同。

字又作天墬。《天問》之"墬何故以東南傾"，又"感天抑墬"，皆即地字也。《説文》籀文地從墬、從土。《淮南·墬形訓》亦用籀文，或又誤作墜，詳墬字條下。《漢書·郊祀志下》多用墬字，師古注亦曰"天地字"可參。

又疑天池之誤。《遠遊》"凌天地以徑度"，王逸曰"超越乾坤之形體"。俞樾《讀楚辭》曰"按天地疑天池之誤，《九歌》'與女沐兮咸池'，注曰'咸池，星名，蓋天池也'，王逸作九思，亦有'沐盥浴兮天池'句，乃解此句，則以乾坤釋之，其所據本已誤矣"。按俞説至確。

天墬

《哀時命》"生天墬之若過兮"，王逸注"言己生於天地之間，忽若風雨之過"。墬即古地字。《漢書·叙傳·幽通賦》"惟天墬之無窮兮"，師古曰"墬，古地字也"，叔師即以今字地字釋之，參地字條下。

天下

天下一詞，屈宋賦凡數見，其義皆以指國家或當時所能理解之地上萬國言。如《天問》"受理天下"，言紂治理殷國也。《九辯》"諒無怨于天下兮"，及"尚欲布名乎天下"，亦言無怨于國，布名于國也。其指諸侯之國最明白者，如《孟子·梁惠王下》"天下固畏齊之强也"，注"言天下諸侯素畏齊之强"。其指諸侯共載之天子言則最明，如《孟子·離婁上》"皆曰天下國家"，趙注"天下謂天子之所主"是也。又按《吕覽》云"天下有不勝千乘者"，注云"天下，海内也"，此其遞義矣。

昊天

《九思·傷時》"惟昊天兮昭靈"，舊注"昊天，夏天也。昭，明也。靈，神也"。按昊天一詞，爲《尚書》與周金中恒語，其含義至複雜。《尚書·堯典》、《詩·王風·黍離》皆以爲元氣廣大曰昊天，昊本義爲大，故指其混元廣大之義。《爾雅·釋天》則云"夏爲昊天"，李巡曰"夏萬物盛壯，其氣昊大，故曰昊天"。王注皆用《爾雅》説也。然《尚書今文説》則以春爲昊天，諸家説之至不一。舉《詩》言昊天十餘事，不必定指春夏言也。故鄭玄曰"六藝之中，諸稱天者，以情所求之耳，非必于其時稱之。浩浩昊天，求天之博施；蒼天蒼天，求天之高明。旻天不弔，求天之生殺當得其宜；上天同雲，求天之所爲順其時也。此之求生，猶人之説事，各從其主耳"云云。言古人對天之思想，因時因事而言，非必定有所專，爲義至通，各隨文義事理求之可也。

旻天

《九思·哀歲》"旻天兮清涼"，舊注"秋天爲旻天。秋節至，故清且涼也"。按《大禹謨》曰"號泣于旻天"，傳"仁覆愍下謂之旻天"。《王風·黍離》毛傳同。此其通義也。至舊注以爲秋天，則據《爾雅·釋天》爲説也。《爾雅注》"旻猶愍也，愍萬物凋落"。《孟子·萬章上》"舜往于田，號泣于旻天"，注"旻天，秋也"。《白虎通·四時》"秋曰旻天"。參昊天條引鄭玄注。

冥昭

指天象之總體，或冥冥，或昭昭也。對舉字複合詞，《天問》"冥昭蕾闇，誰能極之"。按洪興祖《補注》"冥，幽也，所謂窈冥之門也；昭，明也，所謂大明之上也。……此言幽明之理，蕾闇難知……"朱熹《集注》"冥，幽也；昭，明也，謂晝夜也"。按"冥昭"二句在"上下未形"二句之後，"馮翼惟像，明明暗暗"之前，叔師以指日月晝夜，朱熹以爲指晝夜，皆不合詞氣。洪以爲幽明之理，則通指一般現象言，亦非行文之理。此冥昭自指天象之總體言也。言天象之總曰冥昭，此冥冥昭昭之象至爲幽暗，有誰能究極之也。與蕾闇一詞合參。

陰陽

周秦以來古籍中經常聯用之雙聲對舉詞。對于事事物物之屬性，爲正反、爲相對、爲相比或作用相成之一種代詞。爲構成周秦諸子哲學體系中之一種支柱。文學作品中沿用亦至多，而無諸子各家之嚴肅。《楚辭》六見亦分爲五義。

（一）指宇宙萬物生成本德之兩極。《天問》"陰陽三合，何本何化?"王逸注"謂天地人三合成德，其本始何化所生乎?"洪興祖《補注》"穀梁子云，獨陰不生，獨陽不生，獨天不生，三合然後生。逸以爲天地人，非也。《穀梁》注云古人稱萬物負陰而抱陽，沖氣以爲和。然則傳所謂天，盡名其沖和之功，而神理所由也"。朱熹《集注》曰"天地之化，陰陽而已。一動一靜，一晦一朔，一往一來，一寒一暑，皆陰陽之所爲，而非有爲之者也"。按此兩語承明明闇闇來，則陰陽即上文明闇一類。"三合"三字讀爲參，作動字用，言陰陽二氣相參合，何所爲本，何所爲化也。即《莊子·至樂》所謂"天無爲以清，地無爲以寧，故兩無爲相合，萬物皆化"。又《田子方》篇"至陰肅肅，至陽赫赫，肅肅出乎天，赫赫出乎地，兩者交通合成而萬物生焉"。其說亦見《大戴禮·曾子天圓》篇，皆直指陰陽，或轉爲天地，而未有于陰陽之外別增第三者以爲三合之說，則陰陽直指化生之基本德能言也。《吕氏春秋·大樂》篇云"萬物所出，造于太一，化于陰陽"。即此陰陽參合之義。故高誘注云"陰陽，化成萬物者也"。

（二）陰陽指寒暑。《九辯》七"四時遞來而卒歲兮，陰陽不可與儷偕"。王逸注"寒往暑來，難追逐也"。按以陰陽爲寒暑，亦引申之義也。《詩·大雅·公劉》"相其陰陽，觀其流泉"。鄭箋云"觀相其陰陽寒煖所宜，陽氣煖，陰氣寒，故以陰喻冬寒，以陽喻夏暑也"。

（三）指清濁變化而主于生死之氣言。《大司命》"高飛兮安翔，乘清氣兮御陰陽"。王逸注"陰主殺，陽主生。言司命常乘天清明之氣，御持萬民死生之命也"。洪《補注》引"莊子曰，乘天地之正，御六氣之辯，乘猶乘車，御猶御馬也"。朱熹《集注》云"清氣謂輕清之氣，陰陽則兼清濁變化而言也"。古今說《九歌》此句者，陰陽一詞，多本朱熹說。其實熹義與逸說無大殊，逸就效果言，朱就作用言。林雲銘氏以爲"清氣即天得一以清，不死之門也。陰陽二氣所以爲生死之理也，坐乎不死，以操人物之生死"云云，似更明白通暢。按《莊子·則陽》"陰者氣之大者也"。《莊子》又云"乘天地之正，御六氣之變"。所謂清氣，即天地之正；所謂陰陽，即此六氣之類也。皆足補王、朱二家說之不足。故陰陽之氣即清濁變化而有主于生死之氣也。陰陽爲二氣主生死，戰代以來多言之。《月令》"仲夏，陰陽爭，死生分"，又"仲冬，陰陽爭，諸生蕩"；《周禮·地官·大司徒》"陰陽之所和也"；《樂記》"天地訴合，陰陽相得"；《正義》"陰陽相得者，言體謂之天地，言氣謂之陰陽"。而《淮南子》言尤詳盡，如《泰族訓》云"神明接，陰陽和，而萬物生矣"。諸說至繁雜，不能一一詳言。"乘清氣御陰陽"者，即《莊子》所謂"乘天地之正，御六氣之辯"也。陰陽當即此六氣之辯。

（四）陰指臣，陽指君言；或陽指君子，陰指小人言。《九章·涉江》"陰陽易位，時不當兮"，王逸注"陰，臣也；陽，君也。言楚王惑蔽羣佞，權臣將代君與之易位，自傷不遇明時而當暗世"。洪興祖《補注》曰"陰陽易位，言君弱而臣強也"。朱熹《集注》"陰謂小人，陽謂君子"。按《易》家多以陽陰配尊卑、男女與及一切對舉之象，如剛柔、外內、顯隱、日月、雹霰、左右、動靜、雄雌、春秋、火水、開闔諸端，故君爲陽象，臣爲陰象；君子爲陽，小人爲陰。

（五）陽爲仁，陰爲義。《九歎·遠遊》云"北斗爲我折中兮，太一爲余聽之，雲服陰陽之正道兮，御后土之中和"。王逸注"陽爲仁也，陰爲義也"。按叔師通上下文義，而爲之説，非陰陽一詞有仁義之義也，特仁義爲儒家道德之兩則，性質不相同，略可爲對舉之詞，故子政以此爲正道，而叔師引申之爲仁義也。此似本之《易緯·乾鑿度》，若依古説定之，則陰陽亦即句中所謂之正道也。《易·繫辭》"一陰一陽之謂道"是也。陰陽又可分言，《九歌·大司命》"壹陰兮壹陽，衆莫知兮余所爲"。王逸注云"陰，晦也，陽，明也"，"出陰入陽、一晦一明，衆人無緣知我所爲作也"。朱熹《集注》云"一陰一陽，言其變化循環無有窮已也"。陰陽分隔，各代前置詞，其實與陰陽組合言之者，義無差別也。叔師此注，以明晦釋之，主其質而言，此爲陰陽二字常見之義。朱熹以變化釋之，主于用。主于用者，不僅于明晦一端，故朱説較融通。

以上諸義，除《九歎》一義外，皆戰國以前舊説。考此詞最早見于《左傳》昭元年"六氣，曰陰、陽、風、雨、晦、明也。分爲四時，序爲五節"。《莊子·則陽》亦云"陰陽者，氣之大者也"。此當爲原始本義，其語根與偃仰、抑揚、鴛鴦、寒熱等皆相同。周秦以來諸子多以此代表一種相反而相成之事象。亦有引申而獨用其相反義者（如水火、日月、《易·繫辭上》生死等），有引申獨用其相成義者（如君臣、夫婦、春秋、南北、左右等），而總之則皆得以一道字概之。此《易·繫辭》所謂"一陰一陽之謂道"也。其相反而又相成之對舉事物，如以陰陽指天地（見《素問·陰陽離合》篇）、剛柔（《易·繫辭下》）、尊卑、內外、寒燠（《詩·大雅·公劉》箋）、清濁、隱顯（《大戴禮·文王官人》）、浮沉（《周禮·考工記》）、君臣、男女、牝牡，其用不可勝數。至戰國而五行家有陰陽之説，寖假而爲陰陽家。其書不傳，而此一術語，可作各種解釋，則自其發展而可以知之。

字又作黔陽，《大戴禮·文王官人》"生民有黔陽"即《逸周書·官人》之"民生則有陰有陽"也。

對舉事物，有二大類，其界劃顯白者曰絕對，其界劃以較量而別者曰相對。陰陽一辭所涉範圍，絕對與相對皆有之。如以上表男女、牡牝、生死、陟降、動靜，此絕對之義也。上下、左右、老幼、長短、寒暑，以比量而差，則相對義也。我國先秦已知此義，而其用圓活。故陰陽一辭爲一切學派所共用，以表其所建之特殊含義。則性相如何，當視全文全書而定，考鏡源流，非本文所能盡矣。

太陰

《九歎·遠遊》"選鬼神於太陰兮，登閶闔於玄闕"。王逸注曰"言己乃選擇衆鬼神之中行忠正者與俱登天門，入玄闕，拜天皇，受勑誨也"。按太陰一詞，子政之用，與漢以後諸家異。漢以後或以月爲太陰，對日爲太陽言也；或以冬爲太陰（見《獨斷》），以夏爲太陽對也。而子政此用，則徑以·陰字爲主，鬼神居于陰位；故選之于陰暗昏夜之地，加太字以形之。太陰猶言大陰，陰之甚者，惟鬼神能居之云爾，別無他義蘊。

泰初　太初

古言氣之始爲太初，引申爲一切初始，故王逸以道字釋之。

《遠遊》"與泰初而爲鄰"，王逸注"與道并也"。洪興祖云"《列子》曰'太初者，氣之始也'。《莊子》曰'泰初有無，無有無名'。按《騷經》、《九章》皆託游天地之間以泄憤懣，卒從彭咸之所居以畢其志。至此章獨不然，初曰'長太息而掩涕'，思故國也；終曰'與泰初而爲鄰'，則世莫知其所如矣"。按泰初即太初。泰、太古字通用。《莊子·列禦寇》"若是者迷惑于宇宙，形累不知太初"，又《知北游》"若是者外不觀于宇宙，內不知乎大初"。太初亦即大初，《釋文》"大初音泰"是也。此先秦言太初最早之據。洪引《列子》見《天瑞篇》，云"夫有形生于無形，則天地安從生，故曰有太易，有太初，有太始，有太素。太易者未見氣也，太初者氣之始也，太始者形之指也"云云，此漢以後推演綜合而發展之一説，可爲瞭解古説之作。然《荀子·禮論》云"兩者合而成文，以歸大一"。大讀太。太一謂太古之時也。此即《禮記·禮運》所謂"夫禮必本于太一"。《正義》曰"必本于太一者，謂天地未分，混沌之元氣也"。極大曰太，未分曰一，其氣既極大而未分，故曰大一也。則與屈子泰初之説亦合（別參太一條下）。大抵自春秋以後，哲學亦往往以"一"指萬物（宇宙）、萬象最原始之混然狀態。《説文》所謂"道立于一"是也。太字則指最極之始，則太一者，猶言最原始之事物混然之狀態也。別參余《釋一》。

太清

天以至清而成，故曰至清，亦曰太清。至修煉家則以指一種沈静清明之精神狀態。

《九歎·遠遊》"譬若王僑之乘雲兮，載赤霄而凌太清"，王逸注"言己志意高大，上切於天，譬若仙人王僑乘浮雲，載赤霄，上凌太清，遊天庭也"。按太清一詞，本道家術語。《淮南子·精神訓》"抱其太清之本而無所容與，而物無能營"，此指人之修養境界，爲一種沈静清明之精神狀態。《文選·東都賦》李善注淮南子曰"太清之化也，和順以寂寞，質直以素樸"，高誘注"太清無爲之化也"。惟子政此用，則但就清字之義而引申之。古言清輕之氣以成天，重濁之氣以爲地，故天清而地濁。增太以形容之，太清者天也，故曰載赤霄而凌太清，叔師以遊天庭釋之是也。則太清猶《白虎通·天地篇》言"形兆既成名曰太素"。《鶡冠子·度萬篇》"唯聖人能正其音，調其聲。故其德上及太清，下及太寧，中及萬靈"，解云"太清天也"。《後漢書·仲長統傳》云"敖遊太清，縱意容冶"。皆漢人習用語。《莊子·知北遊》有"不遊乎太虛"之言。虛、素、清義皆同。又太清猶言至清，詳至清條下。

至清

猶言太清，古以天由清氣成，故曰至清。《遠遊》"超無爲以至清兮，與泰初而爲鄰"，王逸注"登天庭也"。洪補曰"《淮南》云，契大渾之樸，而立至清之中"。按至清猶言太清，古説天以至清成，地以至濁成，故稱天曰至清。《莊子》則言太虛（見《知北遊》）。又《白虎通·天地篇》云"先有太初，然後有太始，形兆既成，名曰太素"。此言無爲至清與泰初爲鄰，則在超出天之形質而復其初，猶言復其始生之時也。爲道家修養之士之所本，爲一種沈寂清静之精神狀態。以實物指之則曰天庭，曰天之始而已。其實義固得通也。洪補曰"《列子》曰'太初者氣之始也'，《莊子》曰'泰初有無、無有、無名'。按《騷經》、《九章》皆託遊天地之間以泄憤懣，卒從彭咸之所居以畢其志，至此章獨不然，初曰'長太息而掩涕'，思故國也。終曰'以泰初爲鄰'，則世莫知其所如矣"云云，欲以此解遠遊歸結之義，其意良善。而謂"世莫知其所如"，則大非。由洪氏以此篇亦屈子心志中語，故與《離》、《章》等同視之，其實此篇爲屈子浪漫面之作，所謂"超無爲以至清，與泰初而爲鄰"者，不過託乘上浮之終極。託乘上浮者，亦《離騷》反其初服之義爾。此時屈子死志未決，聊借此以發其幽愁憂思之想，亦獨善其身之義，非謂即欲棄去人間也。推究其極而論，亦不過外生死之思而已，不得謂世之知與否也。漢以後或曰太清，參太清條。

六氣

陰、陽、風、雨、晦、明之氣也。

《遠遊》"餐六氣而飲沆瀣兮"，王逸注"遠棄五穀，吸道滋也。《陵陽子明經》言春食朝霞，朝霞者日始欲出赤黄氣也；秋食淪陰，淪陰者日没以後赤黄氣也；冬飲沆瀣，沆瀣者北方夜半氣也；夏食正陽，正陽者南方日中氣也。并天地玄黃之氣，是爲六氣也"。陸氏《莊子音義上》載王逸注《楚辭》所引《陵陽子明經》朝霞句作"朝霞者日欲出時黃氣也"，又"冬飲沆瀣"作"冬食沆瀣"，"并天地玄黃之氣"作"并天玄地黃之氣"。《文選·琴賦》善引"冬食沆瀣"作"夏食沆瀣"。《漢書·司馬相如傳》應劭注引《列仙傳》、《陵陽子》并同。諸書各有長短，并可參。按叔師引《明經》說六氣，以天地四時爲六氣，恐非是。四時之氣亦承天地之氣者也，不得以四時與天地相抗。《左氏傳》昭元年"天有六氣，降生五味，發爲五色，徵爲五聲，淫生六疾。六氣曰陰、暘、風、雨、晦、明也。分爲四時，序爲五節。過則爲菑，陰淫寒疾，陽淫熱疾，風淫末疾，雨淫腹疾，晦淫惑疾，明淫心疾……"此爲古說之最早者。《莊子·逍遙遊》亦云"乘天地之正，而御六氣之變"。六氣之變，即左氏所謂陰、陽、風、雨、晦、明之淫也。《書·洪範》云"雨、暘、燠、寒、風、時爲六氣"。按《洪範》謂"雨、暘、燠、寒、風、時爲六氣"云云之說與左氏說亦大體相合。則六氣應以左氏說爲正。且《遠遊》六氣句下即承以"飲沆瀣"、"漱正陽"、"含朝霞"。若餐六氣如《明經》所言，則沆瀣等爲贅辭矣。叔師大約就沆瀣、正陽等名，而據《明經》立說，未能審實辭氣，是亦一失也。又按《莊子·逍遙遊》六氣之辯，注引司馬、劉、李奇諸說，與叔師引《明經》之說，皆漢儒新義，多雜神仙導引家說，似皆不足爲據，惟左氏說爲最古，足以正叔師之謬。

惠氣

形名相屬之複合詞，如今言和氣也。

《天問》"伯强何處，惠氣安在?"王逸注"伯强，大厲疫鬼也，所至傷人。惠氣，和氣也。言陰陽調和則惠氣行，不和調則厲鬼興。二者當何所在乎?"洪補曰"惠，順也"。朱熹《集注》"惠，順也，惠氣謂和氣。惠者氣之順也，厲者氣之逆也。氣之流行，充塞宇宙，其爲順逆，有以天時水土之所值，有以人事物情之所感，萬變不同，亦未嘗有定在也"。按惠氣之説，王、朱皆以爲和氣，至碻。《説文·叀部》"惠，仁也"。則惠氣猶後世言惠風、惠化、惠政之流，惟其中當有故實，故屈子以之爲問，今不可考矣。

元氣

《九思·守志》"隨真人兮翱翔，食元氣兮長存"。舊注"元氣，天氣"。按元氣釋作天氣，見《後漢·明帝紀》永平二年"事畢升靈臺，望元氣"。注"元氣，天氣也"。注説恐不與此同，此當與《漢書·律曆志》"太極元氣，涵三爲一。極，中也。元，始也"之元氣同義。孟康曰"元氣始于亥、子未分之時，天地人混合爲一，故子數獨一也"。則元氣謂陰極陽生之氣。即後世服吸之士有子午功之説，子時服食元氣可以長生也，亦即《莊子·在宥篇》所謂"鴻濛之氣"。食元氣之説，與《遠遊》"餐六氣而飲沆瀣兮，漱正陽而含朝霞"之義同。又古言食六氣、食朝霞、食正陽等，無言食元氣者，此元氣或亦六氣之誤。元、六二字形近，可譌也。存參。

祲氣

《九思》"障覆天兮祲氛"，舊注"祲，惡氣貌"。按《説文·示部》"祲，精氣感祥，從示，侵省聲，《春秋傳》曰見赤黑之祲"。隸變作祲，《周禮·眂祲》鄭注"祲，陰陽氣相侵漸成祥者"。又後鄭云"妖祥，善惡之徵"。又"保章氏以五雲之物，辨吉凶、水旱，降豐荒之祲象"。注云"視日旁雲氣之色，青爲蟲，白爲喪，赤爲兵荒，黑爲水，黃爲豐"。又《説文》氛字"祥氣也，雰或從雨"，段注"祥氣謂吉凶先見之氣"。《左傳》曰"非祭祥也，喪氛也"。按注"氛，惡氣也"。《晉語》曰"見翟相之氛"，注"氛禮氛凶象也"。是祲氣乃義近複合詞，舊注言祲惡氣，似單爲祲作解，未允。

壹氣

謂先天所得之元氣，即上文之六氣、精氣等等合言，即漢人之所謂元氣。

《遠遊》"審壹氣之和德"，王逸注"究問元精之秘要也"。按"餐六氣"、"精氣入"，此言"審壹氣"，則壹氣謂專一其氣，其中當含六氣與精氣合言之，則壹氣猶漢人之所謂元氣。故叔師注云"究問元精之秘要也"。故下文言受道之秘有二，一則無亂其精神（魂）而得自然之妙；一則壹氣而有孔神之妙，存于中夜，恒在其身矣。此壹亦即上文"羡韓衆之得一"之一。一即道，故曰道可受。則屈子所謂壹氣，與老子所謂"專氣致柔"義蓋相似。"壹氣和德"，謂專一其先天所得之元氣，則與太和長久之德合。"壹氣孔神"者，謂專一其氣，則氣盛而能神，其神既舍，則恒在于身也。故此壹氣亦含精氣于其中，廲穢之氣不得入矣。漢人則曰元氣，元氣指大化之氣，而壹氣則指附于人之氣，其實一也。參元氣條。又按壹即後世絪緼之急言，即《說文》之壺。

清氣

天之氣也，古說清氣上浮爲天，故天曰清氣。

《九歌·大司命》"高飛兮安翔，乘清氣兮御陰陽"。王逸注"陰主殺，陽主生，言司命常乘天清明之氣，御持萬民死生之命也"。朱熹《集注》云"清氣謂輕清之氣"。按上言高飛，此言乘清氣，則清氣即高飛時所乘之氣，故叔師以天清明之氣釋之也。天氣清明者，古傳清氣上浮爲天也。《老子》"天得一以清，地得一以寧，萬物得一以生"，此天氣之所以爲清氣也。

衆氣

《惜誓》"澹然而自樂兮，吸衆氣而翱翔"。王逸注"衆氣謂朝霞、正陽、淪陰、沆瀣之氣也，言己得與松喬相對，心中澹然而自欣樂，俱吸衆氣而遊戲"。按衆氣當即《遠遊》之六氣，彼注引《陵陽子》釋六氣至詳。除上引朝霞等四氣外，尚有正陽、玄黃，是爲六氣。《莊子》亦云"御六氣之辯"，李注有朝霞、正陽、飛泉、沆瀣及天玄、地黃，皆漢以來傳說中道家服吸導引術中之術語。《左氏傳》所言，陰、陽、風、雨、晦明爲六氣（參六氣條）。凡此種種皆以之說明六氣之種種則可，以之說明《遠遊》、《惜誓》之六氣、衆氣則混言之耳。參六氣條。

氛

《楚辭》五見（並參氛埃條）皆一義，惡氣也。

《遠遊》"絕氛埃而淑尤兮"，王逸注"氛，惡氣也"。《左氏傳》曰"楚氛惡"，按氛本訓祥氣，字又或作雰，統言則吉凶皆可曰氛，析言則吉氣曰祥，凶氣曰氛。詳氛埃條下。

氛埃

妖氣與塵埃也，義近合用詞。

《遠遊》"絕氛埃而淑尤兮"，王逸注"超越垢穢，過先祖也。言行道修善，所以過先祖也"。洪補曰"氛妖氣。《左傳》曰'楚氛惡'"。又同篇"氛埃辟而清凉"，王注"掃除霧霾與塵埃也。一曰辟氛埃"。按《説文》"氛，祥氣也。從气分聲"。大徐"符分切"，字或作雰。段注"謂吉凶先見之氣，統言則祥氛二字皆兼吉凶，析言則祥吉氛凶耳"。桂氏《義證》引之詳矣。埃，《説文》"塵也。從土矣聲"。大徐"烏開切”。單言則曰埃，絫言則曰塵埃，是氛埃乃義近複合詞，亦猶氛濁（見《九歎》“逢紛”，詳氛濁下）、氛霧（見《淮南·本經訓》）之比。

冥晦

義近複合狀性詞，幽暗也。

《九思·逢尤》“雲霧會兮日冥晦”，舊注“衆偽蔽君，如雲霧之隱日使不可得見也”。按冥晦二字義近，此複合狀性詞也。《說文》部首“冥，幽也”，又《日部》“晦，月盡也”。王筠云“晦爲一月之終。月本無光，向日而有光，晦日則但存所有光之日矣。故從日。許說之曰月盡者固支，何注《公羊》是月之幾盡同，亦謂月光竭盡也”。《爾雅·釋言》“晦，冥也”。此一詞不見先秦典籍，大約起自漢人，《淮南·兵略》“大霧冥晦”與《九思》此言正同。《論衡·雷虛》亦曰“或曰天已東西南北矣，雲雨冥晦，人不能見耳”。引申爲一切幽暗之詞，《漢書·五行志下》“心區霧則冥晦”。聲轉爲冥暗，《五行志下》“其廟獨冥”。師古注“冥，暗也”。則冥晦與冥暗正一義也。

冥昏

義近複合詞，幽闇也。

《九懷·昭世》“世溷兮冥昏”，王逸注“時君闇蔽，臣貪佞也。一云世溷濁兮”。按冥昏，義近複合詞也。《說文·冥部》“冥，幽也，從日，從六，冖聲”。按許氏說字形不可通，後世多紛說，林義光以爲“六即陸之古文，從日在陸”。雖勝舊義，而仍未可通，本蓋闕之義可也。《爾雅·釋言》“冥，窈也”，孫炎云“深闇之窈也”。（《說文·穴部》“窈，深遠也”。）引申爲凡闇昧之稱。又《日部》“昏日冥也，從日，民聲”。原作“氏省。氏者，下也。一曰民聲”，按昏當以民聲爲正字，從氏者，唐人寫經，民、氏多相混，蓋唐人避太宗諱改也。《唐書·高宗紀》昏字改昏（在顯慶二年十二月）。曆家謂日入三商爲昏，引申爲凡幽闇之稱。

冥

《楚辭》冥字十四見，皆一義之變。《說文》"冥，幽也"。《爾雅·釋言》"冥，幼也"，即窈也。冥者，明之藏也。《易·豫》"冥豫"，馬注"昧也"。《無將大車》"維塵冥冥"，《箋》"蔽人目明，令無所見也"。引申之則天象幽暗，故天象天事皆曰冥，如《莊子》南冥、北冥是也。《楚辭》十四見，義皆不外是。惟叠用冥冥爲最多。茲不更詳，合參冥冥可也。《九章·悲回風》"據青冥而攄虹兮"，此以青冥爲天也。天色蒼蒼，故曰青冥。《天問》"冥昭瞢闇"，此言天象有幽冥，有昭明也。又《大招》"冥凌浹行"，王注"冥，玄冥……北方之神也"。（朱熹訓冥爲幽暗，其實義則相成也。）漢人《哀時命》之"浮雲霧入冥"、《九懷·昭世》之"竦余駕兮入冥"，此兩冥字，皆指蒼冥之天言也，與《山鬼》之"杳冥冥兮羌晝晦"義同。參冥冥條。

玄顔

《招魂》"懸火延起兮玄顔烝"，王逸云"玄天也，言己時從君夜獵，懸燈林木之中，其火延及燒于野澤，煙上烝天，使黑色也。烝，一作蒸"。朱熹用之。洪補云"顔，容也"，說異。按依王、洪則玄顔猶後世曰天顔，然天顔指人王，此則指天色也。言懸火延燒，則天之顔色亦被火煙上升而黑也。舊注可從，惟朱熹注言"火延燒于野澤，上烝玄天，使天赤色"，其說蓋本之《詩傳》、《說文》。按《易·文言》言天元，《考工記》言"天謂之元"，是元者天色也。《周髀算經》有"天青黑，地黃赤"之說，龜稱元武，龜之色青而黑，皆言天色青黑之證，不得兼赤色也。別參蒼天條，金鶚《求古錄·元色蒼色辯》雖辯章服，亦可參證。

青

《楚辭》二十用，約分四義，天色青蒼，故言天象多曰青。

（一）天色也。《九歌·東君》之"青雲衣兮白霓裳"、《遠遊》"涉青雲以汎濫"及《七諫》之"青雲流瀾"、《九思·遭厄》之"載青雲"；或曰"青冥"，《悲回風》"據青冥而攄虹"、《九思·悼亂》之"曾逝青冥"，皆是。

（二）動物色也。龍蛇之物，多青色者，加青以形之，《涉江》之"青虯白螭"，《招魂》之青驪、青兕，《七諫·自悲》之青龍，《九懷·株昭》之青蛇，《九歎·怨思》之青蠅，皆是。

（三）草木色也。植物亦得曰青，如《少司命》之"秋蘭青青"、《招隱士》之青莎、《桔頌》之"青黃雜糅"、《九思》之青葱。《九歎·憫命》"菀彼青青，泣如頹兮"，王逸注"菀，盛貌也。《詩云》'有菀者柳'，言己觀彼山澤草木，莫不茂盛青青而生"，雖未明言草木，而實指草木言之也。

（四）東方色也。凡草木初生，其色皆青，而戰國以來，以五行配五方者，青爲東方之色，故春曰青春，《大招》"青春受謝"是也。《說文》"青，東方色也。木生火，從生、丹"。（會意）按字當從生，井聲，甲文、金文皆是也。從丹者，特小篆之譌，從生猶從木，草木始生，其色皆青，故以爲青色之青，此字之本義也。《大招》別有"青色直眉"一語，此言以黛畫眉也，黛色輕描之則青也。

清

《卜居》"以自清乎"，王逸"修潔白也"。清字《楚辭》二十九見，皆一義之變也。《說文》"清，朖也，澄水之皃"；《詩·黍苗》"泉流既清"，《傳》"水治曰清"；《伐檀》"河水清且漣漪"，故清字有澄清之

義。澄清則潔，潔則明，能澄則静，故引申爲静，爲净。《楚辭》二十
九見，中有太清、清都、清源（《遠遊》）、清雲（《遠逝》）、清氣（《大
司命》），皆指天象言，天象至清，故曰太清也。帝王之居如在天，故亦
曰清府（《九歎·思古》）。此外如《遠遊》"超無爲以至清"，《九辯》
"天高而氣清"，《遠遊》之"氛埃清凉"，《九辯》"收潦水清"，《漁
父》之"滄浪清"，《悲回風》"岐山清江"，《遠遊》之"赤松清塵"、
"神明清澄"，《九歎·惜賢》"談時風之清激"，《九思·傷時》"陽氣發
兮清明"，《哀歲》之"旻天兮清凉"，《愍命》之"清激"，皆有超然高
速之義。至漢人亦復相同，屈子感嘆之語亦言"廉潔正直以自清"、"世
溷濁而不清"、"伏清白以死直"、"不清澈其然否"。用爲精神狀態上之
形容修潔，此固與其他道德範圍相一致。至于二招之酎清凉、清馨等，
皆以其潔而言也。又聲用清和（《九思》）、清商（《惜誓》）。戰國以來，
清字爲修煉之士與儒者稱頌品質高遠之一恒語，遂至今猶未廢矣。

靚

《九辯》"靚杪秋之遥夜兮"，王逸注"盛陰脩夜，何難曉也"，洪補
云"靚音静"，朱注"靚與静同冷寒也"。按靚静非同字，乃同音假借
也。靚本召也，即後所用召請字，借爲静。《漢書·賈誼傳》"澹乎若深
淵之靚"是也。至朱熹以爲冷寒，則當爲瀞字。《説文》"瀞，冷寒也，
楚人謂冷曰瀞"，則《九辯》亦用楚方言也。

炎氣

炎氣，南方火氣，或曰南方之火山。

《九章》"觀炎氣之相仍兮，窺煙液之所積"。王逸注"炎氛，南方
火也。火氣煙上天爲雲，雲出湊液而爲雨也。相仍者，相從也"。《神異
經》曰"南方有火山，晝夜火然"。炎本火上炎字。則炎氣之爲火氣，

乃複合詞也。叔師釋之爲南方火是也。無庸詳說，餘參氣字一條。

青冥

《九章·悲回風》"據青冥而攄虹兮"，王逸注"上至玄冥"。按王叔師以玄冥釋青冥，青玄同色也。玄冥本北方神，《月令》"孟冬之元，其神玄冥"是也。《吕覽·孟冬紀》高注以玄冥爲官名，少暤之子曰循，爲玄冥師，死而爲水神。《山海經·海外經》"北方禺疆"，郭注"字元冥，水神也"。然據上下文理詞氣推之，則恐不得以北方神解之。王曰"上至玄冥，舒光耀也"，則玄冥但指上天而言，古冥字與明同音通用，則青冥即青明，猶今言青天也。

太皓

《遠遊》"歷太皓以右轉兮"，王逸注"遂過庖犧而諮訪也。東方甲乙，其帝太皓，其神句芒。太皓始結罔罟，以畋以漁，制立庖厨，天下號之爲庖犧氏。皓，一作暤"。按太皓即太暤也。古帝王傳説多死而爲神，庖犧世爲東方之帝也，此傳説自春秋戰國以來已然。《吕氏春秋·孟春紀》"其日甲乙，其帝大暤"，高誘注"太暤伏犧氏，以木德王天下之號，死祀於東方，爲木德之帝"。説最具體。司馬貞《補三皇本紀》爲調停之説，曰"木德王，注春令，故易稱帝出乎震。《月令》'孟春其帝大暤是也'。又注云'按位在東方，象日之明，故稱太暤。暤，明也'"。暤明之説至允。而以春令易稱帝云，則出附會。字又作昊，見《九思》。

太昊

《九思·疾世》"訪太昊兮道要"，舊注"太昊，東方青帝也。將問天道之要務”。按即太皞，又作太皓，詳太皓條。

黯黮

《九辯》“彼日月之照明兮，尚黯黮而有瑕”。王逸注“雲霓之氣蔽其精也”。洪補曰“黯，鄔感切，黮，徒感切。云黑”。又《九歎·遠遊》“望舊邦之黯黮兮，時溷濁其未央”，王逸注“黯黮，不明貌也”，洪補曰“黯，烏感切，黮，都感切”。按洪兩音略異，王兩釋不明，言其辭義蔽精論其效用其實一也。按《説文》兩字皆訓黑（黯，深黑也；黮，桑葚之黑也）。單言則曰黯。《史記·孔子世家》“黯然而黑”，《廣雅》“黯，黑也，曰黮”，《淮南·主術訓》“問瞽師黑若何？曰黮然”。重言之則曰黮黮，《春秋繁露·深察名號篇》“有黮黮者各返其真，則黮黮者，還昭昭耳”。合言之則曰黯黮，聲轉黤黮。《一切經音義》十三“黤黮，不明也”。又變作黟黕。《玉篇》“黮黟黕，不明净也”。黤黟均在《黑部》，皆訓黑。黕，《説文》訓淺黃黑也。今俗言事不光明曰暗淡，亦作黯淡。又黯黮兩字，均不見先秦典籍，今《説文·黑部》字多後起分别文，疑古只作暗淡。

黕點

《九辯》“或黕點而汙之”，王逸注“讒人誣謗，被以惡名也”。洪興祖《補注》“黕，《説文》都感切，滓垢也；又陟甚切，污也”，朱注“黕點，垢汙沾辱也”。按黕，《説文》“滓垢也”，大徐“都感切”，段玉裁注“滓者澱也，垢者濁也”。《水部》沈“一曰濁黕也”。黕與沈，蓋轉注字，相所施不同而各爲分别立文也”。又《黑部》“點，小黑也”，引申爲汙，則二字爲義近字，此義近複合詞也（字與玷通用）。《玉篇·黑部》“黕點垢濁”，黕音丁感、丁甚二切。

晧旰

《九歎·遠逝》“曳彗星之晧旰兮，撫朱爵與鷃鶺”。王逸注“晧旰，光也。晧，一作皓”。洪補云“晧，下老切。旰，音汗。相如云：采色澔汗”。按《説文·日部》“晧，日出皃”，又“暤，晧旰也”。段玉裁曰“浩旰謂絜白光明之皃，旰同日出光軌軌之軌，非下文訓晚之旰也”。（訓晚之旰，讀古案切。）《爾雅·釋天》“夏爲昊天”，注“言氣晧旰”，疏釋曰“郭云言氣晧旰者，晧旰日光出之貌也”。（晧、暤古實一字，太皞即大暤，可證。別詳晧皓兩字下）。字又作澔旰，《漢書·上林賦》“采色澔旰”是也。重言之則曰澔澔汧汧，見《魯靈光殿賦》。日光曰晧旰，則水之大者曰浩汗，其義一也，見《晋書·孫楚傳》、《抱樸子内篇·微旨》、潘岳《哀永逝》。字又作浩汧，見《文選·魏都賦》。則漢以後依語義以結集之複合詞矣。

朱

朱字十四見，除專名之朱榮、朱明、朱冥等語不盡訓赤外，餘皆以表赤色。如《招魂》之朱塵、朱顏，《大招》之朱唇、朱顏、朱綴，《九歌》之朱宫，《九歎》之朱旗、朱爵，《惜誓》之朱鳥，皆作爲諸名物之形容詞用，惟《九思》有朱紫一詞，爲此字本訓。按《説文》“朱，赤心木，松柏屬”，此造字之本也。後凡赤紅色稱朱者，引申之義也。然赤色有深淺，不盡稱朱。《禮·月令》“乘朱輅”，疏“色淺曰赤，深曰朱”，謂淺于絳而深于纁曰朱。《論語》“惡紫之奪朱也”，王注“朱，正色也”，大概言朱色之字，有赤、絳、丹、纁、紫、朱、紅之分，而朱爲正色，故古籍以朱形容者爲最多最正矣。

白

《楚辭》白字四十四見，多爲名物之形容詞，如白水（《騷》），白蘋、白霓、白玉、白黿（《九歌》），白日（《天問》、《招魂》、《九懷》、《哀時命》等篇），或白黑（《懷沙》、《惜誓》），無他特殊含義。《説文》訓白爲西方色，解字形爲"從入，合二。二，陰數"云云，至弔詭不經。考青、黃、赤、黑、朱、紫、絳、玄皆以物事爲名。甲文、金文白字皆作θ，象日初升之形。日初升，光上射，反影如橢圓之形。北自齊魯，西至峨嵋青城，及印度洋、紅海皆然。胥不作正圓形，因以嘆甲文形體之切。θ上略出者，正光射之形也。義至顯白，無庸贅言之矣。

黴

《九懷·蓄英》"荔蘊兮黴黧"，王逸注"愁思蓄積，面垢黑也"，洪興祖《補注》曰"黴音眉，物中久雨青黑，一曰敗也"。洪補用《説文》義，其字從黑，微省聲。字亦作穤，作黱。《稗蒼》"穤，禾傷雨而生黑斑"。今世或作酶、作霉，皆俗字也。又《九歎》"顏黴黧以沮敗"，同義。

天式

《天問》"天式從橫，陽離爰死"。王逸注"式，法也。爰，於也。言天法有善陰陽從橫之道，人失陽氣則死也"。按叔師訓式爲法未允。此爲一天文學術語。丁晏《天問箋》曰"式讀與栻同。《史記·日者列傳》'分策定龜，旋式正基'，索隱曰'式即栻也，栻之形上圓象天，下方法地，用之則轉天綱加地之辰，故云旋式'"云云，説極確。參本書圖版式圖。

天德

《大招》"雄雄赫赫，天德明只"。王逸注"雄雄赫赫，威勢盛也。言楚王有雄雄之威，赫赫之勇，德配天地，體性高明，宜爲盡節也"。按此二語在"直贏在位……豪傑執政"及"三公穆穆……立九卿只"之間，則以天德指楚王德配天地，于文理詞氣極爲順適。又上文言"德譽配天，萬民理只"亦以指楚王之德配天地也。考殷周以來，多以德字形容或期許統治階級之帝王與諸侯，如曰明德（《禮記·大學》）、俊德（《尚書·堯典》）、順德（《詩·大雅·下武》）、順德（《易》"君子以順德，積小以高大"）、尚德（《荀子·成相》）等詞，皆以指國君有德。又《荀子·正論》"聖王在上，圖德而論次"。凡此等德，皆含有若干宗教意識，胥與上帝天帝有關。若國君失德，則國危民困，故又有所謂違德（《左傳》昭二十六年"君無違德，方國將至"）、否德（《書·堯典》"否德忝帝位"。又《伊訓》"德維治，否德亂"，《逸周書·芮良夫》"德則民載，否德民讎"）、弗德（《逸周書·官人》"有施而弗德"）、不德（《荀子·儒效》"所謂君子者，言忠信而心不德"）。按此蓋引《逸周書》弗德同義，言不以爲德，然不以爲德亦即有德而不自滿之義。與尚德、圖德等同義。《大招》所謂天德亦即順應天之德以臨民者也。故王逸注至爲允當。然則天之德如何？在屈子文中則"無私"、"以民心爲心"等，皆是其證，亦至繁賾，餘參天字中論天德條。《左》宣三年，王孫滿對楚子問鼎謂"周德雖衰，天命未改"，又莊公三十二年内史過對周惠王問神降于莘"國之將興，明神降之，監其德也"，皆可爲《大招》此語之確切歷史因力佐證。亦即説明王注之確有所本，而能與《大招》文義詞氣相調遂。

九重

《天問》"圜則九重，孰營度之"。王逸注"言天圜有九重，誰營度而知之"。洪補引《淮南》曰"天有九重，人亦有九竅"。按《離騷》云"指九天以爲正"，《天問》又言"九天之際，安放安屬"，亦言九天。此之九天，與此九重圜不同，此九重指立體之天言，以附會大宇宙之諸行星距地之差有九重也（見後）。九天則指橫面之天言（朱熹、朱珔諸家混爲一談，大非）。《離騷》九天則爲通言，如云蒼天也（參九天下）。然天九重之説，惟見《淮南·天文訓》、《漢書·禮樂志》諸書，丁晏引之詳矣。其説起自戰國，而漢人多言之，其名不同。《吕覽》、《淮南》、《禮樂志》、《大玄》乃至《爾雅》，至爲紛亂。其實皆無甚科學根據，實無詳説之必要。大體戰國以來以九爲數之極。凡至極之數，皆以九名之。九天、九重之得名亦不過如是，非真知有所謂九重天也。至漢人之立名者，各各依意爲之，未必有真實性之價值可言。至吳澄、沈括諸家稍稍能言天體實質，澄謂"天實有九層"。至利瑪竇入中土，更引西洋天文學行星分佈於銀河系統之説，以附會中土舊説，而九重天，似實有其事云。然其實皆後人推論之説，不足以解屈賦。明人方以智《通雅》卷十一有九蒼、九重、九闌、九乾、九靈、九閡、九陔、九位，皆言九天也。一則由綜合古説以得，非吾人所取也。徐文靖《管城碩記》卷十五，朱珔《文選集釋》卷十八，張雲璈《選學膠言》卷十四，皆引利氏以説九重之義，而亦可佐參考。兹採何俊《格致古微》卷四一條以附焉。"《天問》'圜則九重，孰營度之？'案即彼九重天説也。《明史·天文志》曰'楚辭云云'，則天有九重，古已言之。西洋之説九重也，最上爲宗動天，無星辰，每日帶各重天自東而西左旋一周。次曰列宿天，次曰填星天，次曰歲星天，次曰熒惑天，次曰太陽天，次曰金星天，次曰水星天，最下曰太陰天。自恒星天以下八重天，皆隨宗動天左旋，然各天皆有右旋之度，自西而東，與蟻行磨上之喻相符（按陽瑪諾説九重曰日、月、五星爲七重，第八重爲二十八宿，第九重爲宗動天云，見所著《天問略》）。王錫闡曰‘據此則七政異天之説，古必有之，近代既亡其書，西説遂謂創論。余審日月之視差，察五星之順逆，見其實然，益知西説原本中學，非臆撰也’。俊按利瑪竇《乾坤體義》，《欽定四庫提要》曰‘是書以七政恒星天爲九重，與《楚辭·天問》同’”。至王元啟《史記正譌》有九天説，雜引古言天名義者，纍而上之分佈爲九重，以意配合，殊無理據，蓋不足觀矣。果以今説附會言之，則太陽系九大行星，距離太陽系有遠近，最近者爲水星，其次爲金星，以下爲火、木、土、天王、海王、冥王及日、月，共九星。以此差殊，因得九重矣。以戰代天文知識而論，似更切近矣，其實此亦與利瑪竇諸人之説相同，蓋窺天之粗者也。

又《九辯》“君之門以九重”，洪補曰“《月令》云‘九門磔攘’。天子有九門，謂關門、遠郊門、近郊門、城門、臯門、庫門、雉門、應門、路門也”。按洪説九重之門，朱熹亦本之是也。王逸云“閨闈扃閉，道路塞也”，亦是此義，別參門字條。

九天

《楚辭》用九天三見，而分三義。一通言之，猶言上天、皇天、蒼天之類。一指天之橫剖面言，即所謂九野之説也。一指天之主體言，即九重之義。

（一）猶上天蒼天云耳。《離騷》“指九天以爲正兮”，此即《九章》“所作當作非，別詳。忠而言之兮，指蒼天以爲正”。九天、蒼天等耳，猶後人言上天，屈子他文言皇天。又《九歌·少司命》“登九天兮撫彗星”，義當與《離騷》、《九章》同。王逸注“九天，八方中央也”，蓋隨文申説，其實無義蘊也。

（二）指天之橫面言，即所謂九野之説也。當即指銀河系之橫面言。《天問》“九天之際”，王逸注“九天：東方皥天，東南方陽天，南方赤天，西南方朱天，西方成天，西北方幽天，北方玄天，東北方變天，中央鈞天"。叔師此注皆本之《呂氏春秋·有始覽》（皥天，《呂覽》作蒼天；成天，《呂覽》作顯天；赤天，《呂覽》作炎天，爲異）。與漢人所傳又稍異。《淮南》赤天作炎天，與《呂覽》同。成天作昊天，《呂覽》作顯，聲義皆相同。然其同以指九野之天，同自銀河系統之橫面立言，則同。此自戰國以來舊說。地有九州，故天亦有九野，則九野說蓋從九州說推論比附而得者矣。古謂黃道二十八宿區域爲野，以九野與二十八宿相配，于是而成《呂覽》之說，其言曰：

> 天有九野，地有九州……何謂九野？中央曰鈞天，其星角、亢、氐。東方曰蒼天，其星房、心、尾。東北曰變天，其星箕、斗、牽牛。北方曰玄天，其星婺女、虛、危、營室。北曰幽天，其星東壁、奎、婁。西方曰顥天，其星胃、昴、畢。西南曰朱天，其星觜、巂參、東井。南方曰炎天，其星輿鬼、柳、七星。東南曰陽天，其星是張、翼、軫。（《淮南·天文訓》全錄此）

九野說之本九州已至明白，高誘注"鈞天，其星角、亢、氐"。以下各星分野云"鈞天角、亢、氐，東方宿，韓、鄭分野"。"房、心、尾，東方宿。房、心，宋分野"。"尾、箕，燕分野"。"箕、尾，一名析木之津，燕之分野"。"斗、牛，吳、越分野"。"婺女，亦越之分野"。"虛、危，齊分野"。"營、室，衛分野"。"東壁一名豕韋，衛之分野"。"奎、婁，魯之分野"。"昴、畢，趙之分野"。"巂參，一名實沈，晉之分野"。"東井，一名鶉首，秦之分野"。"輿鬼，秦之分野"。"柳、七星，一名鶉火，周之分野"。"張、翼，周之分野"。"翼、軫，一名鶉尾，楚之分野"。以二十八宿分配地方九野。自是漢人之說，而非屈子本義矣。

（三）至九重天之說，與此大別。彼就天之立體言也，別詳。

又九天說，戰國諸子，惟《楚辭》與《呂氏春秋》言之，其亦有地域性存乎其中歟！又朱熹《集注》以王逸中央八方之言爲誤，而謂九天即“圜則九重”之義，其説實不顧詞氣之甚。圜九重自指天之立體言，若與九天同，則上下文複無謂，不當從。熹又引邵子之言，以爲“天包地外，大氣舉之，形如彈丸，旋轉無窮，究陽之數，至于九則”云云，蓋源於渾天之説而得者也。屈子時尚無此學，安得强《天問》以同漢人？覈考其失，蓋在讀“九天”四句與“斡維”四句相屬，不知斡維自繫上圜九重也。葡萄牙人陽瑪諾《天問略》有十二重天圖，與屈子更不涉，徒以後世新説附益古書，非其正也，參九重條。

十二

日月所會之辰，每歲十二次，故曰十二分，即黄道周天之十二等分也。

《天問》“天何所沓，十二焉分？”王逸注“言天與地合會何所？十二辰誰所分別乎？”洪補“天何所沓，言與地合也。《左傳》曰‘日月所會是謂辰’。故以配日。注云‘一歲日月十二會，所會爲辰’”。朱熹《集注》“此問天與地合會於何所？十二辰誰所分別乎？”、“此所問乃爲天地相接之處，何所沓也。今答之曰：天周地外，其説已見上矣，非沓乎地之上也。十二云者，自子至亥十二辰也。《左傳》曰‘日月所會，是謂辰’。注云‘一歲日月十二會，所會爲辰’。十一月辰在星紀，十二月辰在元枵之類是也。然此特在天之位耳。若以地而言之，則南面而立，其前後左右，亦有四方十二辰之位焉。但在地之位，一定不易，而在天之象，運轉不停，惟天之鶉火加於地之午位，乃與地合，而得天運之正耳。蓋周天三百六十五度四分度之一，周布二十八宿，以著天體而定四方之位。以天繞地則一晝一夜，適周一匝，而又超一度”。

按王、洪、朱三家説十二分爲十二辰，而又因一沓字，將日月之會一歲十二次以分屬于十二分野。此自後世推演之説，戰國以來本已有之。惟“天何所沓”二句與下文“日月安屬，列星安陳”實爲一事，則十二分但當指日月所會之辰言，不當引入天地沓會。王、朱皆就推究其極而言，而忘其不協于詞氣也。洪補以"歲在鶉火，我周之分野"云云，爲十二辰次，此則以歲星順逆之次爲説者也。分別本義與推演之義最爲明確，當從之。按《周禮·春官》"馮相氏掌十有二辰之位"。《左傳》昭七年"日月之會是謂辰"，杜注"一歲日月十二會，所會謂之辰"。此"十二分焉"，即指日月之會言。即黃道周天之十二等分也。黃道者，日月五星所行之道也。故下即承以日月列星云云，即以此而充類具體言之也。言日月五星，循行黃道，果何所繫屬而不墜，何所陳列而不差也。《天問》之義，僅止于此。此謂日月之會，十二月次爲一歲，爲十二分之本説。然依此十二會而比合地望，則爲十二次，即《周禮·大宗伯》"以土宜之法，辨十有二土之名物"，注曰"十有二土分野十有二邦也。上繫十二次，各有所宜也"，賈公彥曰"十二次之分，星紀，吳越也。元枵，齊也。娵訾，衛也。降婁，魯也。大梁，趙也。實沈，晋也。鶉首，秦也。鶉火，周也。鶉尾，楚也。壽星，鄭也。大火，宋也。析木，燕也。天有十二次日月之所躔，地有十二上王公之所國"。又《周語》伶州鳩曰"昔武王伐商，歲在鶉火"。又云"歲之所在，則我之分野，故知分野十二邦，上繫十二次，各有所宜也"。此十二分野與九分野，又自不同。《楚辭》所不言，兹從略。

六漠

《遠遊》"周流六漠"，王逸注"旋天一帀"。洪補曰"漠樂歌作六幕，謂六合也"。按洪以六漠爲六合是也。詳六合條下。漠本沙漠字，即程大昌所謂"沙磧廣漠，望之漠漠然"之義。所謂六者，指上下四方言之，則六漠猶《莊子》之大漠之稱。王叔師謂"旋天一帀"，亦此義。

雲漢

《九思》"越雲漢兮南濟"，舊注無。按《詩·大雅》"倬彼雲漢"，毛傳"雲漢，天河也"。字亦作銀漢，或稱天河、河漢、星漢、天漢、天津等名。而河漢二字爲主要用辭，乃形容銀河一帶之天文學術語，近世天體物理學以爲係無數小星合成，光度極弱，故視之如白雲，故曰雲漢。而銀則以色白而同聲之變，其他則文言修飾之詞耳。

雲漠

當爲雲漢之誤。《九懷》"浮雲漠兮自娛"，王逸注"乘雲歌吟而遊戲也，或曰浮雲漠，漠天河也"。按雲漠不詞，王注引或説作雲漢，誤增漠字，當出後世移録之誤。雲漢固詞賦家恒語，漢人用之極多，《九思》亦言越雲漢也。漠、漢字形相近而誤。

回極

（一）《九章·抽思》"悲秋風之動容兮，何回極之浮浮"。王逸注"回，邪也。極，中也。浮浮，行貌。懷王爲回邪之政，不合道中，則其化流行，群下皆效也"。洪補"極，至也。《詩》曰'江漢浮浮'，浮浮，水流貌。此言回邪盛行，猶秋風之摇落萬物也"。按叔師探作意立言，以悲秋兩句比邪政，義雖可會，而釋詞未當。洪釋極爲至，似較明，而仍未允。按回極即申上秋風動容之義，此自文法而可斷知之者。秋風動容，何以致回極浮浮也。動容即動搈，今恒語曰汹湧。"悲秋風之動容"，即《涉江》"欸秋冬之緒風"也。緒，隧之借字。隧風與回極之浮，正形容隧風之象。叔師以回邪釋回，以中釋極，略得仿彿。按回極即回遹一聲之轉（從矞之字，有譎、橘、蕎、繘、遹、矞、膌等，皆讀牙音，從矞字只喻見兩系，則與極爲雙聲。又遹在入聲質韻，極在入聲職；爲脂、之之轉，故兩詞得相變也）。《詩·小雅·小旻》"謀猷回遹"，傳"回，邪。遹，辟"。《説文》"遹，回辟（此字從《韻會》正）"。又《大雅·抑》、《桑柔》兩詩，皆有回遹。鄭箋皆訓維邪，亦即回辟之義，《韓詩》作欥（《釋文》引）。又《文選注》十四引韓詩則作沈沈。《漢書·幽通賦》"畔回穴其若兹"。回穴亦即回沈，回欥也。音讀胡決切。"何回極之浮浮"者，言邪辟之風，何以能流動至此也。字又作洄沄。王筠《說文句讀》曰潘岳《西征賦》"事回沄而好還"，借沄爲遹也。又省作穴，《幽通賦》"畔回穴其若兹兮"注引《韓詩》"謀猶回穴"。

（二）指天極回旋之樞言。劉向《九歎·遠遊》"徵九神于回極兮，建虹采以招指"，王逸注"回，旋也。極，中也。……謂會北辰之星，於天之中也"。朱熹注《九章·抽思》云"回極，指天極回旋之樞軸"，按即《天問》之天極，詳天極下，又參極字下。

八極

《九思·逢尤》"周八極兮歷九州"，舊注"求賢君也"。八極與九州對文，則八極猶言八方也。《史記·司馬相如傳》"是以六合之内，八方之外"。《漢書》師古注："天地四方謂之六合，四方四維謂之八方"。

八維

《七諫》"引八維以自道兮"，王逸注"天有八維，以爲綱紀也"。古言天如傘蓋，有維以繫於地。此言八維，則四方四隅各爲一維也。詳參斡維一條。

斡維

《天問》"斡維焉繫，天極焉加？"王逸注"斡，轉也，維，綱也，言天晝夜轉旋，寧有維綱繫綴其際，極安所加乎？斡，一作筦"。洪興祖補注"《說文》云'斡，蠡端沓也'，揚雄、杜林云'輻車輪斡也'，顏師古《匡謬正俗》云‘《聲類》、《字林》並音管’，賈誼《鵬鳥賦》云‘斡流而遷’，張華《勵志詩》云‘大儀斡運’，皆爲轉也。《楚辭》云‘筦維焉繫’，此義與斡同，字即爲筦，故知斡、管二音不殊，近代流俗音烏活切，非也”。斡，《説文》曰“轂端沓”，則是車轂之内，以金爲筦而受軸者也。維者，《管子》“天或維之，天莫之維，則天墜矣”。《淮南》曰“帝張四維，運之以斗，東北爲報德之維。西南爲背陽之維，東南爲常羊之維，西北爲蹏通之維”，注云“四角爲維也”。諸星運轉以爲天耳。古人以肉眼觀測天象，以爲天形圓如傘蓋。如傘蓋以納軸（如傘柄），蓋分佈四方，有繩以維繫之，而其四方更有八柱，以支柱之也。此即所謂斡維。

炎德

《遠遊》“嘉南州之炎德兮”，王逸注“奇美太陽，氣和正也”。南州指楚之南疆言，南州正熱帶地，故曰炎德，猶言火德也。火德爲五德之一，以五行之德配五方之位，南方正屬火，故南州而言炎德。屈子不明言五行，而其時已與方位相配之跡矣。

圜

圜字凡兩義，皆圜義之分化也。

《離騷》“何方圜之能周兮”，王逸注“言何所有圜鑿受方枘而能合者”。又《九辯》五“圜鑿而方枘兮”，即王逸《離騷》注之所本，此兩圜字皆作圓字用，古圜即圓字也。後世分爲二，圜以指天體，而方圓則作圓也。其實則古傳説天體，固亦圓形矣。朱駿聲以渾圓爲圜，平圓爲圓，恐亦强爲之辨也。《易·説卦》“乾爲圜”。《吕覽·序意》“大圜在上”，注“天”也。《天問》云“圜則九重”，王逸注“言天圜而九重”，洪補曰“圜與圓同。《説文》曰‘天體也’。《易》曰‘乾元用九，乃見天則'。《淮南》曰'天有九重，人亦有九竅'"。參九重條。

十日

《招魂》"十日代出"，王逸注"代，更。言東方有扶桑之木，十日並在其上，以次更行"，洪補曰"《莊子》曰'昔者十日並出，萬物皆照'。十日，見《天問》。代出，言一日至，一日出，交會相代也"。按十日一詞，爲中土古代歷史悠久、内含豐富而又對歷史發展有重大關係之一傳説。不僅爲中土史前人民對宇宙之懸想體認，保存有宗教上之含義，認識宇宙之過程及運用，此一概念之特殊作用，且直接影響及于宗教學（光明崇拜即其一端），歲時、日曆之學，乃至中土歷史之發生、發展皆極有關係之辯證唯物史論。不僅爲瞭解屈賦漢賦之一重大事件，亦爲瞭解中國古史之一大事件。又且爲周秦兩漢諸子所同具（或同感興趣）之一公案。爲吾人所不可忽視者也。唯屈賦關于此詞，從字面論之，僅《招魂》一見；從事象論之，則相牽涉者尚多。而《天問》之"羲和之未揚，若華何光"及"羿焉彈日"二語，與此實爲一事之兩説。王逸以來注家亦多就《天問》一處，徵引史料論之，其實皆未能審實事變，徒爲資料排比堆集而已。今謂此一問題，當就三方面論之。一就此一故事之生成發展之説論之；二就所描繪之形象與秦漢以後之圖象論之；三者就總上列資料，以探討初民對宇宙日月之設想（認識）及後來之發展過程，自宗教迷信至較理智之認識，以辯證此一問題之唯物史觀。以首二事爲根柢，而以第三論點爲之説明，庶幾能近于真際云。

一、十日故事之發展

此義乃整理史料而得其演變之過程，約得兩事，一爲十日生成之説，一爲羿射十日之故説。

（一）十日生成之傳説。

《山海經·大荒南經》云"羲和者，帝俊之妻，生十日"，郭注"羲和蓋天地始生日月者也，故啟筮曰：空桑之蒼蒼，八極之既張，乃有夫義和，是生日月（生字原誤爲主字今正）"。生十日之說，此爲最具，而關鍵爲帝俊妻義和。考義和在儒家書中爲堯之四臣義仲、義叔、和仲、和叔，實司四時。此顯然爲政治制度已臻完備之時，儒者特依此以設想，遂化古人傳說之日月神爲司日月之臣工。本實已虧，而史影仍未沒也。然在《山海經》中，則《大荒西經》以帝俊之妻爲常儀，生十有二月。常儀即義和一聲之轉，而生十二月顯然爲生十日之變。《呂覽·審分》以義和作占日，尚儀作占月云云，遂爾分爲兩人，此歷史傳說發展之正常現象。自此遂爲戰國一代所傳日月神之根株矣。今謂義和一名，爲春秋戰國以來有關日月傳說之矢的，不論南北諸子、儒、墨、名、法各家皆言之，而屈賦爲最具，其傳說分離綜合之肢脈亦最富。其實即秦戰間人所傳之伏羲與女媧之合體也。義即伏羲，蓋古有複輔音。和媧即雙聲之轉，又歌麻合韻字也。加女者特後世區別之詞耳。聲轉則爲扶桑，變爲日所據之木。又轉則爲昧爽，日初出之象。昧爽即晨曦之義矣。別詳義和一詞下。在人世傳說中，又即"女岐無合，夫焉取九子"之女岐，詳女岐條下。此中糾紛雖多，倘得其環中，則未始不俞脈叙然矣。

（二）射日故事。

《山海經·海外東經》云："湯谷上有扶桑，十日所浴，在黑齒北，居水中，有大木，九日居下枝，一日居上枝"。又《大荒東經》云"湯谷上有扶木，一日方至，一日方出"。兩說相同，此古傳說最樸素之部分，日雖有十，而出登扶木則一爾（一日居上枝），其他九日皆相續更迭。日初升與將沒，熱量最低，初民設想，遂以爲入浴。且升沒皆隱于地下，故創爲入浴，其地曰湯谷（依義定之，則《書》古文作暘者，爲正字）。如此而已，雖有神秘，亦切事實。寖假則十日并出，萬物皆照。《莊子·齊物》至《招魂》而言十日代出，流金鑠石。結集而爲《淮南·本經訓》之說矣（見下）。然《天問》僅言"羿焉彈日，烏焉解羽"。《歸藏》則云"羿彈十日"。至《本經訓》云"堯時十日并出，草木焦枯。堯命羿仰射十日，中其九日，日中九烏，比死墜其羽翼，故留其一日也"。至此則日只有一個，爲人世體認證驗之所肯定矣。此中有一極其自然而必然之辯證發展，蓋吾初民以爲日有十個，此屬于對宇宙之蒙昧時代所得之設想。人世以此設想而爲種種臆必之推説，定十日之名（即天干十字），以此十字爲崇拜之對象。統治階級以此命名、定獻、決事（詳余《從社會功能蠡測干支之發展》一文），而天文家以九道配九子，政治家以九天配九野配九州，皆此一迷信相因相成之發展所得集素。寖假而知天不能同時有十日，于是南土諸哲（莊子、屈子、劉安等人皆南士。北士無爲此説者）乃創爲堯命羿射十日而墜其九之説，以完成其在實際檢驗所肯定之一日。其歷史的辯證發展，固非常嚴肅不苟也。惟屈子言代出，而又言流金鑠石；莊子言并出，而言萬物皆昭；至《淮南》用《莊子》之"并"，又集屈子之流鑠之義，此雖一字之微，而歷史故事發展之跡，固予吾人以極大之啟發也。

二、與日月有關諸傳説之形象

十口傳説，至秦漢以來，民間使用之爲藝術性之創作者，不僅如屈子、《呂覽》、劉安之文章，亦多見于民間藝術，如繪畫、雕刻諸端。其中多含宗教意味，此亦本質上必然存在之真象，不足爲蔽。吾人且即此而能更深邃了悟古傳之真象，此考古學之所以不可廢也。

余論此事，約分兩端，一則其人其事，二則其物，皆取證于近數十年來考古發掘之資料言之也。

甲、羲和即伏羲女媧。

羲和即爲伏羲女媧之合體，上文已論之。別詳羲和伏羲二則下，今但就考古發掘言之，山東梁山縣后銀山漢墓壁畫，在天上畫一人，題爲伏生，蛇尾人身，蓋以爲最早帝王（見一九五九年《山東文物選集》一〇五頁）。王延壽題漢初魯恭王《魯靈光殿賦》言"伏羲鱗身，女媧蛇軀"。東漢武梁石室刻像伏羲女媧像（在第一石第二層）亦作蛇軀鱗身，兩尾相交，手持規矩，旁題曰"伏羲倉精，初造王業，通卦法繩，以理海內"。四川重慶博物館藏一九五四年楊子山漢墓出土之日神畫像磚，尚存一軀，人首蛇身，捧日輪，輪中有物（可能爲金烏），此與早年重慶沙坪壩發現漢石闕與石棺雕刻相同。常任俠氏以爲伏羲舉日輪（見《漢畫藝術研究》七，又《金陵學報》八卷一、二期有圖）。至一九五五年，新繁清白鄉東漢墓後石室，東西側壁石上，發現有西王母磚，左右嵌日神、月神（見一九五六年六月《文物參考資料附圖》），宜賓市翠屏村漢墓畫像石（見《考古通訊》一九五七年三期），皆與上兩磚相同。不僅此也，吾鄉昭通亦曾見此種石刻像，則西南各地似最爲普遍（西南瑤族信奉伏羲、女媧，謂洪水後人類已絕滅，此兄妹兩人成婚，乃有人類云云。此亦爲索解之一事例），如陝西北周匹婁歡石棺（見一九六五年《文物》九期，《西安碑林述略》一文）及《吉林輯安洞溝高句麗墓壁畫》（見梅原末治《通溝》下，又一九六四年《考古》二期《吉林輯安王盆故四號和五號墓清理略記圖版》二）。以上各墓，男像、女像皆作人首蛇身，與傳說之伏羲女媧相合，而又皆舉手作擎日、擎月之狀。日中金烏與月中蟾蜍皆甚明晰（參附圖）。黃文弼君《吐魯番考古記》中所載絹幡畫中之伏羲女媧像（見附圖），兩人蛇身相糾纏與漢畫一致，而金烏、蟾蜍亦從同。惟日月在其上下方，不在手中，手中所執爲矩形物。與武梁石刻相同，而全面又佈日月星宿等。凡此皆足以說明此一故事發展至漢以後，已成爲完備無缺、內涵周詳之宗教性故事（參一九六〇年《文物》六期圖四及一九七二年一期圖三）。

乙、扶桑即昧爽、伏羲之音轉，與榑木、若木同。

近年出土器物中，多有與日月神話相關之繪圖，而扶桑樹尤爲普遍存在。大體繪一樹形，中夾九或十日之圖案畫，爲最具體說明十日傳說故事之最好材料，吾書所引，用《長沙馬王堆西漢墓之銘旌圖》，其上部右角有一樹，八日在樹中，一日特大，中有金烏在樹上。其未見之一日，依傳說當係入浴于海中矣（參圖片）。此扶桑木即《說文》之榑木。榑者，許叔重所收尃字，與扶一聲之變也。而屈賦又有若木、若華，亦即此扶桑一名之文字形變。自語言學論之，則扶桑即春秋戰國以來言日初出時之昧爽，亦今方俗所謂"麻薩眼"之麻薩音變。神而化之則爲伏羲，簡言之則曰曦，曰晨曦。而昧爽之爽乃金文中晉字之譌。桑字上形之灻與若字形近，遂由扶桑譌爲若木。文藝上之修辭作用，遂有若華之稱。遂使此一原始最簡單之神話，分化爲各種不同場合所使用之熟語。于是自伏羲、女媧以血緣爲婚之時代烙痕由天神變爲人王，于是宗教之屬性因依于社會變革而變爲政治屬性之故事，此固歷史唯物辯證發展之絕好例證矣。此說至辯，而其理至顯，爲吾人研習古史所不可不是認者也。詳參伏羲、女媧、扶桑、若木諸條，自得。

三、十日與天干

十日傳說猶有一社會功能極堅強之事例，反映此一故事在原始生活中之重要，與若干風習之現象者，曰十干之使用。

十干者，龜甲獸骨文字中組成其實際事例之一重要成分。即甲、子、乙、丑、丙、寅、丁、卯等六十甲子中之上十字。此上十字曰天干，自甲至癸是也。此十字本形本義，蓋表現原始生活中漁獵農耕等社會之日用器物、兵器、農具等，而日常即以之爲祭日禱祝之媒介物，每一字代表一個日。以其所使用之器物告祭皇天上帝，本初民普遍存在之風習，以之象徵而命之曰甲、乙、丙、丁。此古人記日之一法也。殷以前如夏禹娶妻生子用辛、壬、癸、甲，《易經》言卜筮，用"先甲三日"、"後甲三日"、"先庚三日"、"後庚三日"等，或在甲子使用之前，或在甲子使用之後，皆古人生活中之一部分，所謂存在決定意識者矣。此十日頗具神秘性，故惟卜筮等大事用之，而豪酋大長以之命名，征伐、祭祀等國之大事以之記事，含神秘性爲最重。寖假則甲、乙即爲具備吉凶之象徵。建國、成家、生子、禱神、祭祖、盟會無一不與之有關，其爲自三代以至春秋戰國吾先民宗教迷信有不可或缺之光明崇拜，其事蓋不可勝數，固純乎其爲光明崇拜之遺跡。至吾先民對宇宙之體認漸真，知十日共存之不可信，十日共出，則山木皆焦，萬物枯絕，遂有以安排之者，在傳說中，遂有羿射十日而墜其九之說，將此遺痕之變遷發展之跡，端正告知後代，爲歷史辯證唯物論足其證驗。于是此一日光崇拜之故事，爲其生（父母），有其群從（十日），有其發展（扶桑、甲子、帝王名號，民間風習、天干、迷信與政治配合之諸現象），有其消滅（羿射十日），而至于得其真際，獨存真實之日月天文學，此吾古先社會至春秋戰國以後之發展大勢如此。吾人今日得自諸考古材料中一一論列之，此固人類社會發展史上不可或缺之一事也。參余別一論文《從社會功能蠡測干支之發展》及《古代之光明崇拜》諸文。

明明

《天問》"明明闇闇，惟時何爲？" 王逸注 "言純陰純陽，一晦一明，誰造爲之乎？" 洪補 "此言日月相推，晝夜相代，時運不停，果何爲乎？"

按 "明明闇闇" 二句，與下 "陰陽三合" 二句，合爲一問，其主語蓋在第三句之陰陽一詞，《天問》之例，此例最不易爲人所知，明明闇闇即陰陽之形容詞也。"明明闇闇" 二句，當讀作 "惟是（時，是也）何爲，明明闇闇"，言彼（惟）是爲何，而有此明明闇闇之象也。王叔師以陰陽晦明識之，洪又引爲日月晝夜相代，皆是也。朱熹集注云 "明必有明之者，闇必有闇之者，是何物之所爲乎？陰也，陽也，天也……天地之化，陰陽而已，一動一靜，一晦一明，一往一來，一寒一暑，皆陰陽之所爲，而非有爲之者也"。言之最爲明析，而以明闇作動字用，則更見靈活，此由現象形式，以推論本質作用，非有異于叔師慶善之說也。

晦明

《天問》"何闔而晦，何開而明？" 又 "自明及晦，所行幾里？"《楚辭》用晦明二字，皆平列相及爲義，或引申，或合用無定，然 "望孟夏之短夜兮，何晦明之若歲？"《文選·長門賦》注引作明晦。依通例解頗難明，徐永孝云 "《惜往日》曰'蔽晦君之聰明兮'，知晦明爲動賓結構，本秋日而望夏之短夜，乃蔽晦光明，若一年一歲之久，殆比喻長夜漫漫，何時旦也。洪興祖、朱元晦蓋知其意，而無以解於晦明，《文選注》引作明晦，誤倒”。按徐説可採。

昭明

《九辯》“彼日月之昭明兮，尚黭黮而有瑕”。按昭明一詞，《楚詞》有三義。《九辯》言日月之昭明，此與《韓詩外傳》“天不變經，地不變形，日月昭明”同義。此兩形容詞之複合語，作動詞或副詞用。又《九懷·昭世》“令昭明兮開門”，王逸注“炎神前驅，關梁發也”，以昭明爲炎神。此與上句“使祝融兮先行”句合讀，祝融南方之神，故以昭明爲炎神也。天地間以日月之昭臨爲最明，而南方處炎地，爲日光雄強之處，故引申得此義。又《九思·遭厄》“適昭明兮所處”，舊注“終無所舒情，故欲乘雲升天，就日處矣。昭明，日暉”。以昭明爲日暉，此昭明亦日光照明之引申而爲一術語者。考古書凡言昭明者，多與日月合文。《文子·微明》皆可爲證。然用爲名詞，則或作大明。《禮·禮器》“大明生于東”，注“大明，日也”。又或作朱明。《招魂》“朱明承夜兮”，王注“朱明，日也”。《漢書·禮樂志·郊祀歌》“朱明盛長”。《廣雅·釋天》“朱明，日也”。昭與朱雙聲，則昭明當即朱明。故言日言南炎多用朱字，則名詞當依《招魂》作朱明爲允。

天火

《七諫》“觀天火之炎煬兮”，王逸注云“言己仰觀天火”，洪補云“煬，以讓切，炙燥也”。按天火言天宮星座之大火星，即房、心、尾也，避下句大壑之大字，故改用天字也。詳大火條。

角宿

《天問》"角宿未旦，曜靈安藏?"王逸注"角亢，東方星，言東方未明旦之時，日安所藏其精光乎?"洪補曰"宿音秀。《爾雅》曰，壽星，角亢也。注云:'數起角亢，列宿之長'，此言'角宿未旦'者，指東方蒼龍之位耳"。朱熹云"角亢，東方星，角宿固爲東方之宿，然隨天運轉，不常在東，古經之言多假借也，日之所出乃地之東方。未旦則固已行於地中，特未出地面之上耳"。按角宿爲二十八宿之第一宿。黃道二十八宿分爲四區域，其在東方之區域象蒼龍。蒼龍共有七宿，角、亢、氐、房、心、尾、箕是也。角爲蒼龍第一宿，形爲蒼龍之角，亢爲咽喉，氐爲脚，房爲肺，心爲心，尾爲尾。古亦以此定時辰。《國語》"辰角見而雨畢"，言蒼龍見時雨季便完畢。《爾雅·釋天》"壽星，角亢也"。邢昺《疏》"數起角亢，列宿之長，故曰壽星"。角宿兩星西人屬寶女座。《天問》"角宿"二句，言角宿之行，未至天明之時，其時日藏于何處去也。

文昌

《遠遊》"後文昌使掌行兮"，王逸注"顧命中官勑百官也，天有三宮，謂紫宮、太微、文昌也"。洪補曰"《大象賦》云'文昌制戴匡之位'。注云'文昌六星如匡形。'故史遷《天官書》云'斗魁戴匡六星曰文昌宮，其中六星司録，此天之六府，計集所會也'。《晋書·天文志》'文昌六星，在北斗魁前，一曰上將，二曰次將，三曰貴相，四曰司録，五曰司命，六曰司寇'。掌行，謂掌領從行者"。文昌在紫微宮北斗魁前，洪引之至足説明。詳前附天文圖。

參辰

《九思·遭厄》"參辰回兮顛倒"，舊注"參辰皆宿名，夜分而易次，故顛倒失路也"。洪《補注》"楊子吾不覩參辰之相比"。按《左傳》子產曰"昔高辛氏有二子，伯曰閼伯，季曰實沈，居于曠林，不相能也，日尋干戈，以相征討，后帝不臧，遷閼伯于商丘主辰，商人是因，故辰爲商星。遷實沈于大夏，主參，唐人是因，以服事夏商，其季世曰唐叔虞，故參爲晋星"。(見《法言》)按參辰兩星名，《詩·唐風》"三星在天"，《毛傳》"三星，參也"。孟康曰"參三星者，白虎宿中，東西直，似稱衡"。又《左傳》昭七年"日月之會謂之辰"，《洪範》"四曰星辰"，《周禮·保章氏》"掌天星以志星辰日月之變動"，鄭注亦曰"辰，日月所會"，則辰初非星名。至《論語》"譬如北辰"，鄭注"北極謂之北辰"，此亦即《夏小正》所謂"辰者星也"之義，初非以北極之辰爲星名也。昭十七年"有星孛于大辰"，《公羊傳》"大辰者何？大火也"。"大火爲大辰，伐爲大辰，北辰亦爲大辰"。注"大辰謂心星，伐謂參星，大火與伐，所以示民時之早晚，天下所取"。近北辰，北極天之中也，故皆謂之大辰（餘參辰字條各說）。又《遠遊》"奇傅說之託辰星兮"，王注"辰星，房星，東方之宿，蒼龍之體也"。則辰又可指房心言，參辰字條。

庫婁

《九懷·思忠》"抽庫婁兮酌醴"，王逸注曰"引持二星，以斟酒也"。洪補云"《大象賦》注云'庫樓十星，五柱十五星，衡四星，合二十九星，在角南'。《晋書·天文志》云'庫樓十星，六大星爲庫，南四星爲樓'。按庫樓形似酌酒之器，故云。王逸誤以天庫及二十八宿之婁，以爲庫婁耳"。按洪補言之詳矣，駁王說尤允當無誤。

大火

《九思・怨上》“大火兮西睨”，洪補“大火，房、心、尾也”。《吕覽・有始》“東方曰蒼天，火星房、心、尾”。按大火有二，一爲星名，一爲星次名，此當指星名言，即心宿也。一名心火。心宿爲二十八宿之一，蒼龍七宿之第五宿。《左傳》襄九年“心爲大火”。《禮・月令》“季夏之月昏火中”，亦即《詩・豳風・七月》篇之“七月流火”也。故又得省言曰火。又《左傳》昭元年“遷閼伯于商丘，主辰，商人是因，故辰爲商星”，舊注“辰，大火也”。

娵觜

《九思・遭厄》“俓娵觜兮直馳”，洪補曰“娵，酒于切。觜，音訾”。《爾雅》“娵觜之口，營室東壁也”（見《爾雅・釋天》）。《左傳》襄三十年“歲在娵訾之口”，觜又通作訾也。按娵觜爲十二次之名，與黄道十二宫相當。《爾雅》“娵訾之口，營室東壁也”。郭注“營室東壁星四方似口，因名云”。娵訾屬十二支之亥，屬十二宫之雙魚宫，二者相配，天文學以“亥、雙魚”表之。參《爾雅・釋天》郝氏《義疏》。

天弧

弧星名，其數凡九，在天狼星東南，或稱弧矢。

《九思》“彀天弧兮䠶姦”，舊注“弧亦星名也，弧矢弓弩，故欲以䠶姦人也”。《九歌》“操余弧兮反淪降”。按弧本弓名，而天文有弧矢九星。《天官書》“其東有大星曰狼，狼角變色，多盗賊，下有四星曰弧，直狼”，張守節《正義》“弧九星，在狼東南，天之弓也……弧矢向狼動移，多盗。明大變色，亦如之。矢不直狼，又多盗”（參天狼下洪補引諸説）。故古以弧矢、天狼之變，爲人間兵災之象云，此曰天弧者，明其爲上天之弧也。此處但借用弧字，而不借用災祥之義也。

天狼

《九歌》"舉長矢兮射天狼，操余弧兮反淪降"。王逸注"天狼，星名，以喻貪殘，日爲王者，王者受命，必誅貪殘。故曰舉長矢，射天狼，言君當誅惡也"。洪補曰《晉書·天文志》云"狼一星在東井南，爲野將，主侵掠"。按天狼星名。《史記·天官書》"參爲白虎……其南有四星曰天廁，廁下一星曰天矢……其東有大星曰狼，狼角變色多盜賊，下有四星曰弧"。《正義》曰"狼一星，參東南"。徐文靖於舉長矢二句有別解，可參。其言云，"按《前漢·天文志》曰'秦之疆侯，太白占狼星'。張衡《大象賦》'弧屬矢而承天'，韓公賓注曰'弧矢九星常屬矢而向狼'。原蓋以天狼喻秦，己欲操弧以射之，而孰意其矢反激而淪降也。《史記》曰'時秦昭王與楚婚，欲與懷王會，懷王欲行，屈平曰，秦虎狼之國，不可信，不如無行'。則此以東君喻君，以天狼喻秦，從可知矣"。

長庚

《九歎·遠遊》"立長庚以繼日"，王逸注"長庚，星名也。《詩》云'西有長庚'"，言"立長庚之星以繼日光，晝夜長行，意志明也"。按《詩·小雅》"西有長庚"，毛傳"日既入，謂明星爲長庚之續也"。《後漢書·馬融傳·廣成頌》"曳長庚之飛髾"，注"長庚即太白星"。字又作長賡。《書·益稷》"日月星辰"，疏"《詩》曰'西有長賡'"。按此三家説也，又作長更。《漢書·禮樂志·郊祀歌》"長麗前掞光耀明"，孟康曰"言日雖暮，長更星在前扶助，常有光明也"。又名啟明、明星，爲太陽系九大行星近日之第二星。參九重條。

彗星

《九歌·少司命》"登九天兮撫彗星"，王注"言司命乃陞九天之上，撫持彗星欲掃除邪惡，輔仁賢也"。補曰"《左傳》曰'天之有彗，以除穢也'。《爾雅》'彗星爲欃槍'，彗，祥歲切，偏指曰彗"。《遠游》"擥彗星目爲旍兮"，王逸注"引援字光，以翳身也"，"擥一作攬，旍一作旗"。按《爾雅·釋天》"彗星爲欃槍"，注"亦謂之孛，言其形孛孛似掃彗"。《廣韻》槍字注"欃槍，祅星"，《史記·司馬相如傳》"攬欃槍以爲旌兮"，即本《遠游》"擥彗星目爲旍兮"也。又《九思》"揚彗光兮爲旗"，義亦同。俗名掃把星。

彗光

《九思·守志》"揚彗光兮爲旗"，即彗星之光也。詳彗星條。

大微

《遠游》"召豐隆使先導兮，問大微之所居"。王逸注"博訪天庭，在何處也。大，一作太"。洪補曰"《大象賦》云'矚太微之峥嶸，啟端門之赫奕，何宮庭之宏敞，類乾坤之翕闢'，注云'太微宮垣，十星，在翼軫北，天子之宮庭，五帝之座，十二諸侯府也。其外蕃，九卿也'"。《晉書·天文志》云"少微在太微西，士大夫之位也"。按大後世多作太，《淮南·天文訓》"太微者，太乙之庭也"。高注"大微，星名"。又《九思·守志》"望太微兮穆穆"，舊注"太微，天之中宮"。按太微即大微垣之省稱，位在北斗南，軫翼之北有十星，以五帝座爲中樞，成屏藩之狀，計東西藩各四星，南藩二星。

招摇

《九歎》“撫招摇目質正”，王逸注“招摇，北斗杓星也”。洪興祖補“《禮記》‘招摇在上’，注云‘在北斗杓間指時者’。《隋志》云‘招摇一星在北斗杓間’”。按洪引《曲禮上》與今略異，今作“在北斗杓端，主指者”。《釋文》招摇并如字，北斗第七星。《史記·天官書》“杓端有兩星，一内爲矛，招摇。一外爲盾，天鋒”。劉寶楠《愈愚録》曰“《晋書·天文志》‘帝席北三星曰梗河，天矛也。一曰天鋒，主胡兵，其北一星曰招摇，一曰矛楯，其北一星曰元戈，皆主胡兵，招摇一星非主指也’。《漢書·揚雄傳·甘泉賦》曰‘詔招摇與泰陰兮，伏鉤陳使當兵’。以招摇當兵，故畫於旌旗以象之。鄭、孔以北斗第七星摇光爲招摇非也（孔疏以招摇之光爲一星）。《史記》孟康曰‘近北斗者招摇，一爲天矛，一星經以元戈，一星在招摇北，·曰天戈，天戈即天鋒也’。《西京賦》薛綜注‘元戈北斗第八星名爲矛頭，招摇第九星名爲盾’”。則劉氏説可爲定論，金誠齋曰“蓋北斗原有九星之稱，劉向《九歎》‘訊九魁與六神’，九魁謂北斗九星是也，以九星言之，則招摇可通釋摇光；以七星言之，則招摇爲在北斗杓端，其説一也”。其説可謂順適。

鄭注“招摇在上”曰‘畫招摇星于旌旗上，以起居堅勁軍之威怒，象天地也’。蓋古者天子建太帝以祀，而治兵、大閲、行軍亦載之，《詩·六月》“載是常服”，是也。《毛傳》日月爲常，即《周禮·司常》之日月爲常也。王親征，必在中軍，中軍號令之所出，太常有北斗星，爲指揮四方之所主。餘參金鶚《求古録·禮説·招摇在上解》一文。

蒼龍

《九辯》“右蒼龍之躍躍”，王逸注“青虬負轂而扶轅也”。又《惜誓》“蒼龍蚴虬於左驂兮”，王逸注“言己德合神明，則駕蒼龍，驂白虎，其狀蚴虯，有威容也"。《淮南》云"左青龍，右白虎，前朱雀，後玄武"，注云"角亢爲青龍，參伐爲白虎，星張爲朱雀，斗牛爲玄武"。按蒼龍，朱引《淮南》説義至明，不繁重言。

白虎

《惜誓》"白虎騁而爲右騑"，王逸注"言己德合神明，則駕蒼龍，驂白虎，其狀蚴虯，有威容也"。朱熹注"《淮南》云'左青龍，右白虎，前朱雀，後玄武'。注云'角、亢爲青龍，參、伐爲白虎，星、張爲朱雀，斗、牛爲玄武'"。《哀時命》"白虎爲之前後"。按白虎爲星名，洪補已詳……《楚詞》之用，始于漢人。

辰

辰字《楚辭》數見，除辰陽爲地名別詳，《九歌·東皇太一》"吉日兮辰良"，此指時言也。然辰之用，偏及於時日歲名，蓋天文上之專用術語。《書·皋陶謨》"撫於五辰"，謂五行之時也。《月令》"天子乃以元日祈穀於上帝，乃擇元辰，天子親載耒耜"，正義云"甲、乙、丙、丁等謂之日，郊之用辛，上云元日。子、丑、寅、卯等謂之爲辰，耕用亥日"，又引盧植、蔡邕云"郊天是陽，故用日，耕藉是陰，故用辰……主耕之用辰，亦有日，但辰爲主"，此言元辰，謂子、丑等十二日也。又《爾雅·釋天》"太歲在辰"，是歲亦曰辰也。又《左傳》"三辰旂旌"，注"三辰，日月星也"，是日月星統謂之辰。又《釋天》"北極謂之北辰"，左桓二年注"北極，天樞也"，是北極亦謂之辰。總則天、歲、月、日、時皆得曰辰，其專別字或作晨、晨等形。

天畢

《九思・守志》"舉天罼兮掩邪"，舊注"罼，宿名也，畢有囚姦名，故欲以掩取邪佞之人也"。罼亦作畢，二十八宿星名，在西宮白虎，屬大梁，與參觜昴同。《詩・小雅》"有捄天畢"，朱注"天罼，畢星也，狀如掩兔之畢"。《禮・月令》"孟夏之月日在畢"皆是。參天文各圖。

牽牛

《九懷・危俊》"歷九曲兮牽牛"，洪補云《爾雅》"河鼓謂之牽牛"。按《詩・小雅》"睆彼牽牛，可以服箱"。《毛傳》"河鼓謂之牛"。《正義》曰"河鼓謂之牽牛"。《釋天》文也。李巡曰"河鼓牽牛，皆二十八宿名也"。孫炎曰"河鼓之旗十二星，在牽牛之北也。或名爲河鼓，亦名爲牽牛"。如《爾雅》之文，則河鼓、牽牛一星也。如李巡孫炎之說，蓋本之《天文志》，則二星矣。參河鼓一條。大約古或以牽牛名牛宿，後世則以河鼓爲牽牛，此古今之變也。

織女

《九思・守志》"與織女兮合婚"，《文選・魏文帝燕歌行》李善注"《史記》曰，牽牛爲犧牲，其北織女，天女孫也"。曹植《九詠注》曰"牽牛爲夫，織女爲婦，織女牽牛之星各處一方，七月七日，得一會同矣"。《詩・小雅》"跂彼織女，終日七襄"。《晋書・天文志上》"織女三星，在天紀東端，天女也"。《御覽》六《天部》引《大象列星圖》曰"河鼓三星，在牽牛北，昔傳牽牛織女，七月七日相見者，則主是也"。《夏小正》七月初昏織女正東鄉，十月織女正北鄉則旦。

河鼓

《九思·遭厄》"秣余馬兮河鼓"，舊注"河鼓，牽牛別名"。洪引《爾雅》與舊注同，引《晋志》河鼓三星在牽牛北則異。《太平御覽·天部·星中》引《大象列星圖》曰"河鼓三星，在牽牛北，主軍鼓"。《爾雅》郭注"今荆楚人呼牽牛爲擔鼓，擔者荷也"。按牽牛三星，河鼓在中，最明。《天文志》誤以河鼓牽牛爲二星，蓋誤以牛星爲牽牛也。音或變作黄姑，古歌曰"東飛伯勞西飛燕，黄姑織女時相見"。此蓋吳音也。參牽牛條。

華蓋

《九懷》"登華蓋兮乘陽，聊逍遥兮播光"。王逸注"上攀北斗，躡房星也。乘一作桀"。洪興祖《補注》"《大象賦》云'華蓋於是乎臨映'，注云'華蓋七星，其杠九星，合十六星，如蓋狀。在紫微宫中，臨勾陳上，以蔭帝座'"。按《晋書·天文志上》曰"大帝上九星，曰華蓋，所以覆蔽大帝之坐也。蓋下九星，曰杠，蓋之柄也。華蓋下五星，曰五帝内坐，設叙順，帝所居也"。與洪引《大象賦》可互參。

九魀

《九歎》"訊九魀與六神"，王逸注"訊，問也。《詩》云'執訊獲醜'。九魀謂北斗九星也。言己忠直而不見信用，願合五嶽與八方之神，察己之志，上問九魀六宗之神，以照明之也。訊一作誶，魀一作魁"。洪補"訊，音信。誶，息醉切。魀，音祈，星名也。北斗七星，輔一星在第六星旁。又招摇一星，在北斗杓端"。按九魀之説，《困學紀聞》論之詳矣，其言曰"《素問·太始天元册》文有九星之言，王冰闇按冰當作砅，砅古厲字。注云'上古世質人淳，九星垂明，中古道德稍衰，標星藏曜，故星之見者七焉，九星謂天蓬、天芮、天衝、天輔、天禽、天心、天任、天柱、天英，此蓋從標而爲始，遁甲式法，今猶用焉'。《楚辭》劉向《九歎》云'訊九鯦原注音祈。與六神'，注'九鯦謂北斗九星也'（王逸注）。《補注》謂'北斗七星，輔一星在第六星旁，又招搖一星，在北斗杓端'。《北斗經疏》云'不止於七，而全於九，加輔弼二星故也'。洪興祖補注，案《宋史·天文志》輔星在第六星左，弼星在第七星右。與《素問》注不同，《曲禮》'招搖在上'，注'招搖星在北斗杓端，主指者'。《正義》引《春秋運斗樞》云'北斗七星，第一天樞，《廣雅》一曰樞。第二旋，《星經》作璇，《晋書·天文志》二曰天璇。第三機，《星經》、《晋志》俱作璣。第四權，第五衡，《晋志》五曰玉衡。第六開陽，《星經》作闓陽。第七搖光。《星經》作搖光。搖光則招搖也'。《淮南子·時則訓》注'招搖，斗建也'。《楚辭補注》以招搖在七星之外，恐誤"。翁注引諸家説至備可參，清儒金鶚有《招搖解》論此爲最詳盡，文長不備録，可參。

瑶光

《九懷·通路》"覽察兮瑶光"，王逸注"觀視斗柄與玉衡也。瑶一作搖"。洪興祖補"《淮南》云'瑶光者，資粮萬物者也'。注云'瑶光，北斗杓第七星也，居中而運曆，指十二辰摘起陰陽，以殺生萬物者也'"。又《九歎·遠逝》"騰群鶴於瑶光"，按《禮記·曲禮》"招搖在上"，鄭注"招搖星在北斗杓端，主指者"。孔《疏》以招搖即瑶光。《釋文》亦云"招搖，北斗第七星"。按《星經》"元弋一星在招搖北，一曰天戈"，又云"招搖一星次北斗柄端，主兵"。則招搖在搖光之端，非即搖光。故《文選》張平子《西京賦》"建玄弋樹招搖"，薛綜注"玄弋，北斗第八星名，爲矛頭。招搖，第九星名，爲盾"。別參招搖條下。

天極

《天問》"斡維焉繫，天極焉加？"按張衡《靈憲》云"八極之維，徑二億三萬二千三百里"。維謂四維，極謂八極也。一說云"北極，天之中也"。《天官書》曰"中宮天極星，其一明者，太一常居也"。《太玄經》曰"天圜地方，極植中央"。朱熹謂"天極謂南北極，天之樞紐，常不動處，譬則車之軸"。按天極者，地球繞地軸旋轉，引伸其軸，則與天球相值，相值之南北兩端，即爲天極，然中土位在地球偏北，其南極常隱沒地下不見，故古以北極爲天極。《爾雅·釋天》所謂"北極謂之北辰"。然北極爲軸心所在，故其處不因地球之轉動而變，故北極圈附近區域（天文上名曰三垣），與黃道二十八分野，皆繞此軸心作同心圈之旋轉，即《論語》所謂"譬如北辰，居其所而衆星拱之"也。"斡維"二句，言日月星辰，必有所繫而不墜，天之運行必有其軸而能動。餘參顓頊條下。

玉斗

《九思·怨上》"將喪兮玉斗，遺失兮鈕樞"。舊注"鈕樞所以校玉斗，玉斗既喪，將失其鈕樞，言放棄賢者，逐去之"。一注云"鈕樞玉斗皆所寶者"。按一注恐未允，鈕爲印鼻，固可寶。樞無他義，户樞不得謂寶也。鈕樞乃北斗第一星名，詳鈕樞下。玉斗即斗柄，詳斗柄下。斗柄而曰玉斗，乃賦家修詞，不顧實際之惡習。按玉斗與鈕樞對言，玉斗即北斗耳。漢人修飾之語，于天文多以玉字形之。北斗有杓，古民間因以借喻勺酒之斗，即《詩》所謂"維北有斗，不可以挹酒漿"也。《九歌》亦云"援北斗兮酌桂漿"。詳北斗條下。

北斗

《九歌》"援北斗兮酌桂漿"，王逸注"斗謂玉爵，言誅惡既畢，故引玉斗，酌酒漿，以爵命賢能，進有德也"。按此特釋其引喻之義，而非本義。洪興祖《補注》引之曰"《詩》云'酌以大斗'，斗，酒器也。又曰'維北有斗，不可以挹酒漿'。此以北斗喻酒器者，大之也。斗舊音主"。朱熹《集注》就本義以明喻義，曰"北斗七星，在紫宮南，其杓所建，周於十二辰之舍，以定十有二月，斟酌元氣，運乎四時者也"。《詩》"維北有斗，不可以挹酒漿"。又《九歎·遠逝》"北斗爲我折中兮"，王逸注"言己乃復使北斗爲我正其中和"。又《遠遊》"擥彗星目爲旍兮，舉斗柄以爲麾"，王逸注"握持招搖，東西指也"，洪補"《天文志》北斗七星，杓攜龍角。杓，斗柄也"。按斗即北斗。《史記·天官書》云"北斗七星，所謂旋璣玉衡，以齊七政"。《索隱》云"斗第一天樞，第二旋，第三璣，第四權，第五衡，第六開陽，第七搖光，第一至第四爲魁，第五至第七爲標，合爲斗"。按北斗形如熨斗，亦如酒器之斗。自天樞至天權稱爲魁。自玉衡至搖光稱爲杓，亦稱爲柄。《詩》云"酌以大斗"，又曰"維北有斗，不可以挹酒漿"。此以北斗喻酒器之大者，爲《東君》之所本。漢儒采有喻義而加以修飾之玉斗。別詳參卷尾天文圖。

北辰

北辰、北極、天極皆同一事之異名。《九歎·遠遊》"綴鬼谷於北辰"，王逸注"北辰，北極星也。《論語》曰'譬如北辰，居其所而衆星拱之'"。北辰即北極，亦即天極之一也。然辰本星名，而北極本地軸中間不動之處，本無星，而人欲定其位，以便認識，遂取其旁之一小星爲極星。參天極條。

北極

《惜誓》"攀北極而一息兮"，王逸注"言己周流行求道真，冀得上攀北極之星，且中休息"。洪《補注》"北極五星天運無窮，三光迭耀，而極星不移"。按北極即天極。中土位在地球偏北，常見之天極，惟見北極耳，故又稱天極爲北極。參天極條下。

斗柄

《遠遊》"舉斗柄旦爲麾"，王逸注"握持招摇，東西指也"。洪補曰"《天文志》'北斗七星，杓攜龍角'。杓，斗柄也"。柄，北斗之柄，所謂杓也。按北斗七星，自第五星玉衡至第七星搖光，稱爲杓，亦稱爲柄。參北斗條下。

鈕樞

《九思·怨上》"將喪兮玉斗，遺失兮鈕樞"。舊注"鈕樞所以校玉斗，玉斗既喪，將失其鈕樞，言放棄賢者，逐去之"。一注云"鈕樞玉斗，皆所寶者"。《釋文》"鈕，女有切，一作劍，非是"。按鈕樞合成詞，今則例言爲樞鈕也。鈕《説文》訓本印鼻，按即《周禮·弁師》"延紐"之紐，鄭注"紐小鼻在武上，笄所貫者"，當爲本義，印鼻則引申之義也。紐以封笄，樞者户樞，所以持門，則鈕樞，皆所以持貫穿之物者，則與關鍵之義同。謂持之則可以轉環者也。注謂以校玉斗者，其事不甚可詳。《史記·天官書》索隱引《春秋運斗極》云"斗第一天樞，第二旋，第三璣，第七瑤光……合而爲斗"，則此鈕樞鈕字，乃叔師所加，以形容樞者，則用法特異，非常見之例也。所謂"以紐樞所以校玉斗"者，謂第一星所在，可以校下六星，校非校正，謂由此而得之也。

故又申之曰玉斗既喪，將失其鈕樞也。又一注以鈕樞玉斗皆所寶者，玉斗曰寶猶可説，樞無可寶者，一注失之。

天津

《離騷》"朝發軔於天津兮"，王逸注"天津，東極箕斗之間漢津也"。又曰"言己朝發天之東津，萬物所生，夕至地之西極，萬物所成"。洪興祖補"《爾雅》'析木謂之津，箕斗之間漢津也'。注云'箕龍尾，斗，南斗，天漢之津梁'。疏云'天河在箕斗兩星之間，隔河須津梁以渡，故謂此次爲析木之津'。《天文大象賦》云'天津橫漢以擒光'，注云'天津九星在虛、危北，橫河中，津梁所渡'"。朱熹云"蓋箕北斗南，天河所經，而日月五星於此往來，故謂之津。又有天津九星，在虛、危北，橫河中，即津梁所渡也"。是天津之説有二，洪、朱引之詳矣。《漢書·天文志》作天潢。《史記·天官書》一曰天漢，一曰天江，見《晋書·天文志》。凡九星，八屬天鵝座，其主星第四星α，西名Deneb。

朱鳥

《惜誓》"飛朱鳥使先驅兮"，王逸注"言己吸天元氣，得其道真，即朱雀神鳥，爲我先導"。洪《補注》"《淮南》云'左青龍，右白虎，前朱雀，後玄武'。注云'角亢爲青龍，參伐爲白虎，星張爲朱鳥，斗牛爲玄武'。沈存中云'朱雀莫知何物，但謂鳥而朱者，羽族，赤而翔，上集必附木，此火之象也。或云鳥即鳳也。然天文家朱鳥乃取象於鶉，南方七宿曰鶉首、鶉火、鶉尾是也'"。

按徐文靖《管城碩記》十七曰"按師曠《禽經》曰'赤鳳謂之鶉'。《鶡冠子》曰'鳳鶉火之禽，陽之精也'。'安成王教鶉火之禽，不匿景於丹山'。崔豹《古今注》曰'《禮記》"行前朱鳥"，鷩也'。《山海經》曰'帝臺之碁，五色而文，狀如鶉卵'。又曰'崑崙之止有鳥曰鶉鳥，是司帝之百服’。《黃帝占》曰‘張天府也，朱鳥嗉也，主天王宮內衣服’。《玄覽》曰‘鳳赤曰鶉’。《三輔黃圖》曰‘蒼龍、白虎、朱雀、元武天之四靈，以正四方’。《唐書·渤海傳》‘渤海言義立改年朱雀’。魏伯陽《參同契》曰‘朱雀翱翔，戲兮飛揚色五彩’。其必非鶉鷀明矣。《集注》‘鶉無尾，以翼爲尾’。《哀時命》‘爲鳳凰作鶉籠兮’，《集注》‘又以鶉爲鳥之小而無尾者，直以爲鶉鷀矣。夫鶉鷀而爲朱鳥，豈可以爲四靈之一乎’”。按朱雀等四靈禽，乃漢人雜說，比附天文，蓋不可深究，故引徐說以見一斑，又或作朱雀、朱爵。

朱雀

《九辯》“左朱雀之茇茇兮，后蒼龍之躍躍”。按雀一作榮，非是，即朱鳥也，詳朱鳥條下。又漢人言升仙有前導後衛，即以朱雀、蒼龍爲之。考古發掘所見至多。證以旅大市旅順營城子東漢墓室畫壁，死者爲一男性，前有飛鳥，後有騰龍，鳥爲朱雀無疑，龍即飛龍也。

玄武

天文家別二十八宿爲四區，曰蒼龍、白虎、朱雀、玄武。玄武即靈龜也。玄武七宿中心虛、危爲主，所謂北宮玄武虛、危也。

《遠遊》“召玄武而奔屬”，王逸注“呼太陰神使承衛也”。洪補“《禮記》曰‘行前朱鳥而後玄武’。二十八宿北方爲玄武。說者曰，玄武爲龜蛇，位在北方，故曰玄，身有鱗甲故曰武。蔡邕曰‘北方玄武，介蟲之長’，《文選注》云‘龜與蛇交曰玄武’”。按古天文家分黃道二十八宿爲四區，曰蒼龍、白虎、朱雀、玄武。張衡《靈憲》云“蒼龍連蜷于左，白虎猛踞于右，朱雀奮翼于前，靈龜舒卷于後”。玄武即靈龜也。玄武七宿爲“斗、牛、虛、危、室、壁”，而其中以虛、危爲主宿，《史記·天官書》所謂“北官玄武虛、危也”，洪補言之悉矣。又《九懷·思忠》"玄武步兮水母"，王逸注"天黿水神"。按玄武本星名，《曲禮》所謂"行前朱鳥而後玄武"也。五行之學，以五色定方位，故玄武屬北方，後人因以玄武爲水神。《後漢書·王梁傳》"元武，水神之名"是也，元即玄同聲通用字。此處以玄武與水母合用，叔師仍本舊説，以爲天黿指玄武星言。其實義自相通也。

馬王堆帛畫中段宴饗圖兩側，各有大黿，口吐雲氣，背上各有一鴞，即玄武也。戰國人以龍、鳳、虎、黿爲四神物，即所謂四靈或四神。有四神幡、四神闕、四神鏡、四神磚、四神壺，皆有玄武。幡、闕等上之玄武，亦人升天伴隨之物，《遠遊》所謂"召玄武而奔屬"也。

纖阿

《九歎·思古》"纖阿不御，焉舒情兮"。王逸注"纖阿，古善御者，言纖阿不執轡而御，則馬不爲盡其力，言君不任賢者，賢者亦不盡其節"。

按纖阿一詞，始見子政此文，叔師以爲古之善御者，《漢書·司馬相如傳》"纖阿爲御"，注引郭璞曰"纖阿，古之善御者"，當即本叔師此説。但《文選·束晳補亡詩》"纖阿案晷，星變其躔"。李注《淮南子》曰"纖阿，月御也"。字或作孅阿，即《漢書·司馬相如傳》文。以音理斷之，纖阿即嫦娥一聲之轉，嫦娥又作常儀，常、纖皆舌齒音變，又變作女岐，女字後加。岐即常儀之急言，詳女岐、常娥兩條。究其音理與傳説根株論之，纖阿又即羲和二音之變。參羲和條。羲和爲生日之女神，又爲日神、爲日御，分化爲嫦娥。則纖阿之爲月御，于故事發展之跡，亦至順適。

曜靈

《天問》"角宿未旦，曜靈安藏？"王逸注"曜靈，日也，言東方未明旦之時，日安所藏其精光乎?"《釋文》"藏作臧"。

按曜靈之爲日，非謂日名曜靈，特言日光曜而靈也。戴震以爲月，非也，此本自文字上所表現之意義而可知，無庸深辨。此二句本承上文"開闔晦明"而言，自以指日爲允。此二句言曜靈未明以前，日藏于何所。意謂夜時日藏于何處，所以明晦明之義也。餘詳《廣雅·釋天》王念孫《疏證》。《文選·左思吳都賦》亦言"魯陽揮戈而高麾，迴曜靈於太清"。字又作燿靈，《後漢書·張衡傳》"燿靈忽其西藏"，注"燿靈，日也"。

伯強

《天問》"伯強何處，惠氣安在?"伯強一語，王逸以爲"大厲疫鬼，所至傷人"，不知所本，此語上下文皆言日月星辰事，古無傳日月星辰有關伯強一詞者。按《山海經·大荒東經》"東海之渚中有神，人面鳥身，珥兩黄蛇，踐兩黄蛇，名曰禺䝞，黄帝生禺䝞，禺䝞生禺京，是爲海神"。郭璞注"禺京即禺彊也"。按《海外北經》云"北方禺彊，人面鳥身，珥兩青蛇，踐兩青蛇"。郭注"字玄冥，水神也。莊周曰，禺彊立于北極（見《大宗師》），一曰禺京"云云，郭注兩處通言之也，《莊子·大宗師》亦言之。《吕氏春秋·求人篇》言"禹北至夸父之野，禺彊之所"（夸父又見《大荒北經》及《海外北經》，詳後），則禺彊之爲北方神，于戰代蓋有其徵。然皆以爲水神（《列子·湯問篇》、《釋文》引梁簡文帝注，亦言北海之神），與此處上下文之舉日月者不相屬。按此當爲一説之分化，《山海經》言禺䝞、禺京、禺彊者凡四見：一見《海外北經》（見上引）；一見《大荒東經》（見上引）；一見《大荒北經》，其文與《大荒東經》相似，文云"禺䝞子食穀，百海之渚中有神，人面鳥身，珥兩青蛇，踐兩赤蛇，名曰禺彊"；一見《海内經》云"帝俊生禺䝞，禺䝞生淫梁，淫梁生番禺"。其文大體相似，而不全相同，最可注意者，《大荒東經》言"黄帝生禺䝞"，而《海内經》言"帝俊生禺貌"。夫帝俊生十日爲《山海經》所最傳頌者，則禺彊之與日月有關，不得專指爲海神，由同一書而可知矣。且《山海經》又有以禺山、禺水、禺中之國，則禺名至多。考《大荒北經》"成都戴天山有人曰夸父，亦珥兩蛇，把兩蛇，夸父不量力，欲逐日景，逮之禺谷"云云，郭注"禺谷禺淵日所入也，今作虞"。則禺彊、禺京者，當即禺谷之變遷，彊、京、谷皆一聲之轉，强則彊之異文，禺谷當即《堯典》之嵎夷（裴氏所見本或作禺銕，則古文作禺銕，今文作嵎夷，《説文》又作崵）。則指其地言曰禺夷，指日所出入之谷言曰禺谷、虞淵，又別構曰崵谷以當之。指其人若神言曰禺彊，曰禺京，皆一事一物之分化也。《天問》作伯强者，伯乃禺字字形之謿濫。其本文亦當作禺，若崵也。上言"女岐無合，夫焉取九子"，亦即帝俊妻生九子之説，則帝俊又別生禺彊，與日月神之傳説，固可相符矣。然禺彊一神或言在東，或言在北，或言在西，無定所。故屈子得以何處爲問，處字字音，依漢師説，則當讀上聲，不讀去聲矣。

又不僅此也，禺彊之神，又有一分化之人物，即夸父是也。夸、京、彊一聲之轉，父則增益字以美之者也。故《大荒北經》所傳夸父之像，與禺彊全同（見上引）。夸父逐日，不量力，亦與日爭勝者也。戰代傳此説者至多，《左傳》、《莊子》、《吕覽》等書皆見之，與此關係不大，故從略。

增泉

《九思·守志》"食時至兮增泉"，舊注"增泉，天漢也"。按別無可考，考增字自屈賦以來有一用法，義與高增相近，用爲上天之形容語。如增城、增水一類，此增泉以指天漢，亦其例也。則增泉尤言天池，舊注以指天漢，就文義論之，雖可通，而就詞義論之，當與天池爲近是。

朱明

《招魂》"朱明承夜兮，時不可以淹"。王注"朱明，日也，言歲月逝往，晝夜相續"云云。按《漢書·禮樂志·郊祀歌》"朱明盛長，專與萬物"。《廣雅·釋天》"朱明，日也"。按《初學記》引《廣雅》云"日一名大明"，考《禮器》"大明生於東"，注"日也"。則大明、朱明乃字形之變易，而朱昭則同聲之變也。人世所見最明之物，莫如日，故以日之照，即爲明。南方炎暑，日色最屬，故以朱形之。朱明者日色朱赤而明之義，故以日爲朱明矣。參昭明條。或曰朱光，《文選·七哀詩》"朱光馳北陸"，注"朱光，日也"。詳朱光條。光與明義同，故得相代。

夜光

按夜光凡有兩義，一訓月，一訓明珠，《天問》"夜光何德，死則又育"。王逸注"夜光，月也。育，生也。言月何德於天，死而復生也"。一云"言月何德居於天地，死而復生"。洪補"《博雅》云'夜光謂之月'。皇甫謐曰'月以宵曜名，曰夜光'（見《年曆》，其文云'月群陰之宗，光內日影，以宵曜'）。先儒云月光生於日所照，魄生於日所蔽，當日則光盈，就日則光盡"。按此集義以成詞者也。照夜之光以月爲最，故以指月言，此亦與曜靈同其結構之法，古書不二見也。又《九思·哀歲》"捐此兮夜光"，舊注"夜光，明珠也"。按《西京賦》"流懸黎之夜光，綴隨珠以爲燭"。綜注"明月大珠，夜則有光如燭也"。然《史記·李斯傳》、《鄒陽傳》皆有夜光之璧，則珠、璧皆可稱夜光矣。

扶桑

《離騷》"飲余馬於咸池兮，總余轡乎扶桑"。王逸注"扶桑，日所拂木也。《淮南子》曰'日出湯谷，浴于咸池，拂于扶桑，是謂晨明。登于扶桑，爰始將行，是謂朏明'。……結我車轡於扶桑，以留日行，幸得不老，延年壽也"。洪興祖引《山海經》"黑齒之北，曰湯谷，有扶木，九日居下枝，一日居上枝，皆戴鳥"。郭璞注"扶木即扶桑"。又引《淮南子》"扶木在陽州，日之所曋，曋猶照也"。《說文》云"榑桑神木，日所出"。《山海經》亦有此說，惟《大荒東經》曰"東海之外，大荒之中，有山名曰大言，日月所出；有山名曰合虛，日月所出；有山名曰明星，日月所出；有山名曰鞠陵，于天東極，離瞀，日月所出"。則日月所出之傳至多，蓋冬南夏北不常厥處，故所出之處，不得以一地名之，此蓋古傳說之一地。日月出入之所，固古初人類所最關心者，大約在春秋戰國之世中夏民族已四散遠僑。《山海經》宏肆之記，鄒衍侈談之說，皆必有若干影子可尋，未必即主觀上向壁虛構之辭，十口相傳，則神話以起，屈子以爲神遊之所者，未必非後世實有之所，如崑崙、黑水、三危不俱爲可徵之地乎？若單以作者思想爲論衡之基，此等說固可視爲神遊之傳，然吾人之說古史者，固不妨稍求甚解，于義亦無所損。徐文靖《管城碩記》引《南史·扶桑國傳》曰"齊永元元年，其國有沙門慧深，來至荆州，說云，扶桑在大漢國東二萬餘里，土多扶桑木，故以爲名。扶桑葉似桐，初生如筍，國人食之，實如梨而赤，績其皮爲布，亦以爲錦，有文字，以扶桑皮爲紙，其國人名國王爲乙祁"。據此則扶桑自是一國，日出扶桑，不得專指一木也。戴埴仲《鼠璞》曰"或謂日出扶桑，以日自東方出耳，猶倭自謂日出處天子是也"（按戴埴仲《鼠璞說》見卷六）。又按陸次雲《八弦譯史》亦引此事言"桑木兩榦同根，相爲依倚，故名扶桑"云，此與《後漢書·張衡傳》所謂"扶桑日所出，在暘谷中，其桑相扶而生"之說同，則扶桑以其地多桑得名云云，恐亦出附會。《山海經·海外東經》云"黑齒國下有湯谷，谷口谷下有扶桑"。郭注引《東夷傳》云"倭國東四十餘里，有裸國，裸國東南有黑齒國，船行一年可至"。故今日吾土稱日本爲扶桑（詳黑齒條下）。自美洲發現吾先民移居之文化遺物後，扶桑之說，似已推進一步。或謂扶桑即今非洲莫三鼻給之對音，凡此等辯説，與屈子關係較遠，故從略。

以上歷史材料之叙述，已指出其發展之情況，然自語言變化之跡論之，尚有不能止于言者，且探本求源，恐語言角度，不足以有爲，故更綜述如下。

考扶桑爲日出之處，亦即爲日生發之處，生日者爲帝俊之妻羲和，羲和者伏羲與女媧之混一，已詳見兩條所論列。然追求此混合之本質種子，則伏羲與女媧當分別發掘。伏羲本傳説中之至上神，司理天上，亦司理人間者也。與日月光明，關涉極多。依實質論之，即曦之本音，即創造日月之神也。而扶桑者，正伏羲具體化之一事物，其義相類，其語根亦相同（伏羲古讀 bu Sui，扶桑當讀爲 bu Saon）。《九歌》言"暾將出兮東方，照吾檻兮扶桑"。則直以扶桑爲樹于室外之木，此又義之切指者矣。于義爲桑木偏義之擴大，此漢語發展之常例也。因之更引爲若木，即《離騷》"折若木以拂日"也。扶桑在庭，故可折以拂日。日托足于扶桑，故可拂。則若木爲扶桑，於義無所礙。及細爲推敲，則若桑形之變也。甲文若字作𡴆，上形與桑之叒相似而相亂，而下形之火爲木字，故扶桑變爲若木矣。《天問》則曰"羲和之未揚，若華何光"。若華之爲若木諒矣。華者特文人修飾之詞也（分詳若木若華兩條）。

不僅此也，《説文》載榑字訓爲榑桑，榑桑亦扶桑之聲變也。而榑則後起專字耳，從専，専有専布四出之義，所以表日光普照之象也。爲漢以後後起字，扶桑可省爲若木，斯榑桑可變爲榑木矣。

自商以來，有昧爽一詞，《商書·太甲》曰"先王昧爽，丕顯，坐以待旦"。《釋文》云"昧音妹"。《正義》曰"昭七年《左傳》云，是以有精爽，至于神明"。從爽以至於明，是爽謂未大明也。昧是晦冥，爽是未明，謂夜而晨也。蓋初明未明之時，即所謂晨曦者矣。《牧誓》亦云"時甲子昧爽"。《釋文》"昧爽謂早旦也"，《荀子·哀公》云"若昧爽而櫛冠"，皆即《列子·湯問》所謂"將旦昧爽之交，日夕昏明之際"之義，《説文》訓昧爽爲旦明（見《日部》），訓晨爲"早昧爽也"，皆即曦之故訓矣，古人早朝在初明之時，故諸書言朝，無不曰昧爽矣。昧者專字，指日未明，爽訓明者，以爲⺄，爲疏⺄之象，其實皆後世以訓詁之法推陳出新而爲之者也。其始蓋當作曡，見《兔殷》"昧曡王格于太廟"，曡字作⿱，即扶桑之所謂一日居上枝，九日居下枝之象矣。後世曡字，以繁而廢，爽字以通行而興，遂以假音之字易其本字，曡爲本字固無可疑者矣。今滇蜀黔西之間，謂天將明曰"打麻薩眼"，或曰"翻白肚皮"。"麻薩"即昧爽之音變，而白肚皮則以言語説明此一事象者矣，凡此皆足證扶桑與昧爽之爲一事之兩種表現，扶桑者言其物名，昧爽者言其事象，事物惟同而一；語義則使用而細爲差別者矣。

至是，吾人得爲之總結如下圖。

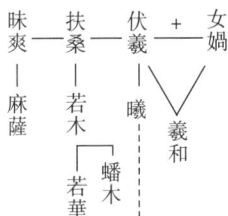

```
昧     扶      伏    +  女
爽 ─── 桑 ─── 羲 ────  媧
 │      │      │  \  /
麻     若      曦   義
薩     木           和
        │
        蟠
        木
        │
       若
       華
```

扶桑之形象，至漢人而設想爲罩日之木，如長沙馬王堆，漢初二女妃墓，發現之覆棺銘旌，其上部爲羲和，兩側爲日月，日在樹中，具體而切直，斯可以觀矣（參圖版馬王堆，合參伏羲、羲和、女媧諸條）。

注：《五帝德》"東至于蟠木"，蟠木即扶桑，蟠、扶雙聲，木即桑之省。"湯谷上有扶木，一日方至，一日方出"。此《大荒東經》之言也。蟠亦扶之音變矣。

若木

古傳説若木有二，一在東方湯谷，一在西方崑崙，其華照地，又稱若華。

《離騷》"飲余馬於咸池兮，總余轡乎扶桑，折若木以拂日兮，聊逍遙以相羊"。王逸注"若木在崑崙西極，其華照下地"。洪興祖《補注》

"《山海經》南海之內，黑水（今《山經》黑水下有青水二字，當補）之間有木名曰若木，若水出焉。又曰‘灰野之山有樹，青葉赤華，名曰若木，日所入處，生崑崙西，附西極也’。然則若木有二，而此乃灰野之若木歟？《淮南子》曰‘若木在建木西，末有十日，其華照下地’。注云‘若木端有十日，狀如連珠，華光也，光照其下也一云狀如蓮華’。《天問》云‘羲和之未揚，若華何光’"。按《說文》"叒，日出東方湯谷，所登榑桑，叒木也，象形"。《玉篇》、《廣韻》皆音而灼切，則榑桑即扶桑、叒木即若木也。扶桑在東，則此若木當另是一事，不得指爲西極之若木，洪《補》以爲當從灰野之若木，蓋以文理定之也，故洪所引《山海經》兩段、《淮南》一段，皆在《水經·若水注》下（惟注于若華何光下，尚有"然若木之生，非一所也"之言）。證以《說文》叒下所謂日出東方湯谷，所登榑桑。叒木若木，則東方亦自有若木矣。然以《離騷》詞氣斷之，則上言令羲和弭節，"望崦嵫勿迫"及"飲馬咸池"、"總轡扶桑"等，則此時自己在羲和弭節之後，不得更在東方，故叔師以爲在崑崙，洪以爲在灰野，正以申叔師之說，皆極允當，無可議（參若華條）。王觀國《學林》亦暢此說，其言曰"扶桑在東，若木在西，事見《山海經》，故《離騷》曰‘飲余馬於咸池兮，總余轡乎扶桑，折若木以拂日兮，聊逍遙以相羊’。蓋扶桑者，日出之處；若木者，日入之處。折若木以拂日者，日既西矣。猶能折若木揮拂其日，使之不暮，而我尚逍遙，可舒以遊也。謝希逸《月賦》曰‘擅扶桑于東沼，嗣若英于西冥’，若英即若木也。此理甚明，然李賀詩曰‘天東有若木’，豈賀誤耶？然若水、黑水兩處，酈注云‘若木之生非一所也。黑水之間，厥木所植，水出其下，故水受其稱耳’。據此則黑水之若木，又即崑崙之若木，更證以《天問》‘羲和未揚，若華何光’之言，則東方亦自可稱若木矣"。（舊注以爲天之西北，幽冥無日之國，其有日處，日未出時，又有若木。赤華照地，亦以指西極之若木而言，其實大誤。）故單就《離騷》咸池、扶桑、若木、拂日而言，則指西極固不誤，而就全部屈賦與《山海經》及酈注所傳，則若木固東西皆具，且西極亦不僅一崑崙，是蓋有誤。

按《説文》"若，擇菜也，從艸從右"，擇菜之義與若木無關，又按《説文・叒部》云"叒，日初出東方湯谷，所登榑桑，叒木也，象形"。而灼切，則若木本字，依許説，當即叒字，是則許意，蓋以若木即扶桑也。考若木本字作叒，叒讀而灼切，別有證乎？余細爲推校，則漢師説蓋仍未得其實，考若字甲文作♥乃女子阿若舞蹈之象。♥象散髮舉手之形，與桑之上形叒相同，桑有柔條，故詩人咏曰"桑之未落，其葉沃若"也。于是而♥與桑從之叒，相譌，名其木曰桑，狀其態曰若（叒而灼切），于是而叒乃有而灼之音，是則叒即扶桑之桑也，若者狀桑之柔也。馬王堆棺上銘旌所繪扶桑樹，其葉固極柔，此扶桑又名若木之由來（《釋文》若之古文作♥，即叒之籀文♥。亦可爲證）。《離騷》言"總余轡乎扶桑，折若木以拂日兮"，亦謂折扶桑之若木（柔木也，柔木見詩），非扶桑外別有若木。兩句作一義，情貌爲益親切。詩人遣詞，則理性之言曰扶桑，感性之詞則變言若木，修飾之則爲若華矣。此固文藝創作之所許也。此義既明，則叒必用若者，許氏少見上世山川鼎彝，尤其未見龜甲獸骨，因而至誤也。説形既不能得，則後人稱叒曰而灼，亦誤矣，不僅此也。若木在十日傳説中之發生發展之事象既明，古傳説之層出不窮者。文字發展之變，亦其一重要因素，得此亦可明矣。王觀國謂後之文士，變叒爲若，雖失于因果倒置，而其爲文士之變者，即文字之變也，于是而若木既見于東方，又復多見于西方，尚有何可異。

若華

即若木之華，亦即扶桑也。

《天問》"羲和之未揚，若華何光"。王逸注"羲和，日御也，言日未出之時，若木何能有明赤之光華乎！"詳見若木條下。《淮南・墜形訓》"若木在建木西，木有十日，其光照下地"。高誘注云"若木端有十日，狀如蓮花，花猶光也"。劉安所説，大約有出于漢人沾附，郭注

《大荒北經》若木下，亦有"其華光赤下照地"。當亦本之《淮南》。屈子此問，大約以日光無所不照（此句上文爲"日安不到，燭龍何照"，即此義）。一切光耀，皆借日之光，何以有若華，明赤之光，可照下地也。餘參若木條下。

九陽

即《九歌》之陽阿，日所出入之所也。

《遠遊》"朝濯髮於湯谷兮，夕晞余身兮九陽"。王逸注"晞我形體於天垠也。九陽謂天地之涯"。洪興祖《補注》曰"仲長統云'沈濯當餐，九陽代燭'。注'九陽，日也。陽谷上有扶木，九日居下枝，一日居上枝'。《九歌》曰'晞汝髮兮陽之阿'，張衡賦曰'晞余髮於朝陽'"。按洪引《九歌·少司命》文，以説九陽，極確不可易。惟又引陽谷扶木之説，則與此文不調，此文之湯谷，即陽合，則不得更言九陽已。大約陽字以表日，因而日之所在曰谷、曰阿，皆分別之詞，而湯谷則其分化也，分詳湯谷、陽之阿各條。又《九思·遭厄》云"踵九陽兮戲蕩"，舊注九陽，日出處也，義與《遠遊》不相遠。

考《困學紀聞》云"《呂氏春秋》'禹南至九陽之山，羽人裸民之處，不死之鄉'。此屈子《遠遊》所謂'仍羽人於丹丘兮，留不死之舊鄉。朝濯髮於湯谷兮，夕晞余身兮九陽"。王伯厚引此以證不死之鄉。而九陽亦謂日也。

湯谷

《天問》"出自湯谷，次于蒙汜"。按《文選·江淹雜體詩》注引作暘，謝瞻《九日從宋公戲馬台詩注》引同，《説文》作暘，通作"陽"。王逸注"言日出東方湯谷之中，暮入西極蒙水之涯也"。又《遠遊》"朝濯髮於湯谷兮"。王逸注"朝沐浴於溫泉湯谷，在東方少陽之位。《淮南》言'日出陽谷，入虞淵也"。洪補"湯音暘"。又《大招》"魂乎無東，湯谷宗只"。王逸注"言黿神不可東行，又有湯谷，日之所出，其地無人，視聽宗然，無所見聞。或曰宗，水醮之貌"。《天問》洪補云"《書》云'宅嵎夷，曰暘谷'，即湯谷也。《説文》云'暘，日出也'。或作湯，通作陽。《淮南》曰'日出于暘谷，浴于咸池，拂于扶桑，是謂晨明，日入虞淵之汜，曙於蒙谷之浦，行九州七舍，有五億萬七千三百九里'。注云'自暘谷至虞淵凡十六所，爲九州七舍"。按洪補引《書》云云，見《虞書·堯典》。湯谷作暘谷，又引《説文》暘字，及通借字陽字。考《史記·五帝紀》曰"暘谷"，《索隱》曰"《史記》舊本作湯谷，今并依《尚書》字"。然則《史記》今作暘谷者，小司馬所改也，史遷從安國問故，則《古文尚書》必作湯谷。《山海經》"黑齒國下有湯谷，湯谷上有扶桑，十日所浴"。《淮南·天文訓》"日出于湯谷，浴于咸池，拂于扶桑"（今本《淮南》湯作暘，乃淺人據《尚書》改。《史記索隱》所引作湯可證）。古書皆以湯谷爲日所出之地。《説文·日部》"暘，日出也，從日，易聲。《商書》曰暘谷"。許君當本引《洪範》日暘之文，谷字淺人妄增。小徐本作"《虞書》曰至于暘谷"，則又改商爲虞，皆庸妄人所爲，非二徐之誤。至于暘谷，古今皆無此詞。《説文·土部》"堣夷在冀州陽谷"。亦作陽，不作暘。許君但偁《書》堣夷，而不并備陽谷，則古文之不作陽可知。《説文·山部》崵字解云"一曰堣銕，崵谷也"。蓋今文作崵，古文作湯，其作暘者，漢以後人依傍日義而爲之專字也（參沈濤《銅熨斗齋隨筆》一）。又按屈宋賦言湯谷，凡三見，皆謂東方日出處，與《尚書》實指其地者義異。屈宋則寓言，雖多神話成分，而先秦古説也。洪補引《淮南》説，言之極詳，文長不具引，然漢人説也。先秦舊書中，除《尚書》外，《山海經》言之最悉，《海外東經》"湯谷上有扶桑，十日所浴，在黑齒北，居水中，有大木，九日居下枝，一日居上枝"。郭注"湯，讀若暘，或作暘"。又《大荒東經》"有谷曰溫源谷"，郭注"溫源谷即湯谷"。按溫源爲暘之合音，源暘爲旁轉。字又作崵。《尚書》今文説。

流星

即奔星，傳説中之貴使，星大者使大，小者使小。

（一）使星也。《九辯》曰“願寄言於流星兮，羌儵忽而難當”。王逸釋“願寄”句爲“欲託忠策于賢良也”。《集注》曰“寄言，欲附此言以諫誨其君也。流星既不可值，則卒爲廱蔽而不可解矣”。按朱説較明皙，《爾雅》曰“奔星爲彴約”。邢昺曰“即流星也”。《荆州占》曰“流星大如桃者，爲使事也”。司馬彪《天文志》曰“流星者，貴使，星大者使大，星小者使小”。此言欲寄言於使臣以諫君，無奈倏忽而不可值也。又《九思·遭厄》亦云“逢流星兮問路”。此流星亦即奔星使也，此爲專義。

（二）墜星也，《九懷·昭世》“流星墜兮成雨”。王逸《章句》“陰精并降，如墜雨也”。洪補“《春秋》‘夜中星隕如雨’。《公羊》曰‘如雨者，狀似雨’”。此爲後世通義。

登陽

《九懷》“乘虬兮登陽”，王逸注“意欲駕龍而陞雲也”。按陽猶九陽也，謂日爲九陽，詳九陽下。王逸以升雲釋登陽，于舊説無徵。《説文》訓陽爲“高明”亦正日義之引，《小雅》“湛湛露斯，匪陽不晞”。《毛傳》“陽，日也”。乘虬登陽，即《遠遊》“集重陽入帝宮”之義，洪興祖補以爲“天有九重，故曰重陽”，即九陽矣。

列宿

《九懷·通路》“宣遊兮列宿”，按列宿猶言列星也，別詳宿字條。《周禮》“馮相氏二十有八之位”，疏“日月會于其處，星即名宿，亦名辰，亦名次，亦名房”。《説苑・辯物》“所謂宿者，日月五星之所宿也”。《景福殿賦》“星居宿陳”。《釋名》“宿，宿也，言星多止住其所也”。是自來解宿者，皆以止息爲説。《説文》“宿，止也”，《玉篇》引申之曰“夜止也”，則宿乃用本義。《廣韻》音息逐切，與宿同音。然世俗多言星宿，音如秀，此音起于《史記正義》，音息袖反，又音夙，而左思《蜀都賦》“窮飛鳥之棲宿”注亦音秀。是宿本有兩音也。又按舊説宿指二十八宿言，而世俗則凡星皆曰星宿。蓋又引申之義，故專用則指二十八宿，通用則凡星皆可曰宿。列宿者，猶言衆星、列星矣。

列星

《天問》“列星安陳”，王逸注“言日月衆星，安所繫屬，誰陳列也”。洪補曰“《列子》曰‘天積氣耳，日月星宿亦積氣中之有光曜者’。《靈憲》曰‘星也者，體生於地，精成於天，列居錯跱，各有攸屬’”。按列星猶列宿，詳列宿下。洪、朱所引材料，以今日科學説之，言星宿之成因，與實質似多不相符。然今日科學上之成就，又莫不相因依于舊説之推闡，變易充實，更改，而有所發現、發明。即如《列子》謂星者積氣之有光耀者，氣字本含本體、運動諸端而言，實無神秘可言，而積氣有光耀則尚差一間，又如《靈憲》謂星者體生於地。今日言銀河系統之生成，各星球皆同質之裂變，則生於地之間，亦差一間而已。

三光

《九思》亂曰“三光朗兮鏡萬方”，舊注“天清則雲霓除，日月星辰昭”，三光日月星也。《漢書・朱博傳》“然猶則天三光”，師古注“三光，日月星也”。《淮南・原道訓》“紘宇宙而章三光”，注“三光，日月星也”。皆漢人説。

晞

晞字凡四見，皆一義而小別，爲二，《九歌‧少司命》"晞女髮兮陽之阿"。王逸注"晞，乾也。《詩》曰'匪陽不晞'。言己願託司命俱沐咸池，乾髮陽阿，齋戒潔己，冀蒙天祐也"。五臣云"願與司命共爲清潔，喻己與君俱行政教，以治於國"。洪興祖《補注》云"晞音希"。又《遠遊》"夕晞余身兮九陽"，王逸注曰"晞我形體於天垠也"，洪《補注》"晞，日氣乾也"。按兩晞字義同。按《説文》"晞，日乾也"，謂日中乾之也，即《詩‧湛露》之"匪陽不晞"之義。《方言》七"晞，暴也"。《九懷‧危俊》之"晞白日兮皎皎"，王逸注"天精光明，而照察也"。洪補云"晞明之始升也"。此晞字讀爲《詩》"東方未晞"，《毛傳》"晞明之始升"，洪即本此是也，此當爲晹字之借。亦得謂加乾之引申也。又《九思‧疾世》"塵莫莫兮未晞"。《章句》"莫莫，合也。晞，消也。朝陽未開，霧氣尚盛"。按此當爲稀之音借。《説文》"稀，疏也'。漠漠未晞，即漠漠未疏稀，故《章句》以消釋之。稀，今通用希。

夜

夜字《楚辭》凡二十餘次，不論其爲屈宋，爲漢賦，大體皆相同。《離騷》"繼之以日夜"。《九歌‧東君》"夜皎皎兮既明"。《九章‧抽思》"望孟夏之短夜"。《遠遊》"夜耿耿而不寐"（《哀時命》之"夜炯炯而不寐"同）。《招魂》"娛酒不廢，沈日夜兮"。及《九辯》之遙夜、長夜，《抽思》之日夜，《悲回風》之長夜，《七諫》之夜號、夜降，《哀時命》之脩夜，《九思》之冬夜，皆與日對言之，夕夜也。《説文》"舍也，天下休舍也"。此以夜之業言也。《左》莊七年"辛卯夜，恒星不見"。疏云"夜者，自昏至旦之總名"。説最具此夜之本義也。又《遠遊》有云"壹氣孔神兮，於中夜存"。王逸注"恒在身也"，此混言之耳。朱熹與洪補申其義，至邃密，洪氏引《孟子》曰"梏之反覆則其夜氣不足以存，則其違禽獸不遠矣"。朱熹直截申之"神者，當中夜虛靜之時，自存於己，而不相離矣"。朱以虛靜通壹氣二語［洪引《孟子》夜氣説，以釋神與中夜之關涉，中夜之氣，亦即虛靜之氣爾。《孟子》言日月所生息之氣，在平旦時，其好惡與人相近……然其旦暮之所爲，則有梏（械也）而亡之者矣，梏之反覆，則夜氣不足以存，夜氣不足以存，則其違禽獸不遠矣］。其義謂中夜所生之氣，至晝爲梏械所害，而至于亡失，人而亡失此虛靜中所得之氣，則與禽獸相同云云。屈子所言壹氣孔神而存于中夜，義與《孟子》相近。戰國以來，服食導引修鍊之説大盛。屈子稍稍習聞之，而以之寄其悲傷失志之情，而爲此論，不足異也。則此中夜之夜，指夜時虛靜之氣言，亦夜思之一爾。又《天問》有"夜光何德"之句，指月言；漢人賦又以夜光爲珠名，皆别詳。

昭昭

叠字形容詞，明也。

《九歌·雲中君》"靈連蜷兮既留，爛昭昭兮未央"。王逸注"昭昭，明也……言巫執事肅敬，奉迎導引，顏貌矜莊，形體連蜷，神則歡喜，必留而止，見其光容爛然，昭明無極已也"。《九辯》"去白日之昭昭兮，襲長夜之悠悠"。王逸注"違離天明，而湮没也"。五臣云"白日喻君，言放逐去君"。《九辯》"忠昭昭而願見兮，然霠曀而莫達"。王逸注"思竭蹇蹇，而陳誠也"。按昭昭一詞《楚辭》凡三見，皆屈宋賦中用語，其義皆訓明，因所施而别，言光容、言白日、言忠誠皆可曰明明。《説文》"昭，日明也"，是其本義，引申爲凡明之稱。此詞在先秦典籍中，遍見于南北各家。《詩·魯頌·泮水》"其音昭昭"。《大戴禮·勸學》"是故無冥冥之志者，無昭昭之明"（《荀子·勸學》篇有此語）。《孟子·盡心下》"賢者以其昭昭，使人昭昭"。《墨子》"是故天地不昭昭"。《荀子》尤多（見《勸學》、《賦篇》、《非十二子》、《富國》等篇)。南土則除屈宋外,《老子》言“俗人昭昭”(第二十章),《莊子·達生》言“昭昭乎若揭日月而行”(《山木篇》亦有此語),《知北遊》“昭昭生于冥冥”等皆是,固先秦以前南北通語也。又考先秦凡言昭明等字主要含義,皆指其光明之可崇拜者言,天神、帝王皆有光明者也(參上引諸子經史各文,皆可概見,別詳余《中國古代之光明崇拜》一文)。日月光明,故曰“白日昭昭”。天神者,主天事者也,故神曰“昭昭”。并參明明條下。

暾暾

《九歎·遠遊》“日暾暾其西舍兮,陽焱焱而復顧”。王逸注“言日暾暾西下,將舍入太陰之中,其餘陽氣猶尚焱焱而顧,欲還也。以言己年亦老暮,亦思還返故鄉也”。洪補曰“暾,他昆切”。按《説文》無暾字,《玉篇·日部》“他昆切,日欲出”。按《玉篇》蓋本之《九歌·東君》“暾將出兮東方”。叔師注“日始出東方,其容暾暾而盛大也”。而此言暾暾西舍,謂日將入時,則出入兩意,同用一字,不甚可解。若以爲反義,如亂之訓治,似亦少證驗。依《九歌》句義言之,則暾乃指日光,叔師以爲形頌詞,此間隙之際,恐不能毫釐差;若釋作日光,則《九歎》“日暾暾西舍”,亦只言日光西下,顧亦可通矣。然《九歎·惜賢》云“日晻晻而下穨”,又《逢紛》“意晻晻而日穨”,句義與此皆相同,則暾暾可能爲晻晻之誤。更以字音求之,又可能爲黮黮之誤,《束晳補亡詩》“黮黮重雲”,李善注“黮黮,雲色不明,徒感切”。暾黮爲雙聲,古韻部亦得相通轉。以上三説似以第一説爲可徵。

昢昢

《九思·疾世》“時昢昢兮旦旦”。舊注“日月始出,光明未盛爲昢。昢,一作朏”。洪補云“昢,日將曙。朏,月未盛明。並普突切”。按下文云"塵莫莫兮未晞",舊注"莫莫,合也。晞,消也。朝陽未開,霧氣尚盛"。則咄咄不得作胐也。咄者,日始出,光明未盛之象,則不得言日月始出,月字疑衍。俗士偶誤咄爲胐,後人遂又增月字于日下,不知與本句"旦旦"及下句"未晞"不調遂,至晦眷難明矣。詳旦旦條下。

旦旦

《九思》"時咄咄兮旦旦,塵莫莫兮未晞"。舊注"日月始出,光明未盛爲咄。咄,一作胐。一云旦旦,一云且且"。洪補曰"咄,日將曙;胐,月未盛明,並普突切。且,子魚切"。按上文云"心緊縈兮傷懷",此云"時胐胐兮且旦",下文云"塵莫莫兮未晞,憂不暇兮寢食",細體上下文義,則此處作且旦爲允,咄咄且旦,故塵合未晞,朝陽未開,霧氣尚盛,若作旦旦,則只能有兩解,一或用《詩》信誓旦旦義,懇惻款誠也,則與時咄咄不類。一則謂旦時已久曰旦旦,與上下文義不調。故當從一本作且旦爲是,且與旦形近而譌(咄一本作胐則誤),咄者,洪補以爲日將曙是也。故舊注于莫莫未晞注云"朝陽未開,霧氣尚盛"。可見叔師本作咄不作胐也(旦旦別有一義,即《孟子》所謂"旦旦而伐之",《正義》"謂日日而伐滅之",作日日解,與此更遠)。又王注"日月始出"之月字乃衍文,詳咄咄下。

瓟瓜

《九懷·思忠》"援瓟瓜兮接糧"。王逸注"啗食神果,志猒飽也。瓟一作匏,糧一作粮"。洪補云"《大象賦》云'瓟瓜薦果於震閨',注云'五星在離珠北,天子之果園,占大光潤,則歲豐,不爾則瓜果之實不登'。《洛神賦》云'歎匏瓜之無匹',注引《史記》曰'四星在危南'。瓟瓜,《天官星占》曰'瓟瓜一名天雞,在河鼓東'"。按匏即瓟字，《廣韻》"蒲甬切"。《爾雅·釋草》"菔匏其紹菔"。注"俗呼匏瓜爲菔"。《楚辭》一本作匏，則見《論語》，王、洪依文理釋爲天官之天雞，在河鼓東者是也。

費

《招魂》"晋制犀比，費白日些"。王注"費，光貌也"。補曰"晞，日光也，芳末切"。孫詒讓以爲費曊字同。《禮運》卷十二，大足徐永孝云"費讀如《淮南·墜形訓》'日之所曊'之曊。高誘注'曊，照也'。《淮南》楚語與《楚辭》合。'曊白日些'，謂光照如同白日也。曊下省如，猶上文'獨秀先'秀下省於，皆形容詞比較用法而省介詞。楚人之辭，自有此例"。按徐説是也。惟曊當作曊，不從目，《離騷》"總余轡乎扶桑"，洪補引正作曊，可證。字或作烌。《説文》"火貌"。古從日與從火爲異部同義字，從弗之字，或繁作費，故烌又作曊也。《淮南·墜形訓》"日之所曊"，高注"猶照也"。費則曊之省文，省作晞，《方言》十"晞、曬，乾物也，揚楚通語"。曊，戴震從曹憲音費，是則烌、晞、曊皆同文，而費則晞等之借也。

壹　壹壹

《九章·惜誦》"壹心而不豫兮，羌不可保也"。王逸訓爲專壹，似未安，壹讀爲《左傳》昭元年"今無乃壹之，則生疾矣"。注"謂抑鬱閉塞也"。此即壹壹一語之緩言，《説文》"壹，不得泄，凶也"。字或作氤氳、絪緼，皆各就所涉之物象而別之耳。"壹心不豫"，言心鬱塞，不逸豫也。

晃

《九思·怨上》"奔電兮光晃"。按《説文》"晃，明也，從日光

聲"。《廣雅·釋言》"晃,暉也"。字從日光,故曰暉曰明,此與奔電相
繫,則當作怳然而明之義,叔師自鑄之詞,不甚確當。

幽晦

《九章·涉江》"山峻高以蔽日兮,下幽晦以多雨"。王逸注"言暑
溼泥濘也"。洪興祖《補注》"此言陰氣盛而多雨也"。按幽晦猶言幽昏,
一語之轉也,詳幽昏條下。《淮南·墜形訓》"北方幽晦不明,天之所閉
也"。不明,即申言幽晦之義,與叔師幽昏訓正同。

曖曃

《遠遊》"皆曖曃其曭莽兮"。王逸"日月晻黮而無光也"。"曖曃一
作晻暗,一作黤黮"。洪興祖《補注》"曖,音愛。曃,音逮,暗也。
晻,烏感切,日無光也。暗,於計切,陰而風爲暗。黤,音晻,深黑色。
黮,徒感切,黑也"。朱熹《集注》"曖曃,昧暗也"。按曖曃《玉篇》
"不明貌"。《廣雅·釋訓》"曖曃,翳薈也"。《一切經音義》六引《廣
雅》作"靉靆翳薈也"。又引《通俗文》云"雲覆日爲靉靆"。義與曖
曃同。按曖曃本疊韻聯綿詞,無正字,後人以愛逮書之(愛本有蔽義)。
于是日無光曰曖曃,雲翳曰靉靆,各依事類爲之增益偏旁耳。音轉爲曖
曃。《古文苑·終南山賦》"曖曃晻靄若鬼若神"。曖曃音愛逮,雲霧吐
吞,障蔽天日,變化殊形。

晼晚

疊韻聯綿詞,《楚辭》兩見,義猶晻晻,日下頹之象。
《九辯》"白日晼晚其將入兮,明月銷鑠而減毀"。王逸注"年時欲
暮,才力衰也"。又《哀時命》"白日晼晚其將入兮,哀余壽之弗將"。

王逸注"言日月西流，晼晚而殁，天時不可留"。合叔師兩注參之，則義至明，日西没之貌曰晼晚也。洪補"晼，音宛，又音苑，景昳也"。朱注同。分釋兩字恐非，《説文》無晼字，亦未見其他先秦典籍，疑爲漢人新增字。疑本只作宛或苑，書者因日與晚兩言而增日，遂成晼字，殊不知于古皆無據也，不可從。"晼晚其將入"者，即《九歎·惜賢》之"日晻晻而下頹"之義。除《楚辭》外僅《文選·歎逝賦》有"老晼晚其將及"一語。而義與《離騷》"老冉冉其將至"同。與"日晼晚將入"不同。《禮·内則》"姆教婉娩聽從"，注謂"言語也"。婉娩之義，猶言婉婉聽從，凡委順皆得曰婉娩，則日將委順而入，亦曰宛晚矣。

時

《楚辭》時字凡五十二見，皆一義之變。《説文》"時，四時也，從日寺聲。旹，古文時，從之日"。按許以形聲字説之，似極簡明，然四時何以從寺聲，蓋寺者，之之動字，從之從寸，凡甲文、金文、小篆中從寸之字，除有動作意外，其動作且必有規律。故寺訓廷，言守法之所也。時之爲義，以四時言，則春、夏、秋、冬，行之有度。一日十二時，亦行之有度。不度則爲亂時，故時必以度，斯從寺之由，非僅爲形聲也。時者，《管子·山權數》"時者所以紀歲也"，《周禮·閽人》"以時啟閉"，注"漏盡也"，《太玄》"元數、時數、辭違，謂旦夕也"，是其徵。其引申之義，則一切時日，皆可曰時。又凡世俗之事，皆有時尚，故時俗亦得曰時。古時與是同聲，故又借爲是。屈賦所用二十五時字，皆不出此諸義。一、其以爲時日本義者，如言"時曖曖其將罷兮"、"時亦猶其爲央"。又《國殤》"天時墜兮威靈怒"，又《九辯》一"時亹亹而過中"，皆確指時日時辰而言。二、其他泛言時者，如"願竢時乎吾將刈"，"吾獨窮困乎此時"。又如《離騷》之"哀朕時"、"時繽紛"，《九歌·湘夫人》之"時不可"，《天問》之"惟時"，《涉江》之"時不當"，《哀郢》之"何時"，《遠遊》之"時髣髴"，《九辯》三之"失時"、"不時"、四之"何時"，《招魂》之"時不可"，《惜誓》以後莫不以泛指爲言矣。兹不詳録。三、時俗，猶言世俗也。時俗一詞，言當世之習俗，故時字作世字解，時世雙聲也。《離騷》"固時俗之工巧兮"。王逸注云"言今世之工才知强巧"。以今世釋時，即讀時爲世也。又言"固時俗之流從兮"。《遠遊》"悲時俗"，《九辯》五言"何時俗"、六言"恐時俗"，義皆同。四、時，是也。《天問》"干協時舞"。言干協是舞也，王、洪以時爲時務，洪以時舞爲以時合舞，皆非也！按《爾雅·釋詁》"時，是也"。《書·堯典》"黎民於變時雍"，《傳》"是也"。《詩·駧驖》"奉時辰牡"，《傳》"是也"。古籍借時爲是者至多，此亦借爲是也。

旹

旹字《楚辭》凡四見，皆在屈賦中，此即時字之或體，當爲古文。此字基本組織，爲日與屮。依甲文例之，則日之動象也。日之動象曰時，故凡與日之運行有關之事，皆得曰時。四時、歲時、節令、三時、日時、時辰、時代、時光、旦暮、朝夕，無非時，亦即無非日之運行也。餘參時字條下，《九歌·湘君》言"旹不再得"，《九章·思美人》言"須旹"，《悲回風》言"旹將至"，《遠遊》言"旹曖曃"，皆可以此義説明之。

年

《楚辭》年字凡二十見，凡分兩解，一作年時，一作年齡，皆一義之引申也。《説文》"年，穀熟也，從禾千聲"。《爾雅·釋天》"夏曰歲，商曰祀，周曰年，唐虞曰載"。注"年取禾一熟"，此本義也。古初農業時代，以穀熟爲一年者，只年種一熟，故曰季也。農業時代禾爲最重要之物質生活基礎，亦物質基礎，故以禾表時、表事、表人，乃至于表德之字極多。即以表時而言，如秋、稑、稬皆是其比也。其夏曰歲者，夏以游獵爲時代重心，故曰歲。殷以祀神爲時代重心，故曰祀也。別詳歲、祀諸字。《楚辭》分二用：一、爲年時，如《哀郢》"至今九年而不復"，《思美人》"獨歷年而離愍"，《卜居》、《天問》同有"三年"，《遠遊》言"歷年"，《九辯》言"年洋洋"（《七諫·謬諫》言"年滔滔"，義皆同）。二、年齡也。《離騷》"恐年歲之不吾與"（兩見），《大招》言"年壽"，《天問》言"延年"，《九章·涉江》言"年老"（《惜誓》一見），《七諫》言"年未央"，或"年齡未央"，又言"年太半"，《哀時命》言"永年"，凡此皆指年齡言也。

申

《楚辭》申字凡二十四見，除申申爲叠詞，申椒爲植物名，申徒、申生、申子、申包胥外，餘分三義。一、束也。《抽思》"願自申而不得"，言願自求束身而不得也。《説文》"申，束身也"。《淮南·原道》"約車申轅"，注"束也"。二、重也。《離騷》"又申之以攬茝"。《惜誓》"申佗傺之煩惑"。三、《九辯》"冬又申之以嚴霜"。言冬日又重加嚴霜也，此借申爲伸，即世言引申之義。《九章·惜往日》與《思美人》兩言"申旦"，一言"申旦而别"，一言"申旦而舒"。朱熹謂"今日已暮，明復旦也"，義最允。王逸以爲"旦陳己心之言"，更爲明白。

《九章·思美人》"申旦以舒中情兮"。王逸注"誠欲日日陳己心也"。洪補云"《九辯》云'申旦而不寐'，五臣云'申，至也'"。朱熹云"申，重也，今日已暮，明日復旦也"。按朱訓爲重是也。《爾雅·釋詁》"申，重也"，五臣訓至，無所據，徒欲順釋文句爾。又《九辯》"獨申旦而不寐"，亦當從朱説訓重，兩申旦皆言又復旦爾。重言之，則曰申申。《離騷》"申申其詈予"，言一再詈余爾；《論語》"申申如也"，則訓爲中和之象，則一義，詳申申條下。

世

《楚辭》世字凡四十四見，其義皆大同小異，一源之變也。《説文》"世，三十年爲一世，從卉而曳長之"。引申之，則人一生謂之一世，父子相繼亦爲世，此皆自時間之一小結立論。引申之，則在某一段時間，亦可謂世。如曰世人、世事，言某時之人、某時之事也。乃宙合必依于方所，故時、空兩性往往不可分離。此世有空間之由也。《楚辭》所用，大體不外此諸義矣。一言時世者，如"世溷濁"（《騷》二見，《涉江》一見，《懷沙》一見，《卜居》一見，《七諫》一見）。其世與溷濁不相連，而仍在一句者，如《漁父》言"世人皆濁"、"舉世皆濁"，《九懷·株昭》有"世濁"。此外如言"世幽昧"；"世并舉"（皆見《騷》，又見《哀時命》）；世俗（《漁父》、《離騷》、《惜誓》，又《七諫·沈江》、《九懷·株昭》）；前世，見《涉江》；曰蘇世，《桔頌》；往世，《遠遊》；今世，《九歎·愍命》；當世，《九辯》五、《九思·傷時》、《七諫·謬諫》；舉世，《七諫·初放》；統世，《悲回風》；度世，《遠遊》；此世，《九辯》三；後世，《七諫·沈江》；與世，《漁父》；哀世，《九思·憫上》；世哀，世雷同，皆見《九辯》五與九；世孰云，《惜往日》；世莫知，《遠遊》；世沈淖，《七諫·怨世》。《七諫》更有"不論世"、"世莫可以"、"世孰可"諸詞。訓時、訓事、訓人、訓人世，訓一世，皆視上下文理詞義而可決者，不必一一爲之析理也。

古

《楚辭》古字凡五見，其義一也，《説文》"古，故也，從十口（會意）"。按此字結構不易知，許以十口相傳爲古。蓋戰國雜説，未必可從。《九歌·禮魂》"長無絶兮終古"，《哀時命》"哀時命之不及古人兮"，《七諫·沈江》"脩往古以行思兮"，《九懷·尊嘉》"伊思兮往古”，言往古、故舊之時也。故古爲時辭，漢儒注經，多推演經義，明指爲唐虞、五帝或更極于天，皆演義之説也。《詩》“古公亶父”，《傳》云“古，言久也”，其詁得之。

今

《楚辭》今字凡十八用，皆一義，雖依文義稍有輕重緩急之差，而皆可以今時、是時解之。《説文》“今，是時也。從亼從丬。丬，古文及（會意）”。許解字形，不甚可知，今亦無説，《蒼頡篇》“今，時辭也”。《離騷》“雖不周于今之人兮”，“芬至今猶未沫”，及《大司命》之“願若今”，《涉江》之“今之人”，《哀郢》之“至今九年”，《惜誦》“吾至今”，《九辯》二“今焉薄”、五“今之相者”，又《九章》“今脩飾”、又“今誰諫”，乃至《七諫》之“今安所達”，《九歎·愍命》之“今及表”，《九思·守志》之“今其集”，莫不從同。

將

將字《楚辭》凡八十四見，除干將爲劍名，將軍爲官爵名，將將爲疊詞，將羊爲相羊之借，爲聯綿字，皆別詳。其餘八十一則，約得四義，或本義之引申，或他字之借，具詳下。（一）將帥也，此字之本義也，《説文》“將，帥也，從寸，牆省聲”。引申爲率領，《天問》“并驅擊翼，何以將之”。王注“將率之也”。又“何馮弓挾矢，殊能將之”。王注“殊異將相之才”。又《九章·思美人》“遇豐隆而不將”，王注“不我聽也”。按言不我率由也。《遠遊》“無滑而魂兮，彼將自然”。王注“應氣臻也”，義不明，此言無滑亂爾之魂霩，則此魂能率由自然，而不亂也。將亦當訓率領之意。又《九歎·愍命》亦云“行大將而攻城”，王注“爲將軍而攻城也”。此即《荀子·富國》“猶將率之事”之將。（二）長也，將率字本言主領之義，故有令長之義，惟《楚辭》之將訓長者，言長短，非令長也。《九辯》三"恐余壽之弗將"，王注"性命之不長"，五臣曰"將，長也"，洪補"有漸長之義"。又《哀時命》"哀余壽之弗將"，王注"長也"。考將無長義，《詩·樛木》"福履將之"，《那》"湯孫之將"，鄭《箋》皆訓扶助。又《荀子·成相》"吏謹將之，無鈹絽"。注"持也"。則福壽言將者，謂持其福壽爾。則訓將爲長矣。（三）語辭，此有兩義，一爲時間限制詞，作未來、將來、將然解。一爲詞氣轉折詞，然八十餘字中，以時間限制詞爲最多，有明言時日者，如《離騷》"願竢時乎吾將刈"，"朝吾將濟於白水兮"，"巫咸將夕降兮"、"歷吉日乎吾將行"，《九歌》"曒將出兮東方"，"日將暮兮悵忘歸"，《懷沙》"日昧之其將暮"、《悲回風》"豈亦冉冉而將至"、《九辯》七"白日晼其將入"（爲避繁漢賦不再録），皆是。有一般言將來之事，如《離騷》"延佇乎吾將反"、"退將脩吾初服"、"將往觀乎四荒"、"吾將上下而求索"（避繁不録），此爲《楚辭》主要用法。亦爲中土數千年來最通行之時間限制詞。二爲語詞轉折之且字義，此類雖不多，而可作爲且者，本亦不少，與時間限制似多可互訓。今且舉例證較明者，如《懷沙》"吾將以爲類"，言吾且以爲類，若言將要，則語氣不足。又如《卜居》"君將何以教之"，訓將要，不如且之允當。《遠遊》"吾將從王僑而娛戲"，將亦可言將要，而訓且爲更協于文理詞氣，均無所事于詳析，在讀者審實而解之。

莫

《楚辭》凡三十四用，除莫邪、莫母（又作嫫）爲專名，莫莫爲叠詞，別詳外，凡三十用皆一義也。《説文》云"莫，日且冥也"，古只作茻，從茻中日，隸定作莫，下茻變作"大"形，凡隸變有失其本者，茻之作大，艹之作大皆是，今則莫字多又作暮，從兩日，至無謂也。今本《楚辭》凡是莫字皆已作暮。則世俗依時制更之者也，故無用茻之本義者矣。此外古籍多借莫爲無。《詩·抑》"莫捫朕舌"，《易·遯》"莫之勝説”，皆是。《離騷》“周論道而莫差”、“國無人莫我知”、“既莫足以爲美政”，在他文亦皆同此義。《九歌·大司命》之“衆莫知”、《少司命》“樂莫樂”、“悲莫悲”，《惜誦》之“莫之白”、“莫吾聞”、“莫余知”、“莫察”、“莫我忠”、“莫若君”，《涉江》之“莫余知”、“莫吾知”，《懷沙》之“莫余知”、《思美人》之“莫達”，《遠遊》之“世莫知”，《九辯》五之“誠莫”、八之“莫達”，《七諫·初放》之“莫我振理”，《自悲》之“莫能行”，《謬諫》之“世莫可”，《九懷·匡機》之“莫陳”，《危俊》之“莫有”，《陶壅》之“莫貴”，《九歎·怨思》之“莫誰語”，《九思·憫上》之“曾莫”，《遭厄》之“士莫志”，《傷時》之“莫知”皆同，此今世恒訓，無庸詳説者也。

天時

《國殤》“天時墜兮威靈怒，嚴殺盡兮棄原壄”。王逸注“言己戰鬭，適遭天時，命當墜落，身雖死亡，而威神怒健，不畏憚也”。墜字洪本校引《文苑》作懟。

按王逸以“遭天時，命當墜落”。增命字説墜，若云人之命墜，與文理似較支離。考天時一詞，戰國以來，多與戰事相涉。《孟子》“天時不如地利，地利不如人和，三里之城，七里之郭，環而攻之，而不勝。夫環而攻之，必有得天時者矣。然而不勝者，是天時不如地利也”。趙岐注云“時日、支干、五行、旺相、孤虚之屬”。（《朱子語録》極謂孤虚以方位言）趙注所言，即《荀子·儒效篇》所言“武王之誅紂也，行之日，以兵忌，東面而迎太歲”之言相應，而《韓非子》言之尤爲翔實。其言曰“初時者，魏數年東鄉，攻盡陶、衛，數年西鄉，以失其國，此非豐隆、五行、太一、王相、攝提、六神、五括、天河、殷搶、歲星，非數年在西也，又非天缺、弧逆、刑星、熒惑、奎台，非數年在東也”（《飾邪》）。此明言星辰方位，與用兵勝敗（《吕覽》十二紀內所載五行與兵事關係之言尤多）。故《淮南·兵略訓》云“將者必有三隧、四義、五時、十守。所謂三隧者，上知天道，下習地形，中察人情"。此即《孟子》天時、地利、人和之説，則天道即天時，其釋天道有云"明於奇正賁、陰陽、刑德、五行、望氣、候星、龜策、機祥，此善爲天道者也"。凡此等説素，皆春秋後期至戰國一代兵謀家雜用五行之説，以論軍事勝敗之機者也。故天時一詞，實含有天道、天命、天運，乃至于曆數諸端，非僅以表陰、晴、風、雨、雷、震諸端對行事利鈍之徵也。《國殤》此文應依此義解説。王逸之注方能通，而其文義始能順遂不乖戾。"天時墜"者，言行軍之太歲方位、氣候、奇正、機祥諸端，皆失其吉宜，至使國殤之神威震怒也。五行之説，本戰國最流行之一端，而屈子兩使于齊，稷下舊聞，自必影響意識，則其創作中偶爾吸收或不自覺而吸收其術語，自亦最平常之事，不必以此而謂詩人迷信也。

獻歲

《招魂》"獻歲發春兮，汩吾南征"。王逸注"獻，進。征，言歲始來進"。朱熹集注"獻歲，言歲始來進也"。按王、洪、朱皆從字面解説，自已明白，無需更言，然"獻歲發春"等詞，疑爲當時楚國方習之術語。今吾鄉于歲更時，有數術語可證，如歲除時，俗曰辭年。全家禮天地神祇祖宗，約在午後七時後至深夜十一時，則又全家禮天地神祇祖先，曰獻歲。庶羞齊備，雖至寒之家，亦多備隻雞豕首。則曰獻者，禮敬而進之之義。其禮至隆重，獻歲後則曰守歲。除兒童外，全家皆坐待天色昧爽。又禮敬如初。于是而有賀歲，凡幼者卑者必先拜天地祖先，再一一爲長者尊者祝年。此即《招魂》之所謂發春也。別詳。

孟陬

《離騷》"攝提貞于孟陬兮"，王逸注"孟，始也。正月爲陬"。朱熹《集注》"孟，始也。陬，隅也。正月爲陬。蓋是月孟春"。王説蓋本

《爾雅·釋天·月名》"正月爲陬"。《史記·天官書》"閏餘乖次，孟陬殄滅"。《集解》云"正月爲孟陬"。《漢書·劉向傳》引《大戴禮·用兵篇》"攝提失方，孟陬無紀"。孟康注"首時爲孟，正月爲陬"。字又作郰，亦見《用兵篇》。盧辯注則以爲陬聲之誤，朱熹先釋陬爲隅，以訓詁字論之，凡《爾雅》歲名、星名、月陽、月名，皆不能依字義解。郝懿行《爾雅義疏》云"陬者，虞喜以爲陬訾是也"。按陬訾，星名，即營室東壁，正月，日月會于陬訾，故以孟陬爲説，《説文》叙云"孟陬之月"。《漢書·劉向傳》云"攝提失方，孟陬無紀"。《史記·曆書》"月名畢聚"，聚與陬同，此正月名陬之古義也。故《史記》漢武帝詔御史曰"……以七年爲太初元年。年名焉逢，攝提格，月名畢聚"云云，是漢世正用陬爲月名也。

季春

《九懷·尊嘉》"季春兮陽陽"，王逸注"三月溫和，氣清明也"。按以春夏秋冬四季分十二月，此夏正也，故季春爲三月。

發春

《招魂》"獻歲發春兮"，王注"言春氣奮揚，萬物皆感氣而生"。他家無説。按叔師以發春爲春氣奮揚云云，就詞義之組成本義言，當無可議，疑此或是楚人新歲中術語，有如今西南人所謂開春。以吾鄉論，除文前已言之，有來歲之義，若立春在上年冬末，則立春日即謂開春。又若元旦後晴朗，則相祝曰"開春好"。而縉紳之家則曰發春，此又古風習語之傳流在民間，凡在春節老長幼少必相祝其告詞，此即發春之義也。此禮失求諸野是也。參獻歲條。

清明

《九思·傷時》"陽氣發兮清明"，舊注無説，按上文之"惟昊天兮昭靈"，下云"風習習兮䖟煖，百草萌兮華榮，堇荼茂兮扶疏"云云，皆春暮之景物也。則清明當指時令之清明節言，《汲冢周書·時訓解》"清明之日，相始華"，又"五日田鼠化爲鴽"。《白虎通·八風》"四十五日，清明風至。清明者，青芒也"。陳立《疏證》云"《考異郵》云'四十五日，清明風至'，清明者，精芒挫收也。注'立夏之候也。挫，猶止也。時薺麥之秀出已備，故挫止其鋒芒，收之始成實'"云云，時令廿四節，大約起于戰國，而大備于漢，叔師漢人，故習用之也。

孟夏

《九章·抽思》"望孟夏之短夜兮"，又《懷沙》"滔滔孟夏兮草木莽莽"。王逸注"四月之末，陰盡極也"。洪補曰"上云曼遭夜之方長，此云望孟夏之短夜者，秋夜方長，而夏夜最短，憂不能寐，冀夜短而易曉也"。朱注義與洪補同。按洪就文上下説之，極允當。以春夏秋冬四季分十二月，則孟夏屬四月，楚人蓋用夏正也。

昭靈

《九思》"惟昊天兮昭靈，陽氣發兮清明"。舊注"昊天，夏天也。昭，明也。靈，神也"。按昭靈形容夏日陽光之盛，古凡言神異之事物，多以靈字形容之，則昭靈猶下句之清明爾。

夏寒

《天問》“何所夏寒”，王逸注“言天地之氣，何所有冬温而夏寒者乎”。此指輿地廣幕之中，何處冬則暖而夏反寒也。中土中原與南楚大半在亞熱帶與温帶，其地冬寒而夏熱。戰代尚不確知輿地幅員之所抵止，而冬暖夏寒之傳，必已自遠方傳入，故屈子舉以爲問。洪補引《素問》，及朱熹《集注》所言，皆不甚允當。叔師但通説之，而不具體分析，雖失之簡，而無流弊。餘參冬暖條。

重陽

《遠遊》“集重陽入帝宫兮”，王逸注“得升五帝之寺舍也”。洪補曰“《文選》云‘重陽集清氣’，又云‘集重陽之清徵’。注云‘言上止於天陽之宇，上爲陽，清又爲陽，故曰重陽’。余謂積陽爲天，天有九重，故曰重陽”。朱熹用洪説，按徐文靖《管城碩記》云“重陽者，以乾卦六畫皆陽，故謂之重陽也。《唐·天文志》曰‘升陽進踰天關，得純乾之位。故鶉尾直建巳之月，内列太微爲天廷’。孔穎達《左傳疏》曰‘四月建巳，六陰盡消，六陽並盛，是爲純乾之卦’，是也。非泛指天有九重，爲重陽也”。按徐説于文理較暢，然《遠遊》不言卦象，則當爲另一説之可通者。

白露

《九辯》三“秋既先戒以白露兮”，王逸注曰“君不弘德而嚴令也”。按《汲冢周書·時訓解》“立秋之日，凉風至，又五日，白露降，又白露之日，鴻雁來，遠人背畔，玄鳥不歸”。按此年二十四節之一，在立秋後三十一日，仲秋時節日也。惟此文則語義雙關，既指露，又指時。

冬暖

《天問》"何所冬暖"，王逸注"暖，溫也。言天地之氣，何所冬溫而夏寒者乎。"按冬暖夏寒，屈子特就中原南楚地方立言，中原南楚，皆冬寒而夏暖，故傳聞有氣溫相反之地，而疑以爲問也。此當亦戰國輿地地候學之一說。洪補引《素問》陰陽、高下、太少之說以明此，不盡合也。此兩語承"日安不到"二句下，則指氣候帶無可疑，則高下、陰陽非屈了問意至明，且高下、陰陽之理，至易明者也，無容屈子反以此爲問。若純就地輿氣候之異論之，則屈子全部作品中，其地理知識，即今亞洲所在地，亦尚多模糊不清，則赤道南、北極之處，固不能明，故以冬有暖燠之所，而夏有寒凉之地，爲問也。然洪所引《素問》，除高下、陰陽指一地之氣候差別之故，不可用外，其所謂太少一端，不無參考價值。此理至朱熹猶然未能全曉。與夏寒條合參。

吉日辰良

《九歌》"吉日兮辰良"，王逸注"日謂甲乙，辰謂寅卯"。楊慎《丹鉛雜錄》八曰"逸之意，本謂日爲甲乙之屬，辰爲寅卯之屬，而各省兩字，後之讀者不曉，便謂甲乙爲吉日，寅卯爲良辰，雖朱子注《楚辭》，亦誤用俗見也。高誘注《呂氏春秋》云'日從甲至癸也，辰從子至亥也'。此則明白無疵"云云，說日辰之義至明。舉事擇吉日，本殷周以來民習，甲骨卜辭解說明此事，無餘蘊矣。參庚寅條。冠辭、月令、吉日、全辰互見，更戰國以來發展之情實。惟依文詞口氣言，似應作吉日良辰爲順適，而作辰良遂引起古今之爭執。沈括《筆談》以爲"相錯成文，則語勢矯健"。陳善《捫蝨新話》曰"《楚辭》以吉日對辰良，以蕙殽蒸對奠桂酒，此法本自《春秋》'隕石於宋五，是日，六鷁退飛，過宋都'，說者皆以石、鷁、五、六先後爲義，殊不知聖人文字之法，正當如此”。又《困學紀聞》以“《論語》‘迅雷風烈’”爲比，皆得其理。孫志祖《文選考異》，則以爲恐是版本有誤，其言曰“按《蜀都賦》‘吉日良辰’注，及《東征賦》‘撰良辰而將行’，謝靈運《九日從宋公詩》‘良辰感聖心’，盧子諒《贈劉琨詩》‘良辰遂往’注，引《楚辭》立作‘吉日兮良辰’，恐《楚辭》別本亦有作良辰者，不盡如沈存中所云也。古人文法，亦不必以此爲工。韓文公《羅池廟碑》‘春與猿吟兮秋鶴與飛’，乃故以此見致耳”。此説梁章鉅《文選旁證》已駁之。其言曰“按孫説非也，《楚辭》作辰良。李注所引亦俱作辰良。其有作良辰者，後人順正文改轉，未知李注自有不順正文之例也。且《楚辭·九歌》十二首，每首第一句必用韻，不得倒轉顯然矣”。而朱琦《文選集釋》，則謂此處并籍與下皇、琅等字協韻也。附案《日知録》謂《易·豐》多故，親寡《旅》也，先言親寡，後言《旅》，以協韻，與此正同。

曉陽

《九懷·陶壅》“意曉陽兮燎寤”，王逸注云“心中燎明，内自覺也”。按曉陽一詞，不甚可通，疑陽爲暢字之借，曉暢即叔師注所謂“心中燎明也”。曉暢今習用語，曉暢燎寤，言意燎明，則中内自能了寤也。曉暢指基本認識言，燎寤指對新事物中之受啓發而能了寤言，意有層次，亦有深淺。

纁黃

《九章·思美人》“指嶓冢之西隈兮，與纁黃以爲期”。王逸注“待閒静時，與賢謀也。纁黃蓋黄昏時也。纁一作曛”。洪補曰“纁，淺絳也。其爲色黄而兼赤。曛，日入餘光。並音薰”。朱注“纁，一作曛，立音熏。纁，淺絳也，日將入時，色纁且黄也”。按一本纁作曛，《説文》無曛字，先秦以前書亦未見此字，則作曛者，後人因曛黄皆記日，故改從日也，字當作纁，纁黃即昏黃也。孫詒讓《札迻》曰"案纁黃即昏黃也，纁昏古音相近，得相通借，猶闇之通作勳也。《離騷》云'曰黃昏以爲期兮，羌中道而改路'。又《抽思》云'昔君與我誠言兮，曰黃昏以爲期'。《九歎‧遠逝》云'舉霓旌之帶翳兮，建黃纁之總旄'，注云'黃纁，赤黃也。天氣玄黃，故曰黃纁也'。校云'纁，一作昏'，注云'黃昏時，天氣玄黃，故曰黃昏'，亦纁昏字通之證"。（孫詒讓《札迻》卷十二《思美人》）按孫舉纁昏字通之例，是也。惟引《九歎注》玄黃之說，宜有以正之。玄黃有四義（詳玄黃條下）。其言天地色者，不指黃昏言。《九歎注》義乃漢儒瞀說，此當正者一。時人有以玄黃與此纁黃聲相轉，遂牽合爲一義者，亦誤，聲同不必即義同也。且玄黃一詞，惟北土諸家用之。見于《易》、《詩》、《書》者至多，亦都無黃昏義。南土從無用之者，《楚辭》惟《九思》一見。王逸以爲中央天帝名，亦與黃昏無關。《九歎注》"天氣玄黃，故曰黃纁"。此叔師引以說明旗旄黃纁赤黃之義，而非說黃昏之義也。至纁一作昏，注云"黃昏時，天氣玄黃，故曰黃昏"，此非叔師舊文，出後人增補，失古義遠矣。孫氏引以證字之通，而不能別白其義之不可通，此當辨析者也。纁黃聲通爲昏黃，詳黃昏條下。倒言之黃纁義，則大異，不能以爲與黃昏一語。詳黃纁一條下。

黃纁

《九歎‧遠逝》"舉霓旌之珊翳兮，建黃纁之總旄"。王逸注"總，合也。黃纁，赤黃也。天氣玄黃，故曰黃纁也。言己修善彌固，手乃杖執美玉之華帶、明月之珠，揚赤霓以爲旌，雜五色以爲旗旄，志行清明，車服又殊也"。"纁，一作昏。注，黃昏時，天氣玄黃，故曰黃昏"。按黃纁爲赤黃色，叔師義至顯，而"纁，一作昏"以下注語，當是後人補綴，非叔師原文，此妄人所增，不知與叔師大相逕庭也。黃纁自是赤黃色，與黃昏無關，補綴者見黃纁與《九章‧思美人》之纁黃同字，遂牽合玄黄以爲黄昏以説之，非也。玄黄亦無黄昏義，參玄黄條下。此云黄纁，亦猶《書·武臣》"筐厥玄黄"之玄黄，形容絲帛之色云。纁字，《説文》"淺絳色也"。

黄昏

此南楚成語，乃一組合詞，《楚辭》凡三見，一見於《九章》，二見於《九歎》，三見於《九思》（《離騷》"夫惟靈脩之故也"下，今本有"曰黄昏以爲期兮，羌中道而改路"。唐寫本及今本《文選》五臣六臣兩本，錢傳，皆無此二句。洪興祖以爲後人所增，戴震以爲加此二句，于首句之上，語勢重複倒亂，求之文例韻例，皆不合。按王逸本不爲此二句作注，則王本原亦無之。又《離騷》用韻，皆四句一協，決無例外，此二語不與上下文協，亦爲錯亂之一證。且語義與後文"悔遁而有他"重複，故今不計）。《九歎》、《九思》皆擬摹之作，故詞義亦無大差，《九章·抽思》云"昔君與我誠言兮，曰黄昏以爲期"。王注"且待日没閒静時也"。洪補引"《淮南》曰'薄于虞淵，是謂黄昏'。黄昏喻晚節也"。朱熹以爲黄昏者古人親近之期，《儀禮》所謂初昏也。就黄昏之用義立説，非本義也。黄昏者，日將入則色轉黄，與草木將落，則色亦變黄，此漢語形容詞，以色表義之一法（如以紅表初興，以緑表盛茂，以藍表静茂等）。後世遂爲計時常語，詞家則以喻遲暮復老，則用其引申義也。《九歎》之"日黄昏而長悲"，《九思》之"迫日兮黄昏"義皆同。而《九歎》之"日暮黄昏，羌幽悲兮"，以黄昏與日暮同用，其義益明。

晉闇

《天問》"冥昭晉闇，誰能極之"。王逸注"言日月晝夜、清濁晦明，誰能極知之"。洪補"冥，幽也，所謂窈冥之門也；昭，明也，所謂大明之上也。瞀，母豆切，目不明也。闇，音暗，閉門也。此言幽明之理，瞀闇難知，誰能窮極其本原乎"。朱熹云"瞀，莫鄧反。闇與暗同，又作暗。冥，幽也。昭，明也。謂晝夜瞀闇，言晝夜未分也，極窮也"。按此句上"冥昭"爲一詞，"瞀闇"爲一詞。冥昭謂天象，瞀闇則言天象之瞀闇也。以今語譯之，謂此冥昭之天象至不分明也。故下文言誰能究之耶，叔師以日月晝夜、清濁晦明釋之，義極含渾不清，洪知以四字兩詞，分別繫屬關係，"言此幽明之理，瞀闇難知"。體認詞氣（朱熹能體會詞氣同），皆較叔師爲勝，惟一以幽明之理，一以晝夜解冥昭，則猶間一層。此冥昭自指天體言，不指日月晝夜言，詳參上下文自知。

嚮

《九懷·思忠》"嚮吾路兮蔥嶺"，王逸注"欲踰高山，度阻險也"。洪補云"嚮，屬也，音向"。《説文》"嚮，不久也"。《儀禮·士相見》"嚮者吾子辱使某見"，注"曩也"。經傳或以向、嚮、鄉爲之。

曩

《九章·惜誦》"猶有曩之態也"，王逸注"曩，嚮也，言欲使己變節而從俗，猶嚮者欲釋階登天之態也"。朱熹云"猶有前日忠直之意"。曩即前日之義，《説文》以嚮釋之，《爾雅·釋詁》云"久也"。襄二十四年《左傳》"曩者志入而已"。

攝提

此一名詞，《楚辭》凡兩見，《離騷》"攝提貞于孟陬兮"與《九思》"攝提兮運低"。《離騷》王逸注云"大歲在寅曰攝提格"，詳見《爾雅·釋天》。《九思》舊注曰"攝提運下，夜分之候"云云，兩説不同，前指歲名，後指星名。朱熹《集注》、王觀國《學林》以《離騷》之攝提，亦指星名，所謂隨斗柄以指十二月者也。王氏且申之曰“攝提順乎斗柄，而不失正朔之紀”云云，朱琦已駁之矣。別詳攝提二句。然朱説不替否定王逸《章句》之説，從朱者大體以年、月、時、日之合德，于先秦無徵，而從朱熹説爲多，其實有徵與否固爲考據之一要點，然一事之成，必有其啟始生發之端，爲人所不易徵者。

屈文之不能徵于上代典籍者至多，吾人能全盤否定之乎？以徵之足否爲定，則乃辨章古書耳，不足以言辨章古史。然吾人細爲稽考，兩説皆有所據。太歲名見《爾雅》，星名之説見《史記·天官書》或《漢書·天文志》。歲星説者，謂太歲在寅曰攝提格，《離騷》言攝提者，修辭上之省也。星名者，謂攝提星隨四時斗柄所指示之方位以定月令。然此在《九思》無須辯説，而《離騷》一語爲自來推算屈子生平年代者所依據。故兩説遂爲争持之重要問題。太歲名説，自王逸發之，實本于《爾雅》，洪氏引《淮南子》“男年始寅之説”證之，後來如錢杲之《離騷集傳》、龔景瀚《離騷箋》、陳本禮《屈辭精義》、王夫之《通釋》、劉夢鵬《屈子章句》、朱駿聲《離騷補注》、戴震《屈賦注》、馬其昶《屈賦微》皆從王説。朱熹《集注》之説，本《漢書》張晏注，後來如陳第《屈宋古音義》、周拱辰《離騷草木史》、沈雲翔《楚辭評林》、屈復《楚辭新注》、林雲銘《楚辭燈》、王萌《楚辭評注》、董國英《楚辭貫》、姚培謙《楚辭節注》皆從之，諸家皆無所發明，然從朱説爲星名者。《史記·天官書》“大角者，天王帝廷，其兩旁有三星。鼎足向之，曰攝提”。攝提者，乃隨斗杓所指，以建十二月。斗柄隨月而運，編歷十二辰，則屈子自序生世，有孟陬之月與庚寅之日，而不言年，于理似有缺略，故顧亭林《日知錄》、孫志祖《文選理學權輿》非之，以爲當指歲名言，是也。《日知錄》云“《楚辭》‘攝提貞于孟陬兮，維庚寅吾以降’。攝提，歲也。孟陬，月也。庚寅，日也。屈子以寅年寅月庚寅日生。王逸《章句》曰‘大歲在寅曰攝提格。孟，始也。正月爲陬。言己以太歲在寅，正月始春，庚寅之日，下母之體而生’，是也。或謂攝提星名，《天官書》所謂直斗杓所指，以建時節者，非也。豈有自述其世系生辰，乃不言年而止言日月者哉"。然歲名有格字，此當爲行文之省（本戴震説），詩歌句法，本可如此處理也。馬其昶《屈賦微》以攝提貞之貞字，以爲貞、格同訓正。則攝提貞即攝提格，説雖巧合，而未注意此貞字乃句中動詞，不得與上文連爲一詞也。

考甲骨卜辭，有卜日之習，金文王入宗廟祭祀與興戎亦多命卜。《詩》、《書》、《左氏》此例益多，則日之吉否，于古可徵者至多，《九歌》亦言"吉日辰良"。寖假而用之于冠、昏、喪、祭，生子之祥，亦文化發展之必然現象，則日之有吉否，固吾先人所不廢者也。又考用日支干之法，亦代各不同，左春谷《三餘偶筆》云"《詩》'吉日維戊'，《禮》上丁、仲丁，用辛、用甲之類，並言干不言支，此足爲古人用干之證"。然如《書·召誥》"丁巳用牲于郊"，"戊午乃社于新邑"，《詩》"吉日庚午"，《儀禮·士冠禮》"吉月令辰"，《少牢饋食》之"禮日用丁巳"，《夏小正》"丁亥萬用入學"，《月令》"乃擇元日辰"，《左傳》"辰在子卯謂之疾日"，《國語》"百姓夫婦擇其令辰，以昭祀其先祖"，或單言支，或兼言干支，則又是古人用支之證矣。秦漢以後，如辰日祀靈星，戌日祀風伯，丑日祀雨師，以及戌臘、午祖、巳禊，皆用支不用干。《月令》擇元辰，盧植、蔡邕並云，日甲至癸，辰子至亥，郊天是陽故用日，耕籍是陰故用辰。然如靈星、風伯、雨師之祀，悉皆用支，則説不可通矣。豈盧、蔡之言，第以釋經，而秦漢後之用支，固不可一概而論也。

讀左氏書，則用日支，當早在戰國以前。呂不韋雖稍後于屈子，而《呂覽》已有"惟秦八年夏在涒灘，秋甲子朔"一條，時人以爲用歲名之始。西人言中土歲陽歲名與猶太古傳説合。秦在西土，當與西方久已交通，漢初賈誼《鵩鳥賦》有"單閼之歲"，《史記·曆書》亦言"太初元年歲名焉逢攝提格"，則屈子以歲名指年爲必要之事（《左氏傳》"十月曰良月"，《國語》"至于亥月"，則已用月陽月名矣）。又男子小運起寅，女子小運起申之説，已見《説文》。叔重注《淮南·氾論訓》

禮三十而娶，曰"三十而娶者，陰陽未分時俱生于子，男從子數左行，三十年立于巳，女從子數右行，二十年亦立于巳，合夫婦，故聖人因是制禮，使男子三十而娶，女二十而嫁，其男子自巳數左行十得寅，故人十月而生于寅，故男子數從寅起，女自巳數右行得申，亦十月而生于申，故女子數從申起"。此說正爲起運也。此一事實之發展，極合于歷史規律。

由上諸說定之，則王逸以攝提指歲名，當爲對《離騷》正確解釋，依詞氣（見下）及書法（即《日知録》所指）皆可眇合文理。毫無可疑，則男以寅年生亦徵祥之事也。據清儒陳瑒、鄒叔績、劉師培，及近人郭沫若、浦江清諸人，依三代曆法推之，皆能核實爲楚威王（公元前三四〇）前後，確有寅年寅月寅日，三合之時，定在元前三四〇年前後，與屈子一生事懷王、放漢北、入辰溆、沉汨羅皆相合。《離騷》中之攝提，當指太歲，不指大角，王逸之説爲不可非矣。詳參庚寅條。

又朱熹以孟爲孟月，陬爲陬訾，攝提指之，則日躔析木，係孟冬十月非正月也。朱琦《文選集釋》曰"案《分野略例》云，自危十六度，至奎四度，於辰在亥爲諏訾，十月之時，諏訾既爲分野之名，去訾而加孟殊爲不詞"。可謂予朱熹以最根本之駁斥。且余更有説，或謂周正建子，楚奉周朔，則寅月乃當時三月，何得曰孟陬（馬位《秋窗隨筆》），度朱子之意，深邃要不過此，此但見春秋以來孔子根據魯史所作之《春秋經》，用周正之書本記載，而未見周室巡狩烝嘗猶周夏曆並用，則周亦不盡以子建也。且別國之實際情況，及屈子各文中所表現之實際材料，可指爲夏正者，多不可絶。如《豳風》"七月流火"，《小雅》之"四月維夏"、"六日徂暑"，《論語》之"莫春者，春服既成"，及《月令》之類，皆夏正之錯見于孔子之書，周、秦人之著，此《尚書大傳》所謂"王者有二代之後，聽其仍用祖宗舊朔"。而民間稼穡之事，蓋亦聽以夏正從事。故朝廷雖行周正于上，民間自行夏正于下，至戰國而列國亦莫不用夏正矣。近世所出楚器，當代考釋諸家亦多已指明其用夏正之實，此科學之根據，不可否認者也。且就屈子各文而細繹之，凡稍有與時日牽涉之處，無不當以夏正解之，而決不能以周正解之（此事至繁，各隨文申說之矣）。則王逸《章句》以孟陬爲正月者，自屈子全書而通之，此通說之不可易者也。

至庚寅日，諸家無異說，是屈子確以寅年寅月寅日生，王注顧說，皆確不可易，以一生于寅年寅月寅日之現象。在宗教迷信尚濃之戰國時人，又自以出于神帝高陽（圖騰始生祖）之貴胄，有此特異之生屬，安得不使其父覽之、揆之，而賜之以嘉名（惟戰國時日月合德之說，未必成熟）？屈子亦不能不自認爲天生之内美而然者。此其所以對宗國負重責以至于死之一因素，亦當即《離騷》之創作因力也。故不惜詳爲之辯如此。近日友人浦江清以爲“恒星與行星皆有攝提一名，同見于《史記·天官書》，皆古天文占星家所習用。然歲星地位更重要，在屈子時代，已以歲星紀年，故《離騷》攝提，應指主要之歲星，不指大角，然元前三三九年正月十四日庚寅，以斗建大角，攝提合之。此一年歲星在娵訾，適在正月中合日。年名攝提，太歲在寅，則王逸、朱熹兩說居然合一。是則朱說亦自可通云”（見浦氏《屈原生年月日的推算問題》一文）。使其言然，則千古疑獄當決于此矣。

古傳說自黃帝始有支干，以甲寅爲首，顓頊作曆象，仍始于焉逢攝提格之歲，于是年月日皆始于寅。楚爲高陽之後，屈子之生，蓋有合于先人造曆之象者歟？玉星名爲攝提，亦見《楚辭》，王逸《九思·怨上》曰“大火兮西睆，攝提兮運低”，舊注云“大火西流，攝提運下夜分之候，愁思不寐，起視星辰，以解戚者也”。按《史記·天官書》“大角者，天王帝廷，其兩旁各有三星，鼎足句之，曰攝提。攝提者，直斗杓所指，以建時節，故曰攝提格”。攝提之星，可建時節，故曆法有誤，在于未善利用攝提格也云云，則當視爲別說，不得與《離騷》所言相混。

庚寅

《離騷》"攝提貞于孟陬兮，惟庚寅吾以降"。朱熹《集注》云"昏時斗柄指寅，在東北隅，故以爲名也。原又自言此月庚寅之日，己下母體而生也"。按朱説最明快乾净，在今日考研古典載籍，爲通俗之喻者，從朱説免去許多糾葛。然吾人對歷史知識甚缺略，凡文學創作，必有其現時代之意義。于是而民情、風俗、社會、組織等事，遂爲考研中心不可忽之事。細讀屈子此文，先陳先世懿德，後言己身之内美等，恐非以"庚寅之日，下母體而生"一語之所能了，於是王逸《章句》之所説不能不令吾人特加注意。以叔師去屈子不遠，漢人風習所承襲于古者，又至多，則所謂"男生而立于寅，得陰陽之正中"云云，是否全屬荒唐，應有以辯證之者（辯叔師注文一段詳後）。今謂此蓋殷、周以來所謂日辰吉凶之風習遺存，庚寅必爲吉日之一，爲古人民所崇敬之一事，謂屈子有所迷信，此固時代之局限，非必即爲屈賦之瑕玭污點。此吾人必需具備之歷史觀點。

惟欲證成吉日之説，其事本至易（如本文第四段説吉日所陳），而欲探本索源，則舉近百年吾國學術上新發現之資料，與新吸入之學理，吾人固可作初步之考論，惟其事至繁頤，作最後之定論，則恐尚有所待也。

一、論十日傳説

在古代有十日并出之傳説，詳《山海經》、《吕覽》諸書，《淮南》言之亦最具體，惟此爲漢人之説，姑不計在内。別詳本書十日條（或《重訂天問校注》）。中土記數之法，止于十，此民族固有之認識。文字中一至十十字，皆從縱橫線條表之，詳鄭樵《通志》。明其爲同一系統之産物，即同一意識之結集。此當爲中土數字之最多限度，日爲一種常在之最大光源，而爲人生活所不可暫缺，萬福攸關之神物。此古代各民族同有之光明崇拜也。中土以日光及火光爲光明崇拜之基本對象，與舉世初民社會略同。

而中土有十日並出（或交出）之傳說，蓋日月有晴、陰、晦、明，春、秋、夏、冬之別，故日之爲物爲形，固有其最大之變幻。雖不如月之有圓缺，而日全食、半食等現象，亦當在記度之中。則以最大限度之字以表最大崇敬之光明，而曰日有十個，固古初樸素唯物知覺之應有現象。此一傳說，不僅見于戰國以前載籍之中，至兩漢墓闕、祠堂石刻，尚大量爲民間所使用，其勢力足以壓倒一切崇拜。此一迷信中，實有其最偉大最重要之現實作用。"日月光華，旦復旦兮"，爲何等偉大之祝頌，爲人類與一切含生發生發展茁壯強大再生復活之最偉大之支配力量。在初民時代，能不以之作爲生活中至上無極、最可崇敬之事物乎！（別詳《天問校注重訂本》，及余《中土古代光明崇拜試論》）所謂十日者，夏、殷以來，以甲、乙、丙、丁十字所謂天干者也（與歲名之甲乙丙丁同名而異實）。昭七年云"天有十日"，杜注"甲至癸"，是甲乙爲日名也。

二、以日名之風習

古帝王中有太昊、少昊、金天、葛天、祝融諸帝王，此光明崇拜之反映于最高統治階層之説明。至夏以後，則帝王多以日名，禹娶塗山，生啟而曰"辛壬、癸甲"，即《易》所謂"先甲"、"後甲"，此時之崇拜也。夏氏最後三王以日名，姑不計，殷人則帝王與帝王之妃或母，亦皆以日爲名。諸侯亦多同。吾人但一檢《史記·殷本紀》即知之（甲骨文所稱殷先王先公及妃名見董作賓之《甲骨文斷代研究》一文），惟吾人所得見之材料，皆當日王室之檔案，故以日名之事實，但見于帝王及其妃母，平民是否亦以名，則吾人可自王室之大臣小臣，史、卜、百官等名姓考之，則以日爲名竟無一人（余考得五十六人，以繁瑣太甚，別爲專文，大致董氏斷代一文中，已多列之可參），則民衆不得以日名甚顯（此事至有考論之價值，一則周以前載籍，無民衆資料。二則民衆恐尚無姓氏制度，故亦不得有名。而尤要者，則日既爲崇拜之對象，則初民意中，惟統治階級能與天通，故可借此以爲名。而民衆既無上通于天之資格，則不得觸犯所崇敬之神物，以瀆亂神祇，此爲最重要之一理論。假若民衆可以日爲名，則減弱其崇拜之作用，必待政治制度完全取代宗教統制後，此種崇拜既衰，而人民解放，乃得使用日爲名矣。此一理論之重要性，較上二類爲有力）。至周以後，宗教崇拜之心理，爲人類理性發展之智力所取代，帝王命名以日之事象漸微，而民間得解放而有以日爲名之事實，鮒里乙、劇辛等不一而足矣。

三、論擇日

甲骨文以卜吉凶爲基本作用，而每卜必紀日，則卜而擇日，爲自然之發展。所謂記事必記日，亦此一事之現實作用，然以日命名，全部用十干甲乙等十字，而殷虛卜辭之記日，則用甲子表，是此時記日之法有一大轉變，十二支已加入記日行列之中。此事之發展如何，近人雖有所推論，而迄未能説明此一事之本質存在爲何，轉變過程爲何。余亦不能明其旨要，姑缺之，以待知者。然不論其轉變如何，而其用以記日，則爲最具體之事實。此數萬片卜辭，是否可能統計出一種吉凶分明之日期，余未加研究，恐亦未必能有最接近科學之現象。吾人但欲借此以説明日期使用之過程變化，以達到屈子使用庚寅之作用與故習而已，故無所事于詳考也。

四、吉日説

殷虛卜辭之卜筮本義即爲卜吉，《莊子・庚桑楚》“能無卜筮而知吉凶乎”？《禮記・曲禮上》言之更詳，“卜筮者，先聖王之所以使民信時日，敬鬼神，畏法令也；所以使民決嫌疑，定猶與也”。故擇吉日一事，爲行筮之本質，亦即爲初民崇拜迷信之一種事態，至小限度在殷商之時已大興盛，傳之至春秋、戰國時代，其事蓋未曾一日不存在，屈子有《卜居》而曰“願因先生決之”，亦決疑也，此或爲屈子設辭，而亦必爲當時存在之事實，故《九歌》第一首即言“吉日辰良”。楚人好鬼雖爲傳説，而《詩》、《書》、《左傳》、《易經》亦多言吉日良辰。羅振玉言“周人鑄鐘，喜用丁亥”。岑某輯金文中用丁亥者六十九器，其中亦有他器，非盡鐘也。《多方》“惟五月丁亥，王來自奄，至于宗周”，似非偶然。《易・蠱》“先甲三日，後甲三日”。《巽》“先庚三日，後庚三日吉”。《經義述聞》就此二則證以《夏小正》、《召誥》、《少牢饋食禮》、

《漢書·武帝紀》……而斷之曰 "古人行事之日多用辛與丁癸者，是辛與丁爲吉日，而擇以行事者，西漢時古義猶存"。俞樾《茶香室經說》一云 "復象辭七日來復"……今按《易》言七日，實即先甲後甲三日丁也。自辛至丁凡七日，先庚三日丁也，後庚三日癸也，自丁至癸凡七日……

按 "七日來復"，此古人觀察天象所得之一實證理論。故《復》卦曰 "七日來復，天行也"。《正義》曰 "七日來復之義，言反之與復，得合其道，唯七日而來復，不可久遠也。此是天之所行也，天之陽氣絕滅之後，不過七日，陽氣復生，此乃天之自然之理，故曰天行也"。則先甲三日，後甲三日，先庚三日，後庚三日，皆一來復之義而取甲庚者，必以爲吉宜故。《蠱》卦曰 "蠱，元亨，利涉大川。先甲三日，後甲三日"。《彖辭》曰 "先甲三日，後甲三日，終則有始，天行也"。《巽》卦九五曰 "貞吉，晦亡，無不利，無初有終，先庚三日，後庚三日，吉"。此皆卜吉之義，先甲者，辛壬癸甲也。後甲者，乙丙丁也。先庚三日者，丁戊己；後庚三日者，庚辛壬癸也。其說與上所陳皆可合。證之于古，則禹娶塗山生子，而曰辛壬、癸甲，此先甲三日吉之例也。《春秋左氏傳》哀十三年曰 "吳申叔儀乞糧于公孫有山氏，曰佩玉縈兮，余無所繫之。旨酒一盛兮，余與褐之父睨之。對曰：梁則無矣，麤則有之。若登首山以呼曰 '庚癸乎' 則諾"。杜注 "軍中不得出糧，故爲私隱。庚，西方，主穀；癸，北方，主水" 云云，《正義》申之以爲 "庚在西方，穀以秋熟，故以庚主穀。癸在北方，居水之位，故以癸主水。言欲致餠并致飲也" 云云。其實不過告以後庚三日吉而已。即使作隱，亦斷不可周折如是。此亦以《易》義七日來復之說告之，言後庚而吉，是以十干定吉凶，且遠起于夏初，此當爲吾族古代傳說之可信者。若皆出戰國以後傳說，則辛壬癸甲之義何以生澀如是？故余辯之如此。

按劉朝陽氏于周金中言初吉之八十七例內用丁亥者爲三十六（《華西協合集刊》四卷）。岑某輯周金中言丁亥者六十九則，爲當日民俗重視之證。《多士》之丁亥固非偶然，《詩》言 "吉日庚午" 殆非無故矣。《左氏傳》記此事尤多，不必煩引矣。

五、庚寅當爲戰國時楚民間習用之吉宜日

余于周金千餘器中，得干支記日者273器，分配如下：

甲	乙	丙	丁	戊	己	庚	辛	壬	癸
28	36	12	95	12	11	38	16	13	12

十二支分配在 269 器中爲：

子	丑	寅	卯	辰	巳	午	未	申	酉	戌	亥
2	11	33	22	5	19	28	12	17	14	16	90

依上兩表之分配計之，以丁亥爲最多，其次則曰庚寅，庚凡 38 見，寅凡 33 見，皆佔最高數次之第二位，則其爲民俗所最重要之吉日。僅次于丁亥矣，具體録之則：

甲寅　大夫始鼎，姜伯毁，牧毁，師兑毁，省卣五例。

丙寅　静卤，遇甗，文义已匜。

戊寅　叔兮鎛，戊寅作父丁鼎，遹鼎，豆閈毁，史懋壺，陳猷釜。

庚寅　克鐘，中鼎，師奎父鼎，鄟季子鼎，静毁，录伯〇毁，師旬毁，宴毁，楊毁，走毁，諫毁，獻彝，分伯盤，寰盤，克盨。

壬寅　伯中父毁，無㠱毁，㠱鬲。

寅得 33 則，豈取寅有敬恭之義歟？

庚寅各器，是否皆爲楚器，因而引出庚寅爲楚民俗獨以爲吉宜之日之説，亦不必詳考，即如录公鐘及師奎父鼎皆與楚有關。

屈子所以言庚寅日降爲内美者，吉宜之日生，與周金所傳全可調遂，故《離騷》此語，非泛泛之言生之日也。

六、附論寅字申王逸説

上來所陳，自文學之表現立場論之，則朱熹之説，已足解此句此章之義，而無所礙。自稱頌先德，自言内美，名曰正則，字曰靈均等，此其後必有更深遠複雜之含義，則詞句所暗示于吾人者，必不僅于記載年日月，而使内美正則等徒爲空言。故就其歷史因力承襲論之，不能不深爲發掘。自上五段，吾人可得一概念及其發展之跡，則曰“崇拜光明”爲其根基。史前傳説與日月有關之事，與帝王名號，已見其端倪。夏殷以來，統治階級以日名之事，乃此事象發展之必然結果。周來以宗法承宗教之政治措施，雖已自然地改變此一民習，而不能無遺痕，寖假而成爲以日紀事，以日記人，而日之吉凶，又成爲發展之第二階段必然現象。至屈子使用庚寅，由金文之統計，當爲南楚民間吉祥日子。此一歷史發展非常自然。而自有其物質基礎、辯證體系，爲吾人所不可不知者。而殷周以來，尤其周以後，由十干之甲乙丙丁，加入十二支，乃至替代以十二支，子丑寅卯之發展，其轉變之因緣，雖尚有待吾人今後之研究，而其事實固甚爲明白，則庚寅之用，屈子必本之故國史實、人民風習而來，既非創作，亦非空言記事者矣。

至是漢人所傳，"男命起寅"之説，似亦當爲吾人探索之一端，惜資料不足，未必即能視爲定論。

男命起寅之説，吾欲自兩事以明之，一則寅字之本義變義，即與日相關之舊説，二則禄命傳説之分析。

《説文》"寅，髕也。正月陽氣動，去黄泉，欲上出，陰尚彊，象宀不達，髕寅于下也"云云，許釋義至明，而解形則似當申説。徐鍇曰"髕檳庍之意，人陽氣，上鋭而出閡於門，臼所以擯之也（象形）"云云，就小篆及許説言，徐解固甚得其義，考甲文寅字變形至多，而基本母型則作𡩟，若𡩟，省之則作𡩟，若𡩟，繁之則作𡩟、𡩟、𡩟、𡩟。最後兩形，當爲《説文》所本。就其省形與母型而論，皆即矢形，而以矢爲據而演之形，其中丨口囝等，皆架閣之形，則奉矢于架閣，曰寅。而從臼若𦥑乃雙手奉矢之形，小篆譌爲從臼者也。至兩周金文演變，亦以此爲基本，含義與甲文最近者，如《戊寅父丁鼎》作𡩟，《甲寅父癸角》作𡩟。至《師全父鼎》之庚寅作𡩟，《帥趛鼎》之庚寅作𡩟，《無㠱敦》之壬寅作𡩟，《羌伯敦》之𡩟，《褱盤》之𡩟，《師全》以下各形，則稍有紋飾之象。而從手奉矢，則其事更明，細爲分解，則寅字蓋爲奉矢禱、祀之義，與後世文飾之詞，則"三矢告廟"而已。在漁獵時代，矢爲最重要工具，則有大事必舉以告于圖騰，或宗神或祖先，而後行事，此常禮也。更就古籍使用此字論之，余恐此爲祭天祭日特定之用品，《堯典》"寅賓出日"，注云"寅，敬也，以賓禮接之，出日方出之日也"是其證，又寅爲東方之辰，亦即寅爲日出之所也。又《舜典》"汝作秩宗惟寅"，傳訓敬，凡訓敬之義皆與天神相涉。《周書·祭公》"公曰，嗚呼，天子，我丕則寅哉寅哉，汝無以戾反罪疾，喪時二王大功"。《書·皋陶謨》曰"同寅協恭和衷哉"，《無逸》"嚴恭寅畏"，皆是其證。惟先秦典籍言敬者，有兩階段，最早用字，皆與宗教之天地神祇信仰有關。其第二階段，則以宗法制度之祖宗先王有關，則寅之最初一義，已訓敬，正以其祀日之民俗風習典禮相調協。而與祖先相涉，則宗法制之意識也。又《尚書》、《詩經》、《左傳》、《國語》、《逸周書》等多用寅畏連文。畏者與鬼神崇祀，有威可畏也。當爲最原始字義，則寅之用，亦必從同，故兩詞得以義同或義近相組合也。

抑又不僅此也，吾人苟自其語根語族論之，則寅本奉矢之形，古文凡從矢之字，皆有急進不已之義，故《漢書·律曆志》云"引達于寅"，字與射同，而引與寅又雙聲之變也。《詩·小雅·六月》"元戎十乘，以先啟行"。《傳》云"夏后氏曰鉤車，先正也。殷曰寅車，先疾也，周曰元戎，先良也"。《鄭箋》"寅進也"。進與寅亦雙聲之變，其疊均之變，則曰春，春者草木屯然而生之象。因以爲四時之首，夏正建寅，正與春正月之曆合。則春寅自內在連繫，春屯與寅皆疊均之變也，與聲均之變，如伸，如信，如晨，如循，如生，皆與寅義爲同族。

至此，吾人得總結之曰，寅者古漁獵時代人民，奉矢祀日以迎日，以象祀日之事至爲莊肅，故引申爲敬，以同義詞組合，則曰寅畏。此自宗教信仰之社會應有之意識，至宗法社會，天日之尊已漸薄，祖宗之尊日益盛，于是而寅、敬、畏諸字之義，人民習之，已與其原始意識日漸矇矓而不清，散在民間，則寅爲記時之一名，而民俗以爲吉宜之日。此漢字字形字義發展之常規，與社會發展之現象相結合，絲毫不亂，爲吾人所必當知之者也。

至此，吾人討論王逸《章句》所言男命起寅之説，自覺非甚突梧，甚至荒唐可笑矣，其言曰：

> 寅爲陽正，故男始生而立于寅，庚爲陰正，故女始生而立于庚（按兩庚字當爲申字之誤）。

　　按叔師之説，蓋本《淮南·氾論訓》及許氏《説文》。《説文》包字訓曰"原氣起于子。子，人所生也。男左行三十，女右行二十，俱立于巳。爲夫婦，裹妊於巳，巳爲子，十月而生。男起巳至寅，女起巳至申，故男年始寅，女年始申也"。朱駿聲謂"十二辰説字體，蓋傅會古緯書之談"。其言是也，凡緯書所記之説，固多荒渺，而吾人所不知，古史所已遺，昔先民習俗所不傳，亦往往而見之。吾人固不必輕信，若使有據，則疑之可，信之亦可。且緯書始漢，而秦越人乃春秋時人，已有男子生寅，女子生申之語，則其説不自漢始矣。按十二辰説字，更傅會以三十而娶，二十而嫁之説，乃一種數字遊戲。此與《易》八卦同爲文字遊戲之一種，爲巫史之一種魔術，雖未必即先秦舊物，而先秦自有此等文字與數字遊戲，爲不可否認之事實。吾人將此魔瘴氣氛掃除，則寅以春正月之符號，引申而有此生發成長之内在規律，凡生皆吉宜，則以寅爲吉宜之日，占卜者以之爲吉占，生子以此爲吉日。自周以來，男性中心之社會意識大立，能生男，則載之床，弄之璋，熊羆、弓矢爲男子之祥。而女性之地位大衰，故席之地，弄之瓦，爲虺爲蛇，爲女子之象。男子如春發，女子如秋衰，故舉申以配寅（此事當在十二肖屬已立後，余別有説）。此術數家因寅吉而編造之一套數理循環與人生關係之哲學，吾人萬不可受其蒙蔽，而亦萬不可不事推考，一概屏棄。考論古事至難，以當前人情風習及進步之學理説之，則古人不任其咎，以歷史主義探賾索隱説之，則固多鉤擘不經之論。余不敢自以爲是，特提出與世之考古者一商之（沈大成《學福齋集》有包字説，亦足供吾人謹慎採取）。古來荒渺之説多矣。周公營雒爲後世陽宅之始，樗里相墓爲後世陰宅之始，左氏養子、食子爲相術之始，高祖與虞珀同生爲禄命家所喜言。此等材料，皆各各有其原始意義存乎其中，但在吾人是否本之歷史主義之態度，以從事研究而已。

赫戲

　　《離騷》“陟陞皇之赫戲兮，忽臨睨夫舊鄉”。王逸注“赫戲，光明貌”。洪補引“《西京賦》云‘叛赫戲以輝煌’，赫戲，炎盛也。戲與曦同”。按依上下文義定之，則赫戲訓光明貌，義至確，一本作曦者，古皆作羲。《文選·郭璞遊仙詩》“朱羲將由白”，李善注“朱羲，日也”，朱羲猶赫羲矣，猶今人言紅日也。此作形容詞用，故訓爲光明也。字又作赫羲，《文選·潘岳詩》“隆暑方赫羲”是也。然戲、羲同無日出之義，曦字《說文》不收，古籍亦未見，《詩·齊風》“東方未晞，顛倒裳衣”。《毛傳》“晞，明之始升”，則赫戲當作赫晞矣。赫爲形容詞，此形名相屬之複合詞也。按《說文》晞字訓乾，《詩·蒹葭》“白露未晞”，即其義也。則晞亦非日出正字，明之始者，蓋亦假借字也。尋《說文》有昕字，讀若希，“旦明，日將出也”。段注云“文王世子大昕”，鄭注“早昧爽也”，是昕即晨而未旦也，與《齊風》“東方未晞”之說合，則晞即昕之借字，言“陟陞皇”諸家解陞爲動字，大誤。陞皇，謂初升之日也（《離騷》句法，如是，如諸家說，則語法不可通）。蓋當光盛之時，忽見舊鄉云云也。自來解者多不能得其義，一由赫戲之不可解，一由陞皇之絶裂不成詞，朱駿聲解赫戲爲嶮巇，于是不得不解皇爲地名，更不能不釋陞亦陟矣。

孛

　　《九懷·危俊》“顧列孛兮縹縹”，王逸注“邪視彗星，光瞥瞥也”。洪補云“孛，薄没切”。按《釋名·釋天》“孛星，星旁氣孛孛然也”。《春秋》文十四年“有星孛入于北斗”，注“彗也”。考孛與彗雖同爲所謂妖星，而實不同。孛星光芒四射，彗則光長如帚，俗所謂掃帚星也，孛字或以弗爲之，《穀梁傳》昭十九年“有星弗于大辰”，是也。

朝夕

　　猶言早晚也，屈宋賦多以此兩對舉詞爲上下句對文，如《離騷》之"朝搴阰之木蘭兮，夕攬洲之宿莽"；"朝飲木蘭之墜露兮，夕餐秋菊之落英"；"朝發軔於蒼梧兮，夕余至乎縣圃"；"朝發軔于天津兮，夕余至乎西極"。其餘則《九歌·湘夫人》一見、《九章·涉江》一見、《遠遊》二見（又《騷》亦倒言之，夕歸次與朝濯髮一聯是也）、《九思》一見，似爲屈宋行文一種語調，在修辭學上，乃以一種對比作用，增加文勢，使其含義轉深，詞句諧合，爲漢語修辭之特有手法。《離騷》、《九章》皆善用之。他如"夫孰非義而可用兮，孰非善而可服"；"前望舒使先驅兮，後飛廉使奔屬"；"初既與余成言兮，後悔遁而有他"，與及"既又"、"固又"、"進退"之分在兩句，其義皆同。此種雙對句，實爲屈宋賦之一特色。使其行文密茂委曲，含義周遍，而無偏畸（邏輯之正反相因），正騷體之奇放，亦漢語之特色也。亦有在一句中者，如《離騷》"謇朝誶而夕替"、"芳與澤（當爲臭字形譌）其雜糅"、"好蔽美而稱惡"、"忍尤而攘詬"，皆以相反相對之義，錯綜使用，極盡變化之致，漢賦諸家，已不能得其仿佛（《七諫》略得此蘊）矣。

震

　　《九章》"何百姓之震愆"，王逸注"震，動也。愆，過也。百姓震動，以觸罪也"。按《説文》"劈歷振物者"，震從雨、從辰，辰本耕器，古《易》家説爲雷，詳《易·震卦》，與《序卦》。《晋語》"震，雷也，車也"。凡此皆古民習傳説，故引申爲動，《書·盤庚》"曷震動萬民以遷"，震動連文，即此義矣。震愆，猶言震恐爾。又《抽思》有"震悼"，《招魂》有"震驚"，《九辯》三有"震盪"，義皆同此。

昔

昔本乾肉，古籍多借爲往時，《易·説卦傳》“昔者聖人之作《易》也”，《疏》“據今而稱上世，謂之昔者”。《詩·那》“自古在昔”，《傳》“古曰在昔”。《書·無逸》“昔之人無聞知”，《疏》“久也”，皆其徵。《楚辭》昔字，皆此一義之變。《離騷》“昔三后之純粹兮”、“何昔日之芳草兮”；《惜誦》“昔余夢登天兮”，皆是。與此同義者，如《抽思》之“昔君與我”、《悲回風》之“怨往昔”、《九歎·愍命》之“昔皇考”、《九思·傷時》之“覽往昔”亦同。又夕也。《大招》“魂乎歸徠目娛昔只”，王逸注“昔，夜也”。《詩》曰“樂酒今昔”，言可以終夜自娛樂也。“昔，一作夕”，按王以夜訓昔，則爲夕之借字，即《檀弓》“予疇昔之夜”之義。《左傳》“爲一昔之期”，《莊子·齊物論》“今日適越而昔至”，皆同此義。

宵

《九辯》“哀蟋蟀之宵征”，王逸注“見蟊蜇之夜行，自傷放棄，與昆蟲爲雙也，或曰宵征謂‘七月在野，八月在宇，九月在户，十月蟋蟀入我牀下’，是其宵征。征，行也”。按王先詁宵爲夜，更引《詩·七月》説宵征義，宵征猶言宵行《周禮·司寤氏》，“禁宵行者”，注“定昏也”，定昏指長夜之中，故《説文》訓宵爲夜也。

晏　旰

晏字凡八用，除晏晏、晏衍、晏娛等複合詞外，其單用者，皆爲旰之借字。《離騷》“及年歲之未晏兮”，王逸注“晏，晚。言已所以伋伋欲輔佐君者，冀及年未晏晚，以成德化也”。又《山鬼》“歲既晏兮孰華予”，又《九歎·怨思》“懼年歲之既晏兮”，諸晏字，皆作年歲時日之遲暮解。按《説文》訓晏爲“天清也”。揚雄《羽獵賦》“于是天清日晏”，注“無雲之處也”，無晚義。按《説文》“旰，晚也”當爲晏晚之旰。《論語》“何晏也”，謂何以晚也。《淮南·天文》“日至于桑野，是謂晏食”，義謂晚食之時也。

春

《大招》“青春受謝，白日昭只。春氣奮發，萬物遽只”。王逸注“青，東方，春位，其色青也，言歲始春，青帝用事……又曰春，蠢也。發，洩也。言春陽氣奮起，上帝發洩和氣溫燠也”。朱熹注曰“春氣和煖，而後白日昭明也。言春氣奮發，而萬物忽遽競起而生出也。

晦

《天問》“自明及晦，所行幾里”。王逸注“言日平旦而出，至暮而止，所行凡幾何里乎”。洪補云“《論衡》云，日晝行千里，夜行千里，行太陰則無光，行太陽則能照”。按此即《左氏傳》之所謂“六氣”之一。昭元年“六氣曰陰、陽、風、雨、晦、明也”。注“晦，夜也”。《詩·陳風》“風雨如晦”，《毛傳》“晦，昏也”，則爲引申義。《説文》“晦，月盡也（月盡則日没，故），從日每聲”。《釋名》“晦，灰也，火死爲灰，月光盡似之也”。《九章·抽思》“望孟夏之短夜兮，何晦明之若歲”。王逸云“憂不能寐，常倚立也”。朱熹云“晦明若歲，夜未短也”。按晦爲夜，明爲日。夏夜當短，而望明甚長，至于若歲也。

天道

　　《七諫·自悲》"見韓衆而宿之兮，問天道之所在"。王逸《章句》"韓衆，仙人也。天道，長生之道也"。寅按天道一詞，就詞面言，全部《楚辭》只此一見（餘詳天字條下）。王逸以爲長生之道，就韓衆一名，引申而得。以《自悲》全文文理詞氣定之，亦自無誤。此恐是東方一家之説，周秦以來，及漢儒皆不作此解也。《易·謙卦·彖》曰"天道下濟而光明"，又"天道虧盈而益謙"。《書·湯誥》"天道福善禍淫"。《左傳》襄十八年"董叔曰，天道多在西北"（注歲在豕韋，月又建亥，故曰多在西北）。昭十八年"子産曰，天道遠，人道邇，非所及也"。又二十六年"天道不諂"。《周語》中"天道賞善而罰淫"。又下"吾非瞽史，焉知天道"。《論語·公冶長》"夫子之言性與天道，不可得而聞也"。諸言天道無絲毫求長生之義，此當爲道家之異説，曼倩學術本雜駁。則以此與韓衆連言，顯襲神仙家或道家修煉之術，自與其自身之思想相調遂，叔師此注，蓋得其辜較矣。若參以屈子《遠遊》"羨韓衆之得一"一語，則東方之所謂天道，即《遠遊》之得一矣。王逸注《遠遊》云"言古先聖獲道純也"，此道純釋一，與此之天道義得相成，參道字下。又天時亦得稱曰天道，此戰國兵家之言也，詳天時條下。

慶雲

　　《九懷》"枉車登兮慶雲"，《章句》于慶雲無確詁，洪補注《漢書·天文志》"若煙非煙，若雲非雲，鬱鬱紛紛，蕭索輪囷，是謂慶雲"。訓釋爲有據。寅按《晋書·天文志》"慶雲亦曰景雲，此喜氣也"。亦曰卿雲。《史記·天官書》"卿雲見喜王也"。《太平御覽·天部》、《初學記·天部》引《史記》此文，皆作"卿雲，喜氣也"，説與《晋書》同。此處見字疑誤衍，當删。又曰"青雲"，洪引《漢書·天文志》文，亦見《史記·天官書》正義，"卿音慶"。又《竹書紀年》亦有"若煙"等四語，惟輪囷下作"百工相和而歌卿雲"。又曰"景雲"，《後漢書·郎顗傳》"景雲降集"，注"五色雲也"。一曰慶雲，分詳景雲、青雲各條下。

青雲

《九歌·東君》"青雲衣兮白霓裳"，王逸注"言日神來下，青雲爲上衣，白蜺爲下裳也。日出東方，入西方，故用其方色以爲飾也"。朱熹《集注》"青衣白裳，日出東方，入西方，故用其方色以爲飾也"。寅按《九歌》情緒多樂感，青雲爲上衣，言以晴日高遠之雲，爲上衣也。王朱又以東方色青爲説，此自漢儒之義，非屈賦本義也。屈賦言青雲、玄雲皆樸然就天之色立言。五色配方位，爲五行家舊説，雖始于周以來，而屈宋賦中，極少五行成分，故不必如叔師解也。至漢儒加修飾成分，遂有景雲、慶雲、卿雲乃至瑞雲不一而足，皆文家推衍之詞矣。別參景雲條。然景、慶、卿等，與青皆一聲之變，此亦文學修辭繁演之一例，保有其語音，而善別其字義耳。

景雲

《七諫·謬諫》"龍舉而景雲往"，王逸注"景雲，大雲而有光者。雲亦陰也。言神龍將舉陞天，則景雲覆而扶之，輔其類也"。洪興祖補曰"《詩》云'習習谷風'。《易》曰'雲從龍，風從虎'。《新序》'孔子曰，虎嘯而谷風起，龍興而景雲見'。《淮南》曰'虎嘯而谷風至，龍舉而景雲屬'……《管輅別傳》云'徐季龍與輅共論，龍動則景雲起，虎嘯則谷風至，以爲火星者龍，參星者虎，火出則雲應，參出則風到，此乃陰陽之感化，非龍虎之所致也'"。按景雲漢以前無言之者，蓋起于漢人，洪引《新序》、《淮南》、《管輅傳》言之詳矣，無用更説。景本有大義，故叔師以大雲釋之。然《後漢書·郎顗傳》"如是則景雲降"，

《集注》"景雲，五色雲也，一曰慶雲"。又《蔡邕傳》"屬炎氣于景雲"，注"《瑞應圖》曰，景雲者，太平之應也，一曰慶雲"。又《西京雜記》曰"瑞雲曰慶雲，曰景雲，或曰卿雲"。景、慶、卿皆一聲之變。則漢人修飾之詞，其實無甚義蘊。大體彩雲、瑞雲皆可曰景雲。又天氣色青，則青雲；天色蒼玄，則曰玄雲，亦景雲爾。特青雲質言之，景雲、卿雲等，則特加修飾之義焉爾。至雲、龍、風、虎等說，皆作者據《易》所言，引申別之耳。洪氏詳爲之說，實無甚理據，故不全錄。

玄雲

《九歌·大司命》"紛吾乘兮玄雲"，洪興祖補云"漢樂歌云，靈之車，結玄雲"。寅按玄雲猶青雲，如玄冥之爲青冥，天色高則色蒼蒼，故曰蒼天。以雲言，故曰青雲。雲乃晴日之象，故對神靈以此爲詞也。與青雲、景雲、慶雲等一聲之變，特屈賦但言青雲、玄雲，略近樸質，而景、慶、卿等異名，皆漢人修飾之詞。

清源

《遠遊》"軼迅風於清源兮"，王逸注"遂入八風之藏府也"。按叔師以八風藏府釋清源，洪興祖《補注》曰"謂清風之源"。探句中迅風立言，一本作涼者，源涼形近之譌也。洪補引《思玄賦》"沫于清源"，則當指水源之澂清者言，與此義異。

光風

《招魂》"光風轉蕙，氾崇蘭些"。王逸注"光風，謂雨已日出而風，草木有光也"。又曰"言天雨霽，日明，微風奮發，動搖草木，皆令有光"。五臣云"日光風氣，轉汎薄于蘭蕙之叢"。洪無説，按句中無天雨日出之義，上下文亦未言雨霽，此特叔師固爲設想之辭，故五臣以日光風氣釋光風，而不言雨是也。光風霽月，雖唐宋詞人用之，而漢以前無此語，王說顯是設想。《春秋考異郵》有"震爲明光風"（光字誤爲芅，似庶字，今本作庶風），"震爲雷"，則叔師或本之此歟？（《易》亦言風雷）又《西京雜記》"苜蓿一名懷風，時人或謂之光風，茂陵人謂之連枝草"云云，近人有以此釋《招魂》者，其實不協文理。"光風轉蕙，汎叢蘭"者，言風吹蕙時，轉動生光，其光汎瀾，及于蘭也。特修辭上過簡，使語義未甚明爾。又按《文選·謝玄暉和徐都曹詩》"日華川上動，風光草際浮"。"風光草際浮"，即光風轉蕙也。李善注引《楚辭》曰"光風"云，是李善本謝詩，本作光風，不作風光，顯爲後世誤用。

凱風

《遠遊》"順凱風以從遊兮"，王逸注"乘風戲蕩，觀八區也。南風曰凱風。《詩》曰，凱風自南"。朱熹《集注》"南風曰凱風"。寅按《詩·邶風·凱風》"凱風自南"，傳"南風謂之凱風，樂夏之長養"。《爾雅》釋風雨"南風謂之凱風"，凱字又作愷。《淮南·墜形》"南方曰巨風"，高誘注"一曰愷風"。又作飉，王褒《洞簫賦》"其仁聲若飉風紛披"。《玉篇》又收飇字，"南風也，苦海切"。皆世俗譌變。

谷風

《七諫·謬諫》"虎嘯而谷風至兮"，王逸注"虎，陽物也。谷風，陽氣也。言虎悲嘯而吟，則谷風至而應其類也。以言君修德行正，則百姓隨而化也"。《詩·邶風·谷風》"習習谷風"《爾雅》釋風雨"東風謂之谷風"，《淮南子·天文訓》"虎嘯而谷風至"，《七諫》此語，即本之《淮南》。《漢書·王莽傳》"其夕，穀風迅疾，從東北來"。穀即谷一音。則谷風爲東風信矣，惟虎嘯之谷風，恐不得言東風，當是山谷之義，謂虎嘯則山谷之風至也。

商風

《七諫·沈江》"商風肅而害生兮"，王逸注"商風，西風"。漢人以五音配五行、五方。東方配宮，西方配商，故西風曰商風。又曰大風，或曰隧風。大風、隧風皆見《詩·大雅·桑柔》。參緒風條。

飄風

《離騷》"飄風屯其相離兮"，王逸注"回風爲飄風，無常之風"。洪補曰"《爾雅》注云，飄風，旋風"。《九歌·大司命》"令飄風兮先驅"，王逸注"迴風爲飄"。《悲回風》"隨飄風之所仍"；《九歎》"飄風來之汹汹"；《九思·逢尤》"飄風起兮塵埃揚"；《詩·小雅·四月》"飄風發發"；《爾雅》釋風雨"迴風爲飄"；《墨子·尚賢》上中兩篇，皆有"飄風苦雨"之句；《管子·小問》"飄風暴雨"；《老子》"飄風不終日"；《莊子·齊物論》"飄風則大和"，郭注"疾風也"；《吕覽·慎大》"飄風暴雨，日中不須臾"；《淮南·天文訓》"故誅暴則多飄風"，高注"飄風，迅風也"。字又作猋風。《禮·月令》"猋風暴雨總至"。互參回風條。

衝風

《少司命》"與女遊兮九河，衝風至兮水揚波"。王逸無注，古本無此二句，洪補云"此二句《河伯》章中語也"。又《河伯》"衝風起兮橫波"，王逸注"衝，隧也。屈原設意，與河伯爲友，俱游九河之中，想蒙神祐，及遇隧風，大波湧起，所託無所也"。一本橫上有水字，五臣云"衝風，暴風也"。洪補云"《詩》云'大風有隧'"。按衝風即緒風，詳緒風條下。緒風者，風如出大隧之中也，以音理定之，即幢帤，幢帤即《抽思》所謂動容也。緩言之則曰動容，急言之則曰衝。古今語之殊，如風出大隧，大隧者，幢帤如隧。故直言則曰隧風，急言則曰衝風，音變則曰緒風耳。

徐風

《七諫·自悲》"徐風至而徘徊兮"，《章句》"而，一作之。一作徘佪"。又"風爲號令，言君命寬則風舒，風舒則己徘徊而有遠志也"。寅按徐風只言風徐，有如宋人之清風徐來之義，近人或以爲風名，附會之至，且于文理詞氣不屬，叔師説至允，不可易。

緒風

《九章·涉江》"欸秋冬之緒風"，王逸注"緒，餘也。言己登鄂渚高岸，還望楚國，鄉秋冬北風，愁而長歎，心中憂思也"。緒風，王逸以爲餘風，非也。緒字諸家亦無説，按古無是稱，疑爲隧之聲借。《詩·桑柔》"大風有隧"。《河伯》"衝風起兮"，王逸注"衝風，隧風也，秋末風大，有如隧道然也"。《抽思》亦言"秋風動容"，動容即幢帤之義，隧道成風，有如幢帤然也。

回飆

《惜誓》"託回飆乎尚羊"，王逸注"言己臨見楚國之中，眾人貪佞，故託回風，遠行遊戲也。一云託回風乎倘佯"。洪興祖《補注》"飆，《集韻》作飇，音標"。按《説文》"飇，扶搖風也"。《莊子·逍遥遊》"搏扶搖羊角而上者九萬里"。則扶搖乃南楚語也。緩言曰扶搖，急言則曰飇也。許氏蓋用南楚舊説（《初學記》引作疾風也）。朱駿聲曰"按回風暴起，從下而上，字又省作猋。《漢書·司馬相如傳》'歷駭猋'，顏注'猋謂疾風，從下而上也'"。音轉則曰暴。《詩》"終風且暴"，《毛傳》"暴疾也"，回者，回邪也。字又作迴。《長笛賦》"感迴飈而將㩧"，是也。

依上列資料，則北土曰暴，借聲字也。南土曰扶搖，則緩言之也。漢人則曰飆，後起專字也。又作猋者省文也。飆風回旋而上，故曰飆也，聲轉則曰飄，輕風也。見飄字下。

回風

《九歌·少司命》"乘回風兮載雲旗"，又《悲回風》"悲回風之搖蕙兮"，王逸注"回風爲飄，飄風回邪，以興讒人"。朱注"回風，旋轉之風也"，亦上篇"悲秋風動容"之意。言秋令已行，微物凋隕，風雖無形，而實先爲之倡也。又《七諫·自悲》"乘回風而遠游"，按回風即《爾雅·釋風雨》"迴風爲飄"之迴風，疾風也。《離騷》"飄風屯其相離兮"，王注"回風爲飄"。《九歌·大司命》"令飄風兮先驅"，王注"迴風爲飄"，即用《雅》義，《詩·小雅·四月》"飄風發發"，又《何人斯》"其爲飄風"；《墨子·尚賢》"飄風苦雨"；《莊子·齊物論》"飄風則大和"，郭注"疾風也"。餘參飄風條。

羊角

《九懷·昭世》"登羊角兮扶輿"，王逸注"陞彼高山，徐顧眄也。輿，一作與"。洪興祖《補注》"《莊子》'搏扶搖羊角而上者九萬里'，疏云'旋風曲戾，猶如羊角'。《音義》云'風屈上行曰羊角'"。按王逸以羊角爲高山，洪補説異，依文義言之，則羊角扶輿，即本之《莊子》"搏扶搖羊角而上"之言。"扶輿"即"扶搖"一聲之轉，本文上言乘龍，言高翔，下言"浮雲漠"，皆就遊于上天立言，則不得更就下地之高山爲解。古山名地名，以羊角者固多，而就文詞氣定之，則洪説爲當，則"登羊角兮扶輿"者，猶後世言乘長風而上爾。餘參扶輿條下。

凍

《九歌·大司命》"使凍雨兮灑塵"，王逸注"暴雨爲凍雨"。洪補曰"凍音東，《爾雅》注云'今江東呼夏月暴雨爲凍雨'"。寅按王、洪皆據《爾雅》釋凍爲暴雨是也。夏月雨多暴，自雨量言之，然夏月暴雨非普降，大抵偏於一方，故吾鄉謂之曰"偏凍雨"。從雨分區而立言，又或曰"分龍雨"。偶聞蜀人稱之曰"灑塵雨"，或曰"埽塵雨"，皆南楚方語之存于西南各地者。

霜露

《九辯》"霜露慘悽而交下兮"，王逸注"君政嚴急，刑罰峻也。慘，一作憯"。霜露下而霰雪加，喻衰亂之愈甚也。霜，《玉篇》"露凝也"。《秦風》"白露爲霜"。露，《説文》"潤澤也"。《大戴禮》"陽氣勝則散爲雨露，陰氣勝則凝爲霜雪"。

霰雪

《九章·涉江》"霰雪紛其無垠兮"，王逸注"涉水凍之盛寒"。洪補曰"《詩》云'如彼雨雪，先集維霰'。霰，霓也。一曰雨雪雜。垠，音銀。畔，岸也"。朱熹注"霰雨凍如珠，將爲雪者也"。《説文》"稷雪也"。《詩·小雅》"先集維霰"，箋"將大雨雪，始必微温，雪自上下，遇温氣而搏，謂霰雪"。《大戴禮》"陽之專氣爲之"，注"陰氣在雨水凝滯爲雪，陽氣薄之，不相入，散而爲之"。《通雅》云"閩俗謂之半雪"，言其粒如米，所謂稷雪。

雌蜺

《九章·悲回風》"處雌蜺之標顛"，又《遠遊》"雌蜺便娟目增撓兮"，按雄曰虹，雌曰蜺，別詳虹蜺及雲蜺兩條。又《七諫·自悲》"載雌蜺而爲旌"，王注"旌，旗也。有鈴爲旌也。載，一作戴，一云載虹蜺而爲旆"。補云"《梁書·王筠傳》：沈約製《郊居賦》，要筠讀至'雌蜺連蜷'，約曰：僕常恐人呼爲蜺。上五激、下五雞切"。按此指蜺旗言與前義別。參雲蜺條。

雲蜺

《離騷》兩見。（一）"帥雲蜺而來御"，洪補云"蜺五稽、五歷、五結三切，通作蜺，《文選》云'雲旗拂蜺'，又云'俯而觀乎雲蜺'，沈約《郊居賦》云'雌蜺連蜷'，並讀作側聲"。此指自然之雲蜺言，參虹蜺條。（二）《離騷》又云"揚雲蜺之晻藹兮，鳴玉鸞之啾啾"。五臣云"雲蜺，虹也，畫之于旌旗"。按雲蜺與玉鸞對舉，玉鸞言車，雲蜺乃建于車上之旗，五臣説是也，惟言畫雲蜺于旌旗，則不知所本。禮家言旗制，無畫雲蜺者，三辰旂旗，與司常之大常所畫，爲日月三辰，亦非雲蜺（三辰旂旗，畫中可能有雲彩，而必無蜺也）。惟《楚辭》多言蜺旌（見《九歎》），言雌蜺，言雄虹，皆指旗言，擬爲旌旆童容之狀，或其色斑斕之象，未必爲畫於旌（旌無旆也）。詳旌旆兩條。

虹蜺

《哀時命》"虹蜺紛其朝霞兮"，按《離騷》"帥雲蜺"句，洪補"《説文》'蜺，屈虹，青赤，或白色，陰氣也'。郭氏云'雄曰虹，謂明盛者；雌曰蜺，謂暗微者。虹者，陰陽交會之氣。雲薄漏日，日照雨滴，則虹生也’”云云，言之最悉，惟引文與今本《爾雅》郭注稍異，如明盛今作鮮盛。又高誘《淮南注》亦曰“雄為虹，雌為蜺”。清劉玉麐《礨齋遺稿》，有詳考（見《清經解》千三百七十九卷），可參。惟屈賦用蜺，大體分二義，一為雲蜺，一為旌旗之如蜺者，別參雲蜺、雌蜺二則。

虹

《九懷·株昭》“乘虹驂蜺兮”，王逸注“託駕神氣，而遠征也”。

虹采

《九歎·遠遊》“建虹采以招指”，王逸注“虹采，旗也。招指，指麾也。旗所以招指，語人也。言己乃召九天之神，使會北極之星，舉虹采以指麾四方也”。按此旌旗之斿，詳雲蜺條下。

雷

《卜居》“瓦釜雷鳴”。

雷，《說文》作靁，古文作畾，若畾，今本或作靁，《九懷》“聞靁兮闐闐”作靁，皆一形繁變也。《楚辭》十四見，除雷師、雷開、雷淵、雷公、雷同等特殊術語外，皆作一義，即雷雨之雷也。《九歌·東君》“駕龍輈兮乘雷”，《山鬼》“靁填填兮雨冥冥”，與及《卜居》“雷鳴”、《九懷·通路》之“聞雷”、《九歎》之“驚靁”、《九思》之“如雷”，皆同一義。

靁

《九懷·通路》"聞靁兮闐闐"，王逸注"君好妄怒，威武盛也"。同雷，詳雷下。《九歌·山鬼》"靁填填兮雨冥冥"，又《九歎·遠遊》"凌驚靁以軼駭電兮"，靁即小篆雷字。參雷字下。

晻翳

《九思·遭厄》"雲霓紛兮晻翳，參辰回兮顛倒"。無舊注。按晻翳猶晻藹，《離騷》"揚雲霓之晻藹"，即此篇之所本。晻翳即晻藹矣，詳晻藹條下。翳與藹雙聲，古合韻，最近。然晻藹乃聯綿詞，不能分釋，而晻翳則漢人以訓詁通假字易之者也。翳者《離騷》"百神翳其備降兮"，注"蔽也"。古籍用翳字皆作蔽字解。《方言》亦"翳，菱也"。又十三"翳，掩也"。《廣雅·釋詁》"翳，障也"。故王逸以之易藹，遂成爲複合詞矣。聲變爲晻菱，見《廣雅·釋詁》二。又作晻曖，見《玉篇》同部曖字下，又《廣韻》十九代曖字下。

玄黃

《九思·守志》"謁玄黃兮納贄，崇忠貞兮彌堅"。舊注云"玄黃，中央之帝也"。按上文云"繞曲阿兮北次，造我車兮南端。謁玄黃兮納贄，崇忠貞兮彌堅"云云，下言"歷九宮兮徧觀……"游覽所及，僅明言南北兩端，無中央游跡。且依常理論之，則謁玄黃句，直承南端之下，當指南端之天神言。注釋玄黃爲中央帝，蓋依黃字于五行屬土而推之，恐未必當，莫由詳其所出，姑依注用之。

然玄黃一詞，自《詩》、《書》、《易》以來通用之。《易》以指天地雜色，《易·文言》"天玄而地黃"，見于《坤》上六《説卦》、《文言》

等，漢儒承之。見《易林·蠱之泰》、《漢書·董仲舒傳》、揚雄《河東賦》、《劇秦美新》。《詩經》則以爲馬病（《卷耳》"我馬玄黃"）、草木病（《何草不黃》），《爾雅·釋詁》承之。《書經》則以爲絲帛（《書·武臣》"惟其士女，篚厥玄黃"傳），後來如《孟子·滕文公下》及《後漢·張衡思玄賦》用之。南楚諸家無用之者。《九思》王逸作，不知所承。而曰"謁玄黃以納贄"，則爲天神固無所疑。然莫由知其所本，注以爲中央帝者，誤以黃字當中央，而不知玄字自秦以來傳說，皆以當北方也！姑存以俟考，別詳余《詩騷聯綿字考》。

煙液

《九章·悲回風》"觀炎氣之相仍兮，窺煙液之所積"。王逸注"炎氣，南方火也。火氣煙上天爲雲，雲出湊液而爲雨也。相仍看，相從也。煙液所積者，所聚也"。洪興祖補曰"液，音亦"。朱注"煙液者，火氣鬱而爲煙，煙所著又凝而爲液也"。按朱注申叔師說較明快。此言炎與氣相因，因而可窺煙液之積也。炎即今俗燄字，炎氣相因，有炎則氣不見，有氣則炎不見，而炎由氣生，氣實炎光，故曰相仍。《說文》"煙，火氣"。又火字云"燬也。南方之行炎而上，象形"，即所謂炎令相因仍也。煙即上蒸之煙，聚而爲雲。液謂下液，即雨也。不言雲雨，而言煙液者，自其生發之質以詳之，以見炎氣相因仍之理也。

炫燿

《遠遊》"五色雜而炫燿"，王逸"衆采雜厠而明朗也"。洪興祖《補注》"炫音縣，明也。燿音曜，照也"。朱熹《集注》"炫音縣，燿音曜"。又《九辯》"世雷同而炫曜兮"，王逸注"俗人群黨相稱舉也"。洪興祖《補注》"《曲禮》云'毋雷同'。注云'雷之發聲，物無不同時應者'"。朱注"雷同，雷聲相似，有同無異也"。《九歎·惜賢》"揚精華以眩燿兮，芳鬱渥而純美"。王注"眩燿，光貌"。按炫燿一詞，《楚辭》三見，一作炫燿，一作炫曜，一作眩燿，依叔師注義曰明朗，曰光貌，曰群黨相稱舉。則光貌乃其本訓，餘皆引申義也。炫燿爲正字，"眩"、"曜"皆借也。按《説文》"炫，炫燿也（宋本作燿燿也，恐非。《校録》作爛燿。然《一切經音義》三引作炫燿。古多言炫燿，而不見爛燿。《玉篇》"炫燿，光也"。《史記·田單傳》"牛尾炬光，光明炫燿"，則原本應是炫燿）。是炫燿乃古成語，作眩者，借字。燿者《説文》"照也"。照亦光也。光名詞，照者動詞，因名動而分其訓，其實一也。然炫燿連文，則轉爲形容詞。叔師訓光者，通其義言之。《離騷》別有眩曜，訓惑亂，乃眩瞀之借，別詳。

晻晻

叠字狀詞，烏感切，音庵，《楚辭》用此詞，凡兩意，（一）爲心意尫頹之象。《九歎·逢紛》"心怊悵以永思兮，意晻晻而日頹"。王逸注"言己將至於海，心中怊悵而長思，意晻晻而稍下，恐不復還也"。按叔師以稍下、不復還也釋晻晻，探上下文爲説也，此乃晻晻日不明之引申意。（二）爲不明之義，《九歎·惜賢》"執契契而委棟兮，日晻晻而下頹"。王逸注"言誰有契契憂國念君，欲委其樑棟之謀，若己者乎。然日頹暮，傷不得行也"。洪補云"晻音奄，日無光也"。按《説文》"晻，日不明也"，即洪補日無光之義，叔師以日頹暮釋之，日無光，不盡爲頹暮，接合下文爲之釋，非訓詁字義也。此爲本義之引申。《廣雅·釋訓》"晻晻，暗也"。《漢書·五行志》下"厥食日失位，光晻晻，月形見"。亦用本義也。

霾

凡兩用，分兩義，一爲貍之借字，一爲塵霾本義。《九歌·國殤》

"霾兩輪兮縶四馬"，王逸注"言己馬雖死傷，更霾車兩輪，絆四馬，終不反顧，示必死也。霾一作埋"。寅按霾者薶之借字，霾本訓風雨土也，而此處作藏解，《說文》"薶，瘞也。從草貍聲"。薶兩輪，謂兩輪爲塵土所埋也，一本作埋，即薶之簡化字。《九懷·陶壅》"霾土忽兮壄座"，王逸注"風俗塵濁，不可居也"。此用《說文》本義霾風雨土也。《爾雅·釋天》孫注"大風揚塵，從上下也"。按《詩·終風》"終風且霾"，傳"雨土也"。子淵即用《詩》與《爾雅》義也。

墜露

墜字十見于《楚辭》，分二義，一爲溥之借字，一爲墜落，（一）《離騷》"朝飲木蘭之墜露兮，夕餐秋菊之落英"。王逸"墜，墮也。動以香净，自潤澤也"。洪無説。朱云"飲露餐華，言動以香潔，自潤澤也"云云，釋二句大義至確。然墜落二字，無説，王訓墜爲墮，露既墮，尚有何香潔之可言？則墜不得言墮。按墜露，欲墜之露，形露之濃郁，即《詩》"零露溥兮"之義，墜即溥之義，墜、溥古雙聲。毛傳"溥溥然盛多也"。《説文》失收，諸家新坿，皆釋露皃，《釋文》本亦作團。《匡謬正俗》引《字林》作𩆝。《説文》亦無𩆝字。（二）其用爲墜落義者，《九歌·國殤》"矢交墜兮士爭先"，又"天時墜兮威靈怒"，皆其證。餘見《九懷·株昭》、《九歎·離世》等篇，皆通義，不一一徵引矣。

清塵

《遠遊》"聞赤松之清塵兮"，王逸注"想聽真人之徽美也。塵一作虛"。按洪興祖引《列仙傳》言"赤松子隨風雨上下"云云，則清塵正指隨仙人乘風之塵言，塵能上則爲清矣。《漢書·司馬相如傳》"犯屬車之清塵"，師古曰"塵謂行而起塵也。言清者，尊貴之意也"。《文選·懷舊賦》"余總角而獲見，承戴侯之清塵"，善注"《楚辭》曰'聞赤松之清塵'",注"清塵,猶清風,皆美言也"云云,與逸注同,則依清字而申之之義也。

天庭

《九思》亂曰"天庭明兮雲霓藏,三光朗兮鏡萬方"。《章句》"天清則雲霓除"。按天庭本漢代天文家術語,《史記·天官書》"三能三衡者,天庭也,客星出天庭有奇令"。《晉書·天文志》"太微爲衡,又爲天庭"。《禮疏》"太微爲天庭,中有王帝座",是天庭本指星垣言。《九思》天庭乃賦家修飾之辭,天庭以指天帝之庭,以喻王者之庭也。

帝

屈賦帝字十四見,其義可大別爲二。一指上帝,見《九歌》、《天問》、《招魂》。一指人王,隨文爲解,不主一説。而又以人王中之"聖主"爲多。按先秦言帝者多指堯。如《天問》"帝何刑"、"帝何饗"、"帝降",《九歌》"帝子"。帝本花蒂字,植物以蒂而生,農業時代之人神視之,故引申爲生物之上帝。而國家制度成立後,人主亦託之天,遂亦曰帝矣。

其指上帝者:(一)《九歌·大司命》"導帝之兮九坑",王逸注"侍從於君,導迎天帝,出入九州之山"。洪補朱注義同。(二)《天問》"厥嚴不奉帝何求",王逸注"雖從天帝求福,無如之何"。(三)《招魂》"帝告巫陽"及"致命於帝"兩帝字,王朱皆言指天帝。

其指人王者,則隨文爲解,不主一説矣。如(一)有指帝嚳或高陽氏者,《離騷》"帝高陽之苗裔"是也。又《天問》"稷惟元子,帝何竺之"?朱熹以爲帝嚳,説較王逸指天帝爲允當,俞樾論之尤礭(參俞氏《曲園雜纂》"稷惟元子"二句)。有指女媧者,《天問》"登立爲帝"四句,指女媧立爲帝言。王逸以登帝爲萬民立伏羲,洪補以爲舜禹匹夫而有天下，皆非是。此四句一氣讀之，其主語乃"女媧有體"，則爲帝指女媧無疑，詳《屈原賦校注》。又有指商湯言者，《天問》"帝乃降觀，下逢伊摯"。王逸以爲帝謂湯也。洪、朱義同。又有指紂言者，《天問》"既驚帝切激，何逢長之？"王逸注"帝謂紂也"，洪補義同。按先秦典籍，凡言帝者，多指帝堯，屈賦亦不例外，如（一）《天問》"順欲成功，帝何刑焉？"此指鯀治水，已經理川谷（順欲二字誤），有所成就，堯何以刑之也？王逸注"堯何爲刑戮"，近之。（二）《天問》"彭鏗斟雉帝何饗"？王逸注"彭鏗斟雉羹，能事帝堯"，是也。（三）《九歌》"帝子降兮北渚"此帝子堯女二妃，則帝即堯也。（四）又《天問》"帝降夷羿，革孼夏民"，及下文"而后帝不若"，此帝與后帝，亦指堯言。言堯命夷羿射十日，及射封豨修蛇，以安夏民，然羿荒淫，射河伯，妻雒嬪，故堯不樂也（王逸朱熹皆以爲天帝，由不連繫上下文讀之也，詳《屈原賦校注》）。

　　按帝字甲骨文作朶，即蒂之初文，作朶尤似，當即金文中之"♥"，形，♥即花蕚，朩則蕚柎也。柎壯則爲朶，幼則爲朩，即今不字，不帝即今常語之胚胎。在人（或動物）曰胚胎，在草木則曰不帝，爲花蕚之始，人類對生命之源，在農業時代以前，似仍在蒙昧時期，故不能自胎卵生之動物得所啟示，以其育于內不能顯現于外也。自農業時代興，植物性穀稷瓜果，年一來復，觀察所及，遂以窺見春生夏長之植物生態，而蕚蒂實爲結實之關鍵，實又有子復生新物，智能尚不能脫離宗教之影響，遂以花蒂爲生神。引申爲上天之有主宰主生物者，曰上帝。人王亦托于天生，貴族亦托天生，則王族皆天生矣（感生帝及貴族托天而生之説古代最甚）。故又引申爲人王貴族始生祖，此帝字之所由起也。人王中傳説之最早而有聖德文明者，在北土莫崇于堯，故先秦北土諸子稱帝，多指堯言，爲儒家之所崇尚。漢以後六經領袖羣言，而《尚書》又始《堯典》，故其稱亦最流行，其在南土，則以高陽爲最崇，故亦遂以高陽爲楚之先矣。餘詳高陽條下。

　　《禮記·曲禮》"天王崩，告喪曰：天王登假。措之廟，立之主，曰帝"。是帝乃王者死而有廟主之稱也。《愙齋集古録》三有器銘曰：

鞦陽

♥ ㇄ ᐃ · ㄩ ᙭

帝己祖丁、父癸、祖之前曰♥（即帝）帝而名己，則非上帝而爲人王，且爲先祖之王矣。則帝者其始生之祖之稱也。吳大澂釋帝爲花蒂，是也。《離騷》近稱帝高陽者，謂楚之始生祖高陽顓頊也，亦始生祖之義，與《帝繫》、《史記》以來諸家所謂"帝顓頊"者用詞雖同，而義則殊矣。別參余《釋帝》。

趙彥衛《雲麓漫鈔》卷二有云"子由《古史·商紀》有曰'自夏殷以來，天子褻稱帝，至夏去帝號稱王，與殷周爲三王'。按《禮記》措之廟立之主曰帝，則自商以前，生曰王，立之主曰帝，非是生稱帝也。如李唐生曰帝，措之廟曰宗，後人追記前事亦曰某宗。非生稱宗，《虞書》稱堯曰'惟帝其難之'，亦此類"。足以啟人思理故録之。

帝宮

《遠遊》"集重陽入帝宮兮，造旬始而觀清都"。王逸注"得升五帝之寺舍也"。洪補"《文選》云'重陽集清氣'，又云'集重陽之清徵'。注云'言上止於天陽之宇，上爲陽，清又爲陽，故曰重陽'。余謂積陽爲天，天有九重，故曰重陽"，則帝宮即天宮矣。古傳說天帝之所居也。又《九歎·遠遊》"排帝宮與羅囿兮，升縣圃以眩滅"，又"升虛凌冥，沛濁浮清，入帝宮兮"，亦天帝之宮也。

九宮

《九思·守志》"歷九宮兮徧觀，睹祕藏兮寶珍"。按上文言"謁玄黄兮納贄",九宫即指玄黄所在之宫庭言,則此九宫猶言帝宫矣。故王逸釋云"天之宫也"。依漢人説九爲陽數,故稱天以九也。

中央

《天問》"中央共牧,后何怒?"王逸注"言中央之州,有歧首之蛇,爭共食牧草之實,自相啄嚙,以喻夷狄相與忿争,君上何故當怒之乎?"按叔師以中央爲中央之州,清儒多就牧民之義立言,與叔師雖小異,而説中央一詞,則大同。戴震注謂"言居地之中央,共牧斯民"。毛奇齡補以爲"中國共君",義亦無大差。就本詞詞面言之,皆是也。惟中央兩句,義不甚明,是否别有他義,不可知矣。然戰代以前,不論指中州、中原、中朝、中國各義,皆不用中央一詞。《詩》言"宛在水中央",亦只作形容詞用,則恐諸家以指中國言者,不切于屈子使詞之例。《莊子·天下》"我知天下之中央,燕之北、越之南是矣"。又《達生》"柴立其中央"。南土惟一言中央之土,亦不定指中國。《荀子·大略》"欲近四旁莫如中央,故王者必居天下之中"。又《管子》"君臣下通中央之人和",注"中央謂君之左右"。此兩處略可彷彿,然荀子後屈子、管子亦多秦漢間人説,不得獨以此爲屈賦作證也。惟《天官書》曰"北斗七星,是謂帝車,連于中央"。則中央指九州之中,戰國以來亦有據,故某氏解此二句曰"天生蒸民,使司牧之,以九州之中而共一牧,何至有大小强弱,怒而相攻者哉!無謂大者、强者爲可慮,而弱者、小者爲可忽也"。姑存之當一説。

清都

《遠遊》"造旬始而觀清都",王逸注"遂至皇天之所居也"。洪興祖補引《列子》"清都紫微,鈞天廣樂,帝之所居"云云。按王逸以清都爲皇天之所居,探上文"集重陽入帝宫"之文而爲釋也。于詞氣至順,古以清字形容上天人王之事物，略存神祕性者，人王所居曰都，擬之天皇所居則曰清都、上都矣。則清都猶言天宮、天府矣。

清府

《九歎·思古》"菌瞢登於清府兮，咎繇棄而在壄"。王逸注"清府猶清廟也，言使菌瞢無義之人，登於清廟，而執綱紀"。按《周頌·清廟》序"清廟，祀文王也"。箋"清廟者，祭有清明之德者宮也。天德清明，文王象焉。廟之言貌也，死者精神不可得而見，但以生時之居，立宮室象貌爲之耳"。此乃清廟之本義。《左傳》桓公二年"是以清廟茅屋"，注"清廟，肅然清靜之稱"，《正義》曰"清廟者，宗廟之大稱"，則以清廟爲一切宗廟之通稱，古者議政、祭祀、習禮皆于宗廟爲之。凡重臣預政，皆得登進，故叔師以清廟釋清府也。此漢人修辭之語耳。

天衢

《九思·遭厄》"躡天衢兮長驅"，舊注"衢，路也"。按衢，邑中道也。古人喜以人世比附天體，人世邑中道曰衢，則天邑、天宮之道曰天衢。參衢字條。

三階

《九思·守志》"睨三階兮炳分"，舊注"太微之階"，即三臺也。《晉書·天文志》"三臺六星，兩兩而居……"。又曰"三臺爲天階，太一躡以上下。一曰泰階。上階，上星爲天子，下星爲女主；中階，上星爲諸侯、三公，下星爲卿大夫；下階，上星爲士，下星爲庶人。所以合陰陽而理萬物也"。言三階最具，皆漢以後對天文學發展之言。

天階

《九思·遭厄》"攀天階兮下視"，舊注"言上天所求不得，意欲還，下視見舊居也"。按天階即三臺之上階也，詳三臺條。

天閶

《遠遊》"命天閶其開關兮，排閶闔而望予"。寅按此即《離騷》之"命帝閽其開關兮，倚閶闔而望予"同義，天閶即帝閶也。先秦言上天與上帝，多通用，指其主宰者言曰帝，指其所在處所言曰天，其實一也。餘參閶與閶闔二條。

壽宮

《九歌·雲中君》"蹇將憺兮壽宮"，王逸注"壽宮，供神之處也。祠祀皆欲得壽，故名爲壽宮也"。洪補曰"漢武帝置壽宮神君'臣瓚曰：壽宮'奉神之宮"。按《漢書·郊祀志》"武帝幸甘泉，置壽宮神君，又置壽宮北宮，張羽旗，設供具，以禮神君"。漢蓋用楚制也。質之北土之説，當即《詩·魯頌》之《閟宮》矣。《箋》"閟，神也"。漢人又或稱祕殿。王延壽《魯靈光殿賦》所謂"立靈光之祕殿"是也。然《呂覽·知接篇》載"齊桓公蒙衣袂而絶乎壽宮"，高誘注以爲寢堂，則霸主大酋之居，亦得稱壽宮，不僅指神祠矣。《呂子·知接篇》"蒙衣袂而絶乎壽宮"，注云"壽宮，寢宮也"。各依文説之可也。

天梯

《九思·傷時》"緣天梯兮北上，登太一兮玉臺"。《章句》天梯一詞無釋。按此詞與太一并言，太一，天帝所在，則天梯猶言登天之梯也。《説文·木部》"梯，木階也，從木弟聲"。大徐"土雞切"。蓋以土築者名曰階，以木構者名曰梯。《孟子》"捐階"，趙岐注"階梯，皆以木爲之，便於登高"。二字一聲之轉，其語根一也。惟梯字始見《山海經》、《越語》，階則春秋以前多用之。就字義論，則土築較原始，木構蓋後起，當爲後起分別文；就語言論，則梯當爲階之分化語，亦一語之變。

天門

《九歌·大司命》"廣開兮天門"，王無説，洪補曰"《漢樂歌》云'天門開，詄蕩蕩'。《淮南子》注云'天門，上帝所居紫微宮門也'"。寅按天門猶《離騷》"吾令帝閽開關兮，倚閶闔而望予"之帝關。蓋釋階登天，通天有關。《楚辭》言之至多，如《天問》之"四方之門"、《遠遊》之"天閽開關"（與《離騷》同）、《招魂》之"虎豹九關"、《遠遊》"連絕垠乎寒門"等，皆詩人設想之詞，以人世帝都之制，上擬天庭，人王之關九重，則上帝之關亦多門矣。參帝閽、閶闔諸條。

又《九懷·通路》"天門兮墜户"，王逸注"金闈玉閨，君之舍也"。此天門言人王之宮門，古以天少五者配天地，故五者之宮得曰天門也。

皇門

《九懷》亂曰"皇門開兮照下土"，王逸注"王門啟闢，路四通也"。按以全句定之，曰定下土，則皇門即皇天之門，亦即天門也。叔師以王門解之，則以喻義釋詞義也。

太儀

《遠遊》"朝發軔於太儀兮"，王逸注"旦早趨駕於天庭也。太儀，天帝之庭，習威儀之處也"。按上文云"問大微之所居，集重陽入帝宮兮，造旬始而觀清都"，皆遊于天庭之所，此則自天庭將下至東方，故曰"朝發軔於太儀"。則太儀固在天庭也。故叔師以天帝之庭習威儀之處釋之。依上下文爲説，故曰天帝庭；從儀字立義，故曰習威儀也。此屈子新鑄之詞，他無可參。惟自周以來，儀字有多義（詳阮元《釋威儀》，及余《詩騷聯綿字考》），凡有象可則之事物，皆可曰儀，則天儀爲指天庭習威儀之處，自可通。

九關

《招魂》"虎豹九關，啄害下人些"。五臣云"關，鑰"。王注"言天門凡有九重，使神虎豹執其關閉，主啄齧天下欲上之人而殺之也"。

按九關猶言九門，古傳説天有九重，故有九關（別詳九重下）。古説九爲陽數（詳九字條下），天爲陽，故天文多言九。虎豹九關，啄害下人者，虎豹九關，倒裝詞法，言九關之虎豹啄害下人也。以語法例言，九關當作形容虎豹用，而全句動詞爲"啄害"。梁章鉅《文選旁證》、孫志祖《文選李注補正》同引錢枚説，九關爲崑崙下都之九門。朱蘭坡《文選集釋》言之尤悉，其言曰"《招魂》'虎豹九關，啄害下人些'。'一夫九首，拔木九千些'。案《海內西經》云'昆侖之虛，在西北，帝之下都，面有九門，門有開明獸守之，百神之所在'。又云'開明獸身大類虎，而九首，皆人面，東嚮立昆侖上'。此所稱九關、九首正類是，特益寄其語耳"。又《大荒東經》有神人八首，人面、虎身、十尾，名曰天吳。彼爲水伯，亦略相似，豈以在水者屬陰，故八從偶數，在天者屬陽，故九從奇數？按長沙馬王堆西漢第一號墓出土覆棺銘旌，分三截，其上截繪天庭，中繪人間，在上截之底，中截之頂，有如闕，有兩帝閽守之，闕頂兩柱，端各有虎豹之象，即《招魂》之"虎豹九關"也（見圖版）。徵之于漢，蓋死者登天之門矣。

又《招魂》言"土伯九約"義亦同，九約亦九關也。五臣注九關曰

"關，鑰"，即約一聲之借也，詳九約下。

又《山海經》"守關之獸名開明"。按開，啟也，天門啟則天明矣。此正人爲之名耳，然以此而知古傳說演化之所由，真文字遊戲耳。

又"虎豹九關，啄害下人些。一夫九首，拔木九千些。豺狼從目，往來侁侁些"六句，蔣驥云"豺狼從目，言此九首之夫，從目直視，如豺狼也"。大足徐永孝云"按虎豹九關，九通糾（武延緒已如此說），謂九首之夫，如虎豹之糾察關門，啄害下人，又如豺狼之從目直視，往來侁侁。'一夫九首，拔木九千'二句，貫穿上下各二句。如《離騷》之'覽察草木其猶未得兮，豈珵美之能當'二句，亦貫穿上二句'戶服艾以盈要兮，謂幽蘭其不可佩'，與下二句'蘇糞壤以充幃兮，謂申椒其不芳'。又如《涉江》'忠不必用兮，賢不必以'，亦貫穿上二句'接輿髡首兮，桑扈臝行'，與下二句'伍子逢殃兮，比干菹醢'。楚人之辭，自有此例，如知此例，則非錯簡。蔣驥知貫下二句，而不知尚貫上二句。九首之夫，既可以如豺狼，又何嘗不可以如虎豹"。按武、徐解九關爲糾關，亦即下九首之夫，皆是也。關者天地交界之處，設關以守之。九首之夫，即關人也，故勸其無上天。言第一界關，即可怖如是也。詳關字條下。

九曲

《九懷·危俊》"歷九曲兮牽牛"，王逸注"過觀列宿，九天際也"。按九曲，九天之曲也。即《天問》所謂"九天之際，安放安屬"之義，則九曲猶言九隅矣。

旬始

《遠遊》"造旬始而觀清都"，王注"遂至天皇之所居也。旬始，天皇名也。一云：旬始，星名。《春秋考異郵》曰'太白，名旬始，如雄雞也'"。補曰"《大象賦》注云'鎮星之精爲旬始'。李奇曰'旬始，氣如雄雞，見北斗旁’”。故旬始，星名。《名河圖》曰“鎮星之精，散爲旬始”。《黃帝占》曰“旬始出見北斗，天子壽，王者有福”。所謂“造旬始而觀清都”，蓋太清之所都也。

清靈

《九歎》“游清靈之颯戾兮”，王逸注“颯戾，清凉貌。言積德不止，乃上遊清凉清冥之庭。靈，一作霧”。按上言曳彗星，撫朱爵，下言服雲衣，則清靈之言天庭至明。叔師以清冥、清凉釋之者，更探颯戾一詞之義，而充之也。人遊上天，自覺清冥清凉颯戾然也。清靈乃複合詞，靈猶靈府，清則上天氣清也。洪補云“《黃庭經》云：恍惚之間，至清靈”。則或本之子政此言，爲神仙家術語矣。

列缺

《遠遊》“上至列缺兮”，王逸注“窺天間隙”。洪補曰“缺與缺同，《陵陽子明經》云‘列缺去地一千四百里’；《大人賦》云‘貫列缺之倒影’，注云‘列缺，天閃也’；《文選》云‘列缺曄其照夜’；應劭曰‘列缺，天隙電照也’”。按《漢書·揚雄傳》“辟歷列缺”，《後漢書·張衡傳》“列缺曄其照夜”，缺即古缺字。

間維

《遠遊》“乘間維目反顧”，王逸注云“攀持天紘，以休息也”。洪補曰“《孝經緯》云‘天有七衡而六間，相去合十一萬九千里’。《淮南》云‘兩維之間，九十一度’。注云‘自東北至東南，爲兩維，币四維三百六十五度，一度二千九百三十二里’”。按洪補引《孝經緯》説是也，義與叔師天紘同。

六合

《哀時命》"六合不足以肆行"，王逸注"六合，謂天地四方也。言己西行，則右衽拂於不周之山，以六合爲小，不足肆行，言道德盛大，無所不包也"。《漢書·揚雄傳·解難》"日月之經，不千里，則不能燭六合，耀八紘"。師古注"六合，謂天地四方"，即本叔師此注。

六極

《九思》"愍余命兮遭六極"，寅按《書·洪範》"威用六極，一曰凶短折，二曰疾，三曰憂，四曰貧，五曰惡，六曰弱"。蓋窮凶極惡之事也。按極本屋棟，引申爲甚。《易·繫詞》"極其數，遂定天下之象"，注"盡也，凶短折等六事，爲惡之甚者，故曰極"。又極之分別字有殛，《説文》"殊也"。《爾雅·釋言》"殛，誅也"。邢疏"謂誅責也"。《左傳》僖二十八年"明神先君，是糾是殛"。《舜典》"殛鯀于羽山"。數四罪以殛、竄、放、流四事相比，則殛非誅死明矣。凶、短、折、弱之義，以鄭玄注爲最明白，其言曰"未齓曰凶，未冠曰短，未昏曰折，愚懦不壯曰弱"。按此六事與上五福相對，一曰壽，二曰富，三曰康寧，四曰攸好德，五曰考終命，此二類皆言天之所以命人，人君則之以爲賞罰，故曰嚮由五福，威用六極也。

赤霄

《九歎·遠遊》"載赤霄而凌太清"，王逸注"言己志意高大，上切於天，譬若仙人王僑乘浮雲，載赤霄，上凌太清，遊天庭也"。寅按揚雄《甘泉賦》"騰清霄而軼浮景"，師古曰"霄，日旁氣也"，《玉篇》云"雲氣也"。此言赤霄，正是近日旁之義。

八靈

《九歎·遠逝》"合五嶽與八靈兮"，王逸注"八靈，八方之神也"。按古以靈字形容神異之事物，九天之神曰九靈，八方之神曰八靈也。無甚深義，蓋漢人新鑄之詞。

朱冥

《九歎》"歷祝融於朱冥"，王逸注"朱，赤色也。言己行乃橫絕於都廣之野，過祝融之神於朱冥之野也"。補曰"《莊子》曰'南冥者天池也'。傳曰'南海之神曰祝融'"。按朱冥即南冥。言南者，明指方位；言朱者，表南方之色。故南方之神，祝融之所歷也。

靈玄

《九歎·遠遊》"鞭風伯使先驅兮，囚靈玄於虞淵"。王逸注"靈玄，玄帝也"。按此子政自鑄之詞，以玄爲北方之色，而又神之，故曰靈玄也。叔師以玄帝釋之，更探虞淵爲説耳。

寒門

《遠遊》"舒并節以馳騖兮，逴絕垠乎寒門"。王逸《章句》曰"寒門，北極之門也"。洪氏引《淮南》曰"北方北極之山曰寒門"。按《漢書·郊祀志》"黄帝接萬靈明庭，明庭者，甘泉也。所謂寒門者，谷口也"。服虔曰"黄帝升仙之處也"。師古曰"谷口，仲山之谷口也。以仲山之北寒凉，故謂此谷爲寒門也"。按師古實指言之，與王逸、淮南異趣，故兩存之。

增冰

《遠遊》"從顓頊乎增冰"，王逸注"過觀黑帝之邑宇也"。洪興祖《補注》云"《太公金匱》曰'北海之神曰顓頊'。《淮南》云'北方有凍寒，積冰雪霜，群水之野'"。朱熹《集注》云"北方地寒，故有增積之冰"。又《招魂》"增冰峨峨，飛雪千里些"。《文選》五臣云"增，積也"。洪興祖補云"《神異經》'北方有曾冰，萬里，厚百丈'。《尸子》曰'朔方之寒，地凍厚六尺。北極左右，有不釋之冰'"。按王以增冰爲顓頊之邑宇，非僅就文義疏釋，顓頊興于西北，王注、洪補、朱注皆已詳之，參顓頊條下。增冰猶他辭言增城，而言冰，則猶後世言廣寒宮。東坡詞所謂"瓊樓玉宇，高處不勝寒"也。然辨章學術，綜覽軼説，余疑增冰即他書所謂玄宮。《莊子·大宗師》云"顓頊得之，以處玄宮"。《墨子·非攻》下云……"高陽乃命禹於玄宮，以征有苗"。蓋顓頊乃創立北維之天宮，又爲北方之主神。北方五行家以爲水，爲黑，故顓頊爲黑帝，居處爲玄宮，色調調和，不可分割，北方多冰，則指狀其地曰增冰爾。《墨子》所説，雖指人王，正天庭結構反映王者之廷之意識耳。自玄宮一詞論之，則玄舍、玄室、玄庭皆此一義一語之分化，本非定名，故得展轉假借也。參顓頊各條。

南

《楚辭》南字四十八見，除《遠遊》之南巢，《天問》之南嶽、南旬，劉向諸文之南郢爲專門名詞外，皆通指四方中之南方言，依所在之地而定之。如放逐漠北時稱南，則指楚本國之地言。流于江湖之間，所稱之南，指湘江以南之地言。又依楚人故習，則交阯、黑水亦在南方，蓋以其逕由湘江而去者皆曰南，逕由大江南上皆曰西也。戰國以前言東西四方者，各有所配，配四季言者，則東南西北以配春夏秋冬，此爲最樸實之配法，蓋以天文地象爲主者也。五行家則以青黃赤白黑配東中南西北，或木土火金水（此一配法之順序，爲金木水火土）。實爲東西南北中之例，此在秦漢間意識形態關係極大，影響于古史之安排，社會發展之理論，人世生活習慣之解說，其糾紛，其統一，其差別，其矛盾，莫不與此安排之次序相涉。此非本書所能盡述，茲特提示其要點而已。四方名義，在全部《楚辭》中使用之次數，爲東三十次，南四十八次，西三十八次，北三十五次。若除去漢人諸賦使用之次數以外，純用於屈宋者，爲（以次數多寡爲序）南三十二次，西二十一次，東十八次，北十八次。此一數字多少之意義，由其所表現指示之意識形態而顯其重要性，姑先列屈宋賦中南字各條，足供考研者，以爲論據。一、言南征、南行者，“濟沅湘以南征”（《騷》）、“汩徂南土”（《懷沙》）、“狂顧南行”（《抽思》）、“獨熒熒而南行”（《思美人》）、“淼南渡之焉入”（《哀郢》）、“至南巢而息”（《遠遊》）、“獻歲發春兮，汩吾南征”（《招魂》）、“吾將征乎南疑”（《遠遊》）、“雁廱廱而南遊”（《辯》）。二、贊南方者，“后皇嘉樹，生南國兮”（《橘頌》）、“嘉南州之炎德”（《九章》）。三、南人南夷，“哀南夷之莫吾知兮”（《涉江》）、“觀南人之變態”（《思美人》），其中兩言“有鳥自南”，爲屈子在河北而思南郢之詞，非指南土。又兩言“送美人兮南浦”，江浦之濱，亦非南土。又“昭后成遊，南土爰底”，及“南嶽是止”，此言歷史故事，與屈子行止意識無關。又凡《招魂》、《大招》中，用東西南北字，與意識形態關係極微，別詳。凡此皆不用入此論之中，吾人試反觀東西北三方，則以東方與行事有關者，只“背夏浦而西思”與“過夏首而西浮”兩語，及“夕濟兮西澨”一句，共三語。四、北方則僅有“進路北次”一語及于行事。且此三方所言行事之寫實，無絲毫寄望、恩怨、思慮之表情，與南方所陳十三事相較，則三方無絲毫理想希望之成分，而南方諸詞則無一而不含極深邃之寄望，此吾人所不可不深加體會思考者也。吾人可爲一小結曰，東西北三方至多僅有些少之寫實陳說成分，而南方則皆有一定之願望寄托。此等寄托，爲屈子之理想歟？爲屈子之願望歟？皆可不加分析，然吾人更就"南人之變態"與"南夷之莫吾知"兩語，而略可窺一二分消息，則必與當時楚人之開拓南土有關。而楚人之開拓南土，其初僅爲開疆拓土之謀計。而自懷、襄以來，則可能與秦人之侵略有關。觀秦人之南征，自蜀道與漢水，北與西兩面來臨，則開拓南土，同爲退有所守，進有所攻之策。而莊蹻王滇正亦此一事之遠謀。蹻之王滇，初不過蹤跡三苗之行蹤而南略，然懷（晚年）、襄昏亂，楚政窳惡，南土不服，莊蹻不歸，則湘沅南疑，"眇不知其所蹠"；南國佳人，寄在香黃之橘橙蘭蕙者，又復如是。詩人憬憧之懷，無可驅遣，故終之以湘汨懷沙，而成千古奇悲。南征、南德、南人、南夷蓋無時不有此悲感，故散在《離騷》、《九章》、《遠遊》諸篇，無乎不寄其懷思之情，此其所以爲愛國詩人之微意乎？現實之南方不可實現，神往之西土以求開解，此西方多神話成分（參西字條）。而南方爲現實之失望，故南方多寄望之傷詞，悲夫，悲夫！更就有現實意義之地名（古史及神話所涉不論），則南方地名，在屈子文中，幾及東西北三方之合，其爲屈子所親涉者，如湘、沅、辰陽、溆浦、潭、醴、洞庭、汨羅、涔陽、南嶽、枉渚，其爲屈子心中憬憧者，如南巢、石林、蒼梧、南榮、五嶺、三危、黑水、玄趾、雕題、黑齒、南疑（九疑），凡涉南疆之地，皆無虛擬神話成分（參全書地理之部分即知之）。此與西土多神天之居，北土多初寒之地，大不相同。則益知當時楚民南面開拓之欲，與屈子現實生活攸關之說，固躍然于簡册之中，非個人私臆矣！（參南夷、南人諸條）

天池

《九思·疾世》"瀝滄海兮東遊，沐盥浴兮天池"。舊注"天池，則滄海也"。按此叔師襲用《離騷》、《九歌》中之沐浴咸池之義，而變言之。叔師注《九歌》"與汝沐兮咸池"，即以天池解之。參咸池下自明。惟戰國以來，別言天池。如《莊子》"南溟者天池也"，與此同名而異義。

咸池

按咸池一詞，《楚辭》四見，而具三義，兹分別説之。

（一）日所浴也。《離騷》"飲余馬於咸池兮，總余轡乎扶桑"。王逸注"咸池，日浴處也"。又曰"《淮南子》曰'日出湯谷，浴乎咸池，拂于扶桑，是謂晨明'。言我乃往至東極之野，飲馬於咸池"。又《九歌·少司命》"與女沐兮咸池，晞女髮兮陽之阿"。王逸注"咸池，星名，蓋天池也"。則《離騷》所謂日浴處，就文意爲釋也。《九歌》言天池，則釋其原意矣。所引《淮南》説見《天文訓》，凡《淮南》所言此類事象，多就屈宋作品與他書結集而推衍之。安亦楚人，所傳楚事，往往見于南楚諸家。《天文訓》此處，高誘無注，而上文"紫宮太徵軒轅咸池守天阿"，注云"皆星名"。石氏《星經》曰"咸池三星，在天潢西北"。《晋書·天文志》云"咸池二星在天潢南，天潢者，天池也"。《史記·天官書》曰"西宮咸池曰天五潢"，則咸池三星，又在五潢之中矣。《困學紀聞》云"《天官書》：東宮蒼龍，南宮朱鳥，西宮咸池，北宮玄武"。吴氏仁傑曰"蒼龍、朱鳥、元武各總其方七宿而言，咸池別一星名。《晋·天文志》所謂'咸池魚囿者'是也，豈所以總西方七宿哉"。錢氏大昕非之，謂"《天官書》咸池曰天五潢，又曰五車帝舍，古人言咸池者，皆兼五車、天潢、三柱而言，後世臺官析爲數名，僅以三小星當咸池之名，而《史》、《漢》之文，不能通矣"。據此則咸池實即天潢，故《離騷》以爲浴日，但日出于東，而咸池爲西宮，云浴者，言日東出湯谷，西徑咸池，有似于浴也。至《少司命》之"沐咸池"，則修辭上之借用，以其有池也。《少司命》亦天神之一，故可用天星故事。

（二）樂名。《遠遊》"張咸池，奏承雲兮，二女御，九韶歌"。王逸注"咸池，堯樂也。承雲，即雲門，黃帝樂也"。一云"張樂咸池"。補曰"《周禮》有大咸，堯樂也，《樂記》云'咸池備矣'，注云'黃帝所作樂名，堯增修而用之。咸，皆也。池之爲言施也，言德無不施也'。

《淮南》云‘有虞氏其樂咸池、承雲、九韶’。注云‘舜兼用黄帝樂’”。按洪引《周禮》文見《春官·大司樂》“以樂舞教國子，舞雲門、大卷、大咸、大磬、大夏、大濩、大武”。鄭注“此周所存六代之樂。黄帝曰雲門、大卷。大咸，咸池，堯樂也，堯能殫均刑法以儀民，言其德無所不施”。皇甫謐《帝王世紀》云“黄帝作雲門、咸池之樂”。《淮南·齊俗訓》許注亦云“咸池、承雲皆黄帝樂”。《禮記·樂記》云“咸池備矣”，注亦云“黄帝所作樂名，堯增修而用之”。《吕氏春秋·古樂篇》亦云“黄帝作咸池”。《莊子》亦云“黄帝張咸池之樂于洞庭之野”。此外《莊子·天下篇》、《白虎通義·禮樂篇》引《禮記》、《風俗通義聲音篇》、《漢書·禮樂志》、《初學記·樂部》引樂緯《汁圖徵》、《文選·嘯賦》注引樂緯《動聲儀》并云“黄帝作咸池”，《吕覽·古樂篇》言之尤詳，曰“黄帝命伶倫與榮將鑄十二鐘，以和五音，以施英韶，以仲春之月，乙卯之日，日在奎，始奏之，命之曰咸池”。惟《周禮》所謂六代之樂，并以時代先後爲次，大咸在雲門、大卷之後，大磬之前，鄭注依叙次差之，定爲堯樂。故《樂記注》以爲堯增修而用之。故咸池雖本黄帝所作，而亦得爲堯樂。其説雖無碻證，然《墨子·三辯篇》云“湯修九招”，《吕覽·古樂篇》亦云“舜令質修九招、六列、六英，湯修九招、六列”。此并後王修前代樂之事，堯修咸池，理或然也。《淮南子·齊俗訓》云“有虞氏其樂咸池、承雲、九韶”。許注云“舜兼用黄帝樂”。此又以咸池爲舜樂。

凡上所引諸説，似極紛紜（但主要者已具于此），其實自吾人今日眼光觀之，皆由諸家附會而成。尤其漢儒之説爲然。周以後自有國家大祀之樂章，如所謂“大武”之屬，自漢大一統之局面大定，國家之機構益緊密嚴肅，統制之方術固日臻完備，而天子之威儀及其享受，亦益盛大奢侈。讀《漢書·禮樂志·郊祀》、《房中》諸樂，自能見之。則漢儒以今制比擬古説，必求其合于今王之所施行，以爲專制帝王服務。于是解釋古説，遂不能依放古初民習，以爲定則，大體古初每一氏族、部族，或民族，必有其愛好之音樂歌舞，遞代之後，其民族未必盡滅，其音樂歌舞亦必不盡廢，下代亦遵用不廢，在民間爲一正常現象，在統制者，或即以此爲羈縻、總統、懷柔之工具。漢儒文飾以爲修前代之樂者，其本質不過如是而已。《遠遊》敘次以咸池、承雲、九韶，故不以黄帝、堯、舜爲次也。

（三）天神名。《七諫·自悲》云"哀人事之不幸兮，屬天命而委之咸池"。王逸注"咸池，天神也"。補曰"《淮南》云'咸池者，水魚之囿也'。注云'水魚，天神'"。按别無考。

咸唐

《九歎·遠遊》"委兩館于咸唐"，王逸注"委，曲也。館，舍也。咸唐，咸池也。言己從炎火，又曲意至於咸池，而再舍止宿也"。按咸唐即咸池，池古本讀如透母，與唐爲雙聲，而唐又别構塘字，與池同義，則咸唐猶咸塘矣。詳咸池條下。

板桐

《哀時命》"擥瑶木之橝枝兮，望閬風之板桐"。王逸注"板桐，山名也，在閬風之上。言己既登崑崙，復欲引玉樹之枝，上望閬風板桐之山，遂陟天庭而遊戲也"。"板一作阪"。補曰"《博雅》云'崑崙虚有三山，閬風、板桐、玄圃'。《水經》云'崑崙三級，下曰樊桐，一名板松；二曰玄圃，一名閬風；上曰層城，一名天庭'。《淮南》云'懸圃、涼風、樊桐在崑崙閶闔之中'"。按板桐即樊桐，樊當爲攀省，攀板一字，則板桐當作扳桐，又省作樊也。至松則顯爲桐字聲誤。

玄圃

《九懷·通路》"微觀兮玄圃，覽察兮瑶光"。王逸注"上睨帝圃，見天園也”。按玄圃當即《離騷》之懸圃，字又作元圃。古傳説中之崑崙高山之第二級。登之乃靈，蓋與上天相接，故襄以與瑶光對也。餘詳懸圃條下。

縣圃

崑崙山之一地。

《離騷》“夕余至乎縣圃”，注引《淮南子》曰“縣圃在崑崙閶闔之中”。洪氏引《山海經》、《穆天子傳》、《水經》、《淮南》、東方朔《十洲記》等言之詳矣，案錢杲之《集傳》“縣圃即元圃也”。《穆天子傳》云“春山之澤，清水出泉，溫和無風，飛鳥、百獸之所飲食，先王之所謂縣圃”。《水經·河水》篇注云“崑崙之山三級，下曰樊桐，一名板松；二曰玄圃，一名閬風；上曰層城，一名天庭”。《淮南子》又云“崑崙之邱，或上倍之，是謂涼風之山。涼風當即閬風，聲相近也。登之而不死；或上倍之，是謂懸圃之山，登之乃靈，能使風雨；或上倍之，乃維上天，登之乃神”。餘參“崑崙”、“江”、“河”諸條，按縣圃字或作玄圃，縣、玄音近而互譌，《穆天子傳》“乃爲銘迹於玄圃之上”。又卷上“季夏丁卯，天子北升于春山之上，曰春山之澤，先王所謂玄圃”。則玄圃即春山之澤矣。諸書玄、縣二字多雜用，《天問》“崑崙縣圃”，叔師注“崑崙，山名也。在西北，元氣所出，其巔曰縣圃，乃上通于天也”云云，“元氣所出，上通于天”，必本之古説（古巫靈爲天人交往媒介，故以高山與天近，能上通于天也）。詳靈保條下。則縣圃之縣，或即取義于元，或玄，則疑玄乃初義，縣則同音通用字也。字或誤作平，《山海經·西山經》：“槐江之山，實爲帝之平圃”，郭注“即玄圃也”，引《穆傳銘》“迹于玄圃”是也。經又云“其上多琅玕、黃金、玉，其陰多采黃金、銀”。則又《九章·涉江》“瑶圃”之名之由來也，詳瑶之圃條下。

瑤之圃

《九章·涉江》"吾與重華游兮瑤之圃"，王逸注"瑤，玉也。圃，園也。言己想侍虞舜游玉園，猶言遇聖帝，升清朝也"。洪補云"《山海經》云'槐江之山，上多琅玕、金、玉，實惟帝之平圃'"。按《西山經》"帝之平圃"，郭注云"平圃即縣圃也"。縣或作玄，與平字形相近，則瑤之圃即玄圃矣。王逸《離騷章句》云"縣圃神山，在崑崙之上"。又《天問》"崑崙縣圃"，王注亦云"崑崙，山名也。在西北，元氣所出，其巔曰縣圃，乃上通于天也"。考《山海經·海內北經》云"帝堯臺、帝嚳臺、帝丹朱臺、帝舜臺，各二臺，臺四方，在崑崙東北"。又《海外北經》云"禹殺相柳，其血腥，不可以樹五穀種，禹厥之三仞、三沮，乃以爲衆帝之臺，在崑崙之北"。則崑崙有舜臺，亦在其北，與瑤圃地望相當，故《離騷》云"濟沅湘以南征兮，就重華而陳辭"（所陳之詞即"啟九辯與九歌"以下至'霑余襟之浪浪"一段也）。陳辭既畢，乃朝發軔蒼梧，夕至縣圃，與《涉江》此言"吾與重華遊兮瑤之圃"，情詞皆相同也，則謂縣圃即瑤圃可也。餘參縣圃條。

飛柱

《九懷·危俊》"步余馬兮飛柱"，王逸注"徘徊神山，且休息也"。按飛柱爲神山，不可考，叔師但就上下文義推之耳，宜闕以俟知者。此或爲子淵新鑄之詞，古名山之高峻者曰柱，柱而冠以飛字，則非神人不能居矣。

羅圃

《九歎·遠遊》"排帝宮與羅圃兮"，王逸注"羅圃，天苑。言遂排開天帝之宮，入其羅囿”。按羅囿一詞，古籍只此一見，郭璞《山海經圖讚》“槐江之山，英招是主。實惟帝囿，謂之玄圃”。則羅囿蓋猶帝囿矣，惟用羅字，義不可知。參圃字條。

靈圉

或以爲仙人名，不甚可解。《九歎·遠遊》“悉靈圉而來謁”。王逸注“悉，盡也。靈圉，衆神也。言己設得道輕舉，登崑崙之上，北向天門，衆神盡來謁見，尊有德也”。圉，《釋文》作圄。洪補云“竝魚呂切，《大人賦》云‘悉徵靈圉而選之兮’，張揖曰‘靈圉，衆仙號也’。《淮南》云‘騎蜚廉而從敦圄’，注云‘敦圄，仙人名’。郭璞云‘靈圉，淳圉，仙人名也’”。又《封禪文》“鬼神接靈圉，賓于閑館”。《文選·上林賦》“圉”作圄，圄、圉二字古通用。按此説始于漢人，其義不甚可解。沈欽韓以爲枳敔似虎形，引《西山經》陸吾神狀虎身而九尾，則自圉字會之，説極創而與衆神之旨不合，蓋闕可也。

靈瑣

靈，神也。瑣，先果反，一作鏁，門鏤也。文如連瑣，以青畫之，則曰青瑣。《離騷》“朝發軔于蒼梧兮，夕余至乎縣圃。欲少留此靈瑣兮，日忽忽其將暮”。王逸注“靈以喻君。瑣，門鏤也。文如連瑣，楚王之省閣也。一云靈神之所在也。瑣，門有青瑣也，言未得入門，故欲小住門外”。五臣云“瑣，門閣也”，洪興祖補曰“瑣先果切，上文言夕余至乎縣圃，則靈瑣神之所在也。神之所在，以喻君也。《漢舊儀》云‘黃門令日暮入對，青瑣丹墀拜’。《音義》云‘青瑣以青畫戶邊鏤也’”。按洪氏申王義，至允當。戴震引《漢舊儀》“黃門令日暮入對，青瑣丹墀拜，名曰夕郎”。引《漢書》之“琅當”，則是別一義，按靈瑣自指門邊鏤言，不指琅當言也。琅當，今鎖也。靈瑣之瑣，當爲㻩之借字，以青畫爲瑣細之文，曰青瑣也。字一作璅者，形近之誤，非借聲也，大徐"先火反"，璅字，大徐"子草反"，兩音雖旁紐雙聲，而韻部無相通之理。

玄闕

《九歎·遠遊》"登閬闔於玄闕"，王逸注"言己乃選擇衆鬼神之中，行忠正者，與俱登於天門，入玄闕，拜天皇，受勅誨也"云云。寅按《淮南子·道應》"盧敖遊乎北海，經乎太陰，入乎玄闕"。高誘注"玄闕，北方之山也"（《論衡·道虛》作玄關，字形之誤也）。闕者，天庭人王之宮闕也。詳闕字條下。五行家以玄表北方色，故玄闕爲北方之闕。山之高峻者，有如城闕之闕，故高誘以山釋之。

暾

《九歌·東君》"暾將出兮東方"，王逸注"謂日始出東方，其容暾暾而盛大也"。洪補云"暾，他昆切"。朱熹注'暾，他昆反"，"暾，溫和而明盛也"。《說文》無暾字，當即焞之後起分別文。《說文》"焞，明也"。《鄭語》"以焞耀惇大，天明地德，光昭四海"。焞耀連文，又言光昭（即照字）。四海，即叔師所謂盛大。"暾將出兮東方"，則又引申爲日矣，言光大將出於東方也。《詩·采芑》"嘽嘽焞焞"，傳"盛也"，與王義同。

西

西字，《楚辭》三十八見，其使用之頻，在四方名中，僅次于南，而其含義，既大別于東北，亦與南之切近人事現實者大異。蓋西方之中心構思，在于神思爲主，天、地、日、月、神祇爲其組成之重要對象。其與人事行爲思理相涉者，僅"背夏首而西思"與"過夏首而西浮"及

"夕濟兮西澨"三語。其餘則西極、西海、西皇及大量以崑崙爲中心之
西方神山神水，如崑崙、玄圃、瑶圃、閬風、流沙、嶓冢、西隒、崦嵫、
昧谷、閶闔等不一而足。且盛道其樂，盛贊其美。詩人每有鬱邑侘傺，
則又往往以西游爲之解憂。或有所疑慮，則西昇而遊，與天庭與在天之
帝王相要約。其間有"帝閽開關"、"虎豹守關"、"諸神送迎"、"龍鳳
乘駕"。其神話成分，構成屈子浪漫思想之基礎，有如後世遊仙囈夢之
象。西極，遂成爲人天相與之際而陟降之所。凡此種種，純爲屈子之虛
構與？抑亦有其承受與時代背景？考周以前，對西方無特殊之情愫，自
周以來，而西方乃成爲人天關係極密，人世所最憬憬之地。《詩》之
"西方美人"之贊，姑不具論，三晉、南楚之書，固多其遺教矣。《山海
經》云"鼓鐘之山，帝臺之所以觸百神也"。又云"帝堯臺，帝嚳臺，
帝丹朱臺，帝舜臺，各二臺，臺四方，在昆侖東北，西王母之山，山有
帝軒轅之臺"。"係昆之山有共工之臺"。所謂帝臺者，帝之所居，其高
如臺也。觸百神者，謂臺高上與百神相接觸也。其地皆在昆侖左近，
《汲冢》、《穆傳》亦多道西遊事。則周以來之于西方神山，蓋有其民族
傳統之根據。爲一切人世之所崇奉，所謂聖帝如堯、舜、帝嚳、軒轅等，
不幾成爲五帝之所同歸。此等非偶然之事，不見于儒家經典者，度多爲
孔子所刪削而去之。《穆傳》、《山經》爲孔丘所未見。南楚諸子未受儒
者毒素，故其説與三晉相同，屈子蓋即本之楚史所傳，楚民所習而爲之。
雖引以自慰，而實本之宗邦史册者，固非偶然。然此事亦非起于眇忽，
蓋皆有所本。考周人自西來，則疆土地勢，與中原相表裏，求其蔓延之
勢，則西北高而東南低，即所謂地傾東南之説所由來。凡諸大山大水爲
戰國以前傳説，異山異水亦莫不與此地勢相涉。而其俗信鬼，故神天神
地之説，爲南楚民間一風習。以北土諸儒之以現實爲根柢，宇宙人生，
及認識事物，皆切近現實者，自大異。此爲其地理上之因力。楚本夏後，
自狀曰高陽苗裔，亦來自西方，沿漢水，居息洞庭、雲夢之間，則乞靈
于崑崙，懷想于西土，亦其歷史之自然因力。南土爲其開拓之地，西土
爲其發祥之基，故于南則以實際之行動爲主，于西則以追懷往迹爲基，

截然在詩人心目中有其大界。非比後人之隨意捫撦揶揄者，此詩人之所以成其爲强固堅貞不拔之個性，與文學表現者也（合參東南北及南夷諸條）。

五帝

《九章·惜誦》"令五帝以枛中兮，戒六神與嚮服"。王逸注"五帝，謂五方神也。東方爲太皞，南方爲炎帝，西方爲少昊，北方爲顓頊，中央爲黄帝。枛，猶分也。言己復命五方之帝，分明言是與非也"。朱熹注"五帝，五方之帝，以五色爲號者，太一之佐也"。《九歎·遠逝》"指列宿以白情兮，訴五帝曰置詞"。王逸注"言己願復指語二十八宿以列己清白之情，告訴五方之帝，令受我詞而聽之也"。按五帝一詞先秦蓋有二義，一指天神之五方帝，一指人王之五帝言。《楚辭》兩用此詞，一與六神相配，一與列宿同言，則非人王五帝可知。天帝、五方神自春秋戰國以來，實又與五色五行相結合，至西漢更有太一佐之，於是此一名稱之糾紛益多，非本書所能討論。叔師"東方太皞"云云，以下大體本之《吕氏春秋·十二紀》、《月令》、《管子》等書，無庸更事輯録，然其説實萌于春秋。如《左傳》昭十七年所載剡子對昭子已有火紀、水紀之説，此外若《管子》、《莊子》、《荀子》等書亦言之。而《墨子·貴義》篇言之最悉。其言曰"帝以甲乙殺青龍于東方，丙丁殺赤龍于南方，以庚辛殺白龍于西方，以壬癸殺黑龍于北方"，東爲青、爲甲乙，南爲赤、爲丙丁，西爲白、爲庚辛，北爲黑、爲壬癸。則"帝"者當即中央戊己之黄帝矣。此已具五色五行之説，與漢緯書所傳乃至《吕覽》、《月令》所説，又何殊焉？其在南楚，亦大致與此相近。按《遠遊》篇言"浮雲上征"列舉：一、太微之所居而入帝宫，二、過句芒，歷大皞，三、"過蓐收乎西皇"，四、"指炎神而直馳，祝融戒而還衡"，五、從顓頊歷玄冥云云，亦大體同于《吕覽》、《月令》，則屈子所傳五帝當以《遠遊》爲據。叔師不此之引，而以北土諸家所説爲據，尚失一間。至朱熹，以五帝爲太一佐，則更秦漢間人説，益不足據。至子政《九歟》之五帝，則當指太一之五帝言，與屈子所用不同，其原文云“指列宿以白情兮，訴五帝目置詞。北斗爲我折中兮，太一爲余聽之”。上下皆以天神言，而最後求太一之聽，則五方神之五帝固不得增入，以亂其行列也。甘公《星經》云“天皇大帝一星在鉤陳口中，又有五帝内座五星在華蓋下”。至緯書之説興，而太一佐五帝遂有新名。《周禮·春官·太宗伯疏》引《春秋》緯《文耀鈎》云“太微宫有五帝座星，春起青，受制其名靈威仰；夏起赤，受制其名赤熛怒；秋起白，受制其名曰白招拒；冬起黑，受制其名汁光紀；季夏六月火，受制其名含樞紐”云云，他如《開元占經》引《春秋》緯《元命苞》、《運斗樞》、《春秋合誠圖》，《史記·天官書》索隱引《文耀鈎》，《太平御覽》引《尚書緯·考靈耀》、《樂緯·葉圖徵》，《初學記》引《洛書·靈準聽》等皆各有説，稱名亦各有小異，子政生當哀、平讖緯甚盛之日，則採時説以入文，固亦極平常之事，而與屈子違異與否，固非所問矣。

祝融

　　南方火神，亦即《山海經》之燭龍，楚之人先，即楚吴回之子陸終也。《遠遊》“祝融戒而還衡兮，騰告鸞鳥迎宓妃”。王逸注曰“南神止我，令北征也”。洪興祖《補注》云“《山海經》‘南方祝融，獸身人面，乘兩龍，火神也’。《國語》曰‘夏之興也，祝融降於崇山’。《太公金匱》曰‘南海之神曰祝融……’《大人賦》云‘祝融警而蹕御’，注云‘蹕，止行人也。御，禦也’”。又《九懷·昭世》“使祝融兮先行，令昭明兮開門”。王逸注云“俾南方神開軌轍也”。又《九歎·遠遊》“絶都廣以直指兮，歷祝融於朱冥”。王逸注云“言己行乃横絶於都廣之野，過祝融之神於朱冥之野也”。洪興祖補曰“《莊子》曰‘南冥者，天池也’。《傳》曰‘南海之神曰祝融’”。又《九思·傷時》“屯余車兮黄支，就祝融兮稽疑”。舊注“黄支，南極國名也。祝融，赤帝之神。稽合所以折謀求安己之處也”。按祝融一詞，《楚辭》四見，皆以爲南方火神。洪補已有引證。《左傳》昭二十九年"火正曰祝融"。又曰"顓頊氏有子曰犂，爲祝融"。《楚語》同（然《鄭語》云"犂爲高辛時火正"。則犂爲祝融，不在顓頊之世，古傳説之異者也）。又昭十七年"鄭祝融之虚也"。《吕氏春秋·孟夏紀》"其日丙丁，其帝炎帝，其神祝融"（《禮記·月令·孟夏》同）。《竹書紀年·高禹夏后氏紀》"夏道將興，青龍止于郊，祝融之神降于崇山，乃受舜禪"（《國語·周語》"有夏之興也，祖融降于崇山"之説，與此一原，祝作祖者，雙聲之變也）。《管子·五行》亦云"黄帝得祝融而辨于南方，故使爲司徒"。《左傳》昭公十七年以爲鄭之虚，則尚在北方，其後則以爲南方火神矣。此皆戰國以前祝融之見于載記者。或以爲南方之神，或以爲火正，所以命之曰祝融者，戰國以前無釋。《左傳》昭二十九年注"祝融明貌，其祀犂焉"。《正義》引賈逵曰"夏陽氣明朗。祝，甚也。融，明也。亦以夏氣爲之名耳"。此漢人説也。此説當本之《淮南·天文訓》"南方火也，其帝炎帝，其佐朱明"注，舊説之祝融，以朱明代之。謂祝融之義爲朱（赤色南方炎熱之象也），明亦火之光明也。則祝融特朱明之轉語耳，此漢人説也。至漢儒釋經，則祝融又發展而爲帝王之後。《史記》"昔祝融爲高辛氏火正"（與《左傳》違異）。高誘注《吕氏春秋》（文見上引）"顓頊之孫，老童之子吴回也。名黎，爲高辛氏火正，是爲祝融，死爲火神也"（《禮·月令》鄭注略同）。于是天文南方司火之神，變爲人世火正之官，更調和而爲"死爲火神"。此固古史發展之規律。《遠遊》、《九懷》言祝融行馳，與《司馬相如傳》"祝融警而蹕御兮"同義。至《九歎》"歷祝融于朱冥"，當即《淮南》"其帝炎帝，其佐朱明"之異文。此可見漢人多方解釋祝融之手法。《淮南》以朱明代祝融，而子政以朱明繼祝融，其法雖異，而欲明祝融與朱明同義則一也。

以上疏證祝融一詞，在《楚辭》文句中，實際使用之含義如此，然《楚世家》稱"楚之先祖，出自帝顓頊高陽……高陽生稱，稱生卷章，卷章生重黎，重黎爲帝嚳高辛居火正，甚有功，能光融天下，帝嚳命曰祝融。共工氏作亂，帝嚳使重黎誅之而不盡，帝乃以庚寅日誅重黎，而以其弟吴回爲重黎後，復居火正，爲祝融。吴回生陸終，陸終生子六人……六曰季連，芈姓，楚其後也"。依《史記》説，則祝融爲特賜之專名。只以其能光融天下，此與《鄭語》史伯曰"夫黎爲高辛火正，以淳燿敦大，天明地德，光照四海，故命之曰祝融"義合。"祝融亦能昭顯天地之光明"。此中有兩事當與《楚辭》相涉者，一則祝融乃表德之語，並非火正（以火正仍是火正故），亦非重黎一人專稱（以吴回亦居火正祝融故）。二則祝融乃楚所奉爲先人者，試就其語根求之，則在神即《天問》之燭龍，在人即吴回之子陸終。《周語》内史過曰"昔夏之興也，融降于崇"。《山海經·大荒北經》"西北海之外，赤水之北有章尾山，有神人面蛇身而赤，身長千里，直目正乘，其瞑乃晦，其視乃明，不食不寢不息，風雨是謁，是燭九陰，是謂燭龍"。又《海外北經》"鍾山之神，名曰燭陰，視爲晝……不飲不食不息，息爲風，身長千里……人面蛇身赤色，居鍾山下"。《周語》之崇山即《山海經》之鍾山，此爲同一故事之繁簡兩説。又金文《郱公鈋鐘》"陸螽之孫郱公鈋"，王静安先生以爲即陸終（《集林》郱公鐘跋），郭沫若以爲亦即祝融（《金文叢考·金文所無考》）。由此等材料之推尋，則祝融乃龍屬圖騰故事演變中人神交替之物。其音之演化，當與燭龍、重（重黎之重），爲同一之分化語。而余昔論夏爲龍族，楚爲夏後，故楚故事亦多與龍有關。《鄭語》傳祝融之後八姓，有巳姓、芈姓，巳乃蛇屬龍族也。芈與蠻一聲之轉（聞一多説），《説文》訓蠻爲"南蠻，蛇種"，尤爲楚爲龍族之佳證。祝融爲楚先祖，故《遠遊》以"指炎帝而直馳兮，吾將往乎南疑"……"祝融戒而還衡兮"云云，指炎帝者，與《離騷》"就重華而陳詞"同義。叔師釋爲將候祝融與諮謀，其説是也。此段文字，在臨睨舊鄉之後，又如《離騷》之"臨睨鄉"然。《離騷》從入世之思寫來，故望鄉後而哀極，至于從彭咸遠遊，望鄉後從出世設想（二字亦《遠遊》望鄉後所用），故更入南方與祝融諮謀，又東入北方，觀高陽顓頊之所居，以至與泰初爲鄰，高陽、祝融皆其先祖，已爲上天之神，則復反其初者，正宗臣反其宗之意乎（合參兩注）？

祝融之變則爲重黎二氏，《楚語》"顓頊命南正重司天以屬神，命火正黎司地以屬民。……堯復育重黎之後，不忘舊者，使復典之，以至于夏商"云云。重司天，正祝融之合音也。重之後爲陸終，亦祝融之合。漢語自複音趨于單音，乃其規律，又自所司考之，則重黎即羲和之後。《楚語》所謂"祝融之後至夏商不絶"者，即《尚書·胤征序》之"羲和湎淫，廢時亂日"之羲和也。羲和本爲生日之神女，儒家以爲日官，自南北氣候差殊，爲吾先民所習知，而其所崇敬之神，分化而二，南以祝融當之，而北則變言燭龍矣。此因傳説發展漸浸淫于地方差殊之故習使然也。參燭龍與羲和條下。

按祝融當爲政權初集中，團首領沿襲之稱號。觀重黎、吳回皆祝融，則非人名可知。祝與父皆原始社會領袖之稱。

又、夏與祝融團，（一）或係共祖，（二）或地理上極相錯綜，（三）或係甥舅之團，皆爲姒姓與祝融密切關係。

上帝

上帝，猶言上天也。

《天問》"何親就上帝罰"，王逸注"上帝，謂天也。言天帝親致絑之罪罰。一云上帝之罰"。朱注"言紂醢梅伯以賜諸侯，文王受之，以祭告語於上帝，帝乃親致絑之罪罰"。《招魂》"上帝其難從"，按上帝即帝，猶天之義，言上天也。詳見帝字條。惟帝字在使用時，可作上帝與人王兩義。隨文義而定。而上帝一詞，則皆作上天解，不作人王解，蓋上字限之，約定俗成，非有語言上之定律，屈賦此兩見皆然，惟上天只言像，而上帝之主宰天，人格化之天也。

黔嬴

《遠遊》"召黔嬴而見之兮"，王逸注"問造化之神以得失"。洪補云

"《大人賦》云'左玄冥而右黔雷'，注云'黔嬴也，天上造化神名，或曰水神'。《史記》作含靁。黔，具炎切"。

按洪引《大人賦》見《漢書·司馬相如傳》（《文選》同）。注則張揖注也。《史記·司馬相如傳》則作含靁。含蓋黔字之壞濫。《集解》云"駰按'《漢書音義》曰含靁，黔嬴也'"。按嬴即雷、靁之同音字。朱熹云"黔，具炎反。嬴從羊，倫爲反；一從女，餘輕反，未知孰是"。然二字《史記》作含靁，《漢書》作黔靁，則當爲從羊之嬴矣。黔嬴，舊説天上造化神名，或曰水神，皆怪妄之説，不可考矣。

傅説

傅説一詞，《楚辭》凡分兩義，而自一義分化。

（一）殷高宗武丁相。《離騷》"説操築于傅巖兮，武丁用而不疑"。即殷高宗選用傅説之傅説也，其事詳見説字條下。

（二）天文上之傅説星，此説亦起于先秦。《遠遊》云"奇傅説之託辰星兮"，王逸注"賢聖雖終，精著天也。傅説，武丁之相，辰星、房星，東方之宿，蒼龍之體也。傅説死後，其精著於房尾也"。洪補注"大火，謂之大辰。大辰，房心尾也。《莊子》曰'傅説得之以相武丁，奄有天下，乘東維，騎箕尾，而比於列星'。《音義》云'傅説死，其精神乘東維，託龍尾，今尾上有傅説星。其生無父母，登假三年而形遯'。《淮南》云'傅説之所以騎辰尾'是也"。朱注"傅説，武丁之相。辰星，東方蒼龍之體，心、尾、箕之星，所謂大辰也。《莊子》曰'傅説得之以相武丁，奄有天下，乘東維，騎箕尾，而比於列星'。《音義》云'今尾上有傅説星是也'"。《九思·守志》"就傅説兮騎龍"，舊注"傅説，殷王武丁之賢相也，死補辰宿"。《莊子·大宗師》言之最悉，曰"傅説乘東維，騎箕尾，而比于列星"。則其説蓋南楚所舊傳，李播《大象賦》注"傅説一星，在尾北後河中，蓋後宮女巫也"。《通志·天文略》一"傅説一星在尾後河中，後宮女巫"云云，蓋漢以後人新説，先秦無是説也。翁元圻以爲傅母喜説之義,則又生枝節矣。(詳《困學紀聞》九轉字之譌。)

傅字《楚辭》五見,其(一)見爲傅巖,地名;(二)爲傅説,人名;(三)星名,皆別見。其餘一見《九思》,乃轉字之訛。《九思》"百貿易兮傅賣",舊注"傅,一作傳"。洪補《淮南》曰"伯里奚轉鬻",注云"伯里奚知虞公不可諫,轉行自賣於秦爲穆公相"。傅亦有轉音。則傅乃轉字形近而訛。

后土

后土一詞,《楚辭》凡見于《九辯》、《七諫》、《九歎》三篇。按古籍最早見者,惟《左傳》昭二十九年"土正曰后土",又"共工氏有子曰句龍爲后土……后土爲社"。杜預注"土爲群物主,故稱后也,其祀句龍焉,在家則祀中霤,在野則爲社"。此爲最早之資料。杜注以爲上爲群物主,故稱后。訓亦最確。又言"在野曰社",則土社爲一事之因事而異名者。其實土即社也(詳"社"字條下)。實指則曰王,尊之則曰后。此尊稱自在崇祀之後,周監二代,鬱鬱乎文,故在殷契不見此文;虞夏、殷商之書,不見此名;至春秋而始顯者,固由周之文治所致也。至秦漢以後,崇奉益謹,見于三禮者尤多,于是有以爲土神,爲地祇(《周禮·大伯宗》、《禮記·中庸》)爲社(《禮記·檀弓》),漢天子且以爲一時重典(詳《漢書·郊祀志》上)。

然就《楚辭》所見三條而論,則不過爲尊稱土地之稱,《九辯》"皇天淫溢而秋霖兮,后土何時而得漧"。此言皇天久雨,大地不得漧也。后土與皇天對言,土指地言也。《七諫·怨世》云"皇天保其高兮,后土持其久"。亦皇天后土對,天而曰高,土而曰久,則明以論其本體,非論其神祕性也。又《九歎·遠逝》云"云服陰陽之正道兮,御后土之中和"。此以陰陽與后土對言,陰陽曰正道,后土曰中和,亦指德性言(王逸注云"土色黃其味甘,故言中和也"。此雖就五行生尅立説,而義則不誤）。故漢以後神秘之論，皆爲今文家與讖緯之妄説。

土伯

《招魂》“魂兮歸來，君無下此幽都些。土伯九約，其角觺觺些”。王逸注“幽都，地下后土所治也。地下幽冥，故稱幽都”。又云“土伯，后土之侯伯也。約，屈也。觺觺，猶狺狺，角利兒也。言地有土伯，執衛門户，其身九屈，有角觺觺，主觸害人也”。孫作雲《馬王堆漢墓漆棺畫考釋》以爲即后禹，於圖中以張口食蛇之怪物當之，又以長角似鹿，又彎而射或執矛而刺之獸面人身獸足之怪物當之，又以爲即世所謂鎮墓獸，其説至辯，可一參觀（見一九七三年四期《考古》孫氏一文）。

按土伯立義必爲土。伯者加詞，此如“河伯”、“風伯”之比，與“師”、“君”、“王”、“公”等字具同一性質。古以禹治水，祀爲神，則以土伯説爲禹之分化，似無不可。然屈子文中于鯀、禹地位極高，必不可能爲鎮墓獸。大抵土地神之傳説至紛雜，南楚是否有神禹分化之脈絡可尋，文獻亦難徵，而古籍言土伯者，且最爲具體，只此一見，未必即可爲推想之據，本蓋闕之義，無庸宣染可也。九約即九關（參九關王注及九約條諸説），九即糾也，與虎豹九關説同。變言約者，約即關闔字，而又可以避複爾。又九關九字可釋爲九數。因下句啄害字樣爲動詞，然而九約，則下句乃“角觺”字形容語，不以“九”爲動字，則于文爲不詞矣。

軒轅

《遠遊》“軒轅不可攀援兮”，王逸注“軒轅，黃帝號也，始作車服，天下號之爲軒轅氏也”。洪補曰“《史記》，黃帝姓公孫，名曰軒轅”。朱熹注“軒轅，黃帝名”。《九思》“求軒轅兮索重華”，舊注“覬遇如黃帝、堯、舜之聖明也”。王洪引申義已足，不煩多採。《史記·五帝本紀》有詳載。按軒轅爲《史記·五帝本紀》之第一帝，其事多飄緲不足徵信，余今兹所欲言者大約三事，一則軒轅之姓名，二則軒轅傳説之地方，三則軒轅在古史系統中之點滴，其餘皆已見《史記·本紀》，無庸繁言矣。

一、軒轅姓名説

《史記》言黄帝姓公孫，名軒轅，此説至可商。公孫一術語（姓）所反映之社會存在，當在公族制已成立後，自中土言之，在宗法制封建制成立之後，乃能造爲此語，而有此姓，堯、舜、高陽之前，決不可能有此事，其義至明，無庸更辯。至軒轅一語，古籍所載至多，如《大戴·帝德》、《帝繫》及《漢書·古今人表》、《律曆志》等大體皆戰國以來諸家之説。其名爲軒轅者，《史記索隱》引皇甫謐以爲居軒轅之丘，因以爲名，又以爲號；張晏則以爲始垂衣裳爲軒冕，因以爲號，兩説不同。張晏更轅爲冕，顯屬支離不足據，皇甫謐以爲以地得名，與軒轅全部傳説調協，頗有研究之價值。考古説西方有軒轅丘，《史記·五帝紀》亦言黄帝居軒轅之丘，而黄帝傳説百家多言自西北來（詳下節），此説極爲一致。此可證者一。又《國語·周語》下伶州鳩對景王曰"昔武王伐殷，歲在鶉火，月在天駟，日在析木之津，辰在斗柄，星在天黿，星與日辰之位，皆在北維，顓頊之所建也，帝嚳受之，我姬氏出自天黿"。（天駟房心）。

按天黿即玄枵，爲齊之分野，太王妃太姜爲齊女，實生王季，故曰"我姬姓出自天黿"云云。天黿即軒轅一聲之轉。金文中有𢍰、𪔗在銘文之首尾，顯係一民族或氏族之族徽。其用即等于一姓名，當即爲軒轅之後。且姜氏本西羌之族，起自西北，而《晉語》言少典娶有蟜氏，生黄帝、炎帝，黄帝以姬水成，又載黄帝之子二十五人，得姓者十四人，十有二姓，姬姓即其一，又言惟青陽與蒼林氏同于黄帝，皆爲姬姓，姬爲周之姓，姬姜氏爲甥舅之親，同起西北，則軒轅之變爲天黿，而太姜爲太王妃，故得曰出自天黿一脈之傳也。

二、古傳説軒轅所始生之地

古言軒轅事蹟，皆在西北崑崙之間，蓋其興起地域之傳説如是，則軒轅固起于崑崙之間矣。兹雜採諸文彙要如下。

《史記》言黄帝居軒轅之丘，而娶西陵之女。《史記集解》引《山海經》軒轅之丘，在窮山之際，西射之南。《史記》又言黄帝生二子，青陽降居江水，昌意降居若水。按江水、若水，《索隱》云皆在蜀。又引《水經》曰"水出旄牛徼外，東南至故關，爲若水。南過邛都，又東北至朱提縣，爲盧江水。黄帝子昌意娶于蜀山氏女曰昌僕。《正義》引《華陽國志》及《十三州志》云"蜀之先，肇於人皇之際，黄帝爲子昌意娶蜀山氏"。黄帝生西方，《莊子·至樂》"崑崙之虚，黄帝之所休"，《穆天子傳》"吉日辛酉，天子升于崑崙之丘，以觀黄帝之宫"，《晉語》"黄帝以姬水成"，《莊子·在宥》謂"黄帝問道空同"。今甘肅平涼。《封禪書》謂黄帝墓在橋山，今陝西中部縣。《本紀》同，《水經注·渭水》篇謂黄帝生于天水，《山海經·西次三經》謂黄帝乃取崒山，即《左傳》之宓山，出在崑崙東。其證尚多。而崑崙之西有軒轅之丘，《山海經》言之尤悉。是黄帝之生及妻子之地，望（子姓之降生娶妻之地點）及其宫室門道之地，遊息之所，死葬之處，皆繞崑崙而不外。則黄帝者古西方崛起之一氏族，蓋延江水、若水、漢水而東入中土，至五行説興，遂爲中央一地（屬土色黄）生人之祖矣。

三、二三事

《史記》又載黄帝與炎帝戰于阪泉，與蚩尤戰于涿鹿之野，古史亦多傳之。《左傳》禧二十五年載黄帝戰于阪泉，《五帝德》、《吕氏春秋·蕩兵》、《賈子新書·益壤》又《制不定》以上言黄帝與炎帝之戰。《管子·五行》篇、《地數》篇、《韓非·十過》篇、《大荒北經》、《逸周書·嘗麥解》、《莊子·盜跖》等言黄帝與蚩尤戰争之事。漢方士大言黄帝爲仙人，《封禪書》載之至詳，此當爲黄帝族東來戰勝南方之炎帝族與東方之蚩尤族之傳説記載。各家所言雖各有小異，而大旨相同。此當爲漢族古代混同之第一次，亦爲混同之一大事。其震撼于人心者至大，而亦爲黃帝族之一功業。然各家紀載雖多，終無能析其義者。至漢人又以爲仙去之説，則保留初民對天人之際之一種迷信，史公存之，亦不爲無因（第一節言姓名，僅就《史記·五帝紀》所載論之，大約史公以此爲較雅馴之説耳。然綜往籍論之，則稱號尚有黃軒，軒黃、軒皇、地皇、黃神、黃靈、皇帝、黃精之君，中央之帝有熊氏、歸藏氏、帝鴻氏、縉雲氏諸名，《左傳》昭十七年則直曰黃帝氏，凡此諸名，除黃帝氏外，皆漢人文飾修辭之語，其作用不出黃帝土中央等與五行有關之義，實無一可辯。故但有取于公孫氏與軒轅二名辯之而已）。又軒轅之爲天黿，近人多能言之，此亦從略。

顓頊

《遠遊》"軼迅風於清源兮，從顓頊乎增冰。歷玄冥目邪徑兮，乘間維目反顧"。工逸注"過觀黑帝之邑宇也"。補曰"北方壬癸，其帝顓頊，其神玄冥"。按《爾雅·釋天》"玄枵，虛也，'顓頊之虛，虛也，'北陸，虛也"。虛爲二十八宿之一。位在北方，於九天屬玄天。郭璞注曰"虛在正北，北方色黑，枵之言秏。秏，虛意。顓頊水德，位在北方"。又曰"虛星之名凡四，謂玄枵、虛、顓頊之虛、北陸。累名而同實也"。《左傳》昭十年杜注"顓頊之虛謂玄枵虛爲二十八宿之一，位在北方，于九天屬玄天"。詳郝懿行《爾雅·義疏》。又按《國語·周語》下伶州鳩對景王曰"昔武王伐殷，歲在鶉火，月在天駟，日在析木之津，辰在斗柄，星在天黿，星與日辰之位皆在北維，顓頊之所建也"云云。《山海經·海內經》亦云"流沙之東，黑水之西有司彘之國，黃帝妻雷祖生昌意。昌意降居若水，生韓流，擢首、謹耳、人面、豕喙、麟身、渠股、豚止。取淖子曰阿女，生帝顓頊"。則稍涉西北矣。考星與日辰之移動，乃宇自然運行，而曰顓頊之所建，是顓頊爲上帝上天而建北維者矣。有天庭之顓頊，建北維之上帝也。在儒言則又爲人間之顓頊，則中國上古史中傳説之上世帝王，爲人類立極最有權力威德之人王也。其事已詳于《史記·五帝本紀》之第二帝。其事蹟多帶宗教色彩，羌無故實，屈賦涉此者，不過《遠遊》一語。然《離騷》首言帝高陽，《左傳正義》文十八年先儒舊説及譙周《古史考》皆以顓頊爲帝之名號；高陽，國氏土地之號云云，説起漢以後，是否信史又無明文。今謂舜、堯、禹以前帝王名號，凡曰氏者，或爲圖騰名號，或起方國殊語，伏羲、軒轅、顓頊、帝嚳、赫胥等是也。或由後世文飾，太皞、金天、葛天、神農、有巢之類是也。顓頊一帝傳説皆在朔方，則顓頊一稱當爲北土方言。傳世已久，莫尤知其本義矣。又自諸傳説考之，則《史記》、《帝繫》、《世本》、《秦紀》等書凡舜、夏、秦、楚、陳、田齊、及杞、越、東越、閩越、匈奴、趙及《鄭語》之祝融八姓，皆顓頊之後，上世諸大國無不爲顓頊之後。又《大荒經》之有季禺，《西經》之淑士，《北經》之叔歜，及苗民，四夷之民，亦皆顓頊之後；文公十八年《左傳》亦言“高辛氏有才子八人”之説，則後世得姓稱名之民，無一而非顓頊之後矣。此中機微何在，全屬史家堆集之説乎？謹慎之考史者必不可輕率否定其真實，乃至史影，欲一一爲之求證，則又事實之所不許，余尚蒙無所知，僅能提出問題，而未能有以闡發之者，有待知者之教。

　　附圖（見下）

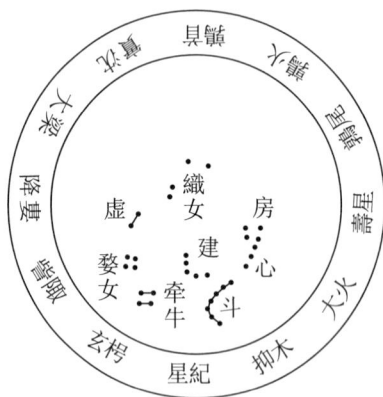

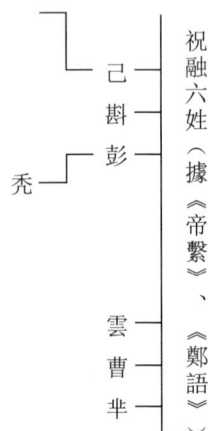

夏與祝融團，（一）或係其祖。（二）或地理上極相錯綜。（三）或係甥舅之團皆爲姒姓。與祝融的密切關係。

祝融當爲政權初集中時團首領沿襲之稱號，觀重黎、吳回皆號祝融，則非人名可知。祝及父皆原始社會領袖之稱。

堯，《帝王世紀》'帝堯，陶唐氏，祁姓也。……或從母姓伊氏'。

六神

時、寒暑、日、月、星、水旱，六宗之神也。或曰星辰、風伯、雨師、司中、司命、日六宗，或曰天、地、四時，其説至繁不能定。《九章》"令五帝以析中分，戒六神與嚮服"。王逸曰"六神，謂六宗之神也。《尚書》'禋於六宗……'言己願復令六宗之神，對聽己言事可行與否也"。洪補云"《孔叢子》云'宰我問禋於六宗'孔子曰'所宗者六，埋少牢於太昭，祭時也；祖迎於坎壇，祭寒暑也；主於郊宮，祭日也；夜明，祭月也；幽榮，祭星也；雩榮，祭水旱也。禋於六宗，此之謂也'。孔安國王肅用此説，又一説云六宗，星、辰、風伯、雨師、司中、司命。一云乾坤六子，顏師古用此説。一云天、地、四時。一云天宗三，日、月、星辰；地宗三，太山、河、海。一云六爲地數，祭地也。一云天地間遊神也。一云三昭三穆，王介甫用此説。一云六氣之宗，謂太極冲和之氣，蘇子由云，捨祭法不用，而以意立説，未可信也"。又《遠逝》"訊九魖與六神"，王逸注"訊，問也，言己忠直而不見信用，願合五嶽與八方之神，察己之志，上問九魖六宗之神，以照明之也"。按六神一詞，《楚辭》只此兩見。洪補引之詳矣。然皆漢人説也。屈子所説是否亦各説中之一，不得知。細繹文義，似洪引《孔叢子》説較可附會。

女媧

《天問》"女媧有體，孰制匠之？"王逸注"傳言女媧人頭蛇身，一日七十化"。洪補"媧，古華切，古天子，風姓也。《山海經》云'女媧之腸化爲神，處栗廣之野'。注云'女媧，古神女帝，人面蛇身，一日中七十變，其腸化爲此神'。《列子》曰'女媧氏蛇身人面，牛首虎鼻，此有非人之狀，而有大聖之德'。注云'人形貌自有偶與禽獸相似者，亦如相書龜背鵠步、鳶肩鷹喙耳'。《淮南》云'黃帝生陰陽，上駢生耳目，桑林生臂手，此女媧所以七十化也'"。按女媧見于屈宋賦者，僅此一事，以上下文義定之，則是生化萬物曾立爲帝之女皇，如此而已。至叔師慶善七十化之説，本之《淮南·説林》。《山海經·大荒西經》云"有神十人名曰女媧之腸（或作女媧之腹），化爲神，處栗廣之野"云云，郭注亦用《淮南》説，是否爲南楚故傳不可知，先秦人無此説也。其名又或曰女皇（《易·繫辭》引《世紀》曰女希。《初學記》九引《世紀》、《路史》注云"羲希古通"。或即漢以來所傳與伏羲相涉之所由），曰女羲（則以與伏羲對言，爲伏羲婦，爲伏羲女弟，皆無不可），或以女媧爲婦女者，梁紹壬《兩般秋雨盦隨筆》所引甚詳。鄭康成依《春秋運斗樞》注《禮記》曰"女媧三皇，承伏羲三墳以爲伏羲后"。應劭《風俗通》以女媧爲伏羲妹，唐李宂《獨異志》以女媧兄妹爲夫婦。歷世雜説，莫衷一是，然漢初石刻已以女媧爲帝，而魯恭王靈光殿亦圖伏羲鱗身、女媧蛇體，武梁石刻則作人身蛇尾，與伏羲爲夫婦，手執規矩，猶言天圓地方，亦示夫婦之道，且表統制天下之義。至近世蜀中、陝中、新疆等地出土之文物所示，則女媧與伏羲確爲夫婦，則爲帝爲神，司天司日，皆至漢而得其徵（參伏羲條下）。更肆考之，則女媧不僅在人間爲帝王，爲聖妃，或神妹，在天上且爲日月神，所謂常娥、常儀，下至纖阿等名，無一而非女媧一辭之分化。凡與日月天神及生人有關之事，無一不與女媧相涉，蓋皆自一語根之演也。媧、娥爲歌麻之轉，儀則支歌之變，于語音基礎本有其理致，甚至無夫而生九子之女岐，亦一語之變，變而返于人世者矣。《史記·五帝記》"帝嚳娶娵訾氏女"，《索隱》引皇甫謐曰"女名常儀"。常儀即常羲，羲儀聲轉也。

不僅此也，《山海經》載帝俊妻曰羲和，是生十日，此羲和即伏羲女媧之合體，和與媧亦如娥與媧之比也。帝俊者，人先也（俊即甲文之 𥏘 字，乃象人形，自人猿轉變之象，余別有説）。以人先與天帝創造人類之神蹟，正《易》所謂“有夫婦而後有父子”。人倫始于夫婦（儒家亦承認此一説），其説固不必因其爲宗教迷信，而遂失社會發展中之歷史任務也（自女媧生人，羲媧成偶，至羲和鑄詞，其中之發展，故不必即合于邏輯之律，而吾人固不能不是認其關係之密切而成一系統也）。《山經》又傳“帝俊妻羲和生十有二月”，則古代以日月爲匹偶之分化，并非矛盾。古傳曰有十，故生十日，日月之月，與年月之月，有其内在有機關係，則以年月之月所得數字，反映于日月之月而爲生十二月，亦故傳發展中恒見之現象，是則女媧既生日，又生月，爲日月之共母。于是作爲戰國以來之西王母傳説。王母者，母讀如今音媽，王母急言正媧音也。至戰國則又有分化，言西王母左右有如佛徒之脇侍，遂有常娥矣。古傳説之紛雜，有不可以理智説之者，蓋現實與宗教迷信之浪漫所結合，則無往而不可。故屈子得神遊天庭，役使鬼神，遠涉流沙，直上崑崙，與帝閽相問對矣，何足怪哉！至帝娥之爲羿妻，又竊不死藥以奔月，凡此故事分化，必有若干新生傳説，此亦一例矣。此事至繁瑣，歷代多有説之者，其實皆後浪推前浪，堆集古説而擴之，未必即有真識。余固不敢謂其識果真，而料理舊説，求其餘脈，明其發展，則差有理智，合參伏羲、羲和各條。

至此則西王母一事，雖爲《楚辭》所不言，而却與女媧有關，西王母見《山海經》、《汲冢周書》、《穆天子傳》等書。漢世相承，皆以西王母爲女仙人。相如《大人賦》“吾乃今日見西王母，皓然白首，戴勝而穴處兮，亦幸有三足烏爲之使”。揚雄《甘泉賦》“想西王母欣然而上壽兮，屏玉女而却慮妃”。此其徵也。哀帝時，民間相傳行西王母籌，王莽作《大誥》亦曰“太皇太后配元生成，以我天下之符，遂獲西王母之應”。則并記之符命矣。按此亦當爲羲和之變，舜配爲娥皇、女英，則配元生成之王大后，爲西王母，帝王神異之應矣。考西與羲叠韻，又古雙聲，母字古音媽，王母之合則爲媧，西媧當即羲和矣。故其事跡，亦多與日月相涉，事變稍遠，則語音亦稍遠矣（梁同書山舟《日貫齋塗説》雜引《穆傳》、《竹書》等以爲西王母既有居所，又有邦洵非神人，則西王母乃遐荒之地云云，亦一説耳）。《竹書》"稱穆王遂騁升于弇山"，注"弇山，弇兹，日所入處"云云，則其居固與日相涉矣。

此等變化，亦自有其源始要終之迹，請合參羲和一條，篇末所附表解自明。

女媧一詞，在古書上之變革，孫壁文《考古錄》卷六，俞樾《茶香室叢鈔》皆有辯説可參，趙甌北《陔餘叢考》言"女媧非婦人"，俞樾言"女媧補天"諸文皆可參。

羲和

《離騷》"吾令羲和弭節兮"，王逸注"羲和，日御也"。又《天問》"羲和之未揚，若華何光?"王注同。按依文義則《離騷》羲和訓日御，自弭節生義。而《天問》則指日而非指日御，王注顯誤。按羲和一名，古籍凡分三義，一指生日之神，引申即以指日。洪興祖《補注》引《山海經》"東南海外有羲和之國，有女子名曰羲和，是生十日，常浴日於甘淵"。按見《大荒南經》注云"羲和，天地始生主日月者也"。《天問》"羲和之未揚，若華何光?"義爲羲和未升，若華何由而有光也。此指日也。洪補又言"虞世南引《淮南子》云'爰止羲和，爰息六螭，是謂懸車'。注云'日乘車，駕以六龍，羲和御之，日至此而薄於虞淵，羲和至此而迴'"。則指日御爲羲和，此即《離騷》弭節之義和也。此二説皆南土諸子所傳之舊説。《尚書·堯典》"乃命羲和，曆象日月星辰，敬授民時"，下文又分言分命羲仲、羲叔、和仲、和叔宅東、西、南、北四方，孔安國注謂重黎之後，羲氏和氏世掌天官，故堯命之。凡漢儒釋羲和，大義皆以爲堯立羲和之官，命以四時之事，而羲和爲四人。《史記·律書》、《漢書·律曆志》、《藝文志》、《漢書·成帝紀》、《元朔元年詔》、《百官公卿表》、《食貨志》、《魏相傳》、《論衡·是應》篇、《漢書·古今人表》亦分羲和爲四人（《後漢·質帝紀詔》、《續漢·天文志》）。此北土傳説制度之言。其分四人顯爲一種四季、四方等調和之思想。春秋戰國時儒者爲之，故羲和傳説之史影雖存，其質亦已漸變，而其用益以大變之説也。清儒欲調停其義，以爲羲和本日御之名，黄帝取其名以立是官（本《漢志》黄帝使羲和占日之説）以司日，堯命羲和蓋亦本于古耳。殊不知羲和本一名，而《尚書》分爲兩氏兩名，基本立論已與古傳説不同。《淮南子》"爰止羲和"之言，與屈子同。安本南楚之望，則習南楚故書，故從同也（王符《潛夫論·愛日》篇亦言"治國之日舒以長"，舒長者，非謂羲和安行云云，亦以羲和爲日御，即取之屈賦也）。依諸説斷之，《天問》以羲和爲生日之神，亦即日神，當爲最原始之傳説。《離騒》以爲日御，則爲人化，爲車駕既興，後之傳説，然其爲天神，則不離其本。儒言爲分掌四季之日官，則文治以後之設官分職在國家形勢已大定後托名之説也。雖不必即後于日御，而表現其爲北土樸實之説，則無可疑。

《離騒》一義至明，無庸申言。《天問》"羲和木揚，若華何光"者，日光無所不照，凡物之光，皆借日之光而後能照，此自上世以來，人所共知之事，何以有若華獨能照夜之説，以此爲奇，故問之也。

就上三説而論，各表現其有關時代之背景及各種不同學派。《山海經》爲述異之地志，存三晉古説最多。屈子爲南楚舒情藝人，與南方民間所傳相關（參伏羲女媧諸條即知之），存古説亦最多。《尚書》爲北派現實之儒家思想，故與政治之關係獨厚。此固史事發展中各染于地方色彩者也。然推究其朔，則《山海經》説爲最早，因生日則爲日月之神，降而爲日之御。日御者，人群有御，斯天象得駕龍車矣。再降則爲日官，設官分職，在唐虞之後，故羲氏和氏世傳至夏商而不廢（詳後）。斯亦辯證之發展有合于人群之進化者也。然《山經》、《楚辭》皆以羲和爲一詞，而《尚書》析而爲二氏，此中機虞將何從説之？曰此自傳説之分化作用，分化者亦得造合爲一，如重黎本二氏，而《左傳》、《國語》或合爲一也（參重黎條下）。余謂羲和者，古伏羲與女媧之合也。故戰國以後，别生伏羲女媧爲夫婦之説（參伏羲、女媧兩條）。伏羲之音，古當讀 buxi，女媧之音古蓋讀麻，buxi 脫去多音 bu 而獨爲羲，故伏羲或單稱羲（或爲羲皇、皇羲，皇乃後加尊稱），稱戲（見《管子・輕重》、《易・釋文》引《孟京易》），曰虧（見《月令釋文》乃戲之變體），亦曰皞（《左傳》昭十七年、《逸周書・太子晉解》、《月令》）。又作皓（魏修《孔子廟碑》。自魏人說而下，凡諸漢儒書中異説皆不具）。則伏羲固得單言之矣，女媧女字本後加以其爲女也。則羲、媧合一，即合男女雙方之姓氏而爲姓名，本人群化合之一例，或古婚制本有甲乙兩族世爲婚配，即爲甲乙姓之事例，斯羲和得爲帝俊妻名。帝俊者，人先也。則羲和者天之生民者也（《詩・生民》曰"厥初生民，時維姜嫄"，是其徵也）。此生民之母即爲人類從生之始，而以帝臨之，正男性社會初期之表現，可無疑義。然此種論證豈不近于游戲主觀臆斷之説乎？曰否！舉上言伏羲女媧羲和諸説，及由伏羲羲和語根語族推演之故事，無一不與日月之説相涉。且其説多有同一來源之痕跡，則此諸詞之社會功能，蓋皆從同，爲邏輯上不可避免之必然總結（詳下文及伏羲、女媧、扶桑、昧爽諸條自明）。則吾人就語音變化之推論，只不過此一複雜問題之説明，而非此一問題之演繹，當爲讀者所不能不承認之邏輯推論。

至此吾人得暢論之曰：

羲和者，本伏羲、女媧傳説之混合，與日月生成人類始祖皆相關涉之一故事中派生成分也。最早爲生日、生月之人先帝俊之妻，因生日月而生日月，進入男性社會，爲人群大酋者，已變爲男子，斯帝俊妻之説，只見南土，尤爲北土儒者所不言。于是屈子筆下之羲和爲日御，屈賦各文皆載羲和車駕之盛可徵也。儒者以政治爲學説之中心，羲和遂又由天神變爲人間之官司，原本二姓之合，至此遂又反復其二姓之本，而爲《尚書》之羲氏和氏矣。機虞所在，正其混合分化之徵也。（此如祝融之後有重、陸終以司天，又合司地之黎而爲重黎之比。參祝融條。）

至此吾人遂不得不分爲三系論之曰，日神之系已見上文，合參伏羲、祝融諸條，自能明之；其二爲職官條，其三爲女姓，轉變諸端，請一一論之。

其言職官之條，則以《堯典》羲和二姓爲基礎，考《尚書・胤征序》云"羲和湎淫廢時亂日，胤往征之"云云，此夏有羲和之官也。此即《楚語》所謂顓頊"命南正重司天以屬神，命火正黎司地以屬民。堯復育重黎之後，不忘舊者，使復典之，以至于夏商，故重黎氏世叙天地"。此重、黎二氏者，重即祝融之今音，蓋謂南方之羲和爲重，與陸終代傳之，而儒家于北土無説，儒者于此事象知之無《山海經》楚南之悉也。故《山海》之燭龍即祝融一語之分化矣（參章太炎先生《古文尚書拾遺定本》）。就上説已略可得其統紀（參後表）。

至女姓轉變諸端者，謂女媧本女性，既生十日十二月，則與日月有關之女性，亦多與羲和之音相比符。羲和之音變，則爲常娥，爲常儀，爲纖阿，爲西王母，乃至爲無夫生九子之女岐，亦即爲九子母矣（參女媧條自明）。因之合諸説以求其友紀得表如下方。

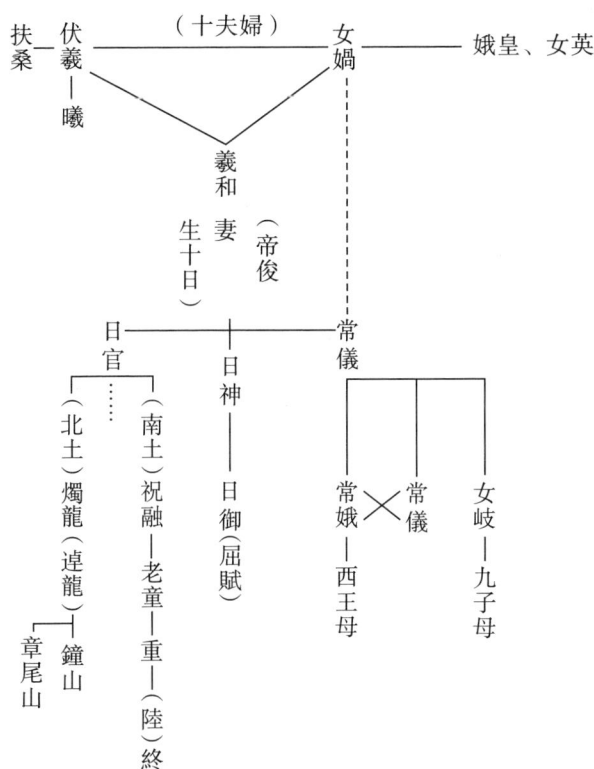

扶桑—伏羲—曦　（十夫婦）　女媧—娥皇、女英

羲和妻（帝俊）　生十日

日官……　日神　常儀

（北土）燭龍（逴龍）—章尾山—鐘山
（南土）祝融—老童—重—（陸）終
日御（屈賦）
常娥—西王母　×　常儀　女岐—九子母

羲媧音源語變表

　　長沙馬王堆一號漢墓覆棺之銘旌帛畫，天庭一截之最上層中央處，画一散髮女像，面微側，蛇繞其身，此即生十日之羲和也。何以言之？左右各有日月圖，日中有金烏，下爲扶桑樹，有九日月圖，有蟾蜍圖，下一女乘雲霧，兩手捧月，即常娥也。全部構圖事跡皆與羲和傳説相同，此漢初人對羲和之設想，此則用以表天上，日所照臨者也。可爲羲和、女媧、常娥、西王母、扶桑等之參考（見本書圖版）。

　　尚有一事亦得附言。王靜安先生以來皆以帝俊即帝嚳，帝舜之妃曰娥皇，嚳妃曰伏妃，則其中必有若干與此事有關之遺跡可尋云。

燭龍

　　燭龍傳説中之西北神人，其視爲晝，人面蛇身，故曰燭龍。

　　《天問》"日安不到，燭龍何照？"（郭注《山海經·大荒北經》引作燿）王逸注"言天之西北有幽冥無日之國，有龍銜燭而照之"。按燭龍一名，除《天問》外見《山海經》。洪補引鍾山之神名曰燭陰一段見《海外北經》。然此名燭陰，特郭注云"燭龍也，是燭九陰，因名"。故知爲燭龍，然燭龍之名，實在《大荒北經》，而郭注亦本之《北經》也。其文云"西北海之外，赤水之北，有章尾山，有神人面蛇身而赤，直目正乘，其瞑乃晦，其視乃明，不食不寢不息，風雨是謁，是燭九陰，是謂燭龍"。此即洪引《海外北經》一事之兩記，以今本照之，則洪引節刪過甚，當合參。此之章尾山，即彼之鐘山也。章、鐘雙聲相轉。惟《海外北經》有身長千里，此經則此四字誤爲郭注，郝懿行辯之詳矣。又洪引《淮南》説見《墜形訓》，其餘諸家大體皆據此，與《山海經》爲説，惟引文偶有小異。《淮南》以爲在雁門北，蔽于委羽之山。《文選·雪賦》以爲照崑山，《思玄賦》注引瞑作眠，劉安亦楚人，則所謂傳聞異詞者矣。

　　聲轉爲逴龍。《大招》"北有寒山，逴龍赩只"。洪補引《山海經·大荒北經》"西北海之外有章尾山，有神……是燭九陰，是謂燭龍"。陸時雍注此亦云"逴龍當是燭龍",詳逴龍條下。按燭龍之名,除《山海經》、《淮南子》而外,漢人尚多有之。郭璞注《大荒北經》引《詩緯》、《含神霧》曰"天不足西北,無有陰陽消息,故有龍銜(《文選注》引此文下有火字當補)精以往照天門中"。高誘注《淮南·墜形訓》云"一曰龍銜燭以照太陽,蓋長千里,視爲晝,暝爲夜,吹爲冬,呼爲夏"。《太平御覽》引許慎注"不見日,故龍以燭照"。

《乾坤鑿度》云"萬形經曰,太陽順四方之氣,古聖曰燭龍,行東時肅清,行西時媼燠,行南時大暇,行北時嚴殺"。此言日聖曰燭龍,而四遊也。故又曰"四方萬物,向明承惠"。照以緯説云"燭龍,日也",則直以爲日,亦蓋天之義。蓋天又別有燭龍,即《文選注》所引《詩含神霧》、《太平廣記》八十一引《梁四公記》云"䁉杰曰北至黑谷之北,有山極峻造天,四時冰雪,意燭龍所居,晝無日,北向更明,夜直上觀北極"。則誣信古説以推論天體日月之運行,蓋皆不足數矣。

按燭龍傳説,余謂即祝融傳説之分化,何以言之?東西爲日出没之地,自湯谷以至于羽淵,其事以證驗而知其故。差別不過造爲若干出没時之處所、時間、環境(扶桑)而已。至于南北,則熱量差殊甚大,中土北疆,先史時代蒙古沙漠爲瀚海,與貝加爾湖相通,及水分漸少,變爲大沙漠。而冰雪之屬未殊,熱量顯與南土大別,故曰幽都,曰玄冥,曰寒門,曰增冰。凡此諸詞,皆表示其黑暗少光明、少熱力之現實景象,其日神必有大殊於南土,固初民意識之所宜然。然語言意識固仍根于光熱之神主,依聲托事,遂使祝融之音,分化爲燭龍,南方炎神,遂化而爲北方寒神。古人束草木爲燭,修然而長,以光與熱,遠謝日力,而形則有似于龍,龍者古之神物,命曰神,曰燭龍,既表其暗弱之現實意義(故《山海經》又名曰燭陰)。又神其事跡之有合信仰,此其所以爲人所信服者矣。此雖爲余臆必之説,而審實情理,合以初民意識,初非向壁虛造,純爲個人主觀之論也。

《海外北經》言燭龍爲鐘山之神,鐘者正燭龍之合音也。音稍變,則爲章尾之山,章、鐘燭皆雙聲,尾韻與鐘合韻最近。

吾人得爲此一詞作一演變之圖如下。

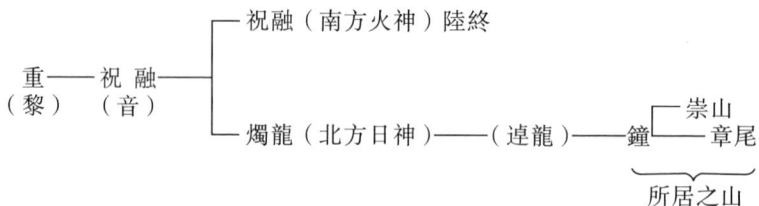

重——祝 融
（黎）（音）
├—— 祝融（南方火神）陸終
└—— 燭龍（北方日神）——（逴龍）——鐘┬崇山
└章尾
└ 所居之山 ┘

合參祝融與逴龍兩條。

逴龍

《大招》“北有寒山，逴龍赩只”。王逸注“逴龍，山名也。赩，赤色，無草木貌也。言北方有常寒之山，陰不見日，名曰逴龍，其土赤色，不生草木，不可過之，必凍殺人也。或曰逴龍，色逴越也。赩，懼也。言起越寒山，赩然而懼，恐不得過也。逴，一作卓”。洪補曰“逴音卓，遠也。《山海經》‘西北海之外，有章尾山，有神身千里，人面蛇身而赤，是燭九陰，是謂燭龍’。疑此逴龍，即燭龍也。赩，許力切，大赤也”。按王逸以逴龍爲山，龍爲山名，更就寒山一詞而順釋之，依文義言不合句法，寒山、逴龍不得爲一物，稍習語法結構者，皆能知之。朱熹注從之，蓋亦不思甚矣。惟洪補引《山海經》雜引《海外北經》與《大荒北經》，已詳燭龍條下。疑此逴龍即燭龍，極爲有見。按吳志伊《山海經·廣注》曰“燭或作逴”，《楚辭·大招》曰“北有寒山，逴龍赩只”，陸時雍注云“逴龍當是燭龍”，皆是也，逴、燭雙聲而別，此《山經》用字之例也。此言赩只者，以燭龍身赤，故此《山海經》所謂蛇身而赤者矣。非赤色無草木之謂，是《大招》所傳與《山海經》同一素質也。參燭龍條下。今沿内蒙至東北之外興安嶺多四季積雪，可謂寒山矣。燭龍身赤，故曰逴龍赩只。文理自順。合參燭龍、祝融諸條。

馮夷

《遠遊》"使湘靈鼓瑟兮，令海若舞馮夷"。王逸注"馮夷，水仙人，《淮南》言馮夷得道，以潛於大川也"。洪補"馮夷，河伯也"。按朱熹《集注》引一本馮作憑，蓋馮讀爲憑，因以音同形近字易之也。又"二女御，九韶歌"，與"使湘靈"二句與上下韻皆不甚協，此疑有誤。馮夷夷字，蓋與上妃字韻，歌字與下蛇字韻，疑"令海若"與"二女御"二句互易，則韻調矣。王洪皆以馮夷爲仙人或河伯之名，朱熹以爲其言荒唐，又言大率謂河神，恐非。以文理詞氣定之，上句言"張咸池"、"舞承雲"（或"使湘靈鼓瑟"）與"令海若"句皆爲對文，且"令海若"、"舞馮夷"馮夷當爲舞之補語，或形容詞，此處不得爲人神之名，不得謂令海若舞馮夷其人。"令海若舞馮夷"，猶"使湘靈鼓瑟"，鼓者瑟也，則舞者馮夷也。是馮夷當爲樂舞之名，且上文言咸池、承靈、九韶之歌，下文言玄螭、蟲、象、雌蜺、鸞鳥之舞，此不得言仙神之名，或馮夷所爲之舞，因名馮夷。然于古亦無徵，而依文理詞氣斷之，必需指舞事乃能通，考《詩》言馮翼指氤氳浮動之象，又言委蛇指行止有節之象，聲並與馮夷近，或即馮翼委蛇之聲借乎？（委在喉音，得與唇音相變，然下文亦有委蛇，則此但當爲憑翼也。）姑發于此以待後證。

然馮夷一名已早見于《莊子》、《山海經》等，而漢人所傳猶多，似亦有考論之必要。洪邁《容齋隨筆·馮夷姓字》條曰"張衡《思玄賦》'號馮夷俾清津兮，擢龍舟以濟予'，李善注《文選》引青令傳曰'河伯姓馮氏，名夷。浴于河中而溺死，是爲河伯。《太公金匱》曰'河伯姓馮名修'。裴氏《新語》謂爲馮夷。《莊子》'曰馮夷，得之以游大川'。《淮南子》曰'馮夷服夷石而水仙'，《後漢書·張衡傳》注引《聖賢冢墓記》曰'馮夷者，弘農華陰潼鄉隄首里人，服八石得水仙，爲河伯'。又《龍魚河圖》曰'河伯姓呂，名公子，夫人姓馮名夷，字公子'。數説不同，然皆不經之傳也。蓋本于屈原《遠遊》篇所謂'使湘靈鼓瑟兮，令海若舞馮夷'。前此未有用者。《淮南子·原道訓》又曰'馮夷大丙之御也，乘雲車入雲蜺'。許叔重云'皆古得道能御陰陽者'。此自別一馮夷也"。考論可謂詳矣。然所證皆漢以後說也。按《山海經》云"從極之淵，深三百仞維冰夷恒都焉，冰夷人面乘兩龍"。郭注"冰夷馮夷也"。《穆天子傳》卷一"戊寅天子西征，鶩行至于陽紆之山，河伯無夷之所都居"。注云"無夷，馮夷也"。又《竹書紀年》帝芬十六年"洛伯用與河伯馮夷鬭"。三說皆出屈原前，蓋三晋南楚有此舊傳也。冰夷無夷即馮夷也（參河伯條）。字又作馮遲，見《淮南子》。司馬相如《大人賦》云"使靈媧鼓瑟而舞馮夷"，揚雄《太玄賦》'舞馮夷以作樂'，全本《遠遊》，則漢人或知其爲舞名歟！章樵注"馮夷河伯之子"。張衡《西京賦》"感河馮"，漢以後六朝以來所傳蓋紛紛矣。曹植《洛神賦》'馮夷鳴鼓'。《博物志》云"夏桀時費昌之河上，見二日，問于馮夷"。《抱樸子·釋思》篇云"馮夷以八月上庚日渡河溺死，天帝署爲河伯"。陶弘景《水仙賦》云"琴馮是焉去來"，蓋謂琴高馮夷也。郭璞《馮夷贊》云"稟華之精，食惟八石，乘龍隱淪，往來海客，若是水仙，號曰河伯"。又《江賦》云"冰夷引浪以傲睨"，注"即馮夷"。馮音憑，謝惠連《雪賦》云"粲兮若馮夷，剖蚌列明珠"。《水經注》、《括地圖》曰"馮夷乘雲車"（略本胡侍真珠船引）。皆無當于考古之功者也。字又作馮遲。《文選·七發》"六駕蛟龍，附從太白"。注"《淮南子》曰'昔馮遲太白之御'，許慎曰馮遲太白，河伯也"。

水之怪曰罔象，罔象與無夷雙聲之變，其語根當亦同也。

萍　萍翳　屛翳

《天問》"萍號起雨，何以興之？"萍洪朱同引一本作茾一作萍。又同音瓶。《周禮·萍氏》先鄭注萍讀爲蛢，或作"萍號起雨"之萍，後鄭云《天問》萍號作萍。《文選·張載詩注》引作屛，陸機《贈顧彥先詩》注又引作"屛翳起雨"。按萍翳，《山海經》又作屛翳，《廣雅》作荓翳，則荓本無定字也。或本引作萍，王逸注"荓，荓翳，雨師名也"。洪補引《山海經》"屏翳在海東，時人謂之雨師"。顏師古注《文選·張景陽詩》"屏翳一曰萍號"。寅按屏翳之實不一，俞正燮斷爲風師較允當。其言云，屏翳，《楚辭·天問》云"荓號起雨"。王逸注云"屏翳，雨師名"。《史記·司馬相如傳·大人賦》云"召屏翳，誅風伯，刑雨師"。下又有列缺、豐隆，則司馬相如以屏翳爲雲師。《文選》曹子建《洛神賦》云"屏翳收風，川后靜波"，注引植《詰咎文》云"河伯典澤，屏翳司風"，謂曹指爲風師，《選注》又引虞喜《志林》云"屏翳，韋昭説爲雷師，喜則以爲雨師"。説屏翳者雖多，并無明據，今案屏翳似雲而號則爲風。《楚辭》注蓋誤字。韋昭知掌故，以爲雷師，因號生而不知荓號自應爲風師，《天問》亦言風號乃起雨也。

海若

《遠遊》"令海若舞馮夷"，王逸注"海若，海神名也。馮夷，水仙人"。洪補曰"海若，《莊子》所稱北海若也。馮夷，河伯也"。

按海若一名最早即見于《遠遊》篇，故王注以爲海神。《莊子》曰"北海若"，洪説是也。張衡《西京賦》云"海若遊于元渚"。晋人則稱水若。顏延之《三月侍從曲阿後湖詩》"山祇蹕嶠路，水若警滄流"是也。

豐隆

《離騷》"吾令豐隆乘雲兮"，王逸注"雲師，一曰雷師"。《九章》"遇豐隆而不將"。《遠游》"召豐隆使先導兮，問太微之所居"。王注"呼語雨師，使清路也"。洪補曰"《九歌·雲中君》注云'雲神豐隆'，五臣曰'雲神屏翳'。按豐隆或曰雲師，或曰雷師，《穆天子傳》云'天子升崑崙，封豐隆之葬'。郭璞注云'豐隆，筮師，御雲得大壯卦，遂爲雷師'……其説不同，據《楚詞》，則以豐隆爲雲師，飛廉爲風伯，屏翳爲雨師耳"。按《文選·思玄賦》"豐隆"舊注"雷公也"，下文"雲師"舊注"雨師也"。李注云"諸家之説豐隆皆曰雲師，此賦別言雷師，明豐隆爲雷也"云云。考古之事凡帶宗教性術語至難確定，故漢人説亦不一致，當從慶善斷語爲是。大體風、雷、雨多相關涉，故其神亦多相亂，此本人爲，非由天降，故異説紛紛也。字或作豐霳，《水經注》作封隆。餘參雷師條。

飛廉

《離騷》"後飛廉使奔屬"，王逸注"飛廉，風伯也"。洪補曰"《吕氏春秋》曰'風師曰飛廉'。應劭曰'飛廉，神禽，能致風氣'。晋灼曰'飛廉，鹿身，頭如雀，有角，而蛇尾豹文'"。按晋灼鹿身蛇尾之説，不知所本。飛廉即風伯。風，卜辭之鳳也，鳳頭有宰形，故似角，蛇尾豹文，不知有所據否。《遠遊》亦云"前飛廉以啟路"，《九辯》亦言"通飛廉之衙衙"，皆一事物也。應劭《風俗通·祀典·飛廉》云"《楚辭》説'後飛廉使奔屬'，飛廉，風伯也。謹按《周禮》以櫑燎祀風師，風師者箕星也。箕主簸揚，能致風氣。《易》巽爲長女也，長者伯，故曰風伯。鼓之以雷霆，潤之以風雨，養成萬物，有功於人，王者祀以報功也。戌之神爲風伯，故以丙戌日祀於西北，火勝金，爲木相也"。按飛廉即風之緩言，風從凡聲。

馬王堆帛畫上層日月圖下二龍之間左右各有衣著神獸騎熊（?）有角似鹿，此當爲飛廉。王逸注"飛廉，風伯也"。《淮南·俶真訓》"若夫真人……騎飛廉而從敦圉"，高誘注"飛廉，獸名，長毛，有翼"。《史記·封禪書》"公孫卿説仙人可見，于是上令長安作飛廉樓館"。《漢書·武帝紀》元封二年夏四月……"上作長安飛廉館"，師古注引晋灼曰"飛廉，身似鹿頭，有爵有角，而蛇尾，文如豹文"。與畫所繪全合。

望舒

《離騷》"前望舒使先驅兮，後飛廉使奔屬"。王逸注"望舒，月御也"。補曰"《淮南子》曰'月御曰望舒，亦曰纖阿'"。按望舒之義古無釋之者，方以智以爲"言月至望而舒也。古人造詞以意爲之"云云，特望文生訓爾。按望舒、纖阿皆爲常儀、羲和之聲變，參常娥、羲和、女媧諸條，自明其聲變義演之故。

風伯

《遠遊》"風伯爲余先驅兮"，王逸注"飛廉奔馳而在前也。先，一作前"。洪興祖《補注》"《淮南》曰'令雨師灑道，風伯埽塵'"。《九歎·遠遊》"鞭風伯使先驅兮"，王逸注"言乃鞭風伯使之埽塵"。《漢書·司馬相如傳·大人賦》"誅風伯，刑雨師"。張晏曰"風伯，字飛廉"。《韓非·十過》"昔者黃帝令鬼神于泰山之上……風伯進埽，雨師灑道"。《風俗通》曰"雨師，畢星也；風伯，箕星也"。詳飛廉條下。

風后

《九思·逢尤》"懿風后兮受瑞圖"，舊注"風后黃帝師，受天瑞者也"。《史記·五帝紀》"舉風后、力牧"。《集解》引《帝王世紀》云"黃帝夢大風吹天下之塵垢皆去，帝寤而嘆曰'風爲號令，執政者也。垢去土，后在也，天下豈有姓風名后者哉！'於是依占而求之，得風后于海隅，登以爲相"云云。與叔師風后爲黃帝師説稍異，皆古之寓言也。風字或作封，同音之異也。或作封胡，見《古今人表》與《藝文志》，按稱后者，尊之之詞，與風伯、雷師等同，皆古寓言對氣象神化之説也。

雷師

《離騷》"雷師告余以未具"，又《九辯》"屬雷師之闐闐兮"。洪補曰"《春秋合誠圖》云軒轅主雷雨之神。一曰雷師，豐隆也"。朱注"雷師，豐隆也"。按《穆天子傳》云"天子升崑崙，封豐隆之葬"。郭璞云"豐隆，筮師，御雲得大壯卦，遂爲雷師"。張衡《思玄賦》云"豐隆軒其震霆"，"雲師黬以交集"，皆以豐隆爲雷師，然古書多以爲雲師，依屈賦各文定之，則雷師無他名，而豐隆乃雲師，詳豐隆條下。蓋古傳說至不一，以音理定之，則豐隆正形容雷聲，正《詩》所謂"蘊隆爞爞"也。蘊隆正豐隆一聲之轉。依屈文定之，則豐隆乃雲師，恐上天佈雷，則必有雲，故相混耳。總之，古人迷信傳說多是寓言，必欲確定其人其事，則失之于鑿，學者依文義定之可耳。

雨師

《遠遊》"左雨師使徑侍兮"，王逸注"告使屏翳備下虞也"。參風伯條。又屏翳參"萍號起雨"句一條。《周禮·春官·大宗伯》"以櫃燎祀司中、司命、飌師、雨師"。注"雨師，畢也"。孫詒讓曰《舜典》疏引後鄭《書》說同。《風俗通義·祀典》篇云，《周禮》雨師者，畢星也。《詩》云"月離于畢，俾滂沱矣"。《易·師象》"地中有水"，土中之眾者莫若水，眾者，師也。雷震百里，風亦如之。至于泰山，不終朝而徧雨天下，異于雷風，其德散大，故雨獨稱師也。《獨斷》云"雨師神，畢星也，其象在天能興雨"。義並與司農同。

東皇太一

顧亭林《日知録》以爲太一之名不知始于何時。《呂覽》太乙專爲神名，下引《史記》及諸家説，大約在漢景武之間，其爲天神、爲上帝，乃漸肯定，但歷史事跡不能以見于載記之早遲定其起迄時代。況《九歌·東皇太一》已在楚祀典之中矣。考《楚辭·九歌·東皇太一》篇云"穆將愉兮上皇"，王逸注曰"上皇，謂東皇太一也"。宋玉《高唐賦》曰"醮諸神，禮太一"。案上皇即上帝之稱變，言上皇者，以協韻之故，以此知戰國時已以太一爲上帝矣。《文選·西京賦》注引《春秋合誠圖》云"紫宮，大帝室，太一之精也"。又引《春秋·元命苞》"紫之言此也，宮之言中也。言天神圖法，陰陽開閉，皆在此中也"。《太乙人道命法君基總論》"君基太乙爲紫微大帝，群曜之尊，執掌權衡，較量天地"，即沿《合誠圖》之説。《説文》一字訓云"造分天地，化成萬物"，亦以太爲造化主，故有此語。細考先秦故籍，以一字表事物最高概念寖假而爲造化之原，自《易》至《老》、《莊》莫不有此思想，故道立于一之説，可以概括先秦一字觀念之演變。道立于一，則一之又一曰太一，太者更加神聖之謂，故以太一爲造物主，亦即爲以太一爲蒂。惟此説北土漸衰（重人事故），故惟屈子、道家尚存其説。又由太一而言之，一則道家所謂一氣三清者，至漢天文家以天極最爲明大之星爲太一，賈公彥《周禮·大宗伯》正義引《文耀鉤》云"中宮大帝，其精北極星下一明者爲太一之先，含元氣以斗布常，是天皇大帝之號也"。《史記·封禪書》"宜立太一而上親郊之"，《天官書》"中宮，天極星，其一明者，太一常居也"。《正義》曰"泰一，天帝之別名也"。《索隱》引《春秋合誠圖》云"紫微，大帝室，太一之精也"。《周禮》注"昊天上帝又名太一"。《隋志》曰"北極大星，太一座也"。然《九歌》所以名東皇太一者，應讀作"東"、"皇太一"，"皇太一"者言太一爲最尊之神也。故文中得曰上皇，而東字則祀于東郊也。《史記·封禪書》"古者天子以春秋祭太一東南郊"是也。又此亦如宋人最尊太一，祀于東，則曰東太一，于西則曰西太一，于中央則曰中太一，且就《東皇太一》全文而論，陳設禮儀其肅穆爲諸神冠，且文中并無神出場，而遣辭用語亦最莊嚴……

皇公

形名複合詞，義謂天帝也。

《九懷·陶壅》"屯余車兮索友，覯皇公兮問師"。王逸注"遂見天帝，諮祕要也"。按此一詞，漢以前只此一見。皇字本有光大美盛之義，古籍多以爲"天"或"天神"之形容詞，則皇公猶今言天公，叔師釋爲天帝，即此義也。

九靈

猶言九神，避文之複而易字也。

《九懷·思忠》"登九靈兮遊神"，王逸注"想登九天，放精神也"。九靈即九天之諸神，避神言靈者，避句末之遊神之複耳。

羣靈

《九辯》"歷羣靈之豐豐"，王逸注"周過列宿，存六宗也"。按羣靈猶言諸神爾，上文已言"鶩諸神之湛湛"，此避複而改耳。惟此羣靈指六宗言，以上句言"驂白霓之習習"爲六宗之一，故叔師注云"周過列宿，存六宗也。靈，一作神"。則羣靈猶羣神矣。詳六神條下。

九神

九天之神也，古傳説神話中之諸神。

《九歎·遠遊》"徵九神於回極兮，建虹采以招指"。王逸注"謂會北辰之星於天之中也，言己乃召九天之神，使會北極之星，舉虹采以指麾四方也"云云。按叔師以九神爲九天之神，順文義釋之耳。古傳説天有九野、九重，固宜有九神以主之，北極爲帝座，故召使會于北辰也。

炎神

南方之神也。

《遠遊》"聊抑志而自弭，指炎神而直馳兮，吾將往乎南疑"。王逸注"將候祝融與諮謀也。南方丙丁，其帝炎帝，其神祝融。炎神，一作炎帝"。按《吕氏春秋·十二紀》於四方神帝皆分言之。《禮記·月令》同，依兩書則一本作炎帝者，是。孟夏仲夏季夏三紀皆云"其日丙丁，其帝炎帝，其神祝融"。此當爲戰國以來舊傳。然《遠遊》用炎神亦未必即誤，炎指南方而言，故下句言將往南疑也。屈子即依此鑄詞，未必即與《吕覽·月令》同一本也。叔師以祝融説之，正欲調停兩歧以歸一致，正因炎帝不言炎神而通之，則王本必作神無疑。一本作帝者，特習儒書者依《月令》改也。殊不意與叔師本不合。

上皇

上皇一詞，《楚辭》二見，無定詁，大約皆指天帝言。《九歌·東皇太一》"穆將愉兮上皇"，王逸注"穆，敬也。愉，樂也。上皇，謂東皇太一也。言己將修祭祀，必擇吉良之日，齋戒恭敬，以宴樂天神也"。此上皇謂東皇太一也。《九歎·遠逝》"情慨慨而長懷兮，信上皇而質正"。王逸注"上皇，上帝也。言己中情憤懣，慨然長嘆，欲自信理於上帝，使天正其意也"。此上皇指上帝，春秋戰國以來，皇帝二字，爲天神人王最尊之稱，故通言上天一切神曰上皇也。《詩譜序》"詩之興也，諒不於上皇之世"。疏"上皇謂伏羲三皇之最先者"也。則指人王言矣。餘參皇字條下。

句芒

《遠遊》"吾將過乎句芒"，王逸注"就少陽神於東方也。句，一作鉤"。洪補曰"《山海經》'東方句芒，鳥身人面，乘兩龍'。注云'木神也，昔秦穆公有明德，上帝使句芒賜書，壽九十年'。《左傳》曰'木正爲句芒'。《月令》曰'其帝太皞，其神句芒'。注云'此木帝之君，木官之佐，自古以來，著德立功者也'。《太公金匱》曰'東海之神曰句芒'。《墨子》云'鄭繆公晝日處廟，有神人面鳥身，素服，面狀正方，神曰"帝厚汝明德，使錫汝壽十年，使若國昌"。公問神名，曰"予爲句芒也"'"。寅按洪引古說至詳，無庸更補說。《山海經》見《海外東經》，句作鉤者，見《漢書·揚雄傳》。句芒猶言句萌，《禮·月令》"季春之月，生氣方盛，陽氣發洩，句者畢出，萌者盡達，不可以内"（《吕覽·季春紀》同）。按四方神恐皆是四方民俗所崇敬之地方神，特戰國以來以訓詁字書之耳。

蓐收

《遠遊》"遇蓐收乎西皇"，王逸注"西方庚辛，其帝少皓，其神蓐收"。洪補云"《山海經》'西方神蓐收，左耳有蛇，乘兩龍，人面、白色、有毛、虎爪、執鉞，金神也'。《太公金匱》曰'西海之神曰蓐收'。《國語》云'虢公夢在廟，有神人面、白毛、虎爪、執鉞立於西阿。召史嚚占之，對曰，如君之言，則蓐收也'。《左傳》云'金正爲蓐收'"。按蓐收本古傳說中西方之神，五行家分五方帝神之一，亦四時神之一，詳《禮·月令》及《吕氏春秋·月令·孟秋》"其帝少皞，其神蓐收"，注"蓐收，少皞氏之子，曰該，爲金官"。《正義》曰"按《左傳》昭二十九年蔡墨之少昊氏之子該……該爲蓐收，是爲金神，佐少皞于秋。蓐收者，言秋時萬物摧辱而收斂也"。按蓐收之義，其實不可詳知，《月令》所傳古四方神名，皆不可解，大略爲古四方民族所崇敬之神，蔣收恐西土之語耳，必鑿求之，恐未必當。

神嬬

北方神名也。

《九思·傷時》"乃回朅兮北逝，遇神嬬兮宴娭"。舊注"嬬，北方之神名也，言遇神宴而待之。嬬，一作孀"。"《釋文》作孀，音攜"。按神嬬一詞不可考，舊注以爲北方神，特就上文北逝一詞立言，于義可通，姑從之。《説文·女部》"孀，愚戇多態也。從女舊聲"。大徐"式垂反"。古書無用之者，叔師撰文，必有所本，今不可知矣。

厲神

能占之神，當即靈氛、巫咸之流，然曰厲，則與占不甚相屬，疑爲靈之聲誤。

《九章·惜誦》"吾使厲神占之兮"，王逸注曰"厲神，蓋殤鬼也。《左傳》曰'晉侯夢大厲，搏膺而踊也'"。洪補曰"《禮記》'王立七祀有泰厲，諸侯有公厲，大夫有族厲'。注云'厲主殺罰'"。按此當總王、洪兩説而釋之，於義爲周。文云"使厲神占之"，則不論其殤鬼，爲泰族之厲，與占事皆無涉，厲字恐有誤，就文義論之，夢登天中道而無由，杭行則中道而止，或且中道而返矣。則厲神者在天人之間，或在人世能占之人。屈子之占者有二，一爲靈氛、巫咸之流，一爲鄭詹尹，則厲神豈靈神之聲誤歟？靈之本義爲巫，則靈神猶言巫神，靈保之類矣，姑發于此以待問。

玄冥

《遠遊》"歷玄冥旵邪徑兮"，王逸注"道絕幽都，路窮塞也"。洪補云"《左傳》'水正爲玄冥'"。此詞又見《九歎》"考玄冥於空桑"，王逸注"空桑，山名也。玄冥，太陰之神，主刑殺也"。其義略同。今就《遠遊》爲説，按《遠遊》"歷玄冥"句在《遠遊》"舒并節以馳騖兮"以下一段之中，上句言"從顓頊乎增冰"之後。洪氏綴合《月令》、《吕覽》、《淮南》諸説補注云"北方壬癸，其帝顓頊，其神玄冥"。其説是也。玄冥爲北方之神，故注《遠遊》引左氏水正爲玄冥之説。玄者，黑色也，故顓頊爲黑帝。冥者，謂其爲幽暗之所，故指地言則曰幽州（《釋名》幽州，幽昧之地。《元命苞》幽州，言北方太陰，故以幽爲名）。《左傳》昭二十九年"水正曰元冥"（元玄字通），注云"水陰而幽冥"是也。五行家以黑以水配北方，故曰玄、曰冥，然玄字義實含青黑諸色，其義未爲精審。其主要在一冥字，故或省曰冥，《國語·魯語》"契爲司徒而民輯，冥勤其官而水死"，是其徵也。故玄冥一名爲五行家安排古四方神之結果。然自語言之角度論之，則雙脣音而又屬于真文一類之字，其語根多含有幽暗冥昧之義。則以幽暗之音狀北方之神，固當爲初民社會意識之常態，此亦如以東陽之類之字狀南方之神者然，亦初民社會意識于語根語族之所反映也。故其字又或作冪，何以言之？按《魯語》云"舜勤民事而野死，鯀鄣洪水而殛死，禹能以德修鯀之功，契爲司徒而民輯，冥勤其官而水死，湯以寬治民而除其邪，稷勤百穀而山死，文王以文昭，武王去民之穢……"以冥與舜、禹、契、稷、文、武并列。《鄭語》則云"夫黎爲高辛氏火正，以淳燿敦大，天明地德，光照四海，故命之曰祝融。其功大矣。夫成天地之大功者，其子孫未常不章虞、夏、商、周是也。虞幕能聽協風，以成樂物生者也，夏禹能單平水土，以品處庶類者也。商契能和合五教，以保于百姓者也，周棄能播殖百穀蔬，以衣食民人者也"……云云，亦舉幕與禹、契、稷等并列，其爲一事之傳説，分在魯鄭間者。虞幕即當《魯語》之冥矣。虞者，舜封號也。幕之與冥同聲也（古幕字與冪同。冪者大巾以覆物者也。《公食大夫禮》簠有蓋冪，蓋從冖，又從幕，此如後世之有帽。帽即冒冂之繁文後起增字也。故冪實即冖之增益字，且《士喪禮》"幎目用緇"，注云"幎目，覆面也"。則幎又冖之增益字矣。《周禮》有幎人，而《天官冢宰》復有幂人，則冥冪又得相通。故《魯語》作冥，而《鄭語》乃以聲同義近之幕爲之）。

羽人

《遠遊》"仍羽人於丹丘兮"，王逸注"因就衆仙於明光也。丹丘，晝夜常明也"。《山海經》言有羽人之國，不死之民，或曰人得道，身生羽毛也"（按《文選·遊天台山賦》注引《楚辭》王逸注民作鄉）。洪補云"羽人，飛仙也。《爾雅》曰'距齊州以南，戴日爲丹穴'"。朱熹《集注》"羽人，飛仙也"。按羽人，叔師用兩解，以爲羽之國乃方域專名，一爲得道則身生羽毛，皆設想之辭。洪補以飛仙釋之，則羽字爲形容詞，言人之得道者能飛行自如，如鳥之有羽翼也。按《漢書·郊祀志》言方士欒大"五利將軍亦衣羽衣，立白茅，上受印以視不臣也"。五利將軍即欒大，師古注曰"羽衣以鳥羽爲衣，取其神仙飛翔之意也"。此必戰國末年方士舊傳之式，如儒者之有儒服，宋鈃、尹文之有華山冠也。至漢而猶存，非必欒大創爲之也，後世稱道士爲羽士、羽客，皆由此起。又按《吕氏春秋》"禹南至九陽之山，羽人裸民之處，不死之鄉"。高誘注曰"南方積陽，陽數極於九，故曰九陽之山也。羽人，鳥喙，背上有羽翼。裸民，不衣衣裳也。鄉，亦國也"。其説又自別于諸家，唯見于《吕覽》，則羽人説久起于戰國之際矣。《遠遊》有此詞，合于歷史事實。

登仙

《遠遊》"貴真人之休德兮，美往世之登仙（仙一作僊），與化去而不見兮，聲名著而日延"。按先秦以人死必有所依歸，其在貴族或統治階級，則依歸于上帝天庭，是謂登仙。《墨子·明鬼》"若鬼神無有，則文王既死，紂豈能在帝之左右哉"。《逸周書·太子晉》（太子晉自知不壽曰）"吾后三年，上賓于帝所"。《左傳》昭七年"王使郕簡公入衛弔，且追命襄公曰'叔父陟恪，在我先王之左右，以佐事上帝'"。

《詩經》中載此亦極多，後來遂以爲人不死之習語。秦始皇求長生不死，方士乃作爲仙人之説，而有蓬萊方丈之誕説。

《封禪書》自威、宣、燕昭使人入海求蓬萊、方丈、瀛洲此三山者，其傳在勃海中……

《寶晉紀》述魏傳説"三壺者，海中三山也。一曰方壺，二曰蓬壺，三曰瀛壺，山形如壺，故曰壺也"。

三島，隨波潮上下往還，"帝恐流于西極，失群聖之居，乃命禺彊使巨鼇十五舉首而戴之"。（《列子·湯問》）

北極之神名禺彊，靈龜爲之使也（《湯問》引《山海經》）。

屈子乃以浪漫寫其逸世之思想，亦蓋有求長生之意乎？然《遠遊》所謂登仙去，化去而不見，既曰化則化矣。此正求死後有着落，其着落在死而得安。安者，安於聲名日退而已，以下皆形容登仙景象，此後世求仙詩之所由也。

瑞圖

《九思·逢尤》"懿風后兮受瑞圖"，舊注"懿，深也，屈原之喻也。風后，黃帝師，受天瑞者也"。按瑞圖者，祥瑞之圖也。古傳説，世太平，天子孝，則瑞圖出。《漢書·藝文志》有《瑞應圖》，大抵皆古代神話性質之圖籍，如《河圖》、《洛書》、《洪範》九疇之類皆是也。此歷代爲封建王朝服務之文人，依一定之需要而多所編造，歷代皆有此種作品。

靈

《楚辭》靈字四十八見，大要分爲五義。一指神靈，與神字同義，時亦神靈兩字連用，而上天神奇之事附之。二指人王，而楚懷專之。三指人生時或死後之精神作用，或與靈魂連文。四則指飾神扮神或奉事天神之靈巫。五則凡可神異之事，亦以靈爲形頌之詞，茲分述如下。

（一）神靈之義。

《九歌·湘夫人》"九嶷繽兮并迎，靈之來兮如雲"。王逸以爲百神侍送二女衆多如雲是也。此指九嶷之山神言。餘如《雲中君》之"靈皇皇兮既降"指雲神。《河伯》之"靈何爲兮水中"指河伯，《東君》"靈之來兮蔽日"指東君，《天問》"曜靈安藏"指日，《九辯》"歷群靈之豐豐"指六宗之神，王逸説《山鬼》之"東風飄兮神靈雨"指雨而用神靈，《遠遊》"使湘靈鼓瑟兮"，湘靈者湘江之水神也。《九懷·思忠》之"登九靈兮遊神"指九天之神（王注）。因之天門曰靈瑣，《離騷》"欲少留此靈瑣兮"；天澤曰靈澤，《九思·憫上》"思靈澤兮一膏沐"；而玄帝亦稱靈玄，《九歎·遠遊》"囚靈玄于虞淵"；神衣謂之靈衣，《九歌·大司命》"靈衣兮被被"；八方之神曰八靈（見《九歎·遠遊》），夏曰昭靈，（見《九思·傷時》）皆各詳。

（二）指人王而言，稱楚懷王則曰靈修。

《離騷》言"夫唯靈修之故也"，"傷靈修之數化"，"怨靈修之浩蕩兮"，王逸注云"靈，神也。修，遠也。能神明遠見者君德也，故以諭君"。按《楚辭》全書用靈修皆以指楚君即懷王也。此當爲楚民習特有熟語，叔師以靈神明遠見釋之義或然也（按《九歌·山鬼》"留靈修兮憺忘歸"用詞相同。《山鬼》靈修所指即後文之君、公子等，及上文之子，皆尊而敬之之詞，王逸以指楚懷者矣）。靈修一詞，漢人沿用皆以指懷王（《九歎》所謂"辭靈修而隕志兮"、"冀靈修之壹悟"），而《九歎》又或造爲靈懷一詞，《離世》云"靈懷其不吾知兮"等五句皆用靈懷一詞，王逸注皆言指懷王是也。《哀時命》或變言靈皇，"靈皇其不寤知兮"是也。《九思·逢尤》"念靈閨兮隩重深，願竭節兮隔無由"。《舊注》"靈謂懷王。閨，閤也"。則單言靈亦指懷王，此漢人修辭上之一種發展。

（三）指人生時或死後之精神作用，或與魂連文。

《九章·抽思》"愁歎苦神，靈遥思兮"。王逸注"靈遥思者，神遠思也"。《思美人》"高辛之靈盛兮，遭玄鳥而致詒"；《九懷·昭世》之"悲余后兮失靈"，皆以指人生死之時之精神作用，又多與魂字連文，爲靈魂。如《九章》之"羌靈魂之欲歸兮"、"何靈魂之信直兮"，皆是。別詳魂魄條下。

（四）指巫女言。

屈宋賦有一特別稱名，指巫爲靈是也。此與《山海經》之稱巫爲靈者蓋相同，如靈氛之即巫氛（靈氛見《離騷》）。此有名之巫也。無名之巫亦稱靈。《九歌·雲中君》"靈連蜷兮既留"，王逸注"靈，巫也。楚人名巫爲靈子。言巫執事肅敬，奉迎導引，顏貌矜莊，形體連蜷"。又《東皇太一》"靈偃蹇兮姣服"，王注亦云"靈，謂巫也"。巫又或稱靈保，《東君》"思靈保兮賢姱"。叔師原釋靈爲巫，從故習也。其實靈保連文，猶言靈子也，別詳靈保下。《廣雅》"靈子、醫、覡、覡，巫也"。王氏疏證謂"《楚語》云民之精爽不攜貳者，而又能齊肅衷正，其知能上下比義，其聖能光遠宣朗，其明能光照之，其聰能聽徹之。如是則明神降之。在男曰覡，在女曰巫"。《説文》"靈巫，以玉事神。從玉靁聲"。或從巫作靈。《易林·小畜之漸》云"學靈三年，聖且神明。光見善祥，吉喜福慶"。古者卜筮之事亦使巫掌之，故靈筮二字並從巫。《離騷》"命靈氛爲余占之"，靈氛猶巫氛耳。

（五）凡可神異之事物，皆可曰靈。

《七諫》有靈女，《九懷》有靈丘，《九思》有靈龜，此等靈字皆人以爲靈則可神異之事，事物無不可以靈字冠之，其義與神字略相當，詳參神字可也。

考《説文·玉部》"靈巫，以玉事神，從玉霝聲，靈或從巫"。按《春秋》巫臣字子靈，《楚語》云"民之精爽不携貳者，而又能齊肅衷正，其知能上下比義"，又云"……其明能光照之，其聰能聽徹之，如是則明神降之，在男曰覡，在女曰巫"。此蓋春秋以前較原始之傳説，巫在古代本爲通天人之際之代表，其地位至爲崇高。《山海經》所傳雲山十巫之類是也。自社會發展而後，人類智力日增，則巫之地位日降，至戰國時不過爲祭祝之供奉而已，名存實亡，然靈字之神秘性，仍未盡失也，故其義得引申如前四義，餘詳巫字條下。

神

《楚辭》神字三十見，其見於屈宋賦者，《離騷》二見，《九歌》二見，《九章》二見，《遠遊》六見，《卜居》一見，《九辯》一見，《大招》一見，共十五見。其他漢人賦則《惜誓》三見，《七諫》一見，《九懷》三見，《九歎》三見，《九思》三見，共十三見。就其義類論之，約可得四類，一則指一切天神——日月山川之神言之，二則指人生與死之精神與魂魄言之，三則用以爲一切想象中之高級人物事象之形容語，而其用又各有小殊，四則爲申字之誤。兹分別論之如次。

（一）指一切天地日月山川百神言者。

《離騷》"百神翳其備降兮，九疑繽其并迎"。王逸注"言巫咸得己椒糈，則將百神蔽日來下，舜又使九疑之神，紛然來迎"。此所謂百神，猶言衆神。《九歌》"東風飄兮神靈雨"，言東風飄然而起，則神靈應之而雨，此指雨師言也。曰神靈者既神之又靈之，神以章其名，靈以表其德，合兩義爲一詞，義俱足也。《九辯》"乘精氣之搏搏兮，騖諸神之湛湛"，與此同。又《遠遊》"指炎神而直馳兮，吾將往乎南疑"。王逸注"將候祝融，與諮謀也，南方丙丁，其帝炎帝，其神祝融。炎神，一作炎帝"。按炎神一作炎帝，亦天帝之義。帝者，以其質名；神者，以其爲上天之靈而尊敬之也。則天神亦即天帝之義矣。別詳天神條下。《遠遊》又云"後文昌使掌行兮，選署衆神以並轂"。王逸注"召使群靈皆侍從也"。按此衆神與上文之飛廉、風伯、西皇、玄武、文昌皆衆神之類也。下文又言雨師、雷公，則一切天神皆在籠絡之中矣。又《卜居》云"物有所不足，智有所不明，數有所不逮，神有所不通"。王逸以爲日不能夜光。洪興祖《補注》以爲"神龜能見夢於元君，不能避余且之網，智有所困，神有所不及也"。朱熹《集注》"神有所不通，惠迪者未必吉，從逆者未必凶，伯夷餓死首陽，盜跖壽終牖下之類是也"。按王、洪、朱三家説神字義各不同，然洪、朱皆就龜策立言，較叔師之以喻説比之者，自更切。然上已有數字，則龜策之義已俱，此不必更就龜説，此神則通言神明已爾。又《九章·惜誦》"令五帝以枅中兮，戒六神以嚮服"。王逸注"六神，謂六宗之神也"。洪補引《孔叢子》以"時、寒暑、日、月、星、水旱"，或又以爲"星、辰、風伯、雨師、司中、司命"，其説至紛，大抵皆天神之類也，詳六神條下（《九歎·遠遊》亦有訊六魆與六神之説）。又有屬神（《九章·惜誦》）、水神（《九思·疾世》"求水神兮靈女"）及諸言鬼神（《九歎·思古》、《遠遊》諸篇皆有），皆是也。又山川之精曰神光（見《九思·哀歲》，詳神光條下），北方之神曰神孀（見《九思·傷時》，詳神孀條下），九天之神曰九神（見《九歎·遠遊》，詳九神條下）。

綜上而觀，凡諸天神皆得通言曰神。

（二）指人生之精神狀態與心理活動，則死後之魂魄散聚言也。又《遠遊》"神儵忽而不反兮，形枯槁而獨留"。王逸注"魂靈遠逝，游四維也。儵一作倏，反一作返"。此以神對言，神即人之精神與形作用也。又同篇"因氣變而遂曾舉兮，忽神奔而鬼怪"。此言氣變而高舉其精神，如"電奔而鬼騰"（《淮南子》語），狀其神速之意。又《遠遊》"質銷鑠以汋約兮，神要眇以淫放"。此以質與神對言，則神指精神作用，王逸于"神儵忽"與此句皆以"魂魄"釋神字，亦指精神心理言也。參魂魄條自明。《遠遊》又云"道可受兮不可傳，其小無内兮，其大無垠。無滑而魂兮，彼將自然。壹氣孔神兮，於中夜存"。朱熹云"道妙如此，能無滑亂其魂，則身心自然。而氣之甚神者，當中夜虛靜之時，自存于己，而不相離矣"云云，此言魂靜則氣神，漢賦諸家同此義者，如《七諫·哀命》"哀形體之離解兮，神罔兩而無舍"。王逸注"自哀身體陸離，遠行解倦，精神罔兩，無所依據，而舍止也"。《九懷·昭世》"握精神兮雍容"（今本多作神精，從一本），王逸注"握持神明，動容儀也"。又《九歎·離世》"情慌忽以忘歸兮，神浮游以高厲"。王逸注"言己心愁，情志慌忽，思歸故鄉，則精神浮遊，高厲而遠行也"。又《九思·守志》云"遊陶遨兮養神"，舊注"陶遨，心無所繫"。以上諸條皆言人之生時的精神狀態，漢人説與屈宋無大殊。其言人死後之神靈者，首見于《九歌》之《國殤》"身既死兮神以靈，子魂魄兮爲鬼雄"。王逸注"言國殤既死之後，精神强壯，魂魄武毅，長爲百鬼之雄傑也"。神與魂魄之關係如何，叔師注《離騷》、《遠遊》諸文，多以魂魄釋神，此指生之神言，此魂魄乃精神狀態之稱名爾。此言身死而神以靈，其魂魄爲鬼之雄。朱熹于此似有所會，其言曰"魂魄，死者之神靈，蓋魂神而魄靈，魂氣而魄精，魂陽而魄陰，魂動而魄靜，生則魂載其魄，魄檢其魂，死則魂游散而歸於天，魄淪墜而歸於地也"。此雖爲漢宋儒者之常語，是否爲屈宋之本義不可必，而足以説明此一問題，于吾人了解文義，實亦有助。洪興祖引《左傳》昭七年文及《正義》所言，已詳魂魄一條下，可作參證，兹不備舉矣。

（三）用以爲一切想象中之高級人物事象之形容詞。

戰國以來，又有神人一詞，其用諸家，亦各有小别。《楚辭》中惟《九懷·昭世》一見，曰"握精神兮雍容，與神人兮相胥"。王逸注"留待松喬以伴儷也"云云，神人蓋仙人之義，所以通神與人之郵者也。爲一種組合詞，而各保其天神與人之義者也。可爲古代天人之際之思想起一橋梁作用，爲邏輯上之一種演繹法，其實并無其他特殊含義也。

其有能聽愚賢之類者曰神聽，《大招》"三圭重侯，聽類神只"。王逸注"言楚國所包中有公侯伯子男，執玉圭之君，明於知人，聽愚賢之類，別其善惡，昭然若神，能薦達賢人也"。朱熹《集注》"聽類神者，言其聽察精審如神明也"。聖人之德，如神曰神德，《惜誓》"彼聖人之神德兮，遠濁世而自藏"。王逸注"言彼神智之鳥，乃與聖人合德，見非其黨，則遠藏匿跡，言己亦宜效之也"。朱熹《集注》"言麒麟仁智之獸，遠世避害，常藏隱不見，有聖德之君，乃肯來出"。典籍之可神者曰神章，《九懷·株昭》"神章靈篇兮"。龍有神性則曰神龍，《惜誓》"神龍失水而陸居兮"，又"夫黃鵠、神龍猶如此"，洪補引《管子》曰"蛟龍，水蟲之神者也"。《楚辭》所用神字，大體俱是，其義不出三端，就文字之本義言，則天神是也。《說文》"神天神引出萬物者也"。《書·微子》"今殷民乃攘竊神祇之犧牲"。《論語·述而》"禱爾于上下神祇"。皇氏疏云"天曰神，地曰祇"，皆先秦舊說，引申以言人之精神狀態者，古以人之生形體，本于地，而精神作用本于天也。此自爲先秦學說中之要事，因其與《楚辭》關係不甚切，故不更詳矣。

（四）當爲申字之譌束約之也。

"抑志而弭節兮，神高馳之邈邈"。朱注"言雖按節徐行，然神猶高馳，邈邈然而逾遠，不可得而制也"。按屈原自謂神已不可通，即如朱說兩句相反，然文不見轉折，疑非原意，神當作申（古申多譌神。《說文》"申，神也"。《韓子·外儲說》"申之束之"。今本申皆譌神，此申亦譌爲神）。《說文》"申，自申束、從臼，自持也"是申有約束之意。《淮南·原道》"約車申轅"，申與約互文，注"申，束也"。與約義同。《漢書·韋玄成傳》"畏忌是申"，注"申言自約束也"。《文帝紀》"勒兵申教令"，注"申謂約束之"，《元帝紀》"明察申敕之"，注"申，約束之耳"，"申高馳之邈邈"，謂約束高馳之邈邈，即不"高馳邈邈"，與"抑志弭節"、"按轡徐行"意思一貫，以申譌神，古今遂不得其解。

申本即身之別構，身者純象形；申則謂其身有屈申，故遂引申爲屈曲之狀。《論語·述而》"申申如也"，謂舒遲委蛇之儀容。凡舞皆委身屈張，兩端起伏迴旋。甲文、金文作ᶘ、ᶚ皆是也。小篆作申形義已不甚明白，乃又增偏旁作伸以明之。後世從申之字，遂別爲兩系：如曳齗義爲引申，而叓則爲束縛，與天干之比屬爲壬，壬與巫同，巫固以婆娑樂神者矣。

罔象

《遠遊》"覽方外之荒忽兮，沛罔象而自浮"。王逸注"水與天合，物漂流也。罔象，《釋文》作'潤瀁'，上摩朗，下以養切"。洪興祖補曰"《文選》云'鹹泪飆淚，沛以罔象兮'，注云'罔象，即仿像也'。又云'罔象相求'，注云'虛無，罔象然也'"。罔象，朱熹《集注》本作潤瀁，同聲異字也。《文選·洞簫賦》"薄索合沓，罔象相求"。李善"罔象，虛無，罔象然也"。按《莊子·達生》"水有罔象"。《釋文》"罔象，如字"。司馬作無傷，《魯語》下亦云"水之怪曰龍、罔象"。《史記·孔子世家》"水之怪，龍、罔象"。《集解》引韋昭曰"或云罔象食人，一名張腫"。張腫與《莊子》司馬注之無傷當爲形近而誤。則罔象一詞本虛無而又似可形之意，即洪補引《文選》李善注仿像之義，因而木石水精之怪，本亦虛無，而亦仍有可形，故皆得曰罔象（參罔兩條下）。故《遠遊》上句以荒忽狀方外，而此句以罔象狀自浮，罔象亦沛之狀，此《楚辭》特有之三字狀語也。"沛罔象"猶言沛汪洋，流動而自浮也。汪洋亦即罔象之聲轉，詳汪洋下。字又作罔像，《文選·東京賦》"殘夔魖與罔像"是也。聲轉爲罔兩，詳罔兩條下。

罔兩

《七諫·哀命》"哀形體之離解兮，神罔兩而無舍"。王逸注"罔兩，無所據依貌也。罔，一作罔"。洪補曰"郭象曰'罔兩，景外之微陰也'"。按《莊子·齊物論》"罔兩問景曰"注"罔兩，景外之微陰也"。《釋文》罔兩郭云"景外之微陰也"。向云"景之景"。《淮南·道應訓》"罔兩問于景，曰昭昭者神明也"。注"罔，雨水之精物也"。"罔兩，恍惚之物"，《遠遊》"意荒忽而流蕩兮"，叔師注云"情思罔兩，無據依也"。則罔兩即荒忽之象，形體離解，故神荒忽無所據也。引申之，本石之怪，其形荒忽，亦曰罔兩。《國語·魯語》下"木石之怪，夔、罔兩"。夔即鬼字（章炳麟説）。則罔兩即鬼怪之象也。

聲轉爲罔閬。《史記·孔子世家》"丘聞之，木石之怪，夔、罔閬"是也。

言木石水神之怪者，字又作蝄蜽。《國語》韋注"蝄蜽，山精，好敩人聲，而迷惑人也"。罔兩、罔象皆本虛無之象（見《左傳正義》宣公三年）。視所施而立名號，曰木石之怪，曰水神，皆然也。在人則指精神荒忽之象言，非有正字也。

水之怪曰罔象，與水之神曰馮夷，雙聲之變也。蓋同一語根之衍，由此而益衍，則屏翳、方相、無傷皆同族矣。

威靈

《九歌·國殤》"天時墜兮威靈怒"，王逸注"言己戰鬭，適遭天時，命當墮落，雖身死亡，而威神怒健，不畏憚也"。朱熹注曰"言己適值天之怨怒，故衆皆見殺，不得葬也"。按王以威靈指國殤，朱以威靈指天威，依上下文義定之，則王説爲允，此言死，則曰靈，言死而怒氣不散也。

地部第二

恒山

《七諫·自悲》"凌恒山其若陋兮"，王逸注"凌，乘也。恒山，北嶽也。陋，小也"。洪興祖《補注》"恒，胡登切。恒山在中山曲陽縣西北"。按洪説恒山在中山曲陽縣西北，《水經》文也，惟"中山"下脱一"上"字。《漢志》常山郡上曲陽恒山北谷在西北，後漢縣改屬中山，在今曲陽縣西北。舊説五嶽之一。

丹丘

《遠遊》"仍羽人於丹丘兮"，王逸注"因就衆仙於明光也。丹丘，晝夜常明也。《九懷》曰'夕宿乎明光'，明光即丹丘也。《山海經》言有羽人之國，不死之民，或曰人得道身生毛羽也"。洪興祖《補注》"羽人，飛仙也。《爾雅》曰'距齊州以南，戴日爲丹穴'"。朱熹《集注》"仍，因就也。羽人，飛仙也。丹丘，晝夜常明之處也"。按孫綽《遊天台賦》有"仍羽人于丹丘，尋不死之福庭"。漢以後人用之者極少見，今上曲陽有丹丘城，浙江寧海縣南九十里亦有丹丘，皆與此無關，此神仙家寓言，不必實求其地也。

南疑

《遠遊》"吾將往乎南疑"，王逸注"過衡山而觀九疑也"。朱熹《集注》"南疑，九疑也"。按王、朱説是也，九嶷在楚之南，故變言曰南疑也。詳九嶷條下。

飛谷

《九歎·遠遊》"横飛谷以南征"，王逸注"飛谷，日所行道也。言乃旋我車軨，横度飛泉之谷，以南行也"。按司馬相如《大人賦》"横厲飛泉以正東"，《注》"飛泉，谷也，在崑崙山西南"（參飛泉條下）。此文言"横飛谷以南征"，即襲用相如語，此文上言"馳六龍於三危兮"、"結余軨於西山兮"，則自三危西山而横渡飛谷，以至南土，亦自崑崙而南也，全襲相如賦中之義。

太山

《七諫·謬諫》"悲太山之爲隍兮，孰江河之可涸?"王逸注"隍城下池也，《易》曰城復于隍也"。按太山，王、洪皆無説，蓋以太山爲大山，而不爲專名也。按下句言江河之可涸，太山與江河對言，江河非虚設，則太山亦不得虚設，太山當即泰山，古太、泰多通用，"太一"又作"泰一"，"泰平"又作"太平"。《詩·魯頌》"泰山巖巖，魯邦是瞻"。《周書》《堯典》《周禮·職方》文作岱，"東巡狩至于岱宗"是也。

岱土

當作代。

《九懷·危俊》"徑岱土兮魏闕"，王逸注"行出北荒，山高桀也。闕，一作國"。洪興祖《補注》"岱，泰山也。注云北荒，疑岱本代字"。按岱即泰山，在東土，叔師以北荒山高桀釋之，猶漢人言代北矣。洪疑爲代之誤，至允當，依洪説。餘詳代字條下。

崇山

《九歎·遠遊》"旋車逝於崇山兮，奏虞舜於蒼梧"。王逸注"崇山，驩兜所放山也。逝，一作游"。按叔師以驩兜所放山釋崇山，義在實指區域，非有取驩兜之放地也，與下句"奏虞舜於蒼梧"似對而實非對，《御覽》四十九引盛弘之《荊州記》曰"《書》云'放驩兜於崇山'，崇山在澧陽縣南七十五里"。依《尚書》說，共工三苗鯀皆放于東西北三裔，則崇山不得在荊州之間，故《清一統志》以爲交廣之間云云，細繹子政原文，上言"覽朔方"，下言"奏蒼梧"、"濟會稽"、"就五湖"，此似有自北而西、而南、而東之次序，則崇山不得在荊州，疑在交廣之間者，於詞氣爲順適。

桂車

《九思·疾世》"踰隴堆兮渡漠，過桂車兮合黎，赴崑山兮罔騄"。舊注"桂車、合黎，皆西方山之名"。又云"崑山，崑崙也。言渡隴堆，適桂車、合黎，乃至崑崙，取駿馬而絆之"云云，按桂車，山名，古籍無可考。《山海經·大荒西經》"西北海之外，赤水之西……有芒山、有桂山、有榣山"。又云"有女子之國，有桃山、有蚩山、有桂山"。郭注"此山多桂及榣木，因名云耳"。古籍言西北有以桂名者惟此，然不名桂車，其地理亦未能實指，疑從蓋闕。

羽（羽山）

《離騷》"鯀婞直以亡身兮，終然殀乎羽之野"。王逸注"不順堯命，乃殛之羽山，死于中野"。洪補曰"羽山，東裔，在海中。……鯀遷羽山，三年然後死，事見《天問》。《左傳》曰"其神化爲黃能，入于羽淵"。《天問》"永遏在羽山，夫何三年不施"。王逸注"言堯長放鯀于羽山，絶在不毛之地"。朱熹《集注》"羽山，在東海中"。按殛鯀羽山，南北所傳大同小異。《尚書》謂堯"殛鯀于羽山，四罪而天下咸服"。則誅死之也，南楚則繫緤于羽山（永遏及夭乎皆是，詳"永遏"與"夭"字下）。《天問》又有"阻窮西征"之辭，乃爲舜所誅，此南北傳聞異詞歟？抑北土托古改制之言，加以修正者與？不可知，別詳。又《堯典》"殛鯀于羽山"，孔《注》"羽山，東裔，在海中"，與王逸言長放不毛之地説異（《論衡·恢圖篇》亦言唐虞放流，死于不毛，與王同，而與孔異）。《漢書·地理志》東海郡祝其縣，《禹貢》"羽山在南"，鯀所殛山，在今山東剡城縣東北七十里，南接贛榆縣。按《水經》卷六十羽山云，"在東海祝其縣南也"（《漢志》東海郡祝其縣，《禹貢》"羽山在南"。後漢魏縣屬東海同山，在今海州西北）。注云"縣即王莽之猶亭也。《尚書》殛鯀于羽山謂是山也，山西有羽淵，禹父之所化，其神爲黄能，以入淵矣。故《山海經》曰，洪水滔天，鯀竊帝之息壤，以堙水，不待帝命，帝令祝融殺鯀羽郊者也"。文見《海內經》。孔安國《傳》云"羽山，東裔，在海中"云云，按《寰宇記》"羽山在蓬萊縣東十五里，即殛鯀處，有鯀城，在縣南六十里，以近殛鯀地而名"。是舊説羽山有二，清儒説此亦各主其中之一。清儒孫星衍、皮錫瑞、王先謙主剡城羽山；胡渭《禹貢錐指》云徐州之地太近，"非荒服放流之宅"，蓬萊縣東南有羽山，引《寰宇記》云，即殛鯀處。與孔《傳》説合，當從之。蓋此説與古説荒服二百里之義合。

　　按胡説合於《離騷》乃至《天問》之羽山。

玉巒

　　《九思·守志》"陟玉巒兮逍遥"，舊注"玉巒，崑崙山也，山脊曰巒。逍遥，須臾也"。按舊説以之爲崑崙山，未聞其説，《山海經》有玉山，與此似無涉，惟漢魏間人多言玉壘山，《漢書·地理志》"綿虒縣玉疊山，渝水所出"。在今四川理番縣東南，與崑崙相近。巒或即疊一聲之轉，按林佶《全遼備考》云"邊外多山，戴沙土曰嶺，戴石曰拉，亦作磖"。沈濤《交翠軒筆談》亦云"承德紅石梁由熱河至八溝，必經之道，其高倍于青石梁，絕頂尤爲險隘，土人呼爲紅石拉"。拉、磖皆即巒聲之變，則巒蓋東邊外語之入漢語者矣。

石城

《九歎·逢紛》"平明發兮蒼梧，夕投宿兮石城"。王逸注"石城，山名"。按此語在"赴江湘"、"馳玄石"、"步洞庭"、"發蒼梧"之後，行跡南向，則石城山不得爲湖南零陵西柳柳州爲記之石城山。蓋零陵猶在蒼梧北也。考廣東番禺北佛岡縣南之化縣西北五十里有山，四面高聳如城，亦名石城山（以石城名山者極多，大江南北，山東之西，河南、浙江、安徽之西，湖北、湖南、四川皆有之）。又廉江縣亦有石城岡，唐置石城縣。又河源縣唐亦名石城縣，皆在蒼梧之南之可考者。

鍾山

《哀時命》"采鍾山之玉英"，王逸注"鍾山，在崑崙山西北。《淮南》言'鍾山之玉，燒之三日，其色不變'。言己自知不用，願避世遠去，上崑崙山，遊於懸圃，采玉英，咀而嚼之，以延壽也"。洪補"《淮南》云'鍾山之玉，炊以鑪炭，三日三夜，而色澤不變，則至德天地之精也'。許慎云'鍾山北陸無日之地，出美玉'。《援神契》曰'玉英，玉有英華之色'"。朱熹《集注》"英，叶於良反。鍾山，在崑崙山西北，《淮南》言鍾山之玉，燒之三日，其色不變"。按王、洪、朱三家引《淮南》説，見《俶真訓》高誘注"鍾山，昆侖也"。此以大名概小名，王逸言鍾山在昆侖西北，則當指西寧之西北地言，即《禹貢》之"織皮崑崙、析枝"所在之地也，詳"崑崙"條下。鍾山出玉，玉出今于闐，故不能與屈宋所言崑崙相合。詳《水經注·河水》。

丹山

《九思·傷時》"觀浮石兮崔嵬，陟丹山兮炎野"。舊注"復之南方，丹山、炎野皆在南方也"。按丹山與炎野連文，故舊注以南方山釋之，《呂氏春秋·本味篇》"流沙之西，丹山之南"，高誘注"丹山，在南方丹澤之山也"。其可考者如是。今湖北巴東縣西有丹山，與此文詞氣不合。

南嶽

即蒼梧。

《天問》"吳獲迄古，南嶽是止"。按"南嶽是止"二句，王、洪皆以指吳太伯仲雍逃居吳越事，恐非。此四句在"舜服厥弟"之後，"緣鵠飾玉"之前，皆是舜與商人之事，夾叙周事，于叙似不相調，"南嶽是止"當指舜南巡，征三苗後死而葬于蒼梧。蒼梧、九嶷，皆南方方嶽之地也。則南嶽當即蒼梧。餘詳"吳嶽迄古"四句一條。

增城

《天問》"增城九重，其高幾里？"王逸注"《淮南》言崑崙之山九重，其高萬二千里也。二，或作五"。洪補"《淮南》云'崑崙虛中有增城，九重，其高萬一千里百一十四步二尺六寸'。注云'增，重也，有五城、十二樓，見《括地象》。此蓋誕，實未聞也'"。字或作曾城，見《後漢書·張衡傳》注引《淮南》"崑崙山有曾城九重"。又作"層城"，《水經注·河水》"崑崙之山，三級……上曰層城，一名天庭，是爲太帝之居"。張衡《思玄賦》"登閬風之層城兮"，朱熹云"縣圃、增城高廣之度，諸怪妄説，不可信耳"。

崑山

崑崙山之省稱。

《九思·疾世》"赴崑山兮甹騄"，舊注"崑山，崑崙也。言渡隴堆適桂車、合黎乃至崑崙，取駿馬而絆之。崑，一作昆"。按崑崙一作崑山。《爾雅疏》引《崑崙山記》"崑崙山，一名崑丘"。《書·胤征》言"崑岡"，崑山與崑岡、崑丘等耳。按《穆天子傳》"天子自崑山入于宗周"（《水經注·河水》酈引），爲古書最早見之材料（然楊守敬言"《穆傳》'穆天子至崑崙'凡六見，無單稱崑山者，則酈引乃省文耳"）。又《吕氏春秋》亦云"人不愛崑山之玉、河漢之珠，而愛一己之蒼璧小璣"。崑崙西闕出玉，此崑山必指崑崙山無疑，則戰國末期，已言崑山矣。又《水經·河水注》引高誘注《淮南·墜形訓》注"河出崑山"。

崦嵫

古傳説中西方日入之山，又名虞淵，又名落棠。

《離騷》"望崦嵫而勿迫"，王注云"崦嵫，日所入山也"。案《西山經》"鳥鼠同穴之山，西南三百六十里，曰崦嵫之山"。郭注"日没所入山也"。郝懿行《穆天子傳箋疏》云"天子升于弇山"，郭云"弇兹山，日入所也"。《玉篇》引此經作"嶮嵫"。《淮南·天文訓》"日入于虞淵之汜，曙于蒙谷之浦"。《太平御覽》引作"日入崦嵫，經細柳，入虞泉之地，曙于蒙谷之浦"。有注云"崦嵫，落嘗山。細柳，西方之野。蒙谷，蒙汜之水"。（今《覽冥訓》云"日入落棠"，高誘注"落棠，山名，則嘗當爲棠之誤，落棠殆崦嵫之異名也"。）《十道志》"昧谷在秦州西南，亦謂之兑山，亦曰崦嵫"。按崦與嶮聲同，虞淵當即崦之合音。

《淮南》又疊言崦嵫、虞泉，則又一語之分化耳。又有落棠一名，他書不見，疑落亦崦之形譌也。

蔥嶺

《九懷·通路》"朝發兮蔥嶺"，王逸注"旦發西極之高山也"。《洪補》曰"《後漢書》云'西至蔥嶺'，注云'蔥嶺，山名，其山高大生蔥'，故名"。《九懷·思忠》"駕玄螭兮北征，屬吾路兮蔥嶺"。王逸注"欲踰高山，度阻險也。蔥，一作蓯"。蔥嶺一名，兩見《九懷》。蔥，一作蓯，蔥字當作蔥，從艸悤聲，俗寫作蔥，從夕已誤。一作蓯者，俗訛。今又作葱，從匆從心，彌失其真者矣（詳《説文·艸部》）。蔥嶺者，《漢書·西域傳》（西域）"三十六國……西則限以蔥嶺"。又言"捐毒國西上蔥嶺……東至捐毒衍敦谷二百六十里"云云。《水經·河水注》言"蔥嶺之上，西去林循二百餘里"。而引《西河舊事》曰"蔥嶺在敦煌西八千里，其山高大，上生蔥，故曰蔥嶺也"。又《唐西域記》"蔥嶺者，據贍部洲中，南接大雪山，北至熱海千泉，西至活國，東至烏鍛國，東西南山各數千里，崖嶺數百重，幽谷險峻……地多生蔥，故謂蔥嶺"。古言蔥嶺以此數處爲最詳盡，以今地言之，有亞洲之山脊之稱，亦地理上海拔最高之處，在今新疆西南，綿延于疏勒、蒲犁之西，皆其正幹，東入新疆，曰崑崙、曰天山，其間土名，隨地而異，故總名之曰蔥嶺云。

嶓冢

《九章·思美人》"指嶓冢之西隈兮"，王逸注"澤流山野，被流沙也。嶓冢，山名，《尚書》'嶓冢導漾'。隈，一作隅"。洪《補注》"嶓，音波。《禹貢》'導嶓冢至於荊山'。注云'嶓冢，在梁州，指嶓冢之西隈，言日薄於西山也'"。朱熹《集注》"嶓，音波。隈，一作隅。

嶓冢，山名，漢水所出也，見《禹貢》”。《山海經·西山經》“華山之首，曰錢來之山……又西三百二十里，曰嶓冢之山，漢水出焉”。郭注“今在武都氐道縣南”。郝懿行《箋疏》云“案山在今甘肅秦州西南六十里”。按《禹貢》“岷嶓既藝”，又云“導嶓冢至于荊山”。《漢書·地理志》嶓冢山在隴西郡西縣，西漢所出（則今甘肅西和縣東北之山也）。然《禹貢》又言“嶓冢導漾，東流爲漢”。則爲東漢水所出，蓋嶓冢由甘肅西和縣，蜿蜒而東，至陝西鳳縣北，折而南，至略陽縣東，尚名嶓冢，爲東漢水所出，更折而東，遂爲江漢間諸山脈也。至湖北漳縣西南，爲南條諸山，荊山亦其支也，分別詳《水經·漾水注》。

於微閭

《遠遊》“夕始臨乎於微閭”，王逸注“暮至東方之玉山也，《爾雅》曰，東方之美者，有醫無閭之珣、玗、琪焉。《釋文》‘於，於其切，一云微母閭’”。洪興祖《補注》“《周禮》‘東北曰幽州，其山鎮曰醫無閭’。《爾雅疏》云《地理志》遼東郡無慮縣。應劭曰‘慮，音閭’。顏師古曰‘即所謂醫巫閭，是縣因山爲名’”。朱熹《集注》“於，於其反，一作微母閭。於微閭，《周禮》‘東北曰幽州，其山鎮曰醫無閭’”。按戴震云“於微閭山，在今盛京錦州府廣寧縣西十里。《周官·職方氏》東北曰幽州，其山鎮曰醫無閭是也，漢之遼東無慮，語轉字殊，地名類然矣”。按諸家所考地理皆是也，而戴說爲尤明白。然《遠遊》自重曰以下，乃神游天庭之文，故曰“掩浮雲而上征”、“排閶闔”、“問大微”、“集重陽”、“入帝宮”、“造旬始”、“觀清都”至“朝發軔於太儀，夕始臨乎於微閭”，皆天庭所在之處，而結句忽降入錦州之於微閭，恐行文不可能如是，思致亦不能突變，此當是一疑，於微閭古雖有神仙家傳說，但皆始於漢人，不得以解屈子之作。疑此處當有別解，或有誤字，存之俟知者。

赤岸

《七諫·哀命》"哀高丘之赤岸兮，遂没身而不反"。王逸注"言己哀楚有高丘之山，其岸峻嶒，赤而有光，明傷無賢君，將以陁危，故沉身於湘流，而不還也"。按王逸以此赤岸爲普通疏狀語，恐非。枚乘别文《七發》有云"凌赤岸，篲柴桑"。（原作"扶"依汪中説改）李善注"赤岸，蓋地名，曹子建表曰南至赤岸，山謙之《南徐州記》曰'京江，《禹貢》北江，春秋分朔，輒有大濤至，江乘北激赤岸，尤更迅猛'。并以赤岸在廣陵。而此文勢，似在遠方"。郭璞《江賦》"鼓洪濤于赤岸，淪餘波乎柴桑"。正承用《七發》此文。《寰宇記》"赤岸山在六合東三十里，高十二丈，周四里，土色皆赤，因名"。與此文雖爲一人之作，而不必即指一地，本文上言高丘，當即用《離騷》哀高丘無女之高丘，言指楚都，則赤岸當在郢之近地，按江陵上下以赤名者，有黄岡西北之赤鼻，嘉魚東北之赤壁，皆見《水經·江水注》。而武昌亦有赤磯，亦曰赤圻。漢陽之烏林，俗亦曰赤壁。《哀命》此文，雖不能明指其地，古今地名變遷之跡，固不能太遠，則此赤岸，當即指此諸地而言。

萬首

《九懷·陶雍》"過萬首兮嶷嶷"。王逸注"見海中山數萬頭也，海中山石嶷嶷嶽嶽，萬首交跱也。萬首，一作千首。嶷嶷，一作旌旌。一注云萬首，海中山名"。按注有兩説，一以爲指山數萬頭是也。此與上句"越炎火兮萬里"對文，炎火非專名，則萬首亦但以形容所過山頭之多也。然叔師以指海中之山亦誤。此自九疑南行，至于炎火萬里之地，則亦指陸上之山也。至一説山名，古今無可考，且與文理詞氣不調。

羊腸

《大招》"西薄羊腸，東窮海只"。王逸注"羊腸，山名"。洪興祖《補注》"《戰國策注》云'羊腸，趙險塞名，山形屈辟，狀如羊腸，今在太原晉陽之西北'"。按洪引《國策》爲説，朱熹《集注》亦用此説，考《國策》、《史記·魏世家》、《蔡澤傳》、《漢書·地理志》、《淮南子》高誘注引《説苑》等所言羊腸，皆指今山西境内。按上文云"北至幽陵，南交趾只"。下云"東窮海只"。其言四至，北、南、東皆指極遠之地言。則西土不得近指三晉，詞氣至明白，故叔師注只云山名，而不實指，洪乃以高誘《國策注》晉陽之羊腸當之，恐非屈子（或言宋玉）之音。此羊腸，當亦在流沙、黑水、三危之屬。羊腸當指西方諸山之險峻縈曲者而言，一與東言窮海相類，亦如大海之屬，則南北皆指實，而東西則略言之耳。此古人行文之一例，不必拘泥必求其處所也，古今言羊腸實指其地蓋有之，見《銅熨斗齋隨筆》卷三，而此則未必能實指也。

隴堆

《九思·疾世》"踰隴堆兮渡漠，過桂車兮合黎"。舊注"隴堆，山名。漠，沙漠也，一云漠，漢水也"。按隴堆當即"隴坻"，坻、堆雙聲（可能爲形近而誤，古籍無言隴堆者），隴坻即隴山，《漢書·地理志》注"隴坻，謂隴坂，即今之隴山也"。在今陝西縣，山峻高，綿亘于隴縣、静寧、鎮源，至甘肅清水之境，爲漢通西北必經之處，此言西去之路。《九思》雖寄寓屈子，而自有叔師時代因素，漢都長安，則西去以踰隴爲發軔之始也。

蒙山

《天問》"桀伐蒙山，何所得焉？" 王逸注 "蒙山，國名也。言夏桀征伐蒙山之國，而得妹嬉也"。按桀伐蒙山得末喜事，似諸書多異説，洪興祖補引 "《國語》云 '昔夏桀伐有施，有施人以末嬉女焉'。注云 '有施，嬉姓之國。末嬉，其女也'"。《竹書》言 " '桀命扁伐岷山，岷山人女于桀二人，曰琬、曰琰，桀愛二女，無子，刻其名于苕華之玉，苕是琬，華是琰，而棄其元妃于洛，曰末喜，末喜氏以伊尹交，遂以間夏'" 云云。《御覽》百三十五，又八十二，又三百八十一引，《類聚》八十三引，又《北堂書鈔》二十一，《史記·司馬相如傳》集解引，文字略有出入。《國語》、《竹書》與《天問》三説不同，當由地方傳説之異，然蒙、岷當爲一聲之轉，此蒙山當即《禹貢》"蔡蒙既平" 之蒙。《漢書·地理志》"青衣有《禹貢》蒙山"。當在于雅安境地，而古言岷山其地至廣博，自松潘至湔氐道西徼外，乃至今茂縣皆有之，則蒙山得末喜，與岷山得琬琰，皆在西徼之間，當爲一事之分化，南北諸子傳聞之異詞也。

台桑

《天問》"而通之於台桑"。王逸注 "言禹治水，道娶塗山氏之女，而通夫婦之道於台桑之地焉"。朱熹《集注》"焉得彼嵞氏之女，而通夫婦之道於台桑之地乎？" 按台桑不可考，爲嵞山之一地乎？爲嵞山以外之地乎？皆不可知，暫缺。惟古歡遊、樂舞、男女幽會之地，多用桑字，是否有關，不敢必。

蒼梧

《離騷》"朝發軔于蒼梧兮，夕余至乎縣圃"。王逸注 "蒼梧，舜所葬也"。洪興祖《補注》"《山海經》云'蒼梧山舜葬于陽，帝丹朱葬于陰'。《禮記》曰'舜葬于蒼梧之野'。注云'舜征有苗而死，因葬焉'。蒼梧于周南越之地，今爲郡。如淳曰'舜葬九嶷，九嶷在蒼梧馮乘縣，故或曰舜葬蒼梧也'"。按此兩語，在就重華而陳辭後，則蒼梧即舜葬處。與《山海經》所傳合。惟古説蒼梧者，乃指周百粵之地言。蘇秦説楚威王所謂"楚南有蒼梧"者，當指此。漢武設蒼梧郡，亦即此，在今梧州。此蒼梧指地言，與《離騷》、《山經》、《水經》之蒼梧山，當別。餘參"九疑"條。惟舜葬蒼梧之説，《困學紀聞》五及諸家注言之極悉，云"舜葬蒼梧之野"。案之閣本作山，誤。今從何本。薛氏宣季。曰"孟子以爲卒於鳴條"。《吕氏春秋》《安死篇》（《孟冬紀》）。舜葬於紀，蒼梧山在海州界，近莒之紀城，鳴條亭在陳留之平邱。今考《九域志》海州東海縣有蒼梧山（閣按）。海州蒼梧山即《山海經》之郁州。無舜葬於此之説，《集證》"高誘《吕覽・安死篇注》曰'傳曰：舜葬蒼梧九嶷山'。此云於紀市，九嶷山下亦有紀邑。元圻案畢氏沅曰'墨子云：舜葬南己之市。《御覽》五百五十五作南紀，引《尸子》作南己。案《路史注》云：紀即冀，故紀后爲冀后，今河東皮氏東北有冀亭冀子國也。鳴條在安邑西北，其地相近，《記》謂舜葬蒼梧。《皇覽》謂在零陵營浦縣，尤失之。梁伯子云：《困學紀聞》五引薛氏言蒼梧在海州界，近莒之紀城，亦非'"。按諸家所説，皆極博辯，此當爲南北諸説之異，無足怪也。就楚言楚，則當以《離騷》爲斷，而參之以洪氏之説，方爲得之。

首陽

《七諫・沈江》"伯夷餓於首陽"。又《哀時命》"伯夷死于首陽兮"。洪興祖《七諫補注》"馬融云'首陽山在河東蒲坂華山之北，河曲之中'。蘇鶚《演義》云'蒲坂有雷首山，伯夷、叔齊所居，故云首陽山。又隴西地名首陽，東有鳥鼠山，亦謂之首陽'。又杜預云'洛陽之東，首陽山之南，有小山。西瞻宮闕，北望夷齊'。又阮籍詩云'步出上東門，遙望首陽岑。下有採薇士，上有嘉樹林'。據夷齊所居，此山是矣。《論語注》以蒲坂爲是，恐誤。又《後漢注》亦云'首陽山在洛陽東北'"。按洪《補》，首陽凡三處，蒲坂、隴西、洛陽是也。隴西首陽最早見于曹大家注《幽通賦》。洛陽東北有首陽山，又見戴延之《西征記》，且言有夷齊祠，在今偃師縣西北。按《水經·河水四》"河水……又南過蒲坂縣西（錢坫云'在今蒲州府東北五里'），又南涑水注之"。注云"河水南逕雷首山西……《尚書》所謂壺口雷首者也"。"出河北縣雷首山，縣北與蒲坂分山，有夷齊廟"。《御覽》四十引戴延之《西征記》"今河東薄坂南又謂首陽，亦有夷齊祠"。《寰宇記》"祠在河東縣南三十里"。《一統志》"在永濟縣南首陽山"。而引《魏書·宣武帝紀》"正始元年，詔立夷齊廟於首陽山"。闞駰《十三州志》曰首陽山，一名獨頭山，夷齊所隱也，山南有古冢，陵柏蔚然，攢茂邱阜，俗謂之夷齊墓也"。王伯厚考之曾子書，以爲蒲坂舜都者得之，莫徵信于闞《注》。然夷齊歌自稱西山，而蒲坂之山，無西山之目，若以在周之西論之，則作隴西者是。曹大家以爲在隴西者，即隴西郡首陽縣，在今渭源縣西二十里。然夷齊本孤竹君二子，何由不東歸而西去？故自漢以後，皆推本馬融蒲坂建祠定祀之説，有由來也。至戴延之《西征記》以爲在洛陽東北。《水經注》云"或云夷齊餓死在此，在今偃師縣西北二十里"。或言在此，或者未定之辭，故上三説，似皆不可信。大約爲漢以後牽引文飾之言，皆不足據。夷齊乃孤竹君二子，聞西伯善養老，而往歸之。至則謂武王以暴易暴，不食周粟，遂至餓死。其死所必不在周畿數百里之内，自必北反故宇，故《孟子·離婁》上云"伯夷避紂，居北海之濱"即《説文》所謂首陽山在遼西。《莊子·讓王》亦云伯夷、叔齊西至岐陽，見周武王代殷……"今天下闇，周德衰……不若避之，以絜吾行，二子北至于首陽之山，遂餓而死焉"。考《水經·濡水》卷十四云"濡水從塞外來，東南過遼西，令支縣北"。《禹貢錐指》云："即今灤河。闞《注》云'又東南流，逕令支縣故城東'。引《地理志》曰'令支有孤竹城，故孤竹國也'。《史記》曰'孤竹君之二子，伯夷、叔齊讓國於此，餓死于首陽'。漢靈帝時，遼西太守廉翻（《博物志》七《御覽》三百九十九，五百四十九，引作黃翻）夢人謂己曰'余孤竹君之子，伯夷之弟，遼海漂吾棺槨，聞君仁善，願見藏覆'。明日視之，水上有浮棺，吏嗤笑者，皆無病而死，于是改葬之。《晉書·地理志》曰'遼西人見遼水有浮棺，欲破之，語曰"我孤竹君也（《博物志》君下有子字，當據補）。汝破我爲何？"因爲立祠焉，在山上'"云云。漂棺之説，雖可屬之孤竹君之中子。然夷齊讓國已定，不食周粟。而反其故宇，亦字之所當然，且二子諫武王，在武王載文王木主乘伐紂之時，諫既不從，則去周當即在誅紂之時，西土正軍書旁午之時，或由突圍而至隴西蒲坂、洛陽，所傳出戴延之，且其詞疑，則除東歸外，別無他途。且古初死葬，必歸先兆。周初尚一再行之。則二子志在一死，且亦貴冑，安能遠離其氏族團體，別死他方？則《孟子》、《莊子》、《戰國》所傳，較漢以後紛紛之説，足信多矣。又將死作歌，有曰"登彼西山兮，采其薇矣"。西山當即首陽山，亦即孤竹山。按《地理志》云遼西郡令支縣下云有孤竹城。楊守敬《水經·濡水注》曰"守敬按，上言濡水，逕孤竹城西，左合立水，立水逕孤竹城北，西入濡水，則城在濡水東，立水南，二水交會處，下言'肥如縣南十二里，水之會也'。按《地形記》言'肥如有孤竹山'，舊志'銅山，古孤竹山也'，距盧龍城西十二里"。則歌所謂登西山者，正指此山言也。至采薇之薇，即今東北盛產之大豆（餘杭章先生説）。則不僅地域相合，而食事亦得其證矣（餘參"回水"條下）。則漢以後遠方諸説，皆景仰前賢者附益之詞，不足信也。

靈丘

《九懷·蓄英》"玄鳥兮辭歸，飛翔兮靈丘"。王逸注"悲鳴神山，奮羽翼也"。靈丘即神山之別言耳，古凡可神異之事物，皆可曰靈，故丘之可神異者，曰靈丘也，無甚深義與故實，如後世之靈山靈池之屬。

陽之阿

《九歌·少司命》"晞女髮兮陽之阿"。王逸注"晞，乾也，《詩》云'匪陽不晞'。阿，曲隅，日所行也"。洪補云"晞，音希，《淮南》曰'日出湯谷，浴於咸池，拂於扶桑，是謂晨明；登於扶桑，是謂朏明；至於曲阿，是謂旦明'。《遠遊》曰'朝濯髮於湯谷兮，夕晞余身兮九陽'"。按王逸以陽爲陽光，非也，陽光之曲，不甚可通。洪引《淮南》說爲陽谷，是也。變谷爲阿，以就韻耳，阿本谷之隅曲，故得相變，文學創作，本非歷史記載，故易谷爲陽阿，爲創作方法所容許云。

峗山

古傳説有四處，漢人舊從，與禹一生事蹟不調，當即伊水附近之三塗山，後因民族遷移，而有渝州及宣之當塗、會稽等説。

《天問》"焉得彼峗山女，而通之於台桑"。王逸注"言禹治水，道娶塗山氏之女，而通夫婦之道於台桑"。補曰"峗，音塗。《説文》云'會稽山也'。一曰九江當塗也"。則峗爲正字，塗爲同音字，今則人知有當塗，而不知有當峗矣，古籍亦多作塗。《楚辭》原本如何，不可知。《天問》作峗，而王逸注用今字作塗，《釋文》更省作涂，按塗山一名最早見于《書·益稷》曰"娶於塗山，辛壬癸甲，啟呱呱而泣，予弗子"。《史記》同。《説文》作峗，引《虞書》作峗者，今古文之異也。先秦書則多作塗（洪補引《呂氏春秋》"禹娶塗山氏女，不以私害公，自辛至甲四日，復往治水，故江淮之俗，以辛壬癸甲爲嫁娶日也"云云。今本《呂覽》無此文，此文今見《水經·淮水注》，亦作《呂覽》説，蓋洪氏轉引，酈氏誤記，或今本《呂覽》有脱文，皆不可知）。左哀七年"禹合諸侯於塗山"，杜注"塗山在壽春東北"。洪補引蘇鶚《演義》曰"塗山有四，一者會稽，二者渝州，三者濠州，四者《文字音義》云峗山，古國名，夏禹娶之，今宣州當塗縣也"。

按《水經·江水》云"江水……又東北至巴郡，江州縣東，强水、涪水、漢水、白水、宕渠水，五水合南流注之"。酈注云"《水經·江水一》江之北岸，有塗山，南有夏禹廟、塗君祠，廟銘存焉，常璩、庾仲雍並言禹娶于此。余按群書咸言禹娶在壽春當塗，不于此也"。按《寰宇紀》"塗山在巴縣東南八里，岷山南岸"。常璩説見《華陽國志》一。庾説當在《江紀》中。然《御覽》五百三十一引《蜀王本紀》"禹於塗山娶妻，生子名啟，於今塗山有禹廟"。則言不自常庾始矣。

又《水經·淮水》"又（淮水）東過當塗縣北，渦水從西北來注之"。酈注云"《呂氏春秋》曰禹娶塗山氏女，不以私害公，自辛至甲四日，復往治水，故江淮之俗，以辛壬癸甲爲嫁娶日也"（禹聚原訛作娶，《初學記》八引《帝王紀》當塗縣有禹聚，則此娶乃聚之誤。王莽改當塗爲山聚，蓋因縣有塗山，又有此聚也，楊守敬説）。按《漢書·地理志》"當塗"顔注引應劭曰"禹所娶塗山氏國也"，《説文》亦言"九江民族，以辛壬癸甲日娶"，《寰宇記》引《太康地志》同。又《越絕書》亦言"（會稽）塗山者，禹所娶妻之山也"。則蜀皖浙之塗山，皆有娶女之説可考，而皆以漢以後説爲多。惟酈引《呂覽》指江淮之俗爲有確證，酈氏亦以當塗爲娶地也（楊守敬云，自酈氏有此辯，後儒多宗之，而尤以王象之説爲明透。其言曰"東坡過濠州，遊塗山詩云'可憐淮海人，尚記弧矢旦'。自注'淮海人，傳禹以六月六日生啟，是日數萬人會于山下'。東坡，蜀人也，使塗山果在重慶，則必不肯舍蜀之塗山，而取濠之塗山也"。與《楚辭》關係不大，故不詳辯）。然此四塗山，確有爲後人混淆之説，不能不辯，此事方以智《通雅》已大致得其要領（其有未盡，或當明之者，姑作按語以發之）。"崏山有四，古會稽並轄淮南，塗山實在壽春，非山陰也。淮水過當塗縣，非今太平之當塗也（按太平之當塗，乃晋咸帝喬立于江南者）。塗山在壽春東北濠州，鍾離縣西九十五里，禹會諸侯（按《左氏》哀七年），周穆（按見《穆傳》）亦會"。智又按"晋常璩巴志，言禹娶塗山，今江州塗山是也。《水經·

江山注》江州縣郡治塗山，有禹王廟及塗后祠。北水有銘曰，張太守于此仙去，有粉水，世謂江州墮林粉也。《水經注》引哀十年禹會諸侯于塗山，杜預曰'塗山在壽春東北'。《史記索隱》又以塗山在今九江。余按《國語》'仲尼曰，禹致群臣于會稽，防風後至，殺之。其骨專車'。劉向、王肅并有此説，則酈君似以塗山在會稽，王伯厚確以爲在壽春，或者禹所至山，別有會稽之名乎？《地理志》'當塗，侯國也，淮水過之，禹娶塗山，即其地'。《吕覽》曰'江淮以辛壬癸甲爲嫁娶日'。此足證也。太平之當塗，乃僑立名耳。杜預所謂塗山在壽春縣東，説者云今濠州是也。《吴越春秋》亦以會稽有塗山（按《越絕書》亦言塗山者，禹所娶妻之山也）。又兼載塗山之歌，應劭云，塗山在永興北，或云蕭山，是已疑矣。蘇鄂《演義》云，塗山有四（按已見前引）……皆有禹跡，蓋傅會耳。章本清謂柳子厚《塗山銘》、蘇子瞻《塗山詩》指在濠州，皆非是，此疑未没耳。王楙引《翠微考異》，以宣之當塗，正禹之娶所，則楙猶無識矣……"。（《通雅》卷十三）

　　按諸家辯説，多依漢人舊説爲之論證，胥未結合禹一生傳説實際立言，恐不足據。渝州之説，去禹一生事跡之中心地帶極遠，固不必論。即宣州當塗會稽諸説，亦當爲夏民南遷後轉移之説。禹治水，未必南及江淮錢塘，即夏一代之輿地，亦未必擁有此等地方。凡古初圖騰所奉始祖，其子孫轉移後，亦隨之而轉移，此固常例。吾人若就禹一生活動地區審之，萬無遠婚江南之可能。故上傳四地，皆未必可信。考塗古皆作涂，亦即余。大約因其爲蟾蜍圖騰定居之所而得名。涂、塗、盦皆其後起分別字，而稱名與字又別。《夏紀索隱》皇甫謐言當塗。《吕覽·音初》引高誘注言塗山在九迴，近當塗也（《漢·地理》引應劭當塗，禹所娶塗山侯女也）。在禹墟塗也，杜預哀七年注"涂山在壽春東北"。又許慎《説文·山部》"盦，會稽山也"。考禹所居在唐墟，不應遠娶江淮，則塗山當在黃河流域求之。按《史記集解》引徐廣曰（武王問周公曰）"其有夏之居，我南望過于三塗，我北瞻望過于有岳"。三塗當即塗山。《水經注》"伊水歷崖口……崖上有塢，伊水逕其下，歷峽北流，即古三塗山也"。《左》昭十七年"晋侯使屠蒯如周請有事于雒，與三塗"。昭四年"（晋司馬侯曰）四嶽三塗……九州之險也"。又《水經》"禪渚水，上承陸渾縣東禪渚……"即《山海經》所謂南望禪渚，禹父之所化，《漢書·武帝紀》"元封元年……詔曰'朕用事華山，至于中嶽……見夏后啟母石"。師古曰"啟夏禹子，其母塗山氏女也，禹治水，通轘轅山，化爲熊。謂塗山氏曰"欲餉，聞鼓乃來"。禹跳石，誤中鼓，塗山氏女往，見禹方作熊，漸而去，至嵩高山下，化爲石，方生啟。禹曰"歸我子"。石破北方，而啟生。塗山故事，皆未出此區域，則塗山即三塗，而非當塗甚明……至會稽等地，則圖騰遷徙之説也。帝位傳子，起于夏啟之交，此乃政權集中，而社會已變爲父系，塗山氏之圖騰，既地域化而爲塗山神，余既係夏啟母之圖騰，夏族受塗山神之崇拜，毫無足異。且禹以塗山壻之資格，會諸侯于塗山，塗山威靈，並未隨夏以俱衰，此晋伐陸渾，尚假名有事于三塗也（昭十七年）（湯放桀于南巢，夏人大量隨之南遷，當塗會稽有塗山，即圖騰隨氏族遷徙之跡也）。

按清儒焦循以"塗山在今懷遠縣與鯀所囚之羽近，皆東部小國云云，説最奇創。其禹娶塗山，塗山在今懷遠縣，舜殛鯀於羽山，羽山在今海州，皆淮水旁之國，東西相去數百里耳，蓋鯀得罪，安置羽山，仍不失一小國之君，與塗山聯爲婚姻。當正在此時，娶於塗山。蓋禹是時居羽山，自塗親迎至羽，時鯀之存亡未可知，三過其門，則禹之經營於淮泗者，可謂勞矣"（焦循《易餘籥録》卷三）。此説純出想像，以儒家娶必告之倫理學説爲基礎者也，不可從。以其説最奇故録之。且以塗爲一小國，與禹族聯婚，説亦穎鋭。

高丘

高丘借喻楚京，"高丘無女"言懷王左右無賢人也。

《離騷》"忽反顧以流涕兮，哀高丘之無女"。王逸注"楚有高丘之山，或云高丘閬風山上也，舊説高丘楚地名也"。按《九歎·逢紛》云

"懷蘭蕙與衡芷兮，行中壄而散之，聲哀哀而懷高丘兮，心愁愁而思舊邦"。王逸注"言己放斥山野，發聲而唫，其音哀哀，心愁思者，念高丘之山，想歸故國也"。又《惜賢》"望高丘而歎涕兮，悲吸吸而長懷"。王逸注"言己遙望楚國，而不得歸，心爲悲嘆，涕出長思也"。又《思古》"還顧高丘，泣如灑兮"。王注"顧視楚國，悲感泣下"云云，亦以高丘爲楚山。則叔師之説，蓋本之劉向此篇之義矣。然楚有無高丘，今已不足徵，或以爲即高唐，其地在雲夢之西，楚人傳説中之神山。然此文依上下文義定之，則高丘指崑崙、玄圃，此處不得忽指鄉邦言。且高丘無女，本寓言，若實指楚地，一則文義癡拙，一則明揚時忌，亦非《離騷》全文之旨，至《九歎》之文，王逸之注確言楚地者，則漢師之衍論，不能確指爲屈子之説也。按古代大酋（氏自氏族長部族長至帝王）所在，必依高山，三代宅京，歷歷可數。帝都曰京（《説文》"京，人所爲絶高丘也"）。帝位曰林蒸，舜納于大麓，皆是其證。顓頊之虛稱帝丘，商丘，齊都營丘，又有郪丘（《左》文十六年）。衛文公居楚丘（《左》僖二年），晋有潛丘、營丘（成十六年），陳有苑丘，《詩·陳風》魏有刑丘（此從《國策》、《史記》作邢），魯有葵丘（《左》僖九年）、乘丘（莊十年）、瑕丘（見《水經注》），宋有雍丘（哀九年），古以丘、邱名者至多，多高地曾爲京國，或一時重地，則以高丘暗示京國壯觀之地，既能達作者微婉之情，又切比于崑崙閬風之景，此文學修辭上所常有之事。在學者之善解也。由此觀之，則所謂"高丘無女"者，依文章脈絡言，則以之總結上文，以創作情感言，則寓喻鄉國之無賢，而得其義矣。

騷以西方爲神遊之極（詳西字），帝閽即以喻楚之朝廷，西極之無女，言聖京之無賢，故下文乃欲借才四極（宓妃，有娀二姚），而亦不可得。

椒丘

《離騷》"馳椒丘且焉止息"。王逸注"土高四墮曰椒丘，言己欲……觀聽懷王，遂馳高丘而止息"。五臣云"椒丘，丘上有椒也"。洪補曰"《司馬相如賦》云'椒丘之闕'，服虔云'丘名'。如淳云'丘多椒也'"。按椒山巔也，此以椒丘、蘭皋對言，則宜從如淳、五臣之説是也。餘詳椒字下。

空桑

（一）《大招》"謳和揚阿，趙簫倡只。魂乎歸徠，定空桑只"。王逸注"空桑，瑟名也。《周官》云'古者絃空桑而爲瑟'，言魂急徠歸，定意楚國，聽瑟之樂也。或曰空桑，楚地名"。按叔師録或説，意有疑似也。然當以第一説爲是。自代、秦、鄭、衛以下至此八句，皆言樂舞之事，其爲楚樂舞無疑。不得徒言"定楚"地。'魂乎歸徠，定空桑只'，爲此八語之結束語，《大招》章法如此，不可亂也。空桑之説，見《呂氏春秋·古樂篇》"顓頊生自若水，實處空桑。乃登爲帝，惟大之合。正風乃行，其音若熙熙凄凄鏘鏘，帝顓頊好其音，乃令飛龍氏作效八風之音，命之曰承雲，以祭上帝"。此謂顓頊起于空桑，因其風土，以定國樂。是爲承雲。此故事在戰國所傳必至廣泛。此特借顓頊起空桑之故實，以諷楚王歸徠定國樂，亦即正彼國是也。叔師以爲瑟名者甚是，不當有別説。

（二）《九歌·大司命》'君迴翔兮以下，踰空桑兮從女"。王逸注"空桑，山名，司命所經"。補曰"《山海經》云'東曰空桑之山'，注云'此山出琴瑟材'，《周禮》'空桑之琴瑟'是也。《淮南》曰'舜之時，共工振滔洪水，以薄空桑'。注云'空桑，地名，在魯也'。依《九歌》文義，自是東方地名。故東方之地名以桑者，尚有搏桑、扶桑。《九歎·遠遊》'就顓頊而陳詞兮，考玄冥於空桑'"。王逸注"空桑，山名也"。按玄冥，北方之神，則空桑之山，不定爲東方神山矣。此爲漢人異説如是耶？抑本爲傳説中難明之事耶？不可知矣。別詳"若木"條下。

然依《大司命》所經歷言，不當在魯，當爲北方山，考《山海經》

之空桑山凡三,《北山經》"又北二百里曰空桑之山"。郭注"上已有此山,疑同名也"。郝氏《箋疏》云《東經》有此山(按即洪氏所引),此經已上無之。檢此篇《北次二經》之首自营涔之山,至於敦題之山,凡十七山,今才得十六山。疑經正脱此一山也。經內空桑有三,上文脱去之空桑,蓋在莘虢間,《吕氏春秋》、《古史考》俱言"尹産空桑"是也。此經空桑,蓋在趙岱間,《歸藏‧啟蒸》言"蚩尤出自羊水,以伐空桑"是也。兖地亦有空桑,見《東山經》,又《九歎‧遠遊》"遡高風以低佪兮,覽周流于朔方。就顓頊而敶詞兮,考玄冥于空桑"。王逸注"空桑,山名也。玄冥,太陰之神,主刑殺也",言至"考問玄冥之神于空桑之山,何故害賢也"。《吕氏春秋‧古樂篇》"顓頊生自若水,實處空桑。乃登爲帝,惟天之合,正風乃行,其音若熙熙淒淒鏘鏘,帝顓頊好其音,乃令飛龍氏作效八風之音,命之曰承雲,以祭上帝"。《大司命》之詞,即指司命主禄于此山也,則漢人皆以空桑在北也。

《楚辭》用空桑僅此二見,而瑟名空桑,似亦由空桑地名産琴瑟之材,引申而得。古樂舞亦多與桑字有關,如桑林之舞,桑間濮上,《採桑》之曲等,不一而足,其中如何交叉而得斯義,亦考古者所不易明之事。按《周禮‧春官‧大司樂》"空桑之琴瑟"。鄭注"山名"。《山海經‧東山經》"空桑之山",郭注"此山出琴瑟材,見《周禮》也"。《述異記》"空桑生大野山中,爲琴瑟之最者空桑也"。山以産此桑爲名。吳任臣《山海經廣注‧北山經》"空桑之山,下云兖地,亦有空桑,其地極廣,高陽氏所嘗居"。皇甫謐所謂廣桑之野,古有空桑氏,又《春秋演孔圖》及干寶《晉記》"孔子生于空桑,皆魯之空桑"。《太平御覽》七十七行《帝皇世紀》作窮桑,《太平寰宇記》以爲窮桑在魯國之北,則爲魯無疑。又《山海經‧北山經》亦有空桑,與此有別。

蒙汜

《天問》"次于蒙汜"。按王逸、洪興祖兩家注言之詳矣(參出自湯谷一條）。按蒙汜即《書·堯典》之昧谷（今文誤作柳谷），蒙昧雙聲字，《爾雅》作大蒙，則基本字音當爲蒙昧。太也，谷也，皆配義詞也。《洪補》引之最詳，此故不贅。《十道記》亦云"昧谷在秦州西南，亦謂之兑山，亦曰崦嵫"，惟北系諸家言蒙山昧谷，而南楚則言蒙汜，一以山爲説，一以水爲説（汜，水涯也，音似）。蓋齊、魯、三晋，西望皆群山峻嶺，而南楚西望，則雲夢、洞庭煙靄渺渺，説本一源，而各以方俗地理環境融之也。

字又作"栁谷"，見《史記集解》引徐廣説，《尚書大傳》作"柳穀"，則形音皆異，《吳志·虞翻傳注》"昧，古文大篆作'㫶'"。是古文作㫶，世傳誤從卯，而音亦異矣。

郁夷

考章先生壬申七月與黄季剛書論《堯典》郁夷、昧谷有特説，今附于篇。

郁夷今文本作禹鐵，則知讀爲堣夷者，乃衛、賈、許、馬、鄭諸公從今文改讀，以强傅青州之嵎夷耳。柳谷古文原作㫶谷，今文作柳穀。其改爲昧谷者，自康成始，太史説柳谷與今文雖似，然必不能柳爲聚也。蓋湯谷日出之地，其曰郁夷者，以《詩》"周道倭遲"，《漢·地志》引作"周道郁夷"證之，則郁夷正即倭夷，乃與湯谷相應。倭人已見《漢·地理志》，或古今聲音微異，在堯時衹稱郁夷，猶熏鬻、玁狁、匈奴，隨時異音，其實一也。柳谷即《漢晋春秋》、《搜神記》所稱張掖氏池縣大柳谷，有其名不成文者，三者皆實有其地，非懸作虛名以籠罩也。于後讀五帝德，稱顓頊北至幽都，南至交阯，西濟流沙，東至蟠木，正與《堯典》四光相應。蓋當時中國領土如此，所惜孔氏書故不傳，東漢諸古文家又不甚考稽地理耳。

合黎

《九思·疾世》"過桂車兮合黎，赴崑山兮甪騄"。舊注"桂車、合黎皆西方山之名"。《禹貢》"導弱水至于合黎，餘波入于流沙"。按《史記索隱》曰"《水經》曰弱水出張掖删丹縣西北，至酒泉會水縣，入合黎山腹"。張守節《正義》云"合黎水出臨松縣東而北流，逕張掖故城下，又北流至縣北二十三里合弱水，弱水自合黎山折而北流，逕沙磧之西，入居延澤"。餘詳《水經》卷四十。劉逢禄云"合黎河在肅州西南，會弱水，入合黎山"。字又作合離山。《水經》"合離山在酒泉會水縣東北"。趙注"俗云要塗山"。《括地志》卷四云"蘭門山，一名合黎"。

南巢

《遠遊》"至南巢而壹息"。王逸注"觀視朱雀之所居也"。洪興祖《補注》"《山海經》'丹穴之山有鳥焉，五彩而文，曰鳳鳥'。南巢豈南方鳳鳥之所巢乎？成湯放桀於南巢，乃廬江居巢，非此南巢也"。朱熹《集注》"南巢，舊說以爲南方鳳鳥之巢，非湯放桀之居巢也"。按南巢，王無解，洪補引《山海經》說似亦可商，朱熹本之，蓋亦未詳思爾。俞樾《俞樓雜纂》有說，駁洪說極有理，亦較歷世諸家皆圓通。其言曰"《遠遊》'順凱風以從遊兮，至南巢而壹息'。洪氏《補注》曰'《山海經》丹穴之山'云云（詳前），愚按洪氏說南巢之義，迂曲甚矣，不可從也。巢之爲地，其實有可指者二，《漢書·地理志》'廬江郡有居巢縣'。應劭曰'《春秋》楚人圍巢，巢國也'。此郡今安徽廬州府巢縣。又《說文·邑部》'鄛，南陽棘陽鄉'。凡《說文·邑部》之字，古字往往無邑旁，鄛即巢也。此在今河南南陽府新野縣。二者皆實知地之所在，至《尚書》'成湯放桀于南巢'。枚《傳》曰'南巢，地名'。《正義》曰'傳言南巢地名，不知地之所在'。《周書序》有'巢伯來朝'。《傳》

云‘南方遠國’。鄭元云‘巢南方之國，世一見者，桀之所奔，蓋彼國也。以其國在南，故稱南耳，《傳》并以南巢爲地名。不能委知其處，故未明言之’。是南巢乃荒遠之國，從未有知其處者，鄭云世一見，據《大行人》云‘九州之外，謂之蕃國，世一見’。則南巢固在九州之外矣。至三國韋昭注《國語》，乃始以居巢解南巢。在古人未有此説也。屈子云‘至南巢而壹息’。可知六國時，但知南巢爲南方之遠國，故舉以爲言，而洪氏習聞南巢之即居巢，轉疑屈子所言，必非此地，不其慎歟”。俞説極辯。

神光

《九思·哀歲》“神光兮熲熲，鬼火兮熒熒”。舊注“神光，山川之精，能爲光者也”。按舊注以神光爲山川之精，不知所本，神光與下句鬼火對文，則所謂山川之精者，蓋地面夜静有光之物，如燐火之屬，皆屬于地者也。

陽侯

《九章·哀郢》“淩陽侯之氾濫兮，忽翱翔之焉薄”。王逸注“淩，乘也。陽侯，大波之神。濫，一作灠”。洪興祖《補注》“《戰國策》云‘塞漏舟而輕陽侯之波，則舟覆矣’。《淮南》云‘武王伐紂，渡於孟津，陽侯之波，逆流而擊’，注云‘陽侯，陵陽國侯也，其國近水，溺死於水，其神龍爲大波，有所傷害，因謂之陽侯之波也’。應劭曰‘陽侯，古之諸侯，有罪，自投江，其神爲大波’”。又《九歎·遠逝》“逐江湘之順流，赴陽侯之潢洋兮”。王逸注“言己願乘盛波，逐湘江之流，赴陽侯之大波”。按陽侯古傳説中死於水之諸侯，洪補引之詳矣。《漢書·揚雄傳》亦云“陵陽侯之素波兮，豈吾黨之獨見許”。應劭曰“陽侯古之諸侯也，有罪自投江，其神爲大波”。依《淮南》説。則在夏殷之時。

而《淮南注》又以陵陽爲國名，顯係據《哀郢》而誤淩爲陵，附會爲之也。古傳説大抵有此種沾附之遺習，無庸深究矣（淩之誤陵，當始於揚雄）。

又陶潛《群輔録》曰"（伏羲六佐），陽侯爲江海"。宋均曰"主江海事"，陽侯主水，故後世謂陽侯爲水神，是則更在夏殷之前矣。又《坊記》"陽侯猶殺繆侯而竊其夫人"。注曰"或同姓也"。其國未聞。《釋文》繆音穆。《淮南·氾論辯》"陽侯殺蓼侯，而竊其夫人"。高誘注"陽侯，陽陵國侯也；蓼侯，偃姓國侯也，今在廬江"。《隋書·禮儀志》"楊侯竊女色而傷人"。則陽或作楊矣。

岐山

《九章·悲回風》"馮崑崙以瞰霧兮，隱岐山以清江"。王逸注"岐山，江所出也，《尚書》曰'岷山導江'。言己雖遠遊戲，猶依神山而止，欲清澄邪惡者也"，"岐，一作嶓，一作汶"。洪興祖《補注》"岐、嶓、汶並與岷同。《書》曰'岷山導江'。岷山在蜀郡氐道縣，大江所出。《史記》作汶山。《列子音義》引《楚辭》隱汶山之清江"。按王、洪引《尚書》見《禹貢》，以爲江水之所自出，《水經》亦云"岷山在蜀郡氐道縣（楊守敬說'蜀郡氐道'作湔氐道又無縣字），大江所出"。岐字，《荀子》説同。《史記》引《禹貢》"岷嶓"、"岷山之陽"、"岷山導江"皆作汶，蓋今古文之別也。《尚書》作岷，《漢志》作嶓，《説文》作嶓，《列子音義》又作汶，皆一音之變也。惟《水經注》言"江水又逕汶江，道（今茂州北三里）汶出徼外嶓山西玉輪坂下而南行，又東逕其縣，而東注於大江"。則酈氏以岷汶爲二江，楊守敬謂"蓋因《漢志》岷汶分用，故依《志》釋之也，非也。其所指之水，南即今出松番廳西邊外東南入江之黑水河"。《書鈔》百五十七《初學記》六引任豫《益州記》"汶江水源出玉輪阪下"。爲酈氏所本。《悲回風》"隱岐山以清江"兩言，自崑崙下瞰也。因下言清江，則岷山爲漢以前《禹貢》以來所傳之江源，自無疑義，惟細繹兩語詞氣，以清江以字，恐當爲之字之誤。隱岐山云云者，隱即上句瞰霧文字生出，霧中下瞰，只隱然如見，所見并非岷山，乃岷山下所出之江水，岷山實不足以興詩人感喟之情。而岷下之清江，則東逝即爲楚之坤輿，故下文得承以涌湍波聲諸詞也。以字疑因上句“以瞰霧”而僞。且本篇自“穆眇眇”句以下，句中介字，十九皆用“之”，其用“以”字者，下必承以動字，如“依風穴以自息兮”、“忽傾寤以嬋媛”、“馮崑崙以瞰霧兮”皆是。此若作以，則詞氣既不可通，文則亦所不容，洪補引《列子音義》引《楚辭》此句，作“隱汶山之清江”可證。餘參“江”字條。

江介

《九章·哀郢》“悲江介之遺風”。王逸注“遠涉大川，民俗異也”。洪興祖《補注》“薛君《韓詩章句》曰‘介，界也’”。朱熹《集注》“介，一作界。介，間也。遺風，謂故家遺俗之善也”。按朱訓介爲間是也。江介謂大江左右之地也。江介之遺風，楚自封丹陽，遷郢以後，世居江夏之間，桓譚所謂“楚之郢都，車轂擊，民摩肩，市路相排突，號爲朝衣新而暮衣弊”（《北堂書鈔》百二十九引）。介又作界，《九歎·離世》“濟湘流而南極，立江界而長吟兮”。王逸言“己還入大江之界”云云非也，此已在湘流之南極，何由而更言大江之界？叔師知其不可通。故以還入大江爲言，其實立江界句，正承上湘流南極爲言，更不得有還入之意也。此江即指湘江言，江界與《哀郢》之江介同，亦言湘江左右之地也。

崑崙

“崑崙”一詞，《楚辭》凡八見（若益以《九思》省稱之崑山，則九見），屈賦凡五見，佔大多數，除《九歌·河伯》之“登崑崙兮四望”

爲河源所出。《天問》"崑崙縣圃，其尻安在？"乃知識性之疑問二則而外，皆於文中極寫情愫悽楚無可奈何之時而登之、馮之。如《離騷》之"邅吾道夫崑崙兮"、《涉江》之"登崑崙兮食玉英"、《悲回風》之"馮崑崙以瞰霧兮"皆是。若益以《離騷》"就重華而敶詞"後之"夕余至乎縣圃"及"哀高丘之無女"之閬風，及篇末之西極、流沙、赤水、不周、西海等，環繞崑崙之高峰、大水、靈地、奇境，則屈子之憬憬於崑崙者，何其頻繁而深切也邪？《天問》之問崑崙、縣圃，雖屬知識性之疑問，亦不得不是認其有情感成分。蓋楚之先，顓頊之生、死、嬪娶之地，亦即楚人民族發祥之地也（詳"高陽"一詞下）。故每當萬事瓦裂之際，無可奈何之時，必以崑崙爲依歸。自文學形式言，似爲一種浪漫的表情之一法。而其所含之實義，與屈子思想、心情及其爲宗子、宗臣、史官之大義，固無乎不在也，此吾人所當知者。

惟崑崙實況，屈子蓋亦有所不知，《禹貢》言西極事，亦但言大河、黑水、若水及諸河流之所出，《山經》所傳，或與楚史官之所知略近，然未必爲屈子之所真信。吾人今日言之，固極簡單之問題，而對讀《楚辭》言，則當以古傳説之可徵者，以就《楚辭》中所涉及諸端，而一切疏明之。

至漢人所用三則，一見《惜誓》"休息乎崑崙之墟"，一見《哀時命》"願至崑崙之縣圃兮"，一見《九歎·遠遊》之"登崑崙而北首兮"，則皆擬摹之作，羌無深意，不足爲論矣。

古書所載崑崙之説，實至繁雜，最早見於《禹貢》"織皮崑崙析支"，《逸周書·王會解》"正西昆侖"，皆指西寧之西地言，與屈賦所傳之崑崙異。屈宋所言崑崙，當指大河所出之崑崙言，與《爾雅·釋水》、《史記·大宛傳》之説合。《山海經》、《水經》及《注》言之最詳悉。《山海經·大荒西經》"西海之南，流沙之濱，赤水之後，黑水之前，有大山，名曰昆侖之丘……其下有弱水之淵環之"。又《西山經·西次三經》曰"鍾山西南四百里，有昆侖之丘。是實惟帝之下都，神陸吾司之（即肩吾）……是神也，司天之九部，及帝之囿時……是司帝之百服……河水出焉而南流，東注於無達（山名）。赤水出焉而東南流……

注於醜塗之水，黑水出焉而西流於大杅（山名也）"，《水經·河水》（卷一）云"崑崙墟在西北，去嵩高五萬里，地之中也。其高萬一千里（《山海經》稱方八百里，高萬仞。郭注謂自上二千五百餘里）。河水出其東北陬。屈從其東南，流入於渤海……又南入葱嶺山"。《水經》所云，與《山海經》同，而非《禹貢》、《逸周書》之所謂崑崙（惟《水經》云，'南流入葱嶺'云云，則崑崙似在葱嶺以西，而不知葱嶺之即崑崙。《漢書·西域傳》云"其河有二源，一出葱嶺山，一出于闐。于闐在南山下，其河北流，與葱嶺河合"云云，則《水經》謂河南流入葱嶺者，楊守敬纂疏云"以今日水道證之，葱嶺及岡底斯山，綿亘數千里。則謂葱嶺及于闐南山，並古崑崙，皆不差遠，而作《水經》者，惑於崑崙去嵩高五萬里之說，遂以崑崙置於葱嶺之上，不知葱嶺于闐之西，水皆西流，安得有南入葱嶺之水"云云，辨之即明允）。其所關涉之山水，與屈宋賦皆可合。則《山海經》傳說與楚人最近，無可疑矣。酈氏《水經注》云"三成爲崑崙丘（此用《爾雅·釋丘》文），《崑崙記》（記原作說，據楊守敬說改。）崑崙之山三級，下曰樊桐，一名板桐，二曰玄圃（玄圃亦見《山海經·西山經》作平圃，玄、平形近而誤也。《穆天子傳》作縣圃，玄、縣音同而相假也），一名閬風，上曰增城，一名天庭，是爲太帝之居"。（《淮南·墜形訓》高誘注"太帝，天帝也"。）《崑崙記》所言，當即雜採《山經》、《穆傳》與《楚辭》而成。

依上所考，則屈宋之崑崙，當即此河源之葱嶺矣。以今地準之。則董祐誠《水經注圖說》，可謂精簡，能與《楚辭》所用西北山水諸說皆可密合。且於中土山脈之屬，亦能得簡要。故錄之如次。

"今中國諸山之脈，皆起自西藏阿里部落東北岡底斯山。即梵書之阿耨達山。綿亘東北數千里，至青海之玉樹土司境，爲巴顏喀喇山，河源出焉。河源左右之山，統名枯爾坤，即崑崙之轉音。蓋自岡底斯東，皆崑崙之脊，古所稱崑崙墟，即在乎此。《山海經·西山經》稱崑崙之邱，河水、赤水、洋水、黑水出焉。郭注洋或作清。《海內西經》稱海內崑崙之墟赤水出東南隅，河水出東北隅。黑水出西北隅，《大荒西經》

稱'西海之南，流沙之濱，赤水之後，黑水之前，有大山，名曰崑崙之邱'。《穆天子傳》稱'天子宿於崑崙之阿，赤水之陽'。今金沙江上源三曰那木齊圖、烏蘭木倫珂、喀齊烏蘭木倫河，蒙古謂赤色爲烏蘭，蓋即赤水，怒江上源有地曰喀喇池，東流曰喀喇烏蘇河，蒙古謂黑色爲喀喇，蓋即黑水。其西流，即今青海。亦曰西海，蒙古曰庫可諾爾，庫可者譯言青，蓋即青水。流沙即今戈壁，當安西州南，青海之西，是青海西南北濱戈壁。黄河、金沙江、怒江三源之間。山名崑崙，而迤東山脊，爲崑崙之證。惟經叙四水所出之方隅，前後互異，則傳寫之誤也。《海內東經》稱西胡白玉山，在流沙西，崑崙墟東，今岡底斯山北支，爲蔥嶺，戈壁當其東，《穆天子傳》亦先升崑崙之邱。復西征至西王母之邦。是迤西山脊，皆爲崑崙之證。崑崙本在域中，《爾雅》以西王母與觚竹、北户、日下爲四荒，則亦國名。周衰德不及遠，怪迂之説復興，遂謂去中國有五萬里之遠，又移崑崙於海外，指西王母爲仙人，後儒震於怪物，並《禹貢》之崑崙而疑之。《山海經》乃秦漢人據古圖所爲，更經錯亂。加以附會，故太史公已不敢言，然遺文軼句，猶資考證。酈氏有云'自不登兩龍於雲轍，騁八駿於龜塗，等軒轅之訪百靈。方大禹之集會計，儒墨之説，孰使辨哉！今中外一家，西陲萬里，並入圖籍，先聖平成之迹，絶而復彰。酈氏所稱，適應今日，惜古籍散亡，僅存大略耳"。

字或省作昆侖，《山海經·海內經》"昆侖之墟"。其他則見於《逸周書·王會解》、《説文》、《漢書·地理志》。又或作崑崙。《書·禹貢》、《爾雅·釋水》"河出崑崙墟"。郭璞《山海經注》又《書·胤征》稱崑岡（附辯朱熹注之失）。

徐文靖《管城碩記》曰"此河水所出之崑崙，世以爲地之中，非肅州之崑崙也。《禹貢》'崑崙析支渠搜'《前漢·地理志》'金城臨羌縣，有崑崙山祠，燉煌廣至縣治崑崙障'。《後漢書》'竇固出燉煌，擊崑崙塞'。注曰'崑崙，山名，因以爲塞，在今肅州酒泉縣西南'。蓋河源崑崙爲大崑崙，是爲地中，此爲小崑崙，不得爲地中也"云云，證朱注之誤極允當。此有關屈賦一公案，故著之。

閬風

《離騷》“朝吾將濟於白水兮，登閬風而緤馬”。王注“閬風，山名，在崑崙之上”。洪補“閬，音郎，又音浪。《道書》云‘閬野者，閬風之府也’”。按《玉篇》閬風作浪風。騫公《音》與今本同，作閬。音力宕切，則讀與洪音同。音亦與《玉篇》同。又按日本古鈔卷子本《揚雄傳·反離騷》“望崑崙以摎流”。蘇林曰“《離騷》云‘登涼風而緤馬’（景祐本以下並作閬）。《淮南·墬形訓》‘縣圃、涼風、樊桐，在崑崙閬闔之中’。注‘縣圃、涼風、樊桐，皆崑崙之山名也’”。《離騷》、《淮南》文字與蘇林本相應，或由唐人所改，今字作閬。則漢魏以來舊本，此字不見他用，則南楚獨傳專字也。王逸又曰“閬風清明”。《墬形訓》八風，“東南曰景風”，“西南曰涼風”，注“一曰清明風”者不相涉也。餘參玄圃條下。

九坑

《大司命》“導帝之兮九坑”。王逸注“言己願修飾，急疾齋戒，侍從於君，導迎天帝，出入九州之山，冀得陳己情也。坑，一作阬”。《文苑》作岡，洪興祖《補注》“之，適也。坑，音岡，山脊也”。《周禮·職方》釋九州大山之名，及釋“導帝”等皆允當不易。

浮石

《九思·傷時》“觀浮石兮崔嵬，陟丹山兮炎野”。舊注“東海有浮石之山。崔嵬，山形也”。按此注以爲東海有浮石之山，實大誤。《傷時》此段文字，自“吾欲之兮九夷”以下，起五嶺，觀浮石，陟丹山，屯黃支，就祝融，皆指向南土，或得突又轉言東方。舊注非叔師自爲，亦非延壽所爲，實淺人只讀《論語》，知九夷之在東，而不知《南楚》之有九夷。故以浮石以九夷相應也。《山海經》云"南海有浮石之山"。宋鄧光薦有《遊浮虛山記》，即此也。在廣東中山縣北七十里海中。

五嶺

《九思·傷時》"超五嶺兮嵯峨"。舊注"超，越也。將之九夷，先歷五嶺之山，言艱難也"。按五嶺，舊注無解。按《水經注》"郴縣黃嶺山騎田之嶠，五嶺第二嶺也。桂陽郡山即都龐之嶠，五嶺第三嶺也。營道縣萌渚之嶠，五嶺第四嶺也。越城嶠，五嶺之西嶺。秦置五嶺之戍……始安嶺大庾嶺，五嶺之最東，故曰東嶠"（鄧德明《南康記說》同。裴氏《廣州記》名字小異，內容實同）。叔師五嶺當指此。《漢書·張耳傳》服虔注謂五嶺在交趾、合浦界，與叔師下文所涉地理不合，當用酈氏注語爲允。

五嶽

《九歎·遠逝》"合五嶽與八靈兮，訊九魁與六神"。王逸注"五嶽，五方之山也，王者巡狩，考課政化之處也，東爲泰山，西爲華山，南爲衡山，北爲恒山，中央爲嵩山。八靈，八方之神也"。按《尚書》言四岳。《禮·王制》亦只四岳。《周禮》始言五岳，《爾雅·釋山》云"河南華、河西嶽、河東岱、河北恒、江南衡"。又在篇末曰"泰山爲東嶽，華山爲西嶽，霍山爲南嶽，恒山爲北嶽，嵩高爲中嶽"云云。歷世五嶽說之爭，至繁瑣無謂，大體皆漢人創說爲多。叔師注與《爾雅》後說近，惟霍作衡。邵晉涵《爾雅正義》、郝懿行《義疏》、及金鶚《求古錄禮說》、馬瑞辰《毛詩傳箋通釋》皆各有所說，與《九歎》大義關係極微，故不詳訂矣。此言五嶽之神，非指五嶽之山也，故與八方之靈對言。

傅巖

　　《離騒》"説操築於傅巖兮，武丁用而不疑"。《史記・殷本紀》作傅險中，《集解》引徐廣曰"《尸子》云傅巖在北海之洲"。按此《墨子・尚賢》篇中言，《尸子》襲之者也，《索隱》云"舊本作險，亦作巖也"。《正義》"《括地志》云傅險即傅説版築之處，所隱之處窟名聖人窟，在今陝州河北縣北七里，即虞國虢國之界，又有傅説祠。注《水經》云'沙澗水北虞山東南逕傅巖，歷傅説隱室前，俗名聖人窟'"。又《集解》引孔安國曰"傅氏之巖，在虞虢之界，通道所經，有澗水壞道，常使胥靡刑人築護此道"。朱珔《文選集釋》卷十八云"按傅巖，《史記》作傅險，巖、險音義通'。《書》孔傳'傅氏巖在虞虢之界'。據《漢志》宏農郡陝縣，故虢國，此南虢也。北虢在大陽，又有吳城爲虞封，大陽今解州平陸縣。與陝州接壤。閻氏若璩《四書釋地》云'傅巖在平陸縣東三十五里，俗名聖人窟。説所傭隱止息處，非於此築也。巖東北十餘里，即《左傳》之顚軨坂，有東西絶澗，左右幽空。窮深地壑，中則築以成道，謂之軨橋，説爲人執役此地，至今澗猶呼沙澗水，去傅巖一十五里'。自注似以《騒》辭爲不然。然閻説全本《水經・河水》四篇注，彼以傭隱止息，即繫軨橋下，並不分別，且《史記正義》'巖在陝州河北縣北七里'。河北即平陸。《元和志》亦云七里，而《寰宇記》作二十里，《一統志》作三十里。顚軨坂，《元和志》在縣東北四十五里，《寰宇記》作四十里，洪氏《圖志》作七十里。里數參差不足異。惟《墨子》、《尸子》俱云傅巖在北海之洲，則閻氏以爲大非矣"。

　　按諸家説傅巖，莫衷一是，即以孔傳虞虢之界之言，《漢・地志》"弘農郡陝縣，故虢國（此南虢也）。……北虢在大陽（又有吳城，爲虞封。大陽今解州平陸縣也然與陝州接壤）"。則孔説爲近之而已。

寒山

《大招》"魂乎無北，北有寒山，逴龍䠆只"。王逸注"逴龍，山名也，言北方有常寒之山，陰不見日"云云。以寒山爲常寒之山，則寒乃形容詞也。然又以逴龍爲寒山之名，則非也。北地在寒帶，愈北則寒益甚，故以寒山形之也。詳逴龍條下。地有因天時氣候事象得名者，此猶之寒門、寒泉也。

北山

《九章·抽思》"望北山而流涕兮，臨流水而太息"。王逸注云"瞻仰高景，愁悲泣也"。洪、朱皆無説，按《抽思》爲屈子放逐漢北之作，望北山，不能指爲漢北北望之山。此望當指南望，故一本"北山"作"南山"，蓋已知其義。然北山與流水對文，流水當指漢水，則北山亦當指南望之山，按此兩語，會上下文義觀之，則思郢都之詞，設想之義也。則北山流水，皆當於郢都求之。戴震曰"郢，《説文》云楚故都，在南郡江陵北十里"。杜元凱注《左傳春秋》云"今南郡江陵縣北紀城是也"。江陵今屬湖北荊州府，故江陵城，即府治縣附郭也。《水經·江水篇》云"楚船官地也，《春秋》之渚宮，渚宮在今城内西北隅，城北十里，便得紀山，故以紀南名城"云云，則北山即紀山也。在紀城之北，故得曰北山也。

九嶷

《離騷》"九疑繽其並迎"。又《九歌·湘夫人》"九嶷繽兮並迎"。王逸注并云"九嶷，山名，舜所葬也。嶷一作疑"。《山海經》曰"南方蒼梧之丘、蒼梧之淵，其中有九疑山，舜之所葬，在長沙零陵界中"。

《水經注》曰"九疑山盤基蒼梧之野，峰秀數郡之間，羅巖九舉，各導一谿，岫壑負阻，異嶺同勢，游者疑焉，故曰九疑山。大舜窆其陽，商均葬其陰，山南有舜廟，自廟仰山，極高，直上可百餘里，古老相傳言未有登其峰者……山之東北泠道縣界，又有舜廟，縣南有舜碑"。《困學紀聞》禮記卷云"九嶷山在零陵，而云舜葬蒼梧者，文穎曰'九嶷半在蒼梧，半在零陵'。翁元圻注'案《漢書·武帝紀》元封五年冬，行南巡狩，望祀虞舜於九嶷'。注應劭曰'舜葬蒼梧，九嶷，山名，今在零陵營道'。文穎曰'九嶷山半在蒼梧半在零陵'。師古曰'文説是也'。按全校《水經注·湘水》曰'按胡三省曰，太史公云舜南狩，崩於蒼梧，歸葬於江南九疑。則蒼梧、九疑兩地，合而言之者，誤也'。然《山經》、《水經》、《禮記》諸書，皆以合言之。《離騷》上言'就重華而陳詞'，則就九疑舜葬處而陳詞也。即陳詞既畢，又發軔蒼梧，夕至西極，則屈子亦以蒼梧即九疑也。史公特偶失檢也，全氏反欲牽諸書以就《史記》不無偏見。且蘇秦説楚曰'南有蒼梧'。則屈子亦以蒼梧、九疑爲一也，古同名而異地者多矣。不必强合，亦不必强分"。按九疑山在今寧遠縣南六十里，九峰各負一水，一曰朱明、瀟水源，二曰石城、泡水源，三曰石樓、巢水源，四曰娥皇、池水源，五曰舜源，亦曰華蓋，最高瀑水源，六曰女英、砯水源，七曰簫韶、济水源，八曰桂林、泆水源，九曰杞林、泂水源，大抵山峰，半以舜葬得名。《史記·五帝紀》云舜"崩於蒼梧之野，葬於江南九疑，是謂零陵"。即零陵亦以舜得名也（九疑在今寧遠縣以下，略本《楚寶》卷卅七）。

附唐元結《九疑山記》

九疑山，方二千餘里，四州各近一隅，世稱九峰相似，望而疑之。亦云舜望九峰，疑禹而悲。從臣有九悲之歌，因謂之疑。九峰殊極高大，遠望皆可見也。彼如嵩華之峻峙，衡岱之方廣，在九峰之下，磊磊然如布碁石者，可以數百。中峰之下，水無魚鱉，林無鳥獸，時聞聲如蟬蜩之類，聽之亦無。往往見大谷長川，平田深淵，

杉松百圍，榮枯並之，青莎白沙，洞穴丹崖，寒泉飛流，異竹雜華，
迴映之處，似藏人家。實有九水，出於山中，四水南流，灌於南海。
五水北注，合爲洞庭。若度其高卑，比洞庭、南海之岸直上可二三
百里，不知海內之山如九疑者則幾焉。或曰：若然者，兹山何不列
於五嶽？對曰：五帝之前，封疆南臨，衡山作嶽，已出荒服，今九
疑之南，萬里臣妾，國門東望，不見涯際，西行幾萬里，未盡邊陲，
當令以九疑爲南嶽，以崑崙爲西嶽，衡華之輩，聽逸者占爲山居，
封君表作苑囿耳。但若當世議者，拘限常情，率引古制，不能有所
改創也。如何？故圖畫九峰，略載山谷，傳於好事，以旌異之。如
山中之往跡，峰洞之名稱，爲人所傳説者，並隨方題記，庶幾觀者
易知，時永泰丙午年也（參舜、二女、湘夫人諸條，及書尾所載
《楚疆域及屈子行蹤圖》）。

介山

《九章·惜往日》"封介山而爲之禁兮"，王逸注"言文公遂以介山
之民封子推，使祭祀之，又禁民不得有言燒死，以報其德，優游其靈魂
也"。洪興祖《補注》曰"《史記》'晋初定，賞從亡，未至隱者介子
推。推亦不言禄，禄亦不及。介子推從者乃懸書宫門。文公出，見其書，
曰"此介子推也。吾方憂王室，未圖其功"。使人召之，則亡。遂求其
所在，聞其入縣上山中，於是文公環縣上山中而封之，以爲介推田。號
曰介山，以記吾過，且旌善人'。'封介山而爲之禁者，以爲介推田也'。
逸説非是"。按《史記集解》引賈逵曰"縣上，晋地"，杜預《左》僖
二十四年傳注"西河界休縣南有地名縣上"。

崴嵬

《九章·抽思》"軫石崴嵬，蹇吾願兮"。王逸注"崴嵬，崔巍，高貌也，言雖放棄，執履忠信，志如方石，終不可轉，行度益高，我常願之也。嵬，一作襄"。洪興祖《補注》"《集韻》'崴，音隈、嵬，吾回切。又崴，烏皆切。嵬，音懷。崴嵬，不平也'。一曰山形。崴，舊音委誰切。襄，音淮"。按《説文》無崴字，嵬"高山石崔嵬而不平也"。崴者，《玉篇》"崴襄，猶崔嵬，不平也"。《史記·司馬相如上林賦》"蔵硊崟瘣"。《正義》"硊，魚鬼反。蔵硊皆高峻貌"。又《漢書·司馬相如傳·大人賦》"洞出鬼谷之堀礨，崴魁"。張揖曰"堀礨，崴魁，不平也"。諸崴襄、崴魁並與崴嵬字異而音皆同。又《玉篇·山部》崴下引"軫石崴嵬"。作崴崨，古從鬼從畏之字多相同。則崨即嵬之別體也。聲轉則爲崨瘣，見上引《上林賦》、《玉篇·山部》"崨嶉，高也"。《莊子·庚桑楚》有畏壘山，及諸鍜、鑃、崬嵒等，又皆崨瘣一聲之轉。叔師以崔巍釋之者，崔巍即《詩·周南·卷耳》除"陟彼崔嵬"之崔嵬，又別見《小雅·谷風》、《楚辭·九章》也。《涉江》亦用"冠切雲之崔嵬"，則崔嵬者，先秦南北通語，而崴嵬一詞，先秦北土從無言之者，大約爲南楚之音變也。別參崔嵬條下。

巍巍

《九歎·遠遊》"服覺皓以殊俗兮，貌揭揭以巍巍"。王逸注"揭揭，高貌也。巍巍，大貌也。言己被服衆芳，履行忠正，較然盛明，志願高大，與俗人異也"。巍，《釋文》作魏，音危。按巍巍一詞，先秦典籍用之者極多。《論語·泰伯》、《孟子·盡心》、《吕覽·觀世》、《韓詩外傳》九，皆是。其訓皆作高大解，既高且大，無單作高稱者。漢人始用作高貌，如《漢書·元后傳》"重巍巍也"。師古注"巍巍，高貌"。

《淮南·説山》"泰山之容，巍巍然高"。子政尤存古義，故曰揭揭巍巍，叔師能體向旨，故以大訓之。按《説文》"巍，高也"。重言之則曰巍巍。從嵬，委聲。

峻

《九章·涉江》"山峻高以蔽日兮"，王逸注"言險阻危傾也"。《説文》作陵，繁體或作陵。"陗，高也"。《晋語》"高山峻原"。注"峻，峭也"。引申爲一切高大。《離騷》"冀枝葉之峻茂兮"，注"長也"。

江

《楚辭》江字三十見，單言江者十六則（其中包括江水、江介、清江、江曲、江皋、江濱、江潭八則）。他則言江湘者五條，言江河者四條，言江夏者二則，言江淮者二則，言江南者一則，總其義類而論之，略得四義：

（一）通言無所確指，如《七諫·怨世》之"願自沉於江流兮"，《九歎·思古》"步周流於江畔"。又《七諫·初放》"便娟之修竹兮，寄生乎江潭"（江潭《漁父》亦用之，指湘江言，此則一般言之也）。

（二）指湘水，《漁父》"葬於江魚之腹中"及"游於江潭"兩江字，文中上言"寧赴湘流"，下言"葬於江魚之腹中"，則江指湘江無疑。又劉向《九歎·逢紛》"辭靈修而隕志兮，吟澤畔之江濱"。此用《漁父》"遊於江潭，行吟澤畔"。而隕志云云，即《漁父》之"寧赴湘流"之義。故此江濱，亦言湘江之濱也。又《九歌·湘君》"令沅湘兮無波，使江水兮安流"。王逸言"使江水順徑徐流"。未有指名《洪補》引《水經》及《荊州記》言大江源流，則洪以此指大江，非也。使江水安流，承上"令沅湘兮無波"而言，則使江水安流，即沅湘無波而江水安流也。下文方言"遭道洞庭"、"望涔陽"、"橫大江"而至大江，則此

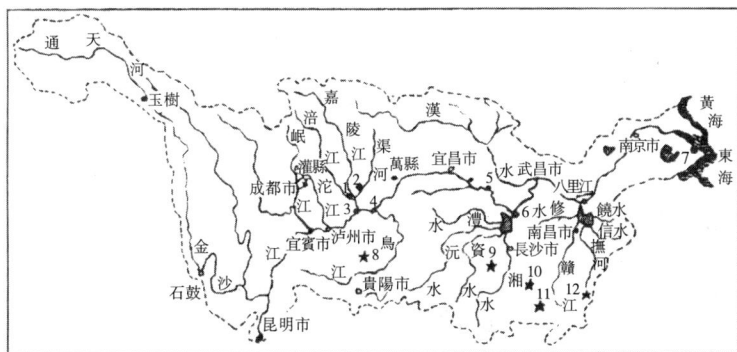

地名：1. 合川市　2. 廣安　3. 重慶市　4. 涪陵　5. 江陵
　　　6. 城陵矶　7. 上海市　8. 遵義　9. 韶山　10. 安源
　　　11. 井崗山　12. 瑞金

（長江流域規劃辦公室水文考古專題之二《從石刻題記看長江
上游的歷史洪水》一文所擬摹繪）

不得遠指大江明矣。故理詞氣而知其指沅湘之江水也。湘水又稱江湘，見於漢人賦中。《九歎·怨思》云"寧浮沅而馳騁兮，下江湘以遭迴"，上言浮沅，下言江湘，則江非大江，指湘水言也。歎曰得云"長辭遠逝，乘湘去兮"也。又《九歎·遠逝》云"橫汨羅而下灟，乘隆波而南渡兮，逐江湘之順流，赴陽侯之潢洋兮……"，此江湘在汨羅、南渡諸詞之下，以次言之，江不得爲大江至明。則江湘猶言湘江也。又《九歎·惜賢》"歎曰，江湘油油，長流汨兮，挑揄揚汰，盪迅疾兮"。此惜屈子之死也。江湘正屈子死所，故曰長流汨也。王逸云"江湘之水，油油長流，將歸於海，自傷放流，獨無所歸也"云云，則江字不涉大江明矣。且以子政賦中習慣用法衡之，亦以指湘江爲一貫。又《九歎·離世》"濟湘流而南極，立江界而長吟兮，愁哀哀而累息"。王逸注"言己還入大江之界，遠望長吟"云云。按王注不審詞氣至誤，此江界句，在湘流句下，上文又明言南極，則湘而南也，不能更立於大江之界甚明。此言至湘水之極南，已非楚之舊壤，故立於湘水之界，而長吟也。則此江亦指湘江言。

（三）指汨羅江，《九歎·離世》云“赴汨羅之長流，遵江曲之逶移兮。觸石碕而衡游”。此江曲句，承上汨羅長流言，則指汨羅之江曲也。

以上三義用江字，皆引申義，視語氣而釋爲河、爲水之通言。皆無不可，如江湘、江曲，即謂之“湘水”、“水曲”、“江流”、“江畔”解爲河流、河畔，亦可也。

（四）指大江言，江本大江之專名。《屈賦》或稱大江，後世以其水近萬里（實五千二百五十三公里），故有長江之名。唐於揚子津渡江，抵京口後，置揚子縣（即今儀徵縣，其故城在今縣東南）。因稱名江都、丹徒間大江爲揚子江，明以後西人之略通中土故事者，遂以揚子江爲大江全稱，實誤。然至今通行不廢，吾人所當知者也。

就《楚辭》論，今可確知爲指大江者，除《九歌·湘君》“橫大江兮揚靈”一條明言大江外，餘皆當就上下文義細繹之，而後能定。茲總記於此。《九歌·湘君》“鼂騁騖兮江皋”、“捐余玦兮江中”，又《湘夫人》“朝馳余馬兮江皋”。又“捐余袂兮江中”，《九章·哀郢》“上洞庭而下江”。又“悲江介之遺風”（詳江介條下），又“江與夏之不可涉”、又“遵江夏以流亡”、《思美人》“遵江夏以娛憂”，《九章·涉江》之“江”及《涉江》一篇中“旦余濟乎江湘”一句，《悲回風》“浮江淮而入海”、“隱岷山以清江”二句，《九歎·逢紛》“赴江湘之湍流兮”（按依子政習用之義，則此江湘，仍當指湘水，然依下文“步馬洞庭”、“朝發蒼梧”等句照之，則江不得單指湘水也）。又《九歎·憂苦》“潛周鼎於江淮兮”，又《惜誓》“觀江河之紆曲兮”，《七諫·謬諫》“執江河之可涸”，《哀時命》“江河廣而無梁”、《九歎·愍命》“江河之畔無隱夫”，此等句中之江字，皆確指大江無疑。江水源出青海巴顏喀拉山之南，山陰即黃河源也（江源古來亦多異説，《荀子》、《水經》、《山海經·海内東經》皆以爲出汶山，汶又作岷。《水經》又作嶓，《漢·地理志》作醦。又段玉裁謂古文《尚書·禹貢》作醦。又作文）。《漢書·武帝紀》及《西南夷傳》謂即今大金川，即嘉定至宜賓之岷江也。《水經》以今大江上流之金沙江爲繩水，以爲繩若（即今之打冲河）合於岷（此事與《楚辭》關係較遠，故不詳辯）。會繩、若、岷、湔、雒、綿、涪、巴、渝、西漢（即今嘉陵江）。涪陵江至今奉節縣而與楚地接壤，奉節爲庸之魚邑，庸即《左傳》文十六年楚莊王伐庸也。魚邑即《水經》之"魚復縣"，有故陵村、故陵溪（後漢興平時因以魚復爲故陵郡）。其北江側有六大墳，《水經注》引庾仲雍説，謂楚都丹陽所葬，蓋楚先人之陵也，故曰故陵云。後改郡曰巴東。江水又東出江關，入南郡界，江水自關東逕捍關，即《楚世家》"肅王四年蜀代楚，取兹方於是楚爲扞關以距之"者也。江水又東逕巫縣故城南縣，故楚之巫郡也。南臨大江，故夔國也。江水又東逕巫峽，歷峽東逕新崩灘，其下十餘里，有大巫山，神孟涂所處，又帝女居焉。宋玉所謂"天帝之季女曰瑤姬"，所謂高唐之姬，有廟號朝雲。又東過秭歸縣之南縣，故歸鄉。《地理志》云"歸子國（宋衷曰歸即夔）即今歸州治。古楚之嫡嗣，有熊摰者，以廢疾立，而居於夔，爲楚附庸。《春秋》僖二十六年，楚以其不祀滅之"。袁山松曰"屈原有賢姊，聞原被逐，亦來歸，喻令自寬，全鄉人冀其見從，因名曰秭歸縣。東北數十里，有屈原舊田宅，雖畦堰糜漫，猶保屈田之稱，縣北一百六十里，有屈原故宅，累石爲屋基，名其地爲樂平里，宅之東北六十里。有女嬃廟，擣衣石猶存，原田宅於今猶存"。《宜都記》語秭歸東南七里，北枕大江，東南七里，即楚熊繹始封之丹陽故城也。《輿地志》秭歸東有丹陽城，周迴八里，《輿地紀勝》"丹陽城在秭歸東三里，今屈沱楚王城是也，北枕大江，周十二里"。﹝又引《元和志》"在秭歸東七里"。（顧棟高依七里説，爲允。）《續漢志》"枝江有丹陽聚"。《史記·楚世家》集解引徐廣曰"（丹陽今）在南郡枝江縣"。《正義》潁容《三傳釋例》云"楚居丹陽，今枝江縣故城是也"。與秭歸説異。﹞《通典》又謂熊繹初都丹陽，在秭歸，後徙枝江，亦曰丹陽《寰宇記》引《郡國志》同），楚之先王陵墓在其間（參高陽條下）。江水又東逕夷陵縣南，即宜都建平二郡界也。歷峽、東逕宜昌縣之插竈，又東逕宜昌縣北，又東逕西陵峽，叠崿秀峰奇構異形，難以辭叙，林木蕭森，離離蔚蔚，乃在霞氣之表，仰瞻俯映，彌習彌佳。江水出峽東南流，逕故城洲北，所謂陸抗城也。北對夷陵故城，城南臨大江，秦令白起伐楚，三戰而燒夷陵者也。《史記·白起傳》"（秦昭王二十八年）攻楚拔鄢鄧五城，其明年攻楚，拔郢、燒夷陵"。《楚世家》"（頃襄王）二十年秦將白起拔我西陵，二十一年拔郢，燒先王墓夷陵"（《六國表》作頃襄王二十年，秦拔鄢西陵，二十一年拔郢燒夷陵）。江水又東歷荊門虎牙之間，楚之西塞也。又東南過夷道縣北（夷道劉備改曰宜都，《宋志》引習鑿齒云"魏武平荊州，今南郡枝江以西爲臨江郡，建安十四年，劉備改爲宜都"）。北有湘里淵，淵上橘柚蔽野，桑麻闇日。又東過枝江縣南，沮水從北來注之，其民故羅國（《續漢志》"枝江本羅國"。《左傳》桓公十二年杜注"（羅）在宜城縣西山中，後徙南郡枝江縣"）。楚文王又徙之於長沙縣左右，有數十洲，槃布江中，其百里洲最爲大，中有桑田甘果，江水又東會沮口，楚昭王所謂江、漢、沮、漳、楚之望也。又南過江陵縣南，江有洲，江水自此兩分爲南北江（楊守敬云"酈氏言分爲南北江者，以下有故鄉、龍寵、邴里、燕尾諸洲在江之中，故分爲南北江"。觀下"江水斷江通會"之文，明明謂南北江合會也……自晋以前，江之南北岸，無堤障，江南之水，皆東北流。沱水、油水是也。江北之水，亦夏時泛漲，溢而北出，爲夏水，後世江身愈高，北岸之水，爲堤所障。不復分出爲夏水，南岸之水，亦不復北出。此正古今水道變遷）。江水東逕燕尾洲北，斷州會通（謂至此，江中洲斷，南北會通也）。又東逕江陵縣故城南。《禹貢》"荊及衡陽惟爲荊州"，蓋即荊山之稱，而制州名矣，故楚也。子革曰"我先君僻處荊山，以供王事"（《左傳》昭十二年文）。"遂遷紀郢，今城楚船官地，春秋之渚宮矣"。……北對大岸，謂之江津口，江大自此始（楊守敬曰《初學記》六引《荊州記》江至楚都遂廣十里，蓋至此江中無洲南北合流，故江大）。江水又東逕郢城南，子囊遺言，所築城也（《左傳》襄十四年又昭二十四年傳）。《地理志》曰楚別邑，故郢矣。江水又東得豫章口，夏水所通也。西北西有豫章岡，蓋因岡而得名，或言因楚王豫章臺名，所未詳也。又東至華容縣西，夏水出焉。江水左迤爲中夏水，江浦右迤，江水又東，涌水注之，二水之間謂之夏州。又東南油水從西南來注之。油水東有景口，景口東有淪水，淪水南與景水合，又南通澧水及諸陂湖，自此淵潭相接。大江又東，左合子夏口，江水左迆北出，通於夏水，故曰子夏也。大江又東，右逕石首山北，又東逕赭要洲，赭要下即揚子洲，江之右岸，則清水口，北對清水洲，洲下接生江洲，南即生江口，水通澧浦（楊守敬云“此即澧水注所謂赤河，湖水南注澧水，北通江也。今大江自石首縣東，調絃口分流，西南逕華容縣，東爲華容河，又西南入洞庭湖”）。江水又東逕竹町南，江中有太洲，洲東分爲爵洲，洲南對湘江口，又東至長沙下雋縣北（此下雋不在巴陵，而在通城。《水經》於澧水、沅水、資水、湘水皆云至下雋，西北入大江是也）。澧水、沅水、資水，合東流注之（酈氏注云“凡此諸水，皆注於洞庭之江”。澧水、資水入沅。《說文》亦云湘水、沅水“入江”。《水經》於湘、沅各篇，皆云入江，於《資水》篇云，“與沅水合於（洞庭）湖中，東北入於江也”。此篇直云四水并注江，與《漢志》叙湘沅同。叙澧資異，酈氏於湘水云左會資水，左則沅水澧水注之，湘水入大江。是明以湘水作正流。謂洞庭爲湘水所匯。而澧、資、沅皆注之，不附《漢志》沅水入江之文）。湘水從南來注之……江水又東左得二夏浦，又東逕彭城口水，東有彭城磯……又東逕下雋縣南，故長沙舊縣（在今通城縣西）。江水又東合練口，江浦也。右岸得陸口，左得中陽水口，又東得白沙口，又逕魚嶽山北，下得金梁州（在今嘉魚縣西）。又東北逕石子岡，莊辛所言，左州侯國矣（《國策·楚策》“莊辛謂楚襄王曰，君王左州侯，右夏侯”）。又東右逕赤壁山北，東逕大軍山南，塗水注之（水出武昌縣泰山）。西北流逕汝南僑郡故城西南（在今江夏縣西南六十里）。又東北至江夏河羨縣西北（此漢之沙羨，江夏之河羨也，在武昌治西南），洵水從北來注之。又東逕歚父山右岸，當鸚鵡洲……水下通樊口水。又東逕魯山南，占翼際山也。漢與江合於翼際山旁，夏水過郡入江。《漢志》武都縣下，東漢水受氐道水，一名洵，過江夏謂之夏水入江（江夏郡注應劭曰“洵水自江別至南郡華容爲夏水，過郡入江故曰江夏”）。山左即洵水口矣。江之右岸有船宫浦，亦商舟之所會也。山下謂之黃鵠岸。江水左得湖口水，通大湖（此湖在沔水東下叙“海口水南通大湖，北達於江”。是其證，當在今夏口北）。江之左有武口，南至武城，南對楊林、桂水，通金女、大文、桃班、三治，荆州界盡此（此言魏晉之間之荆州，非古荆州也）。江水又東逕若城南，又東過邾縣南（今黃岡縣西北十里），楚宣王滅邾，徙居於此。城南對蘆洲（《通鑑》胡注，以爲即伍子胥奔吴求渡之處，楊守敬以爲子胥渡江，在昭關，今含山縣北。非此地。此在今武昌縣西，俗名得勝洲）。又東逕西陽郡南，右岸有鄂縣，故城舊樊楚也。《世本》稱熊渠封其中子仁爲鄂王，今武昌也。城南有袁山，即樊山也。江水東逕五磯北，左則巴水注之（與決水同出巴山南，歷蠻中……）。又東逕軑縣故城南，故弦國也。江中有五洲，大江右岸有厭里口，安樂浦。從此至武昌，尚方作部，諸屯相接，枕帶長江，又東得桑步，步下有章浦，江水又東逕南陽山南，又曰苟磯，又東逕西陵縣故城南（此漢之西陵，非夷陵之西陵也）。江水東歷孟家溠，東對黃公九磯。又東過蘄春縣南，蘄水從北來注之。江水又逕蝦蟆山北，又東逕積布山南，即西陽郡尋陽界也。又東過下雉縣北，利水從東陵口西南注之，右岸富水注之（水出陽新縣之青溢山，故豫章之屬縣也）。又東得青林口（水出廬江郡之東陵鄉，又《寰宇記》廣濟縣青林湖）。自富口至此五十餘里，自“奉節爲庸之魚邑”以下至此，皆節《水經·江水注》文成之，以其與史事及《楚辭》有關，諸地爲主要删節之標準，凡本書無專條之詞目，皆於此略言之矣。《世本》言“《水經·江水篇》缺軼下卷”。故中江入海之道遂湮，其佚文雖往往見於群書，而比次爲難，且胡渭云“水經江水自下雋以東所紀山水地名，或瑣碎難考，沔水自石城以東，尤多乖錯”。則不能以沔水補江水也。自青林口以東，與沔水合，至石城分爲二，於是有三江之説，古今爭論極多。三江，《禹貢》三江《周禮·職方》之三江，已不一致。至《漢志》而後，説益雜，自孔安國、班固、鄭玄、桑欽、庾仲雍、盛泓之、顏夷、酈道元、司馬貞、顏師古、孔穎達、張守節、徐鍇、薛季瑄、朱長文及宋以後諸家蘇軾、蔡沈、鄭樵、金履祥、鄭曉、邵寶、郝敬、歸有光、顧炎武，下及清儒胡渭、全祖望、蔣廷錫、戴震、程瑤田、錢塘、趙一清、阮元、顧祖禹、顧棟高、楊守敬、丁晏諸家，說至紛雜，更益以蜀有三江，湘有三江，浙有三江，桂滇亦有三江，其間糾紛益多。於吳楚間事，不無關係，而以論《楚辭》則無"奉節"至"下雉縣"一段之重要，若以《水經·沔水》以下補之，無益於此，且有未能盡其要者。茲但以顧棟高《春秋大事表》江漢篇爲主，而採《禹貢錐指》、趙校《水經注》、楊校《水經注》有關之言，附之爲下篇云，惟顧表與《水經注》所用地名，古今不一致（顧用清輿地名，桑用漢名，酈兼魏晋名），然地名以後出爲更近真。且《楚辭》重要之地，主要在漢水以西，固亦無碍也（遇重要地名，則以今名注之，以省誤解云爾）。

青林口水，出瀘江郡之東陵鄉，《尚書》所謂"江水過九江，至於東陵"者也。江水經興國州北，蘄州南，又東經廣濟縣南，江西瑞昌縣北，又東經黃梅縣南，德化縣北，又東彭蠡湖，自南來注之（彭蠡澤在德化縣東南九十里，其水北注於江）。江水至德化縣東北，與贛水合。又東北經湖口縣，其北岸則江南宿松縣。又東北經彭澤縣北，又東北經懷寧縣南，又東北經貴池縣北，又東北經銅陵縣西（胡氏曰大江去縣里許，鵲頭山在縣北，昭五年楚伐吳，吳人敗之鵲岸即是）。又東北經繁昌縣北，其西北岸，則無爲州（巢國地有楚駕鼇二邑）。又東經蕪湖縣西北，又北經當塗縣西，桐江入焉。又東北經上元縣西北（即今江寧縣），又東北經六合縣（楚之棠邑），又東經句容縣北，又東經丹徒縣北，其北岸則今江都縣（吳朱方邑）。又東經丹陽縣北，又東經武進縣北，又東經江陰縣北，又東經常熟縣北，又東經太倉縣北，又東入海。此中江入海之所經也。

河

指黃河言，黃河中國偏北部最大川流，經青海、甘肅、寧夏、山西、陝西、河南、河北、山東八省，長凡八千一百一十里，在古代，河北走至天津入海，其流更長，與河匯合支流極多，流域之廣，達一百六十萬里。在先秦以前，爲中國民族根據地，亦即中國文化極發達之地。

源出青海巴顏喀喇，東南行至星宿海，東流（星宿海者，其地泉源千數湧出，如長空列星而得名）。東行，阻於西傾山。沿積石山西北行，至青海東。復東行，復阻於六盤山。北行至五原。復東行，至山陝之間。水沿山道南行，此兩曲折成爲河套。南行至潼關，阻於華山，遂沿崤函東行，遂直奔入海，是謂華北平原。

黃河流域，爲吾先民生息茁壯、恢彊所在之根據。古代中國猿人及新舊石器時代之遺物，發現至多，自狩獵、牧畜，至農業時代，莫不生息於此。遠古且不具論，禹洪水傳說，未必全僞。殷人文化，自大量甲骨與青銅器觀之，已至發達。周以來可徵者益富。姑從春秋以來爲說。汾水流域，爲三晉之地。渭水左右，爲周之舊居，而後世秦人居之。洛水區域，以東爲鄭，濟水與河之間爲衛，其東則曹，更東爲魯，爲周文化之東移重地。曹之南，爲殷舊居。魯東北，爲太公所封之齊，實中土最善經營之域。齊之北爲燕，皆河域文化最富之國也。輔以淮水流域。陳、蔡、徐及江水流域之吳、楚，即《史記》所記之十二諸侯也。雖各有其地方性之特殊文明，而總根總源，仍當以黃河流域爲主，至戰國之世，黃河仍不失爲文化中心，所謂七國，大部仍以大河及其相關河流爲主。故春秋戰國時代，實爲黃河流域之黃金時代。

滄浪

《漁父》“滄浪之水清兮”，王逸注“喻世昭明”。洪補云“浪，音郎。《禹貢》‘嶓冢導漾，東流爲漢，又東爲滄浪之水’。注云‘漾水至武都爲漢，至江夏謂之夏水。又東爲滄浪之水。在荊州’。孟軻云‘有孺子歌曰，滄浪之水清兮，可以濯我纓。滄浪之水濁兮，可以濯我足。清斯濯纓，濁斯濯足矣，自取之也’。《水經》云‘武當縣西北漢水中有洲，名滄浪洲’。《地說》曰‘水出荊山東南，流爲滄浪之水，是近楚都，故漁父歌’云云。余案《尚書·禹貢》言‘導漾水東流爲漢，又東爲滄浪之水'。不言過而言爲者，明非它水，蓋漢、沔水自下有滄浪通稱耳。漁父歌之，不達水地，宜以《尚書》爲正"。（按洪氏"余案"以下一段，亦酈氏《水經注》中語，而有節刪，且有誤字。"明非它水"四字，下原有"決入也"三字，萬不可省。又自"下有滄浪通稱耳"，下尚有"纏絡鄢郢，地連紀鄀，咸楚之都矣"等十三字，"不達水地"達字，乃違字之誤。刪節無謂，當補。）朱熹云"滄浪之水，即漢水之下流也，見《禹貢》"。按洪引《禹貢》及《注》說滄浪水，并用酈注斷之是也。惟酈氏此段文字主意，在駁正《尚書·禹貢》鄭玄注文，不知鄭說之非，則亦不知酈說之精。故茲補引其說，以成全璧。

按《水經·夏水注》云，鄭玄《尚書》"滄浪之水，言今謂之夏水，故世變焉"。劉澄之著《永初山川記》云，夏水古以爲滄浪，漁父所歌也。因此言水應由沔，今按夏水是江流沔，非沔入夏，假使沔注夏，其勢西南，非《尚書》"又東"之文，余亦以爲非也。（熊會貞曰"《史記·夏紀》索隱馬融、鄭玄皆以滄浪爲夏水，即漢河之別流也。酈注引鄭注不備，反復尋繹，莫得其罅隙，及觀《索隱》所言，知鄭有以爲別流之差。《書偽孔傳》解滄浪云'別流在荆州'，《續漢志》臨沮注引《南都賦注》曰'漢至荆山東，別流爲滄浪之水'。皆沿其說。劉澄之亦然。故酈氏謂水應由沔而駁之"。）然《水經》又別載《地說》一說，亦與《禹貢》不合，按《水經》卷二十八沔水中經云"沔水又東北流，又屈東南過武當縣東北"。注云"縣西北四十里，漢水中有洲名滄浪洲。庾仲雍《漢水記》謂之千齡洲，非也，是世俗語訛音，與字變矣。《地說》曰'水出荆山東南，流爲滄浪之水'。是近楚都，故漁父歌曰'滄浪之水清兮，可以濯我纓，滄浪之水濁兮，可以濯我足'。余按《尚書·禹貢》言導漾水東流爲漢，又東爲滄浪之水，不言過而言爲者。明非他水決入也。蓋漢沔水，自下有滄浪通稱耳……咸楚都矣，漁父歌之，不違水地，考按經傳，宜以《尚書》爲正耳"。細繹酈氏文意，則《地說》滄浪水出荆山，亦非《禹貢》之正，則酈氏引之者，亦駁之也。楊守敬曰"按水出荆山，則《地說》所稱滄浪是別一水，與《禹貢》不合，故酈氏辯之，《御覽》六十三引《十道志》荆楚之地，水駕山而上者，皆呼爲襄。故陸澄《地理記》曰襄陽無襄水。按《名勝志》，襄水或即漢水之別名，今人呼漢水爲襄河，襄字即滄浪之合音。陸澄不知此，故云無襄水也"。考楊氏於滄浪水別有會心，余以爲極允當，不可易。《水經·沔水中》（卷二十八）"漢水中有滄浪州。《地説》曰水出荆山，東南流爲滄浪之水"云云，楊氏於此注曰"考《山海經·中山經》'漳水出荆山'，《漢志》'漳水東入陽水'注沔，《地説》所指滄浪，蓋即漳水乎？《續漢志》臨沮劉注引《南都賦注》'漢水至荆山東，別流爲滄浪之水。與此説同。又《史記索隱》、馬融、鄭玄皆以滄浪爲下水，即漢河之別流也。與《地説》不同，而同'"。按漳水在今安陸西，大洪山東，東南逕今雲夢縣經孝感至今漢川東北，入漢水，皆漢北之地也。屈子《漁父》之作，有"寧赴湘流，葬於江魚腹中"之言，則必爲晚期作品無疑，是第二次放逐之後所爲。則漢北滄浪之漁父，乃得認此舊相識之三閭大夫，使在紀郢之間，則郢已久失，屈子必不能更居江夏，漁父即能到處爲家，獨不畏虎狼之秦，故依形勢論，漁父之歌，必在湘流之中，而以滄浪爲吟題者，則漢北舊侶，唱其方俗之曲，亦事理之常也。故楊氏以滄浪爲漳者，滄浪之合音也。《史記》叙漁父事在頃襄怒遷原後，最能得漁父篇詞氣。按盧文弨《鍾山札記》卷四云"倉浪，青色，在竹曰蒼筤，在水曰滄浪"云云，説雖直截了當，就非徵實之言，竹青曰蒼筤，則水青亦可曰滄浪。朱珔《小萬齋文集》亦有"滄浪非地名辨"，恐皆不足據，盧朱對地理所涉較少，不如楊氏多矣。

丹水

《惜誓》"涉丹水而駝騁兮，右大夏之遺風"。王逸注"丹水，猶赤水也。《淮南》言赤水出崑崙也。駝，一作馳"。朱熹《集注》"駝，一作馳，丹水猶赤水也"。《水經注》"丹水自倉野又東歷菟和山，東南流注，歷少習，出武關，又東南逕三户城，又東南逕丹水縣南，又東歷於中之北，所謂商於者也。又南合均水"（茝和等參顧棟高《春秋大事表·江漢》一篇三部）。然按兩語在"休息乎崑崙之墟"後，故王逸以赤水釋丹水，非《水經》出蒼野合於均水之丹水也。詳赤水條下。

江夏

《九章·思美人》"遵江夏以娛憂"。王逸注"循兩水涯以娛志也"。按江夏一詞，有兩義，《九章·哀郢》"江與夏之不可涉"。又《思美人》之江夏，指大江與夏水。王逸注以爲分隔兩水，又云循兩水是也。至《哀郢》"遵江夏以流亡"，則指江陵東南江水夏汛，過石首監利至沔陽入漢之夏水言，以出江又入江而別名夏水，故得曰江夏（朱熹釋"江夏流亡"爲大江夏水，似不如王注體會詞氣及上下文義之深切）。餘詳夏字及江字二條，江夏亦得單言曰夏。《哀郢》"曾不知夏之爲丘兮"（參"夏"字條引）。

大河

《九章·悲回風》"望大河之洲渚兮"，王逸注"遇闇君，遁世離俗，自擁石赴河，故言抗迹也"。洪興祖《補注》"《莊子》云'申徒狄諫而不聽，負石自投於河'"。按大河即黃河也。黃河爲北土最大最主要之河流，故曰大河。如江爲南土最大之水，故名曰長江，大江也。餘參"河"字條。

黃沱

《九歎·離世》"凌黃沱而下低兮"，王逸注"黃沱，江別名也，江別爲沱也。沱，《釋文》作沲"。洪興祖《補注》"沱，唐何切，江別流出崏山東，別爲沱。低，脂市切"。按黃沱，叔師與慶善皆以江別出崏山，已別爲沱釋之。與舊説合，而與此文詞氣不協。此文自"九年之中不吾反兮"以下，皆就屈子沉江立説，上言赴汨羅，遵曲江，下言濟湘流，則中間不得忽插入遠在西南隅崏山之沱也。按《水經》卷四十有"益州沱、荆州沱"兩水，其荆州沱水，在南郡枝江縣。《漢志》云南郡枝江"江沱出西，東入江"。又《爾雅》亦云"水自江出爲沱"。《禹貢》言"沱潛既道，雲土夢作乂"。又云"岷山導江，東別爲沱，又東至於澧"。直以江沱與澧水相接，則《禹貢》已然矣。又黄當爲《水經》黄陵水入湘曰黄陵口之省稱，見《水經》卷三十八。故此文於"淩黄沱而下低"，下即承以濟湘而南極也（又別有黄水在黄陂，上承黄陂，下注獲水，又澧水東合黄水，皆見《水經》，亦與子政此文蹤跡相合，其不得言崏山之黄沱明矣）。

伊雒

《九歎·愍命》"迎宓妃於伊雒"。王逸注"宓妃，神女，蓋伊雒水之精也。言己願令君推逐妾御出之，勿令亂政，迎宓妃賢女於伊雒之水，以配於君，則化行也。雒，一作川"。按《書·禹貢》"伊洛瀍澗，既入於河"。《漢書·地理志》"伊水出弘農盧氏縣東熊耳山"。按熊耳山即今悶頓嶺，東北流經嵩縣、伊陽、洛陽、偃師縣，南入於河。《漢志》又云"洛水出弘農，上洛縣冢嶺山東北，至鞏縣入河"。按洛水即雒水，出今陝西雒南縣冢嶺山，東流合丹水，東經河南盧氏洛寧，至宜陽縣，受澗河，又東經洛陽縣，納瀍水，偃師縣受伊河，至鞏縣東北洛口入黄河，《水經》卷十五有洛水、伊水，可參證。

素水

《七諫·哀命》"含素水而蒙深兮"，王逸注"素水，白水也，言雖遠行，不失清白之節也"。按叔師釋素水爲白水，素、白皆形容也，非謂素水即白水之異名也。白水，《魏書·地形志》有"南白水縣"之白水，《方輿紀要》載湖北棗陽有白水。《寰宇記》引《水經注》"漆沮水東南谷，多土，因名沮水，爲白水"。古今以白水名者至多，不及一一備引，皆與此文所言無涉，此亦但作形容詞用，則王注當云素水猶白水也，方不至混淆。

黑水

《天問》"黑水、玄趾、三危安在"。王逸注"玄趾、三危，皆山名也，在西方黑水，出崑崙山也"。洪興祖《補注》"言黑水、玄趾、三危皆安在也。《書》曰'道黑水至於三危，入於南海'。張揖云'三危山在鳥鼠之西，黑水出其南'。《天對》云'黑水淫淫，窮於不姜，玄趾則北，三危則南'。《西京賦》云'昆明靈沼，黑水玄阯'。言昆明靈沼，取象於黑水玄阯也。李善云'黑水玄阯，謂昆明靈沼之水'"。朱熹《集注》"黑水三危，皆見《禹貢》"。按黑水，古傳説所指已多。《天問》黑水與三危、交趾（誤玄趾）連言，即《禹貢》"導黑水至於三危入於南海"之黑水無疑，故叔師以爲出崑崙山。洪《補》亦引《尚書》爲説是也。至其他證皆漢以後人説也。《山海經·海內西經》云"海內崑崙之虛，在西北，帝之下都……洋水、黑水出西北隅，以東，東行，又東北南入海，羽民南"。入南海云，亦即《禹貢》"導黑水至於三危，入於南海"之説，則三説皆出於一源可知。惟《禹貢》言黑水南流，絕三危入南海者，古今地志皆莫得其涯涘，及以酈氏《水經注》之鋭意尋討，亦不能知黑水所經之處，即以黑水出崑崙之説論之。孔穎達援《水經》言黑水出張掖雞山，南流至敦煌，過三危，南流入於南海。然焦循謂張掖在黃河之外，若入南海則當截河而過。不然，則當繞出星宿海之外。此諸儒紛紛求之於絕域也。云云。則黑水源頭，亦惝怳莫能定矣。故水源當如何解？三危在何處？所經如何？皆不可明，更益以黑水之名，用者至多，故《天問》乃以黑水、三危、交趾爲問也。胡渭《禹貢錐指》曰“夏殷之衰，雍州西北境皆爲戎翟所據。及周室東遷，舊都八百里之地，悉棄以予秦，秦染夷俗，諸侯擯之，不與中國會盟，輶軒之使，莫有過而問焉，況三危西裔之區乎？故屈原《天問》曰‘黑水、玄趾、三危安在？’蓋自戰國時，此地之山川，已與崑崙、弱水同其渺茫，僅得之傳聞，而無從目驗矣。秦火之後，載籍淪亡，漢興治《尚書》者，不能言黑水、三危之所在。武帝通西域，玉門陽關之外，使者往來數十輩，不聞涉大川而西有可以當古之黑水者，故班《志》張掖、酒泉、敦煌郡下，并無其文，司馬彪亦無可言。至酈道元始云‘黑水出張掖雞山’。而其所謂南流，至敦煌，過三危，入南海，亦不過順經爲義，與他水歷叙所過之郡縣者詳略相去遠矣……自屈原已不能知，而況伏生輩乎！自古文《尚書》家已不能知，而況班固、司馬彪、酈道元、魏王泰諸人乎！至若樊綽、程大昌、金履祥、李元陽等，紛紛辯論，如繫風捕影，了無所得。徒獻笑於後人而已”（按班、司馬、酈、魏、樊、程、金、李、諸家説，《禹貢錐指》皆一一引而駁之，參《錐指》卷十二）。《地理今釋》云“梁州黑水，即今雲南之金沙江，其源發於西蕃諾莫渾五巴什山分支之東，曰阿克達母必拉，南至塔城關，入雲南麗江府境，亦曰麗水。東南流至姚安府、大姚縣之左邨鄉。北打冲河，自鹽井衛來會之。又東入四川境，逕會川衛、南，又東至東川府，西折而東北流，逕烏蒙府西北馬湖府南，又東逕叙州府南入泯江。雍州黑水，出陝西、甘肅塞外，南流至河州入積石河，今俗名大通河是也。導川黑水，即今雲南之瀾滄江，其發源於西蕃諾莫渾五巴什山分支之西，曰阿克必拉，南流至你那山，於雲南界東岐一支，爲漾備江，東南流，分注大理府之西洱海，逕流入順寧府境。其正支南行，絕雲龍江而東南至雲州北之分水嶺，仍與漾備合。又南流至阿瓦國入南海。案金沙、瀾滄二爲梁州之黑水，一爲導川之黑水，然皆非四大水之黑水也。昔人謂蕃名山川，皆以形色，西南夷地，水色多黑，故悉蒙黑名。如打冲、金沙、瀾滄，俱得稱黑水也。而真黑水之源，去瀾滄之西三百餘里，蕃名哈拉烏蘇色禽，經蒙蕃怒彝倮倮界，由緬甸入南海。即佛書所謂黑水出阿耨達山東是也。

禹迹之所不至。蓋中國在阿耨達之東，故名震旦，所入大水，唯黄河一支，可見黑水出阿耨達之東，實在中國之西南，未嘗流入内地。故從古無人知其源委也"。又云"案黑水之辨，諸家紛如，今考地圖《禹貢》之黑水有三，正不必强合。《水經注》所謂'黑水出張掖雞山，至於敦煌'。此雍州之黑水也。《漢書·地理志》'犍爲郡南廣縣'。注云'紛關山符黑水所出，北至僰道入江'。唐樊綽亦以麗江爲古黑水云，羅些城北有三危山，其水從山南行，流出吐蕃界。薛季宣謂，瀘水爲黑水。引酈道元説，黑水亦曰瀘水，即若水出姚山徼外，吐蕃界中，《山海經》'黑水之間，有若水'是也。以麗江之説爲非，不知打冲河至大姚縣，即合金沙江合流入岷江。薛氏之説，原與《漢志》相合，此梁州之黑水也。宋程大昌以瀾滄江爲黑水。李元陽《黑水辨》亦云隴蜀無入南海之水。唯滇之瀾滄，足以當之。而《元史》載勸農官張立道，使交阯，竝黑水以至其國。吴任臣《山海經注》亦以瀾滄江爲古黑水，此導川之黑水也。蓋雍州之黑水，其源在黄河之北。梁州及導川之黑水，其源皆在黄河之南。有截然不相紊者，第以張掖、敦煌尚在内地，可以尋源而推求其委，而不得遂托爲越河伏流之説，夫崑崙爲地軸，其山根連延起伏，頓包河南，接秦隴，直達長安爲南山。黑水自敦煌而南，縱可得越大河之伏流，其不能越河以南之南山也明矣。若於雍州'三危既宅'之説，此是言分域之内。今終南鳥鼠，皆在河之南，而三危更在鳥鼠之南，其與雍州之黑水，又何涉邪？然主瀘水、麗江、瀾滄之説者，亦皆以意度未能確指水之分合，不知瀘水、麗江源異而流同。麗江、瀾滄源近而流別，分合言之。梁州之黑水有兩支，而與導川之黑水實爲一地也。而古來未有及之者，蓋以二水僻在蕃界。隔蔽南山阻奥，從古未通中國，即魏之法顯，唐之玄奘，元世祖之南征，邱處機之西遊，皆繞出崑崙以外，歷西域諸國，至於滇南，總未嘗經其地，但從入中國之支流，以古今分域配之，料約爲某水某水而已，今海内一統，西南徼外，咸入版圖，爰遣使臣，編歷其地，究源討委，寫圖以誌，支脈經絡，瞭如指掌，諸家浮説，有所折衷矣"。

　　按胡氏折衷之説，余以爲可以陳澧之説是之，其言曰"昔人黑水之説不一，惟以爲今之怒江者爲是，其上源曰哈喇烏蘇（蒙古謂黑曰哈喇，謂水曰烏蘇）。出西藏喀薩北境，東流至喀木。蓋《禹貢》雍梁二州之界，三危當在其地，自此往南流，爲梁州西界，至雲南曰潞江，又南出雲南徼外，入南海也。《禹貢》雍州經文'三危既宅'，則導黑水，至於三危者，爲雍州境（雍州西境，其地甚廣，哈喇烏蘇在河源之西，爲雍州之水，則河源亦在雍州境内也）。雍州不近南海，則其入於南海者，必過梁州矣"云云。較諸家説皆有據。怒江又作潞江。入緬越則稱薩倫河，按黑水、玄趾、三危三名，屈子取之《尚書》，恐未必然！莊蹻暴郢，正在懷王之世。蹻雖王滇不歸，度從去之士，必有返郢者，則疑"石林"、"黑水"、"交趾"、"三危"，皆南歸之士之所傳也。不然古地之不知者多矣，何以不問？

　　附案陳澧説見陳氏《漢書地理志水道圖説》，蓋本之《水道提綱》，然提綱又疑黑水爲今瀾滄江，而陳氏則確定爲怒江也。清有潞江安撫司之設置，又回音喀喇爲黑水，蒙古語也。又其地有喀喇沙樂城，即古焉耆、危須二國。

白水

　　《離騷》"朝吾將濟於白水兮"，注引《淮南子》曰"白水出崑崙之山，飲之不死"。洪補曰"《河圖》曰'崑山出五色流水，其白水入中國，名爲河也'"。五臣云"白水，神泉"。按朱珔《文選集釋》説此極確，其言曰"《思元賦》'斟白水以爲漿'。李善即引此注，案《爾雅》'河出崑崙處色白'《釋文》引孫炎云'白者，西方之色也'，又引郭注云'發源處高激峻湊，故水色白也'。今本脱文，郝氏謂《後漢書》注引《河圖》云'崑山出五色流水，其白水東南流入中國，名爲河'。然則白水即河水，故《左傳》晋文投璧於河，而曰'有如白水'，《晋語》即作有如河水，是其證也。余謂郝説本之《困學紀聞》、萬氏《集證》。

《御覽》引《山海經》曰‘崑崙山縱橫萬里，高萬一千里，去嵩山五萬里，有青河、白河、赤河、黑河環其墟，其白水出東北陬，曲向東南流，爲中國河’。郝謂《初學記》亦引之，乃《禹本紀》文。非《山海經》也，與《河圖》略同。若今《淮南·墜形訓》説崑崙云‘疏圃之地，浸入黃水，黃水三周復其原。是謂丹水，飲之不死’。與此不同，《讀書雜志》謂《御覽·地部》引《淮南》與此注所引皆作白水，後人妄改爲丹水。《水經·河水注》引作丹水，亦後人依俗本改之。但《爾雅》又云‘所渠并千七百一川，色黃’。郭注云‘潛流地中，汩漱沙糧，所受渠多，衆水混淆，宜其濁黃，是河水之黃，在弁昕渠以後。據《覽冥訓》‘過崑崙之疏圃’高誘注疏圃在昆侖之上，則水不宜黃，彼此終參錯，未知其審”。又案下句“登閬風而緤馬”，閬風正屬崑崙，故知白水即河源。若《海內東經》“白水出蜀”，郭注曰“色微白濁，今在梓潼白水縣，源從臨洮之西，西傾山來《漢志》廣漢郡甸氏道有白水，出徼外，東至葭萌入漢。蓋別爲一水，非此也（餘參“崑崙”條及“江”條“河”條下）。

夏浦

《九章·哀郢》“背夏浦而西思兮”，王逸注“背水嚮家，念親屬也”。朱熹《集注》“時未過夏浦也，故背之而回首西鄉，以思郢也”。按夏水出自江水，過石首、監利、沔陽入於沔，復入於江。入江之小口曰夏浦，當即今之漢水口也。沔與夏合，於是沔、夏互通，夏、漢互言，故今言漢口。《水經》亦曰沔口（按《水經》“江水入沔、津，以夏口爲名”）。楊守敬注云“夏口以夏水入口得名，沔口以沔水入口得名，實一處也。自孫權置夏口督，屯江南，今鄂州也。故何尚之云夏口在荊江之中，正對沔口，太子賢注亦謂夏口戍在今鄂州。於是相承以鄂州爲夏口，而江北之夏口晦矣”（孫璧文《考古録》卷一有夏口一條，考夏口論之極詳，可參。參書尾所載《楚疆域及屈子行蹤圖》）。

弱水

《哀時命》"弱水汨其爲難兮",王逸注"《尚書》曰'道弱水至於合黎也'"。洪興祖《補注》引應劭曰"弱水出張掖刪丹西,至酒泉、合黎,餘波入於流沙。師古曰'弱水謂西域絕遠之水,乘毛車以渡者耳,非張掖、弱水也'"。王云《尚書》導弱水至合黎,恐非是。按此句上文言願至崑崙,採鍾山之玉,望閬風之板桐而爲弱水,汨其爲難,阻於弱水,不得登臨也。則弱水自在崑崙近麓外。吳承志疑《大清會典圖》一百十七柴達木河出河源之北,曰扎遜池,西合阿拉克池水,西北流格德爾古河、烏蘭烏蘇河、布隆吉爾,俱自其東注之,又西入於沙,疑此即《禹貢》弱水。

《海內西經》"海內崑崙之虛,弱水青水出西南隅,以東、又北、又西南,過畢方鳥東"。下有奪文。《淮南·墜形訓》"赤水之東,弱水出自窮石,至於合黎餘波入於流沙,絕流沙南,至南海",與《禹貢》全別。所據本二字自爲一行,不與青水連屬。《廣雅·釋水》始云"弱水出昆侖虛西南陬"。其誤蓋起於魏世,郭注引《漢書·西域》、《東夷》二傳,又引《淮南》云其派別之源,則以爲非此經弱水也。弱水蓋涉上文弱水之際句誤衍,今弱水之際作赤水之際,則因衍於此而追改也。

按《大荒西經》"西海之南,流沙之濱,赤水之後,黑水之前,有大山,名曰昆侖之邱,有神,人面虎身,有文有尾,皆白處之,其下有弱水之淵環之"。按《海內西經》"開明獸,身大類虎,而九首,皆人面,東嚮,立昆侖上"。此所云神,即開明獸也。"弱水之淵環其下"。則與柴達木河地形相近矣。

《海內南經》"窫窳龍首,居弱水中,在狌狌,知人名之西,建木在窫窳西,弱水上"。按《海內西經》"開明東有巫彭、巫抵、巫陽、巫履、巫凡、巫相,夾窫窳之尸,皆操不死之藥以距之。窫窳者,蛇身人面,貳負臣所殺也"。窫窳在開明東,則弱水即昆侖虛水。此文入《海内南經》，恐有舛誤。《漢書·地理志》張掖郡刪丹下云“桑欽以爲道弱水自此西至酒泉合黎”。陳氏澧《水道圖》云“金城郡臨羌下云‘有弱水祠，其祠在臨羌西’。則非祠此水，蓋祠今青海，即臨羌下所云西北塞外之僊海也。青海水不能浮舟，故亦謂之弱水矣。今按臨羌下云，‘西北至塞外，有西王母石室，僊海鹽池，西有須抵池，有弱水昆侖山祠’。弱水祠在西，不在西北，則所祠非僊海也。弱水疑即須抵池水，今河源東北有扎遜池，周百九十里。有阿拉克池，周百六十里，蓋即古須抵池。二池合流，北出爲柴達木河，折西北，合格德爾古河，西經巴顏喀喇山北，至和碩特北左翼旗，西南折西北合烏蘭烏蘇河、布隆吉爾河，西入於流沙，即所祠弱水。《山海經·大荒西經》‘昆侖之邱，其下有弱水之淵環之’。此水正環巴顏喀喇山東北二面，延及西北，非弱水而何！《海外北經》‘共工之臣曰相柳氏，九首，以食於九山，相柳之所抵，厥爲澤谿，禹殺相柳，其血腥，不可以樹五穀種，禹厥之，三仞三沮，乃以爲衆帝之臺。在昆侖之北，柔利之東’。須抵池當以相柳所抵得名，柔利即合黎。《大荒北經》作‘牛黎’”。按陳氏所考，不僅條理終始，得其俞脈，而於《楚辭》文義，至爲密合。故不惜一一録之。又《山海經·西山經》陰山北亦有弱水，而流注於洛，則又別一流也。

赤水

　　《離騷》“遵赤水而容與”，王注云“赤水，出崑崙山”。《穆天子傳》“遂宿於崑崙之阿，赤水之陽”。莊子云“黃帝遊乎赤水之北，登乎崑崙之丘”。按《山海經·大荒南經》“南海之外，赤水之西，流沙之東”。郭注“赤水出崑崙，流沙出鍾山也”。與王注合，然《離騷》先言崑崙，後言赤水，則赤水在崑崙西，如《大荒東經》之言，則赤水在其東矣。蓋《離騷》崑崙之言，乃總提下文耳。《海内西經》云“崑崙之墟，在西北……赤水出東南隅以行其東北”。其東北下，亦列河水、洋水、弱水，惟西北隅多黑水，西南隅多青水。《淮南·墬形訓》亦祇言四水，《博雅》本之云"崑崙虛赤水出其東南陬，河水出其東北陬，洋水出其西北陬，弱水出其西南陬"。《博雅》總言之是也。

又《大荒南經》云"赤水之東有蒼梧之野，舜與叔均之所葬也"。則與前文就重華陳詞相關照。又《惜誓篇》"涉丹水而馳騁兮"。王注"丹水，猶赤水也"。引《淮南》"赤水出崑崙"，與此注同，是赤水即丹水矣。

回水

《天問》"驚女采薇鹿何祐，北至回水萃何喜"。王無釋，按古傳夷齊死首陽山，則回水當在首陽山下。《水經注》"雷首山，一名獨頭山。夷齊所隱也，山南有古冢，俗謂之夷齊墓。其水西南流，亦曰雷水"。則回水或即此雷水矣。古甲文、金文回、雷爲一字，小篆亦形近音近，因而致誤。此朱亦棟《群書札記》卷三之説也。然此指夷齊死葬蒲坂之説，實不足信。伯夷所死葬之地。當從《孟子》、《莊子》、《説文》之説，在遼西令支（詳"首陽"一條）。則回水當指《水經注·濡水》篇之玄水或盧水言。《水經·濡水注》云"盧水有二渠，號小沮、大沮。合而入於玄水，又南與溫水合。水出肥如城北，西流，注於玄水。《地理志》曰盧水南入玄，玄水又西南逕孤竹城北，西入濡水"云云。《天問》所謂"北至回水萃何喜"，正謂夷齊諫而不從，東歸返於故國。至於盧水玄水之間，與中弟聚集，喜出望外也。回有淵深之義，盧玄亦得訓淵深，則作者以訓字易之也。《九章·涉江》云"船容與而不進兮，淹回水而疑滯"。王逸注"隨水回流"。凡水深則色亦黑而流易回旋也。則《天問》之用回水，乃形容之詞，不定以爲水名，特就令支之水而加以形容耳。餘參首陽條下。

沅湘

《離騷》"濟沅湘以南征兮，就重華而陳詞"。王逸注"沅湘，水

名"。又《九歌·湘君》"令沅湘兮無波，使江水兮安流"。洪興祖《離
騷補注》分釋沅湘兩水源流，雖未詳盡，而大要已得，分參"沅"、
"湘"二條下。惟屈子用沅湘，不盡指沅湘二水，蓋湘有三湘之名。湘
水至沅州與沅水合，則稱沅湘，古三湘之一也。此兩沅湘，當指三湘之
一言，不得分釋爲沅水與湘水，故叔師通言曰水名，最爲精沈；洪分釋
之，則語意詞氣，皆不協矣。《地理志》所謂"沅湘出牂牁郡，故且蘭
縣"。指流水言，説雖小異，而亦沅湘連言也。

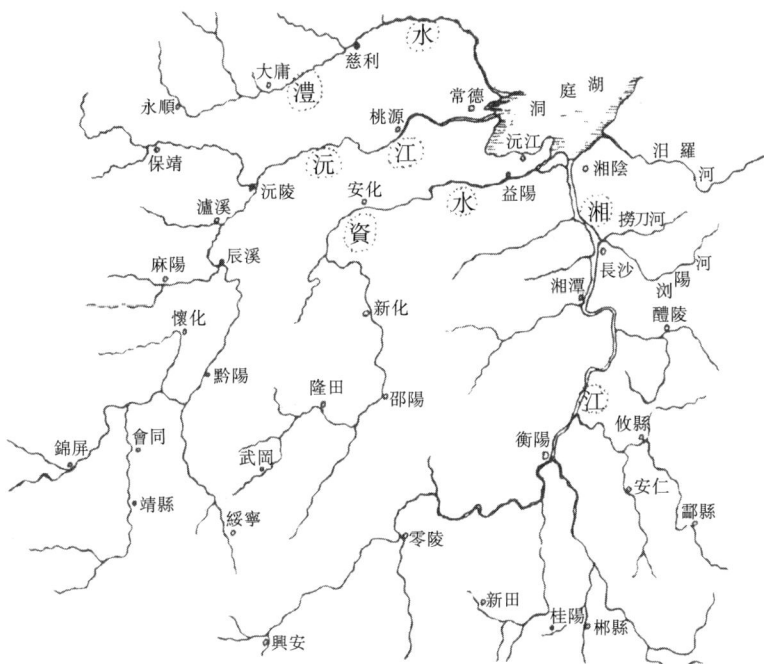

沅湘圖

溺水

《楚辭·大招》"東有大海，溺水浟浟只"。王逸注"言東方有大海，
廣遠無涯。其水淖溺，沉没萬物，不可度越，其流浟浟，又迅疾也"云
云。是王不以溺水爲水名，非也。按《書·禹貢》"導弱水"，陸德明

《釋文》曰“弱本或作溺”。《說文·水部》“溺水自張掖刪丹西，至酒泉、合黎，餘波入於流沙。從水、弱聲”。桑欽所說，溺水即弱水，在西極。此云東海則東極又別有弱水矣。郭璞《山海經·海內西經》注“《西域傳》‘烏戈國去長安萬五千餘里，西行可百餘日至條枝國，臨西海，長老傳聞有弱水，西王母云’。《東夷傳》亦曰‘長城外數千里，亦有弱水，皆所未見也’。《淮南子》云‘弱水出窮石，窮石今之西郡那冉，蓋其派別之源耳！’”郭說弱水，亦東西互備。《朔方備乘》有艮維《弱水考》。吳承志《橫陽札記》卷九考之至詳，可參。

《九懷·陶壅》亦云“浮溺水兮舒光，淹低佪兮京沴”。王逸注“遂渡沈流，揚精華也”。溺與弱同，亦不以爲水名，亦非。

代水

《大招》“魂乎無北……代水不可涉，深不可測只”。王逸“言復有代水，廣大不可過度。代，一作伐”。按《水經注·灢水》（卷十三）“又東流，祁夷水注之，水出平舒縣。……《魏土地記》曰代城西九十里，有平舒城西南五里，代水所出”云云。代水惟見於此，此蓋亦北地之小河。《大招》何以言“深不可測”，其古今山川地勢變遷而然歟？抑別有所指，今不可知矣。疑即《山海經·大荒北經》所謂封淵、沈淵之屬，皆古傳說中北方大河澤也。

汨水

《漁父》“寧赴湘流，葬於江魚之腹中”。案《史記》湘流作常流。《索隱》曰“常流，猶長流也”，此云湘者，著所沈之地。《水經·湘水》篇注云“湘水又北，汨水注之，水東出豫章艾縣桓山西南”。又云“汨水又西逕羅縣北……亦謂之羅水……又西爲屈潭，即汨羅淵也。屈原懷沙自沈於此，故淵潭以屈爲名……汨水又西逕汨羅戍南，西流注於湘”。

《史記正義》謂"故羅縣城，在岳州湘陰縣東北六十里，春秋時羅子國，秦置長沙郡，而爲縣也，縣北有汨水，及屈原廟"，湘陰縣分屬長沙府。

又按汩字從水從日，音如骨。與從水從曰之汨音如於、聿切者形多相混。參汩、汨二條引胡鳴玉辯。

流沙

《離騷》"忽吾行此流沙兮"，王注"流沙，沙流如水也。《尚書》曰餘波入於流沙"。五臣云"流沙，西極也"。按沈存中《筆談》卷二云"予嘗過無定河，度活沙，人馬履之，百步之外皆動……或陷則人馬車駝以百千數、無孑遺者，或謂此即流沙也"。又云"鄜延西北有范河，即流沙。人馬踐之，有聲，陷則應時皆滅"。按沈説是也。又《招魂》"魂兮歸來，西方之害，流沙千里些"。王注"流沙，沙流而行也。《尚書》曰餘波入於流沙"。又《大招》"西方流沙，漭洋洋只"。王注"言西方有流沙，漭然平正，視之洋洋"。按《史記·夏本紀》集解引馬融王肅云"流沙，地名"。《漢志》"張掖郡居延，居延澤在東北，古文以爲流沙"。《山海經·海内西經》"流沙出鍾山西行，又南行昆崙之墟西南入海"。郭注"今西海居延澤，《尚書》所謂流沙者，形如月生五日耳"。又《呂氏春秋·本味篇》"流沙之西"，高注"流沙，沙自流行，故曰流沙，在敦煌西八百里"。《水經注》云"西行極崦嵫之山，流沙又逕浮渚。歷壑市之國，又逕於鳥山之東，朝雲國，西歷崑山西南，出於過瀛山"。按以上本之《山海經·大荒西經》云"西南海之外，流沙出焉。逕夏後開之東，開上嬪於天，得《九辯》《九歌》焉。又歷員丘不死山之西，入於南海"。按《水經注》"流沙逕流"之說，雜採諸書爲之，不足據信。自甘肅西部諸河，皆視山水流量而定。水大則汪洋浩瀚，小水則同於淤塞。流沙之説，當以《史記集解》之説爲可徵。惟古地變遷至大，《山海經》所言，亦差近之。居延在今甘州東北一千五百里。《漢志》張掖郡居延下云"居延澤，在東北，古文以爲流沙"。

洞庭

　　《九歌·湘君》"遭吾道兮洞庭"，王逸注"洞庭，太湖也，言己欲乘龍而歸。不敢隨從大道，願轉江湖之側，委曲之徑，欲急至也"。五臣云"轉道於洞庭湖上而直歸"。洪補"原欲歸而轉道於洞庭者，以湘君在焉故也。《山海經》曰'洞庭之山，帝之二女居之。是常游於江淵，澧沅之風，交瀟湘之淵，出入多飄風暴雨'。注云'言二女游戲江之淵府，則能鼓動三江，令風波之氣，共相交通'。又曰'湘水出帝舜葬，東入洞庭下'。注云'洞庭地穴，在長沙巴陵也'。《水經》云'四水同注洞庭，北會大江，名之五渚'。《戰國策》'秦與荊戰大破之，取洞庭五渚'是也。湖水廣圓五百餘里，日月若出没於其中，湖中有君山，潛通吳之苞山。郭景純《江賦》云'苞山洞庭，巴陵地道，潛陸旁通，幽岫窈窕者也'。按吳中太湖一名洞庭，而巴陵之洞庭亦謂之太湖。逸云'太湖蓋指巴陵洞庭耳'"。又《湘夫人》"洞庭波兮木葉下"。王逸注"湘水波而樹葉落矣"。又《九章·哀郢》"上洞庭而下江"。王逸無注。又《九歎·逢紛》"步余馬兮洞庭"。王逸注"洞庭，水名"。補曰"謂洞庭之山"。按洞庭之爲巴陵大藪，洪補引之詳矣。洞庭湖在今湖南巴陵縣西，南連長沙、岳州、常德、澧州、荊州等。其地東北屬巴陵，西北跨華容，石首安鄉，西連武陵、龍陽、沅江，南帶益陽，環湘陰界。分九邑，橫亘八九百里，《水經·湘水注》云"湘水自汨羅口西北逕磊石山西，而北對青草湖，亦或謂之爲青草山也……湘水又北得九口，並湘浦也"。熊厚貞云"并在今湘陰縣北，湘水又東北爲青草湖口，右合苟導北口，與勞口合"（熊云"勞口疑即今巴陵縣南之荷塘"）。又北得同拌口，皆湘浦右迆者也。湘水左會清水口，資水也。世謂之益陽江，湘水左逕鹿角山東，右逕謹亭戍西，又北合查浦，又北得萬浦，咸湘浦也。則湘浦北有萬石戍，湘水左則沅水注之，謂之横房口，東對微湖，世或謂之麋湖也……湘水又北逕金浦戍，北帶金浦水，湖溠也。湘水左

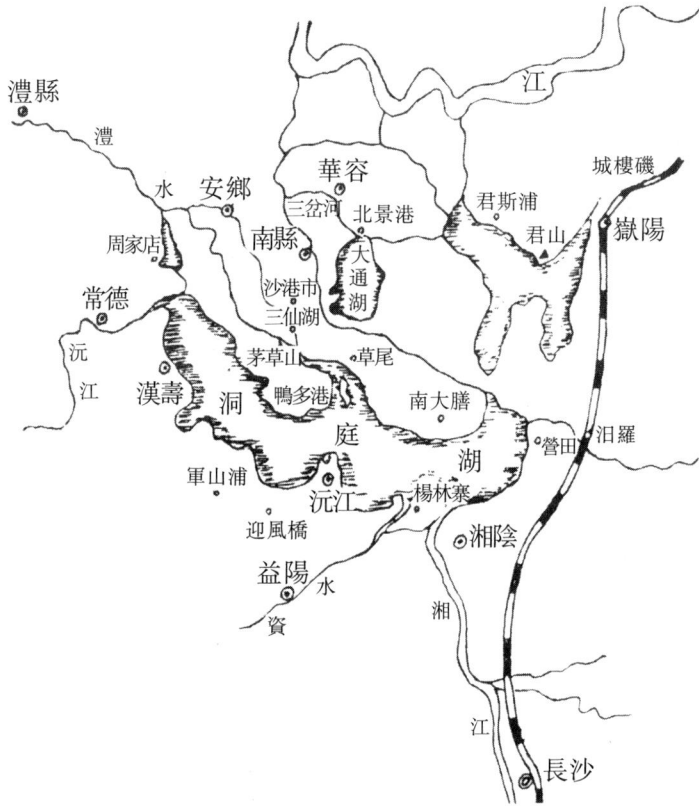

則澧水注之。世或謂武陵江，凡此四水，同注洞庭，北會大江，名之五渚，楊守敬云"謂湘、資、沅、澧四水，自南而入大江，自北而過洞庭潴其間，謂之五渚也"。《戰國策》曰"秦與荊戰，大破之，取洞庭五渚"者也（《秦策》作五都，《燕策》則有五渚之説）。湖水廣圓五百餘里，日月若出没於其中。《山海經·中次十二經》云"（洞庭之山）帝之二女居之"。"沅澧之風，交瀟湘之淵……出入必以飄風暴雨，湖中有君山編山，君山有石穴，潛通吳之苞山。郭景純所謂巴陵地道者也。是山湘君之所游處，故曰君山矣。昔秦始皇遭風於此，而問其故博士曰，湘君出入則多風，秦王乃赭其山。漢武帝亦登之，射蛟於是山。東北對編山，山多篾竹，兩山相次，去數十里。迴峙相望，孤影若浮。湖之右岸有山，世謂之笛鳥頭石。石北右會翁湖口水，上承翁湖，左合洞浦，所

謂三苗之國，左洞庭者"。屈賦凡三言洞庭，以詞氣定之，則"遵吾道
兮洞庭"在沅湘無波之後（沅湘無波句下文言"使江水兮安流"之江
水，洪補以爲大江至誤！此江字指湘江言，詳"江"、"湘"兩條下），
北涉洞庭，於行程至順，無所扞格。《湘夫人》"洞庭波兮木葉下"與
"帝子降兮北渚"等四句，爲此篇篇首散序。北渚即《湘君》"夕弭節兮
北渚"之北渚，湘夫人本湘水之神，居在洞庭，則此四句散序居處。此
洞庭與上章合，至《哀郢》之"上洞庭而下江"，其行程爲（一）遵江
夏以流亡，（二）過夏首，（三）上洞庭，（四）下江，最後爲背夏浦，
則從郢自夏水之江，東南行，過今石首監利，過夢中，入洞庭，更沿君
山折入大江而東行也。於行程亦可合（參"哀郢"一條，及"屈原"
條）。惟今日洞庭之君山以北，與大江懸隔已遠，在戰國之末，雲夢澤
水浸淫，與江湖相錯雜，甚至相連，郢都淪落，自不能順夏水道沔陽以
入漢，則折而南行，正足以見當日逃難形色，故以今日洞庭解屈賦洞庭，
本無可疑也。張雲璈《選學膠言》乃以爲"詳玩辭意，洞庭波兮木葉下
之言，似屬微波淺瀨，可以眺玩，故有秋風嫋嫋木葉之語。當指洞庭山
下之小水"云云，蓋坐未連接《二湘》末首二段詞義而統觀之，故有此
囈語。且洞庭波與木葉下，本指兩事。非必謂洞庭之木葉下也。惟《九
歌》"步馬洞庭"之言，當指洞庭山無疑。當於下文詳之。

　　按古傳説以二女葬洞庭即岳陽之君山，有湘妃墓者也。有黃陵廟在
焉，此出自秦博士之對，則其傳久矣。劉向、王逸、張華、酈道元、羅
含及樂正子《寰宇記》、張叔範《零陵志》、楊廷秀《揮麈録》、吳格甫
《九疑考古》并述之，而秦皇漢武皆嘗望祀，宋置守陵五户，此一民間
愛好之傳説，不論其真實性如何，其在歷史上之作用至大。倘有與儒書
不盡相合，亦不過傳聞之異，故無庸强爲之辯（張夢奇《疑耀》卷一有
《洞庭湘妃墓辯》一文，駁舊説最力）。此兩湘之文，必以洞庭爲重要之
背景者，蓋有由來也。此事既明，則《九歌》、《哀郢》皆可讀矣（參書
尾所載《楚疆域及屈子行蹤圖》）。

飛泉

按《楚辭》飛泉有二，一爲《遠遊》之"吸飛泉之微液兮，懷琬琰之華矣"。王逸注"含吮玄澤之肥潤也"。洪興祖《補注》云"六氣日入爲飛泉"。又張揖云"飛泉，飛谷也，在崑崙西南"。又《九懷·通路》"北飲兮飛泉，南采兮芝英"。王逸注"吮嗽天液之浮源也"。洪補同引張揖飛泉在崑崙之說。按兩文句法相類，《遠遊》以琬琰與飛泉對，《通路》以芝英與飛泉對，則爲通名，爲專名……皆無不可。王、洪兩家說皆不誤。然王意在探文心之大義，洪說在悟詞旨之實證。飛泉一詞，早見於《史記·司馬相如·大人賦》"互折窈窕以右轉兮，橫厲飛泉以正東"。《正義》張云"飛泉，谷也，在崑崙山西南"，洪補所引張揖說，即此也。

龍門

《九章·哀郢》"顧龍門而不見"。王逸注"龍門，楚東門也。言己從西浮而東行，過夏水之口，望楚東門，蔽而不見，自傷日以遠也"。洪興祖《補注》"《水經》云'龍門即郢城之東門'"。又伍端休《江陵記》云"南關三門，其一名龍門，一名修門，修門見《招魂》"。朱熹《集注》"龍門，楚都南關三門，一名龍門，一名修門，回望而不見都門，則其悲愈甚矣"。按洪引《水經》見《水經·夏水注》。又《九歎·遠逝》"背龍門而入河兮"。王逸注"龍門，郢東門也"。按《哀郢》"顧龍門而不見"，下文申之云"孰兩東門之可蕪"，則東門即指龍門。故諸家以龍門爲楚東門也。至《江陵記》以爲南關三門之一，於屈文亦可通，郢在江之北，則爲東爲南，皆所能顧視，然結合下文東門云云，則叔師說於詞氣爲順。

九河

《少司命》"與女遊兮九河，衝風至兮水揚波"。王逸無注，古本無此二句。《文選》遊作游，女作汝，五臣云"汝謂司命‧九河，天河也"。洪興祖補"此二句《河伯》章中語也"。朱熹《集注》"古本無此二句"。王逸亦無注。補曰此《河伯》章中語也。又《河伯》"與女遊兮九河，衝風起兮橫波"。王逸注"河爲四瀆長，其位視大夫，屈原亦楚大夫，欲以官相友，故言女也"。洪興祖《補注》"女，讀作汝，下同。九河，名見《爾雅》，《書》曰'九河既道'，注云'河水分爲九道，在兖州界'。又曰'又北播爲九河'。同爲逆河，入於海。注云'分爲九河，以殺其溢'。漢許商上書云，古記九河之名，有徒駭，胡蘇、鬲津，今見在成平東，光鬲縣界中。自鬲津以北，至徒駭，其間相去二百餘里，是知九河所在，徒駭最北，鬲津最南，蓋徒駭是河之本道，東出分爲八枝也"。按《少司命》九河二句，乃《河伯》篇中語。王逸無注，當删。五臣以爲天河者，未知其爲錯簡也。至《河伯》九河，王注、洪補引之詳矣。胡渭《禹貢錐指》及王先謙《尚書古今文參證》更集諸説，皆可參考，兹不具引。戴震《屈賦通釋》言之最扼要，其言云"九河在《禹貢》沇州與青州分界。據《爾雅》，徒駭、太史、馬頰、覆釜、胡蘇、簡絜、鈎盤、鬲津是爲九河。《漢書‧溝洫志》云，許商以爲古説九河之名，有徒駭……（以下至相去二百餘里二十八字，與洪引一段同，故删去。）漢成平故城，在今交河縣東，東光故城，在今縣東，并屬直隸河間府。鬲故城，在今德州北，屬山東濟南府，閻百詩云'某嘗往來燕齊，西道河間，東履清滄，熟訪九河故道。蓋昔北流，衡、漳注之，河既東徙，漳自入海，安知北流之漳非古徒駭河歟！踰漳而南，清、滄二州之間，有古河隄岸數重，地皆沮洳沙鹵。太史等河，當在其地。滄州之南，有大連澱，西踰東光，東至海澱，南至西無棣縣，百餘里間，有曰大河，曰沙河，皆瀕古隄，縣北地名八會口。縣城南枕無棣溝東，無棣縣北有陷河，闊數里，西通德棣，東至海濱，州北有士傷河，西踰德棣，東至海。士傷河最南，比他河差狹，是爲鬲津無疑也’。今平原迤北，清、滄之間，雖爲樹藝，域邑相望，而地形河勢高隱曲折，往往可尋，但禹初爲九。厥後或三或五，遷變多寡不同，必欲按名而索，故致後儒紛紛之論”。按戴氏之釋既明疏許商上書今地所在，而引閻氏臨履之説，雖不必即爲定論，後人駁説尚多，而簡要略可得仿佛，於讀《楚辭》似無詳徵之必要矣。

廬江

《招魂》“路貫廬江兮，左長薄”。王逸注“貫，出也。廬江、長薄，地名也。言屈原行先出廬江，過歷長薄，長薄在江北，時東行，故言左也”。五臣云“在其左也”。洪興祖《補注》“《前漢·地理志》廬江出陵陽東南，北入江”。朱熹《集注》“貫，穿過也。廬江、長薄，皆地名。左者，行出其右也”。按廬江之説，依王、洪皆以廬江當今過蕪湖入大江之清弋江，依《招魂》文義定之。上言“汨吾南征”，蕪湖之廬江，在東不在南也。結語又云“魂兮歸來哀江南”，江南指屈二次放逐之辰溆諸地，上及長沙，而又死於汨羅。則招魂當向汨羅招之。則亂曰以下之詞，不可能更顧及《哀郢》東行之廬山。故徐文靖《管城碩記》卷十七考之最爲允當，其言曰“按《水經》‘匯水出桂陽縣盧聚’。酈《注》曰‘水出桂陽縣西北，上驛山盧溪，爲盧溪水，東南流逕桂陽縣故城，謂之匯水’。又《深水注》曰‘許慎云，深水出桂陽南平縣也。縣有盧溪，盧聚山在南平縣之南，九疑山東也’。又按《隋書·地理志》‘桂陽縣有盧水’，即《楚辭》所謂廬江者也。《一統志》‘盧溪在辰州府盧溪縣西二百五十里’。《唐志》謂‘武德四年，割沅陵置盧溪縣’，則又與桂陽盧溪相去絕遠，讀者不可不知也，又長薄乃江邊長岸，草木交錯處，非地名也。陸機詩‘按轡遵長薄’，王維詩‘清川帶長薄’，則長薄不得專以一地名之”。梁章鉅《文選旁證》以徐氏廬盧未分爲説，此不足辯。世知廬者多，知盧者少，錯當在《楚辭》本文也。惟古今申王義者最多，葉樹藩、梁章鉅固無論矣。朱珔《文選集釋》辯之爲最詳。且與子胥浮江淮之淮水有關，故附之如下。

附錄

案《漢志》廬江郡下云"廬江出陵陽東南，北入江"。陵陽已見前謝元暉《郡內登望詩》。《水經》云"廬江水出三天子都，北過彭澤縣西北入於江"，蓋即此水。酈《注》顧專言廬山，且云"廬江之名，山水相依，互舉殊稱"。是以廬江爲廬山之水，錢氏坫曰廬江即今之清弋江也。《海內東經》"廬江出三天子都入江"。下釋云"彭澤西"。此彭澤非九江郡彭澤縣也。丹陽郡宛陵縣有彭澤聚，乃此彭澤耳。《水經》衍一縣字，而善長更以尋陽之廬山當三天子都，不知漸江水出三天子都，與此同發一地。漸江出三天子都，在今黟縣；廬江出三天子都，在今太平縣，相去密邇。彭澤聚在宛陵西南，則爲今寧國縣西境地，聚在東，江在西，則爲清弋江無疑。惟清弋江有三源，中原出太平縣南山，即黟山，亦曰黃山，爲廬江之正原。今曰舒溪，其東原出旌德縣東䲞山。今曰梅溪者，則即清水也，亦曰涇水。西原出石埭縣分水嶺，今曰陽溪者，則又廬江之別原也。下流統名曰清弋江，亦曰魯陽江。於蕪湖縣南入江。古字廬、魯同聲，故轉廬爲魯，與舒亦同，又轉爲舒耳。後世存清弋之名，而無廬江之目，遠求之莫得其實，遂成巨謬，余謂郭注《山海經》云"彭澤，今彭蠡也，在尋陽彭澤縣"。亦以彭澤爲名，未及陵陽。與《漢志》乖，郝氏既引《漢志》陵陽，而於尋陽仍無別，殊爲淆紊，酈《注》之誤，正與郭同，錢氏駁之是已。但《漢志》丹陽郡陵陽下云"桑欽言淮水出東南，北入大江"。錢氏謂欽似以廬江水爲淮水也，近洪氏亮吉爲我邑修志亦著之。云桑欽所言淮水，與班固所言廬江所出同，所入同，道里又同，是淮水即廬江水也。青弋江乃宛陵下所云清水，西北至蕪湖入江者也。考清水即《說文》之冷水，韋昭以爲涇水。三字音同，此與淮水各一源。而其委則合南陵。《縣志》淮水出縣南呂山。《一統志》引《水經》注云，東溪水出南里山，即桑欽所謂淮水，呂里亦音同而轉，今呼爲小淮水（附案，錢氏謂淮水即今大通河，似別爲一水，未知孰是，河亦多淺澀）。然淮水既爲廬江水，若其源僅出於此，則《漢志》何以言出陵陽？酈道元何以言出三天子都乎？據《水經·沔水》下篇注云"旋溪水出陵陽山下，逕陵陽縣，又北合東溪水"。則出陵陽者乃旋溪，非東溪也。東溪水北歷蜀由山，又北左合旋溪。北逕安吳縣東。洪氏謂蜀由山即今太平縣之由山也。又云"石埭縣東有陵陽潭。在舒溪東南，岸長一里許"。下注舒溪，舒溪一名涎溪。涎、旋音同，則旋溪水即今舒溪也。校其道里，乃下與涇水合，無一不符，是則桑欽所云淮水，亦合涇溪而北入大江，與今淮水異，古今形勢不同，或水失其故道也。由此而知古之淮水與清水，雖異源而統匯於青弋江。《漢志》分列之，殆正可互證之，與其名廬江水者，廬江即今之魯港，二字皆音之轉，《方輿紀要》於蕪湖縣云"魯明江（附案，明疑陽之誤，或謂有魯明仲者居此，因名，非是）其上源即青弋江，匯於石硊，渡西北，注大江"。又石埭縣云舒溪，自太平縣西北流入，合於麻川，而入涇縣界，下流爲青弋江，至蕪湖之魯港，入於江。然則青弋江實衆水之經流，錢氏以爲廬江水，固非無據也。要之，廬江水不在尋陽亦明矣。若此注下又云"屈原行出廬江，過歷長薄，長薄在江北，時東行，故言左者"。此以二者爲地名。《紀要》又引胡氏云"漢文帝初，分淮南爲廬江國，本在江南"。班《志》廬江郡則在江北，蓋郡治屢有移徙，大抵在舒、皖之間，叔師據其時郡治言之耳。長薄地今無可考。

湘汨

《九思·遭厄》"沈玉躬兮湘汨"，舊注"賢者質美，故以比玉，湘、汨皆水名"。洪興祖《補注》"汨，音覓"。按湘汨者，湘水與汨羅也，汨羅入湘，故連舉以爲詞，屈子死所也，故文曰"沈玉躬"。參湘與汨羅二條。

大江

《九歌·湘君》"望涔陽兮極浦，橫大江兮揚靈"。王注"屈原思念楚國，願乘輕舟，上望江之遠浦，下附郢之碕，以澡憂患，橫渡大江，揚己精誠，冀能感悟懷王，使還己也"。按大江揚靈句，在沅湘、洞庭、涔陽諸句之後，此自南叙入北之道，則大江當即江水也。《水經·江水》"岷山在蜀郡氏道縣，大江所出"云云，此《水經》言江水源頭稱大江也。《山海經·海內東經》亦云"大江出汶山"。汶山即岷山也（詳江字條）。江之稱大江，亦如夏水之稱大夏水（《水經》卷三十二），富水之稱大富水（見《水經》卷三十一），要水之稱大要水（見《水經》卷十四），河之稱大河也。

沅

《離騷》"濟沅湘以南征兮，就重華而陳詞"。《九歌·湘君》"令沅湘兮無波，使江水兮安流"。又《湘夫人》"沅有茝兮澧有蘭"。又《九章·涉江》"乘舲船余上沅兮"。此沅字見於屈賦者，其見於漢人諸作，則《七諫·哀命》之"上沅湘而分離"。《七諫·沈江》"赴湘沅之流澌"。《九歎·思古》"回湘沅而遠遷"。《九歎·怨思》"寧浮沅而馳騁兮"皆是也。按《漢志》"牂柯郡故且蘭（今貴州遵義境），沅水東南（南當作北）至益陽入江，過郡二，行二千五百三十里"。《水經》云"沅水出牂柯且蘭縣，爲旁溝水，又東至鐔城縣，爲沅水"，注"東逕辰陽縣南，東合辰水，水出縣三山谷……又逕其縣北……（即《楚辭》所謂'夕宿辰陽'者也。）右會沅水，名爲辰溪口"。更歷今桃源、武陵、龍陽，至沅江入洞庭。《水經注》沅水文極綺麗。

湘

　　湘水也。《楚辭》湘字十五見，多"江湘"或"沅湘"連言。其單言湘者，有《漁父》之"寧赴湘流"，及《七諫·哀命》"測汨羅之湘水兮"。又《九歎·離世》"濟湘流而南極"，《九歎·怨思》"長辭遠逝乘湘去兮"。其言江湘者，有《九章·涉江》之"旦余濟乎江湘"，《九歎·逢紛》"赴江湘之淵流兮"，《九歎·怨思》"下江湘以邅迴"，《九歎·遠逝》"逐江湘之順流"，《九歎·惜賢》"江湘油油，長流汩兮"。言沅湘者，《七諫·哀命》"上沅湘而分離"，《離騷》"濟沅湘以南征兮"，《九歌》"令沅湘兮無波"，《七諫·哀命》"上沅湘而分離"。言湘沅者，《七諫·沈江》之"赴湘沅之流澌"，《九歎·思古》之"回湘沅而遠遷"。在屈原作品中，不全爲修辭上之調對作用，亦有途程上順序。如"旦余濟乎江湘"，言由江至湘也。其餘則漢賦家之言，不能刻以求之矣。然亦有單言"江"字，而確知其指湘水者，則《漁父》"葬於江魚之腹中"句是也（詳江字條下）。

　　《楚策》"（蔡聖侯）食湘波之魚"。《漢志》"零陵縣海陽山，湘水所出，北至酃入江，過郡二，行二千五百三十里"。《水經》卷三十八"湘水"所出同。其經過較詳，無詳載之必要，惟湘水過洮陽縣後，營水入之，營水西流，逕九疑山，與《楚辭》有關（別詳九疑山下）。又湘水過臨湘縣昭山西，山下有旋泉，亦謂之湘州潭。《楚辭》亦言"湘潭"，自此後多有以潭名者。又湘水北逕黃陵亭，西合黃陵水口，其上承大湖，湖水西流，逕二妃廟，世謂之黃陵廟也。湘水又北，汨水注之，爲屈子投水處（詳汨羅下）。又北至巴丘山入江，山在湘水右岸，山有巴陵故城，南分湘浦，北屆大江（參書尾所載《楚疆域及屈子行蹤圖》）。張舜民芝叟《畫墁集·郴行録》寫湘水與屈子諸事相關涉極精，"丙申陰晦欲雪，岸洪宛轉，尚未全出湖中。午際，風微雨作，可十五餘里，東岸始有人煙。曰龍渥，水色極深，乃湘水也。有水自東出，曰歸義江口。入口十許里，即汨羅也。水中分南曰汨，北曰羅。洲上有忠潔侯祠，即三閭大夫也。……黃陵廟，即舜二妃，牓曰‘懿節廟’，庭宇湫隘，竹木翁鬱，二妃并坐，傍設舜象。馬殷嘗加營葺，退之記，沈傳師書，碑石訛剥，更以不摹刻之，字體多失”。

漢

《九章·抽思》“有鳥自南兮，來集漢北”。洪興祖《補注》“《禹貢》‘嶓冢導漾，東流爲漢’。《周禮》‘荊州，其川江、漢。漢，楚水也’。《水經》及《山海經》注云‘漢水出隴西氐道縣嶓冢山，初名漾水，東流至武都沮縣，始爲漢水。東南至葭萌，與羌水合；至江夏安陸縣，名沔水，故有漢沔之名。又東至竟陵，合滄浪之水。又東過三澨水，觸大別山，南入於江也’”。洪引《禹貢》說漢水過簡略，茲依《水經》條列如次，凡沿途重鎮與楚大事，及《楚辭》屈宋有關者詳焉。《水經》“沔水出武都沮縣東狼谷中”。酈道元注“沔水一名沮水：沔水又東南逕沮水戍而東，南流注漢曰沮口，所謂沔漢者也。……故如淳曰，此方人謂漢水爲沔水。孔安國曰，漾水東流爲沔……至漢中爲漢水……東逕沔陽縣故城南……城東容裒溪水注之，俗謂之洛水也……又左得度口……又東黃沙水左注之……又東合褒水……褒水又南逕褒縣故城東褒中縣也。本褒國矣……褒水又南流入于漢。漢水又東逕萬石城下……（東過南鄭縣南）縣故褒之附庸也……六國楚人兼之（《史記·秦本紀》孝公元年，楚自漢中，南有巴黔中）。懷王衰弱，秦略取焉……漢水又東逕東胡城南（在今城固縣西），漢水又東，黑水注之（又東，過城固縣南，又東，過魏興、安陽縣南，淯水出自旱山，北注之），漢水又東，會益水……又東，至灉城南與洛谷水合……又東，逕石門灘……東出寒泉嶺……漢水又東逕媯虛灘。《世本》曰‘舜居媯汭’。（在漢中西城縣，應劭言‘媯墟在西北，舜所居也，或作姚墟’。）漢水又東，合蓮蕪溪口……又東，右會洋水……又東合直水……又東逕晉昌郡之寧都縣南（在今漢陰縣東北），又東過西城縣南（今安康縣），城内有舜祠……又東逕木蘭寨南……又東逕魏興郡之錫縣故城（《左傳》文十一年'潘崇復伐麇至于錫穴'是也），又東過堵陽縣，堵水注之（渚水北逕上庸，故庸國也。文十六年，楚人秦人巴人滅庸。堵水又東逕方城亭西，文十六年，楚使廬戢黎侵庸及庸方城）。漢水又東，謂之潦灘，又東過鄖鄉南縣故麇國也。漢水又東逕琵琶谷口。荊、益二州分境于此。又東南過武當縣東北，水中有洲名滄浪洲"。（餘詳滄浪水條。以上節略《水經》及《注》"沔水"條，以下用顧棟高《春秋大事表》補，其地名古今有小別，兹亦仍之。凡重要者，皆譯以今名。）又"東南經均州北，均水合丹水、淅水自北入焉。又東南經光化縣西南（縣西有陰縣故城，爲楚之下陰地）。又東南經穀城縣東，彭水自西入焉。又東南經襄陽縣北，淯水自北入焉。折而南經宜城縣東，鄢水自西入焉（縣西南九里有古鄢國，楚爲鄢邑。昭十三年《傳》"王沿夏將欲入鄢"。《注》"順漢水入鄢也，縣西南九十里有都城。與荊門州接界，都國自高密遷此，後入於楚，定六年，楚避吳北去徙都，都仍名郢，謂之鄢郢）。又南經鍾祥縣西南，又南經荊門東（州西北有長林城，爲楚大林，東南有那口城，爲楚那處）。又東南經天門縣西，夏水自西南入焉。自此以下，漢水亦稱爲夏水，又東經漢川縣南，涓水入焉（即清發）。又東經漢陽縣東北，又南合于大江。今漢口也。漢既納夏，亦通稱夏。《左傳》昭四年'沈尹射奔命于夏汭'。杜《注》'漢水曲入江于夏口也'。孔《疏》'漢水之尾，變爲夏水'是也。昭十三年'王沿夏將欲入鄢'。猶爲漢水上流而亦稱夏者，猶沔爲入漢之水，而《水經》仍稱漢曰沔，蓋三水通稱也。古又言漢水有東西二流者，以上所言，乃在楚境之東漢水也"。西漢水則《黄氏日鈔》云"二水二源，一出秦州天水縣，謂之西漢水，至恭州過重慶巴中縣入江"。王士禎有《東西二漢水考》考之詳矣。西漢水于《楚辭》無所用，故不具載。《楚辭》言漢者凡三處，一見於《九章·抽思》曰"漢北"，其二見于《九歎》與《九思》，則漢人說也。漢北已特立爲條，兹說《九歎》、《九思》兩條如次。

《九歎‧思古》之"容與漢渚，涕淫淫兮"。王逸注"漢，水名也。《尚書》曰'嶓冢導漾，東流爲漢'。言己將欲避世，游戲漢水之岸，心中哀悲，而不能去，涕流淫淫也"。《九歎》雖子政"追念屈原忠信"、"讚賢"、"輔志騁詞以曜德"之作，然屈子言夏渚，而子政言漢渚者，蓋亦聊借屈子以托己志也。子政以宗親胄子，而不得志，故托言漢渚，下言"鍾牙已死，誰爲聲兮?"屈子無此種思想，純子政自言也。又《九思‧疾世》"周徘徊兮漢渚"，舊注"言居山中愁憤，復之漢水之涯，庶欲以釋思念也。渚，一作濱"。漢渚之義，略近《抽思》，故文中有"此國無良"，"言邁北徂"與"遵彼漢皋"之語，然曰求女漢渚，則或亦有鄭交甫感佩之念，則漢時所最盛傳漢皋故事之一，作者雖亦以傷愍屈原爲創作之主旨，而襲用一時盛傳之事以入文，亦常有之例也（參《楚疆域及屈子行蹤圖》）。

附周聖楷《漢水考》

按天下之大川，以漢名者二，班固謂之東漢、西漢，而黎州之漢水源于飛越嶺者，不與焉。固之所謂東漢，則《禹貢》之導漾，自嶓冢山，逕梁、洋、金、房、均、襄、郢，復至漢陽入江者也。西漢則蘇代所謂漢中之甲，徑舟出于巴，乘夏水下漢，四日而至五渚者，其源出于西和州徼外，逕階沔與嘉陵水合，俗謂之西漢。又逕大安利劍果合，與涪水合入于江。今按荊州，古郢都也。岷江經其前，即西漢水；漢水遶其後，即東漢水。屈完所云當合二水以爲池，始稱天險矣。

淮

《九章‧悲回風》"浮江淮而入海兮"，王無注，洪興祖《補注》云"《越絕書》曰'子胥死，王使捐於大江，乃發憤馳騰，氣若奔馬，乃歸神大海'。自適，謂順適己志也"。又《九歎‧憂苦》"潛周鼎於江淮兮"，王逸注"言乃藏九鼎於江淮之中，反炊土釜於堂宇之上。猶言棄賢智，近愚頑者也"。按淮北，楚地，然蘇秦説魏曰"東有淮潁"，是淮亦在楚魏之界。然《悲回風》言子胥死而"浮江淮入海"云云，依古地言之，淮江不相通，則入江不得更入淮，則浮江淮入海之言爲不辭，度屈子必不疏略如是。按《水經·沔水》"沔水與江合流。又東過彭蠡澤，又東至石城縣分爲二……其一又過毗陵縣北，爲北江"。《注》曰"南江（即經之北江）又東逕宣城之臨城縣南，又東逕安吳縣，號曰安吳溪。又東旋溪水注之，溪水（溪字官本誤漢，據趙刊誤改）又北合東溪水，水出南里山，北逕其縣東，桑欽曰淮水，出縣之東南，北入大江"。全校云，按《漢志》"丹揚郡陵陽縣下亦引桑欽語，今宣城人呼小淮水，乃東壩之上游也"。則《悲回風》之淮水，當指東溪水。東溪水亦稱淮水，則與浮尸江淮入海之説合矣。考東溪水，當即今安徽宣城東南嶧山之宛溪。北經當塗，又名水陽江，合青弋江，出蕪湖，入大江。與吳地望相當，當即此。參"廬江"條附録引朱珔《文選集釋》説。《九懷·尊嘉》云"伍胥兮浮江"，但言江者，子淵不知有小淮也。然或者又言，浮江淮入海，從子胥自適，乃屈子自擬之詞，非即指子胥之沉也。于義雖可通，然屈子密縝，必不空擬，則吾人正當求其勝解，不得以此爲推委也。至《九歎》江淮之淮，則當指《漢志》"南陽郡平氏桐柏大復山在東南，淮水所出"之淮，即古四瀆之一，本從今江蘇之漣水縣入海者也（參書尾所載《楚疆域及屈子行蹤圖》）。

附

按子胥浮江之説，古今爭之者至多，朱彝尊以爲指錢塘江，江都汪中氏駁之，以爲浮尸者吳江，較諸家説爲長。雖不能説明本句淮字，而確可備一説，非泛泛者可比。其言曰（見《述學》廣陵曲江證一文）"……吳殺子胥，投其尸於江，亦吳江也。《七發》注引《史記》'吳王殺子胥，投之于江，吳人立祠于江上，因名胥母山'。《史記·伍子胥列傳》吳王'取子胥尸盛以鴟夷革，浮之江中，吳人憐之，爲立祠于江上’。張晏曰‘胥山在太湖邊，去江不遠百里，故云江上’。正義引《吳地記》曰‘越軍于蘇州東南三十里，又向下三里，臨江北岸，立壇，殺白馬，祭子胥，杯動酒盡，立廟于于此江上’。《吳太伯世家》正義引《吳俗傳》‘子胥亡後，越從松江北開渠，至横山東北，築城，伐吳，子胥乃與越軍夢，令從東南入，破吳。越王即移向三江口岸，立壇，殺白馬，祭子胥，杯動酒盡，越乃開渠，子胥作濤，蕩羅城東開入滅吳。至今號曰示浦，門曰鱔鮓’是也。吳投子胥之尸，豈有舍其本國南竟五十里之吳江，乃入鄰國三百餘里，投之浙江哉？然則伍子之山，胥母之場。固與浙江無涉，不得引以爲證。《吳越春秋》勾踐殺大夫種葬於國之西山，一年，‘伍子胥從海上，穿山脅而持種去，與之俱浮於海，故前潮水揚波者子胥，後重水者大夫種也’。其言固誕，然但言海潮，而不言浙江也。《論衡·書虚篇》吳王殺子胥投之江。‘子胥恚恨，驅水爲濤，以溺殺人，今時會稽、丹徒、大江、錢唐、浙江皆立子胥之廟。蓋欲尉其恨心，止其怒濤也’。二江并祭子胥，乃在東漢之世。《水經·淮水篇注》引應劭《風俗記》‘（江都）縣有江水祠，俗謂之伍相廟也，子胥但配食爾，歲三祭，與五岳同’。子胥之配食大江，是惟命祀，《漸江篇注》據《吳越春秋》以《七發》所云，專屬之浙江，則誤矣”。

最可注意者，則所謂“今時會稽、丹徒、大江、錢塘、浙江皆立子胥之廟，蓋欲尉其恨心，止其怒濤也”云云，與舜之葬，禹之娶，原之廟，皆民情之所寄，不可忽也。則屈子用江淮入海之傳，未必即非桑欽之小淮水也。

醴

《九歌·湘夫人》“沅有茝兮醴有蘭”。王逸注“言沅水之中有盛茂之茝，澧水之内有芬芳之蘭。醴，一作澧”。洪補“《水經》云‘澧水又東南注於沅水曰澧口，蓋其枝瀆耳，引‘沅有芷兮澧有蘭’。或曰澧州有蘭江，因此爲名”。又《九歌·湘君》亦有遺佩醴浦之言。洪補“《方言注》云‘澧水今在長沙’。《水經》云‘澧水出武陵充縣，注於洞庭’。按《禹貢》曰‘又東至於澧’，《史記》作醴，孔安國、馬融、王肅皆以醴爲水名，鄭玄曰‘醴，陵名也，長沙有醴陵縣’。澧、醴古書通用，今澧州有佩浦。因《楚辭》爲名也”。醴即澧，《九歌》三見，按《漢書·地理志》“武陵郡充縣歷山，澧水所出，東至下雋入沅，通郡二，行一千二百里”。《水經注》云“澧水出武陵充縣（即今澧州慈利縣地），澧水又東，茹水注之。水出龍茹山，水色清澈，漏石分沙，莊辛説楚襄王所謂飲茹溪之流者也……澧水東與温泉水會……澧水又東，九渡水注之……又東會婁水、溇水，又左合黃水。東逕澧陽縣，澧水又東過作唐縣左合涔水，又東澹水注之，謂之澹口。又東南注于沅水，曰澧口，蓋其枝瀆耳。《離騷》曰‘沅有芷兮澧有蘭’”。又東與赤沙湖水會，入于洞庭（參書尾所載《楚疆域及屈子行蹤圖》）。醴本一宿酒名，詳飲食類醴字下。

汨羅

《七諫·哀命》“測汨羅之湘水兮”，王逸注“汨水在長沙羅縣，下注湘水中”。洪興祖《補注》“汨，音覓”。按《水經·湘水注》“湘水又北，汨水注之，水東出豫章、艾縣、桓山西，南經吳昌縣北，與純水合……汨水又西逕羅縣北（故羅子國也，故在襄陽羅城縣西，楚文王移之于此）。水亦謂之羅水，汨水又西逕玉笥山，汨水又西爲屈潭，即汨羅淵也”。“屈原懷沙自沉于此，故淵潭以屈爲名（《説文》‘長沙汨羅淵也，從水，冥省聲，屈平所沉水’。大徐莫狄切）。昔賈誼、史遷，皆嘗逕此，弭檝江波，投吊于淵。淵北有屈原廟，廟前有碑。汨水又西逕汨羅戍南，西流注于湘，春秋之羅汭矣，世謂之汨羅口”。

按今湖南湘陰縣，即古羅子國地，汨羅本一水，流經玉笥山下，匯爲淵潭，而以汨羅名者，亦猶湘漢之統稱矣。其地在湘陰縣北七十里

（參“屈原”一條及書尾所載《楚疆域及屈子行蹤圖》）。

清江

《九章·悲回風》“馮崑崙以瞰霧兮，隱岷山以清江”。王逸注“岷山江所出。《尚書》曰‘岷山導江’。言己雖遠遊戲，猶依神山而止，欲清澄邪惡者也”。洪興祖《補注》“《列子音義》引《楚辭》‘隱汶山之清江’”。朱熹《集注》“清江去其濁穢之流也”。按岷山《禹貢》以爲大江之源，由崑崙下瞰岷山之麓，所見自是江水，則清江指大江無疑。“以”字當從洪補引《列子音義》所引此語作“之”字，謂隱然見岷山下之大江，其水至清也。清字乃形容詞，江指大江言，言大江濫觴之清也。黄河有濁河之稱，則對大江言清江，亦事之常態也。《山海經·西山經》“（大時之山）清水出焉，南流注于漢水”。與此清江無涉。

洿瀆

《九歎·怨思》“菀蘼蕪與菌若兮，漸藁本於洿瀆”。王逸注“洿瀆，小溝也。洿，一作汙”。按洿、瀆二字叠韻，故古籍多連文。叔師訓小溝者，以洿爲形容字也。《説文》“洿，濁水不流池也”。大徐“哀都切”。（池字據《一切經音義》卷十八引增）古洿池多連用，瀆者《説文》“溝也”。大徐“徒谷切”。則洿瀆者，洿濁水不流之溝也，乃偏正複合詞。

涌湍

《九章·悲回風》“憚涌湍之磕磕兮”，王逸注“憚，難也。涌湍，危阻也。以興讒賊危害賢人也。磕，一作礚”。洪《補注》“磕，苦蓋切，石聲”。朱熹《集注》“磕，古蓋反。磕磕，水石聲”。《説文》“涌，滕也，從水甬聲”。大徐“余隴切”。又“滕，水超踊也”，《論衡·狀留篇》"泉暴出者曰涌"（本《公羊傳》昭五年"直泉者何？涌泉也"）。則涌猶今言洶涌。又《水部》"湍，疾瀬也，從水耑聲"。大徐"他耑切"。《一切經音義》卷四十三、十六、二十引同。《九章·抽思》亦云"長瀬湍流，泝江潭兮"。王注"湍，亦瀬也"。則涌湍乃義近複合詞，言水洶涌而流急也。各詳單字下。

浸淫

《七諫·沈江》"賢俊慕而自附兮，日浸淫而合同"。王逸注"浸淫，多貌也，言天下賢能英俊，慕周之德，日來親付，浸淫盛多，四海并合，皆同志也。浸，一作侵"。洪《補注》"浸，音侵。浸淫，漸漬"。按《墨子·大取》"故浸淫之辭，其類在鼓栗"。《説文·水部》"淫，浸淫隨理也"。段注"浸淫者以漸而入也"。《漢書·司馬相如傳·難蜀父老文》"浸淫衍溢"。師古注"浸淫，猶漸漬也"。《玉篇·水部》"浸，淫潤也"。潤亦漬漸之義，叔師訓多貌者，引申之義，然又如漸漬義，當曰日浸淫而合同，言日漸漬而至于合同也。宜從朱熹説。一作侵者，聲借字，浸淫猶之浸潤。《論語·顔淵》"浸潤之譖，膚受之愬"。皇侃疏"浸潤，猶漸漬也"。相如《難蜀父老文》有"不浸潤於澤者，賢君恥之"。

浩蕩

《楚辭》凡三見，兩見于屈賦，一見于《哀時命》，而義各別。《離騷》"怨靈修之浩蕩兮"，王逸注"浩猶浩浩，蕩猶蕩蕩，無思慮貌"。朱熹《集注》同。依下文"終不察夫民心"句體認之，則浩蕩即不察民心之象。故王、朱以爲無思慮。戴震以爲"散漫無檢柙"，則浩蕩猶今常語糊塗。錢杲之以爲縱放義，與王、戴説同。皆自其因詁之。六臣張銳以爲法度壞貌，則自其結果會之。浩蕩，漢人或作浩唐。《文選·七發》"今如太子之病者，獨宜世之君子，博見强識，承間語事，變度易意，常無離側，以爲羽翼。淹沉之樂，浩唐之心，遁佚之志，其奚由至哉”。李善注“唐，猶蕩也”。浩唐與淹沉、遁佚連言，則其義爲放縱無疑。較無思慮、漫無檢柙爲尤深重，則義蓋又與今常語之荒唐同也。浩蕩、荒唐、糊塗皆一聲之轉。此一義也。二猶《呂覽》言“滔蕩”，《音初篇》“流辟誂越，慆濫之音出，則慆蕩之氣，邪慢之心感矣”，亦如今常言遥蕩。《方言》十“遥，淫也”。郭注“言心遥蕩也”。《莊子·大宗師》“遥蕩恣睢”。注“遥蕩，縱散也”。

《九歌·河伯》“登崑崙兮四望，心飛揚兮浩蕩”。王逸注“志放貌，心意飛揚，志欲陞天，思念浩蕩，而無所據也”。志放之義，釋浩蕩之情，即今常語浩浩蕩蕩之意，廣大無據之象也。此第二義也。猶漢人言浩洋（見《淮南·覽冥》“水浩洋而不見”），晋人言浩漾，《晋書·阮籍傳》“漫浩漾而未静”。

《哀時命》“志浩蕩而傷懷”。王注“中心浩蕩，罔然愁思，念楚國也”。此言中心無據，而至于愁思。則浩蕩猶今常語“荒凉”、慌惚之義。此則由浩蕩無據而引申者，是此第三義。

按此本訓詁字，近義組合詞，故應分釋。浩本訓沆（從段玉裁説），莽沆，大水也。《楚辭》“浩浩沅湘”，言沅湘之水，莽沆而大也。引申爲大，大而至于無據，則與荒茫相近。蕩本水名，經典多借爲宕。《左傳》襄二十九年“美哉蕩乎”，疏“寬大之義”。凡大至無據，亦曰蕩，則惕之假借。《論語·陽貨》“今之狂也蕩”。“其蔽也蕩”。孔注“無所適守也”。亦以盪爲之。《漢書·丙吉傳》“不得令晨夜去，皇孫敖盪”。注“放也”。敖盪亦猶浩蕩矣，按《方言》十“媱，游也。江沅之間，謂戲爲媱，或謂之惕”。（郭注惕音羊，恐非。當從《集韻》，音大浪切。）則媱惕，即今常語游蕩。惕爲江沅方言，蕩即惕之借，則亦楚故語矣。

洶涌

《九歎·逢紛》“波逢洶涌，濆滂沛兮”，王逸注“水性清潔平正，順而不爭，故以喻屈原也。言水逢風紛亂，揚波滂沛，失其本性，以言屈原志行清白，遭逢貪佞，被過放逐，亦失其本志也"。按《説文》"洶，涌也"。此集兩義近字成一詞。《九章·悲回風》"聽波聲之洶洶"，王叔師注"水得風而波"，單言曰洶，曰涌；重言洶洶，曰洶涌。《文選·上林賦》"洶涌彭湃"，李善注引司馬彪曰"洶涌，跳起也"，銑注"水聲也"。跳起之義，猶洶洶之訓波騰，此亦漢賦家所構新詞，先秦所未有也。

湋溰

《九歎·惜賢》"盪湋溰之姦咎兮，夷蠢蠢之溷濁"。王逸注"盪，滌也。湋溰，汙薉也。亂在内爲姦。咎，惡也"。洪興祖《補注》"湋，烏回切。溰，烏禾切。《博雅》'湋，穢也'。'溰，濁也'"。按《説文》無溰字，湋字訓没，《玉篇》曰"水澳曲也"。朱駿聲以爲本義當從《玉篇》説是也。字或作隈，無污薉義。細繹上下文義，則下句已有溷濁，此句更言穢濁，雖施受地位不同，終覺未盡其善，此處仍宜用水澳曲之義。而溰則原爲委字，因湋從水而爲加水。委者，聯綿詞之語尾也，其義仍只是水澳曲。凡水澳曲則多委積不流之物，亦即污薉，亦句中所謂姦咎，故叔師原注疑當爲"污薉之處也"五字。後人移録上棗梨脱去"之處也"三字，而洪氏又引《博雅》以證之，遂使文義重叠。文用盪字爲動詞，言盪滌水澳曲之處之污薉（姦咎即姦宄，別詳）。

淵淵

《九思·憫上》"川谷兮淵淵，山峉兮峇峇"。舊注"深貌"。按《説文》"淵，回水也"。水不深則不能回，故引申爲深，《禮記·中庸》"淵淵其淵"。《正義》曰"淵，水深之貌也"。《莊子·知北遊》"淵淵乎其若海"。注"容恣無量"。古義皆如此，蓋先秦南北通語。

潏潏

《九章·悲回風》"氾潏潏其前後兮，伴張弛之信期"。王逸注"思如流水，游楚國也"。洪興祖《補注》"氾，濫也，音泛。潏，涌出也，音決"。朱熹《集注》"言其反覆不定之意"，按《説文》"潏，水湧出也"。《漢書·司馬相如傳·上林賦》"潏潏渾渾，湁潗鼎沸"。郭璞曰"皆水微轉細涌貌也"。師古曰"音決"。

岐

《天問》"遷藏就岐，何能依"，王逸注"言太王始與百姓徙其寶藏，來就岐下，何能使其民依倚而隨之也"。《洪補》"按《詩》云'度其鮮原，居岐之陽'。注云'文王謀居善原廣平之地，亦在岐山之南'。《説文》云'岐，周文王所封也'。然太王居邠，狄人侵之，始邑於岐山之下，則遷藏就岐，蓋指太王也"。"何令徹彼岐社，命有殷國"。洪興祖《補注》"岐在右扶風美陽中水鄉，因岐山以名，太王自豳徙焉"。朱注"岐社，太王所立岐周之社也"。按岐字兩見《天問》，王、洪、朱皆以太王與百姓遷居岐山之下爲言，是也。洪補引《詩》、《説文》，考之詳矣。各隨文義釋之可也。《史記·周本紀》"古公亶父修后稷公劉之業，積德行義，國人皆戴之。薰育、戎狄攻之……（古公）以殺人父子而君之，不忍爲，乃與私屬遂去豳，渡漆沮，踰梁山，止于岐下。豳人舉國扶老携幼，盡復歸古公于岐下"。即遷藏就岐之義也。《集解》引徐廣曰"（岐）山在扶風美揚西北，其南有周原"。《國語·周語》"周之興也，鸑鷟鳴於岐山"。《漢·地理志》師古注"岐山在美陽，即今之岐山縣箭括嶺也"。箭括嶺今名箭括山，在今陝西岐山縣東北六十里。《文選·西京賦》薛綜注"岐山在長安西美楊縣界，山有兩岐，因以名焉"。

鄂渚

在今武昌縣。《九章·涉江》"乘鄂渚而反顧兮"，王逸注"乘，登也。鄂渚，地名"。洪興祖《補注》"楚子熊渠封中子紅於鄂。鄂州，武昌縣地是也。隋以鄂渚爲名"。朱熹《集注》"鄂渚，地名，今鄂州也"。按《涉江》第一站爲江湘。顧觀光《七國地理考》云"屈原《涉江》'乘鄂渚而反顧兮，欸秋冬之緒風'。《水經》云'江水又東過邾縣南鄂縣北'。注引《九州記》'鄂，今武昌也'。《涉江》所歷之路，自東而西，故下文云'步余馬於山皋兮，邸余車兮方林'。謂自武昌陸行，過咸甯、蒲圻而至岳州，至此則復從舟入湘，以達于沅。故下文云'乘舲船余上沅兮，齊吴榜以擊汰'"。沅水東入洞庭，而原西向，故溯流而上也，語最明晰。

鄗

《九懷·匡機》"顧游心兮鄗酆"，王逸注"回盻周京，念先聖也。文王都酆，武王都鄗，二聖有德，明於用賢。故顧其都，冀遭逢也。顧，一作願"，洪興祖《補注》"鄗，下老切，在長安西上林苑中。酆，在京兆杜陵西南"。按鄗即鎬之別字，然古書多作鎬（而鄗則爲春秋晉邑，即《左傳》所謂齊國夏伐晉取鄗之鄗，在今河北桐鄉縣北）。《詩·文王有聲》"鎬京辟雍，自西自東，自南自北，無思不服"。又曰"考卜維王，宅是鎬京，維龜正之，武王成之"。是也。其全稱當曰鎬京。武王始營之，是謂西都，又作京周，或曰新邑，其地在今陝西西安縣西南。

陽城

《九懷·陶雍》"息陽城兮廣夏"。王逸注"遂至炎野大屋廬也"。按

陽城，古籍中言者至多。《孟子·萬章》"禹避舜之子于陽城"。《世本》
"夏后居陽城"。此今河南登封。《宋玉賦》"惑陽城，迷下蔡"，此楚之
陽城。與子淵此文所言，皆不可合。細繹叔師注語，"遂止炎野"云云；
以炎釋陽，則野字正釋城矣。城不得言野，城野正一大別名。因疑城或
爲域字之誤。陽域故得譯爲炎野矣。漢人多鑄新詞，時有不甚可解者，
以陰陽爲寒暑、爲北南之代語。固戰代以來已有之矣。而複合域字，使
成一詞，則王褒、劉向、王逸諸家所恒見之事。

酆

《九懷·匡機》"顧遊心兮酆酆"，王逸注"回眄周京，念先聖也，
文王都酆"。洪補云"在京兆杜陵西南"。按酆字又作豐。《詩·大雅》
"文王受命，有此武功。既伐于崇，作邑于豐"。又"王公伊濯，維豐之
垣。四方攸同，王后維翰"。《説文·邑部》"酆，周文王所都，在京兆
杜陵西南"。昭四年《左傳》"康有酆宮之朝"。按在今陝西鄠縣東五里，
有古酆城。

郢

郢者，楚都之通稱。《楚都紀》曰"郢後徙都鄀，曰鄢郢，曰郢。
最後徙壽春，亦曰郢。蓋郢者，楚人所以名大都（今皖北方言，呼村寨
爲郢子，蓋其遺語）。卜辭有𡴭字，即郢。《説文》郢之或體作郢，與此
同。從邑之字，亦可從卪，如鄉、卿等是也。《史記·楚世家》云"武
王卒……子文王熊貲立，始都郢"。《世本》云"楚武王徙郢"。《左傳》
昭二十三年"楚囊瓦爲令尹，城郢。沈尹戌曰，子常必亡郢，苟不能
衛，城無益也……若敖蚡冒，至于武文，土不過同，慎其四竟，猶不城
郢，今之數圻，而郢是城，不亦難乎"。《説文·邑部》"郢，故楚都，
在南郡江陵北十里"。段注"南郡江陵二志同。今湖北荊州府治。東北

三里，有故郢城"。楚自熊繹居丹陽。

郢都圖

（黃盛璋《關于江陵鳳凰山 168 號漢墓的幾個問題》一文所摹録）

《漢書·地志》"南郡江陵"。自注"故楚郢都，楚文王自丹陽徙此，后九世，平王城之。后十世，秦拔我郢，徙陳莽曰江陸"。《水經注》沔水，"江陵西北有紀南城，楚文王自丹陽徙此，平王城之，班固言楚之郢都也"。至文王熊貲，始都郢，又別邑曰郊郢。《左傳》鬭廉曰"君次於郊郢，以禦四邑"。杜曰郊郢楚地，此必郢都也。故前志曰"江陵縣，故楚郢都"。又曰'郢縣，楚別邑，故郢"。劃然二縣，故郢二字，正故郊郢之奪誤也。許君於他邑不言距今縣方向里數，獨此云"在南郡江陵北十里"。詳之者，以見非漢郢縣之郢也。《水經注》江水，"又東逕江陵縣故城南……謂楚都也。又東逕郢城南，子囊遺言所築城也"，可知也。謂楚別邑也。江陵之郢，《水經·沔水注》云"（又謂之紀郢，）江陵西北有紀南。楚文王自丹陽徙此，平王城之。班固言楚之郢都也"。按一九六六年五月文物載《湖北江陵三座楚墓出土大批重要文物》一文中言"湖北江陵縣境内，紀南城是春秋戰國時代楚之郢址。至今地面仍保存有較爲完整之土築城垣。規模相當龐大，地下文化遺存，極豐富，城的四周有大量之楚墓群……城西之八嶺山，城北之紀山，城東之雨台山，都保有大量地面有封土堆之大型墓葬"云云。

《九歎·離世》"去郢東遷，余誰慕兮?"按此即用《哀郢》原意。《九思·逢尤》"呂傅舉兮殷周興，忌嚚專兮郢吳虛"。按此郢指楚言，故與吳對舉，此以國都代國名，古今恒有之例。桓譚《新論》言"郢子好細腰，而宮人餓"，則以京都作國稱矣。如趙一稱邯鄲，韓一稱鄭，皆見《竹書紀年》，惟楚自頃襄王以後，二徙其都，亦各以郢稱。《史記》"周成王封熊繹於荆蠻，爲楚子，居丹陽"。楚文王自丹陽徙郢。楚頃襄王自郢徙陳，楚考烈王自陳徙壽春，命曰郢。王觀國《學林》卷六按"《前漢·地理志》曰'江陵，故楚郢都'。楚既屢徙至壽春，則去郢遠矣。地既非郢，而猶命曰郢者，蓋楚嘗居郢而霸，則先世之威名已著於郢矣。後雖東徙，猶以先世威名自稱，覬楚之復大也。故雖東徙，而猶命曰郢。亦猶南朝蕭氏出於蘭陵，而其後又創南蘭陵。各貴其所自出故也。今之郢州，乃楚之別邑。號郢亭者，非楚都之郢"云云，按觀國之説，自亦一解。楚習愛其先世稱號，如高陽一名，楚地亦保之也，詳"高陽"條下。

郢又稱郢中，又謂之南郢。《夢溪筆談》卷五云"世稱善歌者皆曰郢人，郢州至今有白雪樓。此乃因宋玉（對）問曰'客有歌于郢中者，其始曰《下里》、《巴人》，次爲《陽阿》、《薤露》，又爲《陽春》、《白雪》，引商刻羽，雜以流徵'。遂謂郢人善歌，殊不考其義其曰'客有歌于郢中者'，則歌者非郢人也。其曰《下里》、《巴人》國中屬而和者數千人，《陽阿》、《薤露》和者數百人，《陽春》、《白雪》和者不過數十人。引商刻羽，雜以流徵，則和者不過數人而已，以楚之故都，人物猥盛，而和者止於數人，則爲不知歌甚矣。故玉以此自沉。《陽春》、《白雪》皆郢人所不能也。以其所不能者名其俗，豈非大誤也。《襄陽耆舊傳》雖云'楚有善歌者'，歌《陽菱》、《白露》、《朝日》、《魚麗》，和之者不過數人，復與《陽春》、《白雪》之名。《困學紀聞》云《陽春》、《白雪》作《陵陽》、《白雪》，見《琴賦注》。又今郢州本謂之北郢，亦非古之楚都。或曰楚都在今宜城界中，有故墟尚在。亦不然也，此鄢也，非郢也。據《左傳》'楚成王使鬭宜申爲商公，沿漢泝江，將入郢，王在渚宮下見之'。沿漢至於夏口，然後泝江，則郢當在江上，不在漢上也。又在渚宮下見之，則渚宮蓋在郢也。楚始都丹陽，在今枝江。文王遷郢，昭王遷都，皆在今江陵境中。杜預注《左傳》云'楚國，今南郡江陵縣北紀南城也'。謝靈運《鄴中集詩》云'南登宛郢城。'今江陵北十二里有紀南城，即古之郢都，又謂之南郢"。

附錄

郢（紀南城遺址）

紀南城，去今湖北省荆州城北十華里，在紀山之南，是春秋戰國時楚都城，當時稱郢。公元前六八九年，楚文王始都郢。至公元前二七八年秦國白起拔郢，楚項襄王遷都于陳（今河南淮陽）。楚國在此建都四百一十一年，紀爲楚國政治、經濟、文化中心。吳起變法，莊蹻起義，及屈原主張改革，皆經此地。紀南城又爲春秋戰國時南方最大城市，爲全國較大都會之一。當年土築城垣，現仍存在，其地段有高達一、二丈。據近年發掘報告，城址東西長九華里，南北寬七華里，總面積達六十餘平方公里。楚項襄王遷都以後，便漸淪爲廢墟。但近年發掘後，發現地上地下城內城外存留豐富的數百遺跡。城內已發現當年夯土臺基。其中有爲楚都大型宮殿基址，及手工業作坊遺址。當年夯築之房屋墙基柱礎基址，以及瓦築地下水管，皆有發現。至于建築材料，筒瓦、板瓦、以及陶井等，多至不可數；陶器、鐵器、銅器，均有發現。城址周圍，遍佈楚墓。許多重要歷史文物，已經出土者，有如成批之楚國竹簡、越王勾踐劍、楚王孫魚戈、彩繪木雕小座屏、彩繪石磬等。

南郢

按南郢一辭，惟見劉向《九歎》一文，共四用，一見于《逢紛》"思南郢之舊俗兮，腸一夕而九運"。王逸注"言己思念郢都邑里故俗"。二見于《憂苦》"登巑岏以長企兮，望南郢而闚之"。王逸注"闚，視也。言己乃登高銳之山，立而長望，顧視南郢楚邦，悲且思也"。三見于《思古》"還余車於南郢兮，復往軌於初古"。王逸注"言己雖見放逐，猶興《離騷》之文，以諷諫其君，冀其心一寤。有命還己，己復得乘車，周行楚國，脩古始之轍跡也"。四見於《遠遊》"見南郢之流風兮，殞余躬於沅湘"。王逸注"言還見楚國風俗"。諸南郢皆指楚舊都至明。參"郢"字一條。

郢都

《九章·哀郢》"發郢都而去閭兮"，王逸注"言己始發郢去我閭里"，洪興祖《補注》"《前漢》南郡江陵縣，故楚郢都，楚文王自丹陽徙此。後九世，平王城之。後十世，秦拔我郢，徙東郢"。朱熹《集注》"一無都字，郢都在漢南郡江陵縣"。又《九歎·思古》"違郢都之舊閭兮"，按洪引《漢志》江陵縣故楚郢都，釋《哀郢》郢都是也。在今江陵縣十五里紀南城。《水經》"江水南過江陵縣南"，注曰"《禹貢》'荊及衡陽惟荊州'。蓋即荊山之稱，而制州名矣，故楚也。子革曰'我先君僻處荊山，以供王事'（《左》昭十二年）。遂遷紀郢。今城楚船官地也。春秋之渚宮矣"。杜預《春秋釋例》"楚國都于郢，南郡江陵縣北紀南城"。《括地志》卷四"紀南故城在荊州江陵縣北十五里"。《方輿紀要》"紀南城即故郢城（後平王更城郢，以此爲紀城），即《春秋》之渚宮"（《左氏傳》"楚成王使鬪宜申爲商公，沿漢泝江，將入郢，王在渚宮見之"）。《輿地紀勝》引《元和志》"楚別宮在今江陵縣城內西北

隅"。或稱郢都，或稱南郢（《地理志》"江陵故楚郢都"。孔仲達曰
"世謂之南郢也"。對北郢而言之也，詳下）。亦曰紀郢。以其在紀南城
也，初無城郭（《左》文公十四年，楚莊王立鬬克公子燮因城郢爲亂，
事未得訖，襄公十四年，楚子囊還自伐吳將死，遺言謂子庚必城郢，昭
公廿三年，楚囊瓦城郢，事在楚平十一年）。屈子《哀郢》即指此，故
其文曰"遵江夏以流亡"。江夏者，夏水也（詳江夏條下）。夏水出江陵
東南，江水夏汛而爲流，經今石首監利至沔陽入沔，故出郢都即爲江夏
也，下文云"過夏首而西浮兮，顧龍門而不見"。夏首即夏水分江之口，
西浮者，自西東向而浮，故下文即言不見龍門（楚東門也）。下文又言，
"上洞庭而下江"，"背夏浦而西思兮"，夏浦者夏水入沔之小口，次序井
然。下文又云"惟郢路之遼遠兮，江與夏之不可涉"。此蓋冀望之詞，
郢路、江夏相次爲言，與去時路途全合，則此郢都必爲南郢紀郢無疑。
惟楚人自文王由丹陽徙郢後，凡四遷，每遷新都，亦必以郢名。《史記》
所謂"周成王封熊繹於荊蠻爲楚子，居丹陽，楚文王自丹陽徙郢，楚頃
襄王自郢徙陳（按今河南宛丘西南），楚考烈王自陳徙壽春，命曰郢"。
"命曰郢"三字，言每徙一地，皆以郢名也。王觀國《學林》解此，言
曰"蓋楚嘗居郢而霸，則先世之威名已著於郢矣"云。按古氏族社會時
代，凡聚居一地成員，必爲同氏族或部族之人。則其遷居新地，仍以故
地名之者，便於管理安排，楚人至喜保其故習，則《學林》威名之言，
亦僅得其一偏。

　　惟《史記》所言，以命郢爲遷徙更名之故，考之載籍，則以郢命
者，尚不止于遷徙。平王所城之郢，則在今江陵東北，其名爲郢城。
《荊州記》云"昭三十年，吳通漳水灌紀南，入赤湖，進灌郢城，遂破"
云云。此郢城與紀南蓋二城可知。又定四年"吳人入郢，昭王奔隨。明
年，吳師歸，楚復入郢。又明年，吳人復伐楚，取番。楚恐，去郢，北
徙都鄀"。《左傳》云"令尹子西遷郢于鄀"。蓋改鄀爲郢，故曰遷郢于
鄀也。世謂之北郢，亦曰鄀郢。沈括《夢溪筆談》亦云"今郢州本謂之
北郢，非古之楚都"云云是也。世或以都郢混于鄀郢亦非，子惠王又徙

郢命曰鄢郢。《水經注·沔水》所謂"滄浪之水……纏絡鄢郢，地連紀都，咸楚都矣"者也。按此即今宜城東南三十三里中有故墟之鄢郢也（《春秋》有鄢水，《左傳》桓十三年"楚屈瑕伐羅……及鄢，亂次以濟"是也。其後曰夷水，或曰蠻水，白起雍灌拔鄢爲縣，漢惠改曰宜城。王應麟《地理通釋》引曾鞏説）。即宋玉問所謂郢中，爲《陽春》、《白雪》引商刻羽之郢中也（詳《夢溪筆談》五）。明季承天古蹟，尚有白雪樓、陽春亭云。頃襄王時，秦兵拔郢，又徙都陳（《秦始皇本紀》）。

始皇二十三年，"秦王遊至郢陳"。則陳亦曰郢矣。在今河南陳州，考烈王又去陳徙都壽春，亦命曰郢。

又別有郢州者，即古之安陸州，春秋戰國爲楚之郊郢。《地理志》所謂楚別邑，未嘗爲楚都，在今鍾祥縣，又今武昌劉宋時亦曰郢州。孝武分荆、湘、江三州之八郡爲郢州，鎮夏口。

古今考郢者，説至紛繁，魏晉以前説，略見于《漢·地理志》與《水經注》及楊守敬疏。宋以後説，如王觀國《學林》、沈括《夢溪筆談》、吳曾《能改齊漫録》、王應麟《通鑑地理通釋》、方以智《通雅》諸書。其紛繁之起，自《荆州記》、《括地志》、《通典》諸書已然。

郢路

《九章·哀郢》"惟郢路之遼遠兮，江與夏之不可涉"。王逸注"楚道逶迤，山谷隘也"。按此去郢追念之詞，郢路即郢都之路。詳郢都條下。屈賦外言郢路者，惟《九歎》三見，義皆相同。一見《離世》篇"顧瞻郢路，終不返兮"。二見《憂苦》"思念郢路兮"。三見《愍命》"山中幽險，郢路遠兮"。此郢指南郢言，別詳"郢"字條下。

鄢郢

楚曾徙都于鄢，故稱鄢曰鄢郢，惟時至暫，《九思》以修辭而用之，以指楚都，實不甚允。

《九思·遭厄》"見鄢郢兮舊宇"，舊注"鄢郢楚都也，言上天所求不得，意欲還，下視見舊居也"。洪興祖《補》云"鄢於建切，地名在楚，音偃者在鄭，音焉者在潁川。《釋文》音嫣"。又《九思·守志》"朝晨發兮鄢郢"。按鄢郢即楚惠王徙都鄢，名曰鄢郢。在今宜城東南二十三里。《齊策》"鄢郢者，楚之柱國也"。鄢本水名，《括地志》卷四"源出襄州義清縣界託伏山"。注《水經》云蠻水即鄢水是也。古鄢子國，高誘曰"秦兵出武關則臨鄢，下黔中，則臨郢"。《荊州記》"襄陽舊楚之北津，從襄陽渡江，經南陽出方城關，是通周鄭晉衛之道。其東津經江夏，出平澤關，是通陳、蔡、齊、魯之道"。《地理通釋》"林氏曰'江陵，郢也。襄陽，鄢也。自江陵圖北方，必經襄陽。襄陽，楚之北津也'。《正義》'鄢在襄州率道縣（今宜城）南九里，楚嘗自都徙此，踰年而復，故亦得言鄢郢'"。楚四徙都，皆以郢命新都。此其舊習如是也。則鄢郢猶言鄢都矣。然依叔師文中所用之詞氣審之，此鄢郢似當作鄢與郢解，皆指楚之都城言，即分指宜城之鄢與江陵之郢也。又方以智《通雅》以《春秋》鄢有數處，而楚都之鄢。則《左傳》"楚屈瑕伐羅……及鄢亂次以濟"者是也。其地則楚昭陽伐魏，取鄢之鄢，鄭伯克段于鄢之鄢，晉敗楚鄢陵之鄢，孫叔敖逆婦于莒郊鄢陵之鄢，皆與楚事相涉，見《通雅》卷十三。

鄀

《史記·楚世家》云"（昭王）十二年，吳復伐楚，取番。楚恐，去郢，北徙都鄀"。定六年《左傳》云"遷郢於鄀"。《史記正義》云"音若"。《括地志》卷四云"楚昭王故城在襄州，樂鄉縣東北三十二里。在故城東五里，即楚昭王徙都鄀城也"。《漢書·地理志》"南郡若縣"。注云"楚昭王畏吳，自郢徙此"。《水經·沔水注》"沔水又逕鄀縣故城南，古鄀子之國也。秦楚之間，自商密遷此，爲楚附庸，楚滅之以爲邑。縣南臨沔津……北有大城，楚昭王爲吳所迫，自紀郢徙都之，即所謂鄀都盧羅之地也”。僖二十五年《左傳》云“秦晋伐鄀”，杜注“本在商密秦楚界上小國，其後遷於南郡”。疏云言本此商密者，據在後移都稱舊都，以爲本耳。其實此時在高密，後始遷於鄀縣。此時國爲郡，所都之邑名商密。《方輿紀要》云“鄀城在宜城縣東南九十里”。楚又都鄢。《史記·楚世家》“（靈）王乘舟，將欲入鄢”。集解引服虔曰“鄢，楚別都也”。杜預曰“襄陽宜城縣”。《正義》云“‘音偃’。《括地志》云‘故鄢城，在襄州安養縣北三里……南去荆州二百五十里’。按王夏口從漢水上入鄢也。《左傳》云‘王沿夏將欲入鄢’是也”。鄢字一作㵀。㵀水亦名夷水，又名蠻水。鄀都又爲連詞，上已言之。郭沫若《兩周金文辭大系考釋》云“鄀都即都，《公孜人殷銘》所稱上鄀，在今湖北宜城縣東南九十里”。《方輿紀要》云商密之鄀，《鄀公諴鼎銘》自稱下鄀，在今陝西商縣。《左傳》定公六年“吳太子終，累敗楚舟師……楚國大惕……令尹子西……于是乎遷郢於鄀”（時楚昭生十二年也）。又作鄢郢。《荀子·議兵》篇云“莊蹻起，楚分而爲三、四……汝穎以爲險，江漢以爲池，限之以鄧林，緣之以方城，然而秦師至而鄢郢舉，若振搞然”。……注“鄢郢，楚都。謂白起伐楚，一戰舉鄢郢也”。褚少孫《補史記·禮書》亦引《荀子》此語，《史記正義》曰“鄢音郾”。《括地志》云“故城在襄州安養縣北三里，古郾子之國，鄧之南鄙也。又率道縣南九里，有故郾城，漢惠帝改曰宜城也”。《説文·邑部》鄢下云“南郡縣，孝惠三年改名宜城”。郢城，荆州江陵縣東北六里，即吳公子光伐楚，楚平王恐，城郢者。又楚武王始都郢，紀南故城是也。在江陵北十五里也。近人無錫錢氏云“鄢郢者，在鄀不在江陵……然則白起之入楚都，乃漢域之鄢郢，非江域之紀郢也”。《史記·白起傳》昭王二十八年“攻楚，拔鄢鄧五城，其明年攻楚拔郢，燒夷陵”。此所謂郢，即鄢郢也。其前年先拔鄢鄧者，楚昭王嘗自鄀都鄢，踰年而復，鄢鄀相近，而非一地。楚既都鄀，鄀亦稱郢，以其近鄢，故名鄢郢，以別於舊郢也。秦兵先得鄢，遂破郢，《水經·沔水注》“夷水又東注于沔，昔白起攻楚，引西山長谷水，即是水也……水潰城東北角，百姓隨水流，死於城東者，數十萬，城東皆臭，因名其陂爲臭池……故鄢郢之舊都……城南有宋玉宅”。此當酈氏時白起破楚鄢郢之遺聞軼事，尚未全失。《楚世家》“二十年，秦將白起拔我西陵。二十一年，秦將白起遂拔我郢，燒先王墓夷陵，楚襄王兵散，遂不復戰，東北保於陳城。二十二年，秦復拔我巫黔中郡”。此與白起傳參合觀之，二十年拔西陵，即昭王二十八年攻楚拔鄢鄧五城時也……西陵夷陵，皆鄢郢附近楚先王冢墓所在耳。《水經注》“鄢水東南流，歷宜城西，西山謂之夷谿。此所謂西陵、夷陵者，殆即在宜城西山一帶，後人乃以今湖北宜昌之夷陵、西陵説之。不知秦拔巫郡黔中，尚在其後，且係蜀師東下，亦與白起不涉……秦拔郢，襄王衆散，始東退保陳，若當時楚都在江陵，秦兵已先取鄢鄧，長驅南下，楚都既破，何能轉迎秦鋒，越其兵路，而東北避地於陳哉！近之作史文者，多謂楚自郢徙都，而略鄢，實鄢亦爲楚之別都，二地相近，楚遷此後，郢鄢兩城，或爲楚王所并用”。錢氏謂楚既都郢，郢亦稱郢。以其近鄢，故名鄢都，理或然也。

章華

章臺爲戰國諸侯高臺通稱，楚章華臺有三。

《九思·傷時》“顧章華兮太息”，舊注“章華，楚臺名也”。《淮南·原道訓》“所謂樂者，豈必處京台章華，游雲夢商丘”（原作沙丘，從《御覽》引正）。按章華臺，楚凡三見，楚靈王兩築之。《左氏傳》昭七年“（楚子）爲章華之宫，納亡人以實之”。又曰“楚子成章華之臺，願以諸侯落之”。杜預注“章華，南郡華容縣”，又云“臺今在華容城內”。則宫名章華（秦亦有章華宫，見《史記·秦本紀》）。臺亦名章華也。《史記·楚世家》“（靈王）七年，就章華臺”即此也。《國語》云“昔楚靈王不君，其臣箴諫不入，乃築臺於章華之上。造爲石郭陂漢，以象帝舜”。賈子《新書》亦云“翟王使之楚，楚王誇之，饗於章華之臺，三休乃至，故亦有三休臺之名"。《湖廣通志》言"監利東北三十里章華臺，西三十里荆臺"。此靈王所築者，又《湖廣通志》又言"江陵城東南十五里沙市，有章華臺"。《明一統志》"楚之章華在荆州府境内，有二臺，一在府城縣沙市，一在監利縣東北，皆傳以爲楚靈王築（《一統志》轉引董説《七國考》所引）。按《水經注》"江水又東逕郢城南……又東得豫章口，夏水所通也。西北有豫章岡。蓋因岡而得名矣。或言因楚王豫章臺名"。是沙市一臺，亦名豫章臺也。此靈王章華臺之二。《寰宇記》引《春秋後語》云"楚襄王二十年，爲秦將白起所逼，北走保於陳，更築此臺"。《元和志》"亳州城父縣，春秋時陳國之夷邑。章華臺在縣西北九里"。此頃襄王北保於陳所築，在今商水縣西北。然章華臺之名，猶不止此。《魏書·地形志》"汝陽郡汝陽縣"。注云"有章華臺"。《江南通志》云"亳州有章華臺故址，由乾谿也"。古今説者不一，俞正燮以靈王三休臺即乾谿之臺（詳《癸巳類稿》卷二《章華臺考》一文）。而當時秦亦有章臺（或曰章台，戰國時諸侯宮室之通稱。程大昌"漢章台即秦章台，在咸陽，渭南河，有章台街"。《漢書》"張敞無威儀，時罷朝，今走馬過章台街，自以便面拊馬"）。三休臺等不可揵理。叔師此文，自指楚宮室言。《夢溪筆談》亦主江陵一臺，故楚離宮也。上文托屈子之意曰"余眷眷兮獨悲，顧章華兮太息"。章臺高臺，在野可望，故顧之也（楚懷王時章臺猶存）。《楚策》蘇秦爲趙合從，楚威王曰"今乃欲西面而事秦，則諸侯莫南面而朝于章臺之下矣"（原文莫下有不字，與上下詞氣不調。當從程恩澤《國策地名考》卷七説删不字）。俞正燮《癸巳類稿·章華臺考》極精審可參。

鄂

楚之都鄂，史無明文，以彝銘證之，確不可移。王静安師《夜雨楚公鐘跋》云"熊渠卒，子熊摯紅立，後六世至熊咢，今熊咢之器，出于武昌者，武昌即鄂。蓋熊渠之卒，熊摯紅（即中子紅）雖嗣父位，仍居所封之鄂。不居丹陽。越六世，至熊咢，猶居于此，故有其遺器。楚之中葉，曾居武昌，于史無聞，惟賴是器所出地知之耳"。按武昌非今日之武昌，實即鄂城也。參鄂渚條。

辰陽

《九章·涉江》"朝發枉陼兮，夕宿辰陽"。王逸注"辰陽，亦地名也。言己乃從枉陼，宿辰陽，自傷去國日已遠也。或曰辰，時也。陽，明也。言己將去枉曲之俗，而趨時明之鄉也"。洪興祖補曰"前漢武陵郡有辰陽注云'三山谷辰水所出，南人沅七百五十里'。《水經》云'沅水東逕辰陽縣東南（南、東二字誤倒），合辰水舊治在辰水之陽，故取名焉'。《楚辭》所謂'夕宿辰陽也'"。朱熹《集注》謂辰陽，地名。《水經》云沅水東逕辰陽縣東南合辰水，按《國策》不見辰陽之名，戰國以前載籍不可考，故叔師又別以辰時陽明解之，洪引《水經》所云，與《涉江》行蹤合。見《沅水注》。參書尾所載《楚疆域及屈子行蹤圖》。

附錄

朱琦曰"按《水經·沅水篇》注云'沅水又東逕辰陽縣南，東合辰水，辰水又逕其縣北，舊治在辰水之陽，故即名焉。《楚辭》所謂夕宿辰陽者也'。《漢志》'辰陽縣屬武陵郡'。《方輿紀要》云'今辰溪縣北有辰陽城，漢縣治此'。酈注下又云沅水東歷山灣，謂之枉渚，渚東里許，便得枉人山，山西帶脩溪一百餘里，長川逕引，遠注于沅，此上文云乘舲船余上沅兮，故二者皆近沅之地也"。按朱說與屈賦吻合，故錄之。

玄石

《九歎·逢紛》"馳余車兮玄石，步余馬兮洞庭"。按王逸注"玄石，山名"。不可考，本文云"馳余車兮玄石，步余馬兮洞庭，平明發兮蒼梧，夕投宿兮石城"。皆向南行踪也。則玄石當在洞庭之北或東。上文云"赴江湘之湍流兮，順波湊而下降，徐徘徊於山阿兮"云云。則自江入湘，登陸馳車，經玄石至洞庭山而步馬。則玄石當在洞庭與湘水會合之間，蓋今岳州附近之地也。

會稽

《七諫·自悲》"聞南藩樂而欲往兮，至會稽而且止"。王逸注"會稽，山名也。言己聞南國饒樂而欲往，至會稽山且休息也"。《九歎·遠遊》"濟楊舟於會稽兮，就申胥於五湖"。王逸注"楊，木名也，《詩》云'汎汎楊舟'。會稽，山名也"。按會稽一名，《楚辭》凡兩見，皆漢賦中語。此或指禹會諸侯之會稽山，或指秦郡之會稽郡。然會稽山名，在會稽郡也。《史記·夏本紀》"帝禹東巡狩，至于會稽而崩"。《山海經》"會稽之山四方，其上多金玉"。《水經注》"會稽山，古防山也，又曰棟山"。按在今紹興縣東南十三里。《七諫》言聞南國樂而至會稽，自漢以來，南土開通至多，山水極佳，故子淵文以爲樂而欲往，此會稽當指會稽郡地言。《九歎》之會稽，下文有就申胥於五湖之言，則當指吳越間之會稽，爲吳越會爭之地，五湖亦在其間也。

大夏

《惜誓》"涉丹水而馳騁兮，右大夏之遺風"。王逸注"大夏，外國名也，在西南。言己復渡丹水而馳騁，顧見大夏之俗，思念楚國也"。洪興祖《補注》云'《淮南》云'九州之外有八殥，西北方曰大夏''。朱熹《集注》云"大夏，外國名也，在西南"。按《惜誓》詞面所陳，皆神游之境，此二句在"休息乎崑崙之墟"之下，皆"登蒼天而高舉兮"、"攀北極而一息兮"一段中文字。則大夏不得在西南，當從洪補引

《淮南》在西北之説。按夏本中國人之稱，天山左右之慕中國者，亦多以夏名（見下），《史記·封禪書》"齊桓公西伐大夏"。《史記·大宛傳》"（大月氏）既臣大夏而居"。《正義》云"大夏國在嬀水南"。又漢時西方大國曰大秦。蓋夏與秦皆采中國之名，以名其國也。《水經·河水注》"釋法顯曰'蒲那般河逕摩頭羅國，下合新頭河，自河以西，天竺諸國；自是以南，皆爲中國，人民殷富。中國者，服食與中國同，故名之爲中國也'"。即其義。

涔陽

《九歌·湘君》"望涔陽兮極浦，横大江兮揚靈"。王逸注"涔陽，江碕名，近附郢"。洪興祖補曰"涔，音岑。碕，音祈，曲岸也。今澧州有涔陽浦。《水經》云'涔水出漢中南縣，東南旱山，北至沔陽縣，南入于沔，涔水即黄水也'。《集韻》'涔，郎丁切，水名。其字從令'。引《楚辭》望涔陽兮極浦未詳"。按洪引兩説，一在澧州涔陽浦者，即今俗名龍洞水，出澧縣西北龍洞峪，東合澧水，爲九澧之一。依《湘君》篇文義言之，不能爲九澧之涔水。上言"令沅湘兮無波"，進言北征，言遭道洞庭，再進而望涔陽，立即横大江，其路綫自沅湘而北。既經洞庭，横大江，則不得更在西南之澧明矣。然《水經》"涔水至沔陽入沔"云云，亦不合。按叔師以"涔陽，江碕名，附近郢"，《説文》亦云"涔陽渚在郢"。并不以爲水名，當從之。古地之不可考者多矣，未必能一一實以後世地名也。且本文云"望涔陽兮極浦"，兮作之字解。浦者，大水有小口別通曰浦。則涔陽或爲江水有小口別通之處。按今江陵縣東當城河口，有岑河口，在大江之北，與《湘君》文義詞氣之序次合，疑涔陽浦即此處。其地雖小，而在城東，當爲戰代郢東門闕市也。段玉裁《説文注》謂王、許"皆不云有涔水，謂近郢濱大江之洲渚耳"。何義門批點《文選》云"涔陽，漢之陽也"。引《史記》"沱涔既道"，涔即潛也。可補段説。然依詞氣定之。恐仍以岑河口爲是。

朱琦引《水經》澧水入作唐縣左右，涔水在澧州安鄉縣，說雖有據，與文義路綫不合。

楚國

《七諫·哀命》"哀時命之不合兮，傷楚國之多憂"。王逸注"言己自哀生時禄命，好行公正，不與君合，憐傷楚國，無有忠臣，國家多憂也"。又云"痛楚國之流亡兮，哀靈修之過到"。王逸注"言懷王之過，已至於惡。楚國將危亡，失賢之過也"。楚國一詞，惟見此篇，凡兩用，叔師注釋已詳矣。且恒言，不必更說也。別詳楚字條。

幽都

《招魂》"君無下此幽都些"，王逸注"幽都，地下后土所治也。地下幽冥，故稱幽都。一無此字"。按梁章鉅《文選旁證》云"此後世地獄之說所由託也"。顧氏炎武曰"長人土伯，則夜叉羅刹之倫也，爛土雷淵，則刀山劍樹之地也。雖文人寓言，而意已近之"。梁說雖設喻之釋，但戰國以來，中土與南洋印度已交通，則佛家地獄之說，即使未直接傳入中土，而間接傳聞，當有可能。地獄有神鬼主之，亦如人世之有帝京。以其幽暗，故曰幽都。楚通滇久，則有可能自印入滇而傳入。下文言"土伯、九約"、"敦脄、血拇"、"參目、虎首"，皆地獄像也。下結以"魂兮歸來，入修門些"。修門，王、洪皆以爲楚城門（見修門條下）。此名稱甚奇特，恐亦與佛教傳說有關。

冀州

《九歌》"覽冀州兮有餘"，王逸注"兩河之間曰冀州，言雲神所在高邈，乃望於冀州，尚復見他方也"。五臣云"冀州，堯所都，思有道之君，故覽之”。洪興祖《補注》“《淮南子》曰‘正中冀州曰中土’。
注云‘冀，大也，四方之主’。又曰‘殺黑龍以濟冀州’。注云‘冀，九
州中，謂今四海之内’”。按戴震曰“冀州，古帝都，因以爲王畿之通
稱。《春秋傳》曰‘鄭，同姓之國也，在乎冀州’是也。又以爲中土之
通稱。《九歌》‘覽冀州兮有餘’是也”。按戴説自較王、洪兩家義蘊益
深。古九州命名之義，各有其原始含義，或以特産，或以民族，或以山
水，不一而足。非釋《楚辭》所必要，故不詳説。然冀之爲中土，猶後
人言中原，冀所在之地，自夏、商、周以來，皆爲吾族聚居中心地帶，
亦帝王宅京最多之所。故得以中土稱之。故《雲中君》“覽冀州而有
餘”，猶言所覽，不僅于中土，故下文承以橫四海也。

中國

按中國 詞，《楚辭》凡三見，一見於《惜誓》“臨中國之衆人兮”，
王逸注“言己臨見楚國之中，衆人貪佞”。二見於《九懷·思忠》“覽中
國兮冥冥”，王逸注“顧視諸夏，尚昧晦也”。三見於《九思·傷時》
“迫中國兮迮陝，吾欲之兮九夷”。舊注“無所用志，故云迮陝。一作窄
陝”。三文皆漢人之作。王逸注《九懷》以中國指諸夏，與春秋戰國以
來傳説合。惟以《惜誓》之中國指楚京，似未甚當。“臨中國之衆人”，
亦當指諸夏言也。上文言“睹天地之圜方”，則臨中國，不得收縮偏指
楚地也。考中國一詞，《詩》與《論語》、《春秋》三傳、《禮記·中庸》
(見《詩·小雅·六月序》、《何草不黃序》、《論語·八佾》、《左傳》莊
三十一年、《公羊》昭二十三年傳兩見、《穀梁》莊十年、昭二十三年各
一見、《禮記·中庸》一見，皆是，詳後)皆以指諸夏之國言。《吕氏春
秋·簡選篇》“令行中國”。注亦云“中國諸華”，亦即《史記·孟子
傳》鄒衍所謂“儒者所謂中國”。此當爲春秋、戰國以來達詁，京師足
以爲諸夏之代表。故《大雅·民勞》“惠此中國，以綏四方”。《傳》
“中國，京師也”。《孟子·萬章上》“夫然後之中國，踐天子位”是也。

大抵中土古帝王宅京，皆在華山、夏水之間。其地視四夷爲居中，故又可稱爲中原。而戰國以前各家政治之理想，亦以諸夏與四夷對稱，夷夏之辨，即中土與四方民族之辨也。故中國亦得稱中土。又《禹貢》九州，冀州處正中，故或又以齊宋爲中國。《穀梁傳》僖二年"中國稱齊宋"是也（餘參"冀"字條下）。

至《九思》以中國與九夷對舉，自是襲用春秋以來成規。按《詩·大雅·蕩》曰"女炰烋于中國，斂怨以爲德"。曰"内奰于中國，覃及鬼方"。皆文王指斥殷商之言，稱殷商之不德，炰烋于中國，内奰於中國也。《春秋》三傳言之尤多，《穀梁傳》襄三十年言"中國不侵伐夷狄"，《公羊傳》昭二十三年"中國亦新夷狄也"，《穀梁傳》成十二年言"中國與夷狄不言戰"，又昭十七年言"中國與夷狄亦曰敗"，《禮·王制》亦言"中國蠻夷戎狄"、"中國戎夷"，與《詩》以中原、鬼方對舉相同，皆中國與四夷對言，蓋中土建國，自古即在四方蠻夷戎狄之中。故自稱曰中國也。

國本邦國之義，其字象執戈人守衛方國（囗）之象，樸略之言，并無異稱也。詳國字條下。

西極

《離騷》"夕余至乎西極"，王逸注"言己朝發天之東津，萬物所生，夕至地之西極，萬物所成，動順陰陽之道，且亟疾也"。洪興祖《補注》"《上林賦》云'左蒼梧，右西極'。注引《爾雅》'西至于邠國，爲西極'。又《淮南》曰'西方西極之山，曰閶闔之門'"。按王以萬物所成釋西極。釋文心也。洪引《上林》、《爾雅》指其地也。依上下詞氣斷之，則洪說徑直而王說深邃。訓釋古籍，其道多方，此亦其一也。然西極之說，在南楚諸家，及《山經》、《穆傳》等，皆指中土極西之所，略在流沙以西，崑崙、玄圃、赤水、黑水之間，西至天山南路，于闐諸地而言。此處上文言遭吾道乎崑崙，則將至崑崙也。故此西極，即指崑崙

言。楚本夏後，起于西土。故以西極爲其文義情思所寄之處。細讀《離
騷》，于不得已時，皆向往西方，即可知之。餘參《高陽》、《屈原》、
《離騷》、《崑崙》諸條自明。

北姑

《九章·抽思》"低佪夷猶，宿北姑兮"。王逸注"夷猶，猶豫也。
北姑，地名。言己所以低佪猶豫，宿北姑者，冀君覺寤而還己也。低，
一作佪"，朱熹《集注》"北姑，蓋地名"。按北姑一地，蓋不可考。《抽
思》乃屈子放漢北作，則北姑自在郢襄之間。古地之不可考者多矣，姑
闕之以俟知者。近人饒宗頤以爲即薄枯之聲轉，因謂"《抽思》乃屈子
使齊傷懷王入秦無識之作"。然文情詞義，至悲感沉痛，後半謂爲代懷
王立言，勉強可附會，然前半言"惟蓀多怒"、"與我誠言"、"中道回
畔"、"爲余言而造怒"、"蓀佯聾而不聞"、"與美人抽怨"等詞，于懷
王不能無怨，何得于後篇反傷其無識入秦？且以魂霴等詞斥懷王，亦非
屈子全部作品中所有事，故不能從。

陵陽

《九章·哀郢》"當陵陽之焉至兮"，王逸注"意欲騰馳，道安極
也"。洪興祖《補注》"前漢丹陽郡有陵陽，仙人陵陽子明所居也。《大
人賦》云'反大壹而從陵陽'"，朱熹《集注》"陵陽，未詳"。按《水
經·沔水注》"南江又東與桐水合。又東逕安吳縣，號曰安吳溪。又東
旋溪水注之。水出陵陽山下，逕陵陽縣西，爲旋溪水……晋咸康四年，
改曰廣陽縣。溪水又北合東溪水，水出南里山。北逕其縣東，桑欽曰
'淮水出縣之東南，北入大江'"。按陵陽縣以陵陽山而得名，在今安徽
東南青陽南六十里，去大江約百里，而在廬之北，陵陽山在今縣南。惟
此文"陵陽焉至"，當指陵陽縣，而不得指爲陵陽山。陵陽縣漢屬宣城

郡，而陵陽山則去宣城二百三十里。

長沙《仰天湖楚簡》第十八簡云：

〔古文字〕 （𨟭易公一紡衣綠理之）

此楚遣册乃送死之禮物清册。𨟭易，地名，爲生者封邑。史樹青《仰天湖楚簡研究》釋𨟭易即鄳陽，陳直《楚簡解要》引《史記·鄭世家》及《左傳》定四年孔《疏》謂今湖北監利縣左史之許，即簡之鄳陽，地與楚接。饒宗頤以爲鄰從米，疑讀爲淶，淶水，出茶陵上鄉西北河。劉操南謂𨟭即鄰。鄰與陵聲近義通。

《周書·作雒》之郭淩《尚書·蔡仲之命》作郭鄰，〔字〕與〔字〕當是一字之繁簡。則𨟭易即《哀郢》之陵陽矣。

鄂君啟節曰： 〔古文字〕

殷滌非羅長銘釋"庚陵陽"且云〔字〕字從〔字〕，與首句襄陵陵字同（《文物》一九五八年四期）。劉氏云啟節文中陵字凡三見：

〔古文字〕

〔古文字〕

〔古文字〕

節文陵字從阝即從𠆤，檢《地志》，楚陵陽當在漢之丹陽郡。今寧國池州并有陵陽之名。《九章·哀郢》云"當陵陽之焉至兮"，蓋當時江邊有陵陽城在池州蕪湖上下，汎江取廬舒陸道必於此改裝也。

附

孫璧文《考古録》卷二云，宋王象之《輿地紀勝》云陵陽山在宣城，涇縣亦有陵陽山，分別甚確。《文選》謝元暉《郡内登望詩》"山積陵陽阻"。善注引沈約《宋書》曰"陵陽子明得仙於廣陽縣山"，愚案晉咸康四年改陵陽縣爲廣陽。故知廣陽即《漢志》之陵陽。《漢志》廬江郡注"廬江出陵陽東南，北入江"。又丹陽郡陵陽縣注"桑欽言淮水出東南，北入大江"。梁劉昭《後漢書·地理志》注"丹陽郡陵陽縣陵陽子明得仙於此縣，山放以爲名"。《晋書·地理志》亦載"宣城郡陵陽縣，仙人陵陽子明所居"。《水經·沔水》二篇注云'南江又東旋谿水注之，水出陵陽山下，逕陵陽縣西。昔縣人陽子明（《列仙傳》作鋌鄉人陵陽子明，案鋌西漢縣，在今安徽滁州境，此脫鋌字陵字）。釣得白龍處（《列仙傳》載釣得白魚，腸中有書，教子明服食之法）。後三年，龍迎子明上陵陽山。山去地千餘丈，後百餘年，呼山下人，令上山半與語，谿中子安問子明釣車所在。後二十年子安死，山下有黃鶴棲其家樹，鳴常呼子安"。《列仙傳》所載與此略同。《宣城圖經》、《御覽》四十六引《元和郡縣志》亦皆謂陵陽山在涇縣西南一百三十里。唐時石埭地屬涇縣。據此諸說，知縣以山得名。山以仙得名。其縣雖屬宣城郡，其山則距宣城二百三十里。善引《宋書》注謝詩未免失考。《輿地紀勝》云"宣城陵陽山自敬亭陂陀而南，隱起三峰，環遮府治"，蓋據此山之岡麓也。則謝詩所稱，當即指此郡內之山。謝爲宣城太守，詩題爲《郡內登望》。豈有在郡城內之不望，而望於二百里外不能見之山乎？朱氏《文選集釋》云"觀下句'溪流春穀泉'。春穀本漢縣，爲今之南陵縣地，去郡治亦頗遠，水不舉宛、句二溪，而舉春穀，則山亦不必即在郡治，殆舉郡所屬之大山言之歟？"愚按南陵去郡百里，不得言遠，善注引《宋書》實誤，《集釋》曲爲解說，亦誤也。宣城陵陽山自是謝詩所指者。石埭陵陽山，乃子明登仙處（《方輿紀要》云"山在石埭縣北五里，有三峰連亘，二峰屬縣境，一峰入太平縣界"。愚案陵陽廢縣，即今青陽縣南六十里之陵陽鎮，距陵陽山二十五里，山仍屬石埭。蓋二山同名也）。

九夷

《九思·傷時》"吾欲之兮九夷"，舊注"子欲居九夷，疾時之言也”。按《通鑑地理通釋》卷十“李斯曰‘惠王用張儀之計，南取漢中，包九夷，制鄢郢’。《索隱》云‘屬楚之夷也’。《戰國策》張儀曰‘楚破南陽九夷，内沛、許，鄢陵危’。吕氏云‘以此考之，九夷之地，略可見，方孔子在陳、蔡，相去蓋不遠也，所以有欲居九夷之言’（原注）。《鄭語》楚蚡冒始啟濮，《左傳》‘楚武王克州、蓼、服隨、唐，大啟群蠻’。《爾雅疏》‘夷有九種，曰畎夷、于夷、方夷、黄夷、白夷、赤夷、玄夷、風夷、陽夷，謂東夷也’。楚秦所包，蓋西南夷”。

按九夷説有二，一則《論語》“子欲居九夷”。一則即深寧所引李斯、張儀所言之九夷。《論語》九夷，指東方之夷人，即《左氏傳》昭二十四年所謂“紂有億兆夷人”之夷人。指東夷言，大體即《後漢書》以後之《東夷傳》。而李斯、張儀之所謂九夷，則南楚苗蠻之屬也。亦即屈賦中所謂“哀南夷之莫吾知”之南夷，不可混而一之。《九思·傷時》云“迫中國兮迮陿，吾欲之兮九夷”。明用《論語》義，而非屈子之意，則不得以楚南之九夷爲説也。惟漢儒解《論語》九夷，亦多以四夷異族，由誤讀“君子之居，何陋之有”。作“君子居之”。孔子，殷之後，故欲乘殷之輅，時周世衰微，不得行其道，因思及故國，而欲居之。弟子輩未能體會孔子宗邦之思，而以爲陋。陋者不當政權，退在郊野，無富貴顯要之義，故孔子答以“君子之居”。言其人皆君子，非孔子自謂君子也。然《九思》下文又云“超五嶺兮嵯峨，觀浮石兮崔巍。陟丹山兮炎野，屯余車兮黄支”云云。則所欲之九夷，所經五嶺浮石、丹山等，皆在南方，則又與李斯、張儀所言楚南九夷同意。是叔師用典、大義則本之《論語》，而事象得之南楚，意雖兩切，而義則非是。《九思》本替屈子立言，屈子從未有去國居異方之思。孔子之思九夷者，追思其先世。則屈子之思九夷，真欲以夏變夷乎？誣屈子甚矣！

黑齒

《招魂》“雕題黑齒，得人肉以祀，以其骨爲醢些”。王逸注“言南極之人，雕畫其額，齒牙盡黑，常食贏蜶，得人之肉，用祭祀先祖，復以其骨爲醢醬也"。按"雕題黑齒"，戰國時人所傳四夷民族之二。黑齒見《管子·小匡》注云"南夷之國號也"。又《山海經·海外東經》云"海外自東南陬，至東北陬者⋯⋯黑齒國在其北，爲人黑，食稻、啖蛇，一赤一青"。郭注"《東夷傳》曰'倭國東四十餘里有裸國，裸國東南有黑齒國，船行一年可至也'"。《異物志》"西屠染齒，亦以放此也"。《大荒東經》"有黑齒之國，帝俊生黑齒，姜姓，黍食，使四鳥"。郭注"齒如漆也"。《淮南·墜形訓》"有黑齒民"，高誘注即引《大荒東經》此文，郝氏注又引《逸周書·王會解》云"黑齒白鹿、白馬"。又《伊尹四方令》云"正西漆齒，非此也"。又引《魏志·東夷傳》"女王國，東渡海⋯⋯去女國四千餘里，又有裸國，黑齒復在其東南，船行一年可至"云云。"因謂郭注即據此。四千餘里千字，誤作十字"云云。按《山海經》屬之東方（或東南方），而《招魂》屬之南方，然《東夷傳》以爲在裸國東南方，船行一年，則所指，固亦南也。《海外經》經文言"海外自東南陬，至東北陬"固可爲南方也。然陳逢衡氏謂"黑齒有二，《異物志》所云在西南，而《山經》所云在東南"云云。梁章鉅《文選旁證》引《唐書·驃國傳》云"群蠻種類，多不可記，有黑齒、金齒、銀齒三種其人以漆及鏤金銀飾齒，寢食則去之"。此各地風俗之異，傳者以其習俗，與中土不同，故生異說爾。《招魂》"雕題黑齒"四句，下言"得人肉以祀，以其骨爲醢"。蓋即此等形狀，與夏族稍殊，而設爲此說。《招魂》以招歸故土爲事，故舉異方奇說，以爲招徠之資料耳。黑齒黑字《文選》作墨，誤字也。墨作動字用，如言漆亦可通。惟王逸本仍作黑。按今安南人咀檳榔，令齒黑，當爲舊習。

黃支

《九思·傷時》"屯余車兮黃支"。舊注"一本此句在就祝融兮稽疑之下。黃支，南極國名也"。按黃支舊注以爲南極國，洪引《楊子》曰

"黃支之南"。義亦不明，不可考。按此語在浮石、丹山之下。浮石在今廣東中山縣北，今南海縣東北黃洞水南，有黃竹岐墟，地望似可相承，但無他證，闕疑以俟知者。

修門

《招魂》"魂兮歸來，入修門些"。王逸注"修門，郢城門也"。按《九章》"顧龍門而不見"，洪興祖《補注》引伍端休《江陵記》曰"南關三門，其一名龍門，一名修門"。按依《招魂》文義詞氣定之，則南關之說，與屈文合。屈子死汨羅，放逐江南，則招其歸，故當以南門也。然細讀《招魂》上下文，則修門一詞，在招其歸來，無下幽都，謂無入地下也。下文即申言"工祝招君"云云，言人世之樂，則此修門，似當爲生死所由之門，猶後世之所謂鬼門關。死入鬼門，則生入修門，相反實相成也。修訓美、訓永、訓治，下文所言皆美好、修治、永恒之事也。雖未有他證，而自詞氣論之，似勝南門之說也。始言之以待他證。

雕題

《招魂》"雕題黑齒"，王逸注"雕，畫也。題，額也。言南極之人，雕畫其額。黑，一作墨"。五臣云"雕鏤也"。洪興祖《補注》"《禮記》'南方曰蠻，雕題交趾'。注云'雕題，刻其肌，以丹青涅之'"。朱熹《集注》"黑，一作墨。雕，畫也。題，額也。雕刻其肌，以丹青涅之也"。按《山海經·海內南經》有"伯慮國、離耳國、雕題國、北朐國，皆在鬱水南。鬱水出湘陵南海"。郭注"點涅其面，畫體爲鱗采，即鮫人也"。郝氏謂"《伊尹四方令》云'正西雕題'。《桂海虞衡志》云'黎人女及笄，即黥頰爲細花紋，謂之繡面女'，亦其類也。郭云即鮫人，恐非"。按《水經·溫水注》亦引此經云"離耳國、雕題國，在鬱水南"。《文選》王褒《四子講德論》李善注引此作"雕題國，在鬱林南”。則水字又作林。又南海海字，郝疏引明藏本南海作南山。《管子·小匡篇》上有“雕題黑齒”之言，房注“南夷之國”與《山海經》及王注皆同。《禮記·王制》亦有雕題之言，蓋南方異國之人，戰國時人所最傳説者。

荆

《天問》“荆勳作師，夫何長？”王逸注“荆，楚也”。又《大招》“自恣荆楚，安以定只”。王逸注“言四方多害，不可以游。獨荆楚饒樂，可以恣意居之，安定無危殆也”。按方以智曰“《春秋》莊十年書‘荆’，僖元年始書‘楚’，孔氏曰‘殷武、荆楚并言之。楚之稱荆久矣’。熊繹在荆山，後居郢，即荆州，以其居荆，故稱荆。荆楚於字義亦一物也”。按《商頌·殷武》“撻彼殷武，奮伐荆楚”。《毛傳》“荆楚，荆州之楚國也”。又云“維女荆楚，居國南鄉”。《箋》云“惟女楚國，近在荆州之域，居中國之南方”（按莊十年《春秋》“荆敗蔡師于莘”。杜注“荆楚本號，後改爲楚”。《公羊傳》“荆者何？州名也”。楚莊王名楚，改楚爲荆。則荆楚後先雜用無別也）。則稱荆楚者舊矣。《秦策》張儀説秦王曰“天下陰燕陽魏，連荆固齊，收餘韓，成從原”。則戰國猶稱荆。按荆本山名。《水經》云“《禹貢》荆及衡陽爲荆州”。蓋即荆山之稱，而制州名矣，故楚也（荆山詳《水經·沮水》、《漳水》二篇）。《左傳》昭十二年，子革曰“昔我先王熊繹僻處荆山，篳路藍縷，以處草莽，跋涉山林，以事天子，唯是挑弧棘矢，以共禦王事”。杜注“荆山，在新城沶鄉縣南”（在今南漳縣西南，楚之稱荆舊矣，兹蓋復其故號耳）。楚辭稱荆者，屈宋只《大招》、《天問》各一見。而《大招》則荆楚兩用，義無差別。蓋舊新同用爾。此外漢人用荆楚同義者，如《七諫·沈江》之“荆文”即楚文王也。《九歎·怨思》之“荆和”即楚和氏也。別參楚詞論文《荆楚義》一文。

荆木名。《七諫·怨思》“行明白而曰黑兮，荆棘聚而成林”。王逸

注 "荆棘多刺,以喻讒賊"。《説文·艸部》"荆,楚木也"。《急就篇》"槐、檀、荆、棘、葉、枝、扶"。顔臣 "荆,一名楚"。賈誼《書》"步陟山川、㨂冒楚棘"。陳啟源曰 "荆有二,牡荆、蔓荆,楚乃叢木,非蔓生,其牡荆與? 又名小荆,有青、赤二種,青者爲荆,赤者爲楛"。

汀洲

《九歌·湘夫人》"搴汀洲兮杜若,將以遺兮遠者"。王逸注 "汀,平也。言己雖欲之九夷絶域之外,猶求高賢之士,平洲香草以遺之,與共修道德也"。洪興祖《補注》"汀,它丁切,水際平地"。按汀洲,王以平釋之,洪言水際平地,申王説也。此與《湘君篇》結尾 "采芳洲兮杜若" 對文,當爲兩人對唱之詞,異一字以見義。湘君遺湘夫人者以芳爲主,芳洲則不必爲平坦之地。湘夫人之遺,則採自平洲,婦人不臨危也。雖所贈貽,皆以杜若,而男女之際,分用顯然,非徒修詞之變化,亦風習之義存焉。

漢北

《九章·抽思》"有鳥自南兮,來集漢北"。王逸於漢北一詞無注。洪補已引,見 "漢" 字條下。按漢北者,漢水之北,指郢、襄、樊、宛之間,北至方城,以北之地言至遼闊。考自春秋以來,郢、襄之間,爲楚與秦、晋交往要害之區,而方城、滎陽、商郖與漢中地,與秦、晋接壤者,皆楚邊邑兵爭之地。則屈子之放逐,豈亦如後世之實邊謫戍之流歟? 故《抽思》一文之悲切,自篇首至倡曰以前,皆叙放逐之因,倡曰以下則放逐思歸之詞。"有鳥自南兮來集漢北",言放戍也。洪補曰 "孔子曰 '鳥則擇木,木豈能擇鳥?' 子思曰 '君子猶鳥也,疑之則舉矣,色斯舉矣,翔而後集'。故古人以自喻"。其言諒矣,鳥自南者,自郢而北上,故曰自南也。下文言 "望北山而流涕,臨流水而太息" 者,此兩語思念郢都,而作設想之辭也。北山即郢北之紀山也 (詳 "北山" 條下）。而流水，則當指夏、江、漢之水而言。故下文又進一步而言郢路。再進則人歸不得，而魂尚識其歸路，其詞益悲切矣。亂曰以後，再言"狂顧南行，聊以娛心"，"路遠處幽"，"靈遥思兮"云云，則此漢北爲屈子放逐之地無疑《餘詳《抽思》一條）。又《史記》"（頃襄王）十九年，秦伐楚，楚軍敗，割上庸漢北地予秦"。《正義》曰"謂割房、金、均三州及漢水之北與秦"。此事他無可考，與《抽思》漢北大小不可知。然亦漢水之北也。

三危

見《天問》，即今西藏之薩爾温江，三危正其對音也。

《天問》"黑水玄趾，三危安在"。王逸注"玄趾、三危，皆山名也，在西方。黑水，出崑崙山也"。洪興祖《補注》"言黑水、玄趾、三危皆安在也，《書》曰'道黑水至於三危，入於南海'。張揖云'三危山在鳥鼠之西，黑水出其南'。《天對》云'黑水淫淫，窮于不姜'，玄趾則北，三危則南"。朱熹云"黑水、三危，皆見《禹貢》"。又《九歎·遠遊》"馳六龍於三危兮"，王逸注"三危，西方山也"。按三危之説，古今説《禹貢》者無定見，今敦煌縣南有三危山。《山海經》、《水經》皆有是説。然與黑水源不合（參黑水下），胡渭駁之詳矣。按鄭引《地理記》云"三危山在鳥鼠之西面，南當岷山"。則在積石之西南，此與《漢書·司馬相如傳注》引張揖説同（《山海經》亦有是説）。以地望準之，則今怒山山脈。

《水經》云"三危山在敦煌縣南，注引《山海經》曰，三危之山，三青鳥居之。是山也，廣圓百里。在鳥鼠山西。即《尚書》所謂竄三苗于三危也"。楊守敬《疏》云"三危山云云，與注所指之山異。《括地志》三危山在沙州敦煌縣東南三十里"。又曰"按《史記·夏本紀》索隱鄭玄引《河圖》及《地説》云"三危山在鳥鼠西南，與岷山相連'，《漢書·司馬相如傳》顏注引張揖'西南作西'，酈氏以爲據，蓋因古人言三危非一，聊述聞見，與經表異同也"。又曰"按郭注三危山今在敦煌郡。《尚書》云'竄三苗於三危'是也。酈氏則借以釋鳥鼠西之山。
《續漢志》首陽劉注引《地道記》有'三危三苗所處'是酈所本。趙云
《禹貢錐指》曰《正義》云'三危山必是西裔，未知山之所在'。鄭玄引
《地説》曰'三危之山，在鳥鼠之西，南當岷山'。則在積石之西南。
《地説》乃妄書，言未必可信，要之三危山必在河之南也。按《水經》
兩引《山海經》，以證《尚書》之三危，與《地説》略同。鳥鼠之西，
南當岷山，則在今臨洮府南，泯州衛北矣。又云在積石之西南，殊不可
曉。山南帶黑水，蓋以扶州之黑水，出素嶺山，入白水者當之也，妄言
無疑。三危山自當以在沙州者爲是。肅州舊志云，白龍堆沙東倚三危，
北望蒲昌，是爲西極要路。推其地望，可以得三危之形勢矣"。

黑水三危玄趾圖

按胡氏以三危當在河南，不得以扶州之黑水當之。然仍以當在沙州，則仍未允。依《天問》說則三危、黑水、玄趾必在同一分域。申黑水既在西極，而三苗所竄之地，亦不得繞道北上抵于肅州，則以上連黑水下通交趾，其地望必在此兩地間無疑。怒山山脈，怒江經此，則爲薩爾溫江，薩爾溫即三危之轉音也。劉逢禄《尚書古今文集解》引《西藏總傳》云"衛在打箭爐西南，俗稱前藏，藏在衛西南，俗稱後藏。喀木在衛東南之處，統名三危，即《禹貢》導黑水至於三危也"。

北渚

《九歌·湘君》"朝馳鶩兮江皋。夕弭節兮北渚"。王逸注"渚，水涯也"。洪興祖《補注》"騁鶩弭節，不出江皋北渚之間，自傷不得居朝廷也。渚，沚也。《爾雅》'小洲曰陼'。《韓詩章句》'水一溢而爲渚'"。朱熹云"渚，水涯也"。按《湘夫人》章首句"帝子降兮北渚"。兩北渚對言，皆指二女之北渚也。《湘君》言"朝馳江皋"，"夕弭北渚"。《湘夫人》言"帝子降兮北渚"，正承上篇言，此次日之朝在北渚也。兩者皆寫景，依《湘君》篇行踪之次，此時湘君以橫大江而揚靈，則入江者，正因湘夫人朝馳江皋也。北渚依《湘夫人》章詞氣言之，則乃洞庭之北渚。故下文承以洞庭葉落之句，則北渚即在洞庭無疑。按《水經注》湘水會資、沅、微、澧"四水同注洞庭，北會大江，名之五渚"。裴駰曰"五渚在洞庭，沅、澧、資、湘四水而入荊江，自北而過，洞庭瀲其間，謂之五渚"（《輿地廣記》亦主此説）。《燕策》"秦召燕王章，乘夏水而下江，五日而至郢，漢中之甲，輕舟出于巴，乘夏水下漢，四日至五渚"。《史注》"在洞庭"説同。《史記索隱》以五渚爲五處州載，則北渚者，五渚中之一也。《九歌》所吟與地望至相合。故《湘夫人》下文所叙，又自沅、澧，而馳于江皋，與湘君期會之地也。

又案《水經·湘水篇》注云"（營水）西逕營道縣馮水注之……馮水帶約衆流渾成一川，謂之北渚"。是又別一北渚，然地望以洞庭北渚爲是，姑亦附之。

枉陼

《九章·涉江》"朝發枉陼兮，夕宿辰陽"。王逸注"枉陼，地名。陼，一作渚"。洪興祖《補注》"《水經》云'沅水又東歷小灣，謂之枉渚'"。按洪引過略，不能説明屈子行踪。按《水經注》云"沅水又東經臨沅縣南（即今武陵縣）……縣治武陵郡下，本楚之黔中郡矣。秦昭襄王二十七年，使司馬錯以隴、蜀軍攻楚，楚割漢北與秦。至三十年，秦又取楚巫、黔及江南地，以爲黔中郡（《括地志》卷四"黔中故城在辰州、沅陵縣二十里"）……沅水又東歷小灣，謂之枉渚，渚東里許便得枉人山，山西帶脩溪，一百餘里，茂竹便娟，披溪蔭渚，長川逕引，遠注于沅"。楊守敬注云"《御覽》六十五引《湘川記》云'枉山在武陵郡東十七里，有枉水出焉，山西有溪，溪口有小灣，謂之枉渚，山上有楚祠存'。《輿地記勝》引《元和志》'枉山一名善德山，水出縣南蒼山善卷所居，時人號曰枉渚'。今善德山在武陵縣東南十七里，水名德山港，一名蒼溪，源出縣南八十里金霞山東北，流經善德山入沅江"。楊氏所考，可謂詳盡矣。屈子朝自武陵之枉渚西行，夕至辰陽，則逆流而上也。自鄂渚入沅水口，過枉渚至辰陽入溆浦，皆沿流水而行也。參書尾所載《楚疆域及屈子行蹤圖》。

溆浦

《九章·涉江》"入溆浦余僆佪兮"，王逸注"溆浦，水名。僆佪，一作邅迴"。五臣云"溆，亦浦類，邅，轉迴旋也"。洪興祖《補注》"溆，徐吕切"。朱熹《集注》"溆，徐吕反。僆佪，一作邅迴。溆浦，亦地名"。按朱琦《文選集釋》云"案《説文》溆字在新附中，《玉篇》溆，浦也，重文爲澳，云'水名，在洞庭'。似即以澳水爲溆水。《説文》有潕字，澳或爲濰之省。然《説文》但云‘水名’，未詳何地，《元和志》叙浦縣下，引《離騷》此文云‘入溆浦而邅迴’，是叙不從水。又與序通，《水經·沅水篇》注云‘沅水又東與序溪谷，水出武陵郡，義陵縣郎梁山西北，流逕義陵縣，王莽之建平縣也。又西北入于沅’。《方輿紀要》云‘溆水在今溆浦縣西三十里，一名溆溪，一名溆州。源出郎梁山，流入沅，山在縣東’。溆浦縣本漢義陵縣地，葉氏又引《辰州志》‘溆浦在萬山中，雲雨之氣皆山嵐烟瘴所爲也。故下云‘霰雪紛其無垠兮，雲霏霏而承宇’”。按朱説與屈子行踪合，參書尾所載《楚疆域及屈子行蹤圖》）。

長薄

《招魂》“路貫廬江兮左長薄”，王逸注“貫，出也。廬江、長薄，地名也，言屈原行先出廬江，過歷長薄。長薄在江北，時東行，故言左也”。五臣云“在其左也”。按叔師以廬江、長薄爲地名。下申之曰“長薄在江北，時東行，故言左也”云云，則顯是指廬山附近之廬江言，即錢繹所謂清弋江也（詳廬江條附錄），實誤。又以長薄在江北，特據文中有左字而言也，并無確據。屈子死汨羅，在楚之南，此語在亂曰下，乃結束時詞氣，則不得更向遠在東楚之廬江言之。且言“左長薄”者，言左有長薄，不得言過歷而左行于長薄也。叔師實誤解文義。朱熹亦不能正也。徐文靖云“長薄乃江邊長岸草木交錯處非地名也。陸機詩‘按轡遵長薄’。王維詩‘清川帶長薄’，則長薄不得專以一地名之也”。其説至允。與文意詞氣皆合，當從之。薄本林薄字，此通言，非專名也。參廬江條下。

夏首

夏水分江處之口也，在江陵東南。

　　《九章·哀郢》"過夏首而西浮兮"，王逸注"夏首，夏水口也"。洪興祖《補注》"《荀子》曰夏首之南有人焉"。朱熹《集注》"夏首，夏水口也"。又《九歎·遠逝》"登大墳而望夏首"，王逸注"言己虛被讒言，背郢城門而奔走，將入大河。登其高墳，以望夏水之口，泄思念也"。按夏首，即大江分水，爲夏水之口也。故王注以夏水口釋之，與漢水入江處曰夏口者異。《水經·夏水注》"江津豫章口東有中夏口，是夏水之首，江之氾也。屈原所謂'過夏首而西浮，顧龍門而不見'者也"。

雷淵

　　《招魂》"西方之害，流沙千里些，旋入雷淵"。注云"旋，轉也。淵，室也。言欲涉流沙少止則回入雷公之室"。洪補引《山海經》云"雷澤中有雷神"。按朱珔《文選集釋》云"案《海內東經》説流沙內外之國，下又云'雷澤中有雷神，龍身而人頭，鼓其腹，在吳西'。此亦承上流沙而言，似雷淵即雷澤矣。而彼郭注云'今城陽有堯冢靈臺，雷澤在北'"。據《漢志》成陽屬濟陰郡。《史記正義》引《括地志》云'雷夏澤，在濮州雷澤縣西北'。亦引《海內東經》則其地相去絕遠，恐非是。葉氏則引周孟侯云'雷淵即西域河源所注之雷翥海'。此見《水經·河水》二篇注海在安息國，似爲近之"。按諸家皆欲以地名説此，細會文義，上言"流沙千里，旋入雷淵"。下言"麋散而不可止，幸而得脱，其外曠宇"云云，則旋入雷淵句乃流沙句之補足語，而麋散句又雷淵可畏之實象。幸而得脱者，脱于麋散，則雷淵者，蓋即指流沙言。今滇西亦有之，行旅不知，偶於履涉，不論人畜，便自旋轉而漸陷没，以至于碎散。偶得逃離者，亦皮爛骨折。則雷淵猶言回淵。句首用旋入字爲動詞，雷淵變作名詞，當作回旋之淵解，則上下文義皆順適矣。又按雷淵或作雷泉，非是。蓋避唐諱改也。雷字本作迴紋形，因而凡回旋之物，皆可曰雷。銅器中所謂雷紋，其徵也。則雷淵即旋泉矣。參雷字條。

池

《招魂》"坐堂伏檻，臨曲池些"。王逸注"言坐於堂上，前伏檻楯，下臨曲水清池，可漁釣也"。按《說文》無池字，徐鉉等以池沼之池，通用沱字（沱，江別流也，出岷山，東則爲沱，按即今成都郫縣北一名郫江，南逕瀘州，復入江）。今別作池，非是。段玉裁據《初學記》引《說文》"池者，陂也，從水也聲"補池字，按餘杭章先生《小學答問》云"唐人引《說文》，雜有《字林》及《說文》舊注都非誠證。古舌上音池讀若隄。《說文》但作隄。隄，唐也。周帀者謂之隄，遂以言宖受者。若宖受者謂之唐，遂以言周帀者矣（俗字作塘）。陂，本阪也，亦爲池。明周帀、宖受得互稱……支歌相轉。古或假沱爲隄。徐鉉不誤，但未明本字借字之殊爾……斯則本字爲隄，借字爲沱，沱變作池沼，補者其無謂也"。按先生說至確，古從它、從也之字，多互譌，如委它又作委施，差池作差沱，蹉跎又作蹉跎，《左》十二年之"曲池"《公羊》作毆蛇皆是。然段氏謂"形聲之字，多含會意。沱訓江別，故從它，沱之言有它也。停水曰池，故從也也"。按段此說亦未允。也字訓女陰也，從乙得聲，乁象下流形，讀若移，許君訓流乁也。故字之從也者，如迤、迆、杝、貤、施、馳、灺、弛并有縱解成長之誼，而無停聚之意。故以形、聲、義三合而求之，章說皆較段爲允當。《招魂》言"曲池"，王逸分訓爲曲水清池，池爲隄塘無疑。至《左傳》桓十二年之"曲池"則爲地名，與此非一。

《七諫》亂辭有"黿鼉游乎華池"之言，王逸以爲"芳華之池"。此與上句"雞鶩滿堂壇"對文，則華池亦苑囿中隄塘也，曰華池，形其芳澤；曰曲池，形其形態。惟曲池爲寫境語，華池則含霧沼、霧囿之意，以喻君之所在也。

西海

　　《離騷》“指西海以爲期”。注於西海無釋，朱珔《文選集釋》云
“案各本《楚辭》，皆不及此，惟宋洪氏邁云，東、北、南三海，其實一
也，無所謂西海者。《詩》、《書》、《禮》經稱四海，蓋引類言之。《離
騷》‘指西海’亦寓言爾。程氏大昌則云“條支之西有海，先漢使，固
嘗見之，而載諸史。《史記·大宛傳》‘于實之西，水皆西流，注西海’。
《漢書·西域傳》‘條支國臨西海’。後漢班超又遣甘英輩親至其地，而
西海之西，有大秦，夷人，與海商常往來，是非寓言也。《日知録》曰
‘今甘州有居延海，西寧有青海，安知漢人所見之海，非此類耶！’余謂
《史記索隱》引《太康地記》云‘河北得水爲河，塞外得水爲海。故
《地理志》羌谷水亦云北至武威入海，不謂大海也。據《大荒西經》屢
言西海，曰‘西海之外，大荒之中，有方山，曰西海。陼中有神，人面
鳥身’。至其後文‘去西海之南，流沙之濱，赤水之後，黑水之前，有
大山，名曰昆侖之邱’。正與此處上文由崑崙行流沙遵赤水合。又明藏
本《山海經》於赤水行東北下，有‘西南流注南海’語。流沙見後。
《招魂注》亦云‘西海今經於河水下，去入渤海’。郝氏謂渤海即翰海。
《水經》云‘昆侖河水出其東北陬，屈從東南，流入渤海。又出海外南
之葱嶺出于闐東，注蒲昌海’。于闐，即《大宛傳》之于實，可知
《史》、《漢》之海即蒲昌海也。凡諸所言海，亦皆在西域。然則屈子稱
西海，殆指此等，而未必以今之大海爲有西海矣”。“附案《爾雅》四海
爲夷、狄、戎、蠻，鄭注《周禮》‘四海猶四方’，皆不屬水”。按朱説
與《離騷》全文詞氣合，故用之。

南州

　　《遠遊》“嘉南州之炎德兮”，王逸於南州無説，按南州猶南方也。

當指楚南疆或南疆以外之地言。故下句承以麗桂樹之冬榮也。《山海經》"桂林八樹，在賁禺東"。郭注"番禺也"。屈子時楚南疆是否已得番禺、桂林，不能確知，而其必知有桂樹冬榮，則無可疑。

大壑

《遠遊》"上至列缺兮，降望大壑"。王逸注"視海廣狹"。洪興祖《補注》"《列子》曰'渤海之東，有大壑焉，實惟無底之谷，名曰歸墟'。注引《山海經》東海之外，有大壑"。朱熹用洪説，按大壑見《山海經·大荒東經》，云"東海之外，大壑，少昊之國"。郭注引《詩含神霧》曰"東注無底之谷，謂此壑也"。《離騷》曰"降望大壑"。又《莊子·天地篇》亦云"諄芒將東之大壑，適遇苑風於東海之濱"。《釋文》云"李云，大壑，東海也"。至《列子·湯問篇》所言，則同此一説之增累，不足爲據。此大壑即指東海而言。又《七諫·自悲》篇云"聽大壑之波聲"。王逸注"大壑，海水也，言己仰觀天火，下覩海水，心愁思也"。此文上句與天火對言，則大壑正與天火對，猶言地也，水之大者則爲海，故王注以海水釋之是也。餘詳壑字條下。

蓬萊

《九思·傷時》"從安期兮蓬萊"。舊注"蓬萊，海中山名也。安期生，仙人名也。言欲往求仙也"。按《史記·封禪書》"蓬萊、方丈、瀛洲，此三神山者，其傳在渤海中……蓋嘗有至者，諸仙人及不死之藥在焉"。此秦漢間人對東海神仙故事之傳説。

幽陵

《大招》"北至幽陵，南交趾只"。王逸注"幽陵，猶幽州也"。按

《史記·五帝紀》"帝顓頊高陽者，黃帝之孫，而昌意之子也……養材以任地……北至于幽陵，南至于交趾"。《正義》"幽陵，幽州也"。《書·堯典》"申命和叔宅朔方，曰幽都"。則幽陵猶言幽都。然曰州、曰都、曰陵，雖皆同一地名，而各有其相對之含義。唐置幽陵都督府，今外蒙古地。唐置幽都縣，遼更名曰宛平，故城在今北京西南。

四極

《楚辭》四極一詞兩見，《離騷》"覽相觀於四極兮，周流乎天余乃下"。王逸兩皆無具體説明。洪興祖補注《離騷》引"《爾雅》'東至於泰遠，西至於邠國，南至於濮鈆，北至於祝栗，謂之四極'。邠，《説文》作汃，'汃，西極之水也'。又《淮南子》云'東方東極之山曰開明之門，南方南極之山曰暑門，西方西極之山曰閶闔之門，北方北極之山曰寒門'"。朱熹注《離騷》云"四極四方極遠之地"。按就《離騷》四極句下云"周流乎天余乃下"，《惜誓》亦云"獨不見夫鸞鳳之高翔兮，乃集大皇之壄，循四極而回周兮，見盛德而後下"。則兩四極皆指天之四極。洪引《爾雅》説，乃地之四極，不得以解《楚辭》。此極字猶曰天極，言天之至高處。則《淮南子》之四極，仍不過指登天之四極，仍非天之四極也。故王逸以"復往觀視四極"，釋雖不免于含糊，而尚不至與詞氣相抵觸。故四極者，謂天之四方極高之處也。此當爲屈子自鑄之新詞。

南上

《九懷·蓄英》"騎霓兮南上，乘雲兮回回"。王逸注"託乘赤霄，登張翼也"。按《淮南·天文訓》"五星、八風，二十八宿"。高誘注"二十八宿，東方（蒼龍七宿）角、亢、氐、房、心、尾、箕，北方（玄武七宿）斗、牛、女、虛、危、室、壁，西方（白虎七宿）奎、婁、

胃、昴、畢、觜、參，南方（朱鳥七宿）井、鬼、柳、星、張、翼、軫
也”。王注以張翼釋南上，即此義，下言乘雲，言自張翼之南而上天乘
雲回回而遊也。

大皇

《惜誓》“乃集大皇之壄”。王逸注“大皇之壄，大荒之藪。大，一
作太。壄，一作野。一注云皇美也，大美之藪”。按大皇一詞，叔師有
兩訓，一訓大荒，一訓大美，依訓詁字義，則大美爲是，然大美實不詞。
《山海經·大荒東經》云“大荒東南隅，有山，名皮母地邱”。又《大荒
四經》多言大荒之中，有某某之山，則大荒乃地名，叔師此訓爲大荒，
則古籍有所本，且此文上言鸞鳳高翔，乃集大皇之壄，鸞鳳古以爲不常
之神鳥，則所集自在大荒之中矣。故當以大荒之釋，于文章詞氣爲得，
不僅于古爲有據也。與上文少原之壄，皆一時依託之詞。

少原

《惜誓》“乃至少原之壄兮，赤松王喬皆在旁”。王逸注“少原之壄，
仙人所居。壄，一作野”。按少原爲仙人所居，叔師就下文赤松王喬而
爲説也。此《惜誓》作者自鑄之詞，于古無可徵，然原本廣平之壄之
稱，仙人所居，自宜廣且平矣。

五湖

《九歎·遠遊》“就申胥於五湖”，王逸注“湖，大池也。言己復乘
楊木之輕舟。就伍子胥於五湖之中，問志行之見者也。一云‘揖大禹於
江濱’。一注伍子胥作申包胥，然上文有申子，注云子胥也”。按《周
禮·職方氏》“揚州其浸五湖”，鄭玄注“具區五湖在吳南”。賈《疏》

吳南郡名，南江在吳南，震澤在西，通而言之，亦得在吳南，具區即震澤一也。《國語》韋注"五湖今太湖"。按子胥事吳，故曰就申胥於五湖也。此五湖指吳下之太湖無疑。惟五湖一詞，說解至多，有指具區、彭蠡、青草、洞庭、洮滆諸湖言者。有指太湖、射陽、青草、丹陽、宮亭言者，有指洞庭言者，就《九歎》文義論之，自指太湖無疑，惟太湖一說，亦有泛指太湖相近諸澤言者。《楚辭》只此一見，依《職方鄭注》說之足矣。

邠岐

《九思·疾世》"就周文兮邠岐"，舊注"就文王也。邠岐，周本國。邠，一作豳"。《孟子》"昔者大王居邠"，邠即豳也。《鄭氏詩譜·豳譜》云夏道衰微，后稷之曾孫公劉自邰而出居于其封域。"在岐山之北，原濕之野"。於漢屬右扶風郇邑。

《史記·劉敬傳》"周之先自后稷，堯封之邰，積德累善，十有餘世，公劉避桀居豳"。《漢書·地理志》"右扶風栒邑有豳鄉。《詩》豳國，公劉所都"，在今陝西栒邑縣西。岐字別詳。

北梁

《九懷·陶壅》"濟江海兮蟬蛻，絕北梁兮永辭"。王逸注"超過海津，長訣去也。辭，一作詞"。按叔師以津字釋北梁，不以爲地名，則江海亦虛設之辭也。江淹《別賦》"視喬木兮故里，訣北梁兮永辭"。銑注"北梁，分別之地"云云，則北梁猶言河梁。李陵《與蘇武詩》"攜手上河梁，游子暮何之"。漢人多以河梁爲送別之地之稱，文通蓋襲用此義。子淵此文用北梁，義亦同。叔師以爲津者，河梁之津也。

朔方

《九歎·遠遊》"遡高風以低佪兮，覽周流於朔方"。王逸注"周徧流行於北方也"，按《詩·小雅·鹿鳴·出車》"天子命我，城彼朔方"。毛《傳》"朔方，北方也"。《水經·河水三注》"東南逕朔方縣故城東北，《詩》所謂'城彼朔方也'"。《元和郡縣志》夏州朔方縣，什賁故城，在縣治北。即漢朔方縣之故城，《詩》所謂"城彼朔方"是也。此爲有地確指之處，實用于《出車》者也。然子政此文，乃混言北方之地，當依《堯典》"宅朔方"爲説。《堯典》"宅朔方"與"嵎夷"，"南交"等爲四表，則《書》之朔方，非即《詩》之朔方也。朔方亦曰朔漠、朔北，義均與《書》義同。

九隅

《九懷·匡機》"彌覽兮九隅"，王逸注"歷觀九州，求英俊也"。按叔師以九隅爲九州，古以爲天圓地方，方則有隅，既分爲九州，則隅限多有，故九隅之義，得爲九州也，非謂九隅爲九州之別一名。

洈盤

《離騷》"朝濯髮乎洈槃"，注引《禹大傳》曰"洈槃之水，出崦嵫之山。案《西山經》"崦嵫之山……苕水出焉"。苕或作若，郝氏懿行《箋疏》云"疑即蒙水也"。郭注引《禹大傳》曰"洈盤之水，出崦嵫山"。是郭亦以洈槃即苕水矣。按苕與若字形易混，作若者，郝疑蒙水，本之王逸注崦嵫山下有蒙水，水中有虞淵，然則洈槃亦西極之地，故與窮石相對爲言。

重泉

《天問》"湯出重泉，夫何辠尤？"王逸注"重泉，地名也。言桀拘湯於重泉，而復出之"。洪補云"《前漢志》左馮翊有重泉"。《史記》曰"夏桀不務德，百姓弗堪，乃召湯而囚之夏臺，已而釋之"。朱熹《集注》"重泉，地名，在馮翊郡，《史記》所謂夏臺也"。按《史記》作囚湯於夏臺，與《天問》異，《索隱》云"夏臺，獄名，夏曰均臺"。又引皇甫謐云"地在陽翟"是也。《前漢·地志》言"左馮翊"有"重泉"。陽翟不在左馮翊，則《史》、《漢》兩說各異，秦置重泉縣，當得之舊名，在今陝西蒲城，與《漢志》合。然《索隱》以夏臺爲獄名，則兩說可合爲一，重泉者地名，夏臺者獄名。則湯實囚于重泉之獄也。然夏以國號而夷爲獄名，恐亦有誤。頗疑"夏臺"即"鈞臺"，陽翟有"鈞臺"之獄。故皇甫謐誤指"夏臺"亦在陽翟也。總而言之，史作夏臺者，當爲鈞臺之誤，而左馮翊之重泉亦有獄，亦得名曰鈞臺也，特《天問》以地實指之耳。

九則

《天問》"地方九則，何以墳之"。王逸注"墳，分也，謂九州之地，凡有九品，禹何以能分別之乎"。洪興祖補云"班孟堅云'坤作地勢，高下九則'。劉德云'九則九州土田上中下九等也'。《天對》云'從民之宜，乃九于野，墳厥貢藝，而有上中下'"。朱熹《集注》"九則謂九州之界。如上所謂圜則也。墳，土之高者也。此問九州之域，何以出其土而高之乎？答曰，水既下流，則平土自高，而可宮可田矣。柳子對曰'行鴻下隤，厥立乃降，烏墳絕淵，然後夷於土'。此言是也"。按九則王、洪、朱三家，共爲兩說，而朱熹一說，于文義詞氣，最爲暢遂。惟以則爲圜則，指九州之界言，則泥矣。何以墳之之墳，明用《禹貢》黑墳、白墳、赤埴墳、墳壚等墳義。朱以爲土之高者，亦異説不可從（徐文靖《管城碩記》駁朱熹説九則爲九州之界説最當。惟仍專以賦則爲解，以申柳州《天對》劉德九等之説，則大非。其言曰"按《禹貢》'咸則三壤，成賦中邦'。孔《傳》曰'皆法壤田上中下，大較三品'。《逸周書·作雒解》受則土于周室。《爾雅》'則常也'。注'謂常法也'。此言九則者，即《禹貢》之冀賦上上錯，兖賦貞，青賦中上，徐賦中中，揚賦下上上錯，荆賦上下，豫賦錯上中，梁賦下中三錯，雍賦中下凡九也。觀《周禮·天官冢宰》'以八則治都鄙'，則此言九則，不得爲九州之界明矣"）。惟王、洪、柳州諸家，專以指《禹貢》九州田土賦則之等，則亦失之泥。就《天問》上下文義言之，九則指土地差別，當無疑問，義謂大地，比較之，得有九等（方讀爲子貢方人之方，比也）。即洪《補》引班孟堅所謂"坤作地勢，高下九則"是也。故上文言洪水何以能實塞，下文言何以有應龍助成治水之説，中間言大地因洪水之治而有高下九則，于文義最順適。

洪泉

《天問》"洪泉極深，何以實之？"王逸注"言洪水淵泉極深大，禹何用實塞而平之乎？"朱熹云"泉疑當作淵，唐本避諱而改之也。洪泉即洪水，此問洪水汎濫，禹何用實塞而平之"。按朱説泉爲淵是也。《淮南》言洪水淵藪，自三百仞以上，二億三萬三千五百五十里，有九淵云云，則漢人亦用淵字，蓋亦本之屈賦也。泉字無滔天洪水之義。安本楚人，則洪淵爲南楚言洪水之專稱，寫者偶因逸注有淵泉之文而誤，未必即唐人因諱而改也。凡《楚辭》淵字皆未改，是其證，此處注文亦用淵字，尤可證。

河海

《天問》"河海應龍，何盡何歷"。王逸注"言河海所出至遠，應龍過歷游之，而無所不窮也。一云應龍何畫，河海何歷"。按河指大河，海指東海，禹治水以大河爲主，使之歸于東海也。

南國

《九章·橘頌》"受命不遷，生南國兮"。王逸注"南國，謂江南也。遷，徙也。言橘受天命，生於江南，不可移徙。種於北地，則化而爲枳也。屈原自比志節如橘，亦不可移徙"。朱熹《集注》"國，音域。受命不遷，《記》所謂橘踰淮而北爲枳也。舊説屈原自比志節如橘，不可移徙是也"。

按南國謂江南之地也。《禹貢》"淮海惟揚州……厥包橘柚錫貢"。《吕氏春秋·本味》"江浦之橘，雲夢之柚"。《漢書·食貨志》"江陵千樹橘，與千户侯等"。蘇秦説趙肅侯"君誠能聽臣，燕必致旃裘狗馬之地，齊必致魚鹽之海，楚必致橘柚之園"。則楚地戰國之世，盛産橘柚也。此南國指楚地言是也。蓋江陵、雲夢皆盛産橘柚，爲楚地生息最繁之果，馨香味美，爲人所好，故屈子爲之頌，此與荀子之詠雲蠶相似，則屈賦别裁，爲體物瀏亮之一種，爲前代所無。大略戰國名家一流之學，廣被學人，皆借物以體其性能，而爲之頌，亦以寄其思也。餘詳"橘頌"一條下。至"受命不遷"云云，《周禮·考工記》有"橘逾淮而北爲枳"。《晏子春秋》亦言"橘生淮南則爲橘，生于淮北則爲枳"。戰國以來舊説，亦古代植物移植變態之學也。

夢　雲夢

《招魂》"與王趨夢兮課後先"，王逸注"夢，澤中也"。洪補"楚謂草澤曰夢"。按夢即雲夢之省稱。《水經·夏水注》"夏水又東逕監利縣南……縣土卑下,澤多陂池,西南自江陵(原作州陵,從楊守敬説解)東界逕于雲杜、沌陽,爲雲夢之藪矣"。《水經·夏水注》又曰"韋昭曰'雲夢在華容縣'(《漢書·高帝紀》僞遊雲夢)。按《春秋》魯昭公三年'鄭伯如楚,子産備田具,以田江南之夢'。郭景純言華容縣東南巴丘湖是也(《初學記》七引,劉澄之《荆州記》亦云'華容縣東南有雲夢澤,一名巴丘湖')。杜預云枝江縣安陸縣皆有雲夢(《釋例》楚地内南郡枝江縣西有雲夢城,江夏安陸縣東南亦雲夢城)。蓋跨川亘隰,兼包勢廣矣"。按酈説是也。古今辯説者皆主之。方氏《通雅》云"郭景純注《爾雅》以岳陽巴丘湖爲楚之雲夢,非也"。沈括《筆談》曰"舊《尚書·禹貢》云雲夢土作乂,唐(唐字誤,此宋太宗事,辯見阮元《十三經校勘記》據黄朝英《靖康湘素雜記》引《筆談》唐字作'本朝'二字)太宗得古本《尚書》作'雲土夢作乂'。詔改《禹貢》,從古木。予按孔安國注'雲夢之澤在江南'不然也。據《左傳》'吳人入郢,楚子涉雎,濟江,入于雲中。王寢,盜攻之,以戈擊王,王奔郢'。楚子自郢西走涉雎,則當出于江南,其後涉江入于雲中,遂奔郢,郢則今之安陸州,涉江而後至雲,入雲然後至郢,則雲在江北也。《左傳》曰'鄭伯如楚,王以田江南之夢'。杜預注云'楚之雲夢,跨江南北'。曰'江南之夢',則雲在江北明矣。元豐中,予自隨州,道安陸,入於漢口,有景陵主簿郭思者,能言漢沔間地理,亦以謂江南爲夢,江北爲雲。予以《左傳》驗之,思之説信然。江南則今之公安、石首、建寧等縣,江北則玉沙、監利、景陵等縣,乃水之所委,其地最下,江南二浙水出稍高,雲方土而夢已作乂矣。此古本之爲允也"。按存中之説是也。然因同爲湖浸,或亦通稱,如《子虚》之雲夢,必謂一澤也。又沈氏所舉雲夢爲二之説,洪邁《容齋四筆》亦言之,其所舉證,多先秦舊籍。"雲夢,楚澤藪也,列于《周禮·職方氏》,鄭氏曰在華容,《漢志》有雲夢官,然其實雲也夢也,各爲一處。《禹貢》所書雲土夢作乂,注云,在江南。惟《左傳》得其詳,如邙夫人棄子文于夢中,注云,夢，澤名，在江夏安陸縣城東南。楚子田江南之夢，注云楚之雲夢跨江南北。"楚子濟江入于雲中"，注，入雲澤中，所謂江南之夢。然則雲在江之北，夢在其南也。《上林賦》"楚有七澤，嘗見其一，名曰雲夢，特其小小者耳，方九百里"。此乃司馬長卿夸言。今爲縣隸德安。詢諸彼人，已不能指疆域。《職方氏》以夢爲瞢。《前漢・叙傳》子文投于夢中，音皆同。是先秦典籍，皆以雲夢爲二，漢儒亦遵用無異詞。長卿，文士，任意摒攃，遂合爲一。後此亦多以爲一藪者。胡渭《禹貢錐指》云"雲夢，經傳諸書有合稱者，有單稱者，《周禮》'荆州藪澤曰雲瞢'。《爾雅》十藪，楚有雲夢，《吕覽》、《淮南子》同。《戰國策》'楚王遊於雲夢，結駟千乘'。宋玉《高唐賦》曰'楚襄王與宋玉游於雲夢之臺'。司馬相如《子虛賦》曰'雲夢者方八九百里'（今賦無八字）。此合稱雲夢者也。《左傳》定四年'楚子涉睢，濟江，入于雲中'。此單稱雲者也。宣四年'邠夫人棄子文于夢中'。昭三年'楚子以鄭伯田江南之夢'。宋玉《招魂》曰'與王趨夢兮課後先'。此單稱夢者也。單稱特省文耳。雲可該夢，夢亦可該雲，故杜元凱注'夢中'云'夢澤名，江夏安陸縣東南有雲夢城，則夢在江北'。注'雲中'云'入雲夢澤中，所謂江南之夢'。則雲在江南。注'江南之夢'云楚之雲夢，跨江南北。則南雲、北夢，單稱、合稱，無所不可，絶無江北爲雲，江南爲夢之説。自唐（唐字誤見前）太宗詔改此經爲雲土夢作义，而穎達引《左傳》以爲之説（此胡氏謬説）曰，此澤亦有單稱雲，單稱夢，經之土字，在二字之間。蓋史文兼上下也。司馬貞《史記索隱》亦云，雲夢本二澤，人以其相近或合稱雲夢，宋沈括、羅泌、易袚、郭思、鄭樵、洪邁、洪興祖等襲其説，而爲之辯曰，雲在江北，夢在江南，而古注棄若塵羡矣"。

按雲夢合稱爲一藪，此《周禮》、《爾雅》、《吕覽》、《高唐》諸説也。然雲夢實跨大江南北。春夏水漲，則雲夢合。秋冬水枯，則雲夢分。是分合由時會，不由人言，則北雲、南夢故不妨分用、合用。胡氏乃據杜元凱二注，而護沈、洪、鄭、郭之説，不知杜本意在調協單稱雲與夢，故必以合稱之雲夢釋之，義乃得明，非即謂北有夢而南有雲也。胡氏僅就

春秋戰國時期雲夢與雲夢澤

（此圖採用譚其驤、張修桂兩君合寫《雲夢澤的演變與下荊江河曲的形成》一文中《春秋戰國時期雲夢與雲夢澤》一圖。文中有云："雲夢泛指春秋戰國時期楚王狩獵區：包括山地、丘陵、平原和湖沼等多種地貌形態。雲夢澤專指這個狩獵區內的湖沼地貌部分。二者是總體與局部關係"。這個意見很正確）

詞而言之，說雖可通，而自其地理之實際言之，則沈、洪諸家說爲尤允。以今地考之，蓋東抵蘄州，西抵枝江，京山以南，青草以北，皆古之雲夢。顧棟高曰"今荊州府之監利、石首、枝江，安陸府之荊門、沔陽，黃州府之蘄州、黃岡、麻城，德安府之安陸，俱有雲夢之稱，蓋雲夢綿地甚廣，後世悉爲足居聚落，故地之以雲夢名者，非一。按清儒或主雲在江南，夢在江北，說亦可參。

　　《左》昭三年楚王與鄭伯曰"江南之夢"，則春秋時雲夢已爲楚王狩獵之區。《楚策》宣王遊雲夢，結駟千乘，旌旄蔽天，野火延燒，天現雲霓，虎兕嗥鳴，與《招魂》所載同，蓋楚傳之故習也。

　　近讀譚其驤、張修桂合寫《雲夢澤的演變與下荊江河曲的形成》一文，有極可貴之論據，以爲雲夢與雲夢澤當分説：雲夢泛指春秋戰國時期楚王狩獵區，包括山地、丘陵、平原和湖沼等多種地貌形態；雲夢澤專指這個狩獵區内的湖沼地貌部分，二者是整體與局部關係。此説最得其實。

附

"雲土夢作乂"。梁玉繩《史記志疑》以爲《筆談》所稱古本《尚書》作雲土夢，未必真《禹貢》之舊，當以《漢志》作雲夢土。今王鏊《史記》本作雲夢土，他本《史記》與《水經注》皆後人所改。楊守敬曰"余謂此之差互，最難言，若以'雲夢土'爲非邪？而'雲夢'見《周禮》。若以'雲土夢'爲非邪？而《漢志》有'雲杜縣'。杜即土。《詩》'徹彼桑土'，又作桑杜；'自土沮漆'，又作'自杜'，是其證"。按明人刻書，往往有臆改。王本《史記》作"雲夢土"，未必即可信，楊氏以雲杜連爲一詞，自據漢以後地名言之。然'雲杜'一詞，必本于舊傳，故雲土自可連爲一詞也。又《水經·沔水》注（卷二十八）云"《禹貢》所謂雲土夢作乂，故縣取名焉，縣有雲夢城，城在東北"。《左》宣四年杜注"江夏安陸縣城東南有雲夢城"。高士奇曰"雲夢縣在安陸縣南四十六里，即古雲夢城"。

南土

（一）指楚之南疆，《九章·懷沙》"傷懷永哀兮，汩徂南土"。王逸注"汩，行貌。徂，往也。言己見草木盛長，而己獨汩然放流，往居江南之土，僻遠之處，故心傷而長悲思也。土，一作去"。洪《補注》"汩，越筆切，見《騷經》"。

按《懷沙》之作，在《涉江》之後，將死之前，故傷懷而至于永哀矣。自涉江後，屈子即流浪于南土。此南土即指辰溆、蒼梧、沅湘之地言，猶《涉江》之言南夷也。南夷指人言，南土則地言，然南土所涉至廣，且爲楚疆域之所屬，故南土一詞，在文中無絲毫鄙夷之意，與《橘頌》之所謂南國相同。叔師以僻遠之處申之者，申全文之義，不必即指爲南土言也。

（二）與黃河流域之北地對言之，則大江南北之地，皆可曰南土。《天問》云"昭后成遊，南土爰底"。王逸注"爰，於也。底，至也。言昭王背成王之制，而出游，南至於楚，楚人沈之，而遂不還也"。洪興祖《補注》"《左傳》齊侯伐楚曰'昭王南征而不復，寡人是問'。對曰'昭王之不復，君其問諸水濱'。注云'昭王，成王孫，南巡守，涉漢，船壞而溺'。《史記》'昭王之時，王道微缺，南巡狩，不返，卒於江上。其卒不赴告，諱之也'"。昭王南遊至楚，楚人鑿其船而沈之，遂不還也。杜預云"昭王南巡守，涉漢，船壞而溺"。二説不同，未知孰是。餘參昭后成遊四句一條。

虞淵

《九歎·遠遊》"囚靈玄於虞淵"，王逸注"靈玄，玄帝。虞淵，日所入也。《淮南》言日出湯谷入于虞淵，言乃鞭風伯，使之掃塵，囚玄帝之神，使無陰冥，周徧流行於北方也"。按王逸引《淮南》説，見《天文訓》，其文云"日入于虞淵之汜，曙于蒙谷之浦"。虞淵即《離騷》所謂崦嵫也。故《太平御覽》引《淮南》"日入虞淵"，即作"日入崦嵫也"。餘詳崦嵫條下。

漠

《九思·疾世》"踰隴堆兮渡漠，過桂車兮合黎"。舊注"隴堆，山名。漠，沙漠也。一云漠，漢水也"。按隴堆即隴坻（詳隴堆條下），舊注以爲山名，是也。漠，舊注但曰沙漠，恐非。下句言過桂車、合黎，西入崑崙，則所經歷，爲漢通西域常道。自隴入甘肅，過蘭皋（蘭州），經武威，入酒泉、張掖一帶，不聞有沙漠，故一本遂改作漢。漢亦不在通道上。則漠者當是地名，非通稱之沙漠也。此漠當即今陝西乾縣西北之漠谷。《寰宇記》所謂"漠谷流歷漠合，故名漠谷水"。即《水經》之茭水也。

石林

《天問》"焉有石林"，王注"言天下何所有石木之林"。朱熹《集注》云"未詳"。按《莊子逸篇》"老子見孔子從弟子五人，歎曰，吾聞南方有鳥，其名爲鳳，所居積石千里，天爲生食，其樹名瓊枝，高百仞。以璆琳琅玕爲實"。當即爲石林也。丁晏引《山海經》所言三株樹，文玉樹、玗琪樹，以當石林，此亦鑿空求之。《山經》尚有櫥杆樹，洹山有無枝高百仞之樹，皆可一一附會爲石林乎？此當爲當時傳説之一事。考莊蹻王滇，不歸，今近昆明池之路南，有石林，如林而生。《天問》又別問黑水、交趾（誤作玄趾）、三危等，皆西藏、雲南等西南之地，楚初通西南，則隨蹻西征者，必有返歸，故人傳異而言之。屈子生當其時，故習所未聞，故以爲問。偏考屈賦言地理、風習惟西南爲最詳，則此四事，確與西南有關無疑。《吳都賦注》"石林"引《天問》此句，云"此本南方楚圖畫，而屈原難問之，於義則石林當在南也"。已與余説近，而余更能證實之云。

玄趾

《天問》"黑水玄趾，三危安在？"王逸注"玄趾、三危，皆山名也。趾，一作沚"。洪補曰"言黑水、玄趾、三危皆安在也？《西京賦》云昆明靈沼、黑水玄阯，言昆明靈沼，取象於黑水玄阯也"。按玄趾，王以爲山名，不知所據？洪無説，按玄疑"交"字之誤。"玄"、"交"小篆形近也。今越南北部一帶之地，爲怒江所從出，《墨子·節用》“堯治天下，南撫交趾，北降幽都”。《尚書》亦言“宅南交”。惟《書》南與《墨子》之南交，所指地，包今百粵，至漢置交趾，乃專指越南也。字又作阯。《大招》“南交阯只”。詳交阯條下。按黑水、玄趾、三危，及上文“石林“、“蛇吞象”諸事，皆就當時西南傳説奇事異地爲問，屈子與莊蹻同時，莊蹻西征不得歸，遂王滇，然其從卒必有逃歸故土者。此諸地，皆在西南之地。其奇説亦西南所傳，則屈子之問，必得之自滇亡歸之士也。參各條下自知。

交阯

《大招》“北至幽陵，南交阯只”。王逸注“交阯，地名”。洪興祖《補注》“《記》云‘南方曰蠻，雕題交趾’。注云‘交趾，足相鄉’。《後漢書》云‘其俗，男女同川而浴，故曰交阯’。阯與趾同，《輿地志》云‘其夷足大指開析，兩足並立，趾則相交’”。朱熹《集注》“交阯，南夷，其人足大指開析，兩足竝立，指則相交”。按《尚書》言南交，《墨子·節用》言“堯撫交趾”，《天問》言“黑水交（原誤玄）趾”，皆同一地。《大招》“北至幽陵，南交阯只”之言，與《墨子》“南撫交趾”，“北降幽都”之言同。餘詳玄趾條下。

九洲

凡有二義，一指《禹貢》、《爾雅》或《周禮》之九州，即所謂小九州，一指地球全部之大九州。按九州一詞，屈宋賦亦分此二義，一指中國疆域言，一指地球言，兹分述之。

（一）指中國疆域言者，《離騷》“思九州之博大兮，豈惟是其有女”。《九歌·大司命》“紛總總兮九州，何壽夭兮在予”。洪補“堯時九州，見《禹貢》，商九州見《爾雅》。周九州見《周禮》。鄒衍云‘赤縣神州内自有九州，中國外如赤縣神州者九，乃所謂九州也'。《淮南》曰天地之間，九州，東南神州曰農土，正南次州曰沃土，西南戎州曰滔土。正西弇州曰并土，正中冀州曰中土，西北台州曰肥土。正北濟州曰成土，東北薄州曰隱土，正東陽州曰申土。弇音奄'"。按《大司命》乃中土迷信之一端，則所指九州，自是中國，不得侈言中國以外之地也。洪補引《禹貢》、《爾雅》、《周禮》及鄒衍所謂赤縣神州内之九州皆是也。九州博大之女，當指中土之女，言義至明。《大司命》言九州之民，誠極衆多，其壽考夭折，皆自施行所致，不在於我大司命也。

（二）指地球言。《天問》"九州安錯？川谷何洿？東流不溢，孰知其故"。王逸注"言九州錯厠，禹何所分別之"。洪無説，朱熹《集注》曰"九州所錯，天地之中也。川谷之洿，衆流之會也。不溢之故，則《列子》曰'渤海之東，不知幾億萬里，有大壑焉，實惟無底之谷，名曰歸墟，八紘九野之水，天漢之流，莫不注之，而無增無減焉'"。其義與叔師其實無大別。徐文靖云"按《禹貢疏》曰'九州之次，以治爲先後，皆準地之形勢，從下向上，從東向西，青、徐、揚三州並爲東偏。雍高於豫，豫高於青徐，雍豫之水，從青徐而入海也。梁高於荆，荆高揚，梁荆之水，從揚而入海也，兗在冀東南，冀兗之水，各自東北入海也'。鄒子曰'儒者所謂中國者，於天下乃八十一分居其一分耳。中國名曰赤縣神州，内自有九州，禹之序九州是也，不得爲州數。中國外如赤縣神州者九，有裨海環之，如此者九，乃有大瀛海環其外'。此蓋問禹別九州，何所經營布置，非謂九州之大，安所錯置也。蓋九州之水，皆入於海，復有大瀛海環之，此所以東流而不溢也。夫亦孰知其故哉？"（見徐文靖《管城碩記》卷十五）按此説雖較歷世諸家爲詳，似是而實非。《莊子·在宥》"出入六合，游乎九州"。又《秋水》"九州穀食之所生"。《管子·内業》"蟠滿九州"。諸此九州，猶言大地，不得限以《禹貢》九州也。屈子之時，正稷下諸師討論天地生成體集最熱烈之時。所謂大九州者，尚不能爲人所深切認識，故屈子以爲問也。則此九州，當指鄒衍之大九州而言，不得指《禹貢》等九州也。若指《禹貢》九州，則戰國時人，已知冀、兗、青、徐之外，尚有他地，不得言安錯矣。故下文繼言"東西南北，其修孰多？南北順嶻，其衍幾何"也。

《九思·逢尤》"周八極兮歷九州"，舊注"求賢君也"。本義當指小九州，而佟放用之，與八極對言，亦可指大九州矣。

南榮

《九懷·思忠》"與吾期兮南榮"。王逸注"與己爲誓，會炎野也，南方冬温，草木常茂，故曰南榮"。按此子淵自鑄之詞也。叔師注于義可通是也。

南藩

《七諫·自悲》"聞南藩樂而欲往兮，至會稽而且止"。王逸注"藩，蔽也。南國諸侯爲天子藩蔽，故稱藩也"。又曰"言己聞南國饒樂，而欲往至會稽山，且休息也"。按南藩，南方藩蔽之地，猶南國、南域矣。《詩·周南·漢廣序》"文王之道，被于南國，美化行乎江漢之域"。此指江漢之國，在關之南也。南國一詞，最早見于此。唐以後遂以指南方諸地。《七諫》指吴、越，曰南藩。故下句承之曰至會稽而且止也。

南極

《九歎·離世》"櫂舟杭以橫濿兮，濟湘流而南極"。王逸注"濟，亦渡也。言己乃櫂船橫行，南渡湘水，極其源流也"。按極訓至，謂至其南端之極處，故叔師以渡湘水極其源流爲解是也。與地理上南極名同而實異。

江南

《招魂》"魂兮歸來，哀江南"。王逸注"言魂魄當急來歸，江南土地僻遠，山林嶮阻，誠可哀傷，不足處也"。五臣云"欲使原復歸於郢，故言江南之地可哀如此，皆諷君之詞"。朱熹云"王意欲使原復歸郢，故言江南之地可哀如此，不宜久留也"。按《秦本紀》昭襄王三十一年，"楚人反我江南"。《正義》曰"黔中郡反歸楚"，是江南即黔中也。按三十年蜀守若伐取巫郡及江南爲黔中郡。故《正義》以反我江南爲黔中也。此即《楚世家》所謂"襄王收東地兵……復西取秦所拔我江旁十五邑，以爲郡，距秦"也（《齊策》杜赫爲鄒忌説楚宣王曰，"王不如封田忌於江南，以示忌之不反齊也……楚果封之于江南"。《新序·義勇篇》亦載荆王使芊尹文爲江南令而大治。則江南爲邑名，此最小之名，亦楚最定之名也）。亦即《韓非子》、《初見秦》所謂取洞庭五湖江南也（亦見《秦策》"五湖"作五都）。高誘注"江南爲楚邑"。此其一。然戰國以來言江南者，不僅此也。《國策》言"城渾曰，今邊邑之所恃者，非江南泗上也"。又《越世家》云"江南泗上，不足以待越"。《正義》曰"江南洪饒等州，春秋時爲楚東境也"。此其二。又《貨殖傳》言"衡山、九江、江南、豫章、長沙，是南楚也"。徐廣曰"江南者，丹陽也，秦置爲鄣郡"。此其三。諸書異説尚多，不能備舉，最切楚者爲郢之江南。然《招魂》似不能僅限于郢南，然又未全及于東部泗上之地。蓋屈子死湘沅之間，招之使歸郢，固當指湘沅。然屈子生前，江南之地，東至陵陽，則東亦即于衡山九江矣。此當合屈子一生行跡言之。

圃藪

《九思·憫上》"逡巡兮圃藪"，《章句》云"藂林曰藪"。按此以義類相近之字，合成一詞也。《説文》"圃，穜菜曰圃"。《齊風》"折柳樊圃"。毛《傳》"圃，菜園也"。《論語》"樊遲請學圃"，馬融注曰"樹菜蔬曰圃"。引申則樹藝之處，皆可曰圃，《九歎·惜賢》"覽芷圃之蠡蠡"。《吳都賦》"遭藪爲圃"。注"有草曰圃"。詳圃字下。此與藪連文，則與《吳都賦》用義同。藪者，《説文·艸部》"大澤也"。《天官·大宰》"藪牧養蕃鳥獸"。注"澤無水曰藪"。蓋謂澤地多水少，草木所聚者也。故《憫上》舊注以爲"藂林曰藪"。餘詳藪字條。

方林

《九章·涉江》"邸余車兮方林"。王逸注"方林，地名。言我馬強壯，行於山皋，無所驅馳；我車堅牢，舍於方林，無所載任也。以言己才德方壯，誠可任用，棄在山野，亦無所施也"。按方林地名，諸家皆無考。顧觀光《七國地名考》但言自武昌陸行，過咸甯、蒲圻，而至岳州（參鄂渚條下），則方林當在岳州。餘無考。

耀靈曄

《遠遊》"恐天時之代序兮，耀靈曄而西征"。王逸以靈曄爲電貌，因謂屈子"託乘雷電以馳騖也"。又言"《詩》云'曄曄震電'，西方少陰，其神蓐收，主刑罰，屈原欲急西行者，將命于神，務寬大也"云云。洪興祖引《博雅》張平子、潘安仁皆用此語。曄，音饁，光也。"逸説非是"。按兩説皆各有據，王據《詩》曄曄之語，並與文理相繫，此段文字，自言西遊，故曰西方少陰。其神蓐收，就文理論，能探其脈絡，不爲無據矣。洪讀"耀靈"爲一詞，以曄爲狀語，故逐使此語讀法有異，以《遠遊》句法論之，則"步徙倚而遥思"，"意荒忽而流蕩"，"形枯槁而獨留"，"澹無爲而自得"等照之，則此句自以耀爲動字，讀靈曄爲一詞組，更合乎文例云。然讀靈曄爲一詞，固亦不妨釋靈曄爲日也。然《説文》訓曄爲光，而《後漢書·張衡傳》亦言"列缺曄其照夜”，則漢人固多以爲電光矣。則慶善必欲以爲東方之日，恐亦不服叔師之口，仍以王説稍稍爲勝矣！

墬

《天問》“康回馮怒，墬何故以東南傾”。王注引《淮南》“共工與顓頊争爲帝不得，怒而觸不周之山，天維絶，地柱折。墬，一作地”。寅按，王引《淮南》釋“墬東南傾”，以墬爲地字是也。其形亦多小異，有作墬者。《哀時命》“生天墬之若過兮”。王逸以天地釋之是也。更有作垫者，夏英公古文四聲韻引之。最早見于《淮南·墬形》篇，恐是秦漢間人俗字。詳天地條下。墬即地之古俗字。

墏

《九懷》“天門兮墏户”。王逸注“金闈玉閨，君之舍也。墏，一作墬，一作地”。按墏即地之籀文，今隸又作墬，作墬，《管子·山權數》“故天毁墏凶”，此以天地門户爲對文。詳天地或地字條。

下土

《離騷》“夫維聖哲以茂行兮，苟得用此下土”。王逸注“下土，謂天下也。言天下之所立者，獨有聖明之智，盛德之行，故得用事天下，而爲萬民之主”。洪興祖《補注》引《詩》曰“奄有下土”。朱熹義同。按下土，古成語，謂天下也。《詩·長發》“禹敷下土方”。《天問》“禹之力獻功，降省下土四方”。下土猶言下地，地對天言，天在上，故曰上天、上帝；地在下，故下土、下地。用作有字解，用此下土即有此下土也。

畹

《離騷》"余既滋蘭之九畹兮"。王逸注"十二畝曰畹，或曰田之長爲畹也"。洪補曰"司馬法，六尺爲步，步百爲畝。秦孝公之制，二百四十（《玉篇》作二百三十步）步爲畝，畹或曰十二畝，或曰三十畝"。按三十畝見《説文》"田三十畝曰畹"。又《魏都賦》"下畹高堂"。劉注引班固説"畹，二十畝"。諸説至不一。九畹言其多也。朱琦《文選集釋》云"注云十二畝爲畹，二百四十步爲畝，五十畝爲畦，案《説文》'田三十晦曰畹'。大徐本三作二誤。段氏謂'《魏都賦》下畹高堂'。張注引班固曰'畹三十畝'。蓋孟堅《離騷·章句》'滋蘭九畹'之解，此注乃云十二畝，恐非"。《説文》云"六尺爲步，步百爲晦"，段注"司馬法如是"。又云"秦田二百四十步爲晦"，則孝公時商鞅開阡陌之制也，漢仍秦舊，故此句云然。

胡鳴玉《訂譌雜録》以爲俗讀椀不可從，當讀淵上聲。

畦

《離騷》"畦留夷與揭車兮，雜杜衡與芳芷"。王逸注"畦，共呼種之名。五十畝爲畦也"。洪補曰"畦，音携"。《説文》"田五十晦曰畦"。段氏亦謂"《蜀都賦》劉注曰'《楚辭》倚沼畦瀛'。王逸曰'瀛，澤中也'。班固以爲畦田五十畝也。此蓋班固釋畦留夷之語，今俗本《文選》逸之"。朱琦曰"畦字從圭田會意，與《孟子》圭田五十畝合。又用爲畛域，故宋錢杲之《離騷集傳》云'畦，田中爲塍埒也'。義並通。吳氏疏云'據此文，則蘭爲畝者二百七十，蕙百畝，留夷以下五十畝，蓋蘭爲上，蕙次之，留夷之屬爲下，所貴者不厭其多，而所賤者不必多也'。若黃山谷蘭説轉以九畹爲少，百畝爲多，則張氏淏云'山谷致誤之由，蓋今世所行《玉篇》，頗多譌舛，如畹字注云三十步爲畹，步字乃畝字之誤，山谷不悟，遂以三十步爲畹，則九畹乃二百七十步，以今制言之，纔一畝餘。山谷以多少分貴賤，正《玉篇》謬本，有以誤之矣’”。按朱氏辯畦之畝數，及其用字法諒矣。然于本文詞氣尚隔一間。吾友徐永孝曰“畦留夷與揭車兮，朱熹《集注》‘畦，隴種也’。按《說文》‘田五十畝曰畦’。畦本量詞，與上句‘余既滋蘭之九畹’，畹訓田三十畝；‘又樹蕙之百畝’，畝訓百步，同爲量詞。惟此畦以量詞作動詞用，謂栽五十畝留夷與揭車也。朱訓隴種，則與九畹百畝異，非也。蓋不知《楚辭》有量詞作動詞用之例。‘駟玉虯’、‘驂白螭’，駟驂皆量詞，亦作動詞用，可證。兩文合參，則畦字本義與用法與《離騷》詞氣兩皆得其要矣”。

南浦

《九歌》“子交手兮東行，送美人兮南浦”。王逸注“美人，屈原自謂也。願河伯送己，南至江之涯，歸楚國也”。吳景旭曰“《江夏記》南浦在江夏縣南三里，其源出京首山，流入大江，春冬涸竭，秋夏泛漲，商旅往來，皆於浦停泊，以其在郭之南，故稱南浦。江淹《別賦》‘送君南浦，傷如之何’。李賀詩‘南浦芙蓉影，愁紅獨自垂’”。又引洪興祖云“屈原有以美人喻君者，恐美人之遲暮是也。有喻美人者，滿堂兮美人是也。有自喻者，送美人兮南浦是也”。又云“屈原託江海之神，送迎己者，言時人之不然也”。杜詩“岸花飛送客，檣燕語留人”，亦此意。

寅按言南浦者，楚都在江之北，故送之南浦也。浦水涯也，則南浦猶言南岸也。自江文通“送君南浦”之言，後遂成爲文學上送行通用之詞，而不必定在河之南浦矣。《九歌》爲現實之用，而後世爲設想之詞，此文字發展之一種規律也。

極浦

《九歌·湘君》"望涔陽兮極浦"，王注"極，遠也。浦，水涯也"。朱熹《集注》說同。洪補"《說文》云'浦，濱也'。《風土記》'大水有小口，別通曰浦'"。《九歌·河伯》"惟極浦兮寤懷"。王逸注"寤，覺也。懷，思也。言己復徐惟念河之極浦，江之遠碕，則中心覺寤，而復愁思也"。洪興祖《補注》"惟，思也。極浦，所謂望涔陽兮極浦是也"。按《湘君》所言之極浦，指岑水口之遠浦（見涔陽條下），《河伯》所言之極浦，當指河之極浦言，則極浦非專名，乃通名，凡大水有小口別出，通皆可曰極浦者，遠望之詞，故《湘君》曰"望涔陽之極浦"，《河伯》曰"思惟極浦"矣！

浮渚

浮于水渚之中，言投水而死，尸浮于渚也。《九歎·離世》"惜師延之浮渚兮"，事詳師延條下洪補引《史記》。

蘭皋

蘭皋三見《離騷》"步余馬於蘭皋兮"，王逸曰"澤曲曰皋。言己欲還，則徐步我之馬於芳澤之中"。洪補曰《招魂》曰"皋蘭被徑"。朱熹曰"澤曲曰皋，其中有蘭，故曰蘭皋"是也。又《九懷·蓄英》"將息兮蘭皋"，義襲《離騷》也。又《九歎·惜賢》"游蘭皋與蕙林兮"，王逸注"言己放流，猶喜居蘭皋蕙林芬芳之處"。蘭皋與蕙林對言。別參蘭字條下。皋即澤之形訛，參澤字下。

九皋

澤中水濕出所爲坎陷，自外數至九，喻深遠也，皋即澤之誤。

《九歎·愍命》“麒麟奔於九皋兮，熊羆群而逸囿”。王逸注“麒麟，仁獸也，君有德則至，無德則去也”。于皋無釋。按九皋見于《詩·小雅·鶴鳴》“鶴鳴于九皋，聲聞于野”。傳“皋，澤也”。箋“皋澤中水溢出所爲坎，自外數至九，喻深遠也”。子政蓋即本此，字本作皋，見《荀子·儒效》引“鶴鳴于九皋”，《韓詩外傳》七同。此如成皋之又作成皋（宋刊《詩》毛《傳》鄭《箋》作皋，不從自，猶未全誤），則九皋即九澤也。餘詳皋字條下。

澤

分爲二義，一爲水澤，二爲潤澤，三則臭字之誤。

（一）水澤《漁父》“行吟澤畔”之澤是也。

（二）爲臭字之誤。澤字，《楚辭》五見。其《離騷》、《惜往日》、《思美人》諸篇有成句。“芳與澤其雜糅兮”，芳澤對舉，王逸《離騷》注“芳，德之臭也。澤，質之潤也。糅，雜也。言我外有芬芳之德，内有玉澤之質，二美雜會，兼在於己，而不得施用。故獨保明其身，無有虧歇而已”。又《九章·思美人》“芳與澤其雜糅兮，羌芳華自中出”。又《惜往日》“芳與澤其雜糅兮，孰申旦而別之”。按《離騷》與《思美人》兩處文義全同。《離騷》言芳澤雜糅，而芳華自出，則芳澤不應爲類同之辭，此與《懷沙》“同糅玉石兮，一槩而相量”正同。玉與石殊，美惡相懸，則芳與澤雜糅，已謂賢穢雜厠，其比擬設辭，義皆相同。《離騷》言“昭質未虧，言雖賢奸雜厠于朝，而君子不以奸惡虧其明。《思美人》言雖賢奸同厠，而芳華自能絪中彪外（謂小人不能污也）。《惜往日》義與上別，言夜之方長，孰能別白賢奸也。則不得以相類之芳澤兩字連用，至明。澤蓋臭字之誤也。考《荀子·禮論》"側載睪芷所以養鼻也"。《史記·禮書》作臭芷。王念孫《讀書雜志》曰"劉伯莊《音義》曰'臭，香也'引之曰臭當爲臭字之誤也。《説文》臭古文以爲澤字，澤謂澤蘭也。《士喪禮》記茵著用荼，實綏澤焉。鄭注曰澤，澤蘭也。取其香。澤字古文作臭，故香草之澤，亦作臭。上言椒蘭芬茝所以養鼻，此言側載臭茝所以養鼻。臭茝即兰茝也《荀子》作睪茝，《正論》篇同。睪即澤之借字"。

古澤字作臭，讀若浩。《詩·鶴鳴》九皋，皋亦澤字。《韓詩》作九臭可證（韓云九臭，九折之澤可證）。洪容齋、王觀國皆已詳證之矣。則芳臭雜糅，于義爲切，惟臭本以鼻吸之義，即今行嗅字。然自春秋戰國已偏用于惡臭，如《論語》"如惡惡臭"是也。詳皋字下。

（三）爲潤澤，《大招》"施芳澤只"。此芳澤澤字，不謂芳香潤澤之物，即指膏屬之物可爲潤澤者，又《九辯》"塊獨守此無澤兮"，王注"不蒙恩施，獨枯槁也"。以枯槁釋無澤，謂不治恩澤，亦即無潤澤之義。

皋　皐

《楚辭》皋字全爲澤字之譌。

《楚辭》皋字凡十餘見，字皆作皐，依俗寫也。本當作皋。統觀諸字之義，曰"山皋"、"江皋"、"九皋"、"皋蘭"、"蘭皋"，皆爲澤字之形誤。《前漢·地理志》"河南郡成皋，河内郡平皋"。《後漢·郡國志》河南有成睪縣，河内有平睪縣。在《前漢書》，用皋字；《後漢書》用睪字。皋、澤古音義通。《毛詩傳》訓九皋爲澤。《水經注》"潁水又東南逕皋城北，即古皋城亭"。又《史記·天官書》"黄潦"即"黄澤"是也。《左傳》皋門作"澤門"亦猶是。但宋之澤門，即《孟子》所云垤澤之門，杜氏所云東城南門（見宮室圖）。《詩》"鶴鳴于九皋"，《招魂》"皋蘭被徑兮"，《上林賦》"亭皋千里"，《洛神賦》"爾廼税駕乎蘅皋”，傳注皆訓皋爲澤，自漢以來皆然。則澤之誤皋，蓋始于《詩》以來矣。而漢人承襲用之，《荀子·正論》篇曰“曼而餽代皋而食，雍而徹”。皋原誤作澤，楊注“皋蓋香草也，或罩讀爲藁，即所謂蘭茝本也，或曰當爲澤，澤蘭也。《既夕禮》茵著用荼，實綏澤焉，俗書澤字作水旁罩”。盧文弨“罩本作皋。《史記·天官書》其色大圜。黄潦即黄澤”。郝懿行曰“罩即皋字，下云側載罩芷，蓋皆香草”。洪頤煊曰“《淮南·主術訓》‘罄鼓而食，奏雍而徹’。與此上下文義同。罄、皋古字通用”。劉台拱曰“代罩當爲伐罄。《主術》所注引《詩》‘鼓鐘伐罄’王念孫曰“《淮南》亦本作伐罄而食，與奏雍而徹對文，《淮南》即本之《荀子》”。

　　牟庭相《雪泥書雜志》云：“以《淮南》證之，知《荀子》所説‘始饋則奏曼歌，方食則伐皋鼓，將徹則歌雍詩’。蓋古天子之禮每食如是也。楊注皆非，今據《淮南》改正，無可疑也。下句五祀字，當連上句，楊倞斷句亦非。《淮南》言，‘罄鼓而食，奏雍而徹，已飯而祭竈行’。言竈則户、門、中霤可見矣。何爲非此五祀？五祀卑而天子尊，故也。飯而後祭之。言此者，所以見天子至貴也。若郊禘，大祀天帝祖宗，又尊于天子，安有已飯而後祭者哉！楊倞荒謬無意思，未可以讀書也”云。按皋澤二字，誤者至多，不可勝數，不僅此也，即皋字書法，在東漢時已至紛亂。《後漢書·馬援傳》曰“交趾女子，側貳反，璽書，拜援伏波將軍”，章懷太子注引《東觀漢記》曰“援上書‘臣所假伏波將軍印，書伏字犬外嚮，城皋令印字爲白下羊，丞印四下羊，尉即白下人，人下羊即一縣長吏，印文不同，恐天下不正者多。符印所以爲信也，所宜齊同。薦曉古文字者’。事下大司空，正郡國印章”。考皋與澤古形可相亂，古從‘四’之字，或省作“口”，若“白”，而幸以下則與本又絶相似。故其形可繹爲罩，即顏之推《書證篇》所謂“皋分澤畔”而白，《水經》潁水注，亦言皋、澤字相近，皆此之由也。

　　盧文弨云“《後漢·馬融傳》皋牢山章懷注‘皋牢猶牢籠也’。引此作皋牢”。郝懿行曰“案《干禄字書》罩，俗皋字”。蓋皋俗作皋，譌轉爲皐，又復加頭爲睪，以別于罕。此正如漢成皋印又作白下人，人下羊又作白下羊。展轉增益即此類也。皋韜爲覆冒之意。故皋牢亦爲牢籠，皆雙聲叠韻字也。考睪字由來已久，曹大家言"睪子佐禹"，《顔氏家訓》"皋分澤片"，蓋此俗字起於六朝以前。《荀子·王霸》"睪牢天下而制之"，王念孫曰"此字《困學紀聞》已辯之矣"。

然其音與義，皆決無相通相借之理。以義言，則凡從皋之字，皆與澤無關。而多高、大、昊、界之義，又與暭爲一字之分化，《荀子》言皋界廣之等，即以後世偏旁例之，謧、嶧、鸅與澤、嶧、檡、鶃音義皆無絲毫相涉之跡。即以罕字而論，羊益切，又尼輒切，伺視也。其字從自從奉，奉亦音聶，其音義亦與皋大異。皋本皋，氣皋白之進也，從本（土皋切）從白。朱駿聲未能深知皋、澤之不可爲一字，而反增注云"當訓澤邊地，從白。白者，日未出時，初生微光也。曠野得日光最早，故從白，從本聲"云云。蓋不思之甚矣（按朱說實啟之自王觀國《說林》。其言云"皋之爲義，澤也。因其有澤之義，故變皋爲罕，以澤字從罕故也"云云。因果顚倒，亦已甚矣）。更深考之，則今《說文》有五字，實相關涉，曰夲（《廣均》土皋切）。皋即從白夲聲，故皋訓白之進，取白與夲相結合也。又臭字白與大相結合也，故曰大白。按《尚書·多士》"配天其泽"。章先生《尚書定本》云"《說文》臭古文以爲澤字，薛所據本，凡傳讀爲澤者，經悉書臭，蓋東晉本依三體石經而作也。然此臭字，實不當讀澤，傳云'無不配天布其德澤'。必增布字，始可通，非經旨矣。按《說文》臭，大白澤也。大白澤即彌望皓旰之澤（《小雅》'鶴鳴于九皋'，傳云'皋，澤也'，皋亦臭字）。引申則爲泛言大白，其孳乳爲皋。爲暭。《說文》'皋，氣皋白之進也'。'暭，皓旰也'。'配天其臭'謂天之光明臭然，配天者亦光明臭然也。下云'在今後嗣王，誕罔顯于天'。罔顯于天，正與配天其臭相反"。按今本《說文》，大白下增一澤字，實爲誤說，段玉裁已刪之是也（得章先生說，

可爲定論。故余從段章説而不取于今本《説文》)。是則今本《楚辭》諸
"江皋"、"山皋"、"九皋"、"皋蘭"、"蘭皋",諸皋字之作澤解者,皆
澤字之誤,應全爲改定,然則皋之本字當云何,此雖泛出本書之外,亦
不可廢者也。按林義光《文源》有云"《説文·大部》臭,大白澤段校删
此字。也,從大、白,古文以爲澤字"。金文則以爲數字,如《無臭鼎》
云"無囗之饋鼎",云"羴皇天匕类臨保我有周",當讀爲數。數、澤同
從睪得聲,古可通用。"無臭鼎上從白,與許書正合。《毛鼎》曰作囗,
字之省變,下并作矢者,又大之變也"云云。説字形確有可取。按無數
即無射,謂無厭足也。厭足義與高大通矣。

陼

《説文》陼下云"如渚者陼丘,水中高者也"。桂馥云"案渚字後人
妄改。《爾雅》如陼者陼丘,郭注水中小洲爲陼。《子虛賦》'且齊東渚
鉅海'。李善引《聲類》,陼或作渚,是李以渚海爲陼海。《説文》渚下,
引《爾雅》小洲曰渚,亦後人加之"。又沚下云"小渚曰沚",坻下云
"小渚也",《爾雅》並作陼。

岪

《招隱士》"塊兮軋,山曲岪"。王逸注"盤詰屈也",洪興祖《補
注》"岪,音佛,山曲也,一音皮筆切"。按岪當即《説文》弗字,訓山
脅道也。桂氏《義證》"山脅道者,謂阪上道也"。《廣韻》"岪,山
曲"。段注"《楚辭·招隱士》云'塊兮圠,山曲岪'。王(逸)注云
'盤結屈也。'結屈,許書作詰詘,山脅之道然也"。

氾

《九章·悲回風》"氾潏潏其前後兮",王逸注"思如流水,游楚國

也"。洪興祖《補注》"氾，濫也，音泛"。又《遠遊》"氾容與而遐舉兮"，王逸注"進退俛仰，復欲去也"。補曰"氾，音泛"。《説文·水部》"氾，濫也，從水巳聲"。大徐"孚梵切"。又濫字氾也。按《孟子·滕文公》"洪水橫流，氾濫于天下"，《楚辭·九歎·憂苦》"折鋭摧矜，凝氾濫兮"。皆先秦以來通語，爲許君所本。單言則曰氾曰濫，重言則曰氾濫。《楚辭》單用氾，凡兩見，義皆同。參氾濫條下。

煬

《七諫·自悲》"觀天火之炎煬兮，聽大壑之波聲"。王逸注"言己仰觀天火，下覩海水，心愁思也"。洪興祖《補注》"煬，以讓切，炙燥也"。按洪説本《説文》。《方言》"煬，炙也"。郭注云"今江東謂火熾猛爲煬"。按天火與下句"大壑"對文，波聲與炎煬亦對，則炎煬者，炎之煬也。郭注"江東謂火熾猛"一義釋此爲當，則炎煬謂炎（即今燄字）之煬熾也。

塺

此字《楚辭》二見，一在劉向《九歎·惜賢》篇"愈氛霧其如塺"。一在《九懷·陶壅》"霾土忽兮塺塺"。叔師皆訓塵，單詞與複詞義同也。按《説文·土部》"塺，塵也，從土麻聲"。大徐"亡果切"，《繫傳》作莫播反。徐鍇引《楚辭》"涉氛霧兮如塺"，即《九歎·惜賢》文，而字微不同。《一切經音義》十二"通俗文塵土曰塺"。《廣雅》同。字或作坲。《淮南子·齊俗訓》'物或坲坲也，坋塵也"。又《主術訓》"譬猶揚坲而弭塵"。注"坲，塵塺也，楚人謂之坲"。則塺乃南楚故言審矣。又《莊子·逍遥遊》"野馬也，塵埃也，是生物之以吸相吹也"。野馬當即块塺之聲轉。《説文》"块，塵埃也"。其文當讀作"野馬者，塵埃也"。莊生寓言十九。块塺聲近野馬，或時人讀块塺如野馬，故以爲寓。其實則坱塵聲轉也。今俗或寫作塵末，末亦塵借字。

洛

《九思・憫上》"冰凍兮洛澤"，王逸注"洛，竭也，寒而水澤竭成冰"。洪補云"《集韻》冰謂之洛澤，其字從仌，上音洛，下大洛切。又曰'澤，水結也'，引此云'冬冰兮洛澤'"。按今本無作洛字者，俗人多見洛而少見洛也，依王注作洛，爲是。洛乃水名。

長洲

《九章・思美人》"擥大薄之芳茝兮，搴長洲之宿莽"。王逸注"采取香草，用飾己也"。按長洲與上句大薄對文，大薄爲林薄之大者，則長洲亦言洲之長大者耳。洲水中可居者，江漢之間多洲渚，故《屈賦》多言洲，曰芳洲、長洲。"搴長洲之宿莽"，與《離騷》"夕攬洲之宿莽"句同。餘參洲字條。

四荒

《離騷》"將往觀乎四荒"，《九思・哀歲》"將馳兮四荒"，兩語相同，又將遂遊目往觀四荒之外以求賢君也。王逸注"荒，遠也"。洪興祖補曰"《爾雅》觚竹、北戶、西王母、日下謂之四荒，皆四方昏荒之國，禮失而求諸野，當是時，國無人莫我知者，故欲觀乎四荒，以求同志"。朱熹曰"荒遠也。反顧而將往觀四方絕遠之國，庶幾一遇賢君，以行其道"。《九思》王逸注"四裔謂之四荒"。按荒遠常詁四裔四荒。往觀四荒者，戴震曰"猶言無往不自得也"。然王、洪、朱皆四方昏亂之國，確指爲國，是則屈原求去故國，與《離騷》始終存心君國之意相違離。洪補以爲求賢臣尚可恕，至王、朱以爲求賢君決不可恕。朱熹更以爲求賢君以行其道，則以孔子三日無君則惶惶如也之義以推屈則大謬不然。孔子以殷之後而生于周，則周之封國皆非殷後，故無往而不可。屈子則以楚之同姓宗臣，安有去國之理？若屈子而可以去國，則汨羅爲枉死矣。

藪幽

偏正複合詞。言草木所聚幽深之處也。《九章・惜往日》“使芳草爲藪幽”，王逸注“賢人放竄，棄草野也”。洪補云“《説文》‘藪，大澤也’”。朱熹云“藪幽，藪澤之幽暗也。言芳草宜殖於堦庭，而今反使爲藪澤之幽暗也”。按《説文》“藪，大澤也，從草數聲”。大徐“蘇后切”。《周禮・職方》云“其澤藪曰某”。注“大澤曰藪”。段玉裁曰“藪實兼水鍾、水希而言……謂地多水少，草木所聚”。按段説是也。幽者《説文・絲部》“隱也，從山中幺”。《自部》於隱下曰“隱，蔽也”。《小雅・伐木》“出自幽谷”。毛《傳》“幽，深也”。深則闇，故引申爲幽暗，叔師以竄棄草野釋此辭義，重在藪。朱熹易之以藪澤之幽暗是也。然義亦未甚明，言藪澤草木所聚幽暗之所也，則藪幽猶言幽藪倒言，此偏正複合詞也。

柴藗

形名複合詞，以柴爲巢也。下音千木切。《九思・遭厄》“鴉鵰游兮華屋，鷄鶩棲兮柴藗”。按藗《説文》“行蠶蓐也”。《繫傳》“即蠶藗也”。王箓友“蠶所藉也”，於此作繭，《古文苑》“元后誅帥導群妾咸循蠶藗”。注云“藗，竹器，以茅籍之，承老蠶作繭”。《玉篇》“藗，巢也”。此言柴藗，則借用爲以柴爲巢，故曰柴藗也。藗、巢同聲，故義近。鷄鶩棲于柴巢，與上句鴉鵰遊兮華屋，正成對文。

洿

洿字二見，皆一義也。《天問》"九州安錯，川谷何洿"。又《九歎·怨思》"漸藁本於洿瀆"。王逸注"洿，深也。言九州錯厠，禹何所分別之? 川谷於地，何以獨洿深乎"。洪興祖《補注》"洿，音户，水深謂之洿。舊音烏，無深義，亦不叶韻"。按洿字，《説文》云"濁水不流也"。《廣雅·釋詁》"洿，濁也，又聚也"。濁水聚而爲池。故王以深也釋之。《廣雅·釋詁》亦云"洿，深也"，或以爲洼之借，亦通。至《九歎》"洿瀆"，王逸以爲小溝，則依瀆字起訓也。

潭

《九章》"長瀨湍流，泝江潭兮"。王逸注"潭，淵也，楚人名淵曰潭。言己思得君命，緣湍瀨之流，上泝江淵，而歸郢也"。按洪氏《補注》以潭爲潭水，出武陵一説。依水程計之，不得出江水，而又入潭水也。故以王説爲淵爲允。《漢書·揚雄傳》亦言"江潭"，注"水邊也"。《淮南·原道訓》"以曲隈深潭相予"。注"深潭，回流饒魚之處"。淮南王安亦楚人也，故用楚語云。

瀛

《招魂》"倚沼畦瀛兮"，王逸注"瀛，池中也，楚人名池澤中曰瀛"。朱熹《集注》"倚，依也。沼，池也。畦，猶區也。瀛，池中也，楚人名池澤中曰瀛，依已成之沼，而復爲瀛也"。按《説文》無瀛字。戰國以前典籍，亦維此一見。然《史記·孟荀列傳》言三騶子之騶衍，大小九州，有大瀛海之説，《始皇本紀》亦言"瀛洲、蓬萊、方丈三神山"。則此字之起，大略在戰國末期，與秦一天下之後，叔師言楚人名池澤中曰瀛，則又楚言矣。此中糾紛，不易料理，此亦一大問題，有待人之探測者。合參依沼瀛畦條。

原

凡八見，分三義。（一）爲原壄，《九歌·國殤》"嚴殺盡兮棄原壄"。又"平原忽兮路超遠"。又《七諫·初放》"平生於國兮長於原壄"。又云"卒見棄乎原壄"。王逸注"言懷王不察己忠謀，可以安國利民，反信讒言，終棄我於原野，而不還也"。又《九歎·怨思》"經營原野，杳冥冥兮"。以上五則，或言原野，或言平原，皆指原野而言，此皆即邍之借字，《説文》"高平曰邍人所登"，經傳皆以原爲之。《詩·綿》"周原膴膴"，《箋》云"周之原地，在岐山之南"是也。原，《説文》"水泉本"，即今之源字也。（二）原，屈原也。《九歎·逢紛》"原生受命于貞節兮"。此即"攝提貞丁孟陬兮，惟庚寅吾以降"諸句之義。別詳屈原條。（三）爲原因、原由之義。《七諫·沈江》云"衆輕積而折軸兮，原咎雜而累重"。王逸注"言車載衆輕之物，以折其軸，而不可乘，其過咎由重累，雜載衆多之故也"。洪補引《戰國策》"積羽沈舟，群輕折軸"。按此戰國諺語也，原作今原由、原因解。

垠

《九章·涉江》"霰雪紛其無垠兮"。洪補云"垠，音銀，畔岸也"。《九章·悲回風》"穆眇眇之無垠兮"。王逸注"天與地合，無垠形也"。《遠遊》"其小無內兮，其大無垠"。王逸注"靡兆形也"。《九歎·遠逝》"雲冥冥而闇前，山峻高以無垠兮"。王逸注"垠，岸涯也"。《説文》垠字又作圻。"地垠也，一曰岸也"。《七發》注"引《説文》'地垠咢也'"。四邊有稜角界限之貌，是垠與限義略同。《廣雅·釋丘》"垠，厓也"。《九章·遠遊》三用"無垠"義略同。而《悲回風》指天地和合之無形言爲最。《遠遊》指山高無際言，皆爲本義。《涉江》之無垠，則指雪之無邊無際爾，爲引申義。

畛

《大招》"田邑千畛"，王逸注"畛，田上道也。邑，都邑也。《詩》云'徂隰徂畛'"。洪補云"畛，之忍切"。按《説文》"畛，井田間陌也"。字亦作畇，《詩·載芟》"徂隰徂畛"，《箋》"謂舊田有經路者"。《九思·憫上》"率彼兮畛陌"，王注"田間道曰畛"。

畔

畔本田界也。《漁父》"行吟澤畔"，《逢紛》"吟澤畔之江濱"，《愍命》"江河之畔無隱夫"，皆用此字本義。又《九章·抽思》"羌中道而回畔兮"。此畔當訓違離，則叛之借字也。《論語》"亦可以弗畔矣夫"皇《疏》"違背也"。

墟

《惜誓》"休息虖崑崙之墟"。王逸注"言己雖馳騖杳冥之中，脩善不倦，休息崑崙之山，以遊觀也。騖，一作鶩。虖，一作乎"。洪補云"《説文》'虛，大丘也'。'丘於切'。崐崘丘，或謂之崑崙虛，或從土"。按墟即虛之增益字，洪注已言之，《易》"升虛邑"。《釋文》"虛，邱也"。《詩·定之方中》"升彼虛矣"。《莊子·天運》"以遊逍遙之虛"。皆是其證，春秋以來，南北通語也。

庱

《九歎·憂苦》"步從容於山庱"，王逸注"庱，隈也，言己徐步山隈，游戲以湏之也。庱，一作廈，一作藪"。庱正寫作廈，隸變也。《廣雅·釋邱》"庱，隈也"。《方言》三"廈，隱也"。

峹

《九思·憫上》"山峹兮峉峉"，舊注"峹，一作阜"。洪補云"峹，即阜字。峹，舊音五結切，《集韻》作峉，山高也"。阜者，大陸也，山無石者。參阜字則。

壚

《九歎·思古》"倘佯壚阪，沼水深兮"。王逸注"倘佯，山名也。壚，黃黑色土也"。洪補引《説文》"壚，黑剛土也"。《書·禹貢》"下土墳壚"。

坂

《九懷·株昭》"中坂蹉跎"，王逸注"衆無知己不盡力也"。洪補云"坂音反，《説文》'坡者曰阪，一曰澤障，一曰山脅也'。蹉跎，失足"。按《説文》作阪。《爾雅·釋地》"陂者阪"。《詩·正月》"瞻彼阪田"，《箋》"崎嶇墝埆之處"。

塊

《九辯》“塊獨守此無澤兮”，王逸注“不蒙恩施，獨枯槁也”。朱熹《集注》“衆人皆蒙君澤，而我獨不霑，故仰望而長嘆也”。又《哀時命》“塊獨守此曲隅兮”，即本《九辯》王注“塊然守此山曲”。《七諫》“塊兮鞠，當道宿”。王逸注“塊獨處貌，匍匐爲鞠，一作塊鞠兮”。洪補曰“塊，苦對切”，按塊即凷之異文。《說文》“凷，墣也，從土凵，凵屈象形”，《爾雅·釋地》“塊，堛也”，與《楚辭》所用三塊獨義不同，此塊獨者，借爲瘣也。《漢書·陳湯傳》“使湯塊然”。注“塊然獨處之意”。字又作傀。《荀子·性惡》“傀然獨立，天地之間，而不畏”。聲又變爲魁。《漢書·東方朔傳》“魁然無徒者”同。《經義述聞》卷二十五論凡言塊皆獨兒，可參。

阬

《七諫》“與麋鹿同阬”。王逸注“陂池曰阬，言己年歲衰老，死日將至，不得處國朝，輔政治，而與麋鹿同阬，鳥獸爲伍，將墜陷阬穽，不復久也”。洪興祖補曰“阬，字書作坑，丘庚切，俗作坑”。按阬字與上文湯字韻，則字當作坑。而譌誤作阬，從亢聲而非從冗聲也。《莊子·天運》篇“在谷滿谷，在阬滿阬”。此即阬，若远之別構，《爾雅·釋詁》“阬，虛也”。郭注“阬，墟也”。《蒼頡篇》“阬，壑也”。《說文》以爲高阬字，即《詩》“高門有伉”之伉，又《說文》“远，獸跡也”。《方言》十三“远，迹也”，太原居狗繫之远。《廣雅·釋室》“远，道也”。言壑言墟皆就山谷訓之，言道則由迹義引之，其實兩合乃周備，不過山谷、谷道爲獸所行，非山谷之道，則亦人之所行矣。又《廣雅·釋詁》三“亢，迹也”，《釋名·釋道》“鹿兔之道曰亢”。行不由正，亢陷山谷草野而過也。則亦以亢爲之。蓋從亢之字，皆有抗不由正之義，故狁、炕、竣、忼、沆、抗諸字，皆同語根之字，其義型皆同也。

坱軋

《招隱士》"坱兮軋"，王逸注"霧氣昧也"。洪補曰"坱，烏朗切。軋，於點切。賈誼賦云'坱圠無垠'，注云'其氣坱圠，非有限齊也'。《集韻》'軮軋，遠相映貌'"。朱熹《集注》"坱，烏朗反。軋，烏黠反，叶烏没反。坱軋，相切摩之意"。按坱軋即漢賦之坱圠。《漢書‧賈誼傳》"大鈞播物，坱圠無垠"。《吳都賦》"地勢坱圠"，注"莽沕也，高下不平貌也"。《魯靈光殿賦》"鬱坱圠以嶒崚"。注"無齊限之兒"。《九宮賦》"鏡大道之浩廣，沕沈漭以坱圠"。注"坱圠，無限際也"。皆與王注協，義從聲起，不依字形，惟此作軋者，《史記‧賈誼傳》之坱圠，即作坱軋矣。蓋草書，土旁與車字極相似，方以智謂"本作坱圠，借用軋耳"之言最爲無識，聯綿字本無正字也。惟《説文》有軋無圠，則作軋者，當爲本原。洪注蓋用《漢書‧賈誼傳》師古注説。

凝

《九歎‧憂苦》"折銳摧矜，凝氾濫兮"。王逸注"摧，挫也。矜，嚴也。凝，止也。氾濫，猶沈浮。言己欲折我精銳之志，挫我矜嚴忠直之心，止與俗人，更相沈浮，而意不能也"。按凝本冰之俗字，後成專文者也。冰者，水堅也，俗從仌，從疑，則爲會意，疑者止不動也。《廣雅‧釋詁》"凝定也"。《考工記》"凝土以爲器"。注"堅也"。《書‧皋陶謨》"庶績其凝"。馬注"定也"。此言氾濫爲之凝止也。

碕

《九歎》"觸石碕而衡游"，王逸注"言己願循江水，逶移而行，反觸石碕，而復横流，所爲無可也”。洪興祖補曰“碕，曲岸，音祈”。按洪訓碕爲曲岸，恐未允。《招隱士》云“嶔崟碕礒”。王注山阜峻崿，爲洪所本，其實碕礒。即嵯峩山石之皃，故此句言觸石碕也。參詳碕礒條下。

東南傾

《天問》“康回馮怒，墜何故以東南傾?”王逸注“康回，共工名也。《淮南子》言共工與顓頊爭爲帝，不得，怒而觸及不周之山，天維絶，地柱折，故東南傾也”。洪補云“《列子》曰‘共工氏與顓頊爭爲帝，怒而觸不周之山，折天柱，絶地維，故天傾西北，日月星辰就焉，地不滿東南，百川水潦歸焉’。注云‘共工氏興霸於伏羲、神農之間，其後苗裔恃其强，與顓頊爭爲帝’。又《淮南》言‘共工之力觸不周之山，使地東南傾’。注云‘非堯時共工，傾猶下也’”。按王、洪皆引《淮南》、《列子》以爲共工爭帝不得，怒觸不周之山，地柱折云云，其説是也。惟此二語，在“鮌何所營，禹何所成”二語下，不得忽插入共工事，按共工即鮌之合音，此本一事之分化，詳康回條下。故南土不言共工，共工即鮌也。鮌亦有與舜争爲帝不得之事，至觸不周之山，不周在西北，西北地柱折，理應地傾西北，而反傾東南，故曰何故以東南傾，猶言何故而使東南傾也。中土地勢，西北高，大河長江皆向東南傾注，古人地理知識不足，故傳説以爲東南地陷也，故下文又言“東流不溢，孰知其故”也!

江界

湘江左右之地也。《九歎·離世》“濟湘流而南極，立江界而長吟兮”，按江界即《哀郢》之江介也，惟此指湘江之左右言。介，間也。

石泉

泉水出石隙中者。《九歌》"飲石泉兮蔭松栢"。王逸注"言己雖在山中無人之處，猶取杜若以爲芬芳，飲石泉之水，蔭松栢之木，飲食居處，動以香潔自修飾也"。按凡山泉多出自石隙之間，含礦質必多，其水必清冽，飲之於人最有益，山鬼居深山修篁之中，石磊磊而篁幽深，故飲石泉而蔭松栢（江、浙、西蜀重竹根泉水），爲可以長壽，此亦古之傳説遺於今者。

輢石

道間石也。《楚辭·九章》"輢石崴嵬，蹇吾願兮"。王逸注"輢，方也。輢之方也，以象地（按此《周禮》説車制文）。言雖放棄，執履忠信，志如方石，終不可轉"。洪補"輢石，謂石之方者，如車輢耳"。蔣驥以輢石爲方崖，皆申王義也。朱熹以爲未詳。王夫之《通釋》以爲輢視，臨流盼石。戴震以爲"庨裂之石"。朱駿聲以爲"鎮石"。陳本禮以爲"江心磯石"。似皆未允。輢借爲畛。《説文》"井田間陌也"，《大招》"田邑千畛"，注"田上道"是也。《淮南·要略》"以翔虚無之輢"，注"道畛也"。《詠懷詩》"連輢阡陌"，皆是。此輢石，謂道上之石，故崴嵬難行。此篇亂曰以下，皆就身在漢北，思歸郢都而不可得，又不能直言，故以道路阻塞爲言也。或以輢石句，喻世路崎嶇，於所願爲蹇難，亦可通，無心如石不可轉之義，故下文言或超而前，或回而返，皆先以志揆度之也。

紅壁沙版

"紅壁沙版，立玉梁些"二句。

《招魂》"翡帷翠帳，飾高堂些，紅壁沙版，立玉梁些"。王逸注"紅，赤白色。沙，丹沙也。玄，黑色。言堂上四壁，皆堊色，令之紅白，又以丹沙畫飾軒版，承以黑玉之梁，五采分別也"。按此言堂飾色也，其色主于赤，此古貴室之飾也。《大招》亦云：夏室廣大、沙堂秀只此處則以丹沙飾壁，而以黑色爲梁也。玄玉指色之光耀如玉言，《文選》以爲飾梁以立玉痴矣。

玄舍

《七諫·哀命》"處玄舍之幽門兮"，王逸注"言己修德不用，欲伏巖穴之中，以自隱藏也"。玄舍依王説爲巖穴之舍，表其幽深之義。惟以全文理義細繹之，此玄舍當與《淮南子·主术訓》"玄房"用義相近。《主術》云"天氣爲魂，地氣爲魄，反之玄房，各處其宅，守而無失，上通太一"云云，則玄房亦幽深之處之義也，略近道家修練之術之義。此言屈子遠游之義，故與《遠游》篇旨義略近。

風穴

《九章·悲回風》"依風穴以自息兮"，王逸注"伏聽天命之緩急也"。洪補曰"《歸藏》曰'乾者積石風穴之翏翏'。《淮南》曰'鳳皇羽翼弱水，暮宿風穴'。注云'風穴，北方寒風，從地出也'。宋玉賦云'空穴來風'"。朱熹注"風穴，風從地出之處也"。按洪補所引，足以明義，此自文家自鑄之詞，即空穴來風之義。《淮南》以暮宿風穴，指北方寒風所出，則與上文弱水相對偶。此自附會之有理致者。

鄣

《九章·哀郢》"妒被離而鄣之"，王逸注"言己體性重厚，而欲願進，讒人妒害，加被離析，鄣而蔽之。被，一作披"洪補云"鄣，音章，壅也，《記》曰鯀鄣洪水"。按鄣本邑名。《説文》有障字，隔也。則當爲障之借字。《蒼頡篇》"障，小城也"。《淮南‧精神訓》"障之以手"。注"蔽也"。

厎

《天問》"昭后成遊，南土爰厎"。王逸注"爰，於也。厎，至也。言昭王背成王之制而出遊，南至於楚，楚人沈之，而遂不還也"。洪補云"成遊，謂成南征之遊，猶所謂斯遊遂成也。厎音旨"。朱熹注"成，猶遂也。厎，至也。昭王南遊至楚，楚人鑿其船而沈之，遂不還也"。按王、洪、朱三家説，大同小異，皆未安，成遊成字，讀爲盛。厎，至也。南土爰厎，謂至于南土也。《左傳》宣三年"有所厎止"，厎止連文，則厎亦止也。言昭后於是而止于南土不歸也。

氾濫

《九章‧哀郢》"凌陽侯之氾濫兮"，王逸無注。朱注曰"氾濫，波皃"。又《九辯》"何氾濫之浮雲兮"。王逸注"浮雲晻翳，興讒佞也"。洪補曰"氾，與泛同"。又《九歎‧憂苦》"折銳摧矜，凝氾濫兮"。王逸注"氾濫，猶沈浮也。言己欲折我精鋭之志，挫我矜嚴忠直之心，止與俗人更相沈浮，而意不能也"。《孟子‧滕文公上》"洪水橫流，氾濫於天下"。《漢書‧司馬相如傳‧難蜀父老文》"昔者洪水沸出，氾濫衍溢"。又《大人賦》"氾濫水娭兮"。《文選‧長笛賦》"又象飛鴻，氾濫溥漠"。李善注"泛濫，任波搖蕩之皃"。按《説文‧水部》"濫，氾也"。"氾，濫也"。二字互訓，故複合用之。字或作汎濫。《遠遊》"涉青雲以汎濫游兮"，注"隨從豐隆，而相伴也"。《説文》訓汎爲浮皃，訓浮爲氾也。則汎、氾同義，皆有浮動之義。詳汎濫條下。字又作泛濫。

《史記·河渠書》“泛濫不止兮，愁吾人”。《説文》訓泛爲浮，則泛與氾同義矣。聲轉爲泛潎，《文選·江賦》“或泛潎於潮波”。李善注引字書曰“潎，泛也”。翰注“泛潎，水上遊浮返覆兒”。疊韻之變則爲汎淫。《九懷·尊嘉》“汎淫兮無根”。注“隨水浮游，乍東乍西也”。又變爲氾豔。《文選·笙賦》“汎淫氾豔”。善曰“自放縱兒”，汎淫、氾豔，猶披池、陂沱，以異字易同音義也。此漢賦之一特例。氾濫一詞，先秦南北諸家皆用之。此當爲疊韻聯綿詞，而自上代即有專字者也。其初當指洪水浮動之義，引申之則凡浮動皆曰氾濫。《九辯》以指浮雲，《九歎》以言浮沈，皆是也。

滯

《九章·涉江》“淹回水而疑滯”。王逸注“滯，留也”。按《説文》“滯，凝也”。《周語》“氣不沈滯”。注“積也”。《淮南·時則訓》“流而不滯”。注“止也”。此言疑滯，當作凝滯，義近複合詞也。參疑滯條。

漂

《九章·悲回風》“漂翻翻其上下兮”，王逸注“登山入水，周六合也。漂，一作飄”。洪補云“漂，浮也，音飄”。按《説文》“漂，浮也”。浮于水曰漂，而風行則曰飄，旗旌浮動曰旚，木杪末漂漂然曰標，目瞭曰瞟，皆從票得聲，亦從票起義，各因其用而別其字，所謂轉注者矣。

滂浩

《大招》“姱脩滂浩，麗以佳只”。王逸注“脩，長也。滂浩，廣大

也。一作脩廣婉心。婉，一作遠"。按《説文・水部》"滂，沛也。從水
旁聲"。又"浩，沆也"。（從段説）又"莽沆，大水也"。則滂浩乃義
近複合詞，惟他書無用之者，按叔師訓釋此句云"言美女身體脩長，用
意廣大，多于所知。又性婉順，善心腸也"。則此二句，當從一本作
"脩廣婉心，麗以佳只"。姱修爲屈賦恒語，故寫者誤以修廣爲姱修也。

湛湛

疊字狀詞，《楚辭》乃五見，而義則有三。（一）重厚皃，（二）水
皃，（三）貪濁也，默之借。

（一）重厚皃。《九章・哀郢》"忠湛湛而願進兮，妒被離而鄣之"。
洪補"《詩》曰'湛湛露斯'。注云'湛湛，茂盛貌'。丈減切"。相如
《大人賦》云"紛湛湛其差錯"。顏師古注云，"湛湛，積厚之貌，徒感
切"。朱熹《集注》云"湛湛，忠厚貌"。又《九辯》"棲精氣之摶摶
兮，鶩諸神之湛湛"。王逸注"追逐群靈之遺風也"。洪補云"湛，舊音
羊戎切"。朱熹曰"湛湛，厚集貌"。蓋用師古《大人賦》注惟洪引舊音
羊戎切，不知所本，蓋本文上下與豐爲韻，疑宋人所謂叶音之説也。此
古東侵合用之例也。

（二）水皃。《招魂》"湛湛江水兮，上有楓"。王逸注"湛湛，水
貌"。按《文選・阮嗣宗詠懷詩》"湛湛長江水，上有楓樹林"。即本之
《招魂》良注"湛湛，水平皃"。《高唐賦》"滂洋洋而四施兮，蓊湛湛
而弗止"。善注"湛湛深皃"。曰平曰深，義皆相近。

（三）貪濁也。《七諫・怨世》"清泠泠而歜滅兮，溷湛湛而日多"，
王逸注"溷湛湛，喻貪濁也，言泠泠清潔之士，盡棄銷滅，不見論用，
貪濁之人，進在顯位，日以盛多"。按湛湛本無貪濁之義，因與溷連用，
溷溷深厚者，無過貪濁，政治之不清明，皆以貪濁之士多而日敗。故以
貪濁説湛湛，此因所施而爲義，非本義也。按湛本義爲浮湛。然湛没、
湛溺則經典多借沈字爲之。湛字古通借最多，有以爲甚之借者，上第一、

二義皆是也。《詩·鹿鳴》“和樂且湛”。樂之甚也，引申爲重厚，爲平廣，爲深至。第三義貪濁，則《荀子·解蔽》所謂“湛濁在下”是也。則爲黕之借，借爲黕，猶之以沈爲湛也。

澧澧

叠字狀聲詞，波聲也。《九歎·離世》“波澧澧而揚澆兮”，王逸注“澧澧，波聲也。回波爲澆也。澧，唐本作澧”。按此叠字動聲詞，非字之本義也。《説文》訓爲水名，出南陽雉衡山，東入汝水，詳澧字下。大徐音盧啟切。“唐本作澧者”，澧亦水名。《禹貢》“澧水攸同”是也。《説文》作酆，或省作豐，亦無水聲之義，恐澧、澧二字形亂耳。

泠泠

叠字形容詞，清泠貌。《七諫·初放》“上葳蕤而防露兮，下泠泠而來風”。王逸注“泠泠，清凉貌。言竹被潤澤，上則葳蕤，而防蔽霧露，言能有所覆也。下則泠泠清凉，可休庇也。以言己德，上能覆蓋於君，下能庇廕於民”。洪興祖《補注》“泠，音靈”。又《七諫·怨世》“清泠泠而殲滅兮，溷湛湛而日多”。王逸注“清泠泠以喻潔白”。按泠泠叠字狀態詞，凡叠字狀態詞，下一字皆可易以然或如等狀字。故泠泠亦猶《莊子·逍遙遊》之“泠然善也”之泠然，注“泠然，輕妙之皃”。或曰泠泠然，《韓詩外傳》二“前有高岸，後有深谷。泠泠然如此既立而已矣”。叔師訓清泠者，《風賦》“清清泠泠，愈病析酲”。李善注“清清泠泠，清凉之皃也”。引申爲潔白，《新序·節士》“吾獨聞之，新浴者必振衣，新沐者必彈冠，又惡能以其泠泠更事世之嘿嘿者哉”。按泠字，《説文》訓作水名，謂“出丹陽宛陵，西北入江”。古籍用泠字者，惟《左氏傳》成九年之“泠人”，昭廿一年之“泠州鳩”，則以泠爲姓氏之稱，蓋生于泠水，而姓泠。以其善樂，故後世以樂人爲泠人，別書作伶官。以泠字作狀語用者，始《莊子·逍遙遊》有"泠然"之語。《齊物論》有"泠風"之説（和風也），《天下篇》又別用"泠汰"，泠汰猶和放也。後此則漢賦家承用之，大體不離清和之義，則謂泠泠爲南楚故言，不過也。

湯湯

《楚辭》凡兩見分兩義，（一）水流皃，（二）急皃。

（一）水流皃。《七諫·初放》"高山崔巍兮，水流湯湯"，王逸注"湯湯，流貌"。按《尚書·堯典》"湯湯洪水方割"，傳"湯湯，流皃"，音傷。《詩·衛風·氓》"淇水湯湯"，毛《傳》"水盛皃"，《釋文》音傷。又《小雅·沔水》"其流湯湯"，《傳》"言放縱無所入也"。《廣韻》"湯湯，充皃"，式羊切。本他郎切。

（二）急皃。《七諫·自悲》"疾風過之湯湯"，王逸注"風爲號令，言君命，寬則風舒，風舒則己徘徊而有還志也，令急風疾，則己惶遽，欲急去也。湯一作蕩，一云疾風舒之蕩蕩"。按湯湯訓疾風，依文義詁之也。湯本無疾義，亦如《漢書·溝洫志》"河湯湯兮激潺湲"。師古曰"湯湯，疾皃也"。此言風急，彼言水疾，各就所在而爲義也。一本作蕩蕩，《尚書·堯典》"蕩蕩懷山襄陵"，蕩蕩，廣平之皃。《史記》譯蕩蕩作浩浩，則言水大矣，廣平與疾義相左，而古書交錯用之。惟所施而定其宜爾，惟依一本定之，則此文當讀爲蕩蕩。《説文》訓湯爲熱水，今俗尚沿用之，則此兩湯湯，皆借音字也。

滔滔

《楚辭》凡三見，而分三義，（一）大水皃，（二）盛也，（三）行貌。

（一）大水皃。《九歌·河伯》"波滔滔兮來迎，魚鱗鱗兮媵予"。王逸注"言江神聞己將歸，亦使波流滔滔來迎"。洪興祖《補注》"滔，上刀切，水流貌。《詩》曰‘滔滔江漢’”。按《詩·齊風·載驅》“汶水滔滔”。《傳》“滔滔，流兒”，《釋文》“滔，吐刀反”。按此滔字本義也。《説文》“滔，水漫漫大兒”。《尚書·堯典》“浩浩滔天”。單言曰滔，重言曰滔滔，其義一也。《詩·四月》“滔滔江漢”。《傳》云“滔滔，大水兒”，是也。

（二）盛也。《九章·懷沙》“滔滔孟夏兮，草木莽莽”。王逸注“滔滔，盛陽貌也。《史記》作陶陶”。按水漫漫爲本義，此由大水引申爲盛也。《詩·大雅·江漢》“武夫滔滔”。《傳》“滔滔，廣大兒”，亦即盛義。《史記》作陶陶者，陶、滔古字通。

（三）行兒。《七諫·謬諫》“年滔滔而自遠兮，壽冉冉而愈衰”。王逸注“滔滔，行貌”。《淮南·繆稱訓》“日滔滔以自新，忘老之及己也”。意與《謬諫》同。按行兒亦得自水漫漫之義之引申。字通作蹈蹈，《廣雅·釋訓》“浮浮、蹈蹈，行也”（按此當本之江漢之“江漢浮浮”，“武夫滔滔”兩語，則蹈蹈乃三家異字）。

浪浪

《離騷》“攬茹蕙以掩涕兮，霑余襟之浪浪”。王逸注“浪浪，流貌也，言己自傷，放在草澤，心悲泣下，霑濡我衣，浪浪而流，猶引取柔耎香草，以自掩拭，不以悲放失仁義之則也”。洪興祖《補注》曰“浪，音郎”，朱熹《集注》義同。按《説文》“滄浪，水也”，大徐來宕切，讀陽去聲。洪音郎者，以當協，轉爲平聲也。浪字無流義。王逸通掩涕霑襟諸義而爲之説也。《廣雅·釋訓》“浪浪，流也”。當即本逸説，此形容字，當義于聲，不必有正字也。

瀏瀏

《九辯》“桑騏驥之瀏瀏兮，馭安用夫强策”。王逸注“衆賢並進，職事脩也"。洪興祖《補注》"瀏，流、柳二音，水清也"。朱熹《集注》"瀏瀏，言如水之流也"。按瀏本訓流清兒。《鄭風‧溱洧》"溱與洧，瀏其清矣"。故瀏訓流清，引申則爲流。叔師以"衆賢并進，職事脩也"釋"騑騏驥"句，則并進事修，即體會瀏字之義而得，故朱熹以水流詁之，是也。騏驥之行曰瀏瀏，風之行亦曰瀏瀏，《廣雅‧釋訓》"瀏瀏，風也"。《寡婦賦》"風瀏瀏而夙興"。以專字書之，則作飅飅。左思《吳都賦》"翼飅風之飅飅"是也。

蕩蕩

《九歎‧離世》"路蕩蕩其無人兮"，王逸注"蕩蕩，平易貌也。《尚書》曰'王道蕩蕩'"。按蕩蕩，先秦恒語，義略得三訓。（一）言水奔突者，見《尚書‧禹貢》。（二）言法度壞廢者，見《詩‧大雅‧蕩》"蕩蕩上帝"鄭箋。三則訓廣大平易，其用至多，《尚書‧洪範》"無偏無黨，王道蕩蕩"。《論語‧述而》"君子坦蕩蕩"。又《泰伯》"蕩蕩乎民無能名焉"（《孟子》同）。《荀子‧不苟》"蕩蕩乎其有以殊于世也"。又《非十二子》"照照然，蕩蕩然"。《莊子‧天運》"蕩蕩默默乃不自得"。又《天地》"蕩蕩乎，忽然出，勃然動"。《呂氏春秋‧貴公》引《洪範》，及《九歎》本篇皆是。《白虎通‧號篇》"唐蕩蕩也，蕩蕩者，道德至大之兒也"。《説文》蕩本是水名，惟今陽唐韻字，多廣平之義。故重文亦得有廣平義也。餘詳蕩字條。

澹澹

《九歎‧愍命》"心溶溶其不可量兮，情澹澹其若淵"。王逸注"澹澹，不動兒也。言己之心，智謀溶溶，廣大如川，不可度量，情意深奧，澹澹若淵，不可妄動"。按《説文》澹澹訓水搖動兒。《高唐賦》亦云"水澹澹而盤紆兮"。則與不動義正相反，然《儀禮‧士虞禮》"中月而禪”注“禪之言澹澹然，平安意也”。《釋文》“大斬反”。《春秋繁露·天地陰陽》篇“是天地之間，若虛而實。人常漸是澹澹之中，而以治亂之氣，與之流通相殽也”。亦不動之意。則澹澹本有兩訓，以文義審之，澹當訓深，故曰若淵，以其深故動亦可，不動亦可。

皓膠

《大招》“霧雨淫淫，白皓膠只”。王逸注“皓膠，水凍貌也。言大海之涯，多霧，惡氣無常，天常甚雨如注，壅水，冬則凝凍，皓然正白，回錯膠戾，與天相薄也”。洪補“膠，戾也，音豪”。按叔師釋皓膠爲水凍貌，又申言“冬則凝凍，皓然正白，回錯膠戾”云云，細體原文，上言霧雨淫淫，下言白皓膠只，則皓膠乃言霧雨淫淫而白之義，則皓膠與淫淫相應成義，淫淫言霧雨之多，則皓膠乃霧雨多而茫茫然白之義。是皓膠猶言皓淫、灝溔也。《文選·魏都賦》“河汾浩汻而皓溔”，善引《廣雅》“浩溔，大也”。《玉篇》“浩溔溔瀁，水無際”，《漢書·司馬相如上林賦》“然後灝溔潢漾”，郭璞曰“皆水無涯際貌”。師古曰“灝音浩，溔音弋”。皓膠疊韻，而又兼雙聲。浩溔則雙聲之變，亦一韻之變也。字變爲浩瀏。《玉篇·水部》“瀏浩瀏水清”。

汩

《離騷》“汩余若將不及兮”，王逸注“汩，去貌，疾若水流也”。洪補“汩，越筆切。《方言》云‘疾行也，南楚之外曰汩’。朱熹注“汩，于筆反，賦而比也，汩，水流去疾之貌”。《九章·懷沙》“傷懷永哀兮，汩徂南土”。王逸注“汩，行貌……而己獨汩然放流，往居江南之土”。洪《補注》“汩，越筆切”。朱熹注“汩，越筆反”，《九章·懷沙》“浩浩沅湘分流汩兮”，王逸注“汩，流也”。洪補“汩音骨者，水聲也，音鶻者，涌波也”。朱熹注“汩音骨，水流聲，又音鶻，涌波也。汩，流貌"。《招魂》"獻歲發春兮，汩吾南征"。《哀時命》"弱水汩其爲難兮"，洪補"汩音骨，一于筆切"。朱熹云"汩音骨，又于筆反"。《九歎‧惜賢》"江湘油油，長流汩兮"。王逸注"言己見江湘之水，油油長流，將歸於海，自傷放流，獨無所歸也"。洪補"汩，于筆切"，按《說文》"汩，治水也，從水，曰聲"。《楚辭》諸訓流者，皆其引申義，爲南楚方言。考《方言》"汩遥疾行也，南楚之外曰汩，或曰遥"云云，考《說文‧巜部》別有冘，訓水流也。汩、冘當爲一字之移置。兩字同音，于筆切，至洪補、朱熹注，又音骨，則據《尚書‧汩作》爲說，汩字從日，不從曰，《汩作》之汩，又讀如密，汩羅江也。《離騷》"汩余若將不及兮"。音越筆切，其形與汩羅之汩相近，後世遂亂其音矣。胡鳴玉《訂譌雜録》卷五"《汩汩之辨》曰"昌黎答李翊書，當其取于心而注于手也。汩汩然來矣，汩音聿，按字韻書汩音聿，從子曰之'曰'，水流也。又奔汩疾貌，與汩異字，從日月之'日'不同，今讀骨骨然來"誤也。又《輟耕録》載樊宗師《絳守居園池記》"汩汩街衕，畦町阡陌間"。注云"汩，于筆切，音骨，非是"。則唐人已知其音誤，蓋起於唐以前矣。

陜

《哀時命》"固陜腹而不得息"。王逸注"言己欲傾側肩背，容頭自入，又不見納，故陜腹小息，畏懼患禍也。陜，一作愜"。洪興祖補云"陜，音狹，隘也"。按陜，《說文》作陝，"隘也"。別作陜、作㟧、作狹，皆漢以後繁變之字。《說文》"陝，隘也，從阜夾聲"。《上林賦》"赴隘陜之口"。郭璞曰"夾岸間爲陜"。《淮南‧原道訓》"仿佯于山峽之旁"。注"兩山之間爲峽"，《漢書‧趙充國傳》"四望陜中，亡虜"。注"山峭而夾水曰陜"。《九歎‧遠逝》"阜隘狹而幽險兮"，注"狹，陋也"。此言陜腹者，言呼吸小，則腹不寬舒如陜也。《九歎‧思古》又云"聊浮游于山陜兮"。言山陜，用其本義也。王注"陜，山側也"。洪補“與峽同”。

狹

《九歎·怨思》“阜隘狹而幽險兮”。王逸注“大陵曰阜。狹，陋也”。按狹即陜之别構，《説文》“陜，隘也”，《淮南·原道》“仿佯于山峽之旁”，注“兩山之間爲峽”。此言阜隘狹而幽險，近山陜矣。參陋字條。凡狹者必急，故又爲狹急。《禮記·樂記》“狹則思欲”。注“謂聲急也”。

潢潢

《九歎·逢紛》“揚流波之潢潢兮，體溶溶而東回”。王逸注“潢潢，大貌”，洪《補注》“潢，音晃，水深廣貌”。按《説文》訓“積水池，大曰潢，小曰洿”（大曰以下六字，據《一切經音義》十七引增）。《荀子·富國篇》“潢然兼覆之”。楊注“潢然，水大至之貌”。按古從黄、從光之字，多有大義。潢訓大池，語根蓋有所據，故得引申爲廣大也。叠韻之變，則爲潢潏、潢洋，亦大也，詳潢洋條下。

洋洋

重言形況詞，表平野無際之象，從形象言，可得廣大寬平諸義。施之于人之心理現象，則無際有寬和之樂。無際亦有無依之感，視上下文義而定。《楚辭》洋洋凡六見，義皆無出此範圍者。

（一）水盛無所歸貌。《九章·哀郢》“順風波以從流兮，焉洋洋而爲客”。王逸注“洋洋，無所歸貌也”。洪補云“洋洋，水盛貌”。朱熹注“洋洋，無所歸貌”。引申之，則心仿佯亦曰洋洋。又《九章·悲回風》“軋洋洋之無從兮，馳委移之焉止”。王逸注“言欲軋汋己心，仿佯立功，則其道無從至也"。洪補云"此言懷亂之勢，如水洋洋，雖欲軋絕之，而無由也"。

（二）無涯貌。《九辯》"莽洋洋而無極兮，忽翱翔之焉薄"。王逸注"周行曠野，將何之也"。又《大招》"西方流沙，漭洋洋只"。王逸注"洋洋，無涯貌也。言西方有流沙，漭然平正，視之洋洋，廣大無涯，不可過也"。

（三）水流貌。《九懷》"桂水兮潺湲，揚流兮洋洋"。王逸注"潔白之化，動百姓也"。按此叔師以喻義釋之也，意當爲水流貌。

（四）奄忽貌。《九辯》七"年洋洋以日往兮，老嵺廓而無處"。王逸注"歲月已盡，去奄忽也"。按洋洋一詞，爲先秦習見語，中原則多存于《詩經·陳風·衡門》、《大雅·大明》、《衛風·碩人》、《魯頌·閟宫》，《書·伊訓》，《論語·泰伯》，《孟子·公孫丑下》、《萬章上》，《中庸》。漢以後用之極多，皆得自寬廣盛大舒而引申之。《莊子》亦云"洋洋乎大哉"。（《天地》）則固先秦通語矣，同聲轉變，則爲養養，爲泱泱，爲陽陽。各詳該條下。

泱

廣大貌，於朗切。《九懷·危俊》"泱莽莽兮究志，懼吾心兮懠懠"。王逸注"周望率土，遠廣大也"。洪興祖《補注》"泱，於朗切"。按《説文》"泱，滃也"。"滃，雲气起也"。重言則曰泱泱。《廣雅·釋訓》"泱泱流也"。《射雉賦》"天泱泱以垂雲"。善曰"《毛詩》'英英白雲'，毛萇曰'英英，白雲貌'。泱與英古字通"。"泱莽莽"爲《楚辭》三字狀語。泱亦即莽莽也。莽莽有大義，故泱亦訓廣大也。

油油

《九歎·惜賢》"江湘油油，長流汨兮"。王逸注"油油，流貌。

《詩》云‘河水油油’，言己見江湘之水，油油長流，將歸於海，自傷放流，獨無所歸也”。一云“油油江湘”。按《詩·小雅·車攻》“悠悠旆旌”。毛《傳》“長貌”。此指旆旗言。《大招》“螭龍並流，上下悠悠只”。王注“悠悠，螭龍行貌”。《詩·鄭風·青衿》“青青子佩，悠悠我思”。毛《傳》“以爲深思，亦言思之長也”。字又作攸攸，別詳悠悠條下。悠悠之爲深思，亦猶怞怞之爲深思也。《九懷·危俊》“永余思兮怞怞”。別詳怞怞條下。疊詞以狀事物者，多無本字，因之遂多假借字。油油與由由同音，由由訓進，與流義近，詳由由條下。

溶溶

《九歎·逢紛》“揚流波之潢潢，體溶溶而東回”。王逸注“溶溶，波貌也。言己隨流而行，水盛廣大，波高溶溶，將東入於海也”。《説文》“溶，水盛也”。即容之轉注，單言曰溶，重言曰溶溶，語心之容盛亦曰溶溶，則字當作容矣。《九歎·愍命》“心溶溶其不可量兮，情澹澹其若淵”。王逸注“溶溶，廣大貌”，言己之心，智謀溶溶，廣大如川，不可度量”。心之容容，當作容，詳容容下。音尾之變，則曰容與，又作溶瀗，各詳該條下。

悠悠

《楚辭》所用，約得三義。

（一）憂也。《九懷·蓄英》“將息兮蘭臯，失志兮悠悠”。王逸注“從高視下，目眩惑也”。目眩惑，所以釋悠悠象。又《七諫·初放》“悠悠蒼天兮，莫我振理”。王注“悠悠，憂貌”。按《説文》“悠，憂也”。《關雎》“悠哉悠哉，展轉反側”。《傳》“悠，思也”。思即憂思之義，《詩·邶風·雄雉》、《鄭風·子衿》、《秦風·渭陽》皆有“悠悠我思”之句，即《關雎》“悠哉悠哉”之義。聲轉爲搖搖，字別爲遙遙，遥又轉爲慅慅、怵怵，詳慅、怵二條下。

（二）修遠、長遠也。《九懷・危俊》"晞白日兮皎皎，彌遠路兮悠悠"。王逸注"周望八極，究地外也"。此當爲修、篈諸字之借，其本字當即攸，修與篈等，皆轉注分別字。凡從攸之字，多有長、行之義也。又《九章》"開春發歲兮，白日出之悠悠"。王逸注"君政温仁，體光明也"。此日出悠悠，與《九辯》"去白日之昭昭兮，襲長夜之悠悠"之長夜悠悠義同。王逸注"謂永處冥冥，而覆蔽也"。悠者因所施不同，而義各別。《九章》言白日，則曰光明；《九辯》言夜，則曰冥冥，其實皆就上下文意説之。而其基本意義，均謂長也。朱注"襲，入也"。

（三）行也。《大招》"東有大海，溺水浟浟只。螭龍並流，上下悠悠只"。王逸注"悠悠，螭龍行貌也。言海水之中，復有螭龍，神獸，隨流上下，並行游戲，其狀悠悠，可畏懼也"。就龍立訓，故曰龍行。其實此悠，乃攸之借字，本訓行水，從攴從人，水省，《説文》"水行攸攸也"（唐本）。字又作浟浟，又作潨潨，皆俗之繁變。《詩・黍苗》"悠悠南行"，毛《傳》"行貌"皆是。字又作攸攸、繇繇（見韋賢傳）。

浟浟

《大招》"東有大海，溺水浟浟只"。王逸注"浟浟，流貌也，其流浟浟，又迅疾也"。補曰"浟，音悠"。按浟，即攸之俗。攸從攴從人，水省，俗儒不知已從水，又增水旁，與然之作燃，梁之作樑同。攸攸者，《説文》"行水攸攸也"。涉，秦刻石《繹山文》攸字如此，從戴侗引唐本。其訓義則桂馥《義證》引之詳矣。別詳悠悠條下。又《詩・竹竿》有"淇水潨潨"，即此溺水浟浟同一句義也。作潨潨，亦俗增。

漸

漸字，《楚辭》凡八見，除重文外，餘三見，大體皆一義之引申。

《招魂》"皋蘭被徑兮斯路漸"。王逸注"漸,没也。言澤中香草茂盛,覆被徑路,人無采取者,水卒增溢,漸没其道,將至棄損也"。洪興祖《補注》云"漸,音尖,流入也"。朱熹云"春深則草盛,水生而路没也"。按王訓漸爲没,洪訓爲入,其實義一也。《尚書‧禹貢》"東漸于海"。《傳》"入也"。然兩訓皆原則性之言,此即《荀子‧大略》"蘭茝藁本,漸于蜜澧,一佩易之"之漸,楊倞注"浸也"。此言蘭皋與蘭茝義同。《九歎‧怨思》亦云"漸藁本于洿瀆",則直用藁本,而不用蘭茝。芳草入爲水所漬,而至于萎病,恐當爲楚人方俗習用故實。屈、荀與子政,同爲楚人故也。此之所謂入也没也,皆謂芳草漬水則敗之義。與《莊子‧胠篋》所謂"知詐漸毒"之漸毒相近。崔注"漸毒,猶深害"。又《七諫‧沈江》云"日漸染而不自知"。王逸注"稍積爲漸"。此亦浸潤之義。浸潤亦進也。《易‧序卦》"漸者進也"。《禮記‧王制》"然後漸慶賞以先之"。注"進也"。後世或別製專字趣、漸、𡻣、𨒫皆是。

浸

浸字凡四見,除聯語外,兩用皆一義"漸進也"。《遠遊》"形穆穆以浸遠兮",王逸注"卓絶鄉黨,無等倫也"。朱熹《集注》"形寖遠,即上文與化去之意"。又《七諫‧初放》"上浸以惑"。王逸注"上,謂君也。浸,稍也",按《説文》浸本水名,《廣雅‧釋詁》"積也"。《論語》"浸潤之譖",皇《疏》"猶漸漬也"。《莊子‧大宗師》"浸假而化予之左臂"。注"漸也"。考《説文》浸爲水名,而古書訓漸者,皆侵之借侵。"漸進也",惟從㑫之字,多有漸進之義,從馬曰駸,從示曰祲,從宀曰寖,皆是。故浸亦得依轉注之例説爲漸進。浸之籀文作寖,故《大司命》"不寖近兮愈疏",注"稍也"。以其從水,故義得引申爲灌溉。《莊子‧天地》"一日浸百畦",《釋文》引司馬注"灌也"。因之可灌溉之地亦曰浸矣,《周禮‧職方氏》"其浸五湖"是也。本字應即埍也。

涸

《七諫·謬諫》"孰江河之可涸"。王逸注"涸，塞也"。洪興祖《補注》云"涸，乎固切，水竭也"。按《説文》"涸，竭也"。竭與塞義一也，《周語》"天根見而水涸"，《月令》"水始涸"。《方言》十二"盪，歇涸也"。古從古之字，多有竭盡、涸塞之義，如苦、故、姑、枯、固、㑇、辜、婟、錮等皆是。

漧

《九辯》"后土何時而得漧"。王逸注"山阜濡澤，草木茂也。漧，一作乾"。洪興祖《補注》云"漧與乾同"，按漧即乾古文，蓋增益字爾。《詩·中谷有蓷》"中谷有蓷，暵其乾矣"，燥也，僖十五年《左氏傳》"慶鄭曰，張脈僨興，外彊中乾"。

滑

《遠遊》"無滑而魂兮"。王逸注"亂爾精也。無，一作毋。滑，一作淈。一云無淈滑而魂"。洪興祖《補注》云"淈、滑，並音骨。淈，濁也。滑，亂也"。朱熹《集注》云"滑上別有淈字。滑，亂也"。按古從骨與從屈之字多相亂，《漁父》"淈其泥"，亦或作"滑其泥"，是其徵。而訓亂則當作淈。《説文》"淈，濁也"。引申則爲亂矣。古籍固多以滑爲之。《莊子·齊物論》"滑疑之耀"，《荀子·成相》"吏謹將之無鈹滑"。《尚書》或以猾爲之。《虞書》"蠻夷猾夏"，是也。《潛夫論》引《虞書》正作滑。

泊

泊字兩見《九辯》，他篇無之，義皆相同，且皆與莽莽連文。《九辯》"泊莽莽與壄草同死"。一云"泊莽莽兮與壄草同死。一作材草，泊，一作汩"。洪補云，"泊止也，莽莽莫古切，草盛"。《九辯》又云"泊莽莽而無垠"。按洪訓止似不可通，考《說文》無泊字，當即洦之別構，洦者淺水也，此作名詞用。依文義解之，則與野草同死之泊，紛泊也，衆多紛亂之貌，言紛雜情緒，莽莽然將與野草同死也。即上言遭命不幸，又願徼幸等情愫也。無垠句之泊，即"無垠"之貌，當讀如《老子》"泊兮其未兆"之泊，荒漠之象，即漢以後人所謂漂泊之義，亦即王逸"幽處山野而無鄰"之義。

淈

《漁父》"何不淈其泥而揚其波"。洪興祖《補注》"淈，古没切，又乎没切，濁也"。朱熹《集注》"淈，古没、胡没二反，淈其泥，史作隨其流"。"何不淈其泥而揚其波"，按《史記索隱》引此文淈作滑。又《遠游》"無滑而魂"，一本滑作淈。是從骨與從屈，多相亂也。《說文》"搰，掘也"。二字互訓。徐仁甫云"淈當作掘。《吳語》'狐埋而狐搰之，是以無成功'。注'搰，發也'。此言何不發其泥而揚其波，發與揚亦對文，交互言之，洪訓淈曰濁，義隔"。徐說是也，又按淈揚二字，《楚辭》句法中之對文，宋玉《風賦》"堀堁揚塵"是其徵。又《淮南·主術訓》云"譬猶楊堁而弭塵"（《說林》訓揚堁而欲弭塵），是堀堁即揚堁，亦可證淈或堀當訓揚云。又案《荀子·堯問》"深拑之而得甘泉焉"。則拑亦掘之借，以言掘泉之專，皆當爲南方方言。

渵

《九懷·陶壅》"淹低佪兮京渵"。王逸注"且留水側，息河洲也，水中可居爲洲，小洲爲渚，小渚爲渵，京渵即高洲也"。洪興祖《補注》曰"渵，直尸切"。按一本注云"小渚爲渃，小渃曰渵"，《説文》無渵字，依叔師訓，則渵爲水中小洲之最小者，義已明。

流

流本義爲水行，引申爲凡行，以表心理狀態，或意識形態領域，則風習曰流（流俗），觀覽曰流，説人事則放逐亦曰流（流放流亡）。《楚辭》凡用六十八次，要不出此諸義，皆一義之引申爾。

（一）流本義。如《離騷》"忽反顧以流涕兮"、"忽吾行此流沙兮"，《九歌·湘君》"使江水兮安流"，《湘夫人》有流水，《湘君》"橫流涕兮"，《河伯》之"流澌"，《九章·抽思》"望北山而流涕"、又"臨流水"、又"湍流"，《懷沙》"流泪"，《招魂》"流潺湲"。漢賦用此義尤多，《惜誓》之"流竭"，《七諫·初放》之"水流"，《沈江》之"下流"，《怨世》之"江流"，《九歎·離世》之"湘流"、"長流"、又"濁流"，又"遛流"，《哀命》之"巨流"、又"流雲"，《自悲》之"流瀾"，《遠逝》之"順流"，劇數之不能終其物。

（二）流亡、放逐。《離騷》"寧溘死以流亡兮"（《九章·惜往日》有此句，又《悲回風》"溘"作逝），又《哀郢》"遵江夏以流亡"，《九歎·逢紛》"身永流而不還"義同。《書·舜典》"流宥五刑"。馬注"放也"。

（三）行爲。《離騷》"固亂流其鮮終兮"，此以流喻人之行也。《遠遊》"意恍惚而流蕩"。

（四）流俗。《離騷》"固時俗之流從兮"、《九歎·惜賢》"切洴涊之流俗"（《惜誓》有此詞）、又《九歎·遠遊》"見南郢之流風兮"（此與《論語》"是以君子惡居下流"義同。《禮記·射義》曰"不從流俗")、《橘頌》之"不流"。

（五）化也，使之流也。《招魂》"流金鑠石些"，王逸注"鑠銷也，言東方有扶桑之木，十日竝在其上，以次更行，其熱酷烈，金石堅剛，皆爲銷釋也"。按此流字，謂使金流也。王逸以銷釋解之非，流字無銷釋義。《莊子·逍遥遊》"大旱金石流"。《廣雅·釋詁》三"流，化也"。所謂化者，即從流之義，而銷釋又化之引申義也。

（六）江流也，此作名詞用也。《九章·惜往日》"遂自忍而沈流"，言自忍沈江也。《漁父》"寧赴湘流"，猶赴湘水也。《哀郢》之"從流"，又《九懷·匡機》之"揚流兮洋洋"，流亦作名詞用。

（七）流有不經意，或無根源之義。《九章·哀郢》"曼余目以流觀兮"，曼目流觀，謂不經意之曼視也。凡後世流言、流説、流事、流譽，皆同此義，他如言流星（《九辯》、《九歎》）、流沙（《招魂》、《大招》）等，亦此之比也。

沈

沈字凡二十二見，細別可爲五義：

（一）没也，即沈江、沈流也。《九章·惜往日》"遂自忍而沈流"，王逸注"遂赴深水自害賊也"。按屈子自沈汨羅，爲千古奇冤，《楚辭》中多言此事，又子胥亦有沈江之悲，凡自沈皆曰沈。《哀時命》言"屈原沈於汨羅"，《九思·遭厄》亦言"沈玉躬于湘汨"，王襃《九懷·尊嘉》亦言"屈子兮沈湘"。東方朔《七諫》更數數言之，如《沈江》之"懷沙礫而自沈"、《怨世》之"願自沈于江流"、《沈江》又云"恨申子之沈江"、《怨世》之"願自沈于江流"，《九歎·離世》之"身衡陷而下沈"。凡此沈字，《周禮·春官·大宗伯》"以貍沈祭山林川澤"，注"川澤曰沈"。則沈于川澤，已成定義。然沈訓陵上滈水，蓋謂山積雨淳潦爾，與沈没無涉，此蓋爲湛字之借。《説文》"湛，没也"。《答賓戲》

"浮英華，湛通德"。注"湛，古沈字"，《漢書志傳》湛字注，皆讀爲沈，則以俗變古也，餘参湛字下。

（二）沈湎也。《招魂》"娱酒不廢，沈日夜些"，王注"晝夜沉湎以志憂"。按《書·微子》"我用沈酗于酒"，《傳》"沈湎酖酖……"，又《九思·悼亂》"意欲兮沈吟"。言意欲沈湎于吟事，此沈或訓深亦可，《莊子·外物》"慰瞽沈屯"。司馬注"沈，深也"。凡沈藏則深，故引申得深義矣。引申則一切沈没，皆得曰沈。如《九歎·怨世》"若龍逄之沈首"，又《九歎·愍命》"或沈淪其無所達兮"。王注"淪，没也"。則心理上之沈貍，亦曰沈矣。沈淪爲漢以後通語，《九辯》三云"然欲傺而沈藏"，亦心理上之沈没，沈藏言深藏之也。

（三）沈濁也。《周禮·酒正》"五曰沈齊"，《釋名·釋飲食》"沈齊濁滓在下，汁清在上也"，《説文》"沈，一曰濁黱也"。《莊子·達生》"有沈有漏"。司馬注"沈，水汗泥也"。《七諫·怨世》"世沈淖而難論"，沈淖即沈濁矣，此詞最早見于《遠遊》"遭沈濁而汙穢兮"是也。

（四）沈滯。《九辯》"願沈滯而不見"，《周語》"以揚沈伏"，注"滯也"。

（五）又按自二義以下，沈字多與別字組合成詞，其義往往與所組合字相繫，而與第一義出入。其在《楚辭》中，有一用以上者，如沈濁、沈滯皆別詳，又沈抑，亦一複合詞，《楚辭》凡四五用，又沈菀一詞，亦當論辯，皆各爲條外，此不贅矣。

洲

《離騷》"夕攬洲之宿莽"，王逸注"水中可居者曰洲。洲，一作州"。按州，本字；洲，後世繁變字也。詳州字下。《楚辭》洲字凡五見，《九歌·湘君》言"蹇誰留兮中洲"。渚之中，與九州之中土，中原之中州異。又《九歌·湘君》又言"采芳洲之杜若"，《湘夫人》言"搴汀洲兮杜若"，《九歎》"下石瀨而登洲"，此等洲字，皆指小渚曰洲而言。《九章·悲回風》言"望大河之洲渚兮"，皆即此義矣。別參州字條。

州

州字《楚辭》凡三見，惟洲字多一本作州。除《天問》"九州安錯"爲一專名別詳，《九章·哀郢》云"哀州土之平樂兮"、又《九懷·危俊》"余何留兮中州"兩州字，《説文》"水中可居曰州，從重川"（會意），字亦作洲。《詩·關雎》"在河之州"，《毛詩》作洲，是其證。王逸注《九懷》中州，謂"我去諸夏，將遠逝也"。以中州爲諸夏之稱，則中州猶中土、中原矣。蓋《禹貢》九州之冀、兗、青、徐、揚、荊、豫、梁、雍等州，冀在最中，故曰中州，《爾雅》、《九歌》言中洲，則指州中，與此不同。參洲字下。

海

海字凡八見，除海若等專名外，皆用本義。《大招》"東窮海只"。王逸注"言榮譽流行，周遍四極，無遠不聞也"。洪補云"《書》云，東漸于海，西被于流沙"。按《説文》"海，天池也（天當讀爲大），以納百川者"，《爾雅·釋地》"九夷、八狄、七戎、六蠻謂之四海"。《周禮·夏官·校人》注"四海，猶四方也"，則海字之引申義，此戰國以後所謂赤縣神州之外有海，故以四海爲四方矣。惟此言東海，則指古傳説中東方之海云。此與《九章·悲回風》"浮江淮而入海"之海，同指東海言，其通言江海、河海者，則無所指名，但言其爲大池而已。見《天問》"河海應龍"，《七諫·怨世》"江海之泥塗"，《九思》之"越海"等皆是。

西海

《離騷》"指西海以爲期"。注於西海無釋，案各本《楚辭》皆不及此，惟宋洪氏邁云“東北南三海，其實一也。無所謂西海者，《詩》、《書》、《禮經》稱四海蓋引類言之。《離騷》指西海亦寓言爾”，程氏大昌則云“條支之西有海，先漢使固嘗見之，而載諸史。《史記·大宛傳》‘于寘之西，水皆西流，注西海’。《漢書·西域傳》‘條支國臨西海’，後漢班超又遣甘英輩親至其地，而西海之西有大秦夷人與海商常往來，是非寓言也。《日知錄》曰‘今甘州有居延海，西寧有青海，安知漢人所見之海非此類耶？’余謂《史記索隱》引《太康地記》云河北得水爲河，塞外得水爲海，故《地理志》羌谷水亦云北至武威入海，不謂大海也。據《大荒西經》屢言西海，曰‘西海之外，大荒之中有方山’，曰‘西海陼中有神，人面鳥身’。至其後又云‘西海之南，流沙之濱，赤水之後，黑水之前，有大山，名曰昆侖之邱’。正與此處上文由崑崙，行流沙，遵赤水合。又明藏本《山海經》於赤水行東北下，有西南流，注南海語。《招魂》注亦言西海。今經於河水下，云‘入渤海’，郝氏謂渤海即翰海。《水經》云‘昆侖河水出其東北陬，屈從東南流，入渤海，又出海外，南至葱嶺，出于闐東，注蒲昌海也’。凡諸所言海，亦皆在西域。然則屈子稱西海，殆指此等，而未必以今之大海爲西海矣。附案《爾雅》四海爲夷、狄、戎、蠻。鄭注《周禮》‘四海猶四方’，皆不屬水”。按朱氏此説，最爲通敏，其實海一名，至今西南一帶沼澤亦多被海名。《太康地記》所謂塞外得水爲海之説，最爲得實。

波

《九歌》“洞庭波兮木葉下”。王逸注“言秋風疾則草木搖，湘水波而樹葉落矣”。按波本水涌流，俗所謂水波也。《楚辭》波字凡廿見，皆此一義，如《河伯》之“橫波”、“波滔滔”，《悲回風》之“波聲”，《七諫·自悲》“陵大波”，《卜居》之“與波上下”，《漁父》之“揚波”，《招魂》之“緣波”，《九歎·逢紛》之“流波”、“波逢”、“波湊”，《離世》之“波澧澧”，《遠逝》之“棄隆波”、“波淫淫而周流”，

“水波遠”，凡此皆用水波之義。外此則氣曰波，《哀命》之“氣若波”是也。霧曰波，《遠遊》“驚霧流波”是也。風謂之波，《九歎·遠逝》之“順風波”是也。乃至目光曰波，《招魂》之“目曾波”是也。此在語言爲引申，在修辭則爲譬喻矣。

沬

《離騷》“芬至今猶未沬”。王逸注云“沬，已也，言己所行純美芬芳勃勃，誠難虧歇，久而彌盛，至今尚未已也”。洪補曰“沬，音昧，微晦也。《易》曰‘日中見沬’，《招魂》曰“身服義而未沬”，王注“沬，已也。言我少小修清潔之行，身服仁義，未曾有懈已之時也”。洪補“沬，莫貝切。《易》曰‘日中見沬’，注云‘沬，微昧之明也’。一云日中而昏也”。按戴震曰“香不已而微曰沬”。此雖非詁字，而于文義最允。按沬，《說文》本水名，聲與昧近，故借爲昧，洪引《易經》說是也。

泝

《九章·抽思》“長瀨湍流，泝江潭兮”。泝，《說文》“逆流而上曰㳁洄。㳁，向也，水欲下違之而上也，从水㡿聲。遡、㳁或从朔”。按字別作遡，又作溯，《方言》十二“遡，行也”。則方國別語，亦義之引申爾。

泥

《七諫·怨世》“寧爲江海之泥塗兮”，王逸注“言己思委命於江流，沈爲泥塗，不忍久見貪濁之俗也”。泥塗倒用《禹貢》“厥土惟塗泥”，空也，亦今恒語。

漼澄

《九思·憫上》"霜雪兮漼澄"，舊注"積聚皃。一作澄澄，一作漼漼"。洪補云"漼，音摧。澄，五來切。霜雪積聚皃"。按《説文》無澄字，《水部》漼字訓深也。《詩·小雅·小弁》"有漼者淵"。毛《傳》"漼，深貌"，許據毛氏爲訓，字從崔，崔即《説文》崔字，高也，高與深其義一也。自上而視曰高，自下而視曰深，故漼從此得訓深也。引申爲聚。《集韻》十五灰漼下曰"漼澄，雪霜積聚皃"。《類篇·水部》同。蓋即本此。澄字，《廣韻》音魚衣切，則漼澄叠韻，其音蓋即本之崔嵬，在山曰崔嵬，在水則曰漼澄，引申爲霜雪積聚。

瀾

《七諫·自悲》"何青雲之流瀾兮"。王逸注"瀾，一作爛"。按一本作爛非也。此與流連文，此言青雲流瀾，狀青雲如水之流也，則作瀾爲當。《説文》"瀾，大波爲瀾"。

巒

《七諫·自悲》"登巒山而遠望兮"，王逸注"巒，小山也。一云登巒，無山字"。按《説文》"巒，山小而鋭"。又《九思·守志》"陟玉巒兮逍遥"。注"山脊曰巒"（參玉巒崑崙條下）。此句所指爲山之小而鋭者，與玉巒義殊，按《全遼備考》云"邊外多山，山戴沙土曰嶺，戴石者曰拉，亦作礒，承德紅石梁，由熱河至八清，必經之道，其高倍于青石梁，絶頂尤爲險隘，土人呼爲紅石拉"，皆即巒音之變。

阰

《離騷》"朝搴阰之木蘭兮"，王逸注"阰，山名，言己旦起陞山采木蘭，上事太陽，承天度也"。洪補"阰，頻脂切。山在楚南"。《史記·劉敬叔孫通傳》索隱引《埤蒼》云"山在楚。音毗"。按《玉篇》、《廣韻》皆云阰山名在楚南，即洪氏所本，但他書無可考。然以下句洲字對文，洲爲普通名字，則阰恐當爲通言。然古籍無用此字者。《玉篇》、《廣韻》皆就王逸注而衍之耳。此當爲南楚方俗字，故不見於先秦故籍。謝朓《春思詩》有"阰山，起朝日"句，六朝人説也。戴震謂"小阜曰毗，大阜曰阰"。亦不知所本。《説文》無阰字，音與陭、陂、阺皆相近，三字義爲陵坂之名，則阰義或與之相類歟！俞樾曰"阰者，坒之借假字。《説文·土部》'坒，地相次比也'。地相次比謂之坒，水中可居者謂之洲，皆非實有可指之地也"（見《讀楚辭》）。按俞説可通。

峥嶸

山深遠也，引申爲一切深遠。《遠遊》"下峥嶸而無地兮"，王逸注"淪，幽虛也。嶸，一作嶸"。洪興祖《補注》"顏師古云，峥嶸，深遠貌也。上仕耕切，下音宏"。按峥嶸凡有數義，訓山高峻者多漢人語。如《上林賦》"嵯峨嶵嶵，刻削峥嶸"，《遊天台山賦》"陟峭崿之峥嶸"是也。一則訓深遠，或深險。《遠遊》是也。高與深義同類，司馬相如《大人賦》"下峥嶸而無地"。師古曰"峥嶸不測之淵"。師古曰"峥嶸，深遠皃"。字又作峥嶸。《甘泉賦》"紫宮之峥嶸"。師古曰"峥嶸，深邃也。峥仕耕反，嶸音宏"。按《説文》"峥，嶸也"，又"嶸，崝嶸也"。《高唐賦》"俯視崝嶸"。《文選》李善注"《廣雅》曰，崝嶸，深冥皃。崝，士耕切。嶸，音宏"。則崝嶸即峥嶸之本字矣。嶸或作嵤。《方言》六"巍嶤，崝嶮，高也"。郭注"嶕嶤崝嵤，高峻之皃"。《玉篇》崝下引郭注，作崝嶸，嶸正字，嵤則俗字也（田寶臣《小學駢枝》論崝嶸不作高峻，只作深遠解可參）。蓋崝嶸本曰極無際之義，意中營度之詞。各家言山、言水、言宮殿、言台、言歲月，凡俯視、仰視、平視、意逆而視，悉可用之。

嶔岑

　　山高危險也，《招隱士》"嶔岑碕礒兮，碅磳磈硊"。王逸注"山阜嶔崖，嶔，一作嶔。岑，一作崟"。洪興祖《補注》"嶔，音欽。岑，音吟。嶔岑，山高險也"。朱熹云"嶔岑、碕礒，并石貌"，按慧琳《一切經音義》八十一嶔岑注云"上泣金反，下仕簪反"。何注《公羊傳》云"嶔岑，山高危險也"。山阜勢也。《方言》云"岑，羸，大也。岑，高也"。郭注云"岑嵤，峻皃也"。并形聲字。按《文選·招隱士》作嶔崟，《說文》亦作欽崟（見《似部》注），"山之岑崟也"。《玉篇》"嶔，綺金切。嶔崟，山勢也"。《文選·思玄賦》"慕歷阪之嶔崟"，銑注"嶔崟，高皃"。字又作嶔巖，見《公羊傳》僖三十三年。《一切經音義》引作嶔岑。字又作厥岩，又巖或作唫。陳立《公羊義疏》釋《公羊》僖三十三年傳曰，厥，監毛本作厥，盧云"從注疏本作厥"。《說文》止有厔字。十行本《釋文》巖作岩，《穀梁傳》作巖唫。按《說文》無嶔字，當以厥爲正字。《說文》"厥，崟也，魚音切"。似下亦曰"讀若欽崟"，則欽乃借字，而巖則漢儒俗字也。

崟

　　《九歎·逢紛》"揄揚滌盪，漂流隕往，觸崟石兮"。王逸注"崟，銳也。言風揄揚，水流隕，往觸銳利之石，使之危殆，以言讒人亦揚己過，使得罪罰也。崟，一作岑"。洪補曰"岑，鉏簪切，山小而銳"。按洪以山小而銳，即《說文》之"山之岑崟"。字又作嶔，《公羊傳》僖三十二年"必于榖之嶔巖",蓋阻深傾敧之兒也。別參嶔字。

峭

《九章·悲回風》"上高巖之峭岸兮",王逸注"升彼山石之峻峭也。峭,一作陗"。按峭即陗之別構。《說文》"陗,陵也"。《淮南·修務訓》"上峭山"是也。

崔巍

《七諫·初放》"高山崔巍兮,水流湯湯"。王逸注"崔巍,高貌"。洪補云"上徂回,下五回切"。故《漢書·司馬相如傳·上林賦》"於是乎崇山矗矗,巃嵸崔巍"。郭璞曰"皆高峻兒也。崔音摧,巍音五回反"。《文選·吳都賦》"崇臨海之崔巍",又《西京賦》"神山崔巍",皆高峻之義,其音與崔嵬同。即崔巍之別構也,巍即嵬之繁體。詳崔嵬條下。字變作崔隗。《隸釋》四引李翕《析里橋郙閣頌》"高山崔隗兮,水流湯湯"。即用《七諫》原文,字作隗。其字形之變至多,一作陮隗、礁嵬、摧嵬、崒嵬、崒巍、摧委。聲轉爲厜㕒、爲崎嶬、爲峨嵋、爲嵳峨,詳嵳峨條下。倒言之曰畏佳,見《莊子》。雙聲之變則爲崔崒,見《西京賦》"隆崛崔崒"。爲崔崔,《詩·齊風·南山》"南山崔崔",毛《傳》"崔崔,高大也"。急言之則曰崒,見《小雅·十月之交》。又爲卒,見《漸漸之石》。并詳崔嵬條下。

崔嵬

本山高兒,引申爲一切高峻,叠韻聯綿詞,其異形至多。《九章·涉江》"冠切雲之崔嵬",王逸注"崔嵬,高貌也,言己内修忠信之志,外帶長利之劍,戴崔嵬之冠,其高切青雲也。嵬,一作巍"。五臣云

“切雲，冠名”。洪興祖《補注》“崔，音摧。嵬、巍，并五回切”。朱熹注“以喻高洁之行，冠劍被服，皆是也……切雲，當時高冠之名”。《哀時命》“冠崔嵬而切雲兮”。王逸注“言己雖不見容，猶整飾衣服，冠則崔嵬，上摩於雲”。《九思·傷時》“觀浮石兮崔嵬”，王逸注“東海有浮石之山，崔嵬，山形也”。按崔嵬一詞，先秦南北通語，而《詩》用之最多，《周南·卷耳》“陟彼崔嵬”。《小雅·谷風》“維山崔嵬”，毛《傳》或訓土山之戴石者（《卷耳》），或訓山巔（《谷風》）。山巔言其象土山，戴石言其質，其義一也。《釋文》“崔，徂回反。嵬，五回反”。《谷風》嵬又作嵟。《爾雅·釋山》“石戴土謂之崔嵬”。《釋文》音同。按毛《傳》與《爾雅》義相左，馬瑞辰曰“《説文》‘崔，高大也。嵬，高不平也’，段本從《南都賦》李注作嵬，山石崔巍，高而不平也，《説文》又曰‘兀，高而上平也’。‘阢，石山戴土也’。阢即兀也，知高而上平者，爲石山戴土，則知崔嵬之高而不平者，爲土山戴石也。《文選·南都賦》注‘崒嵬，山石崔嵬，高而不平也’。嵬通作褢。《吳都賦注》引《埤蒼》‘褢，不平也’。義並與《説文》同……又曰‘崔嵬，通作嗺隗’，《説文》‘嗺隗，高也’。又曰‘崔，高也’，亦作蔿萑，《莊子》‘山林之畏佳’。即嵬崔也。又轉作厜㕒，《爾雅》‘卒者厜㕒’，郭注‘謂峰頂巉巖’，《後漢書注》‘巉巖山石高峻之兒’，是皆崔嵬爲石在上之證”。按馬氏辯土戴石爲崔嵬，其説至允，其聲韻相轉之詞，除馬所引外，則有礧嵬、崔隗、崋嵬、崒巍，崒危，不及一一徵録。又轉爲嵯峨，詳嵯峨條下。轉爲崎嶬，與嵯峨音同。數之不能盡其物。又《小雅·十月之交》“山冢崒崩”，《箋》云“崒者，崔嵬”。又《漸漸之石》“維其卒矣”，《箋》云“卒者，崔嵬也”。按卒即崒之省文，鄭以崔嵬釋崒、卒者，崔嵬急言之曰崒，曰卒也。崔嵬本土山戴石，引申之，爲長峻。詩人以形容凡一切高峻山巖、宮室、衣冠無不可。《九章》、《哀時命》以言冠，《九思》以言山，皆用其通義也。參崔巍條下。

嵯峨

　　叠韻聯綿詞，此詞聲轉字極多，皆後起分別文，高峻也。《招隱士》"山氣巃嵸兮石嵯峨"。王逸注"嵯峨，巉薛，峻蔽日也"。五臣云"嵯峨，高皃"。《九思·傷時》"吾欲之兮九夷，超五嶺兮嵯峨"。按《説文》"嵯，山皃"。又云"硪，石巖也"。又"峨，嵯峨也"，單言之，則曰嵯，曰峨；合言之，則曰嵯峨。嵯峨即《爾雅》之座羲，《釋文》"座羲，本或作嵯峨"是也。嵯峨聲轉則爲岑峨，見岑峨條下。又轉爲嶃巖、巉巖、巑岏等，皆各有專條論之。然此一系形容詞，極少見于先秦典籍。先秦狀山高峻，不過曰崔嵬、嶃巖二三詞而已。至漢賦家，乃創新字。而此等詞，遂曼衍益多，不可驟理矣！岑峨兩字，依舊音言，非雙聲，亦非叠韻，而嵯峨則爲叠韻，嶃巖、岑崟以下各詞，亦皆叠韻，依先秦崔嵬等斷之，則岑與崔、嵯皆雙聲之變，其音理之分化，蓋不以雙聲爲樞紐也。

嶃巖

　　險峻貌。《招隱士》"山氣巃嵸兮石嵯峨，谿谷嶃巖兮"。王逸注"崎嶇間寫，險阻傻也"。五臣云"嶃巖，險峻貌"。洪補云"嶃，鉏咸切"。朱熹注"言山谷之中，幽深險阻，非君子之所處"。又《七諫·哀命》"何山石之嶃巖兮"，王逸注"言山石高巖，非己所居。嶃，一作嶄"，又《九歎·思古》"山參差以嶃巖兮，阜杳杳以蔽日"。王逸注"言己放在屮野，處於深林，冥冥之中，山阜高峻，樹木蔽日，望之無人，但見鳥獸也"。按慧琳《一切經音義》七十五'嶃巖，上巢咸反，《毛詩·嶄嶄之石》高峻皃也，或作巉、礹、嶃三體，並俗字亦通用"。按字亦作嶄巗，並俗變也。別詳岭峨、巑岏諸條下。《説文·石部》"嶃，礦石也"，"礦，石山也"。是正字當作嶃礦也，其他皆漢賦家所假借。又此詞不見于先秦典籍，蓋漢賦新詞，當即崔嵬等詞之變，故字雖漢賦時新增，而語根固先秦舊遺也。

險戲

傾危也，字又作險巇。《七諫·怨世》"何周道之平易兮，然蕪穢而險戲"。王逸注"險戲猶言傾危也"。洪補"戲，音希"。按《文選·長笛賦》、《鸚鵡賦》李善注，慧琳《一切經音義》卷一百引《七諫》此文，皆作險巇，則今本戲字，蓋有脫誤，當作險巇。險巇見《九辯》"何險巇之嫉妒兮"句，顛危也。詳險巇條下。

險巇

猶傾側也，字或作險戲，別詳《九辯》六"何險巇之嫉妒兮，被以不慈之偽名"。王逸注"亂惑之主，嫉其榮也"。《文選·長笛賦》"夫固危殆險巇之所廹也"。李善注"險巇，猶傾側也"。《鸚鵡》"奚遭時之險巇"。李善注引《楚辭》"何周道之平易，然蕪穢而險巇"。王逸曰"險巇，顛危也"。按今本作險戲，繁省之殊也。又《廣絕交論》引《七諫·怨世》此二句同作險戲，則今本蓋脫誤（慧琳《一切經音義》一百險巇下云，上款�),反，顧野王云"險猶阻也"。賈注《國語》云"險危也"，《方言》"高也"。《說文》"阻難也，從自僉聲"，《傳》作嶮，非也。下喜奇反，王逸《楚辭》云"險巇，猶顛危也"。《古今正字》"從山戲聲"，云可證《七諫》原作巇)。《後漢紀·孝桓紀》"風俗凋薄，大路險巇"。字又作險壙，《玉篇·六部》"巇，虛奇切，險壙，顛危也"。又作險隵，見《玉篇·阜部》隵字下。又作險墟，《潛夫論·德化》"不驅於險墟"。又作嶮巇，嵇康《琴賦》"丹崖嶮巇"，劉峻《廣絕交論》"世路險巇"。又作險巘，劉峻《廣絕交論》作巘。按諸此異文，有爲漢儒依上下字偏旁或依上下文義而增益偏旁以成者，有爲字形訛變而成者，與詞義皆無大關係。而作險戲爲最簡，險巇爲最合詞義，又此詞不見于先秦北土典籍，則南土方言也。故漢詞賦家承用之。

潺湲

叠韻聯綿詞，小流皃。按潺湲一詞，《楚辭》凡六見，義皆無大別，叔師訓釋隨文解説，似無定義，而皆可以流皃一義概之，惟有流涕、流水之別。《湘君》"橫流涕兮潺湲"，《九辯》"涕潺湲兮下霑軾"，皆言涕。此外《九歌》"觀流水之潺湲"，《招魂》"川谷徑復，流潺湲些"。《九懷·匡機》"桂水兮潺湲"，《九歎·遠遊》"潺湲轇轕"，皆言水流。惟《招魂》"川谷徑復，流潺湲兮"。王注"言所居之舍，激導川水，徑過園庭，回通反復，其流急疾，又潔净也"。鈕氏《説文新附考》以爲"王注以潺訓急疾，湲訓潔净，因疑潺即《説文》訓迸之㶕，與急疾義合，湲疑洹之別體"，其實大誤。"所居之舍，激導川水，徑過園庭，回通反復，其流急疾"五句，皆疏釋上文層臺累榭以下諸句，其流急疾，正指川谷徑復之徑復言，不得指爲潺湲之釋也。下文"又潔净也"，乃釋潺湲。聯綿字不得分釋，分釋必陷于不可收拾，此其例也。潺湲本小流，非橫污行潦，故得以潔净體會其意象，此正叔師《章句》優點，吾人不得割裂以污之也。今潺湲二字，在新附，其實此南楚古語之存于代者。許氏不收，亦其失也。漢人用此詞甚多，《史記·河渠書》、《漢書·溝洫志》、枚乘《七發》、張衡《思玄》皆有之，茲不備舉。聲轉則爲澲湲，爲潚潗，爲潊減，詳鄭知同鄭珍《説文新附考》。

巑岏

上音在乃切，下音牛凡切，山鋭貌，叠韻聯綿詞。

《九歎·憂苦》"登巑岏以長企兮"，注"巑岏，鋭山也"。《文選·高唐賦》"盤岸巑岏"，銑注"巑岏，山之峻大皃"。《廣韻》二十六桓

"巉岏，小山兒"。《廣雅·釋詁》四"巉岏，高也"。按諸家説皆有小別，而以王叔師與《廣雅》二説爲允。巉岏即巉巖一聲之轉，《廣雅·釋詁》四"巉巇，高也"，王念孫曰"《説文》'暫，礛石也'，《小雅·漸漸之石》'維其高矣'，《釋文》'漸亦作嶄'，《説文》'巖，岸也。礛，石山也'。《小雅·節南山》篇'維石巖巖'，《釋文》'巖本或作嚴，合言之則曰巉巇'。《説文》'碞，嶄碞也'，宋玉《高唐賦》'登巉巖而下望兮'，《楚辭·招隱士》云'谿谷嶄巖兮水橫波'，《淮南·覽冥訓》'熊羆匍匐，邱山嶄巖'，竝字異而義同"。按巉巖，又作巉嵒，《爾雅·釋山》釋文"碞，五咸反"。又作巉嶮，下音魚檢切，見《西京賦》。聲轉爲岑峨。岑峨即岑崟，見岑崟條下。

巃嵸

山谷蘊鬱之氣也。

《招隱士》"山氣巃嵸兮石嵯峨"，王逸注"岑崟參嵯，雲溣鬱也。巃，一作巄"。五臣云"巃嵸，雲氣貌"。洪補云"巃，力孔切。嵸，音摠，山孤貌"。按巃嵸叠韻聯綿詞，漢以前未見此語，大抵漢人口語，而詞賦家增益之字也。《春秋繁露·山川頌》"山則巃嵸嵓崔，摧嵬崒巍"。凌曙注"《上林賦》注巃嵸、崔巍，皆高峻貌。巃，力孔切。嵸，音總"。《文選·西征賦》"太一巃嵸"。注"郭璞曰'巃嵸，高峻兒也'"。六臣"上恪九切，下子孔切"。《文選·舞賦》"車騎并狎，巃嵸逼迫"。李善注"巃嵸，聚兒，上音力董切，下音摠"。向注"巃嵸，衆多兒"。《玉篇·山部》"巃嵸，嵯峨兒"。又《埤蒼》"巃嵸，高兒"。慧琳《一切經音義》八十五引《考聲》"山峰叢叢高兒。《古今正字》轉注字也"。又八十二云"巃嵸者，山形高峻且危險之兒也"，體會諸義，就巃音而定者有高峻險阻之義；會嵸音而定者，有叢聚危疑之義。字訓就聲以立義，則甚是，而詞訓則未必能就個別字義而得。故此詞當就各文所施之地位而釋之爲宜。此言"山氣巃嵸"，則非言山之巃嵸，

故叔師以雲濚鬱訓之，體會作意，爲最精當。《説文》無此二字。至
《玉篇》乃收入，後此則《廣韻》、《集韻》無不有之矣。音轉則藟崔，
見上引《春秋繁露》。字又作藟㠑，見《古文苑·山川頌》。又轉爲嶚
嶕，見《文選·吳都賦》。爲嶚嵂，見《廣雅·釋詁》。爲㠑嵂，見《説
文·山部》（嵂即《説文》崒字之俗）。俗又作纍嵂，又轉爲崔嵂，見
《子虛賦》（又作嵂嵂），劇數之不能終其物。

崎傾

《九懷·昭世》"覩軫丘兮崎傾"，王逸注"山陵嶔岑，難涉歷也。
軫丘，一作丘陵"。洪興祖《補注》曰"軫丘，猶《九章》言軫石也。
崎，音欹"。此言覩軫丘之崎傾，崎傾即恒言之崎嶇也。漢人所鑄新詞，
而實無深義，易嶇爲傾，傾亦傾邪主義也。參崎嶇條。

嶢嶤

《九思·守志》"陟玉巒兮逍遥，覽高岡兮嶢嶤"。舊注云"山嶺曰
岡。嶢嶤，特高也"，按《漢書·揚雄甘泉賦》"直嶢嶤以造天兮"，師
古曰"嶢嶤，高皃"。《廣雅·釋訓》"嶢嶤，危也"。王念孫曰"《後漢
書·黄瓊傳》云'嶢嶢者易缺，皦皦者易汙'。《墨子·親士篇》云'王
德不堯堯'，堯與嶢通。《豳風·鴟鴞》篇"予室翹翹"，《傳》云'翹
翹，危也'。翹與嶤亦聲近義同"。按王以堯、翹與嶤皆通，是也。高則
危，故《廣雅》以危釋之，非必嶢嶤即危也，凡從垚字，皆有高峻之
義，可一一徵也。

隤

《天問》"南北順隤，其衍幾何"。王逸注"言南北隤長，其廣差幾

何乎。隓，《釋文》作隋，一作墮"。洪補云"《爾雅》云'蠵小而橢，橢音妥，又徒禾切，狹而長也'。《疏》引'南北順橢，其脩幾何'。隓與橢同，通作隋"。朱駿聲云，《爾雅》"巒山墮"注謂山形狹長者，《詩·般》"墮山喬嶽"，《傳》"山之墮墮小者也"。按凡隋方隋圓字當作此，亦以橢爲之，按朱説是也。

沼

《招魂》"倚沼畦瀛兮"，王逸注"沼，池也。畦，猶區也。瀛，池中也，楚人名池澤中曰瀛"，朱熹注"依已成之沼，而復爲瀛也"。《説文》"沼，池水"。《詩·采繁》"于沼于沚"。《左傳》隱三年"澗溪沼沚之毛"。

澨

《九歌》"夕濟兮西澨"，王逸注"澨，水涯也"。洪補云"澨，音逝。《説文》曰'澨，埤增水邊土，人所居者'"。按《左傳》成十五年"則決睢澨"，注"澨，水涯"。

沛

沛字，《楚辭》凡六見，此皆一義之變也。《九歌·湘君》"沛吾乘兮桂舟"，王逸注曰"沛，行皃。言己雖在湖澤之中，猶乘桂木之舩，沛然而行，常香净也"。五臣注"舟用桂者，取香潔之異"。洪補云"《孟子》曰'如水之就下，沛然誰能禦之'。沛，普賴切。桂舟，迎神之舟，屈原因以自喻"。又《抽思》"煩冤瞀容，實沛徂兮"。王逸注曰"言己欲隨水沛然而流去也"。又《遠遊》"沛罔象而自浮"，《九懷·尊嘉》"望淮兮沛沛"，又《九歎·遠遊》"沛濁浮清"，諸沛字皆言水流之象也，皆與《孟子》"沛然下雨"、"沛然莫之能禦"同義。字亦作霈，後起專字也。《三蒼》"沛，水波流也"。

湍

《九章·抽思》"亂曰：長瀨湍流，泝江潭兮"。王逸注"湍亦瀨也，言己思得君命，緣湍瀨之流。上泝江淵，而歸郢也"。按《説文》"湍，疾瀨也"。《淮南·説山》"稻生于水，而不能生于湍瀨之流"，注"急水也"。

胬

《九歎·逢紛》"龍邛胬圈，繚戾宛轉，阻相薄兮"。王逸注"言水得風則龍邛繚戾，與險阻相薄，不得順其流性也。胬，一作綸"。洪補云"胬，音臠。圈，懼免切"。按依王義，則胬乃輪之聲借，一本誤作綸爾，輪圈猶輪囷矣，叠韻聯綿詞。《史記·鄒陽傳》"蟠木根柢，輪囷離詭"。《集解》張晏曰"輪囷離詭，委曲槃戾也"。此詞又見《史記·天官書》、《新序·雜事》、《文選·吳都賦》。字又作輪菌（《文選·七發》），又作輪箘（劉子《新論·因顯》）。

厲

（一）厲高也。《九懷·株昭》"鈆刀厲御兮"，王逸注"頑嚚之徒，任政職也"。《吕覽·季冬紀》"征鳥厲疾"，注"厲高也"。《廣雅·釋詁》四"厲高也"。《古文苑·遂初賦》"天烈之厲高兮"，厲高連用，厲亦高也。此言"鈆刀高用，喻頑嚚任政也"。此一義也。

（二）烈也。《天問》"何壯武厲，能流厥嚴"。王逸注"言閭廬少小散亡，何能壯大，厲其勇武，流其威嚴也"。按厲本厲石，精者曰砥，粗者曰厲。《詩・公劉》"取厲取鍛"是也。引申爲磨厲，厲石所以爲磨礱也。《荀子・性惡》"鈍金必將待礱厲然後利"是也。王逸即用此義。

然如王釋，當作"厲武"，于詞不當作"武厲"。按此厲當爲烈之聲借，定十二年《左氏傳》"與其素厲"，注"猛也"。《論語・述而》"子温而厲"，《皇疏》"嚴也"。《荀子・宥坐》"威厲而不試"，此言武勇猛烈也。又《招魂》云"露雞臛蠵，厲而不爽"。王逸注"厲烈也言乃復烹露棲之肥雞，臛蠵龜之肉，則其味清烈不敗也"。按此則烈之引申義，猶今人言其味至爽利。爽利者，利口也，如今人言爽口（與爽字古義相背）。故得以烈訓厲，如曰芳烈云爾，此其二。以上兩義，皆得自厲石之本質、作用、德性諸端引其一偏而得之，可謂厲義之引申。

（三）渡也，涉水也，其有與上義全不相涉而爲假借者，則有厲渡也一事。按《遠遊》"徐弭節而高厲"，言車之渡涉也。《九歎》"神浮游以高厲"，言神游也。此兩厲字作涉渡遊行解，固不成爲問題。《九歎》又云"擢舟杭以橫濿兮"，濿即厲之或體（詳後）。言舟杭曰濿，總此三句，厲皆同義。按《詩・匏有苦葉》"深則厲"，又《衛風・有狐》"在彼淇厲"，皆涉水而渡之義。《説文》"砅，履石渡水也，或作濿"。三家作砅，毛則借厲爲之，厲即濿之省也。《爾雅》則曰"以衣涉水爲厲繇帶以上爲厲"。厲有二義，"深則厲"與"在彼淇厲"兩厲字，爲履石渡水之義。《列子・説符篇》"孔子自衛反魯，息駕乎河梁而觀焉，有懸水三十仞，圜流九十里，魚鱉弗能游，黿鼉弗能居，有一丈夫方將厲之"。此以衣涉水之厲（用汪中《述學》所列），然不論其差別如何，皆以涉渡之義爲根，其引申爲行、爲游皆無不可。別詳濿石字條。《楚辭・九歌・湘君》云"石瀨兮淺淺"，瀨亦厲同族語也。王注"湍急"義未允，厲本履石涉水，蓋南北通語，而楚之人則音小異作瀨耳。

濿

《九歎・離世》"擢舟杭以橫濿兮"，王逸注"濿，渡也，由帶以上爲瀰。瀰，一作屬。一注云由膝以上爲屬”。洪興祖《補注》“瀰，履石渡水，通作屬”，又《九歎·遠逝》“橫汨羅而下瀰”。王逸注“言己欲橫渡汨水，以自沈没也。瀰，一作屬”。《九思·疾世》“瀰滄海兮東遊”。舊注“天池則滄海也。瀰，一作屬”。按《説文》“砅，履石渡水也，《詩》曰深則砅”。按《毛詩》作屬，蓋別字。屬又瀰之之省也。涉水爲其通義。由帶以上或由膝以上，皆各家私義，不必較量。又或以瀨爲瀰，參屬、瀨諸條下。

瀨

瀨字凡四用，而分兩義，一爲湍流，一爲履石涉水。

（一）湍流。《九懷·尊嘉》“文魚兮上瀨”，王注“巨鱗扶己渡涌湍也”。此蓋瀨字引申之義。《淮南·本經訓》“抑滅怒瀨”，注“急流也”。《漢書·司馬相如傳》“沇沇下瀨”。注“急流也”。又《吳都賦》“直衝濤而上瀨”，注“水大波”。

（二）石瀨，即水中有石可涉者也。《九歌·湘君》“石瀨兮淺淺，飛龍兮翩翩”。王逸注“瀨，湍也。淺淺，流疾貌”。洪補曰“瀨，落蓋切，《説文》曰‘水流沙上也’。《文選注》云‘石瀨，水激石間則怒成湍’”云云。按石瀨與飛龍對文，當作名詞解，且下言淺淺疾流，則顯以淺淺狀石瀨矣。按《漢書·司馬相如傳》“北揭石瀨”，注“石面淺水曰瀨”。則石瀨爲一名詞，是其徵矣。《九歎·遠逝》亦云“下石瀨而登洲”。石瀨亦作名詞用也。又《漢書·武帝紀》“甲爲下瀨將軍”，注“吳越謂之瀨，中國謂之磧”。則瀨乃南楚方俗之語，與中原之所謂磧者相當，即《説文》所謂“水流沙上者矣”。今江西、湖南之間，謂水流沙石或湍流皆曰瀨，蓋猶存古語也。然水流之處，非沙及石，其能知其爲沙石者，一者水淺見，一則涉者得石而履之以渡而知之，其義蓋起于此。《論語》所謂“深則屬，淺則揭”者矣。瀨蓋即瀰字，北土言瀰（《説文》作砅），南楚則小別而爲瀨。《説文》訓水流沙上者，未審爲南楚之言，而以漢以後通用之義說之耳。《史記·南越傳》"爲戈船下厲將軍"。即上引《漢書》之下瀨將軍。厲、瀨二字，漢人固互通爾。又《九章·抽思》云"長瀨湍流，泝江潭兮"，長瀨與湍流合言，長瀨之湍流也，則瀨亦可涉之石瀨爾。《九歎·離世》亦言"順長瀨之濁流"，蓋用《抽思》成句也。凡此諸句。王逸皆以湍字釋之，雖無大誤，而義未允，故應更而正之也。

沬　沫不同

《離騷》"芳菲菲而難虧兮，芬至今猶未沬"。注"沬，已也"。《招魂》云"朕幼清以廉潔兮，身服義而未沬"。注亦云"沬，已也"。王觀國氏《學林》云"《易》'豐其沛，日中見沬'。王弼注，微昧之明也，音莫負切，蓋屈平自謂我之芬芳未至於晦昧也，宋玉自謂身服義而未至於晦昧也。以沬爲已，誤矣。《漢書·王商傳》引《易》曰'日中見昧，折其右肱'。蓋沬與昧義同，故通用之。張雲璈《選學膠言》十三云'《玉篇·水部》曰沬亡活、莫蓋二切'。按亡活切者，旁從本末之末，所謂'避浮沫之害'是也。莫蓋切者，旁從午未之未，即《易》所謂'日中見沬'。《詩》所云'沬之鄉矣'是也，二字偏旁不同。《玉篇》同爲一字，而分二切以訓之，誤也。《廣韻》於去聲收沬字，莫負切，與昧同音，皆從午未之未。於入聲收沫字，莫撥切，與秣同音，皆從本末之末，二字不同也。曹子建《應詔詩》'元駟藹藹，揚鑣漂沫。流風翼衡，輕雲承蓋'。審如此，則當用入聲沫字，子建借用去聲沬字，非口中沫也。《舞賦》云'良駿逸足，愴捍淩越。龍驤橫舉，揚鑣飛沫'，此用入聲不誤矣"。

隅

《楚辭》隅字，凡三見，皆作隅角解。

《天問》“隅隈多有，誰知其數”。王逸注“言天地廣大，隅隈衆多，寧有知其數乎”。洪補曰“隅，角也。《爾雅》‘厓内爲隩，外爲隈’”。按此承上‘九天之際，安放安屬’二句而言，謂九天既有際，際，邊也，則其際必有隅、有隈，其隅隈共有若干？以爲問也。洪引《淮南》説云“天有九野，九千九百九十九隅，去地五億萬里”。注云“九野九天之野，一野千一百一十一隅”。此一問之答語。《説文》“隅，陬也”。按古籍多作廉隅用，今俗語曰角落。又《哀時命》“塊獨守此曲隅兮”，王注“塊然守此山曲”。以山曲説隅，即山崖之引申也。又《九思·逢尤》“豺狼鬭兮我之隅”，舊注“隅，旁也。言衆佞辯争，常在我旁也”。

隈

《天問》“隅隈多有，誰知其數”。洪引《爾雅》“厓内爲隩，外爲隈”。按《説文》“隈，水曲隩也”，此爲本義。《天問》與隅合文，則隈亦隅也，隅者廉隅，即俗所謂角落、餘參隅字條下。因其爲山崖之屬，故或直用爲山。《九章》“指嶓冢之西隈兮”，指嶓冢之西隈，言日薄於西山也。

都廣

古傳説中之南方山名，《九歎·遠遊》“絶都廣以直指兮”，王逸注“都廣，野名也，《山海經》曰都廣在西南，其城方三百里，蓋天地之中也”。洪補曰“《淮南》曰‘建木在都廣，蓋天地之中也’。注云‘都廣，南方山名’。又曰‘八殥之外，有八紘。南方曰都廣’。注云‘國名，山在此國，因復曰都廣山’”云云。

塗

即今途，字又作涂。《周禮·司險》“五溝、五涂”。注“五涂，徑、畛、途、道、路也"。字繁作塗。《楚辭》塗字凡八見，除塗爲叠詞，塗山爲地名，別見外，其餘皆訓道涂。《九歎·逢紛》"信中塗而叛之"，王逸注"塗，道也"。又《九歎·離世》"興中塗以回畔兮"，又《憂苦》"塗漫漫其無時"，中塗回畔，即上引中塗而叛同義，塗漫漫猶路漫漫也。

淋

凡分二義，一爲雨沃也。《哀時命》"夕淫淫而淋雨"，王逸注"言天雲雜色，虹霓揚光，紛然炫耀，日未明旦，復有朝霞，則夕淋雨，愁且思也"。按《説文》"以水茨也"，雨沃亦曰淋矣。二爲聯綿詞，"淋離"同篇。"劍淋離而縱橫"，注"長貌"，則淋離爲連語。字亦作淋灑，與流離、陸離皆聲通。別參淋離條下。

溿

《大招》"西方流沙，溿洋洋只"。王逸注"言西方有流沙，溿然平正，視之洋洋，廣大無涯，不可過也"。洪補云"溿，毋朗切，水大皃"。按《説文》無溿字，此溿洋洋，即《九辯》"莽洋洋而無極"之莽洋洋，王叔師于彼注"周行曠野"，與此義亦同。則此溿，即彼莽矣。參莽字下。

人部第三

形體

《七諫·哀命》“哀形體之離解兮，神罔兩而無舍”。王逸注“自哀身體陸離，遠行解倦”。洪興祖《補注》“解，音懈”。又《哀時命》“形體白而質素兮”，王逸注“言己自念形體潔白，表裏如素”。又“邪氣襲余之形體兮”，王逸注“言己常恐邪惡之氣及我形體”。按形體組合爲一詞，乃漢人習語。猶戰國以來之言身體。屈宋賦但言形，如《遠遊》“形蟉虬而逶蛇”是也。《莊子》亦言“形固可使如槁木，心固可使如死灰”。形與心對言。别參形字、體字、心字諸條。

身

《楚辭》身字凡四十八見，皆一義之變。《説文》“身，船也，象人之身”。《爾雅·釋詁》“身，我也”，指人形體而言。故可訓形體，訓體質，訓自身，訓我，訓生命等。《楚辭》四十八見，不外此數義。

（一）訓形體者，如《離騷》“澆身被服强圉兮”、《九歌·國殤》“首身離兮心不懲”、又“身既死兮神以靈”、《惜往日》之“卒没身而絶名”、《天問》“齊桓九會，卒然身殺”、《招魂》“其身若牛”。漢賦用此義者，如《惜誓》之“傷身”，《七諫·哀命》之“側身”，《謬諫》之“隱身”、又“身寢疾”、又“側身”，《自沈》之“身被疾”，《哀時命》之“退身”、“遠身”、“身至死”，《九歎·離世》之“身陷”、“身容”，與《怨思》之“身憔悴”，《遠逝》之“廹身”、又“身日遠”，《惜賢》之“卑身下體”，《九懷·蓄英》之“身去意存”。

（二）訓爲自身，爲我。《離騷》"豈余身之憚殃兮"與及"阽余身"，《九章·惜誦》之"先君後身"、又"忌身之賤貧"、"側身無所"、"曾思遠身"，《涉江》之"重昏終身"，《惜往日》之"身幽隱"、"思親身"，《遠遊》之"晞余身"，《卜居》之"正直危身"，《漁父》之"安能以身"，《招魂》之"身服義"，與漢賦中之《哀時命》"身不容"，此等身字，義皆指己身、自身而言，與第一用諸身字之純指形體者，稍異其趣，皆有自我在其中，或直用余身字樣。

（三）生命也，此義由形質引申而成，形體存亡亦即生命之存亡也。如《大招》"窮身永樂"，非謂窮極樂娛于一身，乃謂終生永樂，終身亦即終生也。又"永宜厥身，保壽命只"，言永宜厥生也。又《招魂》"歸來往恐危身些"，非僅危其形體，乃危其生命也。又如《天問》"閔妃匹合，厥身是繼"。此言愛憐妃嬪，欲承其生命，非謂繼續其形體也。

（四）身猶人也，《天問》"何肆犬豕，而厥身不危敗"。依字而釋之，言其身不危敗也，詞面言身，而詞底則應知其所表爲全人，非僅指形質也。如《天問》"厥身不危敗"，非僅謂其不敗也。《哀時命》言"身不挂于罔羅"，《九歎·離世》言"不顧身之卑賤"等句身字，實兼舉其全，謂其形質與德業而混言之，非僅指體質言也。此即指全人而言，細審文義，自能知之。

女

凡十見，除構詞之女嬃、女媧、女岐、女艾、女蘿等外，單詞之用凡二義，一爲男女之女，一爲爾汝之女。《離騷》"眾女嫉余之蛾眉"、"哀高丘之無女"、"豈惟是其有女"，皆男女之女也。又"孰求美而釋女"，《九歌》"蹇空桑兮從女"、"與女沐兮咸池"，皆作第二人稱代詞之女，讀爲汝。代詞之女，義至顯豁，無庸詳解，惟男女之女，則設喻至多，有一析之必要。按春秋戰國以來，女子地位日降，於是與男子對稱，皆爲消極面之寫照，男曰陽，女曰陰，男天女地，男君女臣，男強女弱，凡卑順柔弱下賤無不屬之女性，屈宋不能自外于時代意識，亦事理之必然。故屈宋賦中，以女喻臣下，如"哀高丘之無女"謂楚國無賢臣，"豈惟是其有女"謂豈僅此地惟有賢才之臣，"見有娀之佚女"以有娀佚女喻賢臣，"聊浮游而求女"謂浮游以求賢臣也。此等女字，皆謂淑女，喻賢臣也。"相下女之可詒"、"將以遺兮下女"謂侍從之女，喻小臣也，"衆女嫉余之娥眉"喻在朝之群小也，皆隨文而異其喻，至《九歌》中之"女嬋媛兮爲余太息"之女，與《禮魂》"姱女倡兮容與"，則指巫女言，非喻詞，乃直言也。二招亦言美女，則爲一般使用之辭，無分解之必要。漢代諸賦家之所使用，大致亦準此。

首

首字，《楚辭》凡十二用，除地名之首陽外，約可分兩義。一爲身首之首，此本義也；二則首之引申義，嚮也。（一）身首。《禮記·少儀》疏"首，頭也"。古文作𦣻，象頭面有髮之形，小篆作𦣻，省髮，或又增𠂤作頁，籀文或作𩠐，則髮、身皆不省矣。《楚辭》用此義，如《九歌·國殤》之"首身離兮心不懲"，《天問》之"顛隕厥首"、"顛易厥首"、《離騷》之"厥首用夫顛隕"，《九章·涉江》之"接輿髡首"，《大招》之"豕首縱目"，《招魂》之"參目虎首"，《九歎·怨思》之"龍逢之沈首兮"等皆是。（二）嚮也。嚮者，首之引申義也。凡人有所趨向，則首在前。此由"首，始也"之引申，古言首時、首種、首義、首圍、元首等皆是。《九歎》"登崑崙而北首兮"，王逸注"首，嚮"。《漢書·韓信傳》"北首燕路"，又《哀郢》"狐死必首丘"，又《七諫·自悲》亦有此語。《七諫》注"言狐狸之死，猶嚮丘穴，人年老將死，誰有不思故鄉乎"。《哀郢》洪補云"《記》曰'樂樂其所自生，禮不忘其本，古人有言曰，狐死正丘首，仁也'。《廣志》曰'狐死首丘，豹死首山'"，朱熹云"首，式救反。丘，叶音欺。首丘，謂以首枕丘而死，不忘其所自生也"。按洪引古說，明其所出，于首字義無所發明，然其爲古諺語，則至明顯。朱解首爲以首枕山，則望文生訓矣。惟王注以"猶嚮丘穴"爲得其精義，當從之。

面

《七諫·自悲》"厭白玉以爲面兮"，王逸注"厭，著也。言己施行清白，心面若玉，內外相副"。依王注説，此用面字本義也。《説文》"面，顔前也，從百，象人面形"。孳乳爲偭，鄉也。詳偭下。

偭

《離騷》"偭規矩而改錯"，王逸注"偭，背也。……背去規矩，更造方圓，必失堅固，敗材木也"。洪《補注》"偭，音面"。"偭規矩而改錯"者，反常而妄作。按偭，《説文》"鄉也"，王逸注"背也"。偭即面之孳乳字，面爲象形名詞，加人旁爲偭，則爲動字。《説文》乃其本義，王訓背者，亦如《史記·項羽本紀》之"楚兵四面擊之"，《通鑑》胡三省注"面，背也"之例。賈誼《弔屈原文》"偭蟂獺以隱處"，應劭亦以背訓偭，東方朔《七諫·謬諫》用二句"固時俗之工巧兮，滅規榘而改錯"，以滅易偭，義自當也。段玉裁注以爲"偭訓鄉，亦訓背，此窮則變，變則通之理，如廢置、徂存、苦快之例……許言鄉不言背者，述其本義也"。從訓詁立説，雖亦可通，而未爲探本之論也。

姬

《大招》"青色直眉，美目姬只"。王逸注"姬，黠也。言復有美女，體色青白，顔眉平直，美目竊眄，姬然黠慧，知人之意也"。洪補曰"姬，音綿，美目皃"。按《説文》無姬字，王訓黠，洪訓美，皆就文得義。按《招魂》"遺視矊些"，即此"美目緜只"之義。姬當爲矊，同聲之字，蓋南楚方俗字也。字當作瞯，音又與瞷通，"目旁薄緻宀宀也"。《爾雅·釋言》"瞷，密也"。注"謂緻密"。參瞯字條下。

腰

《大招》"小腰秀頸，若鮮卑只"。王注"腰支細小"，按腰即要之後起增益字，《説文》"身，中也，象人要，自臼之形"。段玉裁云"上象人首，下象人足，中象人腰，而自臼持之，故從臼"。按段説可信，古籍多用腰字。《禮記·玉藻》"縫齊倍要"是。"小腰秀頸"，言楚女體段之美也。中土古昔，多尚碩頎。《詩》言"碩人頎頎"，是也。獨楚尚細腰，此楚統治階級之特殊好尚也。餘參要字條下。長沙繪帛畫美女長袖博裙細腰，正是楚裝，合參要字。

背

《楚辭》背字凡十五用，分三義，兹分説之。

（一）背字本義，脊也，見《説文》"從肉北聲"。字亦作偝。《詩·蕩》"時無背無側"。《九章·惜誦》"背膺牉以交痛兮"，言脊與胸牉離而交痛也，當從一本牉ㄓ有敷字，敷牉即剖牉一聲之轉（敷本有分義，《禹貢》"禹敷土"，馬注"敷，分也"，可證）。古言胸背皆曰剖，《宋策》"剖偪之背"，注"劈也"。《莊子·胠篋》"比干剖"，《釋文》"謂割心也"。牉即判分別文，此句言背胸交痛，有如剖判而中分之，此喻己與小人不可合，與楚君亦無可爲，君臣本一體，有如胸之與背，今乃不能相合，故其可痛，有如背智之遭中剖者然，此一義也。

（二）倍也。《招魂》"工祝招君，背行先些"，王注"背，倍也……倍道先行"。此言工祝先行，其行也倍于常行。此則借背爲倍也。

（三）違背也，負也。此義在《楚辭》最多，《離騷》"背繩墨以追曲兮"（背繩墨一語，又見《九辯》五、《七諫·沈江》），此背猶言違也，棄也。又《哀郢》“背夏浦而西思兮”，《惜誓》“水背流而源竭兮”，《九歎·怨思》“背玉門以犇騖兮”，《遠逝》“背龍門而入河”，《思古》“背三五之典刑”、“播規榘以背度”，《九思·疾世》“背我信兮自違”，皆同。又《九章·惜誦》云“忘儇媚以背衆兮”，王逸注“背，違也。言己脩行正直，忘爲佞媚之行，違偝衆人，言見憎惡也”。洪補曰“言己忘佞人之害己，爲忠直以背衆。背，音佩”。王、洪説異，當以洪説爲允。《九章·惜往日》“背法度而心治兮”，王逸注“背棄聖制，用愚意也。治，一作殆”。朱注“背法度而以私意自爲治者”。朱説爲允。《九辯》五“背繩墨而改錯”，王逸注“違廢聖典，背仁義也”。五臣云“喻信詐僞，棄忠正，易置禮法也”。五臣説爲允。

脄

《招魂》“敦脄血拇”，工逸注“脄，背也。拇，手母指也。脄，一作脢”。洪補曰“脄、脢，音梅，又音妹，脊側之肉。《説文》云‘背肉也’。《易》‘咸其脢’。一曰心上口下”。按《禮·內則》“擣珍，取牛羊麋鹿麕之肉必脄”，鄭云“脄，脊側肉也”。（《易》“咸其脢”，《釋文》引鄭云“背脊肉也”。與此異。）脄即脢字，從灰、從每，聲相近。《説文》“脢，背肉也”（《廣韻》通作脄。引《説文》“脄，背肉也”。與今本異）。《易》“咸其脢”，子夏《易傳》云“在脊曰脢”，馬云“脢，背也”。鄭云“脢，背脊肉也”。諸家説略相同。盧文弨《釋文考證》云“脢，鄭云背脊肉也，與《説文》同。今《説文》無脊字，而《正義》引鄭注無背字，引《説文》無脊字，與今本同，恐背脊兩字，形似而寫者有衍奪耳”。其説是也。又按《易》正義引王肅注“脢，在背而夾脊”，王弼注“脢者，心之上、口之下”。《玉篇》脢下，即用輔嗣此説。

今謂脄、脢本一字之異形，其義爲背夾脊間之肉，無疑義。惠棟《周易述》云“《咸》一卦六爻，皆取象于人身，初爲足（即拇字，詳拇下），二爲腓，三爲股，四爲心，五爲脢，六爲輔頰舌，故王氏以爲在心之上，口之下也。《招魂》用脄，則以避下血拇，拇字之形似耳。敦脄猶言大脄，背脊之肉最肥厚，故曰敦也"。

拇

《招魂》"敦脄血拇"，王逸注"敦，厚也。脄，背也。拇，手母指也"。朱熹注"拇，手大指也"。按《説文》"將指也"。《易·咸卦》"咸其拇"，《正义》"足大指也"。《莊子·駢拇篇》"駢拇枝指，出乎性哉"。《釋文》"駢拇，謂足拇趾連第二指也"。按諸説有以指手者，有以指足者。依《招魂》本文言之，則曰"敦脄血拇，逐人駓駓"。言九伯厚脊血手或血足皆無不可，特王逸以爲血手，則依《説文》爲説爾。然《易·咸卦》"咸其拇"，《釋文》引馬鄭注"足大指也"。考《咸卦》六爻，皆取象于人身，自下而上，二爻爲腓，三爻爲股，四爻爲心，五爻爲脢，六爲輔頰舌，次序井然。初爻爲拇，則拇最下，故王弼注云"處感之初，爲感之始，所感在末，故有志而已"云云，以"感在末"論初爻，則拇不得爲手指至明，又《詩·生民》"履帝武敏歆"，《爾雅·釋訓》"敏，拇也"。郭注"迹大指也"，是拇作足大指解。子夏《易傳》"咸其拇"之拇作跆，則漢儒皆以拇爲足指之通義至明。大約拇字通指手足之大指言，視所在而定。《招魂》言"敦脄血拇"言土伯寬背巨迹，正以形怪獸猛勇可畏，似以指足爲更切于事理。參脄字條下，則與本義亦相應。

耳

《楚辭》耳字凡兩見，一在《七諫·沈江》言"忠言逆耳"，一見《九歎·遠逝》言"耳聊啾"，屈宋賦中無用之者。耳爲五官之一，亦漢字組成重要部分，所謂近取諸身者也。然耳之作用，實較目爲單純。蓋目受之于空、色、形體與環境，及藏識而入于思維，其行程複雜，而記憶能永久不變。而耳則但緣聲響，其物質基礎極單薄，故入于思維記憶，實遠後于目，故耳之用單純，世人以耳目並舉，其實兩官蓋相差甚遠也。

嫭目

《大招》"嫭目宜笑，娥眉曼只"，王逸注"嫭，昡瞻貌"。洪補云"嫭，與嫮同"。按《説文》無嫭字，《大招》"嫮以姱只"，注"嫮，一作嫭"。《玉篇》嫮字注云"胡故切，好皃。《楚辭》曰'嫮目宜笑'，或作嫭"。則嫭即嫮。然《説文》亦無嫮字。《文選·雪賦》又以嫭、姱爲一字。然《大招》有"嫮以姱只"，則不得爲一字至明。今以形音定之，則姱、嫮兩義皆近，而嫮則嫭之形似也。何以言之？按屈子言修姱、信姱、姱節皆言美好，皆音枯瓜切，而《九歌》言賢姱與會舞協均，則讀爲枯。古歌麻魚模合韻也。且兩字同從亐得聲，故義得通用。又張衡《七辯》"西施之徒，咨容修姱"。修姱即屈子之修姱也，同讀爲夸。又《漢書·韓安國傳》"梁王父兄，皆帝王，而所見得大……車旗皆帝所賜，即以嫭鄙小縣"。此嫭即夸之借，則亦讀夸也。此又姱、嫭二字以同音而借之證。至《集韻》乃有護音，至嫮則《廣韻》音胡故切，考從虖之字，無讀見溪音者，其音如護，是也。秦漢以來，多以虖作乎字用。訓爲美義，雖與姱、嫭大同而小異，當爲方俗或時俗增益之字，音與姱實各別。至顧野王乃以爲姱、嫭、嫮同字，《玉篇》本便俗之書，故錄俗譌字極多，于是嫮乃有夸音。

曼睩

《招魂》"蛾眉曼睩，目騰光些"。王注"曼，澤也。睩，視貌。言美女之皃，蛾眉玉白，好目曼澤，時睩然視"云云，補曰"李善云，曼，輕細也"。按如王説，則曼睩乃形容下句之目，恐非。此當指蛾眉言，所以狀蛾眉者也。即《大招》之"嫭目宜笑"、"蛾目曼只"之曼，且句義與此亦相同，但上下句相倒爾。《大招》又云"青色直眉，美目媔只"。亦即此曼睩之義，以《大招》對比，疑睩乃綠字之誤，以黛點眉，輕細者其色近黑綠，此黛色自然之美（參黛字條）。曼綠即《大招》之青色也。古言青兼藍、黑、綠、翠諸色言之，與近世不同（參青色條）。則蛾眉曼綠者，言點黛之蛾眉，妙曼輕細而綠色，則句法無扞格之敝矣。

蛾眉

蛾眉一辭，屈宋賦凡三見。一、《離騷》"衆女嫉余之蛾眉兮，謠諑謂余以善淫"。二、《招魂》"蛾眉曼睩，目騰光些"。三、《大招》"娥眉曼只"。王逸注"娥眉，好貌"。洪引顏師古"蛾眉，形若蠶蛾眉也"。朱熹云"蛾眉，謂眉之美好如蠶蛾之眉也"。又《離騷》、《招魂》兩處皆引一本作娥。依洪、朱説，則作蛾爲是，作娥者後人所改。按《詩·衛風》"螓首蛾眉"以螓、蛾對舉，則自周以來，皆以蠶蛾。孔穎達《正義》釋《衛風》數句云"此經手、膚、領、齒，舉全物以比之，故言如螓首蛾眉。則指其體之所似，故不言如也"。可謂善體詩義，故朱此注云"作娥非是"。顏師古注《漢書·揚雄傳》"蛾眉，形若蠶蛾眉也"。爲洪氏所本。惟洪氏引"螓首蛾眉"而申之曰"蓋言其質之美耳"，則此即"紛吾既有此內美兮"之義。然此處緊承上諸能脩姱而言，則當修飾其眉如蛾解。又《招魂》"蛾眉曼睩，目騰光些"，《大招》"嫭目宜笑，蛾眉曼只"，皆眉與目對舉。又枚乘《七發》"皓齒娥眉，命曰伐性之斧"，目與齒對舉。則蛾字不得不借通稱美好之娥字爲之甚明。劉師培氏《考異》乃以眉爲媌之聲借，失之遠矣。

直眉

《大招》"青色直眉，美目媔只"。王注"顏眉平直，美目竊眄，媔然點慧"。按直眉謂修眉以黛飾之，使之平直，故青色直眉也。顏眉之間，能平直，則有剛健婀娜之態。中土唐以前言美女，不以纖弱爲美，而以"碩人頎頎"爲美。則顏眉之間，爲面部表情最重要之地位，灣曲則撫媚，平直則剛健而婀娜，故下承以美目姤只，姤者慧黠，既剛健，而婀娜，非慧而何？參蛾眉曲眉諸條。

曲眉

《大招》"曲眉規只"，王逸注"規，圓也。言美女曲眉正圓，貌絶殊也"。按規字作動詞用，言其如規之作圓形也。此形曲眉之曲，無他義蘊。按古人言眉，自《詩》以來，皆曰蛾眉，蛾眉者其眉如蠶蛾之狀，故《詩》以娥眉與蝤首對言，又曰蝤蠐，皆以蟲類形之，其爲如蠶蛾之義無疑。《招魂》亦言"蛾眉曼睩"。漢以後詞賦用之益多，然《詩·衛風》稱莊姜之賢，而曰蛾眉，直指其美。而至無所用于褒貶之義，大抵以指正常婦女之眉如蛾，大體應爲未加修飾，或少加修飾之自然美像，非如揚子雲《反騷》所謂"知衆嫭之嫉妒兮，何必颺纍之蛾眉"。颺纍則大加修飾，求其媚人者矣，此吾人所當知者，不可以漢人説亂戰國以前舊説也。然《大招》自"聽歌選只"以下至"恣所便只"四十句，皆形態女人之美，其中又分爲五小段，在第二、三、五三段中，皆涉及眉目之描寫，分別用蛾眉、曲眉、直眉三詞。即細繹文義，則用蛾眉者，配以"嫮目宜笑"，"容則秀雅"，"稺朱顔"等詞，第五段言直眉時，配以"美目姤只"，"靨輔奇牙，豐肉微骨，體便娟只"，而曰"恣所便只"，言曲眉在第三段，配以"曾頰倚耳"，"滂心綽態"，"小腰秀頸"，而又曰姣麗、曰麗佳、曰思怨移只。則三者所表現，蓋各異其質，言直眉處，使人有剛健婀娜之感，故涉及體段曰"豐肉微骨"，曰"便娟"而又曰"恣所便只"，義謂得便宜從事矣。讀曲眉段，則令人有柔嘉嫵媚之感。亦涉及體段，曰麗、曰綽，而又曰可移人思怨，其情較直眉爲柔順，而亦未嘗不可方便矣。至蛾眉一段，則曰"稺朱顔"，

曰"容秀雅"，既不涉體段，而又曰"静以安只"，僅亦使人安静，則固
所謂賢婑好女子耳，則蛾眉正表其較素樸之美。直眉者，飾爲平直，表
其剛健，爲最成熟之態。曲眉者飾爲規圜之形，表其柔媚之樣，蓋盛年
多恣之婦人。而蛾眉者，稺顔之少女，或一般正常女子裝飾，而不遠于
其本質者矣。故曲眉以規形之，直眉以青色定之，曰規、曰青色，正狀
其修飾之盛矣。更就文理論之，則蛾眉稺女，初與女接也。曲眉柔婦，
進一層寫法也。直眉艷婦，最終之寫也，至此得恣所便矣。《招魂》所
寫較平遠，《大招》所寫較恣肆，不僅于他事見之，而寫女性亦可證其
放肆之情也。

青色

《大招》"青色直眉，美目媔只"。王逸注"媔，黠也。言復有美女，
體色青白，顏眉平直，美目竊眄，媔然黠慧，知人之意也"。洪補云
"青色，謂眉也"。按以黛畫眉，事始于何時，不可詳知，然戰國出土之
楚畫美女，修眉聯娟，用青必矣。青眉者，以黛黑之屬描眉也。平直者，
平直則表現爲一種剛健婀娜之態，則美目自然顯其慧黠之像。今日婦女
飾面之術至精，而青色直眉，使美目慧黠，則戰國已知其然矣。則參黛
字條，蛾眉、曲眉諸條。

曾頰

形名複合詞，重頰也，即今人言重下巴之意。

《大招》"曾頰倚耳，曲眉規只"。王逸注"規，圜也。曾，重也。
倚，辟也。言美女之面，丰容豐滿，頰肉若重，兩耳郭辟，曲眉正圜，
兒絶殊也。郭，一作邰"。按叔師以頰若重，釋曾頰，則亦以曾訓重也。
然此詞與下倚耳對文，上"姱修滂浩"，下"滂心綽態"、"小腰秀頸"
等，皆兩兩相對成文。此不例外，曾頰猶言頰重叠，即今俗言重下巴也。

古狀美人，以豐滿爲貴，不以纖弱爲貴也。參依耳句。

面容豐滿者，兩頰若重疊然，吾人試以隋以來，敦煌壁畫中所見唐美人面容審之，自能體會重頰之義。中土唐以前女性尚健康，不尚纖弱，重頰正言其健，試參唐人周昉等所爲仕女圖自知。

曾波

《招魂》"目曾波些"，王逸注"波，華也。言美女眺視曲眄，目采盼然，白黑分明，若水波而重華也"。洪補云"曾，重也"。朱學誥云"王注云波華也者，謂波之爲重猶'葩'也，《説文·艸部》'葩，華也'"。按朱説于訓詁有據，而體會文義未全審。又按若上，《文選集注殘卷》、《李善注文選》并有"精"字。今本誤奪，當據補。按曾波，洪訓曾爲重，讀重疊之重，猶言一波未平，一波又起之意。"目眇眇兮愁予"之眇眇，即此曾波之義。別參曾字條。王訓波爲華者，言目光如波，今俗言女美目曰水汪汪，曰閃光。《楚辭》言"流眄"，言"目騰光"者，波義之説明，屈賦曾字，多訓重、訓豐厚。則目曾波者，言目光閃灼，如光波、水波耳。方氏《通雅》云"曾，重也，摹寫娛笑輕眇，回波疊折之態"。又按《淮南·修務訓》有"目眺口曾撓"之語，亦謂眇視若笑也。

奇牙

謂兩耳附著于頰，收斂揜抑，而不侈也。

《大招》"靨輔奇牙，宜笑嘕只"。王逸注"言美女頰有靨輔，口有奇牙，嘕然而笑，尤媚好也"。洪補云"《淮南》云'奇牙出，靨輔搖'。注云'將笑，故好齒出，靨輔頰邊文，婦人之媚也'"。按奇牙，古今無説之者，細體《大招》、《淮南》兩文，則奇字當訓爲依倚之倚。《説文》"倚，依也"。《周禮·春官·大祝》"奇拜"注"杜子春云……

或云奇讀曰倚"。《漢書·外戚傳》"欲倚兩女"，《史記》依作奇。依倚者，相依相對之義。《詩·商頌·長發》"實維阿衡"，《箋》云"伊尹湯所依倚而取平"。依牙，謂牙相依倚而齊整，即後世所謂齒如編貝之義，牙若不相依倚，則間隙之際，最不雅觀，故齒以整齊緊相依倚爲貴也。此與近世修飾術及美容術相同，此固人世自然之美的要求，非有甚可怪者耳。"靨輔奇牙"者。靨輔即今人所謂頰上酒渦，在唇左右者也。凡一人笑則靨動，而齒見，編貝之齒承以宜笑之頰，其笑益嫣然矣。奇，余舊讀如"齒如瓠犀"之犀，亦可通。

倚耳

《大招》"曾頰倚耳，曲眉規只"。王逸注"倚，辟也。言美女之面，丰容豐滿，頰肉若重，兩耳郭辟"。按《管子·法禁》"隱行辟倚"，叔師訓倚爲辟，即辟倚也。注"依也"，與《説文》訓同。《招魂》"彷徉無所倚"，王逸注亦云"倚，依也"。辟倚猶言偏僻有所倚附之義，蓋從奇之字，皆有偏附之義。參倚字條下。宋玉《登徒子好色賦》所謂"攣耳"，劉思真《醜婦賦》所謂"耳如側兩手"，皆古人所忌，相家迷信瞽説，以耳輪外侈，爲招風耳，惡而且凶。則倚耳正謂耳附著于頰，收斂撗抑，而不侈者。此當爲南楚方俗習語，先秦他書從無見之者。

粉白

《大招》"粉白黛黑，施芳澤只"。王逸注云"言美女又工妝飾，傅著脂粉，面白如玉，黛畫眉鬢，黑而光净"。按粉字，《説文》"傅面者也，從米分聲"。此面字非顏面，乃《周禮·籩人》所謂"糗餌粉餈"之粉，敷于餌餈之上者，司農注"粉，豆屑也"，則粉乃豆屑、米屑之屬，借爲婦女飾面所用之粉（古男子亦有敷粉者，而婦女爲主）。又唐宋以後，傳世有净面方，以豆粉塗面，使膚白，即所謂靧面方也。

鬋

《招魂》"盛鬋不同制"，又"長髮曼鬋"。王逸注："鬋，鬢也。制，法也。言九侯之女……裝飾兩結，垂鬢鬋下髮，形貌奇異"。洪興祖《補注》"鬋，音翦，女鬢垂貌"，又下文"長髮曼鬋"，注"曼，澤也，美人長髮工結鬋鬢……"按洪用《説文》義訓也。《上林賦》"靚糚刻飾"，郭注"刻畫鬋鬢也"。段氏云，鬋主謂女鬢，不施于男子，或借爲剪，《曲禮》"不蚤鬋"，《士虞禮》"搔剪"。鬋或爲剪是也。

鬤

《大招》"被髮鬤只"，王逸注"鬤，亂皃也。鬤，古作長"。洪興祖《補注》云"鬤，而羊切"。按此字《説文》所無。《玉篇》云"亂髮"，《集韻》"音穰"，"鬖鬤亂毛皃"。先秦經典，只此一見。

膩理

《招魂》"靡顏膩理"，王逸注"膩，滑也"。五臣云"靡，好也"。洪補云"《吕氏春秋》'靡曼皓齒'，注云'靡曼，細理弱肌，美色也'。膩，女吏切"。朱注"膩，女吏反。靡，緻也。膩，滑也"。按古形容美人皮膚，多以膩脂爲言。《詩》"膚如凝脂"，是也。此言膩理，言其皮膚文理，細緻嫩嬌，如脂之凝也。惟脂兼色白言，理兼紋理言。上言靡顏，則彩色亦在其中矣。

尻

《天問》"崑崙縣圃，其尻安在"。王逸注"尻，一作居"。洪補云

"縣，音玄。凥，與居同"。按《説文》"凥，處也，從尸，得几而止。《孝經》曰，仲尼凥，凥謂閒居如此"。按朱駿聲曰"從几，與處同意。經傳皆以居爲之。凥者，凥字，俗居作踞"云云，解凥、居之義，似可用。惟就文理詞氣論之，此凥恐當如戴震説作凥。凥，猶尾也。脊椎之末節曰凥骨，此言崑崙玄圃之大，其尾閭安在也。合參居字條。

要

《楚辭》凡十二見，除要妙、要媱、要褭等聯綿詞外，其餘數處，可分爲三義。

（一）則本義，身中也，即今俗之腰字。《離騷》"戶服艾以盈要兮"，言被服艾蒿，盈滿要間也。《招魂》"小腰秀頸"。言女子之細要秀頸也。《哀時命》"欲伸要而不可得"。言己居於衰亂之世，常低頭俛視，若以背負檐丈尺而步，不敢伸要仰首，以遠罪過也。按《説文》"要身中也，象人要，自臼之形"。古體當作𦥼，上象首，下象足，中象腰，手𦥑之，今體譌也（從段玉裁説）。合參腰字下。

（二）《九思·疾世》"訪太昊兮道要"，此即《孝經》"先王有至德要道"之倒言。殷仲文曰"以一管衆爲要"。《荀子·禮論》"以隆殺爲要"。要者，中也。中者，執其兩端之中，故爲要。要者，樞紐總會也。楊注訓要爲當，大非。中即下文中處其中之中。

（三）約也，求也。《離騷》"懷椒糈而要之"。言懷椒糈之屬，以求之于將夕降之巫咸也。《哀時命》"上要求于仙者"，言上求之于仙人者，兩文要字，皆同義，蓋皆約之借字。《周禮·小宰》"聽出入以要會"。《論語》"久要不忘平生之言"，孔注"久要，舊約也"，皆其證。

匈

《哀時命》"惟煩懣而盈匈"，王逸注"懣，憤也。言己愁思展轉，而不能卧，心中煩憒，氣結滿匈也”。按《説文》“匈，膺也”，字或從肉，作胷，作胸。《吕覽·失己》“謀失于胸”，注“猶内也”。

踵

追也。《九思·遭厄》“踵九陽兮戲蕩”，按《説文》“踵，追也，一曰往來皃”。此與上“躡天衢”句爲對文，則踵亦躡矣。參躡字條。《離騷》“及前王之踵武”。王注“繼也”。《孟子》“踵門而告”，注“至也”。按踵本義訓追，此言繼、言至者，皆追義之引申。《説文》別有暀字，訓“跟也”。《漢張表碑》“繼暀相承”，與此言踵武之義同。古從足與從止同義，則暀、踵當爲一字異形。然經傳多通用踵。

偃

偃字，《楚辭》凡十餘見，絶大多數皆與偃蹇連文爲聯綿字，別詳偃蹇條下。又《七諫·沉江》有“偃王行其仁義兮”，則指徐偃王，亦詳偃王條下。外此，惟《九歎·惜賢》有“默順風以偃仰兮”一句，此偃與仰對文，蓋同義複合詞也。

《説文》“偃，僵也”，朱駿聲以爲“伏而覆曰仆，仰而倒曰偃”是也。《廣雅·釋言》“偃，仰也”。《論語》“草上之風必偃”，《皇疏》“卧也”。《詩·北山》“或棲遲偃仰”。

厭

《七諫》“厭白玉以爲面兮”。王逸注“厭，著也。言己施行清白，心面若玉，内外相副”。洪補曰“厭，於葉切，一音淹”。按《周禮·巾車》“厭翟勒面繢總”，注“厭翟次其羽，使相廹也”。此“厭白玉以爲面”，當即本之《周禮·巾車》之義，故下句承以“懷琬琰以爲心”，厭正與懷對文，一在外，故曰厭；一在内，故曰懷，兩字皆作動詞用。厭白玉，謂次白玉而著之，以爲面也。《説文》"厭，筓也"。筓即迮迱之義。著也，次也，皆即迮迱之引申。

姿

《九歎·愍命》"姿盛質而無愆"，王逸注"言己受先人美烈，情性純厚，志意潔白，身無瑕穢，姿質茂盛，行無過失也。姿一作資"，按《説文》"姿，態也"，姿態，今尚流行之恒語。

恣

《大招》"自恣荆楚，安以定只"，王逸注"言四方多害，不可以遊，獨荆楚饒樂，可以恣意居之，安定無危殆也"。按《説文》"恣，縱也"，《莊子·大宗師》"遥蕩恣睢"，李注"自得之皃"。《荀子·解蔽》"無正而恣睢"，注"矜夸也"。急言曰恣，緩言曰恣睢。恣睢雙聲而又叠韻，睢蓋恣之語餘也。

容

《楚辭》容字，凡四十八見，除容成、南容等爲專名，容與、容液、動容、幢容、容容、通容等或爲聯綿詞成語，皆別詳外，其單用者，屈賦凡六見，漢賦凡九見，大體皆以兩義爲中心，而以輕重緩急爲差別。兩義者，一爲容受，此本義也，引申爲寬容、包涵，更引申爲狹小。一爲容貌，乃頌之借字，引申爲容儀，即威儀、裝飾容止、動静等。然屈子不用第一義，但見于漢人賦中。二即頌之借字容顏、容貌也。《九章·惜往日》'雖有西施之美容兮"，又《離騷》"及榮華之未落兮"，美容榮華，其義一也。又《招魂》"容態好比"、"姱容修態"，又"蘭膏明燭、華容備些"。王逸注"容，貌也"。五臣云"華容，謂美人也"。按以華容爲美，解釋文義，而非詁字義也。容容華美者，自以美人爲最，義得相引矣。《大招》亦云"容，謂變色也"。此又容顏之引申矣。按容爲頌之借字。《説文》"頌，貌也。從頁公聲"。説詳阮元《釋容》一篇，兹不贅。

《大招》"容則秀雅"之容字亦容皃也（《大招》"容則"乃儀則也，亦容皃之引申）。考《左傳》昭九年"物有其容"，注"皃也"。《老子》"孔德之容"，簡文注"狀也"。《周禮・鄉大夫》"四曰和容"，司農注與頌同。《九嬪》"婦言、婦容"，注"婦容，謂婉娩"。《儀禮・士相見》"不爲容"，注"趨翔"。凡此皆容皃一義之變也。漢人賦亦用此義，如《七諫・沈江》之"變容"，《惜誓》言"推迻苟容"，亦謂推迻而飾其容也。又《九歎・逢紛》有"不取容"，《離騷注》飾其容貌也。按此義皆在漢人賦中，此字義發展之一例也。《惜誓》云"或推移而苟容兮"，王逸注"苟自容入以得高位"。此百飾其容，以得高位也。《九歎・逢紛》"橫邪世而不取容"，王逸注"不能自容入于衆也"。言忍能自飾其容于邪世也。又《離世》"群阿容以晦光兮"，王逸注"行枉曲以蔽君之聰明"，此言群飾其容，以蔽光明也。又《思古》"傾容幸而侍側"，王逸注"傾頭容身，讒諛之人，反得親近"。傾容亦即阿容也。言阿容之人，反得幸而侍于君王之側也。此列四例，于詞面皆不必即爲飾容。飾容者，謂體柔面柔，即《詩》所謂"夸毗"小人，佞任之徒也。《禮記・玉藻》言"君子之容舒遲，見所尊者齋遬，足容重，手容恭，目容端，口容止，聲容静，頭容直，氣容肅，立容德，色容莊"云云。此雖儒者一家修飾容儀之準則，而佞壬得之，正自足以傾邪取富貴利達也。此容飾，即漢以後所謂容媚也。自周之中葉，士大夫間有所謂容止、容儀，《詩》言"委佗"、"威儀反反"皆是。此自政治上，經濟上差等大分之後，富貴者必容其舒遲安詳，而在下者，亦必相摹效，遂以容儀取悦當世，而政治上更飾爲威儀，則飾容乃爲一切人所好尚。

一容受也，包涵也。此義漢人用之較多。《七諫・沈江》"獨廉潔而不容”，又《哀時命》“身既不容于濁世”，又云“雖翕翅而不容”，諸容字皆謂不爲物所承受。以今語釋之，即不爲人物所容許也。又《九歎·思古》“傾容幸而侍側”，亦當作此解。按《説文》“盛也。從宀谷聲”。《易·師卦》“君子以容民畜衆”，《書·君陳》“必有忍，其乃有濟；有容，德乃大”。《孔傳》“有所包容，德乃大”。徐鍇曰容從宀，從谷者，宀與谷皆所以盛容也。容許者，今恒言。與允許異，允許者，承認其人其事，以言詞達之者也。容許者，容忍其人、其言、其事，在不言不語中見之，故容實有涵容之義也。

宜修

《九歌·湘君》“美要眇兮宜修”，王逸注“要眇，好貌，修飾也。言二女之貌，要眇而好，又宜修飾也”。按王訓修爲修飾，非也。考《九歌》韻例第三、五、七、九等單句皆不用，獨此句修字入韻，爲例外。按《山鬼》“既含睇兮又宜笑”。《大招》“娉目宜笑”，又“宜笑嫣只”。此句修字，當爲笑字之誤。修、笑雙聲致誤爾。既已美要妙矣，豈僅宜修飾已哉！詳參宜笑條下。

宜笑

《九歌·山鬼》“既含睇兮又宜笑”，王逸注“言山鬼之狀，體含妙容，美目盼然，又好口齒，而宜笑也”。五臣云“山鬼美貌，既宜含視，又宜發笑”。洪補曰“《詩》曰‘巧笑倩兮，美目盼兮’”，朱熹注“美目盼然，又好口齒，而宜笑也”。《大招》“娉目宜笑，娥眉曼只”，王逸注“復有異女，工於娉盻，好口宜笑”，又“靨輔奇牙，宜笑嫣只”，王逸注云“言美女頰有靨輔，口有奇牙，嫣然而笑，尤媚好也”。按宜笑，屈宋賦凡三見，似非泛泛之詞，依字面釋之，則宜笑猶言適合於一笑也。結合文義而言，則有兩義，其一所以表目之美，即含睇與娉盻是也。

《詩》之巧笑，亦與美目之盼相連而言。則此笑指目之美，似近乎唐以後之所謂睞笑，表情之本質在目，不在笑，亦不在口齒也。故美目流眄，固適宜於笑也。叔師注爲又好口齒，而宜笑。朱熹因之未改，以笑純指口齒間事，遠于作者文義矣。其二則指顏面齒牙。《大招》之"靨輔奇牙，宜笑嫣只"，是也。則笑所以見靨與齒牙之美，笑則壓輔舒動，皓齒顯露，否則不見其表態，則笑亦不指口言。此義既定，則《九歌》"既含睇兮又宜笑"者，謂既蘊含微眄，因以宜笑，又字讀爲"以"。"嫣目宜笑"者，謂嫣眄之目，宜于笑中見之。靨輔與犀牙（奇讀如倚依之倚，或讀如"齒如瓠犀"之犀皆可通）之笑，以增其笑之美，故曰宜笑嫣然也。

好

好字，《楚辭》凡二十五見，凡分三義。一爲男女相悅之義，即君子好合之好。二爲動詞，愛而好之也。讀去聲。三爲形容詞，美好也，讀上聲。

《離騷》"吾令鴆爲媒兮，鴆告余以不好"。王逸注"言我使鴆烏爲媒，以求簡狄，其性讒賊，不可信用。還詐告我，言不好也"。五臣云"忠賢讒佞所疾，故云不好"。朱熹以爲"告余以不好者，其性讒賊，不肯爲媒，而反間我也"。皆不甚當。洪興祖似知之，故讀爲"好人提提"之好，似仍有隔。按好字，古義本爲男女合好之意，從子、從女，于字爲會意，甲文金文寫法子女兩形皆相對，不論兩形左右倒顛如何，女形必依子形，而上部相向，子女之合曰好，非婚媾不能也。《詩·周南·關雎》"窈窕淑女，君子好逑"。毛《傳》訓好仇爲好匹，讀如上聲。鄭《箋》云"能爲君子和好，衆妾之怨者"。《釋文》云"鄭讀呼報反"。按毛、鄭說皆非也。好逑乃雙音平列之組合詞，與《兔罝》之"公侯好仇"同一句例，好即仇也。毛《傳》訓逑爲匹，則好亦匹也。好之訓匹，爲古訓本義之僅存者。惟此義後世極少見，經典多用美好、好惡諸義，而本義遂亡。其實《詩經》中凡言男女夫婦匹合之事，多用好字以爲喻，如《棠棣》之詩曰"妻子好合，如鼓琴瑟"。以合好活用爲動詞也。《邶風·日月》"乃如日之人兮，逝不相好"。莊姜之傷己不見容于莊公也。《邶風·北風》之"惠而好我，携手同行"。《鄭風·女曰雞鳴》"琴瑟在御，莫不静好"。"知子之好之，雜佩以報之"。《齊風·還》二章"子之茂兮，遭我乎猇之道兮。并驅從兩牡兮，揖我謂我好兮"。《唐風·羔裘》"豈無他人，維子之好"。《有杕之杜》"彼君子兮，噬肯適我，中心好之，曷飲食之"。凡民間男女相愛悦之辭，多以好字形之，則在標準語中，所不使用之義（《尚書》好字十七見，已無作男女相愛悦之用者）。而民間歌謡中固尚存其仿佛，此無可否認者也。此言"鴆告余以不好"者，謂鴆告余以不能合好，不能成爲配偶之義。若如王、朱諸説，言不美好，則見棄乃由讒佞，下文何用又有"閨中邃遠"之歎，更不得言"理弱媒拙"，故王説未能暢達，由古字古義之久廢也。且如王説，于屈賦語法，亦不相容。"鴆告予以不好"與"父信讒而不好"、"觬功用而不長"、"年既老而不衰"、"顧龍門而不見"、"思蹇産而不釋"皆同，不下一字，皆作動詞解，無例外。又此句如王説，則好爲形容詞，屈賦無此例也。若作合好婚配解，則無矛盾矣。然屈賦中固有作好惡、美好諸解者，如《騷》中"世并舉而好朋"，又"好射夫封狐"、"好蔽美而稱惡"、"余幼好此奇服"、"民好惡其不同兮"、"比德好間，習以都只"、"好繩墨而不頗"諸句，及《騷》、《章》五見之"脩好"、"脩姱"好字皆好惡之義，漢儒釋音讀去聲者也。又如"嫫母姣而自好"、"憍吾以其美好"。此等好字，漢儒皆以上聲讀之。其實古無此别也。時移世變，固語言音讀因所需求而有别之者，所以爲便也。此與考古不同。

又好字當省。《離騷》"余雖脩姱以羈鞿兮，謇朝誶而夕替"。今本脩上有好字，臧氏用中《拜經日記》曰"王注云'言己雖有絶遠之智，姱好之姿'。絶遠之智，釋脩字；姱好之姿，釋姱字，不言好脩。'余雖脩姱以羈鞿兮'，與上'苟余情其信姱以練要兮'同一句法。舊本脩上有好字者，因下文多言‘好脩’而衍”。按臧説是也。當删，雖讀作惟，言余惟以脩姱而鞿羈也。

合

《楚辭》凡十六見，自其含義論之，皆以匹合、合同、合和爲基礎，與先秦諸家典籍，皆無殊，然《説文》訓爲“合，口也。從亼從口”。（會意）蓋以三合（亼三合也）相同爲合。朱駿聲謂“三口相同爲合，十口相并爲叶，十口相傳爲古，因謂合爲古答字”云云，于形義仍未允當。今謂合者兩口相對之形，即夫婦匹合，與“妻子好合”之合本字，集上下兩口爲合。最原始含義，蓋即“交合”之合。婚姻制度，至文字大發達、大穩定之時，性之禁忌已明朗。惟夫婦得有性之正常關係，其他皆非正則。故以兩口相合爲匹合、好合專字，今俗尚以“兩口兒”爲夫婦之稱，蓋即古之遺習也。初民社會，以兩性之好，表事象物理者至多，不盡以爲媒嬪，故合字所表極多，琴瑟之調，中外之應，要約之成，問對之詞，乃至方圓上下，時令陰陽，無不可用合字。今從合之字，絶大多數亦皆從此而引申，而假借，因而成其爲轉注中之若干分別文，皆其徵也。《楚辭》所用合字十餘見，無一不可以此基本含義説之。其用夫婦匹合之義者，如《天問》“閔妃匹合，厥身是繼”，又“女岐無合，夫焉取九子”。最明白者，如《離騷》之“兩美必合”，語在求女之後，則兩美者謂男女兩人也，亦此義也。又《九思·守志》“與織女兮合婚”，雖漢人亦不相遠，其引申爲君臣之遇合者，則《離騷》之“湯禹儼而求合兮”，《九辯》“太公九十乃顯榮兮，誠未遇其匹合”。古以夫婦之道，喻君臣之義。故君臣相敬如夫婦之好合矣。古以琴瑟絲弦喻夫婦，故合亦用于樂律，《九歌》所謂“應律兮合節”也。後世人以和爲之，同聲通用也。引申之，則事物之合否亦曰合。《九歌·湘夫人》“合百草兮實庭”，《九歎·惜賢》之“方圓殊而不合”，《哀時命》之“上同鑿枘于伏羲，下合矩矱於虞唐”。皆其用之擴大者也。《七諫·哀命》“哀時命之不合”，又《初放》“孰知其不合”，則指命運之所在。他如《九歎》之“合五嶽”，《七諫·沈江》之“浸淫而合”，無一而非此義矣。

翕

《哀時命》“雖翕翅其不容”，王逸注“爲鳳皇作棲，以鶉鴳之籠，雖翕其翅翼，猶不能容其形體也”。洪補注“翕，虛及切”。按《説文》“翕，起也，從羽合聲”。朱駿聲曰“鳥將起，必先歛翼作勢”。《荀子·議兵》篇“代翕代張”，楊注“翕，歛也”，即此義。按從合之字，多有開闔之闔之義，故得與闔通。《易·繫辭傳》“其静也翕”，宋注“翕，猶閉也”。《方言》三“翕，聚也”。《書·皋陶謨》“翕受敷施”，《傳》“合也”。此言翕翅，猶歛翅合翅矣。

佚

《離騷》“見有娀之佚女”，王逸注“佚，美也。謂帝嚳之妃契母簡狄也”。洪興祖《補注》“李善引《吕氏春秋》曰‘有娀有二佚女，爲九成之臺’”。按戴震以佚女爲游女，言望瑶臺舊迹，見有佚豫之女，爲古今異説，恐非，仍從王訓美爲允。《説文》“佚，佚民也。一曰佚，忽也”。似無美義，按《孟子·盡心》“四肢之於安佚也”。則佚與逸同。逸本有美義，故佚亦得引申爲美。又同聲則有懿，亦訓美也，至“羿淫遊以佚畋兮”之佚，爲佚樂字，當爲娱、嬇等字之聲借，別詳娱、嬇諸條下。

姱

《楚辭》凡十餘見，又或與脩、賢、好等字連文，而其義則一，皆訓爲美好。《離騷》“余雖好脩姱以鞿羈兮”，又“苟余情其信姱以練要兮"，又"紛獨有此姱節"，《九歌》亦云"思靈保兮賢姱"，《九章·抽思》"覽余以其脩姱"，又《抽思》云"好姱佳麗兮"，又《橘頌》"紛緼宜修，姱而不醜兮"，《招魂》云"姱容修態"，《大招》云"朱唇皓齒，嫭以姱只"，諸姱字，王、洪各家或訓美，或訓好，而文中有就性質言者，有就容貌言者，至爲多端，就文義皆可知之。按《説文》無姱字，經典亦不見，獨見于屈宋諸文，則此亦南楚故言也。《淮南·修務訓》"曼頰皓齒，形夸骨佳"，即"嫭以姱只"之義，姱即夸也。淮南亦楚人，其言固亦楚也。考夸字從大于聲。凡從于之字，多有大義，因而從夸之字，亦多大義，《説文》訓夸爲奢。段玉裁以爲"奢者，張也"。即張大之義，夸、奢叠韻，今方俗尚有夸奢連詞，狀自誇大之詞，經典多用誇字，加女旁爲姱，凡女旁字，多柔順美好之義。本漢字形義演變之一例，參嫭姱一詞下。姱訓美，故美女亦曰姱女。《九歌》"姱女倡兮容與"是也。又《離騷》"修姱"姱字，洪音苦瓜切。《九歌》"賢姱"姱字，洪引舊音苦胡切，協音户。按《廣韻》只收麻韻苦瓜一切，《切韻》殘卷五一、五二亦只苦瓜一切，倫敦藏《切三》則無此字。則音讀當以麻韻爲是。胡故一切，乃嫭字，《玉篇音》、《大招》以嫭、嫭、姱爲一字，誤，不可從，參嫭、姱、修姱諸條。

姱脩

《大招》"姱修滂浩，麗以佳只"。王逸注"脩，長也"。按姱脩即脩姱之倒言，乃訓詁字近義組合詞，故可倒言之也。詳修姱條下。

嫭姱

雙聲聯綿字，上《玉篇》音胡故切，下《文選》六臣音苦瓜切，美好也。《大招》"朱唇皓齒，嫭以姱只"。王逸注"嫭姱，好貌也，言美人朱唇白齒，嫭眄美姿，儀狀姱好，可近而親侍左右也。嫭，一作嫭"。

洪興祖《補注》云"嫭，音護。姱，苦花切"。朱熹《集注》"嫭姱，好貌"。嫭字《玉篇》"胡故切，好兒。《楚辭》曰'嫭目宜笑'，或作嫮"。按《説文》無嫭字，亦無嫮字。《文選·雪賦》"玉顔掩嫮"，注云"嫮與姱同"。證以《大招》"嫭以姱"，則絶爲兩字，而注以爲同一字，則六朝以來已不甚了了。《説文》無姱字。《玉篇》"苦瓜切，奢兒"。《説文·大部》"夸，奢也"。則姱即夸之俗。《大招》"朱脣皓齒，嫭以姱只"，《淮南·修務訓》"曼頰皓齒，形夸骨佳"正相同，則姱即夸矣。參姱字一條，又嫭姱連文。《楚辭》只此一見。而嫭字只見蔣氏藏本《唐韻》，及《敦煌殘卷二》入胡誤一切下，則唐中葉始入韻書。因疑《大招》此句原文，當爲"修以姱只"。修姱爲屈賦習語，又轉爲賢姱。詳修姱條下。修、嫭、賢皆音近，故可相誤也（姱字入韻書，較嫭字爲早，詳姱條下）。

嬋媛

嬋媛一詞，《楚辭》凡六見，義皆相同。《離騷》"女嬃之嬋媛兮，申申其詈予"，王逸注"嬋媛，猶牽引也。一作攣援"。洪興祖《補注》"嬋媛，音蟬爰"。朱熹《集注》云"嬋媛，眷戀牽持之意"。《九章》"忽傾寤以嬋媛"，洪引一本作攣援，一作擅徊。朱熹注"大率悲感流連之意也"。按嬋媛，《説文》無此二字，洪補本引一本作攣援，《集韻》引作蟬媛，《廣雅》"攣援，牽引"。《廣韻》二仙攣字注云"攣援，牽引"，皆異體分別文。因其爲女，則女旁；因其牽引，則作手旁。明其無正字也。《南都賦》"垂條嬋媛"，李注"枝相連引也"。則漢時攣援已作嬋媛矣。《説文》有孅緩，無嬋媛。訓美女，與牽引義不合。按嬋媛，聯綿詞，依所施而義各有别，然其根本語義，當作柔弱牽引解。于是引申而得兩義，一爲婦女之柔美者曰嬋娟（於緣反）。娟《説文》作"嬽好也"。漢人用字如此作（見《上林賦》，《史記》作嬽）。《集韻》嬋通作嬗，是古嬋媛有作媛嬋、嬗娟、嬋嬽者，大凡言美好，多配女旁。其二爲相牽引，凡作撝援者，皆是。《説文》"繟，帶緩也"，繟緩亦即嬋媛，與撝援同。《樂記》"其聲嘽以緩"，注"嘽寬綽貌"，寬綽與牽引一意，纏綿不絶之謂。嘽緩亦嬋媛一聲之轉也。當即《説文》之繟緩。《廣韻》"𧮂𧮙語不正"，亦一聲之變也。至《楚辭》嬋媛一義，則合柔弱牽引而施之于婦女，故亦有美好牽引之義。"女嬃之嬋媛兮，申申其詈予"。蓋言女嬃痛惻，婉轉陳辭，蓋古，謂女以柔事人，故曰嬋媛也。嬋媛又作嬗嫚，見上，又作嬗㜲，亦見《説文》。字變爲㜲㜲，㜲㜲即《莊子》之綽約。注"柔弱皃"。綽約即汋約，字省則亶爰。《列子・天瑞篇》"亶爰之獸，自孕而生曰類"。《方言》一"謾台脅閲懼也，宋衛之間凡恐而噎噫，謂之脅閲，南楚江湘之間曰嘽咺"。《説文》"嘽，喘息也"。"喘，疾息也"。"歒，口氣引也"。"咺，朝鮮謂兒泣不止曰咺"。泣不止，即泣之甚，泣甚抽噎氣引，與抽噎與嬋媛爲牽引者同。《九嘆・思古》"心嬋媛而無告"，注"言己愁思心中牽引而痛無所告語"。《方言》謂怒而嘽咺，乃激情之表現。《離騷》之嬋媛，乃怒之表現，《湘君》、《哀郢》之嬋媛乃哀而嬋媛。《悲回風》乃驚而嬋媛也。嬋媛不見漢以前書使用。而其聲轉之字，諸如上所引者，皆漢以後之變，則嬋媛一詞，當爲南楚特有方言，得自嘽咺一詞而可知之。此亦《楚辭》之所以爲楚故也。

轉爲僤個，詳僤個條下，轉壇卷。《淮南子・要略》"辭雖壇卷連漫"，今常語曰蟬連。叠均之變則爲纏綿，又雙聲之變爲綢繆，多見于北土諸書。

慴惻

《九辯》"中慴惻之悽愴兮"，王逸注"志願不得，心肝沸也。之，一作而。一注云'心傷慘也'"。李善注《文選・登樓賦》"意忉怛而慴惻"，謂"慴，七感切，《廣雅》曰'感傷也'"。按慴《説文》訓痛，則二字同義，又皆爲正齒音，則此乃同義雙聲複合詞也。

憯怛

《哀時命》"疾憯怛而萌生"，王逸注"言己常恐邪惡之氣，及我形體，疾病憯痛，橫發而生，身僵仆也"。洪興祖《補注》曰"怛，多達切"，按《説文》"憯，痛也"。"怛，憯也"。則憯、怛二字同義。又憯，大徐七感切。怛，大徐得案切，則憯、怛二字疊韻，是憯怛一詞，乃疊韻同義複合詞也。《春秋繁露·必仁且智篇》"仁者惻怛愛人"，《淮南·繆稱訓》"仁心之感，恩接而憯怛生"。《漢書·武帝紀》"支體傷則心憯怛"。又憯與慘一字之別構，故憯怛亦作慘怛。《九懷·匡機》"余深愍兮慘怛"，王逸注"我内憤傷，心切剥也"。與此注義近，各就文立解也。詳慘怛條下。

慘怛

《九懷·匡機》"余深愍兮慘怛，願一列兮無從"。王逸注"我内憤傷，心切剥也"。按宋玉《風賦》"中心慘怛，生病造熱"。李善注"慘怛，憂勞也"。《方言》曰"怛，痛也"。《説文·心部》"慘，毒也"，又"痛也"（依《一切經音義》卷三引補痛也二字）。按慘與憯實一字，《大雅·民勞》"憯不畏明"，《釋文》本作慘，《左氏傳》昭二十年作"慘、不畏明"。《詩·十月之交》"胡憯莫懲"。《釋文》云"亦作慘"，《雨無正》"憯憯日瘁"。唐石經作慘，皆其證，則慘當以痛爲正訓。又《心部》"怛，憯也"，則慘怛即痛之義。慘怛二字同義，此義同聲近之複合詞。古書多用慘，少用憯。《莊子·盜跖》"慘怛之疾，恬愉之安"。《史記·屈原傳》"疾痛慘怛，未嘗不呼父母也"。《漢書·元帝紀》"歲比災害，民有菜色，慘怛於心"。《春秋繁露·竹林》"爲其有慘怛之恩，不忍餓一國之民"。皆是。別詳憯怛條下。聲轉爲慘毒。《漢書·陳湯傳》"郅支單于，慘怛毒行於民"。其複合之字至多，不備載。

慘慄

《九懷·思忠》"感余志兮慘慄，心愴愴兮自憐"。王逸注"動踊我心，如析割也。慘，一作憯"。按慘慄，義近複合詞，皆痛疾也。慘字，詳慘下。慄，《說文》所無，當即栗之後起專字，古作栗。《大禹謨》"夔夔齊慄"，《孟子》引作栗可證。叔師以析割釋之者，釋其義非詁其詞也。聲轉爲慘裂。《文選·李陵答蘇武書》"胡地玄水，邊土慘裂"。李善注"《說文》曰'慘毒也'。《廣雅》曰'裂，分也'"。良注"慘裂寒之甚也"。字又作慘烈，《文選·西京賦》"冰霜慘烈"。又作慘廩，《漢書·揚雄傳·甘泉賦》"下陰潛以慘廩兮"。師古曰"慘廩，亦寒凉之意也"。

愴恨

《九懷·蓄英》"身去兮意存，愴恨兮懷愁"。王逸注"心中憂恨，內悽惻也"。《說文·心部》"愴，傷也"。又"恨，怨也"。則愴恨猶言憂怨，義近複合詞也，此漢賦家自鑄之複合詞，於語言非有據也。

愴悽

《九思·怨上》"凉風兮愴悽"，舊注"獨處愁思不寐，見雹電凉風之至，蓋憂多也"。按愴悽猶悽愴也，以與棲、徵、霏韻叶，而倒言之也。詳悽愴條下。《說文·心部》"愴，傷也"。"悽，痛也"。則愴悽猶言傷痛也。此義近複合詞，又《說文·水部》"凔，凉也"。則凉風曰愴悽，意像與用詞相湊合。

愴怳

《九辯》"愴怳懭悢兮"，王逸注"中情悵惘，意不得也"。五臣云"愴怳、懭悢，皆悲傷也"。洪興祖《補注》云"愴怳，失意貌，上初兩，下許昉切"。《文選·洞簫賦》"悲愴怳以惻恨兮"，李善注引此句，按愴怳即《詩·大雅·桑柔》之倉兄。其文云"不殄心憂，倉兄填兮"，《傳》"倉，喪也。兄，滋也"。鄭《箋》"喪亡之道，滋久長"。《釋文》"倉，初亮反，喪也。兄，音況，兹也，本亦作況"。《正義》曰"倉之爲喪，其義未聞"。按《箋》申毛，兩俱非也。倉兄即《説文》之"倉黄"字（倉，穀藏也。倉黄取而藏之）。倉黄義爲倉遽。蓋古語凡言其失態者皆曰倉黄。然無正字也。借倉爲之（倉卒同）。字或作倉皇（徐楚金以蒼黄爲穀熟色誤，穀熟，色不蒼也，蒼穀不可藏）。或更加心旁作愴惶，乃後起字。皇與兄古通用。《書·無逸》"則皇自敬德"，王肅本皇作況。蔡邕石經作兄，《甫刑大傳》"皇于聽訟乎"。鄭《注》"皇，猶況也"。《秦誓》"我皇多有之"，《公羊傳》作"而況乎我多有之"。皆其證。故字亦作倉兄，或更加心旁作愴怳。叔師注《九辯》云"中情悵惘，意不得也"。即倉兄失據之義。倉兄本叠韻聯綿詞，作倉兄者，借聲字；作愴怳者，後起分別專字。又《説文·水部》"況寒水"。《繫傳》曰："愴況，寒涼皃"。即水之滄字。"寒也"，則又語根爲同族之詞，而滄況又《水部》專別字矣。聲轉爲悵惘，詳悵惘條下。又爲惝恍，詳惝怳條下。愴怳一詞，《詩經》用倉兄，全爲借聲字也。《楚辭》用愴怳，則由依聲託事之專別字。南土文字多岐，而其語族語根固不能與北土大背，此亦一例也。

憔悴

憔悴一詞，《楚辭》凡四見，而有兩義。（一）爲《漁父》"顏色憔悴"之憔悴。王逸注"骭黷，黑也"。洪興祖《補注》"骭，古旱切。黷，力遲切"。按《説文》無憔字。《面部》"醮，面焦枯小也"。《玉篇》醮字下引《漁父》作"醮頷"，則醮頷是正字。又《左傳》成九年"雖有姬姜，無棄蕉萃"。蕉萃亦醮頷借假字也。字又作顦頷。《文選·鸚鵡賦》"容兒慘以顦頷"是也。聲轉爲愁悴。《吕氏春秋·順民》"困窮顔色愁悴，不瞻者，必身自食之"。《哀時命》"欽愁悴而委惰"。皆是也。（二）爲憂兒。《九歎·怨思》"身憔悴而考旦兮"，王逸注"憔悴，憂兒也"又《九歎·惜賢》"顧僕夫之憔悴"，王逸注"言己顧視僕御，心皆憔悴，而有憂色也"。又《九歎·憂苦》"憂憔悴而無樂"，王逸注"言己依倚巖石之山，悲而涕流，中心憔悴，無歡樂之時也"。憔悴訓憂，先秦恒語，南北不殊。《孟子·公孫丑》"民之憔悴於虐政"。《國語·吳語》"民人離落，而日以憔悴"。《左傳》昭七年"《詩》曰，或燕燕居息，或憔悴事國"（與今《小雅·北山》不同）。皆是其證。然憂苦者，必致面目骭黷瘦損，則一以表實，一以表態，乃一事之兩面，其語根一也。《説文·頁部》"頷，顦頷也"。顦頷即醮頷。則"身憔悴而考旦"，亦可自外表明之。"顧僕夫之憔悴"，亦言憂色，憂色即指其瘦損言也。則指態用醮頷、顦頷，指實用憔悴，其義一也。慧琳《一切經音義》六十憔悴下云"上齊遥反，下情遂反。《考聲》云'憔悴，瘦惡也'。亦從頁，作顦頷，《毛詩》從言作譙誶（今本《毛詩》無之，當即《北山》之盡悴）。班固從疒作癄瘁（按見《禮樂志》），《方言》從心作憔悴，漢武帝《李夫人賦》從女作嫶婩，《左傳》從艸作蕉萃。《蒼頡篇》云'憔悴者，憂愁也'，亦無定體，諸儒隨意作之。并行于世，未知孰是"。按慧琳所録，今不能盡考，而分析徵録，可謂全備，而諸體中又往往交互爲用，有上字從心，而下字從頁者，有上字從頁，而下字從心者。《漢書·叙傳》有焦瘁。《三蒼》有燋悴，《燕策》有憔瘁，數之不能終其物。在吾人之善自體會，聲轉爲盡瘁。《詩·小雅·北山》"或盡瘁事國"。《左傳》引作"憔悴事國"，是其證。《周禮·秋官·小司寇》"議勤之辟"，鄭《注》"謂憔悴以事國"。賈《疏》引《詩》

"或憔悴以事國"，是唐以前《詩》本作"憔悴事國"也。《漢書·五行志》引作"盡領事國"《三國志·蜀志·諸葛亮傳》亦言"鞠躬盡瘁"。轉爲蕭悴。《晉書·郭璞傳》"支離其神，蕭悴其形"。又轉爲"焦殺"。《史記·樂書》"微焦殺之音作，而民思憂"。即《漢書·禮樂志》"纖微癄瘁之音作，而民思憂"也。《說苑·修文篇》亦云"感激噍悴之音作，而民思憂"。噍悴亦憔悴也。疊韻之變則爲勞悴，見《詩·小雅·蓼莪》。又爲槁悴，見《九歎·怨思》，詳槁悴下。又爲耗領，見《荀子·王霸》。又爲況瘁，見《小雅·出車》。又爲彫瘁，見《荀子·王道》。其益衍至多，不能一一備言之矣。

愁悴

《哀時命》"欿愁悴而委惰兮，老冉冉而逮之"。諸家無注，按雙聲義近複合詞也。《說文·心部》"愁，憂也"。又"悴，憂也"。則二字義同。又同爲正齒音。《呂氏春秋·順民》"困窮顏色愁，不瞻者"。《韓詩外傳》卷四"愁悴哀憂，衰絰之色也"。《淮南·原道訓》"聖人處之不爲愁悴怨懟"。雙聲之轉，則爲憔悴，上引《呂氏春秋》"困窮顏色愁悴，不瞻者"，即顏色憔悴也。《天問序》亦言"屈原放逐，憂心愁悴"。即憂心憔悴，《外傳》之以愁瘁爲衰絰之色有大喪者，顏色必憔悴也。參憔悴條下。又《遠遊》"心愁悽而增悲"，愁悽與愁悴，亦聲近義近，參愁悽條下。

愁約

《九辯》"遭翼翼而無終兮，忳惛惛而愁約"。王逸注"憂心悶瞀，自約束也"。洪補云"愁約，謂窮約而悲愁也。語曰，不可以久處約"。朱熹注"約，叶音要。約，窮約也"。按《說文·心部》"愁，憂也"。又《系部》"約，纏束也"。《廣雅·釋詁》一"約縛也"。引申則爲困。《論語》"不可以久處約"，皇《疏》"約，猶困也"。則愁約猶言憂困，此義近複合詞也。聲轉則爲愁怨。《漢書·哀帝紀》"百姓愁怨,靡所錯躬"。又爲愁恨。《漢書·谷永傳》"愁恨感天"。又《循吏傳序》"而亡歎息愁恨之心者,政平訟理也"。《説文》訓怨爲恚,訓恨爲怨,皆集訓詁字爲一詞也。怨恨與約皆雙聲。

哀

哀字,《楚辭》凡五十餘見,皆作哀憫、哀傷解。或重言哀哀,則語氣之增重耳。按《説文》"哀,閔也。從口衣聲"。字亦作悓,《爾雅·釋訓》"哀哀悽悽,懷報德也"。《廣雅·釋詁》"哀,痛也"。義皆同。《離騷》"哀民生之多艱兮"、"哀高丘之無女"、"哀朕時之不當"、"哀衆芳之蕪穢",意皆同《九章·哀郢》之"哀故都"、"哀見君",《涉江》之"哀吾生"、"哀南夷",《懷沙》之"舒憂娱哀"、"爰哀"、"永哀",《悲回風》之"掩此哀"等,無事繁徵矣。

然哀有哀憐之義,憐則與愛義相會。《七諫·自悲》之"哀居者之誠貞",非只于哀痛,實含哀憐之意。《九歎·憂苦》之"内惻隱而含哀",惻隱含哀者,愛之而又傷痛之也。哀與愛語根相同,故義得相涉矣。

美好

《九章·抽思》"憍吾以其美好兮",王逸注"握持寶玩,以侮余也"。洪補云"此言懷王自矜伐也"。又一句"憍吾以其美好兮",王逸注"示我爵位,及財賄也。憍,一作驕"。按《抽思》兩言"憍"美,王逸注先言"握持寶玩",後言"示我爵位",皆申文文義,非詁字義也。美好一詞,戰國兩漢人多用之。《莊子·盜跖》"生而長大美好無雙"。又《史記·扁鵲倉公傳》"美好者,不祥之器"。《漢書·五行志中》"長而美好,納之平分"。古以碩長爲美,《詩》"碩人頎頎"亦此義。引申則有勢位財賄,亦得爲美好,《九章》所言是也。然其本義,則《説文·女部》"好，美也"。《吕氏春秋·盡數》"甘水所多好與美人"，注"美亦好也"。

美人

按美人一詞，屈賦凡九見，有以爲美好之婦人，大抵皆男悦女之辭；有指爲女巫、女神者，有喻爲善人者，有借喻爲楚懷王者，有屈子自謂者，義各有當。依文説之，其以爲美好婦人者，如《招魂》上言"女樂羅些。陳鐘按鼓，造新歌些。涉江采菱，發揚荷些。美人既醉，朱顔酡些"。此指歌舞之女樂，此當爲本義。其指女神，《九歌·少司命》"望美人兮未來"，王注"美人，謂司命"（朱子以爲指巫）。其借喻爲善人者，如《九歌·少司命》"滿堂兮美人，忽獨與余兮目成"。王注"謂美人並會于堂"。五臣注"言天下亦有善人"云云。此言滿堂皆美人，而獨與余目眲而成其親暱，以男女相悦，喻衆善之美也。又《離騷》"惟草木之零落兮，恐美人之遲暮"。王注"美人，謂懷王也"。洪補"屈原有以美人喻君者，恐美人之遲暮是也"。朱熹亦云"念草木零落，而恐美人之遲暮，將不得及其盛年，而偶之，以比臣子之心，唯恐其君之遲暮，而不得及其盛時，而事之也"。他如《九章·抽思》之"矯以遺夫美人"，又"與美人抽怨兮"，又《思美人》"思美人兮，擥涕而竚眙"。王注并云美人指楚君，或指懷王，皆是也。按《少司命》"望美人兮未來"，朱注引一本作嬂，此顔色美好之本字，惟《説文》不收嬂，嬂即娓之別構。古尾、微字通。《論語》"微生高，微生畞"。《漢書·古今人表》皆作尾，則嬂即娓也。《集韻》娓下引《説文》有美也一訓，與順也一訓，義實相近。娓又與美通。《詩》"誰侜予美"，《韓詩》作娓，是其證（詳錢大昕《十駕齋養新録》）。然美本訓甘，從羊者，羊在六畜中，味最甘。《説文·女部》"媄，好色也"。則與美爲分別文。善之義實原于甘，而不本于好色。然古書爲媄、嬂、娓三字，多借美爲之，美字遂兼三義而行，然各有本字，固吾人所當詳析者也。

美子

形名複合詞，女子心中所以爲美之男子也。

《九歌》“夫人自有兮美子”，王逸注“言天下萬民，人人自有子孫，司命何爲主握其年命，而用思愁苦也”。五臣云“凡人各自有美愛臣子，司命何爲愁苦而司主之”。洪補曰“此言愛其子者，人之常情，非司命所憂”。朱熹云“美子，所美之人也”。按諸家説美子，皆分岐不合文義。戴震曰“二章（指“秋蘭蘼蕪”與“秋蘭青青”二章），皆詩之興體，往今之離憂，而追其始之嘗相得，先設爲人詰己之詞，言此人自有所美之子，意屬彼不屬此矣。爾何以思之愁苦乎！因畬是問，言嘗于美人集會之中，獨親己也。成者結好之謂”。按戴説較歷世諸家爲允當。然《九歌》諸神，多作對偶，東君、雲中君，湘君、湘夫人，山鬼、河伯，大司命、少司命皆是，其中有僅以陰陽相對爲義，如東君雲中君之爲日月相對之神，山鬼、河伯爲山川相對之神是也。有原爲夫婦之神，湘君及湘夫人是也。有即陰陽之義引申而爲夫婦之神者，大司命、少司命是也。此本古初民俗最恒見之事，並無媟瀆不敬之意。此吾人考古者之所當知也。至各篇表現之法，則頗有不同。詳各篇之中，《少司命》篇則用大司命思想少司命之情，與巫者對答。以表此意，而少司命終場不見，僅於對答之中，寄以悱惻之情，故襲予之予，爲飾大司命之巫之詞。夫人猶言彼人（用朱熹説），美子謂所美之男子，子爲男子美稱，蓀指大司命言，祭巫答神巫（即大司命）。言彼少司命，自有其所以爲美之男子，汝蓀大司命，何必因此不得見而愁苦，而必求其合也。

妙儀

《九歎·遠逝》“承皇考之妙儀”，王逸注“儀，法也。言己行度純粹，而無過失，上以承美先父，高妙之法，不敢解也”。一本承上有永字，妙，一作眇。注云“高遠之法”。叔師解妙儀爲高妙之法，是也。一本有作眇者，古妙、眇二字同音。《説文》無妙字。然注文則數見，《易·説卦傳》“妙萬物而爲言者也”。《釋文》妙，王肅作眇，音妙。《漢書·藝文志》“樂尤微眇，以音律爲節”。師古曰“眇亦讀曰妙”。《儒林傳》“儼然總五經之眇論”。師古讀眇曰妙。《揚雄傳》“聲之眇者不可同于衆人之耳”。師古曰“眇讀曰妙”。則眇、妙二字相同。然先秦典籍，北土有《易》，南土則老子亦云衆妙之門，則《説文》無此字者，許氏偶遺也，二字益分別文。

顔

《楚辭》凡十見，九作女性之容顔，一作顔色解。《遠遊》“玉色頩以脕顔兮”，王注“面目光澤，以鮮好也”。脕者，澤也。澤顔即光澤之色也。又《招魂》“懸火延起兮玄顔烝”。此言天色也。天色深玄，故曰玄顔。又《漁父》“屈原既放……顔色憔悴”。他如《九歎·逢紛》之“顔黴黧以沮敗兮”，《怨思》之“犯顔色而觸諫”，《九辯》之“顔淫溢而將罷”（疲也）等詞，皆以指男人之顔色，爲普通用語，非指美色言也。此外專以指美色者，則《招魂》之“弱顔固植”，“靡顔膩理”，“朱顔酡些”，則專指女性面之美，而以“弱”、“靡”、“朱”等字形之。按《説文》“顔，眉目之間也”。《方言》十“顔，顙也”。《國語·齊語》“天威不違顔咫尺”，即《九歎·怨思》之“犯顔色而觸諫”之義。額顙間，似無美好之義，其實顔字以彦爲聲，亦以起義，彦者，美大有文也。

弱顔

《招魂》“弱顔固植，謇其有意些”，王注“言美女内多廉耻，弱顔易愧，心志堅固，不可侵犯，則謇然發言，中禮意也”。按王夫之曰“弱顔，含羞之皃”。林雲銘云“謇，難言皃。欲啟口而若難，甫聆聲而有味也"。

靨輔

《大招》"靨輔奇牙,宜笑嘕只",王逸注"嘕,笑貌也。言美女頰有靨輔,口有奇牙,嘕然而笑,尤媚好也"。洪興祖補云"靨,於牒切。酺,與輔同,扶羽切,頰車也。《淮南》云"奇牙出,靨酺搖"。又云"將笑,故好齒出,靨酺頰邊文,婦人之媚也"。又云'靨輔在頰,前則好"。按字最早見于《大招》,而《淮南》用之,北土諸書未之見也。疑爲南楚方俗字,許氏《説文》未入録,新附存之是也。《淮南·説林》高誘注"靨酺,箸頰上窐也"。疑即今人所謂酒窐,婦人以爲姿媚者也。

艷

《招魂》"豔陸離些",王逸注"豔,好貌也。《左氏傳》曰'宋華督見孔父之妻,目逆而送之曰,美而豔'。言美人長髮工結,鬒鬢滑澤,其狀豔美,儀貌陸離,而難具形也"。按《説文》訓"好而長也,從豐,豐大也"。今俗作艷,從色,失其聲矣。《詩·十月之交》"豔妻煽方處",《傳》"美色曰豔"。《魯詩》以閻爲之,《尚書中候》以剡爲之。

懿

《九思·逢尤》"懿風后兮受瑞圖",舊注"懿,深也,屈原之喻也。風后,黃帝師,受天瑞者也"。按《説文》"懿,嫥久而美也"。本作懿,經傳多作懿,《爾雅·釋詁》"懿,美也"。《易·象傳》"君子以懿文德"。《詩·烝民》"好是懿德"。《時邁》"我求懿德"。《左傳》文十八年"忠肅恭懿"。此訓深者。《詩·七月》"女執懿筐",毛《傳》"懿,深也"。雖有所本,而于此則當以美爲是,緣《九思》章句非叔師所爲,故多違失也。古人言懿，多以爲品質德性之美，非泛泛之言也。

懿懿

《九歎·怨世》"芳懿懿而終敗兮"，王逸注"懿懿，芳貌。言己有芬芳懿美之德，而放棄不用，身將終敗，名字消滅，不得彰明於後世也"。按參懿字，懿懿即懿之重言，美也。叔師言芳者，就上下文義定之爾。

脕

《遠遊》"玉色頩以脕顔兮"，王逸注"面目光澤，以鮮好也。脕，一作豔，一作曼"。洪補云"脕，澤也，音萬艷美色也"。按《廣韻》"脕，肌澤"。《集韻》"愉色必有脕容"。脕顔即美艷之容顔也。

赩

《大招》"北有寒山，逴龍赩只"。王逸注"赩，赤色，無草木貌也"。洪興祖《補注》曰"逴，音卓，遠也。《山海經》'西北海之外，有章尾山，有神，身長千里，人面蛇身而赤，是燭九陰，是謂燭龍'。疑此逴龍，即燭龍也。赩，許力切，大赤也"。按赩即今赫字，赤色也。或借奭爲之。《詩·瞻彼洛矣》"韎韐有奭"。《白虎通·爵篇》作赩，是其徵。《字林》有䣛字，亦訓赤，從邑，即從色之譌。"逴龍赩只"者，依洪說，逴龍即燭龍是也。言燭龍之色赤也，王以逴龍爲山名，故附會赩爲無艸木貌，非也。

頩

《遠遊》"玉色頩以脕顔兮"，王逸注"面目光澤，以鮮好也。脕，一作艷，一作曼"。洪補注"頩，美皃，一曰斂容，普茗、普經二切"。
按此即《説文》魬字異文，本縹色，《神女賦》"頩薄怒以自持兮"。

顏色

《漁父》"顏色憔悴，形容枯槁"。按此詞爲先秦南北通用語。《論
語·泰伯》"正顏色，斯近信矣"。《管子·弟子職》"顏色整齊，中心必
式"。《莊子·大宗師》"顏色不變，無以命之"。《荀子·非相》"相人
之形狀顏色，而知其吉凶妖祥"。《吕氏春秋·尊師》"必恭敬和顏色"。
《吕覽》、《莊子》、《禮記》言之尤頻。《韓詩外傳》"容貌得則顏色齊，
顏色齊則肌膚安"。其他如《禮記·玉藻》、《冠義》、《論語·季氏》皆
有此詞。按《説文·頁部》"顏眉目之間也"，部首"色顏氣也"，則顏
色者，謂眉目之間之氣色。

形容

形狀容貌也。

《漁父》"顏色憔悴，形容枯槁"。按形容爲先秦成語，至今仍爲常
語，謂形狀容貌也。《詩·周南序》"頌者美盛德之形容，象其物宜"。
則形容者，謂形狀容貌也。《易·繫詞》上"聖人有以見天下之賾，而
擬諸其形容"。注"乾剛坤柔，各有其體，故曰擬諸形容"。《史記·田
儋傳》"今斬吾頭，馳三十里間，形容尚未能敗，猶可觀也"。又《司馬
相如傳》"形容甚臞"。按形狀容貌也，容本訓盛，當爲頌字之借，《説
文》"頌貌也"。

要眇

《九歌·湘君》"美要眇兮宜修"，王逸注"要眇好貌，言二女之貌，

要眇而好，又宜修飾也。眇，一作妙”。洪興祖補曰“要，於笑切。眇與妙同，《前漢》傳曰‘幼眇之聲’，亦音要妙”。朱熹《集注》“要，《漢書》作幼，於笑反。眇與妙同。要，眇好貌”。又《遠遊》“質銷鑠以汋約兮，神要眇以淫放”。王逸注“魂魄漂然而遠征也”。洪興祖《補注》“眇與妙同。要眇，精微貌”。朱熹《集注》曰“眇與妙同。要眇，深遠貌”。按《老子》“雖智大迷，是謂要妙”。要妙即要眇也。《韓非·喻老》“不貴其師，不愛其資，雖知大迷，是謂要妙”。北土諸子無此語，則要妙蓋南楚方言，形頌精微美妙之意，故《九歌》言美曰“要眇宜修”，《遠遊》訟其神曰“神要眇淫放”。漢以後賦家，惟其所施而義日益。言音亦曰要眇，《魏都賦》所謂“清謳微吟之要妙”，皆是。聲轉爲幼妙。《文選·長門賦》“聲要妙”，即作幼妙也。思念亦曰幼妙。《漢書·外戚傳·悼李夫人賦》“惟幼眇之相羊”，師古曰“惟，思也。幼妙，猶窈窕也”。聲義與窈冥、幽昧、幽默相通，各詳該條下。

窈窕

《九歌·山鬼》“既含睇兮又宜笑，子慕予兮善窈窕”。王逸注“子，謂山鬼也。窈窕，好貌。《詩》曰‘窈窕淑女’，言山鬼之貌，既以娇麗，亦復慕我有善行好姿，故來見其容也”。洪興祖《補注》“窈，音杳。窕，徒了切。《方言》云‘美狀爲窕，美心爲窈’。《注》云‘窈，幽静；窕，閑都也’”。朱熹注“窈，音杳。窕，徒了反。窈窕，好貌”。按《説文》“窈，深遠也”。“窕，深肆極也”。此兩字之本義，先秦諸子多用之。段玉裁《説文解字注》、桂馥《説文義證》引之詳矣。然連兩字爲一詞，則成別一義，不得以字義言之。按窈窕，乃叠韻聯綿詞，義存於聲，試就先秦南北兩處詩集論之。不論爲《詩經》，爲《楚辭》，皆用爲幽深美曼之義。《詩·周南·關雎》“窈窕淑女，君子好逑”。《毛詩》“窈窕，幽閒也”。言后妃有《關雎》之德，是幽閒貞專之淑女”。《釋文》“窈，烏了反。窕，徒了反”。按毛氏既以幽閒釋窈窈，又申之以貞專，實以窈窕爲德性美好之義，與三家同。《文選·顏延年秋湖詩》注引《韓詩章句》曰"窈窕，貞專貌"。《漢書》匡衡上疏曰"《詩》曰'窈窕淑女，君子好逑'。言能致其貞淑，不貳其操是也。叔師此注亦曰好貌，義皆同毛，蓋散言曰好，專言則曰貞。專言窈窕，則有幽深曼美之義，因之凡不易形頌之曼美，皆可曰窈窕。女德之美曰窈窕，其德如何，則曰幽閒，曰貞專，皆各自就文義爲說也。言女貌之較好亦曰窈窕。《史記·李斯列傳》"佳冶窈窕"、《漢書·王莽傳》"有窈窕之容"是也。言山之深美者，亦曰窈窕。郭璞《江賦》曰"幽岫窈窕"是也。宮室之幽美者，亦曰窈窕。《魯靈光殿賦》"旋室婀娟以窈窕"是也。聲音之美者亦曰窈窕，嵇康《琴賦》"流楚窈窕"是也。其用之繁，而其義亦至差別，依文義釋之爲宜。

《山鬼》"善窈窕"之言，以窈窕作動詞用，則當訓爲善自爲幽深曼美之容也。即《後漢書·曹世叔妻傳》所謂"出則窈窕作態"。《方言》十"遙窕，淫也。九嶷、荊郊之鄙謂淫曰遙，沅湘之間謂之窕"。郭注"窈窕，冶容"。正可以《山鬼》"善窈窕"一語證之。而又復以《方言》反證"善窈窕"之爲冶容矣。又《方言》"窕，美也。陳楚、周南之間曰窕，自關而西、秦晉之間凡美色或謂之好，或謂之窕"。又曰秦、晉之間美心爲窈，美狀爲窕云云。自周南至陳、楚之間，皆用之。證以《周南·關雎》、《九歌·山鬼》則窈窕一語，乃先秦南北通語。特在北爲幽閒貞專之美，在南楚則以爲冶容之義。南北民習不相同，其言自不能全相合，而其語根之出于一，則固爲不可否認之事實。聲轉爲窈窱、爲窈嬈、爲窈褭、爲杳窱、爲窈窱、爲窈眇、爲幼眇、爲糾褭、爲要杳、爲夭紹，遽數之不終其物。

妖玩

《招魂》"鄭衛妖玩"，王逸注"鄭、衛，國名也。妖玩，好女也"。按鄭、衛兩地多士女淫樂之事。故以鄭衛形女子之美而活潑者，詳鄭衛條下。妖玩，叔師訓好女，義未足。好女指妖字，玩則當申言其聲色之美可玩樂者。洪補引許慎云“鄭衛，新聲所出國也”。以補叔師之不足，至允。

要婬

《九思·傷時》“聲噭誂兮清和，音晏衍兮要婬”。舊注“要婬，舞容也”。洪興祖《補注》“《説文》‘婬，曲肩貌’。《方言》‘婬，游也，江、沅之間，謂戲爲婬’”。按洪引《説文》釋叔師舞容義也。然《説文·女部》婬字“私逸也”。又“嫋，曲肩行貌”，則婬乃嫋之譌字。江、沅之間謂戲爲嫋，見《方言》亦作嫋，則今本作婬者，形近而誤。要婬者，游樂嬉戲之意，故引申爲舞容，聲轉爲姚佚。《莊子·齊物》“姚佚啟態”。《釋文》“姚，郭音遥。佚，音逸”。《疏》“姚則輕浮躁動，佚則奢華縱放”。此從評議論之者也。則姚佚即姚冶。《荀子·樂論》“樂姚冶以險，則民流僈鄙賤矣”。又“姚冶之容”。又《非相》“莫不美麗姚冶，奇衣婦飾”。姚冶即漢以後之妖冶，見《上林賦》、《文賦》。字變則作妖野、妖蠱、姣冶，異體至多。《廣雅·釋詁》一“姚娧，好也”，亦一聲之轉。姚佚即婬妖，見王逸《天問》注。《左傳》隱二年作淫佚，即此字。要婬一詞，先秦南北諸家似皆用之，而南楚爲最多，依《方言》斷之，則江、沅之間恒語，故北土惟荀子用之。

偃仰

《九歎·惜賢》“默順風以偃仰兮”，王逸注“默，寂。言己欲寂寞不語，以順風俗，隨衆俛仰，而不敢毀譽，然尚猶豫不肯進也”。按此對舉字複合爲一詞者，如頡頏、俯仰之屬，乃先秦北土諸作所習用（南土則多用俛仰，音稍異）。按《毛詩·北山》“或棲遲偃仰”，《荀子·非相》“與世偃仰，緩急贏絀”。又《儒效》“與時遷徙，與世偃仰”（《韓詩外傳》五，亦用《荀子》此兩語）。偃仰或伏或仰，亦即隨世低昂之義，字又作偃印。《漢書·王襃傳》"何必偃印詘信，若彭祖"。音變爲偃佒。《莊子·列御寇》"緣循、偃佒、困畏，不若人，三者俱通達"。《釋文》"偃佒守分歸一也"。

揄揚

《九歎·逢紛》"揄揚滌盪，漂流隕往，觸崟石兮"。王逸注"言風揄揚，水流隕往，觸銳利之石，使之危殆，以言讒人亦揚己過，使得罪罸也"。按揄揚，雙聲複合詞。《文選·兩都賦》序"雍容揄揚，著於後嗣"。李善注"《説文》曰'揄，引也，以珠切'。孔安國《尚書傳》曰'揚，舉也'"。《説文》"揚，飛舉"。《玉篇》"揄，與珠切，揄揚也"。揄揚者，複合兩義近字爲一詞，引而舉之之義，引申之則曰動，見《廣韻》十虞（《廣韻》又云"揄揚，詭言也"。則別一義）。

依違

《九歎·離世》"余思舊邦心依違兮"，王注"言我思念故國，心中依違，不能遠去"。按《漢書·禮樂志》"五音六律，依韋響昭"。師古曰"依韋，諧合不相乖離也"。《文選·曹植詩·七啟》"依違屬響"，即本之此。惟漢以後依違一詞，作兩平列動詞，即或依或違之意。《漢書·劉歆傳》"雖昭其情，猶依違謙讓"。師古曰"依違，言不專決也"。意與上別，漢語詞發展之一例，有依字形爲義者，違不得曰依，故遂有依違兩可之義矣。叠韻之變則爲依斐，詳依斐條下。叠韻之變又爲依餙、爲依懷、爲依歸、爲倚魁，義或漸遠矣。

惶悸

《九思·悼亂》"惶悸兮失氣，踊躍兮距跳"。舊注"悸，懼也。失氣，晻然而將絕"。洪興祖補曰"悸，其季切"，按《説文》"惶，恐也"，《廣雅·釋詁》一"惶，懼也"。悸者，《説文》"心動也"。徐鍇引《魯靈光殿賦》"心愧愧而發悸"。引申爲怒，《廣雅·釋詁》二"悸，怒也"。

於悒

《七諫·哀命》"念女嬃之嬋媛兮，涕泣流乎於悒"。王逸注"於悒，增欷貌也。已解於《離騷經》。悒，一作邑"。又《九歎·憂苦》"長噓吸以於悒兮，涕橫而集成行"。王逸注"噓吸、於悒，皆啼泣貌也"。按於悒即於邑，而以訓詁字易音尾字，蓋聯綿詞而複合轉化之形態也。然悒字，《説文》訓"不安也"。《蒼頡篇》亦云"悒悒，不安也"。其義實較嗚咽爲輕，此轉化中不可免之現象。此轉化與變於爲蒸之用意相同，而方法則異。別詳悒悒條下。《文選·曹植求自試表》"是以於悒而竊自痛者也"。

於邑

《九章·悲回風》"傷太息之愍憐兮，氣於邑而不可止"。王逸注"氣逆憤懣，結不下也"。洪補引顏師古云"於邑，短氣，上音烏，下烏合切，一讀皆如本字"。按於邑雙聲，今讀如本字，而古則於讀烏，烏呼又作於戲，是其證。按《説文》於即烏字，象古文烏省，漢人猶知此義，故古烏呼作於戲，漢碑字中尚常用之，其證至多，許學家爲考之詳矣。又《淮南子·覽冥》"昔雍門子以哭見于孟嘗君……爲之增欷歔唈"，則漢人讀爲歔唈也。漢人用作於邑者極多，如《史記·刺客聶政傳》，《漢書·成帝紀贊》又《外戚·李夫人傳》、《揚雄傳》，《後漢書·馮衍傳》皆是。師古注《揚雄傳·反騷》"於邑，短氣也"，與叔師説近。

於音，大約在後漢以後已漸變讀魚，故於邑遂用嗚唈、嗚咽以易之。

嗚唈，見江淹《泣賦》。嗚咽，見《後漢書·何皇后紀》，又《列女·蔡
琰傳》，遂爲今人常語。於邑又作於悒。《七諫·哀命》“念女嬃之嬋媛
兮，涕泣流乎於悒”。又《九歎·憂苦》王注皆云“啼泣貌”。按邑作悒
者，聯綿詞轉化爲複合詞之過渡現象也。晋灼注《反離騷》於邑亦言於
應作悆，加心以配之，此文學作家之一般願望，亦聯綿詞至漢以後已不
甚爲一般文士所了解之證。詳於悒條下。字又作菸邑，見《九辯》。菸
《説文》訓鬱，則亦訓詁字易之者也。因之聲轉爲鬱邑、鬱悒、鬱憂等
音，詳鬱邑條下。

菸邑

《九辯》“葉菸邑而無色兮，枝煩挐而交橫”。王逸注“顔容變易而
蒼黑也”。五臣云“言草木殘瘁也。菸邑，傷懷也”。補曰“菸，音於，
臭草也。邑，草傷壞也”。朱熹“菸，音於邑，一作邑。……菸邑，傷
壞也”。按叔師以顔容變易釋菸邑，五臣就葉字立訓，言草木殘瘁，而
又釋菸邑爲傷壞，洪氏以菸爲臭草，最爲無據。又據一本增邑爲邑，則
近愚妄，而曰“邑，草傷壞”，不知菸無傷壞之意，萎黄不得云傷也。
朱熹則以菸邑爲傷壞，皆欲以求調文中“葉菸邑”與“枝煩挐”二句，
而强生差別，故支離破碎，不能通圓。

按菸邑即於邑，於邑訓憤懣冤苦，則枝葉之紛亂萎黄者，亦得引人
之憤懣冤苦以形之。然於邑本聯綿字，此句因有枝葉而變作菸，是宋玉
爲之，抑漢世傳本易之，蓋不可知。用菸於則使聯綿詞轉化爲複合詞矣。

按《説文》“菸，鬱也，一曰菸黄之象”。則菸邑乃就聯語增訓用
之，出賦家之手，參於邑、於悒兩條下（《切韻殘卷》九魚有菸苢一語，
訓茹熟貌，當爲洪氏所據，而義無萎黄也）。

雍容

《九懷·昭世》“握神精兮雍容”，王注“握持神明，動容儀也。一

云握精明，一云接精神，一云按神明，一云按精明。雍，一作癰"。按雍容乃漢以後常用詞，指人行動儀表舉錯裝飾等和舒閒雅之貌。《史記·司馬相如傳》"雍容閒雅甚都"。《漢書·薛宣傳》"宣爲人好威儀，進止雍容，甚可觀"。《後漢書·列女傳·王霸妻》"車馬服從，雍容如也"。《文選·七啟》"雍容閑步，周旋馳燿"。李善注"《聖主得賢臣頌》曰'雍容垂拱'"。翰注"雍容，美貌"。字當作雝，詳雝字下。引申爲從容，班固《兩都賦序》"雍容揄揚，著於後嗣"。猶從容揄揚也。

杼情

《九章·惜誦》"發憤以杼情"。王逸注"杼，渫也，言己身雖疲病，猶發憤懣，作此辭賦，陳列利害，渫情思以風諫君也。杼，一作舒"。洪補曰"杼，渫水槽也，音署，杜預云'申杼舊意'。然《文選》云'抒情素'。又曰'抒下情，而通諷諭'。其字并從手"。按《哀時命》亦言"焉發憤而抒情"。王逸注"言己懷忠直之志，獨悁悒煩毒，無所發我憤懣，泄己忠心也"。按《說文》"杼機之持緯者"，即後世之梭字，疑古讀如舒。抒，《說文》"挹也"。大徐"神與切"。《管子·禁藏篇》"抒井易水"。《通俗文》"汲出謂之抒"。《廣雅·釋言》"渫也"。則抒情當作抒。《九章》作杼，字誤也。叔師訓渫，當不誤，則誤在魏晉以後。今人言發抒，猶言發泄爾。杼字誤。抒又作舒，同音通用也。《九章·思美人》"申旦以舒中情兮"，舒中情即抒情也。

嗷誂

《九思·傷時》"聲嗷誂兮清和"，舊注"嗷誂，清暢貌：嗷，《釋文》作激，音叫。誂，他弔切。洪興祖《補注》"嗷，呼也。楚謂兒泣不止曰嗷咷。咷，音耀"。按《方言》十一"平原謂啼極無聲謂之唴哴，楚謂之嗷咷"。又《說文·口部》"咷，楚謂楚兒泣不止曰嗷咷"。嗷誂即噭咷，然義乃小兒泣不止，與清和大乖。《漢書・韓延壽傳》“歌者先居射室，望見延壽車，噭咷楚歌”。服虔曰“噭音叫呼之叫，咷音滌濯之滌”。師古曰“咷音它釣反”，則叔師詞義正與《延壽傳》同，蓋楚謂小兒泣不止曰噭咷，謂叫呼楚歌亦曰噭咷也。錢繹《方言箋》曰：“同人九五，旅上九，皆言號咷”。《大玄・樂次》“號咷依户”。號咷與噭咷同，則亦先秦南北通語，特疑漢時只行于南土，故子雲別之，非子雲不讀《易》也。

躍躍

《九辯》“右蒼龍之躍躍”，王逸注“青虬負轂而扶轅也”。躍，《釋文》作趯，音同。洪興祖《補注》“躍躍，行貌，其俱切。《廣韻》引此”。朱熹《集注》“躍，其俱反，又作趯，音同。躍躍，行貌”。按《廣韻》十虞衢紐“躍，行貌，《楚辭》曰右蒼龍之躍躍”。《説文》“躍，行貌”。字又作趯者。《説文》“足趯如也”。《論語・鄉黨》包氏曰“趯，盤辟貌”，按《莊子・山木篇》“褰裳趯步”，司馬注“趯，疾行也”。又《説文・彳部》“瞿，行貌”，其俱切。趯、瞿音同義同，當爲一字。躍音亦相近，或是俗體。

嚶嚶

《九思・悼亂》“山鵲兮嚶嚶”，舊注“嚶嚶，鳴之清也”。按嚶嚶泛指鳥鳴，聲相和也。《詩・小雅・伐木》“鳥鳴嚶嚶”。《文選・東京賦》“雎鳩麗黃，關關嚶嚶”。綜注“郭璞曰，關關嚶嚶，謂音聲和也”。叔師用《詩・小雅》義也。

能

《楚辭》能字四十見，皆一義之變也。《説文》"能，熊屬，足似鹿，從肉吕聲"。《爾雅·釋魚》"鼈三足，能"，古籍言能爲熊鼈者皆副之鮌，《天問》"化爲黃熊"。一作黃能是也。他皆無證。甲文作𦣻從肖、從北，北可釋爲足。其爲一動物，蓋無可疑，其爲何物，則不可知，蓋古義亡矣。依使用義定之，則如今人言勝任其事之才曰能，故得引申爲賢能、爲善、爲任、爲堪、爲得等，其字形結構之義不可知矣。屈賦二十一用，皆同義，皆可以勝任爲其根株，而輕重之間，則隨文釋之。如《離騷》"摯咎繇而能調"，"何方圜之能周"，又"孰能無變化"皆是。他如"不能舍"、"焉能忍"、"能祗"，《涉江》之"不能變心"，《思美人》之"四下不能"，《悲回風》之"孰能思"，《天問》之"誰能極"、"不能固"、"何獸能"、"何能依"，《卜居》之"不能知"，《漁父》之"兩安能"、又"而能"，《招魂》之"不能復用"，以勝任釋之，皆無不可。然"豈珵美之能當"之能，則應訓得，與《荀子正名》"能有所合謂之能"相同，得也。《天問》之"殊能將之"，此能定當訓"特殊之才能"，讀與《荀子·勸學》之"非能水也"之能同，善也。此即所謂輕重深淺之別也。諸漢人賦，皆同此例，如《七諫·自悲》之"孰能不反"、"孰能施"、"莫能行"，《謬諫》之"能得"，《哀時命》之"不能加"、"不能行"、"能稱"、"不能陞"、"焉能極"，遽數之不能終其物。《七諫》亦用"安能"。

能，乃也。《天問》"而能拘是達"，言乃于拘囚之中，而逃逸也（參《重訂天問校注》）。能、乃雙聲之變，詳《經傳釋詞》。

從

《楚辭》從字三十見，除從容爲叠韻聯綿詞，別詳，其餘二十餘見，凡得兩義，一爲隨行也，此爲從字本義，一爲縱之聲借字。

（一）《離騷》“欲從靈氛之吉占兮”，此先見于屈賦之從字。此雖訓隨，非必隨從，宜作聽從解，此大較中小別爾。與此同者，如《天問》“其誰從焉”，《招魂》“上帝其維從”，從，從命也。《九思》“策謀從兮翼機衡”，皆自“聽從”立意。若自字義確認之，則聽從之從，當作从。《説文》“相聽也”。相聽故無所用于增辵旁也。然古籍多用從，而極少用从，蓋廢之已久矣。以隨從爲義者，從之本義也。如《涉江》“吾不能變心而從俗”、《天問》“其命何從”、《哀郢》言“從流”。《悲回風》言“無從”、言“從子胥”，《遠遊》言“從王喬”、“從遊”、“從顓頊”，《卜居》云“不知所從”、“從俗”，《九辯》四言“從風雨”，《九辯》五言“未知所從”，《七諫·哀命》言“從水蛟”，《九懷·通路》言“從蝦遊”、“後從”，《九歎·遠遊》“從玄鶴”，《九思·遭厄》言“從左”，此諸從字，皆《説文》本義也。《説文》“隨從也，從辵、從从”（會意）。《詩·既醉》“從以子孫”，《箋》“隨也”。又《還》“並驅從兩肩兮”。《傳》“逐也”。其通轉之義至多，而隨從爲通詁。

（二）從橫之從，今多用縱字。按《荀子·賦篇》“以能合從”，注“竪也”。《詩·南山》“衡從其畝”，此非以直橫爲義，蓋以逆順爲義，凡逆曰橫，故曰橫逆，順曰從，故曰順從，然《荀子》已以合從言從，則從固可曰竪也。又《天問》“天式從橫，陽離爰死”。又《招魂》“豺狼從目，往來侁侁些”。王逸注“言天上有豺狼之獸，其目皆從，奔走往來，其聲侁侁，爭欲啗人也”。洪補曰“南北曰從，即容切，《釋文》足用切”。與注意不合，洪以南北曰從釋從，則固言直也。則從橫即直與橫也，中土古以東西爲橫，南北爲從，《天問》言天式從橫者，固言天杖之東西南北也，後世或以放縱字爲之。《大招》“縱目豕首”，用縱字，即其證。參縱字條。

蹤

《九思·怨上》"擬斯兮二蹤"，王逸注"擬，則也。蹤，跡也。言願效此二賢之迹，亦當自沈"。按《説文》無蹤字，當即 之轉注字。字又作綜，以同聲而爲轉注也。《説文》" ，車跡也"。引申爲一切迹。凡從 之字，多有行 之義，增彳、增糸皆轉注爾，參從、綜諸條。

縱

《離騷》"夏康娛以自縱"，王逸注"縱，放也，言放縱情慾，以自娛樂"。又"縱欲而不忍"，注亦云"放也"。凡此言放縱，即本義緩也舍也之引申。緩者弛縱也，故得放義。《爾雅·釋詁》訓亂，又引申者爾。朱駿聲氏所謂凡絲持則緊，緩則緩，緊則理，緩則亂，是此義也。又《大招》云"豕首縱目"，洪補"南北曰縱，將容切"。按此即從橫之從，《荀子·賦篇》"以能合從"，注"從，竪也"。《詩·南山》"從橫其畝"。皆其徵也。《大招》之豕首縱目，即《招魂》之"豺狼從目"爾，此又一義也。

依

依字《楚辭》十二見，其義皆爲依憑、依附（亦偶有例外，詳後），然皆就心理情感等精神狀態立言，與倚之就形質立言者不同（參倚字條下）。如《離騷》"願依彭咸之遺則"，又"依前聖以節中"皆是。此依者前賢之德義也，漢賦中則《七諫·怨世》之"余生終無所依"（王訓保），《九歎》"余思舊邦心依違兮"，又"征夫皇皇其孰依"，《九思》"獨處兮罔依"、又"志戀戀兮依依"，此等依字，其義皆就情感立言。又《天問》云"遷藏就岐何能依"。此依字王以爲何能使其民依倚爲説，諸家皆引申王義，就形質立言非也。此言太王遷岐，所依爲種道義，此依字亦就理智精神立言。屈宋賦亦有以依爲倚者，如《九章·悲回風》云"依風穴以自息"，此所依爲風穴，形質也，非心理狀態也。此字或有譌誤，依字例定之，應爲倚字。

儛

《九懷·株昭》"丘陵翔儛兮，谿谷悲歌"。王逸注"山丘踴躍而歡喜也。儛，一作舞。川瀆作樂，進五音也"。洪興祖《補注》"翔舞，亦丘陵之勢也。悲歌，亦謂水聲"。儛即舞之增益字。《莊子·在宥》"鼓歌以儛之"，即《詩序》所謂"鼓之舞之"也，此喻山丘之喜也。

役

《大招》"清馨凍歈，不歠役只"。王逸注"歠，飲也。役，賤也。言醇釀之酒，清而且香，宜於寒飲，不可以飲役賤之人；即以飲役賤之人，即易醉顛仆，失禮敬"。朱熹"不歠役，未詳，舊注謂不以飲賤之人，言酒醇美，役人飲之，易醉仆失禮，故不以飲之也"。按逸以役字作賤役之人解，依通詁說之也。朱熹亦從之，以文理定之，非也。洪補以蓋闕處，此最爲謹慎。考上文言"四酎并孰，不歰嗌只"。言醇酒四器皆熟，入口消失，不苦歰傷喉，此二句句法與上二句同爲對稱句，言凍飲之美，則不歠云云。與不歰云云，亦爲對句。則此役字，萬無突引入役賤之義。則此役字，或有別解，或爲誤字，不可必。又上句言歰，此句亦當以屬性相類之字當之，恐歠字亦未是，古今說者皆未得其解。余初步以爲歠役，恐是歐疫之形誤。歐者，《急就篇》"歐逆吐而不下食也，役借爲疫"，《莊子·大宗師》"聶許聞之，需役"。《釋文》引王注"役，亭毒也"。役字本勞役之事，得引申爲勞，故亦可引申爲病疫，則後起分別專字，《說文》訓民疾即今之所謂時疫。凡多飲凍冰之物，則亦得歐泄疾疫之症。此言不歐役者，言凍飲而無歐泄之疾也，似較王説爲勝。姑發之如此，以待知者。

濟

《楚辭》十見，字又作濟，作濟四見，共十四見，皆作一義渡也。按濟本水名，從水齊聲，無由得渡義，當爲過之轉語，支歌之變，又見端發音方法相同，所謂同位之變也。渡亦過胯之變，《爾雅·釋言》"濟，渡也"，《易》"未濟"、"既濟"，《書·君奭》"予往暨汝奭其濟"、《詩·匏有苦葉》"濟有深涉"，皆古用爲渡義之徵。《離騷》"濟沅湘以南征"、"朝吾將濟于白水"，《涉江》之"濟沅湘"，《懷沙》之"不濟"，《湘夫人》之"濟西澨"，《九辯》五之"弗濟"，《九懷·陶壅》之"濟江海"，《九歎·遠逝》之"橫舟航而濟"，皆是。其作濟字，皆在《九歎》之中。《離世》之"濟湘流"、《遠逝》之"濟沅湘"及"濟湘"、《遠遊》之"濟揚"皆是。多引一本作濟，參濟下。

濟

濟即濟字，用于劉向《九歎》共四見，《九歎·離世》"濟湘流而南極"，王逸注"濟，亦渡也"。洪補云"濟，《集韻》作濟"。王注云亦渡也，即謂亦濟渡也。其文已摘録入濟字下，考濟、濟皆即濟之省，蓋六朝以來別字。

浴

浴字三見，義皆同。《説文》"浴，灑身也"。《周禮·宮人》"共王之沐浴"。濯髮爲沐，洒身爲浴，通用或不分。《九思·疾世》"沐盥浴兮天池"。《九歌·雲中君》"浴蘭湯兮沐芳"。又《漁父》"新沐者必彈冠，新浴者必振衣"。

反

反字，《楚辭》三十六見，皆一義之引申。《説文》"反，覆也，從又，厂反形（象形）。𠬝，古文（從又、一，指事）"。考以手指足止象事物之象極多。所謂近取諸身者也，而從𠂹𠂆得義者尤多，羽、𤓶、𡰥、𣁋、𠬛、彐、彑皆是。而反字則從𠂇，變𠂇，爲攀之本字。𠬝、則反𠂇而爲之。厂者，𠂇之翻，而存其形者也。厂者，彐之翻掌心而上，指爪之形不全見，略而爲厂。故厂者，彐之變形也。𠂇讀攀，而𠬝讀音亦同根爾。戰國時人，多言反手，由其義引申，則爲反目，反脣、反舌，本末、前後、左右顛倒皆曰反，因之訓覆、訓翻（翻即反同音之借），亦可訓變，訓達，訓背理曰反（見《管子》七臣注），悔爲反，《淮南·氾論》注悖爲反（《荀子·法行》"身不善而怨人不亦反乎"注）。又或別作專字曰返，還也。曰䀎，翻目使眼白也。曰販，買賤賣貴也。曰軬，車耳反出也。《楚辭》所用諸反字，皆不出此等範圍。《離騷》"延佇乎吾將反"、"忽反顧以游目"、"忽反顧以流涕"，《涉江》之"乘鄂渚而反顧"，《哀郢》"何須臾而忘反"，而言"反故都"、"故鄉"者爲尤多。《哀郢》"鳥飛反故鄉"，《遠游》"終不反其故鄉"，《招魂》"魂兮歸來反故居些"（兩見），"歸來反故宅"，《惜誓》言"反故鄉"，《七諫·自悲》言"反故居"，諸此反字，義當爲回反、歸反，即返之借，返者專字也。外此如《哀郢》之"一反何時"，《遠遊》之"神不反"，"乘間維以反顧"，及漢賦中之《離世》"而後反"，"不吾反"，《七諫》之"身不反"，亦皆此義矣。（一）覆也，顛覆之也，《東君》"操予弧兮反淪降"，王注"言日誅惡以後，復循道而退下，入太陰之中，不伐其功"云云，于上下文理，全不可通。此言東君舉其長之矢，射彼天狼貪殘之星，或操持余之弧弓，以指向天狼，而一反其淪没下降之災，凶殘既除，余乃滿引北斗云云。淪降指天狼所爲之事，反之者，顛覆之也。（二）不當反而反曰反，《惜誦》"反離群而贅肬"，《抽思》"反既有此他志"，《天問》"反成乃亡，其罪伊何？"《惜誓》"反爲小人之所賊"。《七諫·沈江》"反離謗而見攘"，《九歎》之"反爲讎而見怨"、"反蒙辜而被疑"、"晋驪姬之反情"、"反以兹爲腐也"、"今反表以爲裏"，此等反字，重點在覆，義雖與顛覆近，而其作用，則在指斥其不正之結果也。（三）反覆不定也，《天問》"天命反側"。（四）反其本初之義，此義惟漢賦諸家用之，《哀時命》"除穢累而反真"，《七諫》"惟椒蘭之不反"，又"知時固而不反"，又"夫人孰能不反其真情"，及《惜誓》之"歲忽忽而不反"，自上來五例審之，反之爲義，蓋得自兩端論之，回復其正曰反，此積極方面之義也。反離其正亦曰反，此消極方面之義。故訓釋似有矛盾不律之象，其實固俞脈條理也。

悒

《天問》"武發殺殷，何所悒"，王逸注"言武王發欲誅殷紂，何所悒悒而不能久忍也"。洪興祖《補注》"悒，音邑，憂也，不安也"。按《説文》"悒，不安也"。《大戴禮·曾子立事》篇"君子終身守此悒悒"。盧注"悒悒，憂念也"。《詩·陳風·澤陂傳》"悁悁，猶悒悒也"。鄭司農《周禮·廬人》注"絹讀爲悁邑之悁"，邑，古悒字。段玉裁曰"悒，古秖作邑，俗作唈"。《爾雅》"優，唈也"，謂憂而不得息也。短言之曰悒，長言之則曰悒悒。詳悒悒條下。

恫

《招隱》"心掩留兮恫慌忽"，王注"一作洞"。洪補"恫，音通，痛也"。許巽《文選筆記》卷六謂恫荒忽之恫，何云宋本作洞，案所貴宋本者，取其無譌字耳。今流傳宋本皆有譌字，余家藏有宋本，又華亭相國藏有風雲樓本，又曹侍御藏有棟亭曹氏本，本各不同，若不加考覈，則信古而反誤者有之。此篇朱子作恫，音通。《思玄賦》云"恫後辰而無及"，注"恫，痛也，他公切"。《說文》"恫，痛也，一曰呻吟也，從心同聲"。"他紅切"。"洞，疾流也，從水同聲"。"徒弄切"。《詩》云"神罔時恫"，《釋文》"音通，痛也"。《說文》引作恫，皆不作洞字，案洪本亦作恫，與朱子同，作洞乃宋本誤字。

恃

恃字，《楚辭》五見，皆一義也。《說文》"賴也"，《詩·蓼莪》"無母何恃"。《離騷》"余以蘭爲可恃也"，王逸注"恃，怙也，言我以司馬子蘭懷王之弟，應薦賢達能，可怙而進，不意內無誠信之實"。又《九章·惜誦》"君可思而不可恃"。《悲回風》"聊逍遥以自恃"。《九辯》"諒城郭之不足恃兮"，王叔師以怙訓恃，怙亦賴也，賴即今俗所謂依賴。《悲回風》"自恃"猶今言"靠自己"。

陶

陶字《楚辭》四用，一爲叠詞陶陶，一爲聯綿詞陶遨，皆別見，一則《九懷·危俊》"陶嘉月兮總駕"，王逸注"嘉及吉時，驅乘駟也"。此陶字當爲喠之借，《檀弓》"人喜則斯陶"，注"鬱陶也"。《爾雅》"鬱陶，喜也"。此以聯語釋單詞，重在陶字，《廣雅》"陶，喜也"。當即本之《檀弓》。重言之則曰陶陶，《懷沙》"陶陶孟夏"，注"盛陽貌"，詳陶陶下。又或變爲陶遨，叠均聯綿詞也，見《九思·守志》"陶遨養神"，注"心無所繫"。亦即以陶爲主。故此陶字訓喜，與鬱陶、陶陶、陶遨皆相通。

憚

《離騷》"豈余身之憚殃兮"，王逸注"憚，難也"。洪補曰"憚，徒案切，忌難也"。按洪用《説文》説"一曰難也"。段注曰"凡畏難曰憚"，此處釋爲畏懼義較明晰。《詩·雲漢》"我心憚暑"，鄭箋"猶畏也"。又《九章·悲回風》"憚涌湍之磕磕兮"，王逸注亦訓憚難也。憚，殫借字，《招魂》"君王親發兮憚青兕"，王逸訓憚爲"驚也"恐非是。五臣云"憚，懼也，時君王親射青兕，懼其不能制"，于義亦未允。朱熹以爲"王親發矢，以射青兕中之而懼走也"。增義過多，亦非是。此言君王殪死青兕而親發射也，當讀爲君王親發而殺死青兕也。君王親射則從者無不奮勇，即上句"與王趨夢課後先"之義也。由不解句法變化，故釋之皆未審諦也。憚當爲殫之借字，殫，殪也。《楚策》"王親引弓而射，壹發而殪"。當即此一事，則不改句而義亦顯明。

殫

《九歎·憂苦》"猶未殫於九章"，王逸注"殫，盡也，言己憂愁不解，乃歎唫《離騷》之經，以揚己志，尚未盡《九章》之篇，而愁思悲結也"。《章句》釋文義是也。《説文》"殫，殛盡也"。《淮南·説山》"池中魚爲之殫"。則只言盡，不言殛。《吕覽·本味》"相爲殫智竭力"。

怛

《九章·抽思》"心怛傷之憺憺"，洪補云"怛，當割切，悲慘也。憺，談敢切，安静也"。朱熹注云"憺憺，安静，夷猶欲進，而心復悲慘，遂静默而不敢言也"。按怛，《説文》"憯也"，陳楚謂懼爲怛。字或作悬。《方言》一"怛，痛也"。《詩·匪風》"中心怛兮"，傳"傷也"。

此以怛傷連文，與《詩》義同。

怊

凡七見，除怊悵、怊怛爲聯綿字，怊怊爲叠詞，別參外，只兩用。《遠遊》"怊惝怳而乖懷"，王逸注"惝悵失望，志乖錯也"。洪補云"怊，音超，悵恨也"。《哀時命》"怊茫茫而無歸兮"，按《說文》"怊，悲也"。《莊子·天地》"怊乎若嬰兒之失其母"。古籍惟《楚辭》用之，北土諸家無此字，疑爲南楚方俗字。又《楚辭》怊悵，當即《詩》惝悵一語之異，則北土蓋用惝字也。

媮

媮字四見，皆一義也。《離騷》"聊假日以媮樂"，王逸注"假日游戲，媮娛而已"。洪補引顏師古云"此言遭遇幽厄，中心愁悶，假延日月，苟爲娛樂耳"。今俗猶言借日，度時媮樂也。音俞。又按媮與樂連文，故或以爲愉之借，然《卜居》以"媮生乎"，《九辯》又云"食不媮而爲飽兮"，兩處朱熹以媮生爲偷生，洪慶善以媮食讀爲他鉤切，即媮之本音，皆不作愉字解。則此媮樂，亦當爲苟且作樂矣！《說文》"媮，巧黠也"，《東京賦》"勸民以媮樂"，注"猶僥倖也"。則此媮樂亦即僥倖之義，屈賦諸媮字皆同此訓。媮即偷之分別文，別詳偷字下。

偷

《卜居》"偷以全吾軀乎"，王逸注"身逸憂患。偷，一作愉"，洪補云"愉，與偷同，苟且也"。按《說文》無偷字，而有從女之媮，以造字通例論之，則偷即後起分別文。媮字，《說文》訓"巧黠也"。《論語》"則民不偷"。《晉語》"其下偷以幸"。皆巧黠苟且之意。洪謂與愉同，非是。其一作愉者，正從女之誤，合參媮下。"偷以全軀"即非正大光明而由巧黠隱蔽以全軀也。又《惜誓》云"或偷合而苟進"，偷合猶巧會也。與苟連用，則亦苟且之義矣。

愍

《説文》"愍，痛也，從心敃聲"。《廣雅·釋詁》"愍，憂也"。又"傷也"，又"爱也"。《楚辭》諸愍字，義不外此，《九章·惜誦》"惜誦以致愍兮"，王逸注"惜，貪也。誦，論也。致，至也。愍，病也。言己貪忠信之道，可以安君，論之於心，誦之於口，至於身以疲病，而不能忘。愍，一作閔"。洪興祖補注"愍，音敏"。又《悲回風》"傷太息之愍憐兮"，愍與憐連文，愍亦憐也。又《九懷·匡機》云"余深愍兮慘怛"，愍與慘怛連文，愍有慘怛之義。又《九思·傷時》"愍貞良兮遇害"，此愍字當作愛惜傷痛解，貞良遇害，自可傷也。《周書·謚法解》"在國逢難曰愍"是也。又《九懷·通路》云"假寐兮愍斯"，舊注"衣冠而寢，自憐傷也"。王以憐傷釋愍，至允當。

慕

《楚辭》用慕字八次，除一次爲莫之誤外，皆一義之變也。（一）《説文》"慕，習也"，古籍皆用爲思慕，猶今言羨慕。《禮記·問喪》"其往送也如慕"。《孟子》"人少則慕父母"，皆其徵也。《山鬼》"子慕余兮善窈窕"，言孺慕余而善窈窕也。《懷沙》"邈而不可慕"，言遠不可思也。《九辯》六"願慕先聖"、"竊慕詩人"與及《招隱士》之"慕類"、《七諫·沈江》之"賢俊慕"、《九歎·離世》之"誰慕"皆同。于今亦通話也，無庸詳解。（二）莫字之誤。《離騷》"孰信脩而慕之"，王逸注"靈氛言以忠臣而就明君，兩美必合，楚國誰能信明善惡，脩行忠直，欲相慕及者乎？己宜以時去也"。朱熹云"言兩美終雖必合，然楚國孰有能信汝之脩潔而慕之者，宜以時去也”。戴震云“上既思遠逝，以聊發其情，此更設爲命占之辭。言兩美必合，理之常也，苟同德相慕，孰爲信脩而慕己之美者乎？”按慕之句，自王逸以來，大儒如朱熹、戴震皆不得其解。按朱熹之說，實以此爲否定句，與上兩美必合意實甚不相貫。且下文言“孰求美而釋汝”，言求美者必不棄汝，兩解相承，亦不得有矛盾之義。戴說益牽扯不成義，不知占慕兩字，皆以形衍下截而誤，占當作卜，慕當作莫也。而又誤以信脩二字分讀，《離騷》信美、信脩、信姱，皆連爲一辭，不得分釋，信脩者猶言直美，直美而莫之之字爲代辭，指上文兩美必合之事。言兩美必可得合，豈有真美而不得合者乎？莫字用法，與《莊子·人間世》“凡溢之類妄，妄則其信之也莫”之莫相同，其句法又與下文“孰求美而釋汝”亦同。莫在入聲鐸，卜在屋韻，尤侯、魚模本可合韻也。又余近年自文義詞理細繹之，覺莫、卜雖于形義可通，而詞理仍勉強，故又以爲慕爲釋字之訛，姑兩存之，以待知者。按慕與占當韻而不協，王注兩美句“言兩美必合，楚國誰能信明善惡，脩行忠直，欲相慕及者乎？己宜以時去也”。兩美二句原文，義不相異，而王叔師《章句》亦說至拘牽，然其爲慕字，叔師時已然矣。今按慕字疑爲釋字之誤。兩美必合，即下文所謂“孰求美而釋汝”之義。此爲屈賦內證，亦屈子習語，釋讀如捨也。言孰有信美而播棄之者也。釋字從睪得聲，睪字古多作臭（詳澤字條），與慕字上半相同，致誤，此從句義可得而定者也。又從睪之字，古有兩系，一入葉陌韻，一入陌韻，占在嚴咸韻，入聲葉，固爲陰陽兩收之樞紐也，于是而韻亦得通矣。形、音、義三者相諧合，則慕爲釋之誤字諒矣。

億

《天問》“厥萌在初，何所億焉”。王逸注“言賢者預見施行萌牙之端，而知其存亡善惡所終非虛億也”。洪《補注》“億，度也。《論語》曰‘億則屢中’，意與億音義同”。按《説文》“億，安也”。此訓虛億，則當爲意之借字。《論語》"不億不信"，《皇疏》"億，必也"，又"勿意勿必"，意即億矣。

敖

《九章·抽思》"敖朕辭而不聽"，王逸注"慢我之言，而不采聽也。敖，一作謷"。洪補曰"敖，倨也，與傲同"。按敖之同傲，蓋聲借字，《説文》訓敖爲遊，即今遨遊字，從出、從放，蓋以爲會意字也。《詩·邶風》"以敖以遊"，則其本義也。又《小雅》"彼交匪敖"，毛《傳》"不敖慢"。《爾雅·釋言》"敖，憮傲也"。皆借爲傲之徵矣。

憍

《九章·抽思》"憍吾以其美好兮"，王逸注"握持寶玩，以侮余也"。洪補云"言懷王自矜伐也。憍，矜也，《莊子》曰'虚憍而持氣'，讀若驕"。又同篇"憍吾以其美好兮"，王逸注"示我爵位，及財賄也。憍，一作驕"。按憍即喬之別構，喬者高而曲也。《詩》"南有喬木"，傳"上竦也"。又《禹貢》"厥木惟喬"，傳"高也"。分別之則馬高曰驕，舉足曰蹻，舉手曰撟，在男曰僑，在女曰嬌，走高曰趫，禽之高翬者曰鷮（走鳴長尾雉也，《西京賦》"游鷮高翬"），皆轉注字矣。

栗

《招隱士》"憭兮栗"，王逸注"心剝切也。栗，一作慄"，按憭與栗連用，則當爲慄之借字。慄即《説文》之"溧，寒也"，《詩·七月》"二之日溧冽"，今本以栗爲之，是其徵也。《論語》曰"使民戰栗"，本寒溧字，凡畏懼則如受大寒，故戰慄字用之。

慄

《招隱士》“叢薄深林兮，人上慄”，王逸注“攢刺棘也”。又“人上慄”，注“恐變色也。上，一作之”。朱云“林薄高深而上者恐慄也”。按慄即㨖之別構，㨖者寒也。《廣雅·釋言》“慄，戰也”，《釋訓》“慄慄，懼也”，《莊子·人間世》“吾甚慄之”，皆是。

惕

《大招》“魂乎歸來，不遽惕只”。王逸注“言飲食醲美，安意遨遊，長無惶遽，怵惕之憂也”。《説文》“惕，敬也”。一作“驚也”。《易·乾》“夕惕若厲”，鄭注“惕，懼也”。《小蓄》“血去惕出”，虞注“憂也”。又《九辯》二“心怵惕而震盪兮”，以惕怵連文。

懲

《離騷》“豈余心之可懲”，王逸注“懲，艾也，言己好脩忠信，以爲常行，雖獲罪支解，志猶不艾也”。五臣云“言我執忠貞之心，雖遭支解，亦不能變於我心，更何所懼。懲，懼也”。洪補注“《説文》‘懲，忩也’。忩與艾並音义，謂懲創也，以可爲何，以懲訓懼，皆非是”。又《九歌·國殤》“首身離兮心不懲”，王逸注“懲，忩也。言己雖死，頭足分離，而心終不懲忩”。又《九章·懷沙》“懲連改忿兮”，王逸注“懲，止也”。又《惜誦》“懲于羹肴而吹虀兮”，王訓“忩也”。洪云“戒也”。又《悲回風》“憐思心之不可懲兮”，王逸注“履信被害，志不忩也”。又《九歎·遠遊》“屢懲艾而不迻”。按懲字，《楚辭》六見，王、洪諸家，或訓懼，或訓艾、訓戒、訓止，其實皆一义之變也。自其感受之初，則曰懼、曰傷；自其事因言之，曰創傷；自其既感而以理知析之，則曰戒、曰止。各以當句及上下文義審之，自可依其所啟于作者之情思，而全其意。按懲者，《説文》"忢也"，"忢，懲也"，二字互訓。《詩·小毖》"予其懲而毖後患"，鄭《箋》亦云"艾也"，《韓詩》則訓"苦也"。《禮記·表記》"則民有所懲"，注"創艾"。皆諸訓之所由別，參懲艾一條。又懲連當作懲惠，或懲違。別詳懲連條下。

怞怞

叠詞，義猶悠悠。《九懷·危俊》"卒莫有兮纖介，永余思兮怞怞"。王逸注"愁心長慮，憂無極也"。洪興祖《補注》曰"怞，憂貌，音由"。按憂貌之説，本之《詩·小雅·鼓鐘》"憂心且怞"。《説文》"怞，朗也"，義不可解，清儒或以爲當作"動"，或以爲脈，亦未確。古籍只《詩》一見，與憂字合用，則洪訓爲憂，與王師叔訓愁，心長慮，憂無極，義同，疑即怞之本義。又《九章·抽思》"傷余心之懮懮"，與此"永余思兮怞怞"句義同，則懮、怞義同，無疑。懮即憂，憂繁文，聲轉爲搖搖。《詩·王風·黍離》"中心搖搖"，毛《傳》"搖搖憂無所愬"。聲又與悠悠、由由通，詳悠悠條下。

愆

愆字四見，皆作過失解。《九章·哀郢》"何百姓之震愆"，王逸注"愆，過也。言皇天不純一其施，則萬物夭傷，人君不純一其政，則百姓震動，以觸罪也"。王説至明白。又《九歎·怨思》"躬獲愆而結難"，王以身以得過釋"躬獲愆"；又《遠逝》"躬純粹而罔愆兮"，王注以無過失釋罔愆，皆是也。按《説文》"愆，過也，从心衍聲。寋，或從寒省。諐，籀文"。《周書·謚法》"寋，過也"，《爾雅·釋言》"諐，過也"，《詩·楚茨》"式禮莫愆"，《書·牧誓》"不愆于六步七步"，皆其證也。

戀戀

疊字狀態詞，相牽繫也。

《九思‧傷時》"志戀戀兮依依"，王逸注"戀，一作鬱"。按《説文》無戀字。《漢書‧外戚‧李夫人傳》云"上所以攣攣顧念我者"，注云"攣，力全反"。又讀曰戀，《易‧小畜》"有孚，攣如"，《子夏傳》作戀。則戀與攣音義可通。《説文》訓攣爲係也，係謂絜束之也，謂相牽繫，不絶之名，則心之牽繫不絶曰戀。于字似更切近，以古書無此字，當爲漢人依轉注之例新構。《説文‧女部》有孌字，訓"慕也"。《詩》有"婉兮孌兮"之言，字當作嬾。皆與戀字爲義近轉注字。

愁愁

疊字狀態詞，勞也。引申爲欲利兒。

《九章‧悲回風》"吾怨往昔之所冀兮，悼來者之愁愁"。王逸注"愁愁，欲利貌也。言傷今世人見利愁愁然，欲競之也。愁，一作逖"。洪補云"愁，它的切，勞也"。朱熹注曰"愁，他的反，一作逖。愁愁，憂懼貌。來者愁愁，謂將赴水而死也"。按《詩‧陳風》"誰侜予美，心焉惕惕"。毛《傳》"惕惕，猶忉忉也"。《釋文》"吐歷反"。陳奐《毛詩傳疏》曰"《説文》惕、愁同字"。按惕，《説文》訓敬，從心易聲。或從狄作愁。無利欲之義。然《一切經音義》卷五，李注《文選‧射雉賦》引此並作"驚也"。《玉篇》注"憂也，疾也，懼也"。亦與驚義合，則原本當作驚也。惟《玉篇》別收愁字，訓勞也。洪補即本此，則叔師欲利兒，即勞之引申。

懤懤

《九懷·危俊》"懼吾心兮懤懤"，王逸注"惟我憂思，意愁毒也"。洪補曰"懤，憂，音儔"。按懤、儔字不見先秦兩漢典籍，疑王褒臆構新字，或傳寫有誤。叔師訓愁毒者，以其叠詞義重，或即愁之聲借字。惟從壽之字，有一系爲可憂，或不安之義。穀繫也，犉牛羊无子，嚋喪子也，檮斷木也，擣築也，翳翳也，簼簼箸也等皆是。字形雖不見，而語音不爲無據。若依構字之例推之，則懤或爲擣之異體，從手與從心之字，可合部論之，擣本手擣之，即今俗搗字，《小弁》"怒焉如擣"。毛《傳》"心疾也"。

憃憃

《九歌·雲中君》"思夫君兮太息，極勞心兮憃憃"。王逸注"憃憃，憂心貌"。洪補曰"憃，敕中切"。《説文》"忡，憂也"，引《詩》"憂心忡忡"。《楚辭》作憃，《哀時命》"心煩冤之憃憃"，王逸注"言己精魂眇眇獨馳，心中煩懣，憃憃而憂也"。按憃憃蓋即忡忡之異文。蟲、中同在東部，《説文》無憃字，忡字在《心部》，訓憂兒。徐鍇曰憂而心動也。《詩·召南·草蟲》、《邶風·擊鼓》皆有"憂心忡忡"句。《草蟲傳》"忡忡，猶衝衝也"。《擊鼓傳》"憂心忡忡然"。《爾雅·釋訓》"忡忡、惙惙，憂也"。《詩》用忡忡，而《騷》用憃憃，語音本相同，而方俗用字則異也。即許氏所謂諸侯力政，文字異形之意。

怊怊

《九思·守志》"余顧瞻兮怊怊"，"怊怊，四遠貌"。按上言登高道遥，見孔鸞所居，爲鴞所集，至使鳥鵲驚鳴，余顧瞻兮怊怊，顧瞻所得，心景怊怊然不安也。舊注訓四遠兒，則以爲迢迢借字，失之遠矣。怊怊猶怊乎、怊然。《莊子·天地》"怊乎若嬰兒之失其母也"。《釋文》引《字林》"悵也"。徐"尺遥反"。則怊即惆之別構。《説文》無怊，惆訓失意，即悵怊意，則怊乃漢人簡體別構字（參怊悵條下）。《荀子·禮論》"案屈然已，則其於至意之情者，惆然不嗛"。楊倞注"惆然，悵然也"。《遠遊》亦云"怊惝怳而乖懷"，怊字亦單用（詳惆悵條下）。

怦怦

叠字狀態詞，心不足兒，與恲恲同，乃兩漢楚人方言。

《九辯》"心怦怦兮諒直"，王逸注"志行中正，無所告也"。五臣云"心存諒直，終日不足。怦怦，心不足兒"。洪補云"怦，披繃切，心急。一曰忠謹兒"。《哀時命》"志怦怦而内直兮，履繩墨而不頗"，舊注"怦，一作恲"。洪興祖《補注》"披耕切"。朱熹注"怦，一作恲"。按怦、恲兩字，《説文》并不收，先秦兩漢諸書無用之者，《哀時命》"志怦怦而内直"，顯襲用《九辯》文，則怦怦乃楚方俗之言也。至恲字則見《七諫·怨世》"思比干之恲恲兮"，及《淮南·齊俗》"而仁發恲以見容"，則亦兩漢人字，《淮南注》訓色也，義與怦亦別。至《怨世》篇王注訓忠直，則與怦同意，此怦一作恲，故朱注作恲者，當亦作恲。

恲恲

《七諫·怨世》"思比干之恲恲兮"，王逸注"恲恲，忠直之兒"。洪補云"恲，披耕切，忼慨也"。按字書無恲字，古籍除此一見外，僅《淮南·齊俗訓》有"仁發恲以見容"之句，注云'恲，色也，仁發之色"。與叔師忠直，慶善忼慨之義皆近。《九辯》有"心怦怦兮諒直"之言，注云"志行中正，無所告也"。五臣云"怦怦，心不足兒"。補曰"怦，披繃切，心急。一曰忠謹"。則恲恲即怦怦之異文，《哀時命》"志怦怦而內直兮”，注“怦，一作忓”是其證。參怦怦條下。

惛惛

《九辯》“忳惛惛而愁約”，王逸注“憂心悶瞀，自約束也”。洪補云“惛音昏，《説文》‘恢也’”。按惛惛，先秦南北通語。《莊子‧至樂》“人之生也，與憂俱生，壽者惛惛，久憂不死，何苦也”。《管子‧四時》“五漫漫，六惛惛，孰知之哉”。《韓非子》‘齒乎唇乎，愈惛惛乎，愈惛惛乎’。皆是其證。《莊子‧釋文》音昏，又音門，疏曰“雖復壽考，而精神惛闇”。《管子》注“惛惛，徵暗皃”。《韓非子》注“吾愈惛惛，彼愈昭昭”。皆與叔師憂心悶瞀之意相合（《荀子‧勸學》篇“無惛惛之事者，無赫赫之功”，楊注以專默精誠釋之大誤。此言無憂悶之事者，不能成大功也。義與叔師同）。《廣雅》亦云“惛惛，亂也”，惟《説文》不錄惛字，考古字從昬與從昏，實爲一字之形變，《説文‧心部》“惛，不憭也，從心昏聲”。不憭，即悶瞀也。故惛惛即惛惛，惛惛亦見《漢書‧王温舒傳》“爲人少文，居它惛惛，不辯”。師古曰“言爲餘官，則心意蒙蔽，職事不舉”，是也。又“忳惛惛”句法，與《九章‧惜誦》中“悶瞀之忳忳”句義全同。忳忳即悶瞀忳忳也。故惛惛聲轉爲悶悶。詳悶悶條下。

軫懷

《九章‧哀郢》“出國門而軫懷兮”，王逸注“軫，痛也。懷，思也。屈原放出郢門，心痛而思，始去”。朱熹《集注》“軫，痛也”。按軫本車後橫木，其訓痛者，乃紾之借。《方言》三“軫，戾也”。又《惜誦》“心鬱結而紆軫”，注“隱也”。《抽思》“軫石崴嵬”，注“方也”，恐非。此當爲鎮之借字，鎮本博壓，凡壓物皆可曰鎮。如紙鎮尺曰鎮尺，木曰鎮木，鎮節、鎮圭、鎮玉等皆是。《廣雅‧釋詁》三“鎮，重也”。

軫石猶言鎮石矣。《抽思》又言"覽民尤以自鎮",同義。又《九懷·昭世》"靚軫丘兮崎傾",洪補"軫丘,猶《九章》言軫石也"。

訜

《九懷·陶壅》"乃自訜兮在兹",王逸注"徐自省視至此處也。訜,一作眹"。洪補曰"訜,視也,當作診"。按訜乃隸變俗字,《説文》"視也"。《莊子·人間世》"匠石覺而診其夢",司馬注"占夢也"。

姣

《九歌·東皇太一》"靈偃蹇兮姣服",王逸注曰"姣,好也"。洪補曰"《方言》曰'好或謂之姣',注云'言姣潔也'。又《大招》"姣麗施只"。按《説文》"姣,好也"。則姣服猶言好服,姣麗猶言好麗。《吕覽·達鬱》"公姣且麗"。《荀子·非相》"古者桀紂長巨姣美"。考《方言》一"娥、嬿,好也……凡好而輕者……自關而東,河濟之間……或謂之姣",則亦古中原方言耳。《漢書·東方朔傳》"左右言其姣好",注"美麗也",則古固可指男子言,字亦作嬌,或又從人作佼。《詩·月出》"佼人僚兮",《猗嗟》箋"佼,好兒"。《禮記·月令》"養壯佼",孔《疏》"謂形容佼好"。《荀子·成相》"君子由之佼以好",楊注"佼,亦好也",皆其證。然古以强健爲美,故男子用佼字,《論衡》所謂"上世之人,侗長佼好",是也。字或變作狡。《月令》之"養壯佼",《吕覽》作狡,是也。亦作嬌,爲漢以後通行字。

覺

《九歎·遠遊》"服覺皓以殊俗兮",王逸注"覺,較也。言己被服衆芳,履行忠正,較然盛明"。按《説文》"覺,寤也"。《孟子》"使先知覺後知"，注"覺，悟也"。王以較然盛明釋覺晧，則覺悟之引申義也。《左傳》襄二十一年"夫子，覺者也"，注"較然正直"，與此處同義。參覺晧條下。

怳

《九歌·少司命》"臨風怳兮浩歌"，王逸注"怳，失意貌。言己思望司命，而未肯來，臨疾風而大歌，冀神聞之而來至也"。洪補云"怳，懭怳也，許往切"。按王、洪義近，王説其義，洪求其語根也。《説文》云"怳，狂之皃，從心兄聲"。字亦作恍、作慌。古從光與從兄多同，參恍字下。《登徒子好色賦》"怳若有望而不來"，注"失意皃"。《神女賦序》"精神怳惚"，即恍惚也，注"不自覺知之意"。

狂

《招魂》"竽瑟狂會"，王逸注"狂，猶竝也。言衆樂竝會，吹竽彈瑟，又摑擊鳴鼓，以進八音，爲之節也"。按狂本狾犬，古文從心，蓋言犬曰狂，言人曰忹也。《左傳》昭二十三年"幼而狂"，注"無常也"。"竽瑟狂會"。謂大會竽瑟，故王訓爲竝也。朱訓爲猛，各就體會言之，無詁字義也。又《大招》"長爪踞牙，誒笑狂只"。王注"言西方有神，長爪出齒，踞牙得人，强笑意而狂猭也"。以狂猭釋狂，其義一也。又《九章·抽思》"狂顧南行"，亦言心無常主，而回顧南行也，或言借爲往，往顧亦可通。又《天問》"箕子詳狂"，詳狂即佯狂，詳佯狂條下。

目成

《九歌·少司命》"忽獨與余兮目成"，王逸注"言萬民衆多，美人並會，盈滿於堂，而司命獨與我睍而相視，成爲親親也"。按成猶就也，目相就，謂兩目相注視，而意相屬。古舌上歸舌頭，成讀爲丁，陽聲。今俗語尚言相睨視爲丁，俗作盯字，叔師釋成爲親親者，解其義。《左傳》"目逆而送之"，則一人之視，此則兩人相互之視，故曰親親也。《禮記·檀弓》、《王制》、《少儀》注皆訓成爲善，王以親善訓目，亦自有據。

眇

眇字二十六見，除叠詞之眇眇，與聯綿詞之要眇等外，尚得六七見，皆一義之變也。《九章·哀郢》"眇不知其所蹠"，王逸注"眇，猶遠也。蹠，踐也。言己顧視龍門不見，則心中牽引而痛，遠視眇然，足不知當所踐蹠也"。《悲回風》云"眇遠志之所及兮"，王逸注"言己常眇然高志，執行忠直，冀上及先賢也"。此與遠同用，眇遠義得相通。《悲回風》又云"介眇志之所惑"，與"眇遠志"義一也。《九歎·遠逝》云"眇不睹其東西"，亦遠不睹也。《招魂》云"娥光眇視"，王注"眇，眺也"。眺者亦遠視也。眇本訓一目少，引申爲小，見《方言》十三。其訓爲遠、爲高者，高遠則物自小，而眇音與"妙"、"小"、"朴"、"杪"、"秒"爲同族語，實含美好義，故得引申爲高遠，借爲妙。

眇眇

眇眇一詞，《楚辭》九見，一見《九歌》，兩見《九章》，兩見《七諫》，一見《哀時命》，一見《九懷》，一見《九歎》，一見《九思》，皆由一義之引申。按《說文》"眇，一目小也"。（《易釋文》引作小目也，段氏從之）。《方言》十三"眇，小也"。引申爲凡小之偁，單言曰眇，其義一也。《九歌·湘夫人》"目眇眇兮愁予"，王逸注"眇眇，好皃"，古有以小爲美者，故眇亦可訓美，段玉裁謂即後世妙字。《史記》"戶說以眇論"，即妙論，亦微小之引申，是也。叔師申之曰"予，屈原自謂也。言堯二女儀德美好，眇然絕異，又配帝舜，而乃没命水中，屈原自傷，不遭值堯舜，而遇闇君，亦將沈身湘流，故曰愁我也。予，一作余”。五臣云“其神儀德美好，愁我失志焉”。則《湘夫人》亦用字之本義也。《楚辭》眇眇一詞九見，三見于屈宋賦，六見于漢賦，言目眇者尚有《九歎·思古》“目眇眇而遺泣”，其餘或釋微小，或訓遠而無垠，皆微小之引申。訓微小者，如《九懷·蓄英》之“微霜眇眇”。訓遠而無垠者，如《悲回風》“路眇眇之默默”，王逸注“郢道遼遠”，《七諫·哀命》之“目眇眇而既遠”，《九思·逢尤》“世既卓兮遠眇眇”，又《九章·悲回風》“穆眇眇之無垠兮”，即穆穆眇眇之義，眇眇遠而無際，叔師以天與地合無垠形釋之。又《七諫·怨世》“安眇眇而無所歸薄”，叔師言“東西眇眇，無所歸附”，亦無際之兒。《哀時命》“魂眇眇而馳騁”，亦言魂無依據，與《怨世》義同（叔師此注云眇眇獨馳，以獨訓眇眇，説其義，非詁其字也）。又按眇眇一詞，乃三古以來恒語，上來所析，《楚辭》所見三義于古皆可徵，《易·説卦傳》“妙萬物而爲言”，王肅作眇。《荀子·王制》“仁眇天下，義眇天下，威眇天下”。謂仁、義、威皆足以達天下之微妙也。此微妙一義也。《書·顧命》“眇眇予末小子”，《傳》“言微微我淺末小子”。《管子·内業》“眇眇乎其如窮無所”。此以眇眇爲微小也。至以眇爲遠者，詳《廣雅疏證》。後世以渺或邈訓遠，渺與眇爲分別文，詳渺渺、邈邈諸條下。又《九歎》曰“眇眇兮遺目”，《九思·逢尤》“目眽眽兮寤終朝”，又《守志》“目瞥瞥兮西没”，眽眽、瞥瞥聲與眇皆同，亦一聲之變也。

邈邈

叠字形容詞，遠也，音莫各切。《離騷》“抑志而弭節兮，神高馳之邈邈”。王逸注“邈邈，遠貌。邈邈而遠，莫能追及”。按《遠遊》“高陽邈以遠兮”，則單言曰邈，重言曰邈邈。按《説文》無邈字，當即須之後起分別文，以其行遠，故作走旁。《荀子·禮論篇》云“疏房檖須”，楊倞注“須，讀爲邈，言屋宇深邃”。縣邈，《詩》作貌，《大雅·

抑》"聽我藐藐"，毛《傳》"藐藐然不入也"。不入亦遠之義，《疏》引
《釋訓》作邈邈。《漢書‧韋賢傳》"既藐下臣"，應劭曰"藐，遠也"。
藐、邈皆即貌之後起分別文。又《方言》六"伆邈離也，楚謂之越，或
謂之遠"。則邈邈爲遠，亦楚南方俗之言也。

藐

《九章‧悲回風》"藐蔓蔓之不可量兮"，王逸注"一作邈漫漫"。洪
補云"藐，音邈，遠也"。按藐乃草名，無由訓遠，此當即邈之借字，
詳邈下。《方言》十三"藐，廣也"。《莊子‧逍遙遊》"藐姑射之山"，
皆訓遠，同爲邈之借字。《離騷》"神高馳之邈邈"，注"遠邈"。亦此
義。合參邈邈條下。《爾雅‧釋詁》"藐、藐，美也"。《廣雅‧釋訓》
"藐藐，盛也"。皆一義之引申。

瞻

《離騷》"瞻前而顧後兮"，王逸注"瞻，觀也"。洪補云"《説文》
瞻，臨視也"。按《爾雅‧釋詁》"瞻，視也"。《詩‧燕燕》"瞻望弗
及"，瞻與望連文，義同也。

瞵

《九懷‧昭世》"進瞵盼兮上丘墟"，王逸注"天旦欲明，至山溪也。
進，一作集。古本無上字"。洪補云"瞵，力辰切，視貌。盼，普莧
切"。《説文》"瞵，目精也"。《吳都賦》"鷹瞵鶚視"，與視連文，則亦
有視義，蓋引申用之爾。

睍

《離騷》"忽臨睍夫舊鄉"，《遠遊》同有此句。王逸注"睍，視也"。洪補云"睍，五計切"。按臨《爾雅》"視也"。睍，《説文》"衺視也"。臨睍連用，亦如相觀之連用矣。"忽臨睍"者，不輕意而忽然瞰視也。《九歎·惜賢》"睍玉石之嵾嵯"，又《九思·怨上》"大火兮西睍"，又《九思·守志》"睍三階兮炳分"，諸睍字義同。惟"大火西睍"句不通，此句下云"攝提兮運低"，舊注釋之云"大火西流，攝提運下夜分之候，愁思不寐，起視星辰，以解戚者也"。依舊句説，則西睍當作西流，然此釋不甚切合，或引一本作西匩，于義似更順適，惟流火爲古天文恒用語，則匩字亦不安，本不知蓋闕之義云爾。

睇

《九歌·山鬼》"既含睇兮又宜笑"，王逸注"睇，微眄貌也，言山鬼之狀，體含妙容，美目盼然，又好口齒，而宜笑也"。洪補云"睇，音弟，傾視也，一曰目小視也，《説文》云'南楚謂眄曰睇'。眄，眠見切。《詩》曰'巧笑倩兮，美目盼兮'"。《九章·懷沙》"離婁微睇兮"，王逸注"離婁，古明目者也。《孟子》曰'離婁之明，睇眄之也'"。洪補云"睇，音弟，《説文》曰'目小視也，南楚謂眄曰睇'"。《招魂》"蛾眉曼睩，目騰光些"，睩，一本作睇。《方言》"睇（郭音悌）、睎、略、眄也。陳楚之間，南楚之外曰睇"。《説文》"睇，小衺視也，南楚謂眄曰睇"。洪補傾視猶小衺視也，傾衺義同，是睇乃楚方言。

瞯

《招魂》"遺視瞯些"，王逸注"遺，竊視也。瞯，脈也。言諸美女，顏容脂細，身體夷滑，心中瞯脈，時時竊視，安詳審諦，志不可動也"。
"瞯，一作瞼，一作矕"。洪補云"《方言》'黸瞳之子謂之瞯'，注云
'瞯，邈也，音綿'。《廣韻》瞳子黑也'"。《方言》"矙，雙也（近人
校雙疑矇字之譌。矇，大視，言其目光灼爍）。南楚江淮之間……黸瞳
之子謂之瞯"。郭注"黸，黑也。瞯，言縣兒也"。按《説文》"瞯，盧
童子也"。段玉裁以爲方言瞯字，當是瞯之形譌，郭言縣兒者，非是。
縣兒可言目，而不可言眸子。《説文》謂盧童子者，《方言》所謂"黸瞳
之子也"。盧，黑也，俗作黸，瞯目童子也。《玉篇》"瞯，戶犬、戶蠲
二切，目童子也。瞯同上"。是瞯當即瞯之誤矣。音與姰、瞲通，《説
文》"瞲，目旁薄緻宀宀也"。姰見《大招》"美目姰只"，合參。

盼

《九懷·昭世》"進瞬盼兮上丘墟"，盼，普莧切，《説文》"盼，目
黑白分也"。《詩·碩人》"美目盼兮"，傳"白黑分"。然此與瞬爲視
兒，則此當爲眄之借字。《一切經音義》引《廣雅》"盼，視也"。瞬盼
猶後世言顧盼爾。

覽

覽字，《楚辭》二十五見，皆作觀覽、覽察一義解。《離騷》"皇覽
揆余初度兮"，又"覽民德焉錯輔"，王逸注"覽，觀也，一作鑒"。五
臣云"我父鑒度我初生之法度"。又王逸注"觀萬民之中有道德者，因
置以爲君，使賢能輔佐，以成其志。故桀爲無道，傳與湯；紂爲淫虐，
傳與文王"。戴震云"覽民德置輔，言德可以君天下，方爲之篤生賢哲
佐之"。義爲最得。又"覽相觀于四極"，"覽察草木其猶未得"，以覽
觀、覽察，組合爲一詞，其實之相同或相近，無可疑矣。惟覽義有深淺
兩用，其顯而成者，則覽事物之外表，如上舉"覽四極"、"覽草木"，

及《九歌·雲中君》之"覽冀州"、《九章·抽思》"覽余以其美好"、《遠遊》之"覽方外"、《九懷·匡機》之"覽九隅"、《通路》之"覽瑤光"、《株昭》之"覽舊邦"、《思忠》之"覽中國"、《九歎·惜賢》之"覽芷圃"及"游覽"、《遠遊》之兩"流覽"、《九思·守志》之"覽高岡"皆是。至深義，則如《離騷》之"覽余初"、"覽椒蘭"，《抽思》之"覽尤"，《七諫·沈江》之"覽私微"，《九懷·危俊》之"覽匹儔"，《陶壅》之"覽世惟"，《九歎·憂苦》之"覽志"，《九思·傷逝》之"覽往昔"，《惜賢》之"覽屈氏"等，雖可粗訓爲觀，而必曰觀察、研究，而非一目之覽也。漢字用法，有深淺强弱，在讀者之善體文義耳。

瞰

《九章·悲回風》"馮崑崙以瞰霧兮"，王逸注"遂處神山，觀濁亂之氣也。一云瞰霧露，一云澂霧露"。洪興祖《補注》"瞰，視也，苦濫切"。按瞰即《説文》闞字"望也，從門敢聲"。或倚門、倚閭，故從門字，亦作瞰，作矙，《孟子·離婁》"王使人矙夫子"，注"視也"。瞰、看、見等，皆一聲之變。瞰字多見漢人賦。

顧

《楚辭》顧字三十二見，大體分四義。（一）回顧、反顧也，此顧之本義。《説文》"顧，還視也"。《詩·匪風》"顧瞻周道"，箋"回視也"。《離騷》"忽反顧以遊目兮"，又"忽反顧以流涕兮"，其他言反顧者準此。如《九章·涉江》之"乘鄂渚而反顧"，《遠遊》"乘間維以反顧"。及《九懷·昭世》之"反顧西圃"皆是，還顧、復顧義亦同。還顧見《九懷·昭株》、《九歎·憂苦》、《思古》，復顧見《九歎·遠遊》，及《九思·憫上》，又《離騷》又云"瞻前而顧後"。王師叔釋瞻前顧後前爲禹湯，後謂桀紂，大謬。此瞻前者，瞻望當前也。後顧，亦即反顧矣，顧後與瞻前對舉，則瞻顧連文，亦即瞻前顧後矣。顧瞻見《九歎·離世》、《九思·守志》。（二）視念、懷念也。上言回顧、反顧等義，其所顧者，乃追念既往之詞，其義側重于念往追往，然《楚辭》中顧念，有重點在當前景、當前事、當前之情懷者，亦用顧字，蓋取擴大其視念而縮小其回反之義者也。如《九章·哀郢》"顧龍門而不見"，此去國之時，顧念家邦，已不復見當前之情景也。又《抽思》"狂顧南行"，猶言念前途之茫茫也。《離騷》亦云"蜷局顧而不行"。猶言躊躇不前，亦當前景事也。與此相同者，有《遠遊》之"邊馬顧而不行"，《九歎·離世》"心蛩蛩而懷顧"，《九懷·蓄英》"顧林兮忽荒"，《九歎·惜賢》"顧僕夫之憔悴"，《九思·遭厄》"顧我指兮從左"。又《傷時》"顧章華兮太息"，與龍門而不見同其意象矣。此等顧字用法，有時與上一義還顧極相似，而實不同，吾人但當細審其情事，視當前情景者較重，則不與第一義混矣。（三）顧慮、計較之義，此與上二義其實亦一類，然重點在于思考，而不在于動情。故有計較周詳之義，不僅于一視也。如《離騷》"不顧難以圖後兮"，言考慮計較當前之患難，以謀求後來也。此從理智分析現象而言，蓋有選擇之義焉，推極言之，則顧可以訓反。《九歌·東君》"長太息兮將上，心低個兮顧懷"。王逸注"顧念其居"。洪補"低個疑不即進貌"。按王釋顧懷爲顧念，非也。懷當訓止，詳懷字條下。顧猶反也，言本將上升於天，而心遲疑不進，乃反止步也。《九章·涉江》之"吾方高馳而不顧"，此言不顧慮也。《七諫·沈江》亦云"不顧地以貪名"，言不詳慮環境，而貪名也。《九歎·離世》"不顧身之卑賤"皆是。在漢語中，此種發展之用法，非邏輯之所能限，純由作者情愫之起伏與官能之通感而出入之。吾人不能體會作者之心情動態，則必不能深考以得文心真際，此又訓詁古籍者之所當知。（四）作爲語助詞之顧，其義如乃。《天問》"厥利維何，而顧兔在腹"。此言月中之黑影（利即黎之初文）爲何物，而乃謂有玉兔也（自王逸以來諸說皆誤，詳參《重訂天問校注》）。《九懷·尊嘉》"顧念兮舊都"，王逸以爲還視楚國，于義亦可通。然本文自上"蛟龍兮導引"以下十句，皆寫其暢游情景，至"河伯開門"而歡欣相迎，酣暢已極，此下即承以"顧念舊都，懷恨艱難"。而結言"泛淫無根"。此一大轉折，若在戰國以前詩歌，不用轉折語詞者，似此已不多見，漢人固善以語詞作助者矣。則訓此顧字，爲顧懷，不如訓顧爲"乃"于語氣文理爲更暢遂也。同此一例。《九懷·匡機》云"乘日月兮上征，顧遊心兮鄗酆"。此言乘日月上征，乃不游心于天庭，而乃游心于文武之故都也。王逸訓爲回眄周京，于詞面雖亦可通，而于詞氣，則呆痴不霱矣。又《九歎·怨思》云"懼年歲之既晏，顧屈節以從流兮，心鞏而不夷"。此言若乃屈節從流，心中不夷平也。此訓乃正以反詰上下文者也。

閾

《九歎·憂苦》"望南郢而閾之"，王逸注"閾，視也，言己乃登高銳之山，立而長望，顧視南郢楚邦，悲且思也"。按《説文》"閾，閃也"。《方言》十"閾，視也，凡相竊視，南楚謂之閾"。則子政正用楚語言矣。又按從門之字，與穴爲類，故閾與窺蓋一字爾。《説文》訓窺爲小視、小儀，不窺密則與竊視同義。

瞽

《九章》"瞽以爲無明"，王逸注"瞽，盲者也。《詩》云'有瞽有瞽'，言離婁明目，無所不見，微有所眇，盲人輕之，以爲無明也"。洪補云"《説文》瞽目但有狀也"，洪引《説文》朕字作狀，非也。言目但有朕兆也，今言盲人曰瞽。《莊子》"瞽者無以與乎文章之觀"。

瞀

瞀字，《楚辭》五見，瞀容（悶之譌）爲聯綿詞，別詳，其餘皆一義也。《九章・抽思》"煩冤瞀容，實沛徂兮"。《七諫・哀時命》"志瞀迷而不知路"，王逸注"瞀，悶也，迷惑也。言己遭遇亂世，心中煩惑，不知所行也"。洪補云"瞀，音茂"，按瞀本低目謹視之兒，此與瞀容之義合。至瞀迷之瞀，或由低目謹視引申，或以爲鶩之借字，《説文》"鶩，亂馳也"。《惜誦》"中悶瞀之忳忳"，悶瞀者，長言之，急言之則曰瞀也。參悶瞀、瞀容各條。《七諫》"瞀迷"則爲義近複合詞，此聯綿詞之過渡體也。

瞀容

《九章・抽思》"煩冤瞀容，實沛徂兮"，王逸注"瞀，亂也。言己憂愁，思念煩冤，容貌憒亂"。洪補云"瞀音茂"。朱云"瞀亂之意，見於容貌也"。按王、朱皆以容爲容兒，實望文生義。瞀容容字，當即俗字之借，不安也。煩冤、瞀容當爲義近複合詞，謂煩亂不安也。余舊説容當爲悶之譌，容悶形近，瞀悶雙聲，聯綿字，即《惜誦》"悶瞀之忳忳"之悶瞀例言。瞀悶，心亂兒也。《七諫・哀時命》亦云"志瞀迷而不知路"，迷與悶爲雙聲，魂痕與支齊合韻最近，故瞀迷得轉爲瞀悶也。

覬

《九辯》"事亹亹而覬進兮"，王逸注"思想君命，幸復位也"。洪補云"覬，音冀"。按《説文》"覬，㰟幸也"。《左傳》桓二年"下無覬覦"。《小爾雅廣言》"覬，望也"。俗以冀爲之，如今言希望也，希即覬之聲變。

眴

《九章・懷沙》"眴兮杳杳"，王逸注"眴，視貌也"。洪興祖《補注》云"眴，與瞬同。《説文》云'開闔目數摇也'"。朱熹同，更申之曰"眴，目數摇動之貌"。按洪、朱以眴、瞬同字未允。眴即《説文》旬之別體，訓"目摇也"。字亦作眮，瞬則瞚之或體，《説文》"瞚，開闔目數摇也"。則兩字自別，惟音則同爾。

眩惑

《九思·怨上》"嗟懷兮眩惑，用志兮不昭"，王逸注"懷，懷王也。爲衆佞所欺曜，目盡迷瞀"。按《説文》訓眩爲"目無常主"。目無常主，則視物必惑，故眩亦有惑義。《一切經音義》七十八眩惑下云"上玄絹反"。賈注《國語》"眩亦惑也"。又八十四眩惑下，引《蒼頡篇》云"眩，幻也，惑也"。《國語·周語》下"於是乎有狂悖之言，有眩惑之明"。《淮南·氾論訓》"同異嫌疑者，世俗之所眩惑也"。聲轉眩眃，《文選·思玄賦》"儵眩眃兮反常"，舊注引《蒼頡篇》"眩眃，目視不明貌"。

眩滅

《九歎·遠遊》"排帝宫與羅囿兮，升縣圃以眩滅"。王逸注"言遂排開天帝之官，入其羅囿，出升縣圃之山而望，目爲眩燿，精明消滅，心愁思也"。按叔師以目爲眩燿，精明消滅，釋眩滅，恐未允。眩滅猶言眩瞑也。《吴語》"有眩瞑一作瞀。之疾者以告"。《一切經音義》十二引賈逵曰"眩瞑，顛瞑也"。《説文》"眩，目無常主也"。"瞑，低目視也"。此"滅"、"瞑"一聲之轉，言升縣圃而眩瞑，目光無主，不能仰視也。眩瞑聲轉又爲眩湣。司馬相如《大人賦》"紅杳渺以眩湣兮"。《集解》"《漢書音義》曰'眩湣，闇冥無光也'"。晋灼曰"眩湣，混合也"。字又作眩泯，《漢書·司馬相如傳·大人賦》"視眩泯而凶見兮"，眩泯，目不安也。泯字又作眠，淺人依眩字從目改也。

眙

《九章·思美人》"攬涕而竚眙"，王逸注"竚立悲哀，涕交橫也"。洪興祖《補注》"竚，直呂切，久立也。眙，直視也，丑吏切。《文選注》云'竚眙，立視也，今市聚人謂之立眙'"。按《説文》"直視也"。《魯靈光殿賦》序"覯斯而眙"，張注"愕視曰眙"。《西都賦》云"猶愕眙而不能階"。則直視者非劉楨之平視矣。竚眙或作佇眙，見《吳都賦》"士女佇眙"。

眽眽

《九思·逢尤》"目眽眽兮寤終朝"，舊注"眽眽，視兒也。眽，一作脈，一作眩"。洪補注"眽，目財視兒，音脈"。按《説文·目部》"眽，目財視也。從目，辰聲"。徐鍇曰"謂目略視之也"。古詩曰"盈盈一水間，眽眽不得語"。《廣雅·釋訓》"眽眽，視也"。《玉篇·目部》云"莫革切，相視也"。《文選·魯靈光殿賦》"徒眽眽而狋狋"。李善注"《爾雅》曰'眽，相視也'"。翰注"眽眽、獮獮，亦視也"。六臣"眽眽"，五臣本作脈脈。

眰眰

《哀時命》"魂眰眰以寄獨兮"，王逸注"眰眰，獨行貌也"。洪補云"眰，音征，從目。眰眩，獨視也。《博雅》云'眰眰，行也，其字從耳'"。朱熹注"眰，音征，從目。眰眰，獨視也。一作䎣，從耳，獨行也"。按《廣雅·釋訓》"眰眰，行也"，其字不從耳。與洪所見本異。《説文》眰眰皆不收，古書除《哀時命》外，亦不見他籍，《廣雅》所録，顯係據《楚辭》收入者，則作眰、作䎣皆無大別，此當是矕或嬽之俗寫，熒、嬛正及從正之字，皆在庚韻，漢人簡體字已多借聲造形者。《楚辭》多言魂熒熒，《哀時命》此語正承襲舊義也。詳熒熒、惸惸諸條下。

睠睠

《九歎·憂苦》"思念郢路兮，還顧睠睠"。王逸注"言己思念楚郢之路，冀得復歸，還顧眄視，心中悲感"。洪興祖《補注》云"睠，音眷"。《詩·小雅·小明》"念彼其人，睠睠懷顧"。《箋》云"睠睠，有往仕之志也"。《釋文》"睠睠音眷"。《大東傳》"睠，反顧皃"。單言曰睠，重言則曰睠睠，其義則一也。按《文選·王粲登樓賦》、張玄《思玄賦》、謝惠連《獻康樂詩》，李善注并引《韓詩》"眷眷顧懷"，則《毛詩》作睠睠者，《韓詩》作眷眷，子政用古文説也。《説文》有眷無睠，參眷字條下。其同族語則有拳拳、惓惓、悃悃等之變。

涕

涕字《楚辭》廿四見，皆一義也。《離騷》"長太息以掩涕兮"，又"忽反顧以流涕兮"皆是。或曰淹涕（《離騷》二見），或曰"流涕"（《九歌·湘君》、《九章·抽思》、《九辯》九各一見，《九懷·株昭》一見，《九歎·憂苦》、《九思·遭厄》各一見），或曰涕淫淫（《哀郢》一見，《九歎·思古》一見），或曰擥涕（《思美人》），或曰涕泣（《悲回風》一見《七諫·哀命》一見），或曰涕潺湲（《九辯》一見），或曰涕漸漸、涕容容、涕滂沲、涕橫集，皆此一義也。《説文》"涕，泣也"。

聽

聽字，《楚辭》十八用，除聽直爲熟語，別見；又或爲聖之通借字外，其餘皆聆聽一義之變。最始見于《離騷》"夫何煢獨而不予聽"。其他如《九章·惜往日》之"聽讒人",《悲回風》之"聽潮水"、"聽波聲"、又"諫君不聽",《抽思》之"不聽",《大招》之"聽歌譔",《九懷·昭世》之"聽吹竽",《七諫·自悲》之"聽波聲",《沈江》之"聽浮説",《謬諫》之"聽之",《九歎·離世》之"聽諛辭",《逢紛》之"聽虚",《憂苦》之"聽玄鶴",《遠逝》之"太一聽"等,皆此義也。《説文》"聽,聆也",凡此皆今世通語,無庸詳説者也。

聽者聖之通借字。《大招》"三圭重侯,聽類神只"。王逸注"言楚國……之君,明於知人,聽愚賢之類,別其善惡,昭然若神"云云。又《天問》"鴟龜曳銜,鯀何聽焉?"王注"鯀何能復不聽乎?"洪補"聽,從也"。按王、洪三説,皆不能説明文義,蓋皆未允。按《大招》"聽類神只",當作"類聖神只",與上句"三圭重侯"合爲一句,而以類字爲動詞。若如今本,則當以聽爲動詞,則無以處類字,故王逸强説以賢愚之類。考古"聖神"連文,至多。《莊子·外物》"聖人所以駴天下,神人未嘗過而問焉"。《書·大禹謨》"乃聖乃神",《孟子·盡心》"大而化之之謂聖,聖而不可知之之謂神"皆是。《大招》"聽類神"句即《易·繫詞》所謂"神而明之存乎其人"之義。孔《疏》"若其人聖,則能神而明之,若其人愚,則不能神而明之"云云,即所謂類聖神也。考聖聽二字,自文字結構言,蓋同類,皆從耳壬聲。而一則從口,一則從悳,悳者省心也,故古多相通借。《齊侯罍》云"宗伯聽命于天子"。聽字作𦔻,此以聖爲聽也。又《大保敦》云"王伐录子𦔻馭人反"。𦔻蓋聽之初文,從口,以爲會意,甲文或作𦔻、𦔻、𦔻、𦔻,而聖則作𦔻、𦔻,則甲文聽字并不從"悳",而聖聽之别,僅在增𠂆形與否。此非主要結構成分也。《風俗通》曰"聖者,聲也,聞聲知情,故曰聖"。蓋得造字之本柢矣(甲文聲字作𦔻,聞字作𦔻,以耳表聲聞,與聖聽同,而聞亦從人也)。又《禮·樂記》"小人以聽過"。《釋文》"聽,本或作聖"。王逸"此厥不聽",漢石經作聖,魏石經古文作耵,耵即聖之省文。又古聖聽二字義通,《洪範·五行傳》注"心明曰聖"。《荀子·儒效》"明之爲聖人",注"通明于事則爲聖人"。《詩·小宛》"人之齊聖"。王引之謂"齊聖聰明睿知之稱,與下文'彼昏不知'相對"。《十月之交》"皇父孔聖",聖皆通明之稱。《書·洪範》"四曰聽,聽曰聰,聰作謀"。《書·多士》"矧曰其有聽念于先王勤",即有明念于先王。"予一人惟聽用德",即予一人惟明用德也。《詩·伐木》"神之聽之,中和且平"。《小明》"神之聽之,式穀以女"。"神之聽之,介爾景福"。神之聽之,猶神之明之也。推之,《詩·雨無正》、《桑柔》之"聽言",即明言也。此即《荀子·儒效》所謂"明之爲聖人矣"(楊注"通明于事則爲聖人也")。多士"聰念于先王",即"明念于先王也"。《雨無正》"聽言則答,譖言則退"。又《桑柔》"聽言則對,誦言則醉"。此兩聽言與譖言,誦言對文,則聽亦聖之借也。總而言之,聖神兩字,皆昭明之義,此古光明崇拜之遺象也。聖神爲人天兩級至高無上之德,其德在于聰明能知事故,聖字從耳(神則從申之震也)。而後起聽字(甲文聖、聽、聞蓋皆一字之變形,參前文自明)。蓋道德觀念,所起較晚,此近世社會發展史所展示于吾人者,至不可易之現象,而光明崇拜,則爲最原始之意識,故最初以耳聞而能口説(發令)爲聖。即道德意識既立,乃有從悳之聽,亦從耳、從悳,即德之本字。則能聽、善聽之德者,斯爲聖人。故此二字,造字之法同。其語音音素亦同,指其事言則曰聽,狀其人則曰聖,而皆以聰明爲之基,明亦同語族之字也(參余《中土古代光明崇拜》一文)。《秦策》所謂"聽者常存之機,豈不重哉"。此義既明,則《大招》之"類聖神只"者,"三圭重侯",類如聖神也。《天問》"鯀或聖焉"者,言鯀有何聖德,能使鴟龜爲之曳銜也,此二語蓋倒語耳。

問

《楚辭》問字五用,皆作問訊解。《遠遊》"問大微之所居"、《漁父》"漁父見而問之"、《七諫·自悲》"問天道之所在"、《九懷·陶壅》"覿皇公兮問師",皆同義。《説文》"問,訊也,從口門聲"。《書·呂刑》"皇帝清問下民焉",注"清,訊也"。

聞

《楚辭》聞字二十四見，皆一義之變。《説文》"聞，知聲也"。《墨子·經上》"聞，耳之聰也"。此本義。又訓聲名聞于人間曰聞。《荀子·宥坐》"魯之聞人也"，注"謂有名爲人所聞知者也"。

（一）知聲謂之聞，《離騷》"齊桓聞以該輔"、《湘夫人》"聞佳人之召予"、《九章·惜誦》"吾聞作忠以造怨兮"皆是。餘如《惜往日》之"聞百里"，《抽思》之"蓀不聞"、又"難聞"，《悲回風》之"聞省想"、"彭咸聞"，《惜誦》之"莫吾聞"，《漁父》之"吾聞之"，《遠遊》之"聞至貴"、"吾不聞"、"聞赤松"，《九辯》之"桓公聞"等，皆此一義也。

（二）名也。《九章·思美人》"羌居蔽而聞章"，言居雖蔽，而名則甚章也，爲屈賦所少見。

聒

《九思·疾世》"鵙鴣鳴兮聒余"，王逸注"鵙鴣，鶂雀類也。多聲亂耳爲聒"。洪補云"鵙，音劬"。《説文》"聒，讙語也"。《蒼頡篇》"聒，擾亂耳孔也"。《左傳》襄二十六年"聒而與之語"。《正義》"聲亂耳謂之聒"。今西南方言尚存此語，曰聒聒。

嫣

《大招》"宜笑嫣只"，王逸注"嫣，笑貌也。言美女頰有靨輔，口有奇牙，嫣然而笑，尤媚好也"。洪補云"嫣，虛延切"。按《説文》無嫣字，當即嫣之別構。《説文》"嫣，長貌"。長亦有美好之義，女性以笑爲好，故引申爲笑。宋玉《登徒子好色賦》"嫣然一笑"，即此之"宜笑嗎只”也。《廣雅‧釋訓》“嗎嗎，喜也”。則又轉爲名詞矣。

齧

《九思‧疾世》“齧芝華兮療飢”。王逸注“芝，神草也。渴啜玉精，飢食芝華，欲僊去也”。按《説文》“齧，噬也，從齒㓞聲”。《説文》“噬，啗也，喙也”。《左傳》哀十二年“國狗之瘈，無不噬也”。注“齧也，鳥曰啄，獸曰齧”。《爾雅‧釋地》“爲卭卭駏驉齧甘草”，此則借爲人噬。

撍

《招魂》“撍梓琴些”，王逸注“鼓也，鼓琴瑟也”。五臣云“撍，撫也”。補曰，“撍，古八切，軼也”。《書》亦作憂，按王、五臣、洪三家訓各別，似皆有所本。訓鼓者、訓撫者，皆就琴立言，庚韻先結切，撚也，塞也。又《後漢書‧申屠剛傳》“尚書近臣至乃捶撲牽曳於前”，此即訓擊。又《史記‧貨殖傳》“趙女鄭姬，設形容，撍鳴琴”。《集韻》作“訖黠切”，與戛同，擊持也。言撍鳴琴，與“撍梓琴”正同。則洪義較兩家爲長。惟《説文》無此字。考《説文》從㓞之字，多有刻著之義。㓞即今絜字，契刻也，轉注則爲契約也，爲挈懸持也，爲齧噬也，爲絜麻一耑（猶言一束）也，爲楔欛也，凡此等字，皆以丯爲語義之源。丯者刻也，音讀如介，即象絜刻于木之形，撍木竹之類，三即刻文，蓋即古刻木記事之始矣。引申之，凡用力上下克之，皆得曰丯。若初擊，亦手自上弄絃爾，故曰撍琴云。

叫

《九思‧疾世》“叫我友兮配耦”，舊注“叫，急叫也。言此國已無良人，庶北行遇賢友，而以自耦也"。按《説文》"叫，嘑也"。《左傳》襄卅年"或叫於宋大廟"，杜注"呼也"。《詩·北山》"或不知叫號"，《傳》"叫號，呼召也"。亦今通語，字或變易作訆，《説文》"大呼也"。

嘷

《招隱士》"猨狖群嘯兮，虎豹嘷"，王逸注"禽獸所居，至樂佚也"。洪興祖《補注》曰"嘷，胡高切，咆也"。《説文》作獆，"咆也，從口皋聲"。"譚長説，獆從犬"，則作獆矣。《莊子·庚桑楚》"兒子終日嘷而益不嗄"，《廣雅·釋詁》二"獆，鳴也"。按音與號、叫、咆、嗷、嚣皆同一語根，在今蕭豪韻。

嗌

《大招》"不歰嗌只"，王逸注"嗌，餲也。言乃醖釀醇酒，四器俱熟，其味甘美，飲之釀滑，入口消釋，不苦歰，令人不餲滿也"。洪補云"嗌，於華切，又音益，咽喉也"。按《説文》"嗌，咽也"。《穀梁》昭十九年"嗌不容粒"，注"喉也"。《老子》"終日號而嗌不嗄"，皆其徵也。《九思·憫上》"諓諓兮嗌喔"，猶咿喔也。此聯綿詞，義與此無涉，詳嗌喔條下。

噤

《九歎·思古》"口噤閉而不言"，王逸注"閉口爲噤也，言己愁思，心中牽引而痛，無所告語，閉我之口，不知所言，衆皆佞僞，無可與謀也"。洪補云"噤，巨蔭切"。按《説文》"噤，口閉也"。《西征賦》"有噤門而莫啟"，注云"亦閉也"。噤從口禁聲，其實禁本禁忌、禁止之義，亦即禁閉也。他如絻訓止也，婪訓貪也，皆有禁止之義，而霖訓

"兩三日以往"，則曰不見，亦閉也。故噤乃禁之後起分別文，秦以前典籍未見此字，蓋漢代新增字也。

詬

《離騷》"忍尤而攘詬"，王逸注"詬，恥也。言己所以能屈案心志，含忍罪過，而不去者，欲以除去恥辱，誅讒佞之人"。《釋文》"詬"作"詢"，洪補云"詬、詢、並呼漏切，又古豆切，《禮記》曰'以儒相詬病'，詬病，恥辱也"。《九歎·愍命》"乃逢紛以罹詬也"，王逸注"爲讒佞所害，而見恥辱也"。此兩詬字義同。《說文》"詬，謑詬，恥也"。字或作詢，《左傳》昭廿年"余不忍其詢"。或又作垢，則借濁垢、塵垢字爲之也。《莊子·讓王》"强力忍垢"。

咨嗟

《天問》"何親揆發足，周之命以咨嗟"。王逸注"言周公於孟津，揆度天命，發足還師而歸，當此之時，周之命令已行，天下百姓，咨嗟歎而美之也"。按叔師以咨嗟爲歎美之詞者，與《詩·大雅·蕩》鄭《箋》所謂"故上陳文王，咨嗟殷紂，以切刺之"之義，漢人多用此義。《後漢書·班固傳》"少屈威神，咨嗟下問"。又《延篤傳》"郡中歡愛，三輔咨嗟焉"。《呂覽·行論》"文王流涕而咨之"，注"咨嗟，歎辭"。凡此皆東漢人說，然以釋《天問》此詞，則恐未允。"何親揆發足，周之命以咨嗟"二句，譌誤實甚，當作"親撥正周命，何以咨嗟"。揆、撥二字形近而譌衍，定足、正皆形似而誤，撥正者，撥亂世反之正之義。此指周公東征言；何以咨嗟，指管蔡流言，言周公東征，有《金縢》、《鴟鴞》之作，是爲咨嗟。咨嗟言有所失放之義，何以咨嗟言周公何以有所嗟歎也。此二語與上相反成問。考咨嗟本有兩義，作歎美者，多東漢以後人語；作歎息者，則前漢以前多用之。此當作歎息解（《漢書·

禮樂志》"訾黃其何不徠下"，師古注"訾，音咨"，"咨嗟，歎之辭
也"）。字又作咨瑳。《爾雅·釋詁》"嗟，咨瑳也"，《釋文》"瑳，本
或作跐"。《字林》云"皆古嗟字"，則此當讀嗟，咨瑳也，以今字易古
字耳（參俞樾《群經平議》卷三十四）。

咶

《九思·逢尤》"悒殟絕兮咶復蘇"，舊注"憤忿晻絕，徐乃蘇也。
咶，一作活，一作恬"，按咶即舓之異文，《説文》"舓，以舌取食也"。
《莊子·田子方》"舓筆和墨"。《荀子·仲尼》"是猶伏而咶天"。惟舊
注訓徐，叔師行文，鑄詞使字時有不安之處，而《九思》注文大體爲延
壽以下諸人所爲。體會文情，時亦未當，無由定其是非矣。

默

默字五見，疊詞默默外，皆一義也。
《九章·懷沙》"孔静幽默"，王逸注"默默，無聲也，言江南山高
澤深，視之冥冥，野甚清静，漠無人聲。《史記》"默作墨"。又《哀時
命》"嘆寂默而無聲"，又《九歎·惜賢》"默順風以偃仰兮"，王逸注
"默，寂。言己欲寂默不語，以順風俗，隨衆俛仰，而不敢毀譽"。按三
默字義皆寂默也，幽静無聲皆寂默也。默字本義爲犬暫逐人，經典多訓
爲寂默。《易·繫詞》"或默或語"，默，無語也。凡幽静無聲、寂默皆
黑義之引申，無聲字或作嘿，作嚜，皆後世增益字也。

咆

《招隱士》"虎豹鬭兮熊羆咆"，洪補云"咆，蒲交切，嘷也"。按用
《説文》説也。《淮南·覽冥》"虎豹襲穴而不敢咆"。

訾

《九思·遭厄》“訾玉璧兮爲石”。訾即今訾字，亦即《説文》訾字，訾本苛也。苛即訶。洪補云“訾音紫”，詆訶也。《莊子·列禦寇》“呰其所不爲者也”，引申之則爲疵病也。訾玉璧，即詆訶玉璧，以爲石也。

譏

《天問》“殷有惑婦或所譏”，譏，諫也。《大招》“誅譏罷只”，王逸注“譏，非也。罷，駑也。言楚國選舉，必先升用傑俊之士，壓抑無德，不由階次之人，非惡罷駑，誅而去之”。朱云“罷，與疲同。譏罷，衆所譏誚疲頓不勝任之人也”。按朱説詳明。《説文》“譏，誹也”，王注訓非也。《史記·游俠傳》“二者皆譏”，《正義》“非言也”。

詖

《九歎·離世》“不從俗而詖行兮”，王逸注云“詖，猶傾也”。此借作頗也，《説文》“古文以爲頗字”。《孟子》“詖辭知其所蔽”。本義謂言辭，引申爲一切偏頗。

唫

《九章·悲回風》“孤子唫而抆淚兮”，王逸注“自哀煢獨，心悲愁也”。洪補云“唫，古吟字，歎也”。按洪以唫爲古吟字，未允。《説文》訓唫爲“口急”。口急猶今言“口吃”，謂聲不通利耳。而吟則爲呻也，《藝文類聚》引《説文》“歎也”義同。字或從言，作訡，《蒼頡篇》亦云“吟，歎也”。此言“唫而抆淚”，則借唫爲吟爾，唫、吟爲兩字。又

《九歎》"行唫累欷，聲嗗嗗兮"。行唫，即《漁父》之"行吟"，亦借唫爲吟爾。

嘯

《招隱士》"猨狖羣嘯兮"，洪興祖《補注》云"狖，以狩切"。朱熹注"猨，一作蝯。狖，以狩反。言山谷之中，幽深險阻，非君子之所處；猨狖虎豹，非賢者之偶"。按《説文》"嘯，吹聲也"。《詩·江有汜》"其嘯也歌"，《箋》"蹙口而出聲"。《禮記·内則》"不嘯不指"，即今人所謂吹口嘯。《封氏聞見記》所謂"激于舌端而清，謂之嘯"。惟魏晋以來之所謂嘯，恐誤。成公綏《嘯賦》所狀，則非余之所敢知，此言猨狖群嘯，則猨狖出聲蓋即如人之蹙口而呼矣。

訊

《九歎·遠逝》"訊九魁與六神"，王逸注"訊，問也。《詩》云'執訊獲醜'"。《詩·正月》"召彼故老，訊之占夢"。《傳》"訊，問也"。《爾雅·釋言》"言也"。邢《疏》"訊問以言也"。又《吳語》"乃訊申胥"，注"告讓也"。《左傳》文十七年"鄭子家使執訊而與之書，以告趙宣子"，注"執訊，通訊問之官"。按訊字有審問之義，僖十年《公羊傳》"荀息曰，君嘗訊臣矣"。注"上問下曰訊"。

訟

《七諫·怨世》"訟謂閭娵爲醜惡"，王逸注"讙譁爲訟。閭娵，好女也。……衆人讙譁之訟，以好爲惡。一無謂字"是也。訟，《説文》"爭也"。《易·雜卦》"訟不親也"。《序卦》"飲食必有訟"，鄭注"猶諍也"。

號

號字《楚辭》八見，除號鐘、烏號等專門名詞外，皆作呼號解。《天問》"䒤號起雨，何以興之"。王逸注 "䒤，䒤翳，雨師名也。號，呼也。言雨師號呼，則雲起而雨下"。洪興祖《補注》曰 "䒤，音瓶。號，呼刀切。《山海經》屏翳在海東，時人謂之雨師"。《天問》"妖夫曳衒，何號于市"。王逸注 "號，呼也"。洪補云 "曳，牽也，引也。衒，熒絹切，行且賣也。曳衒，言夫婦相引，行賣於市也"。朱熹注曰 "衒，熒絹反。先時有童謠曰 '檿弧箕服，實亡周國'。後有夫婦，相牽引行，賣是器於市者，以爲妖怪，執而戮之"。按此言妖人夫婦相將（曳衒）于市，何所號呼。凡此皆號訓呼號之證，其他則如《九章·悲回風》之 "號群"、《七諫·自悲》之 "夜號"、《九歎·怨世》之 "號咷"、《九思·憫上》之 "號唫"，無一不言呼號。按《説文》"號，嘑也"、《詩·碩鼠》"誰之永號"、《北山》"或不知叫號"，其證至多，爲戰國以來南北通用之詞。

欿

《哀時命》"欿愁悴而委惰兮"，王逸注 "欿，愁貌也。委惰，懈倦也"。洪補曰 "欿，音坎，不自滿足意"。按依王說，則欿爲惂之借字。《説文》"惂，憂困也"。《廣雅·釋詁》一 "惂，憂也"。然此特就文義引申言之，故洪以爲不自滿，則義與《説文》本義之欿得也近。惟欿得一義，許云讀如貪，不讀如坎也。其讀如坎者，則當爲惂也之欿。考《方言》一 "晉魏河內之北，謂惏曰殘，楚謂之貪，南楚江湘之間謂之欿"。郭璞注云 "言欿惏難厭也"。原本《玉篇》"欿，口感、口含二切"。注引《方言》云 "江湘（原誤作湖）之間，謂貪惏曰欿"。并引郭注 "欿惏貪難厭也"。則欿乃南楚方言，即通語之貪惏也。此言 "欿愁悴而委惰”，猶言失意而委惰、委頓爾。又同篇“愧獨守此曲隅兮，然欿切而永歎”。王以心爲切痛長歎，其義亦以欿爲愁，似亦未安。洪又音坎，坎者焰也，深入之義，深入即切矣，即謂深陷切急而長歎矣。此欿自當爲坎之借字。《哀時命》一篇用三欿字，而義各不同，志欿憾而不懵，即頷顲亦何傷之義，別詳。

欸

《九章·涉江》“欸秋冬之緒風”，王逸注“欸，歎也。言己登鄂渚高岸，還望楚國，嚮秋冬北風愁而長歎，心中憂思也”。洪補曰“欸，音哀，《方言》云‘欸，然也，南楚凡言然者曰欸’”。朱云“欸，音哀。欸，歎也。《方言》云‘南楚謂然爲欸’。《史》、《漢》‘亞父曰唉’，及唐人‘欸乃’，皆此字也”。按今本欸字，多誤作欸。楊慎《丹鉛雜俎》云“《離騷》、《九章》云‘乘鄂渚而反顧兮，欸秋冬之緒風’。《尸子》‘禹有進善之鼓，備訊唉也’。漢韋孟詩‘勤唉厥生’，《説文》‘唉，譍也’。亞改切，又焉開切。《史記》范增撞破玉斗曰‘唉’，《方言》云‘南楚謂然曰唉’，《説文》‘唉，譍也’。烏開切。二字音義并同，如嘆與歎，欸與咳，嘯與歗，實一字耳。其語則皆楚語也。故元次山有《欸乃曲》，而柳詩亦用此二字，皆湘楚間語”云云……按李調言《勤説》四云“愚按《漢書》之誒，《離騷》之欸，并是歎聲；《方言》之誒，乃答辭也，義各不同。《説文》訓譍者，從乎。《方言》而爲辭，非訓《漢書》、《離騷》也。又按欸一音於開切，與唉同，今廣東土語，謂是曰唉”。按李駁升庵引《方言》說誤是也。至朱琦《文選集釋》，言之尤悉，可略定矣。其言曰“《九章·涉江》‘欸秋冬之緒風’，注云‘欸，歎也’。案《説文》‘欸，訾也’。《玉篇》‘欸，訾也’。訾者訶也，段氏謂訾作訿是也。《廣韻》十六怪‘欸怒聲’，正合訾義。十六咍又曰‘歎也’，殆即本此注。《説文·口部》有唉字，‘譍也’，言部有誒字，然也。二者音義並同，而與欸有別，然古亦通用。《方言》‘欸，然也，南楚凡言然者曰欸，或曰譍'。《廣雅》'欸，譍然應也'。《史記·項羽本紀》"亞父受玉斗，拔劍，撞而破之曰'唉！孺子不足與謀'。此正怒聲不作欸，而作唉，蓋欸、唉不分矣。若《楚辭·卜居》，'悃悃款款'之款，《説文》'意有所欲也'，重文爲款款，與欸絶異。元次山有《欸乃曲》，欸音襖，乃音靄，將行船之聲，借用字，而近人書欸爲款，此楊升庵所謂誤益甚者也"。按《方言》以欸爲南楚凡言然曰欸，欸固楚言也，至款之誤，則以二字形近，款從素不從矣也。

誒

《大招》"長爪踞牙，誒笑狂只"。王逸注"誒，猶强也。言西方有神，其狀猪頭……長爪，出齒踞牙，得人强笑憙而狂獝也。或曰誒，笑樂也，謂得人憙樂也"。洪補"誒，音僖，《説文》云'可惡之詞'。《漢書》'嘻笑'，注云'强笑也'"。按《説文》"誒，可惡之辭，一曰誒然，《春秋傳》曰'誒誒出出'"。今本《左傳》僖二年作譆，與王逸"强笑憙"之説異，依王説，即娭之通用，與嬰、嬉同字，且字又作譆，則與娭之又作嬉者亦同，當亦南楚方俗字也。

娭

按《楚辭》四見而義皆遊戲也。《九章·惜往日》"屬貞臣而曰娭"。洪補曰"娭，音嬉，戲也。一作娛，非是"。又《招魂》"懸人目娭"，王逸注"娭，一作嬉。言豺狼得人，不即啗食，先懸其頭，用之娭戲"。《招魂》"娭光眇視，目曾波些"。王逸注"娭，戲也。眇，眺也。波，華也。言美女醋樂顧望娭戲，身有光文，眺視曲眄，目采盼然，白黑分明，若水波而重華也"。五臣云"言美人既爲戲樂，光彩橫出，眇然遠視，目若水波"。按王與五臣微異，王夫之釋此最爲明暢，其言云"娭光，流目送光。眇視，微眄也。曾波，目若含水，波紋重叠之狀"。又

《九懷·陶壅》"吾乃逝兮南娭"，洪補引《大人賦》"吾欲往乎南娭"，言吾乃往戲于南方也。兮字作乎字解。考上列四文，其娭字，洪補校皆云一作嬉，按嬉于古多以爲桀之妾妹嬉，甲文亦見此字。而娭則最早見于《安世房中歌》"神來宴娭"，宴娭字，《詩》、《書》皆作燕喜。喜本有遊戲之義，則其字當以喜爲初文。然嬉字亦不見于《説文》，《説文》有嫛字，訓悦樂，音與嬉同。又《言部》有詤字。《大招》亦言"詤笑狂只"，音與娭亦同。則嬉、嫛、娭、詤皆同音同義字矣。疑娭、詤皆南楚方域之字，故惟南楚人用之也。又《方言》十"媱，遊也，江沅之間謂戲爲媱，或謂之嬉"。郭璞音嬉音香其反，與洪補音許其反者同音，則嬉又碻爲楚之江沅間方言。而揚雄與嬉當之，屈宋則用娭，漢以後人多懔嬉改者，故洪校一本娭皆作嬉也。

喟

《離騷》"喟憑心而歷兹"，王逸注"喟，歎也"。又《九章·懷沙》"永歎喟兮"，王逸注"喟，息也"。按《説文》，喟或從貴，作嘳，大息也。《方言》十"嘳，无寫憐也，沅澧之原，凡言相憐哀謂之嘳，或謂之无寫"，則喟亦南楚語矣。

讙譁

兩義近複合詞，與今之諠譁，音義並同。

《九思·疾世》"鵁雀列兮讙譁"，舊注"鵁雀，小鳥，以喻小人列位也。言小人在位，患失之，競爲佞諂，聲呶呶也"。按《説文》"讙，譁也"。又"譁，讙也"。譁者，《書·費誓》"人無譁"，《傳》云"使無喧嘩"。《晋語》"士卒在陳而譁"，注"囂也"。譁即今喧譁字，非歡喜字。又《一切經音義》二十引《説文》讙，頌呼也。按讙與囂音義同。

謠諑

此以訓詁相近之詞構成之成語，析之，則義別；合之，則義通。惟謠乃通語，諑乃楚言。

《離騷》"衆女嫉余之蛾眉兮，謠諑謂余以善淫"。王逸注"謠，謂毀也。諑，猶譖也。言衆女嫉妬蛾眉美好之人，譖而毀之，謂之美而淫，不可信也，猶衆臣嫉妬忠正，言己淫邪，不可任也"。洪補"謠，音遥，《爾雅》'徒歌謂之謠（徒歌謂之謠，指歌謠言，不得以釋此，洪誤），謂謠言也。諑，竹角切'。《方言》云'諑，愬也，楚以南謂之諑'。言衆女競爲謠言，以譖愬我。彼淫人也"。按《説文》无謠字，《玉篇·言部》謠注引《説文》"獨歌也"。《一切經音義》二十引《説文》"獨歌也"。又十五云"《説文》'謠，獨歌也'"，《藝文類聚》四十三引同，則今《説文》蓋偶奪之也。獨歌爲謠，此謠之本義；毀言爲謠，則楚方俗之言也。諑，《説文》無此字，《左傳》哀十七年"大子又使穀之"，杜注"穀詐"，當即諑之假借（依錢繹《方言箋疏》説，則穀爲轉注）。《方言》十"諑，愬也，楚以南謂之諑"。則諑乃楚語矣。

謇

此詞在全部《楚辭》中五見（複音詞謇謇不計），而用法有三：（一）用作語助辭者，即《楚辭》常見之"羌"字音變，皆置于句首。如《離騷》"謇朝誶而夕替"，《九章》"謇不可釋"，《招魂》"謇其有意些"，此三處皆作語助用（王逸《離騷》、《招魂》兩處，皆訓難，非也），朱熹皆以爲難詞是也，義近"乃"字。（二）《離騷》"謇吾法夫前修兮"，此謇字亦置句首，然不得爲語助，蓋其句法與"紛吾既有此內美兮"、"汨余若將不及兮"、"耿吾既得此中正"等同例，此乃提在主語（用作人稱代詞）前之單音節狀語，此屈賦特殊句法之一種。此謇字不得爲語助（朱熹仍訓爲難詞誤也）。"蹇吾法夫"即"吾蹇法夫也"。王逸訓難是也。當即"蹇難"之蹇同聲借字（洪補以爲難易之難，亦非）。蹇者行難之義，引申則行事艱難，亦曰蹇。"蹇吾法夫者"，謂吾艱辛以法前修也。（三）《離騷》"汝何博謇而好修兮"之謇字，用在狀詞博字下，此當是動字，依全句文義定之，曰好修，即上文扈江離，紉秋蘭，搴木蘭，擥宿莽，諸好爲修飾之事，則謇乃搴之借字。《離騷》"朝搴阰之木蘭兮"，《九章》"搴長洲之宿莽"，王注"搴，取也"。搴即《説文》之攐，拔也。朱熹以博謇爲廣博而忠直者誤。惟王逸以爲博采往古，于義爲最確，其博采即博謇也。王注又云"好修謇謇"，再出謇謇二字，不合箋注之例，疑有後人譌亂，不可從也。按謇字，《説文》不録，此當爲漢人增益字，故《屈賦》五謇字一本皆作蹇，若塞也。其本字當即蹇，漢人又別增益作譽。《方言》十"譽，極吃也，楚辭也"。按辭字誤（原本《玉篇·言部》下引《方言》曰"謇，吃也，楚語也"也，字亦作譽，又云"聲類作礥"），玄應《一切經音義》卷七、卷九、卷二十一，均引作謇，則謇、蹇、譽音同，義亦同矣。參蹇字各條，并參羌、慶諸條下。

謇謇

　　叠字狀態詞，借爲諓諓，小人之言也。《離騷》"余固知謇謇之爲患兮"，朱熹音居輦反，錢杲之音蹇。此爲複音詞，《楚辭》凡三見。《離騷》、《九章》作謇謇，《離騷》"余固知謇謇之爲患兮"，王逸注"謇謇，忠貞貌也，《易》曰'王臣謇謇'"（今《易》作蹇蹇）。按《九章·惜誦》"紛逢尤以離謗兮，謇不可釋也"。即此處"余固知謇謇之爲患兮，忍而不能舍也"。義同。謇不可釋，不得言忠貞不可釋，則此亦不得言忠貞爲患矣。按謇，即諓字之通借，賈逵《外傳》注云"諓，巧言也"。韋昭曰"諓諓，巧辯之言也"。諓亦即《尚書》"惟戔戔者善諞言"之戔，《今文尚書》作戔戔，《説文·戈部》戔下引之釋云"巧言也”。巧言即上文及“信讒而齋怒”之讒言。其在《九章·抽思》“何毒樂（原誤藥）之謇謇兮，願蓀美之可完”。義與固知謇謇之爲患兩句句義相同。“願蓀美之可光”（一本作完），即“忍而不舍”之義。言余何獨以謰謰小人之言爲樂而不去乎。蓋忍而不能舍，惟願吾君之美，可以光充耳。惟劉向《九歎》有言“雖謇謇以申志兮，君乖差而屏之”。謇謇之義，似與《易》“王臣謇謇”同。則王逸以爲忠貞者，蓋本之劉向，此漢師讀也。然當從一本作蹇，《説文》“蹇，跛也”。行難，故忠貞以爲形頌也。此屈、漢用字之異（又細考謇謇、蹇蹇用爲忠貞，所起至遲，約當在哀平前後，則世變之故，不得以訓詁論矣）。

哽饐

連兩義近字爲一詞，“不通利也”。《九思·遭厄》“思哽饐兮詰詘”，舊注“饐，一作咽”。按哽饐乃連兩義近字爲一詞，《説文》“哽，語塞爲舌所介礙也，從口更聲，讀若井汲綆”。或從骨、從䯊（塞、礙二字從《一切經音義》十八卷十三頁補）。《説文》“䯊，食骨留咽中也”（《一切經音義》二十三引作哽，云“食肉亭骨在喉内也”）。又《説文》“饐，飯傷涇也，從食壹聲”。大徐“乙冀切”。與哽連文，則當爲噎，《説文》“噎，飯窒也”。《詩·王風·黍離》“中心如噎”，言中心如有所窒。故毛《傳》訓憂不能息，是哽饐正字當作哽噎。《魏志·張既傳》注“《典略》曰，英乃下馬，而跪曰‘不欺明公，假使英本主人在，實不來此也’遂流涕哽噎”。《一切經音義》十八卷引《集訓》云“哽，亦噎也”。又四十一哽噎下云“哽噎者，悲歎之鳴噎也”，則引申義矣。字又作哽咽，見《楚辭》“思哽饐兮詰詘”句下引一本。《後漢書·傅燮傳》“幹哽咽不復能言”，此言鳴咽出涕，不能復言也，非哽噎義。然《漢書·禮樂志》“祝哽在前，祝噎在後”，用本義也，後世多不別。後世又借鯁爲哽，哽即鯁之借字也。

謗

《九章·惜誦》"紛逢尤以離謗兮"，《説文》"謗，毀也"。《左傳》"庶人謗"，謂庶人揭其實事以爲言也。又《七諫·沈江》"反離謗而見讓"，亦用離謗一詞，注云"訕也"，言攻訕謗也，據事而深文周納以言之爲謗，與誣枉、造谣、譖説小異其事。

結言

古成語，蓋納徵問名之辭也，《離騷》"解佩纕以結言兮，吾令蹇修以爲理"。王逸注"述禮義也，言己既見宓妃，則解我佩帶之玉，以結言語"。按述禮義也，即解佩纕以結言之義。古納徵問名，必有嘉贄，以佩纕爲贄，其親可知，故叔師以述禮義申之。結言者，《後漢書·崔駰傳》云駰所著二十一篇中有婚禮結言，王先謙《集解》"惠棟曰'鄭仲師有婚禮謁文，駰因之，作結言'。蓋納徵問名之辭也"。侯康曰"《藝文類聚》四十引崔駰婚禮結言曰'乾坤其德，恒久不已。爰定天綱，夫婦作始。乃降英媛，有淑其儀。姬姜是伴，比則姚媯。戴納嘉贄，申結鞶褵'"。則漢代婚禮，猶存戰代以前舊習也。《詩·邶風·擊鼓》"死生契闊，與子成説。執子之手，與子偕老"。鄭《箋》謂"我與子成相説愛之恩，志有相存救也"。按鄭就《小序》國人怨州吁説之，以爲卒伍約死之詞，非也。此詩亦男女相悦，在亂離之中，相以結言也。説當爲言説，不得爲愛説，則成説即《離騷》之成言也，詳成言下。

訥謵

《七諫·初放》"言語訥謵兮，又无彊輔"。王逸注"出口爲言，相答曰語，訥者鈍也，謵者難也。謵，一作謵，《釋文》作謵"。洪補云

"並所立切,《集韻》作嚅,'口不能言也'。通作譅"。按《説文》言部"訥言難也,從言,從内"。大徐"内骨切"。《論語》"君子欲訥于言",包咸曰"訥,遲鈍也",《禮記·檀弓》"其言呐呐然如不出諸口"。從言、從口之字,古多爲一字之異文。譅,《説文》无。《止部》"譅,不滑也,從四止"。大徐"色立切"。《大招》"四酎并熟,不譅嗌只"。《方言》"譆,極吃也,或謂之嚦"。注云,嚦,難也。嚦即譅之俗體,譅從上下兩止相距,從嚦則兩止相從矣。加言作譅者,又漢人比附新益之偏旁,非正字也。

咍

《九章》"行不群以顛越兮,又衆兆之所咍"。王逸注"咍,笑也,楚人謂相喎笑曰咍。言己行度不合於俗,身以巔墮,又爲人之所笑也"。洪興祖補曰"咍,呼來切。《説文》云蚩笑也"。按今在新坿中,古籍无用此字者,僅《九章》此一見。《説文》所録笑義字,如咳,小兒笑也(户來切)。唏,笑也(虚豈切)。咲,大笑也(許既切)。其音皆與咍近,明其語根相同,而方俗自各小異。楚人以咍爲喎笑,猶今人以打哈哈爲笑謔爾。左思《吳都賦》"東吳王孫,翶然而咍"。注"楚人謂相調笑曰咍"。即本王逸。《一切經音義》十六咍笑下引《楚語》,與王注同。《廣雅·釋詁》亦云"咍,笑也"。

冶

《九章·惜誦》"妒佳冶之芬芳兮",王逸注"嫉害美善之婉容也"。洪興祖《補注》"冶,妖冶,女態,《易》曰'冶容誨淫'"。按冶本冶金器之名,《禮記·學記》"良冶之子",《疏》云"冶,謂鑄冶之也"。其訓爲妖冶者,自《易》引申言之。《荀子·非相》"莫不美麗姚冶"。何以用爲妖冶,古今似无申之者,考《易·繫詞傳》"冶容誨淫",陸、虞、姚、王本皆作野。古男女飾容，皆有定則，如野容，則不依禮制，而務爲美麗動人，是之謂野容矣。則冶容正野容之音假也。佳冶窈窕，故世俗之所好矣。

詈

《離騷》"申申其詈予"，王逸注"言女嬃見己，施行不與衆合，以見放流，故來牽引，數怒重詈我也。詈，一作罵"。按《説文》"詈，罵也，從网、從言，网辠人"。謂觸罪网者也，猶言罪責人也。

譖

《九思·逢尤》"被謠譖兮虛獲尤"，舊注"爲佞人所傷害也"。《説文》"譖，愬也"。謠、愬、訴一聲之轉，此句以謠譖連文，乃義近複合詞。謠字已別詳。譖者，《説文》訓愬，《三蒼》"譖，讒也"，《詩·巷伯》"彼譖人者"，《論語》"浸潤之譖"，皇《疏》"讒謗也"。《公羊傳》莊元年"夫人譖公于齊侯"，注"加誣曰譖"。

吒

《九思·疾世》"吒增歎兮如雷"。舊注"吒，一作咤。增，一作曾"。洪補曰"吒，竹嫁切，吐怒也"。《説文》"噴也，叱怒也，從口乇聲"。字亦作咤。《禮記·曲禮》"毋咤食"，《疏》"謂口舌中作聲"。通俗文，痛惜曰咤，歎聲亦曰叱。

諱

《七諫·謬諫》"恐犯忌而干諱"，王逸注"所畏爲忌，所隱爲諱"。

按《説文》"諱，諅也"。《禮記·曲禮》"入門而問諱"。《檀弓》"舍故而諱新"。皆是。王以諱忌分兩義，而曰所隱爲諱。義至允當，不可易。

含

《楚辭》含字十二見，以蘊蓄爲基本，而略分二義，一爲内含、包含，二爲蘊積、不發，乃内含之引申也。（一）《説文》訓含爲"嗛"。《楚語》"土氣含收"，注"藏也"。《秦策》"含怒日久"，注"懷也"。皆是。凡含義皆有不露之義。《老子》"含德之厚"，注"含德茂蓄而不露也"。最得此字之旨。《楚辭》用此義者，如《遠遊》"瀨正陽而含朝霞"，《九歎·逢紛》云"裳襜襜而含風"，皆是。《九歌·山鬼》云"既含睇兮又宜笑"，含睇，亦謂其情之不露，而僅于睇視知之也，已寫情感矣。

（二）爲蘊積不發露者，爲《楚辭》主要用義。《九章·哀郢》之"蹇佗傺而含慼"，《惜往日》"君含怒而待臣"，皆是。而漢人言之多端，如《七諫》之"含素水"，《九歎·逢紛》之"含怒"，《憂苦》之"含哀"，《愍命》之"含慼"（即《九章》之含慼也），《九思》之"含憂"，細審諸詞，皆以含寫心理情感之作用，而皆用于哀慼憂怒等憂苦之情，而不見喜樂之像，則以含表消極情素，爲《楚辭》現象之特點。考《詩》極少用含字。其狀感傷者，亦不用含字。《詩經》修辭固不重視形容詞 adjective，然從不一用，亦爲一種現象之特點。則吾人謂以含表哀憂，乃楚人習用語，爲楚之方言，蓋不爲過當。

又從含之字，多有悲慼之義，如琀爲死者口中之含玉，事可悲者，无過于此（經傳多假含爲之。《周禮》典瑞，共飯玉、含玉），此爲《周禮》之一端，南北通制。又頷者面黃也，此蓋非偶然，經傳中用含字者，如含生、含味、含貝、含垢，亦非積極之意，其餘如含章、含英、含飴亦偶見之，則可視爲衒、函等之聲借也。

皓齒

《大招》"朱脣皓齒"，王逸注"皓，白。朱脣，一作美人"。按《説文》无皓字。《廣韻》亦失收，清儒因謂皓當作晧。晧本訓爲日出，日光以白爲主，故引申爲白，其實非也。古經典用晧者不少，當爲許氏所佚收，詳皓晧條下。皓齒形齒之潔白也。齒白不僅爲美人之美，亦可以表潔，此吾先民風習之一事，《詩》所謂"齒如瓠犀"，漢人所謂"齒如編貝"，皆是此義。

漱

《遠遊》"漱正陽而含朝霞"，王逸注"餐吞日精，食元符也"。按《説文》"漱，盪也"，《禮記·內則》"咸盥漱"。今恒語。

沐

《九歌·雲中君》"浴蘭湯兮沐芳"。又《少司命》"與汝沐兮咸池"，又《漁父》"新沐者必彈冠，新浴者必振衣"。皆潔濯之謂也。浴蘭湯者，《夏小正》"五月，蓄藝爲沐浴也"。《周禮》"女巫掌歲時祓除釁浴"，又《九思·疾世》"沐盥浴兮天池"，義同。按《説文》"沐，濯髮也，從水木聲"。《周禮》"宮人共王之沐浴"，注"沐浴，所以自潔清"。《神女賦》"沐蘭澤，含若芳"，即浴蘭沐芳也。

濡

《九章·思美人》"憚褰裳而濡足"，王逸注"又恐汙泥被垢濁也"。按《説文》濡本水名，此借爲需濕之需。《詩》"濟盈不濡軌"，《易》"賁如濡如”，皆需濕之義。《説文》“需，頭也，遇雨不進，止頭也”。朱駿聲以爲“其字從雨，從而省，會意，即今濡溼字”。按朱説較舊説爲允。

抽

《九章·抽思》“與美人抽怨兮”，王逸注“爲君陳道，拔恨意也”。按《楚辭》五用，皆拔引一義。《九章·惜往日》“焉舒情而抽信兮”；又《九懷·尊嘉》“抽蒲兮陳坐”；又《思忠》“抽庫婁兮酌醴”，王逸皆訓拔引；又《哀時命》“願舒志而抽馮兮”，以抽與馮合用，馮，懣也，則亦言引懣之義矣。按《莊子·天地》“挈水若抽”，李注“引也”。《詩·楚茨》“言抽其棘”，《傳》“除也”。《左傳》宣十二年“每射抽矢菆”，注“擢也”。義亦相同。《説文》字作擂，或又作搖，爲古今南北通語。

投

投字八見，皆一義之引申，《説文》“投，擿也”。《小爾雅廣言》“投，棄也”。《詩·巷伯》“投畀豺虎”，謂投棄也。又古言投袂、投足，猶今言擲袂、擲足爾。《楚辭》八投字，不出此數義。《招魂》“投入深淵”，《天問》“何由并投”，又“投于水上，鳥何燠之”，《大招》“投詩賦只”，《哀時命》“務光自投于深淵”，《九歎》“夕投宿”，《九思·哀歲》“投劍脫冕”，《怨上》“未知所投”。

擥

擥字，《楚辭》六見，凡分持取與收取二義，其實亦一義之引申也。《説文》訓“擥，撮持，從手監聲”。字亦作擥，移置異形也。又作攬，繁變也。《離騷》“夕攬洲之宿莽”。一本攬作擥，又作擥，又“攬茹蕙以掩涕兮”，攬，一作擥，《文選》作擥，是其證。一作擥者，從監之字，俗省作攼耳（詳後）。王于“擥木根”與“夕攬”二句，皆注云“持也”，則與撮持義不殊矣。《離騷》“擥木根以結茝兮”，王逸注“擥持也”。《文選》擥作擥。又《九章·思美人》“擥大薄之芳茝兮”，王逸注“欲援芳茝，以爲佩也。擥，一作攬”。又《遠遊》“擥彗星目爲旍兮”，王逸注云“引援孛光，以翳身也。擥，一作攬”。《哀時命》“擥瑤木之橝枝兮”。語句皆撮持，持取之義也。又《九章·思美人》“擥涕而竚眙”，王逸注“竚立悲哀，涕交横也”。洪補云“擥，猶拔也。《文選注》云‘佇眙立視也，今市聚人謂之立眙’”。按補訓擥猶拔也。朱熹注“擥，猶收也”。于義爲長。《九辯》三“擥騑轡而下節兮”，“擥，一作擥”。洪補云“擥，力敢切，持也。擥，啟妍切，亦持也，其字從攼”。朱熹《集注》云“一作擥，啟研反，非是”。按古籍言擥轡，《漢書·叙傳》擥之轡正席是也。无言擥轡者，擥顯是形誤。擥騑轡，言持騑馬之轡也。《説文》“擥，撮持也”，其作擥，與上列諸句多有作擥者同例。擥本讀溪紐，而擥當讀來紐，原爲兩字，六朝以來省便，遂以從臨之字省作從攼，而不知其誤，非原本作擥矣。

攬

《離騷》“夕攬洲之宿莽”，王逸注“攬，采也，一作擥，一作擥”。洪補云“攬，盧敢切，取也”。朱本作擥。“采也，力敢反，一作攬”。又云“攬茹蕙以掩涕兮”。亦一作擥。《文選》作擥。按《説文》“擥，撮持也”。即攬之初文，攬則繁衍字也，同從監聲，而又同音，故俗書作攬也，詳擥字條下。一又作擥者，擥讀啟堅反，實別一字，大體六朝以來俗省訛字也。

《離騷》“又申之以攬茝”，按攬字不辭，本句已有申字作動詞，不得更有動字之攬，“之以”字下，亦不得承以動字，攬字疑蘭之聲誤。蘭茝爲《楚辭》習語，本篇“蘭芷變而不芳”，《九章·悲回風》“蘭茝幽而獨芳”，《九歎·遠遊》“懷蘭茝之芬芳兮”，《九歌·湘夫人》“沅有茝兮澧有蘭"，皆其證。則此之攬者，乃聲近而誤也。《荀子·六略》亦云"蘭茝藁本"，古蘭茝連文極多，且上言以蕙芳見廢，而又重之以蘭茝，蕙蘭連縷並稱，正見己好芳潔，九死不悔之志，則此必爲蘭字無疑，諸本或作攬，或作檻，或作攣，皆一形之誤也。

扳

《哀時命》"往者不可扳援兮"，王逸注"言往者聖帝，不可扳引。扳，一作攀"。洪興祖《補注》云"扳，與攀同，引也"。按扳即攀之或體或一時省體字，從反聲者也。《莊子·馬蹄》"烏鵲之巢，可攀援而闚"，即此扳援也。

扳援

義近複合詞，今作攀援。《哀時命》"往者不可扳援兮，倈者不可與期"。王逸注"言往者聖帝不可扳引而及。扳，一作攀"。洪興祖《補注》"扳，與攀同，引也"。按扳援義近複合詞，至今尚爲全國恒語。扳即《説文》𢸧字之或體。《説文》"引也，從反廾，攀或從手、從樊"。隸變手在樊下，成攀。《公羊傳》隱元年"諸大夫扳隱而立之"。《莊子·馬蹄》"可攀援而闚"，《廣雅·釋言》"扳，援也"。《遠遊》"軒轅不可攀援兮"，注"黃帝以往，難引攀也"。又《招隱士》"攀援桂枝兮聊淹留"。《漢書·杜欽傳》"故攀援不遺"，師古注"援，引也"。聲變爲攀緣，詳攀援條下。聲轉攀纏，謝靈運詩"質弱易攀纏"，是也。

庇廕

義近複合動詞，《九思·憫上》"庇廕兮枯樹"。按《説文·广部》"庇，蔭也"，又《艸部》"蔭，艸陰地"。則庇廕以庇蔭爲正字，《説文》无廦字，特以庇字從广而誤也。《晋語》四"君實庇廕膏澤之"。《漢書·劉向傳》"枝葉落則本根无所庇廕"，師古曰"庇，音必寐反。廕，音於禁反"，字又作庇陰。《左傳》文七年"公族公室之枝葉也，若去之，則本根无所庇陰矣"。與《劉向傳》言同。

援

援字，《楚辭》五見，皆作引用義解。《九歌·東君》"援北斗兮酌桂漿"，又《國殤》"援玉抱兮擊鳴鼓"，王逸注《東君》云"引玉斗，酌酒漿，以爵命賢能，進有德也"。洪補云"援，音爰，引也"，又《九懷·尊嘉》"援芙蕖兮爲蓋"，又《思忠》"援颸瓜兮接糧"，與上二例皆同義。按《説文》"援，引也，從手爰聲"。考爰即援之初文，上下兩手而中以物相受曰爰。詳爰字下。援則後起字，如然之作燃，梁之作樑，冒之作帽，皆後來增益字耳。又《九章·惜誦》"又何以爲此援也"。王逸訓援爲引也，于文自亦可通。惟此當爲古聯綿字之分用者，上言"衆駭遽以離心兮，又何以爲此伴也"。此言"同極而異路兮，又何以爲此援也"。伴援即今西南方俗所謂攀援，相引相推之義同，釋爲伴侶未允。惟此爲聯綿字之用詁訓字書之者，自文字觀之，固亦可分釋，自語言論之，必當合詁。詳伴援條下。

搖

搖字十見，而分三義。

（一）動搖也，《九章·悲回風》"悲回風之搖蕙兮"，王逸注"言飄風動搖芳草，使不得安"。王以動搖訓搖，此搖字之通詁（詳下）。又《招魂》"鏗鐘搖簴"，搖與鏗對舉，謂動搖之，鏗擊之也。又《九歎·思古》"風騷屑以搖木"，又《遠遊》"搖翹奮羽，馳風騁雨，遊無窮兮"。此言搖動其翹踩，奮興其羽也。又《九辯》"心搖悅而日幸兮"，搖悦連文，搖當讀搖蕩、蕩搖，《莊子·天地》"大聖之治天下也，搖蕩民心，使之成教易俗"。搖蕩猶言鼓舞之也，亦動之義。心旌搖搖，亦言心之動搖也。心情鼓舞，故曰幸。王逸注以意中私喜説之是也。聲變爲搖演。《長笛賦》"易聽駭耳有所搖演"。李善注"搖，動也。演，引也。言有所動引於心"。按《説文》"搖，動也"。則諸文用動義者，皆其本義矣。

（二）搖落也。《九辯》兩言"屮（一作草）木搖落"，下句承以"時槁悴兮"，或承以"而變衰"。此搖固亦可訓動，而義重在落，則搖而落也，後此遂成詩賦家恒言。《秋興賦》"蕭瑟兮草木搖落而變衰"，全襲子政文中語。《説文》有榣字，訓樹動也。則爲搖落之專字。此亦漢字繁衍之一例也。

（三）搖疾也。《九章》"願搖起而橫奔兮"，王注曰"欲搖動而奔走"。王念孫曰"案搖起，疾起也，疾起與橫奔文正相對。《方言》曰'搖，疾也。《廣雅》同燕之外鄙，朝鮮洌水之間曰搖"。《淮南·原道》篇曰'疾而不搖'，《漢書·郊祀志》曰'遙興輕舉'，遙與搖通，彼言遙興，猶此言搖起矣。説見《漢書》"。按孫説是也。《方言》"汩、遙，疾行也，南楚之外曰汩，或曰遙"。搖與遙古通用，爲異部同文，從手與從辵同也。字又作邎，《玉篇》、《廣韻》皆云"邎，疾行也"。則搖又南楚方言矣。

浹

《大招》"冥凌浹行"，王逸注"冥，玄冥，北方之神也。凌，猶馳也。浹，徧也"。朱熹《集注》"冥，幽暗也。凌，冰凍也。浹，周洽也，言春氣既發，幽暗冰凍之地無不周浹而流行"。按朱説是也。讀如《荀子·君道》"先王審禮以方皇周浹于天下"之浹，《説文》无浹字，當爲帀之別構，帀字不易記識，故以同聲習用之夾字爲之。洽亦聲近義通爾，王逸訓徧者，正洽之訓。

挾

《天問》"何馮弓挾矢",王注"持也"。《九歎·惜賢》"懷芬香而挾蕙兮"。按《説文》"挾,俾持也"。《管子·小匡》注"右掖曰挾"。《吳語》"挾經秉抱",注"在掖曰挾"。則挾以在掖爲本義,言挾蕙,正在掖之意,用本義也。按夾字《説文》云"持也,從大挾二人,會意"。則挾即夾之增益字,惟從二人之説未足信,不能夾二人于掖也。甲文、金文則從大、從乂、若 ℧ 等,象挾物之形,非人也,至明。掖下夾一物,爲夾,若所挾者多,无不失教,故爽字訓失。《老子》所謂"五味令人口爽"也。爽正象左右各挾多物之象。

舉

《楚辭》二十八見,凡分五義。

(一)進也,用也,選拔也,或有提持之意。《離騷》"舉賢而授能",言選舉賢能也。又"遭周文而得舉",言姜尚遇周文王,而得進用也。又《大招》"舉傑壓陛",王逸注"一國之高爲傑","言楚國選舉,必先升用傑俊之士"云云。又《九辯》"堯舜皆有所舉任",他如《九思》之"吕傅舉"、《傷時》之"識舉"皆同。按舉字本義爲對舉。對舉者,以兩手舉之也。《考工記·廬人》"舉圍欲細",注"謂手所操"是也。引申之,則有用義,《禮記·儒行》"懷忠信以待舉",注"用也"。此謂提持之也,《詩·烝民》疏"舉者,提持之也",屈子之所謂舉賢,皆謂自下而提持之使在高位,故引申爲選拔、爲用、爲高、爲進,義各有當,而皆源于雙手舉而起之,凡下列諸義之有高舉選擇起用者,亦皆本于此。

(二)借爲與,舉字從與聲,故有與義,與猶皆也。《離騷》"世並舉而好朋",王逸注"言世俗之人,皆行佞僞,相與朋黨,并相薦舉"

云云。釋並舉義，既言相與，又言薦舉，躊躇兩端，甚无謂也。而相與之釋爲碻，并與謂并爲黨與也，與好朋義相成。《漢書·燕刺王傳》"連與成朋"，結構相似。王注失之望文生義。然薦舉云云，所以申言其故，雖多亦無嫌矣。又《九辯》"今之相者兮舉肥"，王逸注"不量才能、視顏色也"。朱熹云"相者謂相馬者，古語云'相馬失之瘦，相士失之貧'，即舉肥之意也"。于舉肥一詞，得其真際，而訓詁則未明也。按此舉字當訓與，言相者與肥相與也，猶言相者皆同與肥爲美爾。

（三）又《楚辭》有一熟語，曰"舉世"，如《漁父》"舉世混濁"，《七諫·初放》之"舉世皆然"，《哀時命》之"舉世以爲恒俗"等，王逸于初放釋舉爲與，至碻。舉世猶言一世、全世，或世人全皆之義，亦相與之義也。蓋與本黨與字。《齊策》"君不與勝者，而與不勝者"。注"猶助也"。即相與之義。《莊子·大宗師》"孰能相與於无"，《釋文》云"相與，猶親也"。《周禮·太卜》"三曰與"，注"謂所與共事也"。以此諸解釋上文各句，莫不叙然理順矣。

（四）去也。《楚辭》有熟語曰"高舉"，探其義蘊，直言捨去爾。如《卜居》"寧超然高舉，以保真乎"。此言遠去塵世，以保其天真，下又云"何故深思高舉，自令放爲"。《九辯》之"鳳愈飄翔而高舉"，《遠遊》"欲輕舉而遠遊"，義亦同此例之漢人賦，亦得斯旨。如《惜誓》"登蒼天而高舉"，《九歎·遠遊》之"駁高舉"，或變言遠舉，或但言舉。《九歌·雲中君》"猋遠舉兮雲中"，《惜誓》之"黃鶴舉"、"再舉"，惟《雲中君》與諸漢賦所言，但有遠去之義，而不必即爲舍去也。此在讀者之善爲體會。

（五）舉起也。《九歌》"舉長矢兮射天狼"，《九章》"憚舉趾而緣木"，《遠遊》"舉斗柄以爲麾"，《七諫·謬諫》"龍舉"，《九歎·遠逝》之"舉霓旌"，《九思·守志》之"舉天畢"，諸舉字皆作舉起解，此則舉之本義，或其引申義耳。

拔

《七諫·謬諫》"拔搴玄芝兮"，王逸注无說。《說文》"拔，擢也"。《蒼頡篇》"引也"。《易乾》"確乎其不可拔"，鄭注"移也"。

蹠

《九章·哀郢》'眇不知其所蹠"，王逸注"蹠，踐也，言己顧視龍門不見，則心中牽引而痛，遠視眇然，足不知當所踐蹠也"。洪補云"蹠，音隻"。《說文》"蹠，楚人謂跳躍曰蹠"。《方言》一"踏、蹈、跰，跳也，楚曰蹠"，引申之，則履踐曰蹠，或以爲跖之借字。《蒼頡篇》"蹠，躡也"。《廣雅·釋詁》"履也，行也"。又《九思傷時》"蹠飛杭兮越海"，王逸注"蹠，一作跖"。其實《九思》蹠字，正是《說文》跳躍之義，而一作跖者，又《九章·哀郢》之正詁也。

躇

《九思·逢尤》"握佩玖兮中路躇"，舊注"懷寶不舒，悵仿徨也"。洪補云"躇，音除"。按《說文》"躇，躊躇不前也"。字亦作躑躅、躊躇、踟躕、踟跦，參踟跦等條下，皆古雙聲聯綿字也。

跓

《九思·悼亂》"跓竢兮碩明"，洪補云"跓，竹句切。《集韻》'重主切，停足'"。按跓猶《詩》言佇立，考古籍无跓字，有住字，住即駐之古文。《說文》"駐，馬立也。《蒼頡篇》'駐，止也'。《一切經音義》十七'駐，古文作住、尌、促、逗四形'蓋皆通用字"。亦作跓者，蓋住立以足，故俗造爲跰爾。

邁

《哀郢》"美超遠而逾邁"，《九辯》九同有此句，王注"接輿避世，辭金玉也"。又《九思·疾世》"言旋邁兮北徂"，舊注"己不見用，欲遠去也"。《楚辭》三見邁字，皆當訓去，即《説文》之遠行也。《爾雅·釋言》"行也"，義同。《詩·黍離》"行邁靡靡"。

遺

《楚辭》廿六見，其義至爲複雜，大體多聲借，而微眇，難求其相對之義。其用本義者，似只《九懷·尊嘉》之"江離兮遺捐"，猶棄捐。《説文》訓遺爲亡；《詩·谷風》"棄予如遺"；《左傳》成十六年"君惟不遺德刑"，注"失也"，略與棄捐之義類，其餘則多借聲矣。

（一）借如饋。《説文》"饋，餉也"。《周禮·玉府》注"古者致物于人，尊之則曰獻，通行曰饋"。《廣雅·釋詁》"饋遺也"。字或以餽爲之，照以《楚辭》所用，《湘君》之"遺下女"、《湘夫人》"遺褋"、"遺遠者"、《大司命》之'遺離居"、《山鬼》之"遺所思"、《九章·抽思》之"遺美人"等，其身份，皆與主人相當，或稍次，與所謂通行之饋相同。又《詩·鴟鴞》序"爲詩以遺王"，疏"流傳致達之稱"。照以《九歌》各文情勢，皆以傳致遺遠，則又與《詩》疏相協，且此等遺字之用，皆在《九歌》之中，《九章》亦僅一用。則吾人謂此種用法，乃楚民間風習之語，屈子雖有整齊修潤之功，而无改弦更張之勢，彰彰明矣，此亦楚言耳。

（二）予人曰遺，自予亦得曰遺，自予者，受之也，如今言自給爾。《招魂》"歸來兮，恐自遺賊"。又云"歸來恐自遺災些"。此兩遺字，上皆冠以自字，則不爲饋人，乃自饋爾。自饋者，受之、得之而已。則自遺賊、自遺災者，言自得賊、自受災。施受得通用，自爲漢語語法上之一特殊現象。王逸訓此兩遺字，皆曰予也，得其微義矣。

（三）遺遠、遺後皆所以流傳，故遺義亦得曰流。《九懷・危俊》"遺光燿兮周流"，遺光即燿于周流之光，則遺光爲流彩之義。《後漢書・張衡傳》"遺光儵爛"，注"言光彩射也"。此之燿周流，即注之射也，此如風行四射曰遺風矣。《呂覽・本味》"遺風之乘"，注"行迅謂之遺風"。又《九歎・思古》"目眇眇而遺泣"，遺泣，猶言泣下也，亦流義之引申。《詩・角弓》"莫肯下遺"，箋"墮也"。義雖與流傳稍遠，而不爲異類，則可決也。

（四）則遺字頗含美好、可崇敬之義，此見于《離騷》、《遠遊》之"遺則"，《九辯》之"遺教"，《遠遊》、《哀時命》之"遺芳"，《哀郢》、《九辯》及《九歎・憂苦》、《惜誓》等之"遺風"，皆含崇仰體認之美意，非由字面有此含義，而文理思致，確含此作用。文字運用之妙，蓋出乎尋常訓詁之端，要在讀者之善爲體認者矣。又《九歎・逢紛》"垂文揚采，遺將來兮"。其思理情致，亦復相同也。《招魂》云，"遺視矊些"，用遺字，王逸注"遺，竊視也。矊，脈也。言諸美女顏容脂細，身體夷滑，心中矊脈，時時竊視"。按王以竊釋遺，遺无竊義，此遺視猶言流視，如光曰遺光耳，此義蓋謂流轉至達之義，即屈子他文所謂目成，或曰流盼，惟流盼故下承以矊脈也。此亦饋遺之引申爾，諸家説皆誤。亦可作矊字解，見下。

（五）矊之借字，伺也。《招魂》"遺視矊些"（本作矊，依《説文》校改），王逸訓"竊視也"。按遺元竊視義，此當爲矊之借，貴散古同韻通，貴聲古讀喻紐，與散聲爲内外兩極之變，喉爲百音之本，故貴可變散也。《方言》中此例最多，今西南脣音字多攝入喉，皆是其徵。矊者，《説文》"矊之或體，伺也"，伺察則竊視也。

迫

迫字《楚辭》十用，除迫脅、迫阨、迫促別見外，其餘皆一義也。

然除《離騷》一見"望崦嵫而勿迫",《遠遊》一見"悲時俗之迫阨",
《招魂》一見"道相迫些"而外,其他七見,皆在漢賦之中。自漢以來,
此字義訓皆不變,又皆恒語,無庸詳列矣。《説文》訓迫爲近也。《離
騷》、《招魂》義同此,引申爲陋,《遠遊》用此義。

歰

《大招》"不歰嗌只",王逸注"言乃醞釀醇酒,四器俱熟,其味甘
美,飲之醲滑,不苦歰,令人餇滿也。歰,一作澀"。洪補曰"歰,不
滑也。嗌,於革切,又音益,咽喉也"。按《説文》"歰,不滑也,從四
止"。會意,字亦作澀。《方言》十"吃或謂之歰"。又"忸怩,慙歰
也",注"歰猶苦也"。苦者,不滑利,則苦矣。

歷

歷字《楚辭》十八見,可分四義。

(一)經過也,《説文》"歷,過也"。引申爲經也,逢也。《楚辭》
歷字用此義最多。《九章·思美人》"獨歷年而離愍兮",《遠遊》"永歷
年而无成",又"歷太皓以右轉兮","歷玄冥以邪徑兮",他如《九辯》
之"歷群靈"、《惜誓》之"歷衆山"、《九懷·危俊》之"歷九曲"、又
《株昭》之"歷九州"、《思忠》之"歷廣漠"、《九歎·遠遊》之"歷祝
融"、《九思·逢尤》之"歷九州"、《守志》之"歷九宮"皆是。

(二)選也。《離騷》"歷吉日乎吾將行",王注"歷善日吾將去"。
五臣云"歷,選也"。洪補曰"《上林賦》之'歷吉日以齊戒',張揖曰
'歷,筭也'"。筭亦選也,此義亦經過之引申,蓋編數之則亦選義也。

(三)逢也,至也。《離騷》"委厥美而歷茲",又"喟憑心而歷
茲",又《九章·抽思》"歷茲情以陳辭兮",一本作"茲歷情",王注
云"發此憤思"。則王本固作"歷茲情"也。此三歷茲,義皆同,王注

委厥句云“歷，逢也”。而注歷兹情之歷爲發也，義相近，而于文理詞氣似尚有間，歷當訓至，凡經歷，必有所至，則至亦經過之引申。兹，此也，言至于此，猶今言至乎此極，皆言委棄其美，而至于此。盡此情而陳詞，嘆喟滿心，而至于此極，皆有憤極之義，非泛泛訓詁之可解也。

（四）治也。《天問》“應龍何畫，河海何歷”。（此從一本）王注“歷，過也，應龍過歷遊之，而无所不窮也”云云，于文義不順。此言鯀治水有龍以尾畫地歷故事。“河海何歷”，言河與海何以能治也。歷作治字解，《禮·月令》“命宰歷卿大夫至于庶民土田之數”，注“猶次也”。此即指禹治水事，自上文“伯禹腹（今作愎）鯀”至此句，皆言禹鯀治水成敗之端，鯀信應龍之畫而敗，禹順水性疏瀹而治也。叔師于此等句，不甚了了，强爲之説爾。不可從。

逮

《説文》“逮，唐逮，及也”。按唐逮即及，或言唐逮，或言及，一也。依字形變遷論之，逮即隶之動字，隶者從後持其尾，一事之象，即增辵，作動字爾。《卜居》“數有所不逮”。朱熹解此語最明顯，曰“數有所不逮。如言日月之行雖有定數，然既是動物，不無嬴縮之類”是也。《哀時命》“老冉冉而逮之”。《詩·桑柔》“荓云不逮”，箋“逮，及也”。又《禮記·曲禮上》“逮事父母”，注同。

遞

《楚辭》二用，皆一義也。《説文》“遞，更易也，從辵虒聲”。《爾雅·釋言》“遞，迭也”，更也，《招魂》“二八侍宿，射遞代些”。王注“遞，更也。遞，一作遞”。按遞乃漢以來隸變草書。《九辯》“四時遞來而卒歲兮”，王逸注“冬夏更運，去若頹也。遞，一作迭”。洪用《説文》義，又《招魂》“二八侍宿，射遞代些”。王逸注‘射，厭也。

《詩》云‘服之無射’。遞，更也。言使好女十六人，侍君宴宿，意有厭倦，則使更相代也。或曰夕遞代。夕，暮也。遞，一作遍”。字作遍者，俗省行字也。

追

《離騷》“背繩墨以追曲兮”，王逸注“追，猶隨也。言百工循繩墨之直道。隨從曲木，屋必傾危，而不可居也”。《説文》“追，逐也”。《方言》十二“追，隨也”。

適

適字，《楚辭》五見，約分兩義。一、爲本義，適也，往也。《離騷》“欲自適而不可”，王逸注“適，往也。欲自往，禮又不可，女當須媒，士必待介也”。又《九思·遭厄》“適昭明兮所處”，舊注訓“就日處”。義亦往也。《説文》“適，之也，從辵啻聲”。《方言》“適，往也，宋、魯語也”。則屈子用當時通語矣。二、適樂也，《九章·悲回風》“刻著志之無適”，又“從子胥而自適”，《九辯》“故高枕而自適”，自適者，自求安適，以適其志也。無適，即古書之不適，《鶡冠子·環流》“氣之害人者，謂之不適”。《吕覽·大樂》“寒暑適”，注“和也”，則無適，猶言志無所和也。

遁

《離騷》“後悔遁而有他”，王逸注“遁，隱也，一作遯”。王逸訓隱者，蓋借爲遯字，故一本作遯矣。《説文》訓遁爲“遷”，蓋遁者不依成言而爲之之義。又《遠遊》“離人群而遁逸”，王逸注“遁去風俗，獨隱存也”。此亦借爲遯、遯逸，即逃隱爾。此即《莊子·大宗師》“故聖人將游於物之所不得遯，而皆存"之類。亦即諸得道者"馮夷得之以游大川，肩吾得之以處大山，黃帝得之以登雲天，顓頊得之以處玄宮，禺強得之玄乎北極，西王母得之坐乎少廣，莫知其始，莫知其終"一段義也。諸遊處、登處、玄坐等字，即遁逸之一法耳。

逞

《大招》"逞志究欲，心意安只"。王逸注"逞，快也。究，窮也。欲，嗜欲也。言楚國珍奇所聚集尤多姣女，可以快志意，窮情欲，心得安樂，而無憂也"。《哀時命》"志憸恨而不逞兮"，王逸注"憸，亦恨也。《論語》曰'與朋友共弊之而無憾，逞解也'"。洪補曰"逞，丑郢切。《説文》'逞，通也，楚謂疾行爲逞'，一曰快也"。朱熹注"憸，乎闇反。逞，丑郢反。逞，快也"。又"太公不遇文王兮，身至死而不逞"。洪補"逞，縱也"。《方言》三"呈，曉快也，江淮陳楚之間曰逞"。此兩逞字，皆讀如《左傳》桓六年"今民餒而君逞欲"之逞，又《國語·周語》"以逞淫心"。逞志究欲，即左氏之逞欲也。

迹

迹字四見，皆一義之別，《九章·惜誦》"言與行其可迹兮"，王逸注"出口爲言，所履爲迹"。又《天問》"昏微遵迹，有狄不寧"。王逸注"迹，道也"。又《九章·悲回風》"見伯夷之放迹"，王注"行也"。又《卜居》"將隨駑馬之迹乎"，王注此句云"安步徐也"。凡此四見，王訓皆各不相同，蓋就文爲説，非詁字義爾。考《説文》"迹，步處也，辵亦聲"。步處者，謂履之所迹也。《莊子·天運》"夫迹履之所出，而迹豈履哉"。即此字本義。《管子·宙合》亦云"猶迹求履之憲也"，皆其徵矣。字亦作跡，古從辵與從足之字，往往爲一字之異文，見《九歎·離世》。又亦聲與朿、責同，故字亦作越、作踈、作蹟，三家

《詩·正月》"謂地蓋厚，不敢不蹐"。毛本作蹐，又聲同字爾。《廣雅·釋詁》三"跡，迹也"，《詩·沔水》"念彼不蹟"，傳"不蹟，不道也"。合參跡字條下。

跡

《九歎·離世》"端余行其如玉兮，述皇輿兮踵跡"。王注'承述先王正治之法，繼續其業，而大之也"。按跡即迹之異文。古從辵、從足之字，多爲一形之分化，迹者，《說文》"步處也"。唐李陽冰云"蔡中郎以豐同豐，李丞相持束作亦，則從束、從責者，皆小篆異文爾"。《老子》"善行无轍跡"。《論衡·奇怪》"跡者，基也"。皆其徵。此即今人恒言之足跡印之跡，與止（趾）、企、踵、跟爲同類，而各有專指。合參迹字條。

企

《九歎》"登巉岏以長企兮"，王逸注"企，立貌"。《詩》"企予望之"。按《說文》"企，舉踵也"。義至礤，甲文作𠃌，象人下足特大，所以指踵之舉也。《老子》"企者不足"。《漢書·高帝紀》"日夜企而望歸"。《詩》"跂余望之"。以跂爲之。字又作佺，見《廣雅·釋詁》四。

距

距字數見，凡分兩義，（一）爲拒之借字。《九歎》"内距閉而不開"，王逸注"言己欲妄行，周比苟容，自入于君，心内距閉，而意不開"。按《說文》"距，雞距也"。蓋雞附足骨，鬭時所用，此句則借爲拒也。《荀子·仲尼篇》注"距，同拒，敵也"。《書·益稷》"距行"，疏"拒者相抵之名"。《皇矣》"敢距大邦"，《漢書·趙廣漢傳》注"拒閉也"。（二）躍之借字，《九思·悼亂》"踊躍兮距跳"，距跳即《春秋左傳》僖二十三年之"距躍三百"，注"超越也"。

踞

《大招》"長爪踞牙，誒笑狂只"。王逸注"言西方有神手足長爪，出齒踞牙，得人强笑，憙而狂猗也"。洪補曰"踞，音據，蹲也"。按洪音踞爲據，其訓本《説文》，惟于文理不通。朱熹云"疑當作鋸"。按王逸訓出齒踞牙，則作鋸與王説會。《説文》"槍唐也"，《列女傳》"鋸者所以治木也"。即今刀鋸字，齒之利者，有似鋸也。

踵武

《離騷》"及前王之踵武"，按踵武亦組合詞，此則借喻爲繼續先王之遺跡，而其基（王逸説）。朱熹曰"踵，足跟也"。洪補曰"踵，亦跡也"。王曰"武跡也"。此用踵武，引申擴大之義也。又按武字本義爲止戈，即《説文》所謂定功戢兵之意，然古書又多用爲步武。《詩·下武》"繩其祖武"、《生民》"履帝武敏歆"、《儀禮·士相見禮》"武舉前曳踵"、《鄉射禮》"下綱不及地武"、《禮·曲禮》"堂上接武，堂下布武"、《周語》"不過步武尺寸之間"，其證至多。《爾雅·釋訓》"武跡也"。《釋詁》"武繼也"。諸義皆不能得之自定功戢兵之義，歷世説文字者，皆不得其義，故朱駿聲以爲武之別義，而不能舉其本字。案武字從止，止本足趾本字，則履帝武即履帝足迹矣。故可用作迹字解也。千年未解之秘，一旦得之矣。

逾邁

兩義近之複合動詞。逾進而行遠也。《九章·哀郢》"衆蹀蹀而日進兮，美超遠而逾邁"。按《九辯》亦有此語。《哀郢》王注云"此皆解于《九辯》"。按《九辯解》云"接輿避世，辭金玉也"。按此亦先秦恒語也。《書·秦誓》云"我心之憂，日月逾邁，若弗云來"。孔《傳》"言我心之憂，欲改過自新，如日月並行，過如不復云來，雖欲改悔，恐死及之，无所益"。用意與《九章》、《九辯》相同。《後漢書·文苑傅毅傳》亦引"日月逾邁"句注"逾過邁行，言日月之過往，不復還也"。按《説文》"逾，迻進也"，"邁，遠行也"，此複合兩義近字爲一詞，爲當時南北通語。

踰

《九思》"踰隴堆兮渡漠"，舊注未作解。按《説文》"踰，越也"。《廣雅·釋詁》"踰，渡也"。《詩》"將仲子兮，无踰我里"。《吳語》"含銜踰江"，皆訓渡。此言"踰隴堆"與"渡江"踰、渡對舉，踰亦渡矣。又按踰與逾爲異部合文，蓋一字之別構也，從足與從辵同義，參逾字條。

踊躍

《九章·悲回風》"存髣髴而不見兮，心踊躍其若湯"。王逸注"言設欲隨從群小，存其形貌，察其情志，不可得知，故心中沸熱，若湯也。踊躍，一作沸熱"。按一作沸熱者，後人據叔師注語改之也。沸熱若湯，乃探湯字爲説也。又《九懷·匡機》"蓍蔡兮踊躍，孔鶴兮回翔"，王逸注"蓍龜喜樂，慕清高也"。按蓍字當從洪興祖説作耆，老也，龜老則神，故能踊躍也。《九思·悼亂》"踊躍兮距跳"。王逸"以泄憤懣也"。踊躍一詞，《楚辭》三見，叔師皆无確詁，蓋常語易知也。按踊躍猶言跳躍，三代常語，至今未變。考《詩·邶風》"擊鼓其鏜，踊躍用兵"。《竹書紀年》二"蛟魚踊躍于其淵"。《莊子·大宗師》"今大冶鑄金金踊躍曰'我且必爲鏌鋣'"。則踊躍乃三古南北通語。踊俗作踴。《尚書大傳・虞夏傳》"蛟魚踴躍於其淵"，即上引《竹書》之文，《竹書》踴躍也。聲轉爲踊溢。《文選・琴賦》"其康樂者聞之，則敂愉歡釋，抃舞踊溢"。翰注"踊溢，言跳躍也"。

造

造字《楚辭》用之八見，除造父爲專名，別詳外，其餘分三義。

（一）爲"至也"。《遠遊》"造旬始而觀清都"，王逸注"遂至天皇之所居也"。又《九思・守志》"造我車兮南端"，舊注"復適南方也"。則訓造爲適，亦至義也。

（二）製造、造就。《九章・惜誦》"吾聞作忠以造怨"，《抽思》"蓋爲予而造怒"，《悲回風》"夫何彭咸之造思兮"，諸造字，皆製造、造就之義也。

（三）成也。《招魂》"陳鐘按鼓，造新聲些"。王訓造爲"造爲"，不切，造當訓成。《左傳》成十三年"我有大造于西也"，注"成也"。《書・君奭》"耇造德不降"，鄭注同"造新聲"。謂與鐘鼓成爲新聲也。

遘

《哀時命》"夫何予生之不遘時"，王逸注"遘，遇也，《詩》曰'遘閔既多'。言己自哀生時年命，不及古賢聖之出遇清明之時，而當貪亂之世也"。按《說文》"遘，遇也"。《詩・柏舟》"遘閔既多"，《野有蔓草》"邂遘相遇"，《書・金縢》"遘厲虐疾"，皆是。按遘字從冓，交積材也，有相交遇之象，故從冓之字，多相遇之義。構，法構也；講，和解也；覯，遇見也；購，以財求遇也；媾，婚姻相交，皆轉注字矣。字又作逅，如邂遘之作邂逅也，蓋漢以來省便字之借同聲字爲之者爾。

遵

遵字，《楚辭》八見，皆一義。按《説文》"遵，循也"。《爾雅·釋詁》"遵，自也"，《方言》十二"遵，行也"。《詩》"遵彼汝墳"，"遵大路兮"，皆古用遵循之徵。《離騷》"既遵道而得路"，王逸注"遵，循也。堯舜所以有光大聖明之稱者，以循用天地之道"。五臣云"循用大道"。洪補云"上言三后，下言堯舜，謂三后遵堯舜之道，以得路也"。又同篇"遵赤水而容與"。遵循赤水，而容與也。《天問》"昏微遵迹"，言殷王昏，與上甲微，遵循前迹也（參《重訂天問校注》）。外此如《九章·哀郢》、《思美人》之"遵江夏"，《九歎·離世》之"遵江曲"，《憂苦》之"遵壄野"，皆同。漢以後亦惟此義爲最通行，无庸詳徵矣。

遊

《天問》"焉有虬龍，負熊以遊"。王逸注"有角曰龍，無角曰虬，言寧有無角之龍，負熊獸以遊戲者乎"。按王説不確，虯不負熊，故可爲疑，而其義至淺。按負當爲媍，即今婦字；遊者，讀爲遊牝之遊，言安有虬龍，以熊爲婦，而與之遊牝也。詳《天問校注》。

游或爲浮之誤，"養空而游"。念孫按游當爲浮字之誤也。《索隱》本作浮，注曰："言體道之人，但養空性而心若浮舟也"。《漢書》、《文選》並作浮，服虔曰"道家養空虛若浮舟也"，皆其證。上文其生兮若浮，義亦同也。

遷

《天問》"釋舟陵行，何以遷之"。王逸注"釋，置也。舟，船也。

遷，徙也。舟釋水而陵行，則何能遷徙也"。按《爾雅·釋詁》"遷，徙
也"。《詩·巷伯》"既其女遷"，《傳》"去也"，王、洪釋之爲徙是也。
說此句故事非也。別詳《重訂天問校注》

遒

《楚辭》三見一義。《九辯》第三與第七同云"歲忽忽而遒盡兮"，
王逸云"年歲逝往，若流水也"。洪補云"遒，即由、即秋二切，迫也，
盡也"。言年多忽忽運行而至于迫盡也。又《招魂》"分曹并進，遒相迫
些"。王逸注"遒，亦迫。言分曹列偶，竝進技巧，投箸行棊，轉相遒
迫，使不得擇行也"。朱熹注同此義。五臣訓遒爲急，義并明白。按遒
字，《說文》作逎，訓"迫也"。《廣雅·釋詁》"遒，急也"。或從酋
作。字亦作蹖，《莊子·秋水》"蹖我"亦勝我是也。又《走部》有趥
字，訓"行貌"。《辵部》別有廸字，訓導、訓進，義并與此通，皆一語
之分化字也。聲小變爲尷，亦訓迫，與遒爲同族字。

逝

逝字，《楚辭》十八見，凡分二義，爲往也，去也。往去之久，則
近于亡，故引申爲亡也。《離騷》"雄鳩之鳴逝兮"，王逸注"逝，往
也"。又曰"勉遠逝而無狐疑兮"，義同。他如《九歌·大司命》之"偕
逝"、《少司命》之"忽逝"、《九章·抽思》之"徑逝"、《遠遊》之
"乃逝"。漢人賦中，如《七諫》之"遠逝"，《九懷》之"懷逝"、"乃
逝"、"將逝"，《九歎》之"逝于"，皆同此義，按《說文》"逝，往也，
從辵折聲"。《詩·東門》"東門之枌，穀旦于逝"。《論語·子罕》"逝
者如斯"，《詩·谷風》"無逝我梁"，《傳》"之也"。凡此皆《詩》、
《騷》用字相應，此固三古南北通語矣。另義近亡，《九章·悲回風》云
"寧逝死而流亡兮"，此與《論語》所謂"逝者如斯"，謂江水一去不復

反爾，義近，故曰"逝死流亡"也。此逝之引申義，漢以後，此義用之者至多，逝本從折，折者斷也，斷者毁也，故逝得引申爲夭折矣。

超

《九思·守志》"攄羽翮兮超俗"，王逸注"無所效其忠誠，故翩飛而去也"。超字十五見，可分四義。（一）超遠也。《九歌·國殤》"平原忽兮路超遠"。又《九章·哀郢》"美超遠而逾邁"。《九辯》九亦有此句，《哀時命》言"超永思乎故鄉"義同。此超字與遠、永連文，則亦有遠義。《方言》七"超，遠也，東齊曰超，或以迢爲之"。（二）超然遠舉或遠去之義。《遠游》"超无爲以至清"。《卜居》"寧超然高舉"。《九辯》二"超逍遥兮今焉薄"。《七諫·自悲》"超恍惚其焉如"（義與《九辯》同）。《老子》"雖有榮觀，燕處超然"。注"超然遠避而不處也"。超者越過之義，越過世俗而不相處，則曰超无爲超逍遥也。《九思·守志》"攄羽翮兮超俗"，亦遠于俗耳。（三）越也，過也。《九懷·株昭》"超驥卷阿"，王注"騰越曲阜"。超訓越也。又《九思·傷時》"超五嶺兮嵯峨"，言越過五嶺之嵯峨也。（四）僤之借。《九章·抽思》"超回志度，行隱進兮"。王逸注"超，越也。言己動履正直，超越回邪，志其法度，隱行忠信，日以進也"。按此超回，猶僤回、遭回，此即《惜誦》所謂"欲僤回以干傺"之義，猶後世言低回、轉旋、徘徊也。王注未允。（五）惆之借。《九章·悲回風》"超惘惘而遂行"，超與惘惘連文，《莊子》"武侯超然不對"，注"不安也"。又《七諫·謬諫》"蹇超摇而无冀"，王注"不安也"。超无不安之義，以聲韻求之，當爲惆之借，如怊悵之又作惆悵耳。考《説文》超字本義訓"跳"。《楚辭》前三義皆得自跳引申，後二義則聲借耳。

躐

《九歌・國殤》"凌余陣兮躐余行"，王逸注"凌，犯也。躐，踐也。言敵家來侵凌我屯陣，踐躐我行伍也。躐，一作蹸"。按躐當即《説文》之邋字，從辵與從足古同也。惟今《説文》誤作擸也，從辵不宜言乎邋也。即邋遒，躐短言，行相逮及之義，與叔師踐義合。

涉

涉字，《楚辭》八見，除涉江爲曲名外，其餘皆一義之衍。用本義者，《説文》"涉，徒行瀨水也"。《爾雅・釋訓》"馮河徒涉也"。《釋水》"繇膝以上爲涉"。《詩》"大夫跋涉"，毛《傳》"水行曰涉"。此一義也。又引申則凡渡亦得曰涉，《方言》七"過渡謂之涉"。《楚辭》所用，不出此二義矣。《離騷》"詔西皇使涉予"，王逸"涉，渡也，言我乃麾蛟龍，以橋西海，使少皡來渡我"。《遠遊》"涉青雲以汎濫兮"，此亦泛言渡矣。《九章・哀郢》"江與夏之不可涉兮"，言江夏水深，不可徒涉也。準此則《大招》"代水不可涉，深不可測只"。其義更爲章顯，深不可測，故不可涉也。他如《惜誓》之"涉舟水而馳騁"，《七諫・哀命》之"涉江而遠去"，義均同此。

遊

《楚辭》遊字共用三十餘次，屈賦約可十八用，以訓詁學論之，大體不出遊戲、遊行或遊心、遊目、遊觀之屬，蓋先秦通用字爾。若就文心論之，則屈賦中似別具深遠之義，則遠征、遠逝曰遊，上征、高舉亦曰遊。周流、流亡、登天、高翔亦得曰遊。明以實之，則去故居、故都、故鄉，離國門，放漢北與江南，涉江、懷沙、哀郢、入溆浦、過洞庭，爲實質性之遊。又上天庭、入帝宮、至南巢、登崑崙、上閬風、求神仙，乃至從王喬、從彭咸，爲浪漫性之神遊，無一非遊，則屈生遭遇、放逐、竄處，以至于入汨羅，皆遊矣。是遊者固屈子神思浪漫之極則，而千古奇悲結構之一法也。此《離騷》後段之所以結集。千迴百折無限之傷心，結腸無可奈何之候，以一遊字了之。則求女、求仙、求死所，皆所以寄望于國冀君之一晤，俗之一反，而己得盡忠愛之情於其君、於其國人，則屈子所言之遊，不爲遊樂、嬉戲，乃悲苦情緒之自解而已。古今來知屈子者惟賈生一人。《惜誓》一篇，闡發此義爲精湛愷切，賈生之遭遇，有同屈子者，故體會屈子之意，乃能如是邃密。

就詞義訓詁論之，則曰"寧溘死以流亡"，"溘埃風余上征"，"吾將上下而求索"，"何離心之可同兮，吾將遠逝以目疏"，"路修遠以周流"，"吾方高馳而不顧"，"道卓遠而日忘"，"惟郢路之遼遠"，"愿輕舉而遠遊"，"將去君而高翔"，《漁父》曰"或故深思高舉，自令放爲"，《卜居》曰"寧超然高舉，以保真乎"，保真自放，則公私兩得其所，而詩人終身殉此義矣，哀哉！

余

《楚辭》余字一百七十一見，其見于屈宋賦者共一百十二見，其見於漢儒賦中者爲六十九見，故其使用量爲予、吾、我、朕四字之總合一百二十四者，尚多四十七次，則吾人謂《楚辭》第一人稱，以余字爲主，在《詩》、《書》、《論語》以予字爲主之歷史進展中，顯然予已讓位于余矣。又見于屈宋賦爲一一二，較兩漢人所用之六十九，尚多四十三次，則吾人更得深入論之曰，余者蓋《屈賦》第一人稱代詞之主要成分，且爲戰國以來最多之一家（春秋以來各古籍，以《左傳》用余爲第一人稱最多，凡得九十八次，視屈宋賦尚少十四次，以卷帙論，《左傳》視屈宋賦畧二十餘倍，則其比例更微矣）。

至其用法，姑僅就屈宋賦而論，則用于賓位者凡二十三見，用于主位者三十四見，用于領格者凡五十五見，而領格中亦有承以之字者，如"荃不察余之中情"、"尚不知余之從容"（《九歌》中无此例可注意）。《九歌》雙句則同用兩余字，如"捐余玦"、"遺余佩"等是。而他篇則雙句多上下同詞者固有之，如"飲余馬"、"總余轡"，而上下異字者爲多。如"懷朕情"、"余焉能"二句，"退静默而莫余知"，下句用"莫吾聞"，又"莫余知"與"吾方高馳"二句對"莫吾知"，又對以"余濟乎"、"余僮個"與"吾所如"，"憍吾以其"對"覽余以其"，"余弗見"對"吾不聞"，此等錯綜用法，純以避複，或與聲調之調協有關。其作賓語用者，亦往往提于動詞之前，此自古而然者也。于"予"字已概見之矣。然在《離騷》、《九歌》中，則順裝爲正常，如《天問》言"久余是勝"，而《離騷》則曰"告余以吉"，曰"告余以不間"。《離騷》、《九章》等賓語倒裝，多用吾、我兩字。如"世溷濁莫吾知"、"不吾知其亦已兮"、"近呼號又莫吾聞"、"哀南夷之不吾知"等皆是。

總之，余字之用，在屈宋賦中，不僅十量爲最多，突過前人遠甚，而其用亦最活潑，不論主賓領格，皆已全備，則其繼承春秋以來而發展之跡甚明，不似予字有其最基本之詞序與用法，亦不似吾、我之拘束云。考余字，《説文》訓"語余舒也，從八，舍省聲"。按"語余舒"其義至惝恍不定，古无用此義者，又甲文作令、仐，若仾、仾，與許説從八，亦不類。古今疑之者至多，亦不能作確詁，桂未谷以爲邪之聲借，魚麻古韻固可合部，而余邪義亦无徵。或又以唱喁和吁之吁，徒以唱和立義，羌无故實。今謂，考從余字，如舒、如徐、餘、叙、賖、俆、捈、畲等字，多有寬餘之義，則許言"語之餘"之"餘"不爲无據。考甲文余、吾二字，爲形變，乃紡錘也，與我之爲紡機同其作用（詳我字下）。此其本義，而余則吾之閣置者也。閣置則舒徐有餘矣。則許書"語之餘"語，字當是吾字之誤。吾之餘者，謂紡錘暫置者也，以吾表進行之錘，以倒置表停頓之錘，動静用兩形，固漢字結構之一例也。

又考第一、第二人稱之代字，似有其主要之語源，以第一人稱論，予、舍、吾、台、言、卬（三字見《詩》）、我等字音，皆爲喉音，而予、余、吾、台皆在魚韻，我在歌韻，古魚、歌通韻，其音與數字之一相同。而第二人稱之你、汝、爾、若、而等字，與數字之二音相同或相近（至第三人稱則无如此整然之語源，如其、彼、它、伊、渠等，主要用語至紛亂不一）。則第一、第二人稱，恐與一、二兩音爲基礎，第一人稱之余、予、吾即一也，第二人稱之你、汝、爾、若即二也，一二相對，亦如陰陽之相對矣（一、陰雙聲；二、陽韻轉）。然何以不見以一、二字爲第一、二人稱代詞之例，而必以余、吾、我爲之？此亦有説。考母性中心社會時代，男子就女子而居，即男子出嫁于女，周之先世，所謂爰及姜女者，是其徵也。則居室爲女子所獨有、所主宰。耕耘、獵、漁之事，男子主之；而紡織烹飪之事，女子主之。則"爰及姜女"之男，聞紡織之聲，而知女之所在。女爲一家之主，爲第一號人物，而紡緯不離手，織機（我字）不離座，而機杼之聲，正所以表家主之所在，則以之表第一人稱，于事爲最順適矣。女子自稱曰紡織人，猶男子自稱曰力田（男）人矣。男子自爲此一室中之第二號人物，則以二呼，如今人言老二矣。余此説最近于創，然非向壁虛造，自有理據，則堅信不疑。餘分別詳吾、我、爾、汝等條。

又考甲文第一人稱有余、我、朕諸字，如：

"甲戌卜王，余令角帚戴朕事"。

"朕臣鳴乙酉卜，王貞余亏联考工祉我莫"。

"甲午卜王貞……余從侯喜正人方……受余佑，我受年"。

"乎省我田"。

"生于我祖"。

"受我佑"。

自上例證之卜辭第一人稱爲我、余，同爲第一人稱之主格賓格，而領格則爲朕，余、朕常爲時王之自稱，余可爲王之主格賓格，而不爲領格，我則可兼三格，而余、朕爲王自稱，故爲單數，我則爲集合名詞，可爲襮數，至西周金文，則領格朕、我並用，此其大校也。以與《論語》、《楚詞》相較，則其發展之跡顯然。餘參陳夢家《卜辭綜述》、《尚書》亦多用余字。然《論語》有予无余，與甲文實相反，此中原由至今尚无發現，或因余字使用以王爲主，遂避不用，而以聲同之予易之耶？非余所敢知也。

《九歌・湘夫人》"目眇眇兮愁予"，一本作余，按注明作予字，今誤爲余，非也。《説文》"余，語之舒也，從八，舍省聲"，舊音以諸切；"予，推予也"，象相予之形，舊音余吕切。《爾雅》"卬、吾、台、予、朕、身、甫、余，言我也"。予、余雖並訓我，然編檢音韻諸書，無有以余字入語韻者，兩字不可混也。今本文余字誤，當從注作予（許巽《文選筆記》説）。

予

《楚辭》予字十八見，皆爲吾、我之義，計《離騷》四見曰"詈予"，曰"不予聽"，曰"望予"，曰"涉予"。《九歌》七見曰"愁予"，曰"媵予"，曰"召予"，曰"華予"，曰"杜予"，曰"慕予"，曰"襲予"。《遠游》一見曰"望予"，《天問》一見曰"自予"。此等結構，予字皆在動字之後，爲賓語，且又皆在一句之末，其在句中者，只"子慕予兮善窈窕"一見，又屈賦各句有作倒裝句者，其前必有否定詞"不"。至漢人賦六見，作賓語者二見，《七諫・自悲》"惜浮雲以送予"、"苦衆人之妒予"皆是。而《七諫》"離予之故鄉"、"惜予年之未央"，《哀時命》"何予生之不遘時"，《九歎・逢紛》之"遏其不舒予之情"，則皆非賓語，多作領位用之者矣。

考北土之用法，頗不一律，即以《論語》而論，予字二十四見，在賓位者僅十見，而在主位者十一見，其在領位則只三見，以《詩》、《孟子》、《禮記》照之，則《河廣》之"跂予望之"，《陟岵》之"予役"，《葛生》之"予美亡此"，《墓門》之"訊予不顧"，《孟子》"予未得爲孔子徒"，又"予不屑之教誨"，《禮記・坊記》之"非予武"，《曲禮》下"予一人"，《儀禮・喪禮》"抽扃予左手"，《吕覽・贊能》之"夷吾佐予"。其用法皆至不一，則屈宋用此詞爲第一人稱者以爲賓格爲最嚴。此當爲一人或一系之專門性用詞，自有其不可亂之律者也。

又考予字編及《論》、《孟》、三《傳》、三《禮》、《尚書》、《詩經》之中，《書》與《論語》用之尤多。而兩書皆无余字，則稱予爲古籍最早使用之第一人稱，亦非虚言。而屈賦則予與余、吾、我同用，但其在語中之位置，則皆在句末，且爲賓語，无例外，此與《書》、《論語》皆不同也。《詩·國風》予字凡三十八見，多作主語、定語，偶有作賓語者，比較論之，則各有其時代之演變與習慣用法之異云。

予之本義爲推予，象相予之形，此爲古籍所恒見之訓釋，其作第一人稱代詞用者，諸家皆以爲吾我等字之借。《爾雅·釋詁》"予，我也"。《禮記·中庸》"人皆曰予知"，孔子弟子宰予字子我，則春秋戰國以來，亦已相假矣。其詳當參吾、我等詞。

又考予字與余、吾同爲魚韻字，予、余又雙聲，其聲均之相近，故得相借。蓋吾、我爲本字，而予則借聲爾。然古籍用吾、我者反少于予、余，則以"吾"、"我"屬牙音疑紐，其音重而濁，與漢語語音濁音多變輕之習慣不相中，故以輕音之影喻紐當之也。別參吾、我、余三字下。

我

《楚辭》我字三十二見，視余、吾諸字爲少，屈宋賦中只十三見，其他見於漢賦，其用法則皆在賓位，无他用法，與余、吾不同，无細説之必要。

考《説文》"我，施身自謂也，或説我，頃頓也，從戈、手。手，或説古垂字。一曰古殺字。凡我之屬皆從我。𢦠，古文"。按許説字義至允，其解字形，則鈎讆不可理解，所錄兩説，惟以手爲古垂字，似有足爲吾人啓示之點。考我字，甲文作𢨉、𢦒、𢦦、𢦧、𢦤、𢦥、𢦩諸形，最簡者如𢨉，最與今字相近者如第六形，小篆以爲從戈者非是，而手旁更不得與諸形相對比。按此當爲古紡織機杼之形（參機字下各圖）。𢦠即以手搖旋轉之機垂（錘），其引出之一橫，即線類，而如戈之⺄則引線至一端之繞架也。其形極似。至今民間尚多有之。則許以手爲垂者，蓋古之遺説，即錘之借也。手與丁，皆機杼之主要部分，更加架閣，則成其爲織機矣。古者主婦職機杼，爲一家之主，故以爲第一人稱之代詞，其音又即機、杼所發之音也。與余、吾蓋爲一事之小別，事既小別，故音亦小別，余吾在今韻魚部，而我則在歌部，開合口呼之異也。

惟此字所起，較余、吾稍晚，最早見于《書·盤庚》。而三《傳》、三《禮》、《論語》中亦恒用之。余曩籌計之，約得五百七十次。以字數多寡比例論之，則《尚書》爲最多。其用當在殷周之際，而爲北土方俗所通行云。

《論語》凡四十五見，三位皆有之，而領位爲最少（五見）。此與屈賦大異之一端也。其居賓位時亦有倒裝句法。

吾

《楚辭》九十七見，屈宋賦共用八十二字，漢人賦共用十五次，爲最少。作主語用者六十四見，定語用者十七見，作否定句中之賓語用者凡十一見，如“吾既有”、“吾導夫”、“吾獨窮困”、“耿吾既得”、“吾與君”、“吾聞作忠”、“吾使屬神”、“吾方高馳”、“吾不能變”、“吾又何怨”、“吾告堵敖”、“吾聞之”等，皆作主語用者也。又如“遭吾道”、“哀吾生”、“不與吾心”、“舒吾憂”、“照吾檻”等，皆作定語用者也。又如“不吾知其亦已兮”、“恐年歲之不吾與”、“哀南夷之莫吾知”、“退静默而莫吾知”、“進號呼又莫吾聞”等句，皆作否定句中之動詞賓語。但就形式上論之，此等吾字，似皆在主語地位。此吾人所當深察明辯者也。此種情況，與《論語》似稍異，《論語》百十一用中，居主位者九十三次，居領位者十五次，居賓位者三見（皆倒裝于動詞之前）。此種情形，與《楚辭》大同，然《論語》我、吾混用，似有意避複者也。《楚辭》亦有此例，而以余、吾混用爲主，如“忳鬱邑余侘傺兮，吾獨窮困乎此時"，又"不吾知其亦已兮，苟余情其信芳"。而无余、我混合之例，此其殊也。此處參俞樾《茶香室叢鈔》卷一引楊復吉《夢闌瑣筆》引元趙悳《四書箋義》言吾、我二字"就己言曰吾，因人言曰我"一段。

考《説文》"吾，我自稱也，從口五聲"。五呼切。此字不見于甲文之中。然《春秋》三《傳》、三《禮》、《論》、《孟》用此字多至七百二十二文，《易經》中亦少見之，則謂在春秋戰國之際，最爲流行之第一人稱代字，當无可議，則其源自亦不能不究之。余以爲此當即余字之形變，余字以𠆢爲母形，而吾字當即𠔉，若𠁰之變，皆古紡錘之象也。其本形應爲↓，近世考古發現者至多。而作𠔉者，則絞絲于錘時之象。古𢆶、𠔉、𠔉諸形，本一也，而後世分爲糸、爲玄、爲五、爲午，一作𠔉，一作𠁰，而兩字皆有交午、交五之義是也。紡織在女性中心社會，爲婦女之專職，而家庭之組織，乃從婦居制，《詩》所謂"來朝走馬，爰及姜女"是也。故女性遂爲第一人稱（甲文以余、朕爲王者自稱之詞，其遺義乎）。大約至西周以來，諸子不敢輒用尊者專用之余，而以移置之吾爲代，以殺其神祕之性。故九經中遂多用吾而少用余矣（左氏後於公、穀，故《左氏傳》亦多用余字。則吾人謂暢用余字，始于左氏，未爲不可）。又考《爾雅·釋詁》"台，我也"。又"台，予也"。《書·禹貢》"祇台德先"，孔《傳》"台，我也"。《湯誓》"非台小子"，馬注"我也"。此台字以聲論，則與余、予同；以形論，則爲吾字之變，甲文有"不吾告"一成語（近人或釋爲不踟躕，此從友人張天放説）。吾字作𠔉，而台之小篆𠯑，許氏以爲從目者，目即𠔉之譌也。甲文中以余爲第一人稱，而同時之《尚書》諸篇則以吾爲之，蓋余爲文學語，而吾則通俗語，誓誥之文，所以曉諭民衆者，故以通俗爲宜，故余謂台即吾也。他如言、卬、陽、姎等字，其音皆與余、吾近，則大體爲借音字矣。南楚文中無台字，而余、吾用之最多，則自周初以來，台已不行于世，即在北土，亦廢弛矣。

朕

《楚辭》八見，其七見于屈賦，一見于劉向《九歎·遠遊》。《九歎》爲仿摹屈子之作，其句爲"回朕車俾西行"，即仿屈子"回朕車以復路"也，故可不論。屈賦中七用，皆作主語，居領有格，如"朕皇考曰伯庸"、"回朕車以復路"、"哀朕時之不當"、"懷朕情而不發"皆是。此七用其中四見于《離騷》，二見于《九章》，而《九歌》、《天問》等皆无之。《九歌》爲楚之民歌，其不用此尊大之詞宜也。

考朕字早見于甲文之中（見余字下引），與余字同爲王者所用之第一人稱之領格，與《楚辭》同。陳某爲此二字作一總結曰：

"余單數第一人稱主格，在別處可爲賓格。朕單數第一人稱領格。我多數第一人稱領格，在他處可爲主格"。

在金文中朕字，亦全爲領格，與甲文同。《尚書》中用之最多。《詩》亦三見，皆在《雅》、《頌》中，《大雅·韓奕》二見，《周頌·訪落》一見，《國風》中無用之者。《論語》二見，居領位，乃湯王之自稱。《左傳》僖十二年及哀十四年二用"朕命"，乃述周王之言，則此詞自殷商以來，已有定則。蔡邕《獨斷》以爲自秦以來惟天子獨稱之，非其事實也。

考朕字，《說文》"朕，我也。闕"。段玉裁以爲"朕在《舟部》，當作舟縫解"。近人或以爲舟與龜甲文不分，而"关"作 𦥯，象兩手執火灼龜以見兆，則朕爲朕兆始字，說校段爲允。則其義與第一人稱代詞無涉，特借其聲者也。其聲爲何？今不可的知，余以爲或當爲今北人自稱大曰咱（若伯）之咱，朕、咱一聲一變也。

太公

《九辯》"太公九十乃顯榮兮"，王逸注"吕尚耆老然後貴也"。按

《哀時命》亦言"太公不遇文王兮，身至死而不得逞"。王逸注言"太公不遇文王，至死不得解於厮賤"。按《史記》言文王得呂望曰"'吾先人太公望子久矣'。故號曰太公望"。此言"太公"，省言之也。此名亦見《孟子》。亦曰呂太公望（見《呂氏春秋·長見》），亦曰太公尚（見《史記·三代世表》），亦曰呂望，詳呂望條下。惟太公之得名，《史》言"吾先君太公望子久矣"，其説至陋。俞樾《賓萌集》三有《釋太公望》一文，論之極審。"《史記·齊太公世家》曰，周西伯遇太公于渭之陽，與語大悦，曰'自吾先君太公曰當有聖人適周，子真是矣。吾太公望子久矣'。故號之曰太公望。樾謂此説非也。太公者，死而其子孫尊之之稱也。夏殷無諡，周始有之，而當時諸侯，往往無諡，是故魯之始封曰魯公伯禽，衛之始封曰康叔、曰康伯，晉之始封曰唐叔虞、曰晉侯燮，蔡之始封曰蔡仲胡、曰蔡伯荒，曹之始封曰曹叔振鐸、曰太伯脾、曰仲君平，杞之始封曰東樓公、曰西樓公、曰題公、曰謀娶公，宋之始封曰微子、曰微仲、曰宋公稽，皆無諡也。齊之有諡，自哀侯始，哀侯以前曰丁公伋、曰乙公得、曰癸公慈母，凡三公無諡。而太公者，始封之君，又有大功，故尊之曰太公云爾。周之王業，始乎古公亶父，既有天下，則追王之曰太王，齊之太公猶周之太王也。吳自太伯適吳，遂以有國，至武王追封爲吳伯，謂之太伯，齊之太公猶吳之太伯也。《左傳》曰武王邑姜方震太叔，然則唐叔虞亦有太叔之稱矣，齊之太公猶晉之太叔也。非獨此也，太王之妃曰太姜，文王之母曰太任，妃曰太姒，武王元女配陳胡公曰太姬，蓋太爲尊稱，故尊而無諡者，皆曰太焉。秦始皇帝尊其父莊襄王爲太上皇。漢高祖因之，其死也，即立太上皇廟而無諡，蓋古人之遺意焉。太公之稱，猶之乎太上皇也。其後田氏代有齊國，實始於田和，而謂之太公和。以後證前，益知太公爲始祖之尊稱矣。是故太公望猶太公和也，望與和皆名也，太公望蓋名望，而字尚父，古人名字相配，尚者上也，故名望，字尚也。《詩》曰'維師尚父'，猶曰'程伯休父'。毛公生六國時，沿傳聞之誤，而爲之説，曰可尚可父，此與《史記》太公望子之説，皆齊東野人之語也"。又按俞樾氏《湖樓筆談》七，説太公九十乃顯句頗有徵。宋玉云太公九十乃顯榮兮，誠未遇其配合，蓋言其晚遇也。然高誘注《淮南・説林》篇云吕望年七十始學讀書，自七十至九十止二十年耳。九十顯榮猶爲早達矣，紫微斗數稱太公望壽一百六十，此固不足據，然太公必享大年可知。故其七十讀書正其勝衣就傅之年，其九十顯榮乃其弱冠登朝之日也。漢郎顗稱顔回十八，天下歸仁，然《列子》稱顔淵壽十八則天下歸仁之日，亦其頭童齒豁之年矣。是故夙成不足喜，晚遇不足悲，辟草木之榮枯，亦各以其時而已。惟《論衡》稱召公年八十，而《説苑・建本》篇又稱周召公年十九而冠，則可以爲方伯諸侯，是召公早慧而又大年，古賢臣所趂，見其得天獨厚者歟？

嗣

《天問》"何變化以作詐，後嗣而逢長"。王逸釋後嗣爲後嗣子孫是也。按《説文》"嗣，諸侯嗣國也，從冊、從口、司聲"云云，解字結構，未必即當，而説義則至允當。《尚書》、《詩經》及兩周金文用嗣字，指嗣諸侯之國祚者，无處不在，可一一覆按。《書・洪範》"禹乃嗣興"，《舜典》"舜讓于德弗嗣"，《詩・生民》"以興嗣歳"（嗣君之新歳也），《左傳》昭七年"今又不禮于衛之嗣"，《魯語》"苟芈姓實嗣"，引申則統治階級繼續之業蹟，皆曰嗣。《左傳》襄二十五年"其弟嗣書"，襄三年傳"晋侯問嗣焉"，襄十九年傳"所不嗣事于齊者，有如河"，字或作似，《詩・斯干》"似續妣祖"，皆是。別詳余《詩書叢釋》。其字小篆作嗣，許氏以爲册封，則重點在册，故以司爲聲，其實嗣字實以司爲重點。《説文》又録㚰爲或體。考金文嗣字，或作𤔲、作台。又《文選典引》"有于德不台"，注引《漢書・韋昭注》"古文台爲嗣"。《後漢書・班彪傳》注云"台，讀爲嗣"。亦或以似爲之。《詩》"似續妣祖"，即嗣續也。《易・明夷》"文王以之"。《釋文》鄭作似，皆是也。考諸字，皆以"以"爲基本成分，以者𠬝之隸變，台爲其繁體，台即胎之本字，嗣字所從之司，即台之變，金文或變作𤔲，小篆則加册以成之，此自册封之制已形成後之專字。[glyph]本象胚胎，子初成胎之象，[glyph]則象生子之形，[glyph]者子所由生也。而加肉成胎，加[glyph]成𤔲，增益册成嗣，其形體之衍，蓋與社會政治制度發展有關，吾人可自此而推之者也。故嗣之初義，本爲定國之嗣君專用之字，而後世引申爲嗣續耳。

胄

《九歎·逢紛》“伊伯庸之末胄兮”，王逸注“胄，後也”。《左傳》襄十四年“謂我諸戎是四嶽之裔胄也”。按《説文》“胄，胤也，從肉由聲”。與從冃之用胄字别。《書·舜典》“教胄子”，馬注“長也”。王注“國子也”。孔《傳》“謂元子以下至卿大夫子弟”。《左傳》襄十四年“是四岳之裔胄”，注“後也”。此言末胄，蓋謂屈子爲伯庸之後也。其義與孔《傳》卿大夫子弟之説合，子政用古文説也。

皇考

皇考一詞，《楚辭》三見，其二見於劉向《九歎》。《九歎》擬屈子之作，故用詞詞義，全同。《離騷》“朕皇考曰伯庸”。《九歎·遠逝》曰“躬純粹而罔愆兮，承皇考之妙儀”。又《愍命》曰“昔皇考之嘉志兮，喜登能而亮賢”，王逸注“屈原言我父伯庸體有美德，以忠輔楚”云，即牽合《九歎》兩言之義以立説也。

皇考者，王逸注“皇，美也。父死稱考”。朱熹《集注》同。古今无異詞。惟漢儒有以皇考爲先祖者（如劉向），近世王闓運以爲祖廟之稱，恐皆不確。戰國之際，固多以皇考稱父者矣。《齊侯因資敢》云“皇考孝武桓公”，即因資之父。《虢叔旅鐘》“丕顯皇考惠叔”，即虢叔之父，《叔夷鐘》“用考亯于皇祖皇妣，皇母皇考”，皆是。又《頌鼎》“用作朕皇考龔叔，皇母龔姒寶鼎”，《史伯頌父鼎》“朕皇考釐仲，王母泉母"，則"朕皇考"三字連文，固戰代習用之詞。

考

《楚辭》考字八見，大略可得四義。（一）爲本義之引申，三爲聲音之假借，按《說文》"考，老也，從老，省丂聲"。老者，人年七十曰老（此從《說文》，及《曲禮》。《論語》皇《疏》則以五十以上，《管子·海王》注則六十以上爲老。男五十以上爲老，女異，說可參）。從人、毛、匕，會意，人、毛、匕者，言鬚髮變白也。按甲文考字，確從老，而形與小篆異，老字作ٰ，若ٰ，考字從老，ٰ，若ٰ、ٰ，其第一形與老字全同，而加丂聲，象人老佝僂之狀。其第二、三兩形，則爲髮變之象，爲小篆人、毛、匕之所由，此周以來整齊古文之現象也。引申則父必老于子，古者男子三十而娶，至其成年生子，父母必皆五十以上之人，故遂以考老稱其父母。此自最高統治階級，至最下之農奴皆然。就生理之自然現象立論，爲最素樸唯物觀點。然何以不用老字，而必別摯考字？則更有說。按古籍用考，多有成就稽徵一義，父之于子，一切皆較成就，能稽徵者，非僅于變老而已，故考之于老，特多成就等義爾。《楚辭》用父考一義，始自《離騷》之"皇考"，《天問》于禹治水有功時，則曰"纂就前緒，遂成考功"。謂禹治水，能纂代鯀之餘業，而成其父未竟之功。王逸訓考爲父，死稱考。此時蓋鯀已死，故曰考功云爾。然父死稱考，定于戰國，古文不爾也。《易·蠱》"有子考无咎"。《書·酒誥》"奔走事厥考，厥長"。《爾雅·釋親》"父爲考"。皆不以父死爲考矣。以考稱父沒者，始見《公羊》隱元年傳"隱之考也"。注其曰"父死曰考"。屈子兩用考字，《離騷》"朕皇考"，《天問》"遂成考功"，皆追敘父祖之德，當亦死後之稱，此正時代習用之語矣（《書·堯典》"百姓如喪考妣"之言，亦戰國用詞，足證《虞書》爲戰國人結集或修潤之證）。（二）成也。察、考、問及終竟之義，《天問》"上下未形，何由考之"。王逸注"言天地未分，溷沌無垠，誰考定而知之也。考，一作知。定，

一作述"。按王逸訓解，未爲周備。未形猶言无形。考讀如《書·洪範》
"考終命"，鄭注《詩·湛露》"在宗載考"箋，《詩·綠衣》"胡考之
休"毛《傳》，《周禮·大宰》"没其考"，《禮運》"以考其信"，《左
傳》隱四年"考仲子之宫"，又宣十五年傳"下臣獲考"注，皆訓考爲
成。此言天地无形，何由成其爲上天下地也。此屈子對宇宙現象之疑問，
亦當時諸子所盛言者也。《爾雅·釋詁》"考，成也"。《禮記·禮運》
"故行事有考"，注"成也"。段玉裁以考訓成，爲壽考義之引申，非也。
此成義，猶成就，即就字之聲借也。（三）考察稽考等義，皆攷之借字，
考之極至，則爲覈。則考又覈之聲借也。《招魂》"上无所考此盛德兮"，
言"無所察考之盛德也"。《九歎·遠遊》"考玄冥于空桑"，王注"考
問玄冥之神"，考問亦察也。《九章·惜往日》"弗參驗以考實兮"，王逸
訓考爲窮，謂窮就其實，即考覈其實，不僅于攷之，而且必證驗之也。
（四）至也，終也。《九歎·怨思》"身憔悴而考旦兮"，王注"考，猶
終也"。終者，推就其極至于終也。此亦當爲覈字之借，覈者窮至其終
極之義，故得訓終，則考旦猶言至旦、終旦。終旦猶之言終日。終日者，
竟日、全日。則終旦，亦猶至旦爾。覈與至協，而得其義矣。

苗裔

《離騷》"帝高陽之苗裔兮"，王逸注"苗，胤也。裔，末也"。洪无
説。朱熹《楚辭集注》曰"苗者，草之莖葉根所生也。裔者，衣裾之
末，衣之餘也。故以爲遠末子孫之稱"。案《史記·秦本紀》云"顓頊
之苗裔"，當即原本此句也。朱氏自本義明其變義是也。則苗裔一詞，
自先秦已組合爲一成語，朱熹所解，得其本柢矣。叔師胤末之説，特釋
其義耳。惟《説文》釋苗爲艸生于田，就形立説也。段玉裁謂"由禾苗
之義，引申爲草木初生之名"。王逸訓胤者，蓋亦就文義引申説之耳。
裔本衣裾，王訓末，亦引申之義也。《書·微子之命》"德垂後裔"，後
裔即末胄之義。

裔

《九歌・湘夫人》"蛟何爲兮水裔"，麋在山林，而在庭中，蛟當在深淵，而在水涯，裔，一作褢，洪補云"裔，邊也，末也"。按裔本衣裾（《説文》卷八），引申爲後，爲末。《書・微子之命》"德垂後裔"，《離騷》"帝高陽之苗裔"，皆是。《史記・五帝紀》"乃流四凶族，遷于四裔"，賈逵注"四裔之地，去王城四千里"。《説文》訓裾者，《爾雅・釋器》郭注"衣後裾也"，《釋名》"裾，倨也，倨倨然直"。亦言在後，常見踞也。故裔得引申爲後，此言水裔，王逸以水涯釋裔，洪以邊末訓之，皆其義也。字又孳乳爲濟，遂成屬字。

黨

《楚辭》或曰黨人，或言黨旅、黨比等，除黨人別詳外，黨旅、黨比皆攩之借。《九歎・離世》"讒夫黨旅其目兹故兮"，王逸注"旅，衆也，言己以讒夫朋黨衆多之故，而見放棄也"。又《九思・憫上》"貪枉兮黨比"，言黨比而貪枉也。《説文》"攩，朋群也"。經傳皆以黨爲之，黨本"不鮮也"。《周禮》以爲族黨，或言五百家（《周禮・黨正》注），或言三千五百家（《管子・山權數》注）。其初或借爲一種社會組織單位之名稱，後轉爲朋黨，後乃制專字攩，今黨行而攩廢，而黨之本義亦不明矣。

孤子

子失父母曰孤子，屈原宗臣而失國，亦如子失父母也。《九章・悲回風》"孤子唫而抆淚兮，放子出而不還"。王逸注"自哀煢獨，心悲愁也"。按屈子爲楚宗姓之臣，對楚國君言，有小宗之義，故稱曰孤子，子失父母曰孤。《悲回風》之作，當在懷王死後，故曰"施黄棘之枉策"，曰"聞省想而不得"。則宗臣之失其君，如子之失其父母，故稱曰孤子。叔師于"放子出而不得"句下注云"遠離父母，无依歸也"。釋文極是，而探蹟則尚差一間也。

閨中

《離騷》"閨中既以邃遠兮，哲王又不寤"。王逸注"小門謂之閨，言君處宫殿之中，其閨深遠"云云。洪《補注》曰"《爾雅》宫中之門，謂之闈，其小者謂之閨"。朱與王同。按諸家説皆未允，閨中即指上文之宓妃、有娀佚女、有虞二姚，言閨中邃遠，指求之不遂之意。就其喻義言，閨中指賢士之能佐己輔國者，則自女嬃之嬋媛以下諸所求女，皆在邃遠之列，細體上下文義，自能知之。且"閨中"句與下"哲王"句，乃《離騷》全篇承上轉下之關鍵，分詳哲王一詞下。

配耦

《九思·疾世》"叫我友兮配耦"，王逸注"叫，急叫也。言此國已無良人，庶北行遇賢友，而以自耦也"。按配耦，猶言匹偶也。配本義爲酒色（見《説文》酉部），古借爲妃字。《天問》"憫妃匹合"，《爾雅》"妃，合也，匹也，對也"。《九思》亂曰"配稷契兮恢唐功"，舊注"配，匹也"。《易·豐卦》"遇其配主"，古本作妃主。《詩·皇矣》"天立厥配"，《左傳》隱八年"先配而後祖"，皆以配爲妃。後世妃字專用爲后妃，故以同聲之配字代之。耦者，《説文·耒部》"耦，耒廣五寸爲伐，二伐爲耦，從耒禺聲"。《周禮·匠人》"耜廣五寸，二耜爲耦，一耦之伐，廣尺，深尺，謂之𤰆"。注"古者耜一金，兩人併發之，其壟中曰𤰆，𤰆土曰伐，伐言發也"。《論語》"長沮桀溺，耦而耕"。此兩人并發之證。引申爲凡人偶之稱（略本段氏説）。《莊子·齊物論》"嗒焉似喪其耦”，《釋文》“耦，匹也”。則引申之義矣。《春秋》宣三年《左氏傳》“吾聞姬、姞耦”，注“姞姓宜爲姬姓配耦”。則直以爲夫婦之辭。桓二年《左氏傳》“嘉耦曰妃”，又六年傳“人各有耦”，皆此義。古書又借偶爲之。偶本相人也（今本相誤桐），即所謂俑人，與匹耦義似無涉，大約起于後漢《後漢書·周舉傳》“豎宦之人，亦復虛以形執，威侮良家取女，閉之至有白首殁無配偶”。然借偶爲耦，則早見于《書·君奭》“汝明勗偶王，在亶乘茲大命”。孔《傳》釋偶王爲配王。《荀子·修身》篇“偶視而先俯”。《爾雅》亦云“偶，合也”。但又以爲夫婦配耦字。此亦時代之變也。《九思》此文，“叫我友兮配耦”，配耦一詞，宜承漢人常義，而以友爲配耦，則古之喻詞，如蘇李詩之言“結髮爲夫妻”也。以夫婦喻君臣朋友，固漢以來文士所習用之喻詞，故詞義當本于故訓，而文義則存于篇章句讀之間也。分別參配耦、偶諸條。

耦

《哀時命》“比王僑而爲耦”，王逸注“言己執守清潔，遂與二子爲羣黨也”。《九思·遭厄》“哀所求兮不耦”，舊注“言上天所求，不得意欲”。按《說文》“耒廣五寸爲伐，二伐爲耦”。《莊子》“嗒焉似喪其耦”。凡物雙曰耦，即二伐爲耦之引申也。二人共耕，亦曰耦。《荀子·大略》“禹見耕者耦立而式”。二人爲耦。襄廿九年《左傳》“射者三耦”注，皆由二伐爲耦而引申之。

行媒

行媒動名相屬之複合詞，尤言行理，《離騷》“苟中情其好脩兮，又何必用夫行媒”。王逸注“行媒，喻左右之臣也。言誠能中心常好善，則精感神明，賢君自舉用之，不必須左右薦達也”。朱熹云“行媒，喻左右之先容也”。按媒人合兩姓之好，行走于兩者之間，故曰行媒，亦猶通聘問之人曰理，亦曰行理矣。參理字條下。

比

《九章·悲回風》"草苴比而不芳"，按王訓比爲合是，而説義未允。此言草與苴，已生死榮枯異類矣，若比而合之，則芳華已不能見也。又《悲回風》"芳以歇而不比"，王逸云"志意已盡，知慮闕也"，洪興祖《補注》云"比，合也"，"芳以"以字，作已字解，不比者，不合也。朱熹注"已，一作以。比，音鼻。比，合也"。《招魂》"容態好比"，王逸注"態，姿也。比，親也"。五臣云"比，密也"。洪興祖《補注》曰"好，王逸作美好之好。五臣作好愛之好"。按好比猶好合也。古言男女交好曰好合。此言凡俟俶女，容態易于親近，爲男女之好也。讀爲《論語》"君子周而不比"，皇《疏》"親狎之也"。《禮記·射義》"其容體比于禮"。《釋文》云"親合也"。義尤切近《招魂》此言。

媒

《楚辭》用媒字十見，皆作媒理解。《離騷》"吾令鴆爲媒兮"，王逸注"言我使鴆鳥爲媒，以求簡狄"。按《説文》"媒，謀也，謀合二姓"。《周禮》鄭氏注"謀合異類，使和成者"。謀合二姓義是也。合異類則爲春秋以後不娶同姓之言，古初不如是也。《離騷》又言"理弱而媒拙"，王注以道理釋理，非也。媒、理連文，理亦媒也。《抽思》亦言"理弱媒不通"，或亦曰"行媒"，《離騷》言"又何必用夫行媒"，是也。《抽思》亦言"又無行媒兮"，《抽思》又言"又無良媒在其側"，則行媒亦猶良媒矣。《湘君》言"心不同兮媒勞"；《思美人》言"媒絶路阻"，又言"芙蓉爲媒"，與鴆鳩皆喻言爾。《九思·疾世》言"媒女"，古固多以女爲媒也。

雙

《九思》亂曰"嗟英俊兮未爲雙"，舊注"雙，匹也"，按《説文》
"雙，佳二枚也"。《方言》六"飛鳥曰雙"。《禮·少儀》"加于一雙"，
《疏》"二隻曰雙"。則相匹者成双也，故引申爲匹。

匹

匹字，《楚辭》四見，一義之變也。《爾雅》"匹，合也"。《廣雅》
"匹，二也"。《詩·文王有聲》"作豐伊匹"，《傳》"配也"。王叔師
《楚辭》注"双也"。大體言二人爲匹，四人爲儔，詳文中。惟其義本以
指夫妻胖合，引申則君臣、朋友之相得无間者亦用之。《天問》"閔妃匹
合"，言愛憐其妃，而與配合，遂能繼其身，而有子也。《懷沙》"獨無
匹兮"，王逸注"匹，雙也。言己懷敦篤之質，抱忠信之情，不與衆同，
故孤煢獨行無有雙匹也"。《九辯》五"誠未遇其匹合"，王逸注"遭值
文王，功冠世也"。五臣云"太公呂尚年九十而窮困，遭西伯而用之。
當未遇之時，故無匹偶而與相合也"。此以匹合喻君臣之相得也。《九
懷·危俊》"覽可與兮匹儔"，王逸注"歷觀羣英，求妃合也，二人爲
匹，四人爲儔。儔，一作疇"。儔即疇字，別詳。

放子

《九章·悲回風》"放子出而不還"，王逸注"遠離父母，無依歸也。
屈原傷己無安樂之志，而有孤放之悲也"。按放即《屈原傳》放逐之放。
屈子爲楚宗臣，對楚君言亦小宗之別子，故稱曰子，與上孤子義同。孤
子就自身之情況言，放子則就事態之變遷言，叔師遠離父母云云，亦即
此義。

幼艾

　　《九歌·少司命》"竦長劍兮擁幼艾，蓀獨宜兮爲民正"。王逸注"竦，執也。幼，少也。艾，長也。言司命執持長劍，以誅絕凶惡，擁護萬民，長少使各得其命也"。洪興祖《補注》"《孟子》曰'知好色則慕少艾'，説者曰'艾，美好也'。《戰國策》云'今爲天下之工或非也，乃與幼艾'。又'齊王有七孺子'，注云'孺子謂幼艾美女也'。《離騷》以美女喻賢臣，此言人君當遏惡揚善，佑賢輔德也。或曰'麗姬艾封人之子也'。故美女謂之艾，猶姬貴姓，因謂美妾爲姬耳"。朱熹《集注》云"幼，少也。艾，美好也。語見《孟子》、《戰國策》，即指上美人也"。按幼艾即《孟子》之少艾。古今釋之者，除王、洪、朱三家外，約有四説。（一）則解《孟子》"知好色則慕少艾"，以爲"遍考載籍，艾字並无美好之説，原《孟子》之意，即《荀子》所謂妻子具則孝衰於親"之義。人少當音去聲，慕少當音上聲，艾讀爲夜未艾之艾，止也，謂人知好色，則慕親之心稍止也（見孫奕《履齋示兒編》）。按《孟子》原文"人少則慕父母，知好色則慕少艾，有妻子則慕妻子，仕則慕君"。四慕字與下文，皆成動賓組織，則少艾之爲名詞无可疑。如孫説，則與上下文不協，不足取（程大昌以艾字作衰艾解，義亦同上，參徐時棟《煙嶼樓讀書志》七）。（二）則據《爾雅》艾訓歷，謂"長者多經歷，則少艾謂少小與五十以上有經歷者言。因謂淫夫之情，有好老者，血氣方壯，慾火日熾，故舉二種以蔽之"云云（見王肯堂《鬱岡齋筆塵》四）。好色而好淫夫，則反爲淫夫所好，倒顛是非，可笑殊甚，而世乃有從之者，惡之甚矣。（三）則以少艾爲少女，見《孟子》孫奭《疏》謂"蓋世之傳《孟子》者，以少女爲少艾也"。然孫氏以《説文》、《曲禮》五十曰艾之説，以爲艾誠長老之稱，不得有少艾之稱以駁之是也。（四）則以少艾爲美男子，以艾音如外，外即嬖臣，此説始黃生《義府》（見卷上）。而朱亦棟《群書札記》二、張雲璈《選學膠言》十四、袁枚

《隨園筆記》十一引馮山公説，至牟廷相《雪泥書屋雜志》而言之爲悉（見卷三）。此説似奇僻，而實最允，兹揭其説如次，而論定之。"《晋語》狐突曰'國君好艾大夫殆，好内適子殆'。韋注曰'艾當爲外，聲相似誤也'。余按艾當讀爲外，音近假借，非誤也。《韓非·内儲説》狐突曰'國君好内則太子危，好外則相室危'。此即引《國語》之文。足明艾與外同讀，艾之言外嬖也。外嬖以童年爲宜，故《孟子》曰'慕少艾'，《楚辭》曰'擁幼艾'，艾皆讀爲外。《左傳》'艾豭'，艾亦讀爲外，言宋朝是外來之豭也。《曲禮》'五十曰艾'，《詩》'俾耇而艾'，《荀子》'耇艾而信'，皆謂五十始衰，祀宜外宿，五十閉房，絶不寢内，故有耇艾之稱，艾皆讀如外也。昔人不知此字假聲，而以艾字訓美好，訓女色、訓老，俱甚不經"。按牟氏説少艾爲外嬖甚是（朱芹《孟子札記》引《四書隨筆》亦用此説，而無牟氏之辯）。春秋戰國以來世風，男色爲一奇癖。典籍載之至多，不必詳徵。則此説亦自顯示其時代特徵。然諸家皆以音求之（《義府》云"外與艾同音，吾鄉至今同之"），此偶合現象，似當更有説，方爲全徵。按艾訓冰臺，從艸乂聲。《離騷》以爲蒿艾字。然古籍艾與乂同音，金文作 𠦑、𠦚，不從艸、乂。艾當即乂字（《盂鼎》"今余唯命女孟紹艾"。艾即乂字之證），當即《詩·小旻》"或肅或艾"之艾，毛《傳》"治也"。故熊艾（《史記·楚世家》）又作熊乂（《三代世表》），懲艾又作懲乂（《後漢書·竇融傳》），創艾又作創乂（《禮記表注》），保艾又作乂（《書·康誥》、《漢書·武五王傳》）。《禹貢》"淮沂其乂"，《地理志》引作艾。俊乂《漢書·谷永傳》作俊艾，《王褒傳》亦然。漢碑乂作艾者極多。詳皮錫瑞《尚書今文考證》。皆艾乂同字之證。按《皋陶謨》"俊乂在官"，《詩·小雅》"樂只君子，保乂爾後"。《書·康誥》"用保乂民"，《康王之誥》"保乂王家"，《君奭》"保乂有殷"。保乂一辭，周金多作保艾。古保乂之事，皆俊乂之士爲之。漢晋以後，稱美男子曰俊少年，曰少俊，則戰國以前，稱美少年曰少乂，其義一也。乂本訓治，凡事物修治則美好。則艾之訓美，乃治之引申義，美雖不盡以色，而姿容亦其一，張衡《東京賦》曰"齊騰驤而沛艾"，薛綜注"沛艾，作姿容貌也"，則亦指姿容言矣。

又聲變爲吾。《管子·海王》"終月大男食鹽五升少半……吾子食鹽二升少半"。注"吾子，謂小男小女也"。又《國蓄》"中歲之穀，糶石十錢，大男食四石，月有四十之籍……吾子食二石，月有二十之籍"。吾子即今湘桂人所稱牙子，亦浙、皖、贛人所謂牙兒，皆幼小之稱，又或稱童牙。《後漢書·崔駰傳》"甘羅童牙而報趙"，注"童牙，謂幼小也"。則吾子、牙兒、童牙皆即少艾、幼艾之義。總之，少艾之義爲美少年，乃先秦常語，嬖人多修飾姿容，飾爲俊美，因而嬖人亦得被其名，初非嬖人爲少艾也。《孟子》"知好色則慕少艾"之言，乃指陳少年食色性也之世風，非謂知好色即好男風也。然戰國之際，却有男風之習。因而以俊義美稱施之寺嬖，亦修辭之常態也。至《九歌》"幼艾"之義，但當指俊美從者，依上下文義定之，豈亦如其他宗教中普遍存在左右侍從之童男女歟？

附鄭珍《巢經巢文集》論少艾評《炳燭齋隨筆》以男色爲艾。乃《左傳》艾豭乃老牡豬，又言豈有人知好色專慕男色之理，因謂"今按《爾雅》艾、歷、覛、骨，相也。相有相視、相與、形相三義。此訓三義並列，與台、朕、賚、畀、卜、陽，予也，爲賜予、予我二義並列同。骨，相與、相視之相也。歷、覛，相視之相也。艾，形相之相也。以形相解艾字，正少艾、幼艾之訓。少艾猶云幼少姿相也。薛綜注張衡《東京賦》'沛艾'，爲作姿容貌，似本於漢儒雅注，至郭氏則不能詳矣。姿相所以爲艾者，翟灝《考異》云'古訓艾爲白，而白含二義，以髮蒼白言謂之老，以面皙白言謂之美，同取於艾之色也'。其説本通。焦氏循乃非之，別生通乂、通刈、絕色之説，轉支蔓矣"。

大人

《九章·懷沙》"易初本迪兮，君子所鄙……內厚質正兮，大人所盛"。王逸注云"行无過失，則大人君子所盛美也"。又《卜居》"寧誅鋤草矛，以力耕乎！將遊大人，以成名乎！”王注游大人謂“事貴戚也”。五臣云‘大人，謂君之貴幸者”。按大人一辭，春秋南北通用，而以有位者爲其邇義。《左》昭十八年所謂“而後及其大人”，注“大人，謂公卿大夫”。屈子兩用義皆同此。引申用之，則《論語》所謂“畏大人”指聖德之人，漢高稱其父母大人，後世用之益繁，而其義益博寬矣。考此與小人對舉，小人指在下位之人，《論語》所謂“小人哉樊須”，《左傳》潁考叔曰“小人有母皆嘗小人之食”，是也。

下女

《離騷》“相下女之可詒”，《九歌·湘君》“將以遺兮下女”，同義。此言采杜若遺之下女。杜若，芳草，則下女指不在位之賢者言，非下袂之比也，此與《湘夫人》云“將以遺兮遠者”之遠同義。下女本應作侍女解，即嬋媛之女嬃也。王逸以“貞正之人，思與同志”云釋之是也。

孤寡

雙聲複合詞，幼无父曰孤，无夫曰寡，三代以來恒言。

《大招》“察篤夭隱，孤寡存只”。王逸注“言三圭之君，不但知賢愚之類，乃察知萬民之中，被篤疾病早殀死，及隱逸之士，存視孤寡而振贍之也”。朱熹注“孤者，幼無父者也。寡者，老而無夫者也。察夭隱者而厚之，則孤寡皆得其所矣”。按《禮記·王制》“而无父謂之孤，老而无子謂之獨，老而无妻謂之矜，老而無夫謂之寡”。《左傳》哀元年“親巡孤寡而共其乏困”，《莊子·天下》“老弱孤寡爲意”，《荀子·王制》“收孤寡，補貧窮”，《呂氏春秋·順民》“以視老弱孤寡之漬病”，三代以來，南北之士皆用之，此先秦民間恒語无疑。

疾

疾字《楚辭》八用，本義爲疾病，引申則惡、劇、急迫，亦疾也。《九章·惜誦》"疾親君而無他兮"，王逸注"疾，惡"。又"言己疾惡讒佞，欲親近君側，衆人悉欲來害己"。王注非也。朱熹注云"疾一作病，非是。疾猶力也，與上文專惟君之語同。力於親君，而無私交，固招禍之理"。朱説是也。疾無力義，乃急迫之引申，迫急者，必用力，故得訓爲力爾。以今語譯之，惟君親爲急務爾。

（一）迅急也。《七諫·自悲》"疾風過之湯湯"，又《哀命》"戲疾瀨之素水"，《九歎·惜賢》"盪迅疾兮"，此諸疾字，皆當訓迅急。

（二）病也。《天問》"鮌疾修盈"。此言鮌行事病差也。《七諫·自悲》"身被疾而不間"。疾本疾病字，引申爲疾惡，或心理上之不安寧。上列諸句，皆可自此義釋之。

（三）憎惡也。《哀時命》云"疾憎恨而萌生"，《九思·思忠》"惟時俗兮急正"，言時俗憎惡正直也。

（四）或以爲侯之誤。俞樾曰"'疾親若而無他兮，有招禍之道也'。疾字無義，王注以疾惡讒佞增成之殆非也。疾乃侯字之誤。侯，語詞。《詩·下武》篇、《蕩》篇，毛《傳》、鄭《箋》並曰'侯，維也'。屈子自言己之志維親君而無他，此招禍之道也。古文侯作厌，與疾相似，故形近而誤。《周禮·大行人》'立當前疾'。疾亦侯字之誤。説詳惠氏《禮説》"。

矇

《懷沙》"矇瞍謂之不章"，王注"盲者也"。又《七諫·沈江》"冀幸君之發矇"，王逸注"矇，僮矇也。言冀幸懷王開其矇惑之心"。《説文》"矇，童矇也"。一曰不明也。此謂目童子冢不明也。王用僮字，則義不恰。《詩·靈臺》"矇瞍奏公"，《傳》"有眸子而无見曰矇"。《韓詩章句》"无珠子曰矇"。

真人

《遠遊》"貴真人之休德兮"，王逸注"珍瑋道士，壽無窮極。真，一作至。德，一作聽"。非是。又《九思·守志》"隨真人兮翶翔"，《章句》云"真仙人也"。按儒書无真字。《莊子·天下》篇"常寬容於物，不削于人，可謂至極。關尹、老聃乎，古之博大真人哉"。莊周書嘗以真、至、聖、神等字，分人知慧之高低、上下、全偏。而真人一詞，爲方士所習用，成爲服食求仙之對象。秦始皇使博士爲仙真人詩，亦其比也。後世道流，遂以爲專稱。梁陶弘景之《真誥》，唐人以《老》、《莊》、《列子》爲真經，而神仙分居之位亦曰真靈矣。于是三洞、三十六部，寖寖與儒釋并馳矣。宋玉《高唐賦》言"有方之士，羨門、高谿、上成、鬱林、公樂、聚穀"。《天下篇》亦言"方術之士"，皆戰國時術士之稱，至漢而始言道士（見《五行志》）。有道之士與方術之士，其初義本相當，後漢以後，方士之名漸廢，而道士漸爲道教羽流所專。真人則指道士之已成神仙者而言，其源蓋亦本之戰國《遠遊》"貴真人之休德"、"美往世之登仙"，叔師注羨門子喬，古登仙初亦謂之登真矣。餘詳真字條下。

求友

《七諫·謬諫》"飛鳥號其羣兮，鹿鳴求其友"。王逸注"同志爲友。言飛鳥登高木，志意喜樂，則和鳴求其群，而呼其耦。鹿得美草，口甘其味，則求其友，而號其侶也。以言在位之臣，不思賢念舊，曾不若鳥獸也。《詩》曰'嚶其鳴矣，求其友聲'。又曰'呦呦鹿鳴，食野之苹'"。按叔師釋之極詳盡。"嚶其鳴矣"兩句，見《詩·小雅·鹿鳴》。

東方用《詩》甚明，無庸辯説。

友生

《九辯》"羈旅而無友生"，王逸注"遠客寄居，孤單特也。羈，一作覊。一無生字"。朱熹云"'羈，一作覊。一無生字'，非是"。按友生先生而爲友者，後世師長而自謙曰友生，本此。

衆芳

《離騷》"固衆芳之所在"，王注"衆芳諭羣賢，言禹湯文王，雖有聖德，猶雜用衆賢，以致於治，非獨索莒任一人也，故堯有禹、咎繇、伯夷、朱虎、益、夔，殷有伊尹、傅説，周有吕、旦、散宜、召、畢，是雜用衆芳之效也"。衆芳亦《楚辭》諭詞之一，不得僅以芳草爲説，或以諭羣賢，或諭貴胄子弟，視上下文義而定。《離騷》"固衆芳之所在"，王逸、朱熹釋義相同，朱言較簡明。又"雖萎絶其亦何傷兮，哀衆芳之蕪穢"。此承上文滋蘭樹蕙，留夷、揭車之屬言，則衆芳指蘭、蕙、留夷、揭車言，亦即後文之衆女也。此兩句，言己雖萎絶，又有何傷，而可哀者，則己所樹之衆芳蕪穢，不成材也。按屈子以楚之同姓近宗，爲左徒之官，實掌教養之事（春申君爲左徒，傅太子入秦一事可證）。則欲輔導胄子，望其成材，與己佐楚君，不意此衆胄之芳，乃無所成，故可哀也。此衆芳蓋指胄子（王逸以爲屈原斥棄，則使衆賢志士失其所，朱熹以爲傷善道之不行，如香草之蕪穢，皆不連繫上下文義而深考之，失之遠矣）。衆芳諭胄子又見《九辯》"羌无以異于衆芳"，王逸以指臣，朱熹言"責蕙无實，猶《騷經》責蘭之意"。按此《九辯》第四章文，篇首言蕙曾發敷榮之華，而其結果，則華而不實，與衆芳不異，此即《離騷》"蘭蕙化而爲茅"、"哀衆芳之蕪穢"之意，故朱熹之説最爲深緻。此衆芳，亦指衆胄子言也。《九懷·匡機》篇云'芷閭兮蕙樓，奮搖兮衆芳"。王注"動作應禮，行馨香也"。所釋義亦不甚明，此衆芳，大約指芳香之花，即上下之蘭、芷、藥房、菌、蕙之屬也。與前義皆別，此漢賦用法，與屈宋異矣。

庶類

複合詞，言衆庶之品類也。《遠遊》"庶類以成兮，此德之門"。王逸注"衆法陳也"。按叔師以衆法釋庶類，上言虛以待道之自然而至，無爲道之先，則衆法因以得成。蓋事物各有其類，有類則有本體、性能、作用、方式諸端。叔師之所謂法，實即類中之規律性，特較類提高一層言，然不得附會爲佛家之所謂萬法，故正言之，應作衆庶之品類解。

儷偕

義近而相遞進之複合用詞，言相偶而偕來也。《九辯》"四時遞來而卒歲兮，陰陽不可與儷偕"。王逸注"寒往暑來，難追逐也"。洪補曰"儷，偶也，音戾"。朱熹注"儷，偶也。不可偶而與之偕，言彼去而己留也"。按儷，《説文》"棽儷也，從人麗聲"。大徐"吕支切"。段氏曰"《左傳》伉儷，杜云'儷，偶也'。《士冠禮》、《聘禮》'儷皮'，鄭云'儷，猶兩也'。古文儷爲離。《月令》'宿離不貸'，鄭云離讀爲儷偶之儷'。許但取枝條棽儷之訓，不及其他，於從人之意未合，於全書大例未符，恐非許書之舊"。按段疑許義有遺至允。朱駿聲以儷爲麗之或體，從人麗聲，説至碻，字或作孋。《廣雅·釋詁》四"儷，耦也"。《淮南·精神訓》"鳳凰不能與之儷"，注"偕也"。偕，《説文》"彊也，從人皆聲。一曰俱也"。古籍多用俱義，少用彊義。《詩·擊鼓》"君子偕老"，僖二十四年《左傳》"與女偕隱"，《晉語》"偕出偕入"，都訓俱。則儷偕一詞，乃兩義近字之複合，儷偕猶言耦俱也。《九辯》言，四時遞來，則陰陽不可能同時而至，言陰陽之氣，順四時而運，不可離四時而俱同。

"九侯淑女"句

《招魂》"九侯淑女，多迅衆些。盛鬋不同制，實滿宮些"。王逸注云"言復有九國諸侯，好善之女"。朱熹《集注》"九侯淑女，設言商九侯之女入之紂，而不喜淫者也"。《史記·殷本紀》"紂以九侯爲三公，九侯有好女，入之紂，九侯女不喜淫"，朱注即本此，然此乃借言，故下文即承以"多迅衆些，盛鬋不同制，實滿宮些"，曰多、曰衆、曰不同制、曰滿宮，則非一女可知，故洪補以"九服之諸侯"釋之，若如朱熹説，則與下文全不調和。然下文"弱顏固植謇其有意"，王注云"美女弱顏易愧，心志堅固，不可侵犯，則發言中禮也"云云，則爲朱熹所以用《史記》不喜淫云云，發其端，亦出之自王逸注矣。按叔師之誤，在讀謇爲正直一義，考屈宋賦，謇、蹇同，此謇乃發語詞，即羌字之聲轉，"其有意些"，猶今人言可喜樂曰"有意思"，非謂其不喜淫也，固植猶言其植本固，言皆貞靜之女也。詳固植條下。然逸説與《史記·殷本紀》"紂以九侯爲三公，九侯有好女不喜淫"之説合，此當出戰國以來舊説，《招魂》特擷采用之耳。

素女

《九懷·昭世》"聞素女兮微歌"，王逸注"神仙謳吟，聲依違也"。素女猶言静女，女之不待盛飾而美者曰静女，《詩》"静女其姝"是也。然以指人世之女言，而上天神女，則其淑静者曰素女。古言神仙與幽冥之事，多用素字，故以素女指仙女言也。又《九思·傷時》"使素女兮鼓簧"，洪補曰"張晏云玉女、青要、乘弋等也"。

巧佞

義近複合詞，謂善于逢迎之小人也。《七諫·初放》"巧佞在前兮"，王逸注"言佞臣巧好，其言順意承旨，旦夕在於君前"。按《說文·工部》"巧，技也，從工丂聲"。大徐"苦絞切"。《考工記》"美材工巧"。引申爲詐譎。《老子》"絕巧棄利"，巧、利對舉，故注云"詐譎亂真也"。《離騷》"余猶惡其佻巧"，王注"巧，利也"。佞者，《說文·女部》"巧讇高材也，從女，信省"。《繫傳通論》云"佞者，巧諂高才也，祝鮀之佞，有才者也。有小才，不以正道近其君，曰佞也"。按佞本巧慧之稱，巧慧多近邪，故佞亦有邪惡義。《莊子·漁父》篇"莫之顧而進之，謂之佞"。則巧佞一詞，乃義近複合詞，叔師以"巧好其言，順意承旨"釋之，是也。

切人

《九章·抽思》"固切人之不媚兮"，朱熹注"切人不媚，言懇切之人，不能頓媚"。按切本刌也，割也，引申爲切劌。又《廣雅·釋詁》二"切直方"義也。重言之，則《論語》"切切偲偲"，鄭注"勸競兒"。《後漢·竇憲傳》注"切切，猶勤勤也"。于是今恒言之懇切、切實、懇切、剴切等，皆秦漢以來所用，字義之中，故此字所銜義蘊極富，不易分析。大體凡切割皆求其方正、正直、懇實，故以切之性論，爲割爲刌；而以作用言，則方正、正直、懇實皆其義矣。故此切人，義爲切直、正方之人，故曰不媚也。王逸以"琢瑳群佞，見憎惡也"釋之，以琢言切尚可，而以爲"琢人"，則與文義乖戾殊甚，故朱熹以爲懇切之人，于文理詞氣，皆得其實。故下承之以"衆果以我爲患"也。"衆果"句與上句成一義。實即《離騷》所謂"衆女嫉余之蛾媚兮，謠諑謂余以善淫"之義。言衆人故曰"衆以爲患"，就女言，故曰"嫉余蛾眉"也。

靈保

《九歌·東君》"思靈保兮賢姱"，王逸注"靈，謂巫也。姱，好貌。言己思得賢好之巫，使與日神相保樂也"。洪補云"古人云詔靈保，召方相。説者曰靈保，神巫也。姱，音户，叶韻，舊苦胡切，未詳"。朱熹注"靈保，神巫也"。按巫何以稱靈保，靈本從巫，其義尚顯，保字，歷世説者皆甚晦。王夫之謂靈保，即神保，見《詩》謂即尸也。王説見《詩·楚茨》"神保是饗"、"神保是格"、"神保聿歸"。馬瑞辰謂保與寶同，引《金縢》"無墜天之降寶命"，鄭注"寶猶神也"。謂神保二字同義，保亦神也"。然東君此文所指，乃在場之巫，不能爲尸，更不可言神靈，則以神保解靈保，恐未必得其實，且既曰神，則威棱甚盛，或能以賢姱狀之。"翾飛翠曾，展詩會舞"，所指必爲巫群无疑，故夫之所釋，仍未能得叔師之義。按保字古與乇、葆同音，多借爲乇字。《説文·乚部》"乇，相次也"。徐鍇曰"乇（今誤作保）即保養也，即官有保傅字，乇五家爲乇也。使之相次比也，十其總率也。"按乇與比意向。《周禮·族師》五家爲比，十家爲聯，五人爲伍，十人爲聯，使之相保相受，則乇與比同，皆相比次也。相比次則有矩獲法度，五家爲乇，五家爲比，與五家爲保，全相同也。故五家爲一部署，十家又爲一部署，部署雖有大小，而其爲部署，則一也，故乇、比、保皆有成爲一種有次序之會集組織，如後世之言部曲、部伍。《周禮·大宗》'以佐王建保邦國'，謂建立部次，邦國也。建保聯文，亦即相次之義。《越語》'則撫民保教'，亦謂此次部署，而教之，教之以次序規律也。《周禮·大宰》'五曰保庸'，保庸即部庸也。《周禮·大司徒》'使之相保'，注'相任也'。相信任者，信必有所守之次第，又比次引申之義也。摯乳爲葆，蓋也。葆者合聚五采之羽，羽名五采羽，合聚必以次，次必有所統率。故鬃頭亦謂之葆也。保與部一聲之轉，故保與部義亦相通，故蓋天之保斗，即部斗也。《御覽》二引《新論》云'北斗極天樞，樞天軸也，猶蓋有保斗矣。蓋雖轉，而保斗不移'。《新論》説蓋有保斗，《論衡·談天》謂之蓋葆，即《史記·曆書》'言方士唐都，分其天部'之天部（孟康説）。分部二十八宿，爲距度，則部斗爲極。斗極常在，因以定二十八宿之距度，則部有分部之義，保、部一聲之變，故保者即部斗，則靈保猶言霿部，謂其人數衆多，而歌舞必以部次，故使觀者忘歸，考其樂，則有瑟鼓、鍾、簧、鼛、竽，且有會舞，皆應律合節，儀容之盛，必非祭禮家祭時之尸（尸不能有二以上），亦必非東君之神，神不得于場中作樂會舞，則靈保非多人不可，故以霿部言之，保猶部也，遂曰靈保矣。靈保猶《漢書·樂志》言'若干員'，唐人言'立部'、'坐部'，唐宋人言'某某隊'，則靈保，猶今言霿隊矣"。此説雖極委曲，而並不弔詭。

按王靜安先生《戲曲史》以爲"《楚辭》之靈殆以巫而兼尸者，蓋群巫之中，必有象神之衣服形貌動作者，視爲神之憑依，故謂之靈，或曰靈保"云云，則靈保蓋即神保矣。其説可商，女兒昆武《詩書成詞考釋》有"神保"一文可參，其言曰"神保《詩》凡三見。《楚茨》'先祖是皇，神保是享'。《傳》曰'保，安也'。《箋》云'其鬼神又安而饗其祭祀'。又'神保是格，報以介福'。'萬壽攸酢'。又'鐘鼓送尸，神保聿歸'。《箋》'神安歸者，歸于天也'。按神保一詞惟此《詩》三見，毛《傳》、鄭《箋》皆不得其義。細讀'先祖是皇，神保是饗'兩語，先祖當即神保。又四章言'神既醉止，皇尸載起。鐘鼓送尸，神保聿歸'。此神保即皇尸亦即送尸之尸，則從其質言曰皇尸，從其神靈之異言曰神保。同指所祭之先祖則一也。故一章曰'以要以侑'，安尸勸尸也，既安之又勸之者以求福也。二章直言'孝孫有慶，報以介福，萬壽無疆'。三章言'神保是格，遂以介福，報其子孫'，至'皇尸載起，鼓鐘送神'，神將歸也。故立承以'神保聿歸'，神既歸，則與祭之諸宰，君婦諸父兄弟可以私燕，祭畢而私燕，此禮成之事也。《楚茨》本陳古祭先人以求賜福之作，與《既醉》篇及《儀禮·少牢》篇嘏辭畧同。此篇之皇尸即《既醉》篇之公尸（《鳧鷖》之公尸義亦同）。此周家祭先祖禮制之最詳盡之文，而神保一詞，乃此統制階級特用之成語。毛《傳》、鄭《箋》皆不明此義，而以普通訓詁詞釋之。吾人試以文理詞義定之，即禮家所傳代表祖先受祭之尸，以孫飾之，所謂孫可以爲王父者也。故質言之尸即神象，神而言之則曰神保，質直言之則曰祖考（'祖考來格'）。

尸必以孫爲之，此疑與周人之昭穆有關，亦即與婚姻有關。余疑原始之周民族，或曾行母系制，其遺習因之，祖孫爲同圖騰之關係。故孫可祖尸，而父子則異圖騰，故不得爲尸。其事至繁蹟，非此文所能詳。然此詞不得爲術語者，術語以明一義理，爲一種事物學理之總結。而此則一階級之特定用詞已耳，含階級性至重，故仍應爲成詞。

然保字之釋，不得用毛鄭之安也一義，後人无知此者，或言保有附義，爲神所依附，恐亦未必得。按保字即𠈃之繁文，㽙即後世襁褓字，象子在襁褓之中，爲人所保愛之形，從子，八象襁褓，則神保者，猶言神之小子，爲人所保愛者也。後世或直以寶爲之。《管子·禁藏》'更之舉教，敬于師長，民之承教，重于神寶'，《漢書·郊祀志》'家人尚不欲絶種祠，況于國之神寶舊疇'皆是。南楚曰'靈保'，《楚辭·九歌·東君》'思靈保兮賢姱'，以靈保則指飾神之巫言，其義稍有別矣"。

按昆武説神保是也。然《楚辭》之靈保義雖得，此中恐尚有方俗之差異存焉。蓋《楚辭》靈保用于社祭，而《詩》之神保，則用于祀祖。祀祖者血緣之宗視也。故神保爲祭祖之禮儀，而靈保乃祭社之儀，有大差殊，余以爲其始當以社祭爲是。因飾神而祭之，爲一切原始宗教之儀則，楚人蓋保其舊儀者也。周人以社與祖分爲兩祭，宗廟之神保正依社祭之靈保而依傲爲之者，起于周人對祖先崇祀之後云。

玉女

形名複合詞。玉女猶言其美如玉之女也。《惜誦》"載玉女於後車"，王逸注"言己乃立日月之光，以爲車蓋。載玉女於後車，以待樓宿也"。洪興祖《補注》"《大人賦》云'載玉女而與之歸'。張揖曰：'玉女青要乘弋等也'"。

長人

按《楚辭》長人有兩義，一指長大之人，一指長壽之人。《招魂》"長人千仞"，王逸注"言東方有長人之國，其高千仞，主求人魂而食之也"。五臣云"皆假立其惡，而甚言之"。洪補云"《山海經》云東海之外，大荒之中，有大人之國"。《穀梁》文公十一年"叔孫得臣，敗狄于鹹，長狄也，身橫九丈"。又《國語》仲尼曰"昔禹致群神於會稽之山，防風氏後至，禹殺而戮之，其骨節專車”云云，此所謂千仞者，亦寓言爾。（朱琦《文選集釋》卷十九云“‘長人千仞’，注云‘東方有長人國，其高千仞’。案此注本《山海經》爲説，據《大荒東經》云‘東海之外，有大人之國’。郭注《河圖玉版》曰‘從昆侖以北九萬里，得龍伯國，人長三十丈，生萬八千歲而死。從昆侖以東，得大秦人，長十丈。從此以東十萬里，得佻人國，長三十丈五尺。從此以東十萬里，得中秦國，人長一丈’。準斯以言，則大人之長短未可限度也。郝氏謂《列子·夏革》云‘龍伯之國有大人，舉足不盈數步，而暨五山之所，一釣而連六鼇”，即郭引《河圖》之説也。《博物志》引《河圖》與郭同。唯佻人國作臨佻人，長三十丈作長三丈，疑此注佻字譌，十字衍。余謂《河圖》所云丈數，蓋以遞減，則佻人國自當爲三丈也。此固海外荒遠之説。但如《穀梁傳》之長翟身橫九畝，斷其首而載之，眉見于軾。《史記》‘秦時大人見臨洮，身長五丈’。《漢書·王莽傳》有奇士，長丈，六十圍，自謂巨無霸，竟亦事之所有。而此處云千仞者，特故爲極言之耳”云云。雖所據多漢人説，亦可參也。）此其一。又《天問》“何所不死，長人何守”，言何能有長人，其人不死。所以不死者，將有何操守而能如此。守讀如《老子》“知雄守雌”之守，謂操守之也。此亦戰國以來所甚爲世稱道者。《論語》“自古皆有死”。《左傳》昭二十年“公曰‘古而無死，其樂如何？’晏子對曰‘古而无死，則古之樂也’”。《呂氏春秋·慎行》論死八篇“禹南至不死之鄉”。又洪補引“《山海經》‘不死民在交脛國東，其人黑色，壽不死’，注云‘圓丘上，有不死樹，食之乃壽；有赤水，飲之不老’，又‘大荒之山，日月所入，有人三面一臂，奇右，其人不死’。《淮南》曰‘西方之極，石城金室，飲氣之民，不死之野’”云云，數段，亦不死傳説之所也。此何所不死之地之可徵于古籍者。又《莊子·刻意》“吹呴呼吸，吐故納新，熊經而鳥申，爲壽而已。此道引之士，養形之人，彭祖壽考者之所好也”。《大宗師》“真人之吸以踵，衆人之息以喉”。此即道引之士之所守，以得長壽者也。《韓非·説林》亦載不死之藥，此又服食之士之一方術，亦守之一事也。洪補又云“山川之守，足以綱紀天下者，其守爲神，客曰‘防風氏何守也？’仲尼曰‘汪芒之君，守封嵎之山者也，爲漆姓，在虞夏商爲汪芒氏，於周爲長狄，今爲大人’”云云。以此守字，又本之《國語》。徵史實，雖較二説爲有據，以釋守字，亦可通。然《天問》一句問一事者，固亦有之。然此兩語，與雄虺兩語同協，雄虺兩語問一事，則此二句亦以問一事爲是。又“何所不死”，不得言何所之人不死，故依法分析，長人一詞乃爲此兩句之主語。以今語易之，則當讀爲“長人何所，何守不死”。若直以何所不死爲句，則不詞之甚，所乃地域之指示詞，不得言死與不死也。故以詞氣辯之，此長人句，決不得與上句脱離。説爲長壽之人，則上下義皆暢適矣。

哲王

《離騷》"閨中既已邃遠兮，哲王又不寤"。王逸注"自明智之王尚不能覺悟善惡之情，何況不智之君，而多闇蔽，固其宜也"。洪補曰"懷王不明，而曰哲王者，以明望之也"。朱熹以爲"哲王不寤，蓋言上帝不能察，門闔壅蔽之罪也"。按朱説非也，洪説申王義，指懷王，探作意言之是也。就文脈而論，則自"就重華而陳辭"以下，至"求女"一段，皆愴極呼天之意，作者但欲借此以解喻其情感，而非欲借此以解喻其所遺受之事象。在文中不過爲波瀾壯闊之處。故"哲王"句，乃收束篇首己所奔走先後，欲使之及于前王踵武之皇輿，並非浮言。此四句乃總結"求女"一段，而再振篇首，作爲前段總收來。"閨中"句，緊承上諸節言。"哲王"句，反合篇首言。自此一轉，下文遂將欲求之賢女與賢王糾合言之，此文章脈絡之所在也。

帝子

此指堯二女而言，《九歌·湘夫人》"帝子降兮北渚"，王逸注"帝子，謂堯女也。降，下也。言堯二女娥皇、女英，隨舜不及，没於湘水之渚，因爲湘夫人"，洪補云"此言帝子之神，降於北渚，來享其祀也。帝子，以喻賢臣"，朱熹《集注》"帝子謂夫人，堯之次女女英，舜次妃也。《韓子》以爲娥皇，正妃，故稱君，女英自宜降稱夫人也"。按《湘夫人》篇，爲湘夫人招湘君之辭。篇首即言"帝子降兮北渚"四句者，上篇《湘君》結語"捐余玦兮江中"六句，載歌且舞，依《湘夫人》篇末，亦有此六句論之，則湘君與湘夫人對舞，及合唱之湘君歌畢，湘夫人繼舞，場面已略異。"帝子降兮北渚"四句，略陳外景，則北渚者，即上章湘君所歌之"夕弭節兮北渚"之北渚，則此帝子，自指堯二女而言。故叔師之説，與文章脈絡相貫，與舊時傳説亦相容。朱熹用昌黎説，以爲指舜次妃，即堯次女女英，雖有當于戰國以來所傳禮家制度，而不能與文章相融，且亦不能以後世文飾之説，以論古史傳説，故不足信。後之解《九歌》者，多襲朱説，故論之如此。

靈懷

形名複合詞。懷，楚懷王也。靈者，大君之尊。靈懷猶靈脩也。按靈懷一詞，只見劉向《九歎·離世》首五句，連用五靈懷，其詞曰"靈懷其不吾知兮，靈懷其不吾聞，就靈懷之皇祖兮，愬靈懷之鬼神，靈懷曾不吾與兮，即聽夫人之諛詞"。王逸注"言懷王闇惑，不知我之忠誠，不聞我之清白，反用讒言而放逐己"。又"言己所言忠正而不見信，願就懷王先祖，告語其冤，使照己心"。又"言懷王之心，曾不與我合"。依上下文義，及所陳事實審之，叔師指爲楚懷王是也。而稱靈者，視君如神靈也。餘詳楚懷王條下。

靈脩

楚人成語，以指楚君者也。《屈賦》用之，以指楚懷王。靈脩，《楚辭》成語，以指楚君，八見。其四見于漢人賦，東方《七諫》二見，劉向《九歎》一見，其義皆本之《離騷》。按《離騷》"指九天以爲正兮，夫唯靈脩之故也"。王逸以爲"靈，神脩遠也。能神明遠見者，君德也"。說靈脩，喻君德是也。而解其詞義，則非。朱熹以爲靈脩，言有明智，而善修飾，蓋婦悦其夫之稱，亦託詞，以喻于君也。說最允當。按此亦組合詞，《離騷》言修字，只兩義，一訓美，一訓修飾。屈子自言曰"好修"，與靈修實相對之稱謂（龔景瀚説）。則靈修修字，亦言修飾；靈則言君德，明智之義。古言君臣之義，多隱諭于夫婦，故《九歌·山鬼》"留靈脩兮憺忘歸"之靈修，即指篇首之子，篇中之所思，及後文之"公子"、"君"，則直以女所思悦之公子爲靈脩矣。此當亦楚詞之一。故見之于神思恍惚之《離騷》，亦得見之于民歌之《山鬼》也。靈脩指楚君之義言之，於漢人文中爲最顯，如《七諫·哀命》之"痛楚國之流亡兮，哀靈脩之過到"。《謬諫》之"怨靈脩之浩蕩兮，夫何執操之不固"。《九歎》"興離騷之微文兮，冀靈脩之壹悟"。皆明指楚君，無復疑問。

仳倠

　　叠韻近義詞，醜女也。《九歎》"西施斥于北宫兮，仳倠倚於彌楹"。王逸注"仳倠，醜女也，言西施美好，棄於後宫，不見進御。仳倠，醜女，反倚立偏兩楹之間，侍左右也"。洪補曰"仳，步浼。倠，虎猥切。又仳音毗；倠，呼維切。《説文》云，醜面也。《淮南注》云'仳倠，古之醜女，音靡也'"。按《説文·人部》"倠，仳倠，醜面"，大徐"許維切"。《繫傳》即引此文以證之。又女部有嫨字，亦訓爲醜，則倠、嫨一字之別構也。惟仳字《説文》訓爲仳離，引《詩》"有女仳離"爲證，大徐音"芳比切"，則此仳倠之仳乃借字。按承培元《説文引經證例》，以爲"訓仳離爲別離，與《詩》意終不相協，此離字當作仳倠，醜面也。醜面，謂蓬首敝衣，見人慙惡之態……其意乃與《詩》合，許書仳倠相洽，疑引《詩》本在倠下，而後人依今毛《傳》改逯耳"。按承説釋字可信，必以《詩》意比附，則未必允當，《詩》仳字，自借爲分別義耳。然仳倠一名，《九歎》外，惟見《淮南·脩務訓》"粉白黛黑，弗能爲美者，嫫母、仳倠也"。先秦書无言之者，疑亦漢時南楚方俗言女之醜惡者。高誘注《淮南》"仳讀人得風病之痱，倠讀近咄"。叠韻之變則爲倭（於爲反）、傀（古回反），《文選·四子講德論》"毛嬙、西施，善毀者不能蔽其好；嫫姆、倭傀，善譽者不能掩其醜"。濟曰"嫫姆、倭傀，皆醜婦人也"。